किस्सा बे

किस्सा बेसिरपैर

प्रभात त्रिपाठी

राजकमल प्रकाशन

ISBN : 978-81-267-3043-8

मूल्य : ₹599

पहला संस्करण : 2017

प्रकाशक : राजकमल प्रकाशन प्रा. लि.
1-बी, नेताजी सुभाष मार्ग, दरियागंज
नई दिल्ली-110 002

शाखाएँ : अशोक राजपथ, साइंस कॉलेज के सामने, पटना-800 006
पहली मंज़िल, दरबारी बिल्डिंग, महात्मा गांधी मार्ग, इलाहाबाद-211 001
36 ए, शेक्सपियर सरणी, कोलकाता-700 017

वेबसाइट : www.rajkamalprakashan.com
ई-मेल : info@rajkamalprakashan.com

मुद्रक : बी.के. ऑफ़सेट
नवीन शाहदरा, दिल्ली-110 032

KISSA BESIR-PAIR
Novel by Prabhat Tripathi

कुलजीत सिंह के लिए

तृष्णा नाद करत घट भीतर, नाना विधि दै ताल।

—**सूरदास**

1

शुरू करूँ हूँ अजब ये किस्सा, लेकर हरि का नाम
हरि ही जाने, इस किस्से का, क्या होगा अंजाम।

मैं उन दिनों परेशान था। बल्कि बेचैन। बेचैनी के पीछे की वजह सिर्फ वह नहीं थी। उसका जाना तो साल-भर पहले तय था। मैं यह भी जानता था, कि साथ-साथ मरने का रोमान मुझसे नहीं सध पाएगा। यों उसकी इस खतरनाक बीमारी के बहुत पहले अपने रोमान के शुरुआती दिनों में एक साथ मरने की कल्पनाएँ हमने जरूर की थीं, पर मैं आत्महत्या के हर प्रयत्न की कल्पना से डरने लगता था। इसलिए उसने इस सिलसिले में एक प्रस्ताव यह किया था, कि हम किसी बड़े शहर की किसी बहुत ऊँची इमारत की छत पर चढ़ जाएँगे और वहाँ से एक साथ नीचे छलाँग लगा देंगे। मैंने हँसते हुए कहा था, कि हो सकता है कि तुम तो छत से कूद जाओ और डर के मारे मैं न कूद सकूँ और यहाँ अकेला रह जाऊँ। तो पूरी हाजिरजवाबी से उसने कहा था, कि ठीक है, पहले वह मुझे छत से धकेल देगी और बाद में वह खुद कूद जाएगी। यह सिर्फ खयाली कल्पना थी। उस समय आत्महत्या करने की न तो कोई वजह थी और न हिम्मत। हिम्मत तो तब भी नहीं थी, जब उसका जाना एकदम तय हो गया था। और मैं बेचैन रहने लगा था।

उसके मरने के कुछ दिनों पहले, जब हम उसके जीजाजी की अंतिम बीमारी में बरगढ़ गए थे, तो सम्बलपुर में अपने भाई के यहाँ रुके थे। भाई खुद इतना थका देनेवाली बीमारी की गिरफ्त में था, कि उसे देखकर ही मन डिप्रेश हो जाता था। उसकी पत्नी बड़ी सफाईपसन्द थी। रात जब उनके घर रुकना पड़ा तो उसे एक के बाद एक कई उल्टियाँ हुई और वह भी बेसिन के बाहर, एक अँधेरी परछी के चारों तरफ। जरूरी था, कि सफाईपसन्द औरत की नाक को न सही, आँख को इस गँदले दृश्य से बचाया जाए, ताकि सुबह होते ही वह अपने जेठ-जेठानी की मजबूर गन्दगी पर नाक-भौं सिकोड़कर यह न जाहिर करे, कि शरीफ आदमियों को यह तो सोचना चाहिए, कि मेहमान बनकर दूसरों के घर में कैसे

रहा जाता है। यह उसकी आखिरी उल्टियाँ थीं, जिसे पूरी रात हम पानी और कपड़े के पौंछे से साफ करते रहे थे। सुबह जीजाजी खतम। फिर महीने-भर बाद वह खुद। पर जब हम जीजा की शवयात्रा में भाग लेने के लिए जा रहे थे, तो बरगढ़ ले जानेवाली उस खस्ताहाल टीन के टपरे जैसी सत्तावन की मॉडल की बस की पिछली सीट में, उसने बड़ी शांति के साथ कहा था, कि "शी हैज नो रिग्रेट्स।" शायद इसमें थोड़ा झूठ था, यह कि उसके मन में रिग्रेट तो था। इस बात का, कि जिस बेटे पर उसे अपना सारा ध्यान केन्द्रित करना था, उसकी उसने भरपूर उपेक्षा की थी। हम जब साथ रहते थे, तो एक दूसरे में इतना खो गए होते थे, कि हमें ठीक से ध्यान भी नहीं आता था, कि हमारा एक बेटा भी है, जबकि अपनी बहनों के बच्चों के बीच वह इतना मगन रहती थी कि लगता ही नहीं था, कि ये उसके अपने बच्चे नहीं हैं। शायद यही कारण है कि जब वह कैंसर की अपनी बीमारी की जाँच के लिए बम्बई गई थी, तो वहाँ से उसने चिट्ठी में लिखा था, कि जिसके प्रति उसकी सबसे ज्यादा जिम्मेदारी थी, लगता है, उसी के प्रति उसने अन्याय किया है।.

लेकिन अभी इस तरह उसका अंग्रेजी में बोलना, मुझे थोड़ा विस्मित जरूर कर गया था, पर यह नहीं लगा था, कि ऐसा करती हुई वह कोई नाटक कर रही है। अपने शहर में नाटक के लिए विशेष पुरस्कार जीतने के बावजूद, उसके स्वभाव में नाटक कहीं भी नहीं था। मन की बात मन में ही दफनाकर, चेहरे को शान्त बनाए रखने के खालिस मध्यवर्गीय शिष्टाचार का नाटक वह जरूर करती थी, और जरूरत से ज्यादा ही करती थी, पर यह हार्मलेस व्यवहार था। सिवा अपने किसी दूसरे को रत्ती-भर दुख देने की कल्पना से भी कोसों दूर, ऐसी एक स्त्री का बरसों का साथ जब छूटा, तो बेचैनी स्वाभाविक थी। पर बेचैनी का कारण बड़ा अजीब सा था। यह कि मैं किसी एक जगह में, कुछ पलों के लिए भी अपने को थिर नहीं रख पाता था। दूसरा, यह कि वह बिलकुल अप्रत्याशित ढंग से मुझे दीवाल पर छपी-सी नजर आने लगती थी। कई बार तो लगता था कि वह बात कर रही है। पर अक्सर मेरा दिमाग उससे बहुत दूर रहता था। उसके जाने के बाद से मेरी कामज कल्पनाएँ कुछ ज्यादा ही विशद और ज्यादा ही तीव्र हो गई थीं। इतनी कि मेरा दिमाग तनने लग जाता था और मैं उससे भागने की कोशिश में मानसिक दौड़ जैसी लगाने लगता था। कोई इसे जान नहीं पाता था, न मेरे घर के लोग, न मेरे दोस्त-यार। सब समझते थे कि पत्नी-वियोग को यह आदमी बड़े संयम के साथ बर्दाश्त कर रहा है। पर अपनी हालत मैं अच्छी तरह से जानता था, कि कहाँ हूँ मैं इस वक्त, और जहाँ हूँ वहाँ भी क्यों नहीं हूँ? जैसे अभी।

मैं अपने ड्राइंग रूम में आनन्द के साथ बैठा था। तभी एक छोटा चमगादड़ कमरे में घुसा और गोल-गोल चक्कर लगाने लगा। आनन्द ने कहा, "मुझे इससे बहुत डर लगता है।"

आनन्द की बात सुनकर भी मैंने नहीं सुनी थी। मैं बिलकुल दूसरी दुनिया में था, हालाँकि चमगादड़ के चक्कर की वजह से मैं भी डर रहा था। पर मेरा असली ध्यान उसी पर था। मैं बहुत पहले के दिनों के बारे में सोच रहा था।

सोच में मैं कोवलम बीच में उसी के साथ था। वह उसकी बड़ी बहन की मृत्यु के बाद की हमारी पहली लम्बी यात्रा थी। हमारा बेटा भी हमारे साथ था। पर वह कोवलम बीच में नहीं था। वहाँ केवल हम दोनों थे। वह नहाने को तैयार नहीं हो रही थी, क्योंकि उसके पास हम दोनों की लम्बी यात्रा की जमा-पूँजी थी। मुझे नहाने की तीव्र इच्छा हो रही थी। मैं सोच रहा था कि नहाते वक्त हम लोग समुद्र के भीतर कुछ इतने करीब आ जाएँगे, कि और करीब आने की इच्छा होगी। जैसे उस विदेशिनी को हो रही थी, जो कलकत्ते के एक मारवाड़ी छोकरे का हाथ पकड़कर नहा रही थी। पता नहीं मारवाड़ी छोकरे को कैसा लग रहा था, पर मुझे जलन हो रही थी। डर भी लग रहा था कि कहीं यह डूब न जाए। ऐसा सोचते हुए मुझे यह डर भी लगा, कि मैं कहीं खुद भी न डूब जाऊँ। यहाँ आने के पहले, ऊपर पक्की सड़क पर ही मैंने चेतावनी पढ़ी थी, कि यहाँ नहाना मना है, क्योंकि खतरा है। इसीलिए वह मुझको बार-बार टोक रही थी, कि यह नहाने की जगह नहीं है।

फिर मैंने यह भी देखा था कि वहाँ ''बीच'' पर चेन्ज करने के लिए ही नहीं, बल्कि ठीक से नहाने के लिए भी छोटे-छोटे बाथरूम बने थे। ठीक हमारे पीछे एक बार भी था। दरअसल मैं चाहता था कि उस बार में जाकर हम थोड़ा पी लें, पर शराब से वह चिढ़ती थी। जब से मैंने उस विदेशिनी को मुँह में बियर की बोतल के साथ समुद्र में घुसते देखा था, तभी से मेरे मन में पीने की इच्छा सुगबुगाने लगी थी। किनारे पर इधर-उधर घूमते हुए मैं उसे कनखियों से ताक रहा था और कुढ़ रहा था। तभी शायद उसने मुझे उन लोगों की तरफ घूरते देख लिया। उसके बाद मैंने जब उसे बहुत जोर देकर साथ नहाने के लिए कहा, तब उसने बताया कि उसने सारे पैसे ब्लाउज के नीचे रखे हैं। सौ-सौ की दस-एक हजार से ज्यादा बड़ी गड्डी को, उसने किस तरह से ब्लाउज के भीतर रखा होगा, यह मेरी समझ में नहीं आया। यह समस्या जरूर समझ में आ गई, कि वाकई इतने पैसों को न तो उतारे गए कपड़ों के साथ किनारे की रेत पर छोड़ा जा सकता है और न ही उनको साथ लेकर समुद्र स्नान किया जा सकता है।

तभी एक नाव वाला हमारे पास आया। उसने नाव में समुद्र घुमाने की बात की। उसकी बात सुनते ही मुझे डर लगा। पर मीता ने तत्काल उसे हाँ कर दिया। जब मैंने नाव देखी और समुद्र की लहरों का उठता-गिरता आकार, तब मैंने फिर एक बार उससे कहा, कि इतनी छोटी नाव में दोनों का एक साथ जाना ठीक नहीं है। उसके मन में कोई डर नहीं था। ज्यादा से ज्यादा क्या होगा? उसने कहा था, डूब ही तो जाएँगे। नाव वाला मलयाली था। फिर भी इतनी हिन्दी उसे समझ में आ

गई थी। उसने मुझे आश्वस्त करते हुए कहा था, कि कुछ भी नहीं होगा। जब लहरों पर सवार हम छोटी-सी उस नाव में समुद्र के भीतर एक किलोमीटर आगे बढ़ गए थे, तब नाव वाले ने नाव मोड़ना चाहा था। उसने तत्काल मल्लाह से कहा था कि उतना ही और आगे ले चलो, जितना आ चुके हैं। वह आगे बढ़ गया था। उसके बाद लहरों में डूबती-उतराती नाव समुद्र में इतनी दूर आगे चली गई थी, कि पीछे के किनारे का कुछ भी नजर नहीं आता था। और तब उसने ओड़िया का वह गीत गुनगुनाया था, जिसमें नाव को कवि ने जीवन-तरी की तरह देखा है। उसका सुर सधा हुआ नहीं था, पर उसकी भावना में जो सचाई थी, वह मेरे दिल में उतर गई।

लेकिन अभी आनन्द की बात सुनकर मैंने उससे पूछा था, ''तुमको और किस चीज से डर लगता है?''

''छिपकली से,'' आनन्द ने तपाक से कहा।

मैंने आनन्द की ओर देखा। उसकी तीखी नाक जरूरत से ज्यादा तीखी लगी। मेरी खाट पर, मेरे साथ उसका सट कर बैठना, मुझे किन्हीं और खयालों में ले जाए, इसके पहले ही उसने मुझे ध्यान से पढ़ने के बाद कहा, ''तुम अचानक कभी-कभी एकदम चुप कैसे हो जाते हो?''

मुझे अच्छा लगा। अभी दो पल पहले मैंने उससे कहा था कि अगर हम दोनों दोस्त हैं, तो तुम्हें मुझसे तुम कहकर बात करनी चाहिए और मेरा नाम लेकर पुकारना चाहिए।

''ठीक है, मैं आज से तुमको तुम कहूँगा,'' उसने कहा था, और वह अपनी बात याद रखे हुए था, कि कब मौका मिले और वह मुझे तुम कहकर पुकारे।

''मैं कुछ-कुछ सोचने लगता हूँ आनन्द।'' मैंने धीरे-से कहा।

''क्या?''

''कुछ भी।''

''कुछ भी तो मैं भी सोचता रहता हूँ। सोचते-सोचते खाट से उठ जाता हूँ। फिर तुरन्त चादर ओढ़ लेता हूँ।'' आनन्द ने कहा।

''क्यों? चादर क्यों ओढ़ लेते हो?'' मैंने पूछा। मेरा ध्यान अपने सवाल पर नहीं था। मैं अपनी अवैतनिक छुट्टी के बारे में सोचने लगा था। इसके अलावा अपनी पुश्तैनी जायदाद की बिक्री से होने वाली सम्भावित आमदनी की बात भी दिमाग के किसी कोने में थी। बिलकुल ऊपरी सतह पर कल की शराब और खाने-पीने के खर्च का हिसाब था। इसीलिए एक बार मेरे मन में यह खयाल भी आया था, कि पर्स निकालकर पैसे गिन लेना चाहिए। फिर अपनी फिक्र को भगाने के चक्कर में, मैंने यह सोचा, कि अभी इतनी रकम तो होगी ही, कि मैं एक महीने और छुट्टी ले सकूँ। लेकिन उसके ठीक बाद मैंने यह सोचा, कि मुझे अपने साहब से

माफी माँग लेनी चाहिए, क्योंकि यह छुट्टी मैंने इस स्वाभिमानी जिद में ले रखी थी, कि साहब से मेरा झगड़ा हो गया था। शायद इसके ठीक पहले मुझे अपने बेटे की याद आई थी, जब मैंने ऊँचे मकानवाली उस लड़की को, इस मुहल्ले की सबसे ऊँची छत पर से पश्चिम की ओर ताकते देखा था। बेटे ने एक बार बताया था कि पश्चिम की ओर एक खपरैली मकान में रहने वाले एक लड़के से इस लड़की का अफेयर है। लड़का, लड़की से सात बरस छोटा है।

मुमकिन है कि बेटे की याद, मुझे उस लड़की के दिख जाने की वजह से ही नहीं, बल्कि पैसों के बारे में सोचने की वजह से आई हो। मेरा बेटा आर्टिस्ट बनना चाहता था और कमर्शियल आर्ट के किसी इंस्टीट्यूट में दाखिले के लिए उसे एक लम्बी रकम चाहिए थी। मैं छुट्टी पर था। और मेरे दिन आनन्द के साथ कट रहे थे। ऐसी स्थिति में बेटे की याद से तकलीफ-सी हुई, हालाँकि इसे ठीक-ठीक तकलीफ की तरह देखना मेरे लिए मुमकिन नहीं था। दूसरे ही मिनट मुझे लगा कि यह शारीरिक तकलीफ है। शायद यह तकलीफ नहीं बल्कि हैंगओवर है। मैंने याद करने की कोशिश की, कि रात पीते समय मैंने कौन-सी बातें की थीं, तो मुझे कुछ याद नहीं आया। कल की ड्रिंक्स इस मायने में अलग थी, कि लगभग पचीस बरस के बाद मैंने अपने बचपन के एक दोस्त के साथ शराब पी थी। पीने की योजना, परसों पीते रहने के दौरान ही बनी थी। और परसों का पीना, इस अर्थ में अचानक पीने जैसा था, कि उसकी कोई योजना नहीं थी।

यह हमारे शहर और हमारी जात में शादी के मौसम की शुरुआत का वक्त था और एक ऐसे शादी वाले घर में मुझे जाना था जहाँ मेरी बुआ की लड़की ब्याही गई थी। जब मैं शाम को बाहर निकल रहा था, तो माँ ने मुझे याद दिलाने-सा पूछा था, कि क्या मैं शादी घर जाऊँगा? माँ को पता है कि इन दिनों मेरा दिमाग काफी अस्थिर चल रहा है, और सम्भव है, कि मैं शादी घर के भभ्भड़ में जाना पसन्द न करूँ। इसके अलावा उसे यह भी पता था, कि बिन्ना तो जाएगी ही, इसलिए मेरे न जाने से भी चलेगा। लेकिन बुआ की लड़की याने मेरी कजिन, जिस घर में ब्याही गई थी, उस घर से, बल्कि उसके पति से मेरी बचपन की जान-पहचान थी। सिर्फ जान-पहचान ही नहीं, बल्कि थोड़ी-बहुत दोस्ती भी थी, क्योंकि स्कूल के दिनों में हम अक्सर वाद-विवाद में भाग लेते थे। कभी वह अव्वल आता था, तो कभी मैं। सो मैंने अपने एक दूसरे दोस्त से स्कूटर माँगा था, क्योंकि उसके ठीक बाद मुझे अपने मुहल्ले के रईस की लड़की की शादी की परघनी में जाना था। इस दूसरी शादी में जाने की मेरी इच्छा के पीछे मेरे मुहल्ले की लड़कियाँ थीं जिन्होंने हफ्ते-भर पहले ही मुझसे यह प्रॉमिस करा लिया था कि अंकल आपको इस शादी में चलना ही है। खासकर इसलिए कि हम सब उस दिन साड़ी पहनकर वहाँ जाने वाली हैं। यह बात उन तीनों में से उस लड़की ने कही थी कि जो सबसे लम्बी थी और उम्र में सबसे

छोटी। वही एक थी जो कभी-कभार जीन्स पहनती थी और जिसे तब देखकर लगता था, कि यह उन लड़कियों में से एक है जिसके अगले और पिछले भागों में गजब की तारतम्यता है।

किस्सा मुख्तसर यह कि इस दूसरी शादी में भाग लेने के इरादे से, पहली शादी को महज रिहर्सल या भूमिका की तरह लेने के लिए, मैं स्कूटर लेकर उस इलाके की ओर निकला जिसे यहाँ की भाषा में बैकुण्ठपुर कहते हैं। चूँकि इतने बरसों के परदेस प्रवास या निवास में, मैं यह भूल गया था, या कहूँ कि मुझे ठीक-ठीक याद नहीं था, कि बुआ की लड़की की ससुराल किस तरफ है, इसलिए मैंने अपने साथ संजय को भी ले लिया था। यहाँ संजय के बारे में यह बताना जरूरी है कि वह हमारे घर में झाड़ू-पोंछा और बरतन माँजने का काम करता है, बल्कि कहें कि इन कामों में अपनी माँ का हाथ बँटाता है, और-अभी नवीं कक्षा में पढ़ रहा है। लेकिन सबसे महत्वपूर्ण बात यह कि वह आनन्द के खास दोस्तों में से है। उससे भी खास बात यह कि वह जिस इलाके में रहता है, याने नवागढ़ी में, वहाँ की रंगीनी और कमसिनी के किस्सों को, वह अब ऐन्द्रिक स्तर पर भी जान चुका है और इस बात को लेकर थोड़ा गर्वित भी है, कि अंकल याने उसके मालिक, उसके किस्सों में दिलचस्पी लेते हैं।

लेकिन यह उसका दुर्भाग्य था, कि उस दिन उसे किस्सा सुनाने का मौका नहीं मिला, क्योंकि अपने शहर को लगभग भूल चुके, अपने मालिक को, भूगोल बताने के काम में वह पूरी चौकसी से लगा था। यहाँ से बायाँ ले लीजिये, वहाँ से दायाँ, सुनते-सुनाते, कोई दसेक मिनट बाद हम उस जगह पर पहुँचे, जहाँ मुख्य मकान की गली के मुहाने पर, एक लड़की के हाथ के साथ, पाणिग्रहण की मुद्रा में, लड़के के हाथ के ऊपर, शुभविवाह लिखा हुआ था। उस पर इतनी तेज रोशनी वाला बल्ब लगाया गया था, कि सामने या शायद बाजू की दीवार पर, गेरू के रंग से लिखी इबारत, दाद-खाज खुजली हो या उल्टी-दस्त-मितली, के स्थानीय विज्ञापन पर ध्यान जरूर जाता था। मैंने संजय से कहा कि वह वहीं खड़ा रहे, मैं व्यवहार निभाकर दस मिनट में लौटता हूँ।

वहाँ पहुँचने पर पता चला, कि हमारे बहनोई याने बुआ की लड़की के पति, ऊपर छत पर हैं, और बारात की अगवानी की तैयारी में लगे हैं। वहीं पर बचपन का बहुत पुराना दोस्त भी था। बहनोई उसी के साथ थे। बुआ का बड़ा लड़का भी वहीं मिला था। उसने पहली सूचना यह दी, कि बारात में डेढ़ सौ बाराती की जगह चार सौ लोग आ गए हैं। सो, उसने जीजा से कहा, कि कुल तीन सौ के खाने का इंतजाम है, जिसमें डेढ़ सौ तो घरात वाले होंगे। वह जीजा के बाजू से खड़ा था। अपने योगाभ्यास के बावजूद, जीजा अभी भी इतने मोटे थे, याने गर्दन के पास की जगह इतनी मोटी थी, कि गर्दन घुमाकर देखते समय, ऐसा लगा, कि गर्दन के साथ-

साथ वे पूरा का पूरा घूम गए हैं। हम छत पर तने शामियाने के नीचे थे। बहनोई ने एक बार मेरी तरफ देखा और फिर उस जगह की ओर बढ़े जहाँ रसोई बन रही थी। इस पर बुआ के लड़के ने प्रस्ताव रखा, कि अभी तो बारात आने में बहुत देर है, सो, उसने मेरा नाम लेकर कहा, कि अगर मैं चाहूँ तो हम सब समय का सदुपयोग कर सकते हैं। उसका संकेत दारू की तरफ था। चूँकि मुझे लगा कि बचपन का मेरा बहुत पुराना दोस्त भी उसी मूड में है, तो मैंने पूछा था कि जगह कहाँ है? इस बीच मैं अपने पर्स में रखे सौ-सौ के तेरह नोटों को मन ही मन छूकर देख चुका था, और हिसाब लगा चुका था, कि अगर बार में गए, तो सम्भावित खर्च दुगुना होगा। इसीलिए मैं जगह कहाँ है, पूछकर, यह जान लेना चाहता था, कि कहीं वह बार में जाने को तो नहीं कह रहा है। तभी बचपन के दोस्त ने कहा, कि वहीं, दूकान के बाजू से एक ठेला है, उसके पीछे इत्मीनान से खड़े होने की जगह है, और ठेलेवाला अंडे के अलावा तली मछली भी बेचता है। वह उसी जगह चलने को कह रहा था, जहाँ मैं तकरीबन रोज अपने से कमउम्र वकील दोस्त के साथ पीता हूँ। जब हम लोग वहाँ जाने के लिए तैयार होने लगे, तो मुझे इस बात का अफसोस भी हुआ, कि अगर मुझे पता होता, तो मैं उसे सूचित करने के बाद इस शादी वाले घर की ओर आया होता। बहरहाल।

तो हम लोगों ने इस बगैर पूर्व-योजना के पहले या दूसरे पैग के बाद, यह योजना बनाई थी, कि दूसरे दिन हम फिर एक साथ मिलेंगे और सरकारी रेस्ट हाऊस में पियेंगे। मुरगा मेरी तरफ से, बचपन के दोस्त ने कहा था। तो मैंने, उसी रात ओल्ड मांक की पूरी बोतल खरीद कर रख ली थी। दूसरी रात, बुआ का लड़का किसी जरूरी सरकारी काम में फँस जाने की वजह से नहीं आ सका था। लेकिन कुछ साल छोटा और लगभग रोज का हमप्याला कमउम्र वकील दोस्त हमारे साथ था। हम शहर से एक किलोमीटर दूर के जिस ढाबे में पी रहे थे, वह हमारे मुहल्ले के एक लड़के का ढाबा था। और इसके बाद मुझे यह बिलकुल याद नहीं आ रहा, कि पीने के बाद हमने कौन-सी बातें की थीं।

अभी लिखते हुए इतना जरूर याद आया, कि पी चुकने के बाद, एक और दूसरे बचपन के दोस्त के यहाँ हम गए थे। हमारे साथ कमउम्र वकील दोस्त भी था, जिसने दूसरे बचपन के दोस्त का दरवाजा खटखटाया था। दरअसल यह कमउम्र वकील दोस्त, उस दूसरे दोस्त का भांजा लगता था और उस वक्त अपने मामा का दरवाजा खटखटा रहा था। उस समय रात के बारह बज चुके थे। वह गली सन्नाटे से भरी लगती थी। वह मकान बहुत पुराना मकान था। खपरैलों वाला। बहुत पास एक दूकान-भर की जगह खाली थी, जहाँ कचरा पड़ा था। शायद इस गली में कचरा फेंकने की जगह यही थी, जिसे देखकर मुझे लगा, याने याद आया, कि हमारी गली में सारे लोग दूसरों के घरों के सामने, याने मोरी के बाजू से कचरा फेंकते हैं। चाहे

कारण जो भी हो, लेकिन यह बात मुझे तब याद आई, जब उसने तीसरी बार उस घर का दरवाजा खटखटाया, जहाँ से रात के बारह बजे, आषाढ़स्य प्रथम दिवसे के श्लोक की जोर से आवृत्ति किए जाने की आवाज आ रही थी।

''दरवाजा उसने नहीं, तुमने खटखटाया था।'' मेरे बचपन के दोस्त ने कहा।

वह यहाँ नहीं था। पर उसकी याद से यह सचाई मुझे दिखने जैसी याद आई थी, कि दरवाजा मैंने खटखटाया था और यह बात भी, कि जब मैं दरवाजा खटखटा रहा था, तो मन्दिर के बिलकुल बाजू वाले मकान से, याने मकान के प्रवेश की गली से, एक बूढ़ा आदमी निकला था और तपाक से रिक्शे पर बैठ गया था। मन्दिर के बाजू वाले मकान के बारे में सनसनीखेज किंवदंतियाँ थीं। लेकिन रिक्शे पर बैठे बूढ़े को देखने का मौका हममें से किसी को नहीं मिला। यों अफवाह की तरह मैंने यह बात सुनी जरूर थी, कि मेरे एक दूसरे फूफा जो बावन की उम्र में विधुर हो गए थे, मन्दिर के बाजू के इस मकान में आते-जाते रहे हैं। पर यह बात मैंने अपने दोस्तों के सामने नहीं कही। तभी मेरे दोस्त ने यह सुझाव दिया था, कि चूँकि हम सब लोग इसी मुहल्ले के हैं, इसलिए हम चाहें तो गली के भीतर वाले मकान में घुसकर, यह पूछ सकते हैं, कि आधी रात के बाद के समय में यह बूढ़ा है कौन, क्योंकि निश्चित रूप से वह इस मुहल्ले का आदमी तो नहीं है। लेकिन तभी कमउम्र वकील दोस्त ने हमें चेतावनी देने-सा याद दिलाया, कि हम लोग अभी पिये हुए हैं और अगर वहाँ कुछ हो-हवा गया, तो...उसने वाक्य पूरा नहीं किया था।

तभी रिक्शा, हमसे विपरीत दिशा में जाने के बजाय हमारी तरफ आता हुआ दिखा। मैंने दरवाजा खटखटाना बंद किया। चश्मे के भीतर अपनी आँखों को चौकन्ना करने की कोशिश की। रिक्शे और हमारे बीच की दूरी फर्लांग-भर से कम थी, और रिक्शा ढलान पर था। याने हम लोग ढलान के लगभग आखिरी छोर पर थे। कायदे से, रिक्शे को हम तक आने में मिनट-भर से भी कम वक्त लगना चाहिए था। उसे धड़धड़ाते हुए आना चाहिए था। लेकिन फर्लांग-भर से भी इस कम दूरी को रिक्शा वाला अभी तक पार नहीं कर सका था। जबकि उसके धड़धड़ाते आने और सवारी को देख सकने की अपनी तत्परता में, हम लोग उस सँकरी गली के एक कोने में खड़े हो गए थे। मुझे अचानक लगा कि रिक्शेवाले ने रिक्शा रोक दिया है और सवारी उससे कुछ बात करने लगी है। अपने दूसरे साथियों के साथ, उस आवाज के सहारे आदमी को पहचानने की कोशिश में, मैं अपने कान खड़े किए था कि आनन्द ने टोका, ''अंकल आप बिलकुल बहरे हो क्या?''

मैं मुस्कराया। मैंने उसे थोड़ी लाड़ में अपनी तरफ खींचा और कहा, ''तुमने बताया नहीं, कि तुम चादर क्यों ओढ़ लेते हो?''

''क्योंकि मुझे डर लगता है,'' उसने लड़कियों के-से नखरे की आवाज में कहा।

"किससे?"

"भूत से।" आनन्द ने फिर तपाक से कहा, तो मैंने भी तपाक से पूछा "तुमने देखा है?"

"हाँ।"

"कहाँ?"

"सपने में," आनन्द ने कहा, "वह आदमी और औरत दोनों था अंकल, और कभी उसका सिर होता था और कभी नहीं होता था। बड़ा भयानक लग रहा था।" आनन्द ने सचमुच के डर के स्वर में अपनी बात यह कहकर पूरी की, "आपने कल वाला हॉरर शो देखा था?"

"मैं टी.वी. नहीं देखता।" मैंने कहा, "चलो बाहर चलते हैं।"

"नहीं," आनन्द ने तुनककर कहा। मैं उस तुनक के पीछे का कारण जानता था, कि बाहर जाने के बाद, जब हम गली के पेंवठे पर बैठेंगे, तो मेरा ध्यान आनन्द से हटकर, दूसरी तरफ याने अपनी मित्र त्रिमूर्ति की तरफ चला जाएगा। आनन्द थोड़ा अतिरिक्त टची लड़का है, और अंकल पर पूरा एकाधिकार रखना चाहता है।

जबकि बाहर जाने की यह बात, मैं इस अनाप-शनाप किस्से के लिए कोई दूसरी आरामदेह पगडंडी तलाशने के चक्कर में सोच रहा था, क्योंकि कई महीनों से मैं इसमें एक बेबस और असहाय चरित्र की तरह बह रहा था, और-अभी इससे बाहर निकल जाना चाहता था। आनन्द यह बात नहीं समझ पाया था। वह मुझे यहीं इसी जगह छोड़कर भाग गया था।

मैं उससे बहुत दूर इस पार की सँकरी गली में अकेले बैठा था। घर के प्रवेश द्वार के सामने बने चौतरे, याने पेंवठे जैसी पक्की जगह पर। मेरी बाईं तरफ नान्हू लाला के घर के मकान के ऊपर, दो घड़ी बाद चाँद निकल रहा था। लगभग गोल। उसे पल-भर ताकने के बाद मैंने सामने के मकान की ओर ताका। वहाँ बाजू के मकान की एक लड़की, माँ बन चुकी दूसरी औरत, जो लड़की की तरह ही लग रही थी, के साथ बैठी थी। उसके बच्चे को लाड़ कर रही थी। वह मकान के नाम पर एक कच्चा कमरा-भर था, जिसके बाजू से एक कच्चा पाखाना भी अभी हाल में बनाया गया था। पता नहीं क्यों, मेरे दिमाग में यह बात आई थी, कि टी.वी. देखती इस औरत को ऐन इसी वक्त अगर डायरिया हो जाए तो...? मेरे इस तरह के बेहूदा खयाल का कारण शायद यह है, कि जिस तरतीब के साथ, मैं अपनी बदहवासी की कथा लिखना चाह रहा हूँ, वह मुझे इस मकान, याने इस कमरे की उस माँ बन चुकी औरत में नजर आ रही है। औरत में नहीं, उसके आँचल में ढँपी-मुँदी।

सोचकर मैंने औरत की ओर देखना चाहा। औरत अपने आप मेरी उस बुआ में बदल गई, जिसके निर्देशन में मैंने आँचल के भीतर के जादू का पहला दृश्य देखा

था। बुआ बहुत सुंदर थी। वह अपनी छत से, दूर की छत पर खड़े, एक सुंदर लड़के को अपलक ताक रही थी। मैं उससे छोटी बुआ (ये सारी बुआएँ दूर के रिश्ते की बुआएँ हैं) को बीजगणित समझाता, उसके नीचे की छत पर था। और जिस मुद्रा में बैठा था, उसे कोई तस्वीर देखकर ही समझ पायेगा। मैं अधलेटा और अधकरवट, उसे अपनी कमर और टाँगों के धनुष में तीर-सा चढ़ाता, सवाल हल कर रहा था। ऊपर की छत से बड़ी बुआ के गुनगुनाने की आवाज आई। आज सजन मोहे अंग लगा लो जनम सफल हो जाए। छोटी बुआ को अंग्रेजी पढ़ने के लिए, बाजू के मकान में जाना था। मुझे और ऊँची छत पर। बड़ी बुआ काले रंग का ब्लाऊज पहने थी। उसने दो चोटियाँ बनाई थीं। उन्हें दुहरा किया हुआ था। उसकी गोद में और बड़ी बुआ की नन्हीं बच्ची थी। उसका आँचल एक ओर खिसक गया था। काला ब्लाऊज झीना रहा होगा, क्योंकि भीतर ब्रा की सफेद पट्टियाँ नजर आ रही थीं, हालाँकि जिन दिनों का यह किस्सा है, उन दिनों उसे बॉडिस कहा जाता था। मैं गया और बच्ची या गुड़िया या बेबी या मुन्नी को लाड़ करने लगा। तभी बड़ी बुआ ने सिखाया। वह उँगलियों की अनजानी जानकारी थी, जो अभी इस औरत को देखकर अचानक अनुभूति-सी हो गई। तभी बहन की लूना, ठीक मेरे सामने रुकी। वह अस्पताल से लौट रही थी। बगल में बैठ गई, उसने पूछा, ''गए नहीं ?''

वह मेरे राऊरकेला जाने के बारे में पूछ रही थी। मैं पिछले सात दिनों से यहाँ था और हर दिन कहता था, कि अगले दिन राऊरकेला जाऊँगा। अभी मैंने कुछ नहीं कहा था। याद कर रहा था कि बिन्ना के ठीक पहले सामने बैठी बड़े दाँतवाली उस लड़की ने भी त्रिभंगी मुद्रा में खड़ी होकर यही सवाल पूछा था। फिर अपने खुले बालों से चेहरे पर आते एक गुच्छे को पीछे फेंकने की अदा दिखाती, उसने अपनी आँख ऊपर उठाई थी। पहली मंजिल पर मेरा भतीजा अपनी टूटी टाँग लिये, अपने मित्रों सहित कोई ऐसा गीत गुनगुना रहा था, जो किसी फिल्म का नहीं होते हुए भी पूरमपूर फिल्मी था, लेकिन फिल्म का न हो सकने की अपनी नियति में बेसुरा और बेजान भी।

तभी उस लड़की ने दूसरा सवाल पूछा था, जो मैं सुन नहीं पाया था। बीच में मैंने अपना ध्यान, याने अपनी नजर, याने अपनी गर्दन और मुंडी, दाहिनी ओर, याने नान्हू लाला के मकान की विपरीत दिशा की ओर सोद्‌देश्य घुमाई थी, कि वह दिख जाए, जिससे बात करने, जिसे छूने, जिसके साथ रमण करने की कल्पना में, निरंतर असफल होता हुआ मैं, इतनी सारी बातें गोदने के फिजूल काम में लगा रहा हूँ, लेकिन वह नहीं दिखी। दुहराये जाने पर मुझे सामने वाली इस लड़की का दूसरा सवाल सुनाई पड़ा। सुनने के साथ ही मैंने देखा कि उसने फिर ऊपर की ओर ताकने की कोशिश की थी। उसके सवाल का जवाब दिये बिना, मैंने भी उसके अनुकरण में, या अपनी कमीन जिज्ञासा के जोर पर, ऊपर की ओर ताका, तो (मुझे लगा कि

मेरी गर्दन अकड़ने-सी लगी है और हो सकता है कि यह स्पांडेलाइटिस की शुरुआत हो) बालकनी की कमर-भर ऊँची रेलिंग से टिका, मेरा आधा भतीजा नजर आया। अँधेरे की वजह से मैं ठीक-ठीक यह नहीं देख पाया, कि उसकी आँखें, लड़की की पल-भर के लिए ऊपर उठी आँखों से, कुछ कह रही थीं या नहीं, पर यह जरूर लगा कि वह मुस्करा रहा था। सामने की लड़की भी मुस्कराई थी, ''आज आप अकेले बैठे हैं?''

यह दूसरा सवाल था, जिसके जवाब में मैंने हाजिरजवाबी की अदा में कहा था, ''अकेला कहाँ हूँ, तुम जो साथ हो।''

इस पर वह थोड़ा झेंपी। थोड़ी रीझ भी उसके चेहरे पर आई। उसके बड़े दाँत प्रगट हुए, पर यह सब मुझे इतना साफ-साफ नहीं दिखा, क्योंकि मेरी निगाहें उसके उभारों पर फिसल रही थीं। मेरी दृष्टि के जाहिर पाप से घबराकर ही, शायद वह उस कमरे में चली गई थी, जहाँ से आई थी, हालाँकि यह कमरा उसका घर नहीं था, पड़ोस था। लेकिन यह एक ऐसी जगह थी, जहाँ आप कमरे में बैठकर ही, सड़क या सड़क के थोड़े ऊपर होने वाली हरकतों पर नजर बनाये रख सकते हैं। सो जहाँ से वह सड़क और सड़क के बाजू के मकान की पहली मंजिल पर नजर जमाये हुई थी, वहीं पर वह माँ बन चुकी लड़की, याने औरत, अपनी गोरी अधउघरी टाँगों पर अपनी बच्ची को बिठाकर अपूर्व कौशल से हगा रही थी। उसे देखकर दुबारा मुझे इस तथ्य की याद आई, कि लगभग खाते-पीते लोगों के इस मुहल्ले में यह मकान ही अकेला ऐसा मकान है, जहाँ अभी तक विलायती किस्म का वैज्ञानिक पाखाना नहीं बना है।

इतनी सारी बातें याद करने में मुझे एक मिनट से कुछ ज्यादा समय लगा औॅर मैंने बिन्ना के सवाल का जवाब देते हुए कहा, ''मैं शोले देख रहा था।''

''आज?'' उसने आश्चर्य से पूछा। गणतंत्र दिवस के दिन शोले फिल्म दिखाई गई थी। और मैंने अपनी बहन से यह नहीं कहा था, कि मैं शोले देख रहा था, लेकिन जब मैंने उसके सवाल 'गए नहीं' को याद किया, तो मुझे वह लड़की छत पर दिखती-सी लगी। उसने बाल धोये थे। और वह शोले की जया भादुड़ी की होली वाली शक्ल सी लग रही थी। याने मुझे बहुत पहले का वह दिन याद आया था, जब मैंने उसे होली के रंगों में सराबोर देखा था। खुल-खुल जाते रेशमी बाल, गोरे चेहरे पर कई-कई रंगों में कई-कई और रंग मिलाती, समवयस्कों से घिरी वह कमसिन, मुझे लगभग उदासीनता से एक बार देखकर, कहीं दूर, बहुत दूर चली गई थी और तब मैंने गहरी साँस लेकर अपनी बहन से कहा था, ''रात मुझे बिलकुल नींद नहीं आई।''

''एलप्रोजोलाम लिया था?'' बिन्ना ने पूछा। मुझे थोड़ी चिढ़-सी हुई। उसका ध्यान मेरी चिढ़ पर तो क्या जाता, मेरे पिछले बयान के दुख पर भी ठीक से नहीं

गया था। और ऐसे में मैं अगर उससे कहता, कि कल रात-भर मैं अजीबोगरीब सपने देखता रहा, तो वह यकीनन मुझे साइकेट्रिस्ट से मिलने को कहती, हालाँकि उसने यह नहीं कहा, बल्कि अस्पताल की ताजा खबर के लहजे में बताया, कि इंसान भी कितना क्रूर जानवर है। फिर खबर का खुलासा करते हुए उसने ब्यौरा दिया, कि पास के किसी गाँव में एक आदमी ने अपने बच्चे को उठाकर पटक दिया है। बच्चा अभी सिर्फ दस महीने का है। हालत संगीन है। मैंने उसके क्रोध का कारण जानना चाहा, तो बहन ने बताया, कि मर्द शराबी है और शराब पीकर अपनी औरत को मारता है। यहीं पर मैं उसे टोकने वाला था, कि औरत को पीटने की घटना तो सदियों से चली आती एक आम घटना है। पर शायद मैंने यह कहा नहीं, लेकिन जब बहन ने आगे का ब्यौरा देते हुए बताया, कि कल रात जब वह घर आकर अपनी औरत को तंग करने लगा, तो उसकी औरत ने कहा कि ठीक है, जब उसका यह बच्चा बड़ा हो जाएगा, तो माँ पर हुए अत्याचार का बदला जरूर लेगा। इस बात पर मर्द ने बच्चे को ऊपर उठाया और सीधे फर्श पर पटक दिया। जैसे ही बहन ने खबर का खुलासा समाप्त किया, या उससे पहले ही जब उसने, मर्द के द्वारा बच्चे को ऊपर उठाकर पटके जाने की प्रक्रिया को, ड्रॉ करने सा बताया, तो मुझे कृष्ण जन्म की कथा की याद आई। बहुत सोचने पर भी यह याद नहीं आया, कि कंस कौन बना था, या फिल्म किस हॉल में लगी थी? लेकिन यह दृश्य जरूर याद आया था, कि आठवें गर्भ की सन्तान को नष्ट करने के लिए मूँछों वाला कंस कारागार में गया हुआ है। देवकी से बच्चा छीन रहा है। उसे ऊपर उठाता है। मार डालने के लिए जमीन पर पटकता है, तो जोर की बिजली चमकती है और आकाशवाणी होती है, कि आठवें गर्भ की सन्तान से कंसराज का अन्त होगा। इसके बाद बहन आगे कुछ न कहकर भीतर चली गई थी।

घर से श्मशान बहुत दूर था। इसलिए शवयात्रा गाड़ियों में जा रही थी। बहुत सारी गाड़ियाँ थीं। हमारी गाड़ी काफी पीछे थी। इस बदहवास समय में एक सांसारिक खटका मुझे यह लगा हुआ था, कि कहीं दफ्तर के लिए देर न हो जाए, क्योंकि वह दिन छुट्टी का नहीं था। हम साढ़े नौ के करीब शवयात्रा के लिए निकले थे। तभी से मैंने समय का हिसाब शुरू कर दिया था, कि लगभग घंटे-भर श्मशान पहुँचने में, फिर दो घंटे वहाँ के काम-काज, फिर लगभग घंटे-भर बाद दफ्तर, सोचकर मुझे लगा, कि यह ठीक नहीं है, कि ऐसे वक्त में मैं ऐसी बात सोचूँ। लेकिन इसके पहले की जिन श्मशान-यात्राओं की मुझे याद थी, उनमें तो ऐसी कमीनी स्मृतियाँ शामिल थीं, कि यह सोचना काफी हद तक एक अपेक्षाकृत पवित्र सोच ही कहा जा सकता था। यों आफिस जाने में देरी की बात सोचने का कोई ठोस

कारण नहीं था, क्योंकि आफिस में मेरे ऊपर कोई तात्कालिक बड़ा अफसर नहीं था, लेकिन खयाल पर बस किसका चलता है, मैंने सोचा। वैसे खयाल तो मुझे और भी कई आ रहे थे, जैसे यही, कि उस रात मैंने एक विचित्र सपना देखा था। विचित्र इस अर्थ में, कि देखने के बावजूद मैं उसे चित्र की तरह याद नहीं कर पा रहा था। अभी फिर कोशिश की, तो याद आया कि वह ट्रेन छूट जाने का सपना नहीं था। खूब तेज प्यास लगने का सपना भी नहीं था। अथाह पानी में बिना डोंगी के तिरते, और लहरों की उछाल में बार-बार अपने को किसी पटिये जैसे अदृश्य सहारे को थामे, हिचकोलें खाते देखते रहने का सपना भी नहीं था। ये बार-बार दुहरने वाले सपने थे, और-अभी वाला यह, कभी नहीं दुहरने, फिर भी पत्थर पर हरी दूब-सा बना रहनेवाला दुख-सा सपना था, जो आँख खुल जाने पर भी लगातार दीखता ही रहता था। अभी जैसे उसे ही देखकर मैंने कार से बाहर देखा, तो एक लँगड़ी गाय दिखी। वही मुझे ले गई खींचकर अपनी गली तक।

गली की गाय भी लँगड़ी थी, पर सफेद नहीं, भूरी। और उस समय जब मैं अपने पेंवठे पर बैठा उसे देख रहा था, वह उस मकान के दाएँ बाजूवाले कचरे के ढेर से, छाँटकर कुछ चभला रही थी, जिस मकान के कच्चे पाखाने और पकी औरत का एक सरसराता जिक्र मैंने अभी-अभी किया था और इस समय तक जो अपने भाग्य के चलते, विधवा हो चुकी थी। लेकिन एकदम वर्तमानकालिक दृश्य में यह मकान एक तालाबन्द मकान था। और लँगड़ी गाय कचरे के ढेर से अपने लिए माकूल खाद्य सामग्री चुनने में लगी थी। मैं किसी दूसरे दर्शनीय दृश्य के अभाव में उसे इतने तनावपूर्ण ध्यान के साथ देख रहा था, कि मेरे सिर में दर्द होने लगा था, जिसके चलते मेरे मन में ब्लड प्रेशर चेक करवा लेने का खयाल भी एक मिनट के लिए आया था, जो शायद इसलिए तत्काल गायब हो गया था, कि मैंने एक लड़की को कचरे के ढेर की ओर बढ़कर कुछ चुनते, और अपने झोले में भरते देखा था। मैंने संजय से पूछा, तो उसने बताया था, कि ऐसी बहुत-सी लड़कियाँ, बहुत-से ढेरों से पोलिथिन के बैग्स चुनकर केवड़ाबाड़ी के पास की दूकान पर बेच देती हैं।

"केवड़ाबाड़ी के पास की दूकान पर?" मैं पूछना चाहता था। लेकिन तभी भांजी ने घर के भीतर से संजय को इतनी जोर की आवाज दी थी, कि बाहर आधी गली में वह आवाज गूँज गई। और मैं संजय से यह पूछ नहीं सका था, कि वहाँ केवड़ाबाड़ी के पास कौन-सी दूकान बन गई है? न पूछ सकने का कारण शायद यह भी हो, कि ठीक उसी समय मनीराम दाहिनी तरफ से आता दिखा, और आकर मेरे सामने खड़ा हो गया। रुकते ही उसने मुझे इस इलाके की खास शब्दावली में पालागी कहा और फिर लम्बी कैफियत देते हुए बताने लगा, कि यूँ तो हम दोनों दोस्त हैं, लेकिन उसने मुझे पालागी सिर्फ इसलिए कहा है, कि मैं आखिरकार बाम्हन हूँ। पता नहीं उसने आखिरकार शब्द का इस्तेमाल किया था, या नहीं पर मुझे लगा

कि किया होगा। शायद इस कैफियत के बाद उसे लगा कि मेरा ध्यान उसकी बातों में नहीं है। यह ठीक भी था। मैंने जब उसे आते हुए दूर से देखा था, तभी से मन ही मन सोचने लगा था, कि हे भगवान यह यहाँ मत रुके। मगर वह यहाँ सिर्फ रुका ही नहीं था, बल्कि भाषण देने लगा था। ऐसे में मेरे ध्यान का बिखरना लाजिमी था। उसके पहले मेरा ध्यान मन्दिर के सामने लगभग सड़क पर बने एक फर्श पर बैठी, एक दूसरी विशालस्तना से बात करती, लम्बी स्वस्थ सुन्दरी पर था। उस समय एक मासूम खेल की तरह दृष्टि का चोरी छुपा आदान-प्रदान जारी था। बुढ़ापे के इस न जीत, न हार वाले खेल में, मेरी दिलचस्पी का कारण यह था, कि अभी कल इसने मुझसे बातचीत की थी। और पूछा था, कि क्या मेरे पास हिन्दी के उपन्यास हैं? मैंने उसे बताया था कि किस्सा तो मैं भी लिखता हूँ। तब उसने मुस्कराते हुए कहा था, कि इन दिनों जो लिख रहा हूँ, क्या उसे पढ़ने को दे सकता हूँ? हाँ, कहकर मैंने उसकी ऊँचाई और उसकी खूबसूरती की तारीफ कर दी थी, तो पड़ोस के मकान में घुसती हुई, वह सधे कदमों से चलकर वापस मेरे पास आ गई थी और उसी जगह खड़ी हो गई थी, जहाँ पर अभी यह मनीराम खड़ा है।

सो जब मनीराम ने देखा, कि मेरा ध्यान भटक रहा है, तो उसने पूछा कि मैं क्या सोच रहा हूँ।

''सरकार के बारे में।'' मैंने कहा था।

मैं उसके चेहरे की ओर गौर से देखने लगा था। लगभग घूरने-सा। मनीराम सरकारी नौकर जरूर था, पर सरकारी आदमी नहीं था। संसारी आदमी था। उसे मेरी बात की चिकनी-चुपड़ी आध्यात्मिकता समझ में नहीं आई। मैं सरकार के बारे में कतई नहीं सोच रहा था। उसके सवाल के जवाब में जब मैंने पिछला जुमला उचारा था, तो उसके पीछे कोई सोच-समझ नहीं थी। अपने आप सरकार शब्द के निकल जाने के पीछे का वास्तविक मनोवैज्ञानिक कारण चाहे जो हो, पर मनीराम के सवाल के दौरान और शायद उसके पहले भी, मैं अपनी गली को गौर से देख रहा था।

और तब उस गली के कचरे के ढेर से वह लँगड़ी गाय अपनी खाद्य सामग्री चुनकर कहीं और जा चुकी थी। मेरे ठीक सामने के मकान से पीतल की पुरानी गागर लेकर मस्जिद के पुराने कुएँ पर पानी भरने को जाता संजय, अचानक तीव्र गति से उसी मकान के भीतर की ओर पलटा था, जहाँ से बाहर जाने के लिए वह निकल रहा था। उसको इस तरह पलटते देख मैंने कारण जानने के लिए अपनी नजर को थोड़ा एलर्ट किया था, तो मुझे वह लड़की दिखी थी, जो महीने-भर पहले इस मुहल्ले में आई थी, और आगमन के साथ ही जिसने मुहल्ले के चौदह से चवालीस के बीच के सारे मर्दों की नींद हराम कर दी थी। अपनी भद्दी चाल और भदेस कपड़ों से ढँकी, भदभदाती देह की नुमाइश करती, वह जब गली के उस मोड़ पर पहुँची, जहाँ म्युनिसिपैल्टी का नल लगा था, तो दाहिने बाजू की ओर छोटी गली

से एक मोटरसायकिल तेज चाल से आकर उसके ठीक बगल में रुक गई और लड़की सपाटे से उसकी पीलियन पर बैठ गई। सामने के मकान से कांधे पर पीतल की गागर लिये संजय तब तक बाहर आ चुका था और गौर से उसी को ताक रहा था। जैसे ही वह उसकी नजर से ओझल हुई, संजय मेरी तरफ पलटा और बगैर किसी सवाल के, जानकारी देने-सा उसने बताया, कि यह लड़की सरकारी नौकरी करती है। शायद इसी समय मनीराम ने मुझसे पूछा था, कि मैं क्या सोच रहा हूँ और मैंने कहा था, कि सरकार के बारे में।

सरकार की अचानक याद का कारण यह भी हो सकता है, कि आज सुबह जब मैं यहाँ पहुँचा था, तो आते ही मैंने शहर की सबसे बुजुर्ग, सबसे प्राचीन अध्यापिका के देहान्त की खबर सुनी थी। वे सरकारी स्कूल में प्रधान अध्यापिका थीं और तबसे, जब देसी सरकार गद्दीनशीन नहीं हुई थी। मेरी बहन ने जिस अदा में यह खबर सुनाई थी, उसमें यह दबी छुपी नसीहत भी थी, कि मुझे उनकी शवयात्रा में जरूर शामिल होना चाहिए। यह भी सच है कि मैं शामिल होने की तभी से सोचने लगा था, जब मैंने आते ही यह खबर सुनी थी। लेकिन मेरी आँखें करूआ रही थीं, क्योंकि मैं पूरी रात जागकर सुबह चार के करीब यहाँ पहुँचा था और कमरे में आकर विशेष ध्यान के बाद की फौरी थकान के बावजूद, उस हल्की ठंड से भरी फागुनी सुबह की शुरुआती बेला में, मुझे ठीक से तो क्या, बिलकुल ही नींद नहीं आई थी। शायद इसका कारण यह हो, कि भरपूर थकान के बाद भी मेरे मन में लगभग अनहोनी जैसी कल्पना की तरह यह उम्मीद थी, कि क्या पता, वह लड़की दीख जाए। मैंने आनन्द से सुन रखा था, कि वह छत पर आती है और शनिवार की सुबह साढ़े चार बजे नहाकर आती है और बाल फैलाकर पश्चिम की ओर मुँह करके कोई पूजा करती है। आनन्द की इस बात पर मुझे आधा-अधूरा यकीन हुआ था, लेकिन मैंने खुद उसे एक रोज पीपल की पूजा करने के लिए थाली में दीप और नैवेद्य लेकर जाते हुए देखा था। रोज सुबह पीपल की पूजा करने में धार्मिक भावना चाहे जितनी भी या जैसी भी रही हो, दूसरी सम्भावना जैसी भावना यह हो सकती थी, कि पीपल के पास वाले पक्के मकान में चार-पाँच जवान लड़के किराये से कमरे लेकर रह रहे थे। एक मरियल अफवाह की तरह यह खबर भी थी, कि उनमें से किसी या हर किसी के साथ उस लड़की का चलता है। इस अफवाह या खबर से बहुत ही अमूर्त्त बिम्ब बनता था, जो मेरी कल्पना और उम्मीद दोनों से लगभग रोज टकराता था और चूर-चूर हो जाता था। इसलिए मैं अनहोनी जैसी इस उम्मीद के साथ अपनी छत पर बाहर आया था और असम्भव कल्पना की तरह यह सोचने लगा था, कि चाहूँ तो दो छत फलांग कर और तीसरी पर कड़ी मेहनत और पक्के इरादे के साथ चढ़कर, मैं कम से कम उस पूजारत यौवना की गोरी पीठ पर (बेशक पीठ उस समय साड़ी ब्लाउज से ढँकी रहती होगी) छितरे केशों की शोभा के ब्रह्म मूहूर्त में, अपनी

करुआती आँखों की जलन को शान्त कर सकता था, लेकिन कल्पना की उत्तेजना से मुझे इतनी थकान हुई, कि मैं ऊपरवाले अपने कमरे से नीचे उतरकर बरामदे पर आ गया। वहाँ मेरी माँ याने दादी मोटी रजाई ओढ़कर सो रही थी और उसके सिरहाने दाईं तरफ एक छोटे झुंड में मच्छर भनभना रहे थे।

इन मच्छरों ने मुझे तबके याने कुछ ही दिनों पहले के मच्छरों की याद दिलाई। वैसे यह मच्छरों की स्मृति उतनी नहीं थी, जितनी मलेरिया की। यों तो मच्छर मुझे हर बार एकाध मिनट के लिए मलेरिया की याद दिलाते ही हैं, लेकिन इस बार की याद मलेरिया की नहीं, माँ की याद थी। याने उस दिन की याद, जब माँ का काम, आज की तरह एक पतली रजाई से नहीं चल पाया था। उस दिन भी वह इसी बरामदे की खाट पर लेटी थी। उसका शरीर बुखार की ठंड से काँप रहा था। बिन्ना उसे ठीकठाक देखने के बाद ही अस्पताल के लिए निकली थी। तब मुझे नहीं लगा था कि माँ कुछ ही देर में बहुत सीरियस हो जानेवाली है। लेकिन जब एक के बाद दूसरी, दूसरी के बाद तीसरी रजाई ओढ़कर भी माँ का काँपना बन्द नहीं हुआ, तो मैं सचमुच डर गया। मैंने उसी क्षण अपने भतीजे बड़े को फोन लगाया, तो उसके घरेलू नाम बड़े को सोचकर, मुझे अपने दोस्त बड़के की याद आई। वह एक सदाबहार तन्दुरुस्त जवान आदमी था, जो बस से फिसल कर गिरा था और तत्काल मर गया था। जिन लोगों ने उसे मरने के बाद देखा था, उनका कहना है, कि सिर के पिछले हिस्से में हल्की ललाई के अलावा, पूरे शरीर पर कहीं कोई खरोंच तक नहीं थी। लेकिन अभी बड़े को फोन करते हुए, मुझे बड़के की याद अपशकुन जैसी लगी और मैंने माँ की ओर देखा।

बयासी की माँ का गोरा चेहरा अभी कुछ दिनों पहले तक ऐसा कुम्हलाया हुआ कभी नहीं लगा था। अभी लगा तो मुझे फिर डर लगा और इस बात पर गुस्सा भी आया, कि मिनट-भर तक घंटी बजती रहने के बाद भी, फोन उठाने के लिए बड़े के घर में कोई आया नहीं था। तभी बड़े ने उठाया और बताया कि उसकी बीवी एक बाथरूम में थी, और वह दूसरे। एक पल के लिए मुझे सूझा नहीं कि मैं क्या कहूँ। मैंने हड़बड़ाकर पंडित दादा याने उसके बाबूजी अर्थात अपने बड़े फुफेरे भाई के बारे में पूछ लिया। उसने बताया कि कोई बीस दिन हो गए वे सम्बलपुर गए हुए हैं और वहाँ अपने नाते रिश्तेदारों के बीच, इन दिनों काफी बेहतर महसूस कर रहे हैं। इसके बाद मैंने फिर एक बार माँ की ओर देखा। वह काँप रही थी और जोर से खाँस भी रही थी। उसकी साँस फूलने लगी थी। कफ थुकवाने के लिए काकी प्लास्टिक का पात्र लेकर आईं, जिसमें बहुत पुराने दिनों की तरह अभी भी राख थी, जबकि घर में कोई लकड़ी या कोयले का चूल्हा नहीं था। माँ अधलेटी-सी हुई और थूक चुकने के बाद फिर लेट गई। उसकी कँपकँपी देखकर, काकी भीतर जाकर एक कम्बल और ले आई। तीसरी रजाई के ऊपर कम्बल ओढ़ने के बाद

भी, जब माँ का काँपना जारी रहा, तो मैंने हड़बड़ा कर बड़े से कहा कि माँ की तबीयत बहुत खराब है और वह तुरत हमारे यहाँ आ जाए। बड़े सचमुच तुरत आया और उसने माँ की हालत को विशेषज्ञ डॉक्टर की तरह समझने की कोशिश की। शायद बुखार उतारने की दवा के साथ, उसने मलेरिया की कोई दवा भी दी। शायद इससे माँ को कुछ ही देर में अच्छा लगा और उसने एक-एक कर सारी रजाइयाँ पैताने की ओर सरका दीं।

लेकिन उसी शाम को जब मैं बाहर उसी पेंवठे पर बैठा था, जहाँ रोज बैठकर जग का मुजरा लेने की अदा में, अपनी काम-कल्पना की उड़ान को आत्ममुग्ध की तरह देखता रहता हूँ, तो बिन्ना वहाँ आई। उसने डिप्रेश्ड फिर भी संयत स्वर में बताया कि माँ का बी.पी. एकदम ही लो हो गया है। दो मिनट बाद बड़े को फिर बुलाया गया। बड़े ने फिर एक बार जाँच की और फिर अकादमिक आलोचना के बाद वे दोनों इस निष्कर्ष पर पहुँचे, कि माँ को फेल्सीपेरम मलेरिया है। उनकी शेष बातचीत के दौरान मैं भकुए की तरह खड़ा चुपचाप माँ की ओर ताक रहा था।

बुखार उतर जाने के बाद माँ का चेहरा थोड़ा शान्त लगा और सुन्दर भी। सच तो यह है कि माँ आज भी मुझे बहुत सुन्दर लगती है और उसे गौर से देखकर, खासकर तब जब कि उसने अपने लम्बे बाल धोये हों, मुझे उन दिनों की याद आती ही है, जब मैं उसके साथ चिपटकर सोता था। और इस बात पर बिन्ना मुझसे झगड़ती थी। इस तर्क के साथ, कि चूँकि अब मैं बड़ा हो गया हूँ, इसलिए माँ के साथ सोने का हक अब उसी का बनता है। उस समय मैं बारह का था और बिन्ना छै की, याने कि सचमुच उस उम्र में जब कि अकेली सोने में उसे डर लगता होगा। इसका नतीजा यह होता था, कि एक ईषत् चौड़े तखत पर मैं और बिन्ना दोनों, माँ को बीच में लिटाकर सोते, याने माँ को परेशान करते थे। अभी जिस दिन की याद में मैंने अतीत के इस दुर्लभ सुख को याद किया, उस दिन मैं अकेले ही माँ के साथ सोया हुआ था। उस दिन घर में कोई वयस्क मर्द नहीं था। मुहल्ले के सारे बुजुर्ग पंडित दादा याने बड़े के बाबूजी की शादी में गए हुए थे। अचानक आधी रात को माँ हड़बड़ाकर उठी और चोर-चोर चिल्लाती गली वाले दरवाजे की तरफ बढ़ी, तो उसकी आवाज सुनकर मुहल्ले के दूसरे कुछ लोग भी चले आए, और इस शोर में मेरी नींद भी खुल गई। लेकिन अफसोस की बात यह है, कि न सिर्फ चोर को पकड़ा नहीं जा सका, बल्कि मैं उसकी उतनी-सी झलक भी नहीं देख पाया, जितनी माँ ने देखी थी।

जब मैं माँ की ओर देखते हुए, पंडित दादा की शादी के दिन, हमारे घर में चोर घुसने की घटना याद कर रहा था, तो अचानक बड़े ने बिन्ना को सम्बोधित करके कहा, "बाबूजी की तबीयत खराब हो गई है।"

"अभी कल तो मैंने फोन पर बात की थी," बिन्ना ने हल्के आश्चर्य के स्वर में कहा।

"शाम को फोन आया था।" बड़े ने धीरे-से कहा। वह उस समय माँ का बी.पी. चेक कर रहा था।

"क्या हुआ है?" बिन्ना ने पूछा। बड़े ने जवाब में किसी तकनीकी शब्द का इस्तेमाल किया, जो मेरी समझ में नहीं आया। लेकिन बिन्ना का चेहरा, जो पहले ही माँ की हालत के कारण गम्भीर लग रहा था, कुछ और गम्भीर हो गया। तब बड़े ने फिर बताया कि ब्लडप्रेशर अभी और लो नहीं हुआ है, लेकिन बिन्ना ने इस पर कुछ नहीं कहा। वह पंडित दादा के बारे में सोचने लगी थी और इस बात पर शायद चिन्तित थी, कि बड़े को शायद आज रात ही निकलना पड़ सकता है। बड़े ने उसी समय कहा कि वह एक्सप्रेस से निकलने की सोच रहा है। तभी फोन की घंटी बजी। बिन्ना ने उठाया और तत्काल रखकर बड़े से कहा, कि उसे तुरत निकलना होगा। बाबूजी की याने पंडित दादा की तबीयत ज्यादा ही खराब हो गई थी। मैंने बड़े से कहा कि वह कार से निकल जाए। बड़े उसी पल अपने घर भागा और आधे घंटे में तैयार होकर सपरिवार सम्बलपुर के लिए निकल गया। कुछ ही देर में वहाँ से फिर फोन आया। इस बीच बिन्ना ने फोन, माँ के पास वाली जगह से उठवाकर, दूसरे कमरे में रखवा दिया था, ताकि घंटी की आवाज से माँ की नींद न खुल जाए। वह फोन रिसीव करने के लिए दौड़ी। उसके पीछे-पीछे मैं। मेरे पहुँचने के साथ ही उसने रिसीवर रख दिया और रुँधे गले से बोली, पंडित दादा गए। उसके बाद पूरी रात हम माँ को जोगते रहे, बिना यह बताये, कि इस बीच पंडित दादा नहीं रहे हैं और माँ रजाई ओढ़कर बीच-बीच में जागती और बेचैन-सी होती, उसी तरह सोती रही, जैसे अभी सो रही थी।

उसी तरह सोती रही कहना, शायद गलत है, क्योंकि अभी वह बेचैनी से नहीं, बल्कि चैन से सो रही थी। सिर्फ उसे देखने के लिए ही मैं रात की गाड़ी में बैठकर यहाँ आया था, जबकि उसके दो ही दिन पहले मैंने यह शहर छोड़ा था। मुझे अपनी पत्नी की दीदी के मँझले लड़के की शादी के रिसेप्शन में जाना था। पहले तो मैं बारात में जाने की कल्पना में भुवनेश्वर से पुरी के समुद्र तट तक जाकर, वहाँ समुद्र में डरती, झिझकती नहाती, ढेरों युवतियों के सुपुष्ट स्तनों के उभार को, गीले कपड़ों से बनते आकारों में देखता रहा था। लेकिन जब मुझे पता चला कि बारात बस में जाने वाली है और रात डेढ़ बजे के पहले निकलनेवाली नहीं, तो मैंने अपनी माँ की बीमारी का बहाना बताकर अपने न जाने को नैतिक रूप से उचित सिद्ध कर लिया था। यों माँ की बीमारी बहाना नहीं, असलियत थी, लेकिन मेरे न जाने के पीछे की असलियत यह थी, कि बस में पाखाने की कोई सुविधा नहीं होती। और न जाने यह प्राचीन पेचिश का कौन-सा रूप है, कि पिछले छै महीने से, सुबह छै-सात के आसपास, कुछ इतनी तीव्रता से मेरा प्रेशर बनता है, कि अगर पहले से कोई अन्दर हो, तो मुझे चिल्लाकर कहना पड़ता है, कि प्रेशर अब बर्दाश्त के बाहर हुआ जा रहा

है। उस वक्त हालाँकि सुबह के छै या सात नहीं बजे थे, लेकिन अपनी माँ को पतली रजाई के भीतर चैन से सोती देखकर मुझे जोर से लगी थी।

इससे पहले कि मैं दौड़कर वहाँ पहुँचूँ और लुंगी उठाकर सस्वर फारिग होने के रोजमर्रा सुख को अपूर्वता से महसूस करता, शरीर के हमेशा तने रहने की चिन्ता में कुड़कुड़ाता या सुड़सुड़ाता, फिर उसी या किसी लड़की की निर्वसन कल्पना के सुखद तनाव से गुजरता, रिटायरमेंट के कई साल बाद भी नहीं मिलनेवाली पेंशन को सोचकर, निर्धन जीवन के मरण के खयाल में आगे का काम निपटाऊँ, याने निबटने के बाद अपने कमरे में जाने के लिए सीढ़ियाँ चढ़ूँ—टेलिफोन की घंटी बजी। माँ के सीरियस होकर बच जाने और पंडित दादा के अचानक चले जाने के दिन के बाद से ही टेलिफोन उसी कमरे में रखा था, जहाँ मेरी पत्नी की अन्तिम साँस छूटी या टूटी थी। मैं लगभग दौड़कर उस कमरे में पहुँचा और मैंने रिसीवर उठाया और सुना :

"माल आज तीन बजे रवाना किया है।"

"क्या ?" मैंने झींक कर कहा।

"एक ट्रक माल अभी लोड कराके आ रहा हूँ। ट्रक नम्बर है, 7897।"

"इस टेलिफोन का नम्बर है, ट्रिपल थ्री डबल थ्री।"

हालाँकि यह हमारे घर का टेलिफोन नम्बर नहीं था और गुस्से में रिसीवर पटकते हुए, जब मैंने यह नम्बर उचारा था, तो यह पता नहीं था, कि यह इस शहर के टेलिफोन विभाग के सबसे बड़े अफसर के घर का नम्बर है। वह बात तो बाद में मुझे बहन ने नाश्ते के समय बताई थी। इसी के साथ उसने शहर की सबसे प्राचीन अध्यापिका की मौत की खबर भी सुनाई थी और तब खबर सुनते हुए मुझे यह बात याद नहीं आई थी, कि मनीराम के सामने मेरे मुँह से अचानक सरकार शब्द के निकलने का कारण यह भी हो सकता है, कि आज सुबह की शुरुआत ही सरकारी यंत्र और तंत्र के प्रति गुस्से के साथ हुई थी। हालाँकि यह कहना भी किसी हद तक बनाई गई बात की तरह झूठ ही है, कि टेलिफोन में उस व्यापारी की आवाज सुनकर खीझने के बाद, मैं बहुत देर तक सरकार के बारे में सोचता रहा था।

अभी सोचने पर लगा कि मैं दिवंगता के बारे में सोच रहा था। रिसीवर रखने के ऐन बाद मुझे उसी की याद आई थी, हालाँकि हर बार की तरह, इस बार वह दिखी नहीं थी, पर मैंने याद किया था कि उसने इसी कमरे में दम तोड़ा था। इस तरफ नहीं, खाट उस तरफ रखी हुई थी। और यह खाट नहीं थी। सोचकर मैंने कमरे को गौर से देखा, तो यह बात याद आई कि उस दिन, जब मैं इधर इस तरफ की खाट पर लेटकर, उधर उस तरफ, याने दिवंगता के दम टूटने की जगह के काले पत्थरोंवाले फर्श को, बाहर से आती हल्की रोशनी में देख रहा था, तो अचानक लगा, कि इसी कमरे के किसी कोने से कोई आवाज आ रही है। वह चूड़ियों की

खनखन या पैजनियों की रुनझुन या बाहर साँकल के बजने जैसी कोई आवाज नहीं थी, लेकिन मैंने कुछ देर उसे गौर से सुनकर समझने की कोशिश की, तो लगा कि शायद इनमें से किसी भी आवाज के साथ उसकी तुलना की जा सकती थी। वह आधी रात का वक्त था। इस कमरे के ऐन ऊपर के कमरे में, मेरा बेटा प्लेंचिट की साधना के सहारे आत्माएँ बुलाने की कोशिश में लगा था और इस काम में उसके चार-पाँच दोस्त उसका सहयोग कर रहे थे।

ऐसी परिस्थिति में मैंने जब तीसरी बार वह आवाज सुनी, तो मैं थोड़ा डर गया। इसके बाद वह आवाज काफी देर के लिए बन्द हो गई, लेकिन काफी देर तक मैं उसे सुनता रहा और न सुनने की जरूरी कोशिश में, आखिरकार मैंने उस लड़की को याद करने की कोशिश की, जिसे मैंने अभी कुछ दिन पहले, बल्कि कुछ महीने पहले, आईने के सामने प्यार किया था। लेकिन अभी एक दिन पहले, याने कल रात, जब मैंने उससे टेलिफोन पर बात की थी, तो उसने बहुत थके स्वर में बताया था, कि उसे मलेरिया हो गया है। इसके तत्काल बाद मुझे फेल्सीपेरम मलेरिया की याद आई थी। लेकिन मेरा मूल ध्यान टेलिफोन के बढ़ते बिल पर था, सो मैंने उसे ढाढस बँधाते हुए कहा था, कि इन दिनों सारे देश में सरदी बुखार का मौसम है, हालाँकि सचाई यह है कि जब मैं टेलिफोन पर उसकी बीमार-सी आवाज सुन रहा था, तो मुझे दूर के शहर की उस शवयात्रा की याद आ रही थी, जिसका जिक्र मैंने किस्से के इस हिस्से के आरम्भ में ही किया है।

यह सरकारी शवयात्रा थी। किसी मंत्री की पत्नी का देहान्त हो गया था। उन दिनों उस दूर के शहर में मैं एक छोटे-मोटे अफसर की तरह काम कर रहा था। इसी वजह से मुझे उस शवयात्रा में भाग लेने को मजबूर हो जाना पड़ा था। श्मशान बहुत दूर था और शवयात्रा गाड़ियों में की जा रही थी। मैं बहुत पीछे की एक एम्बेस्डर में बैठा था और सोच रहा था, कि कार में श्मशान जाने का यह मेरा पहला अनुभव है। तब यह बात भी सोच में आई थी, कि हवाई जहाज में मैं अभी तक नहीं बैठा हूँ, लेकिन सबसे ज्यादा इस बात पर मैं सोच रहा था, कि हो सकता है कि दफ्तर पहुँचने में देर हो जाए। हुई भी।

मैं दो घंटे देर से दफ्तर पहुँचा। वहाँ वह लड़की मेरा इन्तजार कर रही थी। उसे अपने सामने की कुर्सी पर बैठी देखकर, सबसे पहली बात जो मैंने मार्क की थी, वह यह कि लड़की लम्बी, गोरी और दुबली है। इस अर्थ में बिलकुल मेरी बहन जैसी लगती है। दूसरी बात मुझे यह भी लगी, कि यह मुझसे दो इंच से ज्यादा ऊँची होगी। मेरी बहन मुझसे तीन इंच ज्यादा ऊँची है। इसके अलावा जिस तथ्य को मेरी शातिर आँखों ने, लगभग देहातीपने की बद्तमीजी के साथ दर्ज किया था, वह यह कि लड़की के स्तन काफी छोटे थे और रंग झक्क गोरा। इस तरह उसे सामने बैठी देखकर मेरे मन में यह खयाल आया, कि मेरा मकान तो अभी सुनसान होगा, लेकिन

मैंने इस खयाल को उसी वक्त भगा दिया। मुझे अचानक अपनी औकात की याद आ गई थी। इस बात की भी कि मैं बियर के नशे में था। और उसे देखकर यह सोचने लगा था, कि कहीं वह बियर की तेज दुर्गन्ध से बिदक न रही हो। इस खयाल का, बल्कि इस डर का कारण यह था, कि इससे मेरा परिचय अभी दो महीने पुराना था और मैं अपने एक वयस्क अनुभवी मित्र की सलाह पर इतनी धीमी गति से, अन्तरंगता के रस्ते पर आगे बढ़ रहा था, कि इन दो महीनों में, पिता की सी दुलार-भरी थपथपाहट से आगे नहीं बढ़ पाया था। इसलिए मैं यह नहीं चाहता था, कि इस समय मेरी ओर से कोई असंयमित हरकत हो। इसलिए ही मैं अपनी बदहवास घुमड़ती कामना के बावजूद एकदम खामोश था। तभी लड़की ने बात शुरू करते हुए कहा कि वह दो घंटे से मेरा इन्तजार कर रही है और कल भी वह मेरे लिए चिट छोड़कर गई थी। इन दो ही वाक्यों ने मेरे संयम का बाँध तोड़ दिया और मैंने बिना कुछ सोचे-समझे उसे उसी तरह यह कह दिया कि चलो क्वालिटी चलते हैं, जैसे अभी मनीराम के सामने मेरे मुँह से निकला था, कि मैं सरकार के बारे में सोच रहा था। गनीमत है कि मेरा निजी सहायक उस समय मेरे ऐन बाजू से खड़ा था। शायद बियर की गन्ध की वजह से उसने मेरे असंयमित कथन में छिपे खतरे को भाँप लिया था और मुस्तैदी के साथ फाइलों का एक बंडल मेरे सामने रख दिया था।

अभी जैसे ही मैंने इस फाइल की बात याद की और लगभग अनायास याद की और याद करते हुए यह सोचा कि मैं उस लड़की को याद करते हुए यह सारा प्रसंग याद कर रहा था, जिसे मैंने अपनी बहुत पुरानी मासूम इच्छा के दबाव में आइने के सामने प्यार किया था, तो मुझे थोड़े सलीके से यह बात याद आई थी, कि मैं सरकार के बारे में क्यों सोच रहा था ? याने मैंने मनीराम से यह क्यों कहा था, कि मैं सरकार के बारे में सोच रहा था, जबकि उस वक्त अपने शहर की उस गली को देखते, मैं अपनी याद्दाश्त को जितना भी आगे या पीछे ठेलता, तो मनीराम को देखने के बाद, मुझे सरकार की नहीं, इस पूरे अनाप-शनाप संसार की भी नहीं, बल्कि उस त्यौहार की याद आनी चाहिए थी, जिसे हम पढ़ाई के दिनों से बेकारी के दिनों तक, वॉलीबाल की शाम के नाम से जानते थे।

लेकिन नहीं।

मनीराम जब रुका और उसके रुकने और भाषण देना शुरू करते ही जब मुझे चिढ़ हुई, और इस चिढ़ के दौरान जब मैंने कम से कम दो मिनट बरबाद करके कहा, कि मैं सरकार के बारे में सोच रहा था, तभी कनखियों से मैंने यह भी देखा, कि वह लम्बी लड़की मन्दिर के दरवाजे से उठकर अपने घर की ओर जा रही थी। सॉरी। जिसे मैंने लड़की कहा, वह लड़की नहीं बल्कि औरत थी, इस अर्थ में कि उसके बच्चे थे और किसी बच्चेवाली को लड़की कहना, सिर्फ व्यावहारिक नहीं, बल्कि इस मुहल्ले की सांस्कृतिक दृष्टि से भी एक गलतबयानी होगी। यह वही

औरत थी जिसने अभी कुछ ही दिन पहले मेरे इस किस्से में अपनी दिलचस्पी जाहिर की थी। यह हर शाम मन्दिर के दरवाजे पर, कभी मैरून, कभी हरी, कभी गाढ़े लाल रंग की साड़ी पहनकर बैठती थी। कम से कम पिछले तीन दिनों में मैंने उसे अलग-अलग तीन रंगों की साड़ियों में देखा था। आज चौथी में देख रहा था। मेरा ध्यान रंग की ओर नहीं था, मनीराम के बालों की ओर था, जिसके बारे में उसने कुछ दिन पहले ही मुझे इसी जगह पर बताया था, कि उसने पहली बार डाई करवाया है। इस बार उसके रुकने पर मुझे उम्मीद थी, कि वह पिछली बार की तरह अपने बालों या अपने दाँतों के जिक्र के साथ, अपने रिटायरमेंट के दिनों की सूचना देते हुए कोई बात शुरू करेगा। मैं सिर हिलाता उसकी बात न सुनता हुआ, बाईं तरफ मुंडी घुमा-घुमाकर, उसके विदा माँगने का इन्तजार करता रहूँगा। तभी उसने पूछ लिया कि मैं क्या सोच रहा हूँ और मेरे मुँह से निकल गया कि सरकार के बारे में।

यह सच है कि सरकार पिछले कई महीनों से मेरे लिए निजी परेशानी, बल्कि बेचैनी का कारण बनी हुई थी, क्योंकि मेरी नौकरी के अब लगभग दो बरस बचे थे। मेरे कागजात इतने गड़बड़ थे, कि अगर मेरी फाइलें मुस्तैदी के साथ आगे नहीं बढ़ाई गईं, तो रिटायरमेंट के तीन-चार साल बाद तो क्या, ऐन अपनी मौत तक भी मुझे पेंशन की उम्मीद नहीं रखनी चाहिए। इस आशंका का कारण यह है, कि मेरे एक काका, जो उसी विभाग में काम करते थे, जिसमें मैं कर रहा हूँ, रिटायरमेंट के चार साल बाद भी अपनी पेंशन नहीं पा सके हैं, हालाँकि अपनी इस आशंका के बावजूद मेरे मन में एक उम्मीद भी थी, कि कुछ दे-दिलाकर काम जल्दी भी बनवाया जा सकता है। और इस उम्मीद के पीछे के ठोस कारण की तरह बाबू की याद आई थी, जो अपने पेशे के साथ-साथ नाम से भी बाबू था और लगभग पैंतीस साल तक भरपूर सफलता के साथ सरकारी बाबूगिरी की जिम्मेदारी निभाने के बाद, अभी साल-भर पहले रिटायर हुआ था। अभी हाल अपनी अवैतनिक छुट्टी के दिनों में कागजात के और बिगड़ जाने की आशंका के साथ, जब मैंने उसके सामने पेंशन के बारे में आशंका रखी थी, तो मेरी इस दोहरी तकलीफ के सन्दर्भ में उसने सूक्ति की तरह यह बात कही थी, कि आखिर देश के ही नहीं, दुनिया के हर दफ्तर में आदमी ही काम करते हैं।

अपनी इस आशंका और उम्मीद के साथ मैं अपने दफ्तर के एकाउंटेंट के पास पहुँचा था, जिसने यों तो मुझे देखते ही बड़ी शालीनता के साथ नमस्कार किया था, लेकिन मेरी बात के जवाब में कुछ ठोस कहे बगैर, उस औरत से बात करने लगा था, जो पिछले सात बरसों से मेरी कुलीग थी, लेकिन जिसका नाम तक मैं नहीं जानता था। वह अर्जित अवकाश के बदले में मिलनेवाली रकम के बिल के बारे में पूछताछ कर रही थी और एकाउटेंट के बाजू से खड़ी थी। दूसरे बाजू से किसी जमाने का स्थानीय कवि, और आज का प्रेस मालिक, पब्लिशर और बुकसेलर राजीव

खड़ा था, जिसने मेरे साथ ही इस कमरे में प्रवेश किया था। उसे पिछले मार्च में सप्लाई की गई किताबों की कीमत से सम्बन्धित बिल का चेक लेना था। उसने खुद ट्रेजरी जाकर बिल पास कराने के लिए घूस दी थी। उस ताजा घूस की सफलता और शहर के अनुभवी बाबू की पुरातन सूक्ति को सोचकर ही, मेरे मन में यह खयाल आया था, कि एकाउटेंट से सीधे साफ शब्दों में बात कर लेनी चाहिए। उसी इरादे के साथ जब मैं वहाँ पहुँचा, तो एकाउटेंट ने मेरी आधी बात, आधे कान से सुनने के बाद, उस औरत से उसके सैंक्शन लेटर के नहीं मिलने की बात शुरू कर दी थी और घूस के सम्बन्ध में कोई ठोस बात शुरू किए बगैर, मैंने रात की वह गाड़ी पकड़ी थी, जो चार घंटे लेट थी, लेकिन जिसमें मात्र बीस रुपए की घूस लेकर, केन्द्र सरकार की रेल के कर्मचारी ने मुझे चार घंटे आराम से सोने को बर्थ दे दी थी। लेकिन मुझे रात साढ़े तीन के करीब तक इसलिए नींद नहीं आ पाई थी, क्योंकि एक जवान औरत या लड़की, सामने के मिडिल बर्थ पर कुछ इस तरह सो रही थी, कि उस पर नजर फिराते रहने की इच्छा को रोकना काफी मुश्किल था। अगर कोशिश करके एकाध मिनट के लिए मैं दृश्य से आँखें हटाता था, तो मुझे वह अदृश्य लड़की दिखने लग जाती थी, जिसके साथ अभी कुछ दिन पहले मैंने एक सपनीली बर्थ में एक साथ यात्रा करते हुए जाना था, कि एक पुरुष और स्त्री के मधुरतम सम्पर्क के सन्दर्भ में, पैर के अँगूठे की भूमिका भी कितनी रोमांचक हो सकती है। लेकिन अभी इस सुदूर स्थित बर्थवाली की धुत्त नींद के सामने मेरा यह जागरण रोमांचकारी नहीं, बल्कि कष्टकारी था। इसलिए कभी एलर्ट रहनेवाली योगसाधना के सहारे, और कभी अनाप-शनाप कल्पना में आँख मूँदे, उस डेढ़फुटिया चौड़ी जगह में नींद का इन्तजार करते-करते ही मैं अपने शहर पहुँच गया था। वहाँ आकर ब्रह्म मुहूर्त में, पश्चिम की ओर मुँह करके पूजा करनेवाली, अपनी असम्भव लभ्य मानसी के सोच-विचार ने, नींद की बची-खुची उम्मीद भी खत्म कर दी थी। अन्त में अपने आप से हारकर सुबह छै के करीब मैं उस बरामदे में पहुँचा था, जहाँ मेरी माँ एक पतली रजाई ओढ़कर सो रही थी।

यहीं से मैं टेलिफोन की घंटी की आवाज पर दौड़ा था। ना, अभी मैंने पूरे यकीन के साथ याद किया, कि घंटी घनघनाने और मेरी लेंड़ी सटक जाने की घटना उस दिन की नहीं है। उस दिन तो कोई दूसरी घटना घटी थी। कोई दूसरी माने यह, कि सुबह छै के करीब माँ को रजाई ओढ़कर इत्मीनान से सोता देख मैं बाहर निकला। बाहर पेंवठे पर खड़े होकर बरसों बाद मैंने सुबह छै की गली देखी। याने वही गली जिसे मैं मनीराम से बात करते समय गौर से देख रहा था। इस बार उस गली के आखिरी सिरे पर कचरे के ठीक सामने एक रिक्शा दिखा। रिक्शे से एक बूढ़ा उतरकर उस मकान में घुस गया, जो नान्हू लाला के बाजूवाला मकान था। उस मकान के बारे में वैसी कोई किंवदंती नहीं थी, जैसी, किस्से के पिछले हिस्से की

उस गली के मकान के बारे में थी, जहाँ मेरे और मेरे बचपन के दोस्त के अलावा, कमउम्र वकील दोस्त भी था। इस रिक्शे के सन्दर्भ में उसने दादूराम कसेर का नाम लिया, तो मैंने विरोध करते हुए कहा था, ''क्या कहते हो, दादू पचहत्तर से कुछ ऊपर ही होगा।''

''तो क्या हुआ, विलायत में नब्बे बरस के आदमी भी ब्याह रचाते हैं, और वह भी सत्रह बरस की जवान लड़की से। और वह भी लड़की की बेबाक रजामंदी से।''

यह इंग्लैंड नहीं है, कहकर मैं बहस आगे नहीं बढ़ाना चाहता था, क्योंकि खुद मेरे खयाल में अभी वो लड़की थी, कि क्या पता कार्तिक के महीने के कारण वह नदी की ओर जाती दीख जाए। जिस तरह कार्तिक की याद माँ के कारण आई थी, उसी तरह लड़की की याद उस बूढ़े के कारण, जिसे रिक्शे से उतरते हुए देखते ही मैंने सोचा था, कि यह कहीं वही बूढ़ा तो नहीं है, जिसके बारे में मैंने अभी कल आनन्द को यह कहते सुना था कि वह एक बूढ़े से फँसी है।

क्या? मैंने अप्रत्याशित जोर की आवाज में अपना आश्चर्य उचारा था, तो आनन्द चिढ़ गया था। थोड़े उदास स्वर में बोला था, कि अंकल आप तो हमेशा उसीच के बारे में पूछते हैं। आनन्द के स्वर में थोड़ी नहीं भरपूर ईर्ष्या थी और उसकी तुलना, मैं अपने भीतर अचानक जनम गई उस ईर्ष्या से कर रहा था, जो किसी बूढ़े के साथ उस लड़की के फँसने की खबर सुनने के बाद, अभी कुछ देर पहले मेरे मन में पैदा हुई थी। तभी आनन्द इतनी तेजी से भागा मानों उसने कोई भूत देख लिया हो।

शायद वह भी उसी आवाज को सुनकर भागा हो, जो मैंने तब सुनी थी, जब मैं बाहर से आती हल्की रोशनी में, उस सूनी जगह की ओर देख रहा था, जहाँ उस दिन वह सो रही थी। तब इतने दिनों बाद वह मुझे इस तरह दिखी, जैसे यह उसी दिन वाला समय हो। उस समय रात के कोई चार बज रहे होंगे। घर के सामने के कमरे में मैं लगभग धुत्त नींद में था, कि अचानक मुझे लगा बहुत परिचित उँगलियाँ मेरी पीठ सहला रही हैं। मेरी नींद खुली और पलटकर मैंने देखा कि वह है। उन दिनों उसके शरीर में सीधी खड़ी हो सकने की ताकत नहीं थी और तब भी दो जोगवारिनों की नींद के बीच की सँकरी जगह से गुजरकर, वह मेरी खाट तक आ गई थी। उसके पूरे शरीर में अभी महज त्वचा और हड्डियाँ थी, लेकिन आँखों में राजकमल की वह कविता गूँज रही थी, जिसे हमारे एकान्त में वह गीत की तरह गाती थी, कि हम जुड़वाँ बच्चे हैं, एक दूसरे की पीठ पर फूल पत्ती आँकते हैं। मैंने करवट बदली और आहिस्ता से उसे चूम लिया। उसने और भी आहिस्ता से कहा कि चलो बाहर चलते हैं। मैं उसे सहारे से बाहर लाया। वह दरवाजे के सामने पेंवठे पर बैठ गई। फिर कहा कि गुड़ाखू (तमाखू का मंजन) करते हैं। मंजन घिसने के बाद उसने आकाश की ओर ताका और पूछा कि क्या आज पूर्णिमा है। शायद, मैंने कहा। वह धीरे-से हँसी

और बोली अभी भी शायद ? मैं चुप रहा। ब्रह्म मूहूर्त का उजला गोल चाँद था और निरभ्र आकाश। हम दोनों के बीच हाथ-भर की दूरी थी और तभी अप्रत्याशित के आक्रामक सुख की तरह उसने मुझे इस तरह आलिंगन में जकड़ा, कि मुझे यकीन नहीं हुआ कि कुछ घंटों बाद इसे चल देना है।

"यह मृत्यु है," वह बुदबुदाई।

तब हम बिलकुल उसी जगह बैठे थे, जहाँ अभी अकेले बैठकर सामने खड़े मनीराम के सवाल के जवाब में, मैंने थककर कहा कि मैं करतार के बारे में सोच रहा था।

बात की शुरुआत मैं पंचम महाराज के जिक्र के साथ करना चाहता था। कल रात ही उन्होंने बताया था, कि उनके पास एक ऐसी दवा है, जिसे अगर किसी स्त्री को पान में मिलाकर खिला दो, तो वह पूरी तरह से वश में हो जाती है और तुम उससे जो चाहो वो करवा सकते हो। कुछ ज्यादा ही नशे में उस वक्त हम याने मैं और कमउम्र वकील दोस्त पंचम महाराज की बातों का मजा ले रहे थे। इसलिए जब उन्होंने इस खास दवा की बात बताई, तो हमने उसे सीरियसली नहीं लिया था। वे खुद बहुत गम्भीर थे। उन्होंने हमसे कहा था, कि सुबह नौ के पहले हम नहा-धो कर उनके पास आ जाएँ। वे पहले पूजा-पाठ करेंगे और अभिमंत्रित करने के बाद वह दवा हमें देंगे। पूरे अविश्वास के बावजूद, हम दोनों सिर हिला-हिला कर हामी भर रहे थे। लौटकर जब मैं घर आया था, तो उसी वक्त सो गया था। सुबह उठते ही मुझे लगा, कि सुबह-सुबह के सपने में मैंने पंचम महाराज को देखा है। सपने से मुझे थोड़ा डर लगा और मैंने सोचा भी, कि उसी वक्त जाकर उनसे मिल लूँ। घर से निकलते ही मैं यह बात भूल गया था। शाम को जब मैं मन्दिर जा रहा था, तब मुझे यह बात याद आई जरूर थी, लेकिन तब मैं अपनी आधी अधूरी आस्तिकता और लालच के साथ प्रार्थना कर रहा था, कि किसी तरह वह आज अगर दिख-भर जाती...!

इस तरह की प्रार्थना करते मुझे थोड़ा डर भी लगा था। यह सोचकर कि भोले शंकर तो निश्चित रूप से हर आदमी के मन की बात जानते ही होंगे। कहीं इस लालची और कामुक प्रार्थना पर वे नाराज हो गए तो ? अपने डर को थोड़ा कम करने के इरादे से पहली बात मैंने यह सोची, कि कम से कम मन की बात को इस तरह साफ-साफ कह देंन की सचाई के कारण, वे मुझ पर कोई बड़ा या असहनीय कहर तो नहीं ढायेंगे। दूसरी यह, कि हो सकता है, कि अपने अन्य नाम और रूप, लिंगराज का ध्यान रखकर, वे इससे भी कोई बड़ा वरदान मेरी इस प्रार्थना के सन्दर्भ में दे दें, जिसके चलते न सिर्फ मुझे उसका दर्शन मिल जाए, बल्कि वह सब भी हो जाए,

जो मैं अपने प्रार्थनाहीन एकान्त में खाट पर करवट बदलता सोचता रहता हूँ, और तब मन मारकर उठता हूँ, जब पेशाब रोकना मुश्किल हो जाता है।

एक दिन ऐसे ही करवट बदलते और वही सब सोचते मुझे तेज पेशाब लगी और मैं मसहरी से निकलकर अपनी खुली छत पर आया। तब चाँदनी के बावजूद मुझे यह याद आया, कि बाथरूम में बिजली नहीं है। अब मुझे बाथरूम के पहले के समय की तरह, खुली छत पर बनी नाली के रास्ते अपना काम निपटाना पड़ेगा। इसके पहले चारों तरफ देखकर मैंने यह जान लेना चाहा, कि एक दूसरे से कमर भर ऊँची मुँडेरों से अलग की गई, दूसरी या दूसरों की छतों से कोई देख तो नहीं रहा है? तो मुझे जो दृश्य दिखा, वह हालाँकि एकदम बाजू की छत का दृश्य नहीं था, पर उसे देखकर मुझे लगा था, कि कोई औरत केश पीठ पर छितराये पीपल के पेड़ की ओर इस तरह ताक रही थी, मानो उसकी पूजा कर रही हो।

सच तो यह है कि चारों तरफ देखकर अपने जरूरी बेशर्म काम को निपटाने के पहले, मैंने एक बार यह भी सोचा था, कि बगैर बत्तीवाले बाथरूम का दरवाजा खुला रखकर भी यह काम निपटाया जा सकता है। यह बाथरूम खुली छत से थोड़ी निचाई पर बना था। उसकी निहायत सँकरी सीढ़ियों पर उतरने के लिए जिस धैर्य और सावधानी की जरूरत थी, उसका मुझमें पैदाइशी अभाव था।

इसी पैदाइशी अभाव ने एक भाव-भरे प्रसंग की याद दिलाई थी, कि एक बार मैं अपने कमउम्र वकील दोस्त और पत्नी और बच्चे के साथ पहाड़ मन्दिर गया था। उस समय मैं मेहनत मशक्कत की अचानक जरूरत के लिए इतना कमजोर नहीं था, लेकिन फिर भी मैंने सोचा था, कि क्या पता इतनी सारी सीढ़ियाँ मैं चढ़ पाऊँगा या नहीं? पर अपनी पत्नी के सामने इस तरह की कोई आशंका रखे बगैर, मैं पुण्य की दुर्गम ऊँचाई तक पहुँचाने वाली पूरी पाँच सौ आठ सीढ़ियाँ, रुकते-रुकाते और एक नामालूम-सी हँफनी के साथ चढ़ गया था। तब मुझे लगा था कि अभी सीने में दम खम बाकी है। लेकिन वहाँ का संक्षिप्त पूजा-पाठ निपटाकर जब हम लौटने लगे तो बत्ती गोल।

सीढ़ियाँ अभी पूरी तरह बनी नहीं थीं। उनकी दूरी हर जगह समान नहीं थी। मन्दिर के एकदम पासवाली जगह की सीढ़ियाँ तो मिट्टी की कटानें भर थीं। तिस पर बारिश और अँधेरा। थोड़ी ठीक-ठाक सीढ़ियों तक सुरक्षित पहुँचने के अपने भयभीत इरादे में, मैं चौपाये की तरह उसी ढलान पर उतरने लगा, जिस पर चढ़ कर अभी थोड़ी देर पहले मैं अपनी स्टेमिना को शाबासी दे रहा था। मेरी पत्नी और दोस्त और बच्चा, तीनों नीचे से ठहाका मारकर हँसे। इसीलिए इस अँधेरे में बाथरूम की उससे कुछ कम खतरनाक सीढ़ियों पर उतरने के बदले, मैंने तय किया कि मैं बाथरूम के बहुत पहले वाले समय में चला जाऊँ, तो चारों तरफ के सभ्य समय का वह दृश्य दिखा, जिसकी याद में मुझे पंचम महाराज की याद आई थी। लेकिन

जैसा कि मैंने बताया, कि जिस दिन मैं वहाँ पहुँचा, वह सोमवार का दिन था और रिक्शे पर घर आते समय ही मुन्ना ने मुझे याद दिलाया था, कि आज सोमवार है।

सोमवार को मन्दिर जाने का यह कार्यक्रम मेरे जीवन का पहला नियमित धार्मिक कर्मकांड था, जिसे मैं मुन्ना के यह कहने के कारण नहीं निभा रहा था, कि चूँकि अब मेरी उम्र हो गई है, इसलिए मुझे इधर-उधर के फालतू लोगों का चक्कर छोड़कर थोड़ा धरम-करम भी कर लेना चाहिए। इसी सन्दर्भ में उसने मुझे बताया था, कि सोमवार को देसिंग तराई और शनिवार को बूढ़ी माई के मन्दिर में जाकर प्रार्थना करने की वजह से ही, वह अपनी बुआ की लम्बी बीमारी, बहन की शादी, दूसरी बहन का ऑपरेशन, तथा एक-एक और भाई-बहनों की पढ़ाई निपटाकर, आज इस काबिल हो सका है कि उसकी दूकान, पान की दूकान से बढ़कर इतने सारे साजो-सामान की दूकान हो गई है।

मुन्ना के यह कहने पर मुझे तत्काल विश्वास हो गया था और मैंने उसकी बात मान ली थी, यह कहना भी ठीक नहीं है। सच तो यह है कि जब मैं पहली बार मुन्ना के साथ मन्दिर जाने के लिए अचानक तैयार हुआ था, तो उसका कारण यह था, कि उस दिन गली सुनसान थी। मित्र त्रिमूर्ति मीना बाजार गई हुई थी। आनन्द से बोलचाल बंद थी। बाहर जाकर चाँदनी चौक में वकील दोस्त के साथ दारू पीने और गम्भीर जीवन जीने के लिए अंग्रेजी के दो-चार वाक्य बोलने का कोई इरादा नहीं था। ऐसे समय में मुन्ना वहाँ से निकला और प्रणाम करने के बाद उसने मन्दिर चलने के लिए कहा।

जैसे ही मैंने देसिंग तराई का नाम सुना, तो मुझे छुटका दिखा। वह बरगद की सबसे ऊँची डगाल से लबालब भरे तालाब में कूदता था। वे बत्तखें दिखीं, जो उस पार अनाथालय के हिस्से के तालाब में झुंड के झुंड तैरती रहती थीं। बुद्धू पतंगवाला दिखा, जो शहर में हर किसी का पतंग काट सकता था। एक अद्‌भुत कौंध में मैं खुद भी अपने को नजर आया, कि एक बार मैं अपनी मरियल काठी के बावजूद, मन्दिर के घाटवाले छोर से विपरीत छोर तक तैरकर पहुँचा था। सो इतनी सारी स्मृतियों को जगाते इस आमंत्रण को टालना मुश्किल था।

बाद के दिनों में किसी एक दिन, नाऊपारा की गली में उसने इस मन्दिर के महात्म्य की पौराणिक कथाओं का सार-संक्षेप सुनाना शुरू किया, तो पंचराम के मकान के सामने मैं थोड़ा ठिठका। कल इसी जगह पर सुंदरलाल काका बैठे हुए थे, हालाँकि तब मेरे ठिठकने का कारण वे नहीं थे, पंचम महाराज थे। वे एक दुहत्थी गमछा पहने, गले में कंठी लटकाये, मुँह में पान दबाये, घुटनों से नीचे और कमर के ऊपर तक पूरी तरह विवस्त्र थे। उनकी गर्दन चलते समय भी टेढ़ी होकर इस तरह अकड़ी थी, जैसे आज से तीस बरस पहले, गुरू वकील के मकान के सामने तख्तों से बने स्टेज पर, बड़ी देर भई, बड़ी देर भई, कब लोगे खबर मोरे राम, गाते हुए

अकड़ी रहती थी। वही टेढ़ी और अकड़ी गर्दन हिलाते हुए उन्होंने मेरी जिज्ञासा पर यह खबर दी थी कि वे केस देखने जा रहे हैं।

केस ? मैंने पूछा था। लेकिन वे जल्दी में थे और मैं अपने प्रश्न के उत्तर में यह सोचता हुआ उनसे विपरीत दिशा में बढ़ गया था, कि हो सकता है, अपनी स्वर्गवासिनी माँ की तरह उन्होंने देसी इलाज का कोई कारोबार शुरू कर दिया हो। यह तो मुझे बाद में पता चला, जब उनके चचेरे भाई मुनू महाराज ने मुझे बताया, कि पंचम ने जादू-टोने, तंत्र-मंत्र और झाड़-फूँक का काम शुरू तो किया है, लेकिन इसके लिए जितनी और जैसी साधना की जरूरत है, वह उससे हो नहीं पा रही है। मुनू महाराज की बातों में शायद थोड़ी प्रोफेशनल राइवलरी रही हो, क्योंकि उन्होंने तब यहाँ के एक मशहूर तांत्रिक के बारे में भी यह कहा था, कि उसकी कोई महत्वपूर्ण सिद्धि नहीं है, सिवा इसके कि उसने तीन भूतों को अपने कब्जे में कर रखा है और इन्हीं के सहारे शरीफ आदमियों को पहले तंग करता है और फिर उनका इलाज करके अच्छी रकम ऐंठ लेता है। पंचम महाराज के बारे में दुबारा सोचते हुए मुझे लगा, कि उस दिन नाऊपारा की इस गली में शायद मेरे ठिठकने का कारण वह नहीं थे, बल्कि वो लड़की थी, दाहिनी तरफ मुंडी घुमाकर जिसे देखा जा सकता था। यह वो लड़की नहीं थी, जिसका जिक्र मैंने देसिंग तराई में शंकर भगवान की प्रार्थना के सिलसिले में शुरू में किया, बल्कि वो लड़की थी, जिसे मैं बचपन के दोस्त की भांजी की तरह जानता था और जो अपने सुचिक्कन लम्बे बालों के कारण और अपनी थोड़ी चपटी नाक के बावजूद, मेरी रातों के निरर्थक बेचैन स्वप्नों का हिस्सा बन चुकी थी।

पर उस दिन वह वहाँ नहीं थी और मैं मुन्ना से शिव महात्म्य की कथा सुनते, पीपल के पेड़ के पास पहुँचकर अपनी बड़ी दीदी के बारे में सोचने लगा था, जो पैंसठ की उम्र में अपने इकलौते पुत्र की शादी के एक बरस बाद, गले में फाँसी लटकाकर यह संसार छोड़ चुकी थी। इस पीपल के पेड़ को देखते ही, सामने के उसके मकान की कल्पना में, मुझे वह साक्षात दीख जाती थी। मैं किसी भी तरह से अपनी कल्पना से भागने की कोशिश करते हुए, अक्सर इस लड़की के बारे में सोचने लग जाता था, जो अभी वहाँ नहीं थी। पर तभी मुन्ना ने शिव जी के मन्दिर के बारे में एक नई सूचना यह दी, कि अगर महारुद्राभिषेक कराकर तुम कोई वर शिव जी से माँगो, तो वह अवश्य पूरा हो जाता है।

उस समय हम लोग, एकदम नीची खपरैलों वाले मकानों के बाजू से गुजर रहे थे। बाएँ बाजू के सारे मकान मिट्टी के थे, और उनमें से कुछेक में, उन्हीं चूल्हों में भात डबक रहा था, जिनमें सुबह औरतें गर्म रेत में मुर्रा फोड़ती थीं। एक बिना ब्लाउज वाली औरत अपने थोड़े थुलथुल शरीर और थोड़े बुढ़ाते चेहरे के साथ, एक अधुनातन केश-विन्यास वाली साँवली छोकरी से बात कर रही थी। हमारे उधर से गुजरते समय दोनों की बातचीत में झटका लगा था, और शायद हमसे निगाह मिलने

के कारण पल-भर के लिए उनकी बातचीत थम गई थी। कस्बे के हिसाब से लेटेस्ट फैशन में सजी, उस छोकरी को देखकर मुझे लगा था, कि बात उसके ओठों पर आकर अटक गई है, और शायद उसकी आँखों में भी हममें से किसी, या शायद दोनों को, पहचानने की कोशिश थी। मैं मुन्ना से उसी के बारे में पूछना चाहता था, कि अचानक शिव महात्म्य के प्रसंग से अलग होकर मुन्ना ने कहा, ''यह तुम्हारे दोस्त रशीद की लड़की है।''

रशीद सुनकर मैंने मुन्ना की तरफ देखा। यह बहुत पुराने वक्त को देखना था। तब रशीद दो सौ, चार सौ और आठ सौ मीटर की दौड़ में हमारी यूनिवर्सिटी का कलर होल्डर था। देसिंग तराई के पास के उसके मकान की माटी की दीवार पर जाने कितने सर्टिफिकेट्स फ्रेम में जड़े टँगे होते थे। आले पर कप और शील्ड। फिर सन् चौसठ के दंगे में सबकुछ जल कर राख हो गया और खुद रशीद एक नीमपागल इंसान की तरह जिंदगी बिताने लगा। आज भी शायद मुँह-भर पान और किमाम की खुशबू के साथ, किसी दूकान की बेंच पर बैठा वो अचानक चिल्लायेगा—शंकर जी का तीसरा नेत्र खुलने वाला है। सबकुछ जलाकर राख कर दूँगा। समझते क्या हो अपने आपको।

''यह यहाँ रहती है?'' मैंने मुन्ना से पूछा। वह फिर से भगवान शंकर के चमत्कार प्रसंग पर आ चुका था, और बता रहा था, कि देसिंग तराई के शंकर जी, किसी के द्वारा स्थापित किए गए महादेव नहीं हैं, बल्कि बरगद की जड़ से ही लिंगराज प्रगट हुए हैं।

अव्वल तो यूँ ही मेरा ध्यान मुन्ना के आस्तिक बयान पर नहीं था, दूसरे रशीद के जिक्र के बाद तो, मैं जैसे वहाँ से गायब ही हो चुका था। लेकिन मुन्ना को इसकी परवाह नहीं थी। उस समय मेरे साथ गौचरण भी था, जो मुझसे उम्र में उतना ही छोटा था, जितना कि मुन्ना। लेकिन मुन्ना की बातें उसको सम्बोधित नहीं थीं। उसका मुख्य श्रोता मैं ही था। शायद इसका कारण यह हो कि मुन्ना मुझे नास्तिक न सही, तो आधा नास्तिक और अविश्वासी तो मानता ही था। या शायद इस कारण कि मैं धर्म-कर्म के खिलाफ खुल्लम-खुल्ला बोलता हूँ, या हो सकता है कि कमउम्र वकील दोस्त के साथ, मेरी लगभग दैनिक दारूखोरी को देखकर, वह उससे दुखी था, और एक भले पड़ोसी की कर्तव्यपरायणता से प्रेरित, मुझे बताना चाहता था कि अगर मैं धरम-करम के इस रस्ते पर आगे बढ़ूँ, तो जीवन में बहुत ऊँचाई तक जाने का मेरा सपना साकार हो सकता है।

अभी सोचने पर लगता है कि मुन्ना ने आखिरी बात हूबहू इन्हीं शब्दों में कही थी। कम से कम उसने जीवन में बहुत ऊँचाई तक पहुँचने और सपने साकार होने का जिकर तो किया ही था। उसका यह वाक्य सुनकर मैंने उसकी ओर देखा। चलते-चलते उसे देखने के दौरान, मैंने अपने प्रायमरी स्कूल के सामने के उस हिस्से

को देखा था, जो अब बस स्टैंड था। नाले के उस कगार-सी ऊँचाई वाले किनारे में टपरेनुमा दुकानें थीं। इस एक मिनट की सोच के बाद, पता नहीं क्यों, मैंने यह सोचा था, कि मुन्ना जरूरत से ज्यादा मुटाता जा रहा है। उसने शर्ट, पैंट के भीतर डालकर पहन रही थी, और हाथ झुलाते काफी तेजी से चल रहा था। चलते समय की उसकी स्मार्टनेस, उसके मुटापे से भिन्न थी। लेकिन फिर भी मुझे लगा कि इतना मुटापा ठीक नहीं है, पर यह बात मैंने उससे कही नहीं। शायद इसलिए कि उसके मुटापे की बात के साथ-साथ मुझे ब्लड प्रेशर और हार्ट अटैक जैसे सम्भावित खतरों की बात सूझी थी। फिर मैं सोचने लगा कि आखिर मुन्ना यह क्यों सोचता है कि बहुत ऊँचाई तक पहुँचने का मेरा कोई सपना है?

तभी उसने कहा, ''उस दिन जब दूरदर्शन में तुम एक बूढ़े के साथ दिखे थे, तो मैंने सभी से कहा था कि तुम कितना नाम कमा चुके हो लेकिन....।''

''बिनु सतसंग विवेक न होई, रामकृपा बिनु सुलभ न सोई।'' मैंने हँस-कर कहा।

मुन्ना गम्भीर हो गया, और उसने बताया कि इस गौरचरण को देखो, यह सुबह से शाम तक दारू में धुत्त रहता था। अरे, एक नहीं, सैकड़ों उदाहरण हैं शिव-कृपा के, अगर तुम एक बार विश्वास के साथ नियमपूर्वक यह काम शुरू कर दो, तो मैं दावे से कह सकता हूँ कि...

मुन्ना की बातों को पूरी एकाग्रता से सुनने की कोशिश मैं जरूर कर रहा था, लेकिन अपनी उम्र के इस बुढ़ाते अध्याय में भी मेरा दिमाग किसी एक बात पर, एक मिनट से ज्यादा नहीं टिक पाता था। अपनी सोच में बहता हुआ मैं वहाँ पहुँच जाता था, जहाँ मुझे किसी की आवाज नहीं सुनाई पड़ती थी। अपनी इस बदहवास अनेकाग्रता के चलते आज मैं इस हालत में पहुँच चुका था, कि मेरा बायाँ कान लगभग अस्सी प्रतिशत नष्ट हो चुका था और ठीक-ठाक दाहिना भी उसी रास्ते पर आगे बढ़ रहा था। इसके इलाज के लिए डॉ. वासे ने मुझे एक एक्सरसाइज भी बताई थी, कि मुँह बंद करके, उँगलियों से नाक दबाकर, गाल फुलाते हुए, अगर हवा कान के रस्ते निकाली जाए, तो इससे काफी फायदा हो सकता है, हालाँकि पहले नरसिंग बाबू की किसी किताब से पढ़कर, वकील दोस्त ने यह बताया था, कि बादाम रोगन और तारपीन के तेल को एक साथ मिलाकर रोज कान में एक बूँद डालने पर, जुकाम से पैदा बहरापन शर्तिया दूर हो जाएगा। इसके लिए उसने सिगरेट की पैकेट की पन्नी में पूरी की पूरी हिदायत नोट करके दी थी। यह सारी बातें उसने इसलिए की थीं, कि चाँदनी चौक से उसी समय गुजरती, एक लड़की को देखकर उसने मुझसे कुछ पूछा था, जिसे मैं नहीं सुन पाया था। हो सकता है कि अपने बहरेपन की वजह से ही, पर मेरा खयाल है, कि मैं उस समय इस अर्थ में अन्यमनस्क था, कि मेरा ध्यान उस तुर्किन औरत की ओर था, जिसे मैं पान से रँगे दाँतों और चिकने काले

चेहरे और उतने ही श्यामवर्णी सुडौल शरीर में, सफेद साड़ी और सफेद ब्लाउज के साथ, पिछले तीस बरस से देख रहा था। तीस बरस बाद भी उसके स्तन वैसे ही उसकी सफेद साड़ी के भीतर के ब्लाउज में बंद ठनठना रहे थे। अभी मुन्ना ने अचानक मेरे नाम के साथ दादा जोड़ते हुए थोड़ी तेज आवाज में पूछा, कि क्या मेरा कान भी खराब हो चुका है? तो मैंने कहीं दूर से वापस आने के अचानक विस्मय को दबाकर, हँसते हुए बताया, ''हो तो गया है, लेकिन अभी तुम क्या कह रहे थे?''

''वो देखो तुम्हारा दोस्त वहाँ बैठा है,'' उसने कहा। वह एक फोटोग्राफर की दुकान थी, जिसके सामने की खुली जगह की एक लकड़ी के बेंच पर मेरा वकील दोस्त बैठा था। उसके पीछे कमर-भर ऊँची चारदीवारी के बाद चौथी कक्षा का वह कमरा था, जहाँ मुझे दुर्योधन मास्टर ने गणित पढ़ाया था। उसे देखकर भी न देखने और आवाज न देने के बाद, मैं जिस गति से आगे बढ़ा, उसके पीछे भी गणित ही था, और लगभग चौथी कक्षा जैसा सरल मनगणित, कि महीने के इस मध्यम हिस्से तक, जितने पैसे मैं दारू में बहा चुका था, उससे ज्यादा की औकात मेरी नहीं थी।

कुछ ही कदम आगे बढ़ने के बाद, जब मुन्ना देसिंग तराई से विपरीत दिशावाली सड़क पर मुड़कर, एक किराने की दूकान के सामने रुका, तो मुझे यह अनायास याद आया कि वह साल-भर पहले धनीराम की दूकान थी, हालाँकि किराने की नहीं, बल्कि देहातियों या अनपढ़ शहरियों को इंजेक्शन लगाने की। धनीराम उसी मनीराम का कजिन था, जिसके बारे में अभी-अभी मैंने बताया था। धनीराम अब नहीं है, सोचते हुए, अचानक मैंने उसे मरते हुए देखा।

वह रिक्शे में बैठा था। उसका कजिन उसके साथ था। उसने अपने घर से लगभग आधा फर्लांग की दूरी हँफनी के बावजूद पैदल चलते हुए तय की थी। फिर उसके कजिन ने उसके लिए रिक्शा मँगवाया था। अस्पताल पहुँचकर स्ट्रेचर में लेटने के पहले तक उसने मृत्यु की दारुण यंत्रणा को वायु विकार के रूप में ही जाना था। और स्ट्रेचर पर लेटने के कुछ ही मिनट बाद तो खेल खतम पैसा हजम, उसके कजिन ने कहा था। और-अभी ही नहीं, तब भी उसके बारे में सोचते हुए, बिना किसी भावुकता के मैंने याद किया था, कि राजा गैरेज में टूटी खटिया पर नशे के पहले झोंके में, वह बहुत धीमे, मगर मुकम्मिल सुर में गुनगुनाता था 'धीरे-से आ जा रे अँखियन में निंदिया आ जा री आजा, धीरे-से आजा।'

तभी मैंने सुना कि कोई औरत एक पुड़िया चाय माँग रही थी। वह ठीक मेरे पीछे थी। मैंने मुड़कर देखा। वह अधपढ़ शहराती लगती थी। जिस तरह से उसने अपने बाल बनाये थे, और गहरे हरे रंग की फूलछापे वाली साड़ी पर, नीले रंग का सस्ता सिल्क ब्लाउज पहना था, उससे लगता था, कि अपनी अधेड़ उम्र के बावजूद, वह जवान दिखने की कोशिश कर रही थी। उसी की ओर मुड़कर देखने की वजह से, धनीराम के बारे में मेरा सोचना रुका, लेकिन मुझे यह भी लगा, कि इस तरह

उसकी तरफ मेरा मुड़कर देखना, मुन्ना को अच्छा नहीं लगा है, क्योंकि उसने थोड़ी तेज आवाज में दूकानदार से कहा, कि पहले वह उसे नारियल और अगरबत्ती दे दे, क्योंकि आरती का वक्त हो रहा है।

दूकानदार ने उसी पल, याने कुछ ही सेकेंड्स में, पोलिथिन के एक बैग में नारियल और अगरबत्ती भर के उसकी ओर बढ़ाया। मुन्ना पलटा। चाय की पुड़िया लेकर वह औरत भी विपरीत दिशा की ओर मुड़ी। मेरी नजर फिर उससे लड़ी। अबकी बार मुझे लगा, शायद इसे कहीं देखा है, लेकिन मैं पिछले पच्चीस बरसों से यहाँ दो-एक दिन के लिए ही आता था और इस तरफ के नाले और उस तरफ के देसिंग तराई की ओर तो, मैं बहुत कम ही आ पाता था। कुछ महीने पहले से मुन्ना के साथ, अगर सोमवार के दिन यहाँ रहा तो, जरूर आ जाता हूँ। ऐसी स्थिति में पैंतीस के आसपास की उस औरत से जान-पहचान की कोई सम्भावना बनती नहीं दिखाई देती थी। नाले के पुल की तरफ बढ़ती हुई वह भी इधर पलट-पलट कर देख रही थी, जबकि हम लोग उरदना जाने वाली मुख्य सड़क के चौरस्ते पर थे और नाले के विपरीत दिशा में देसिंग तराई की तरफ बढ़ रहे थे। एक बार और पलटकर, मैंने जब उसे फिर देखा, तो मुझे हठात् लगा कि हो सकता है यह महेन्द्र की औरत हो, जिस पर दातार आते थे।

ये एक मुस्लिम देवता थे, याने जिन-विन जैसी कोई दिव्य शख्सियत। उन दिनों जब हमारी बी.ए. की परीक्षा शुरू होने को थी, और मैं अर्थशास्त्र का उदासीनता वक्र समझने, अपने एक जहीन सहपाठी के घर गया हुआ था, तो उसके दुमंजिले पक्के मकान के बाजू से, माटी की झोंपड़ी जैसी खपरैली कोठरी के सामने, काफी बेतरतीब और विविधवर्णी भीड़ देखकर मैंने उससे पूछा था कि यह भीड़ क्यों है?

''महेन्द्र की औरत इन दिनों नेशनल फिगर हो गई है। तम्बाखू के सबसे बड़े व्यापारी से लेकर, बॉम्बे डाईंग का होलसेलर तक और पटवारी से लेकर ईजारदार डिप्टी कलेक्टर तक इस कुटिया की शोभा बढ़ा चुके हैं। आज सुना है कि कोई मंत्री आने वाले हैं।'' सहपाठी के कथन में तिल-भर भी व्यंग्य भाव नहीं था। वह गदगद प्रशंसा के स्वर में बोल रहा था। साथ ही उसने यह भी जोड़ा था कि जब भी कोई बड़ा अफसर आता है, तब उसकी आवभगत के लिए, उसकी अपनी बैठक का उपयोग किया जाता है।

भीड़ इतनी थी कि दोस्त के सुने-कहे को, सच के अलावा और कुछ नहीं कहा जा सकता था। लेकिन सुनने के बाद उदासीनता वक्र पर दिमाग टिकाये रख सकना मुश्किल लग रहा था। हालाँकि महेन्द्र की बीवी से अपने बी.ए. के रिजल्ट के बारे में, मैं कोई भविष्यवाणी नहीं सुनना चाहता था, लेकिन तभी मैंने सुना कि वह बाल खोलकर झूमती है। दातार उस पर सवार हो जाते हैं, तो लोक-लज्जा, मान-मर्यादा

को, देवतुल्य प्रकृति के अनुरूप भूलकर सत्यवचन कहने लगती है। यों तब मेरी दिलचस्पी सत्यवचन में नहीं, उसके बालों में थी। महेन्द्र की बीवी को एकाध मर्तबा सरसरी तौर पर मैंने देखा जरूर था, लेकिन मेरी स्मृति में यह बात दर्ज नहीं थी, कि उसके बाल काले सुचिक्कन और रेशमी हैं या नहीं। ऐसे बालों में सिर छिपाकर अपनी कामना की गंध को जानने की इच्छा, मेरे बचपन की इच्छा है, जो बीसियों बार तृप्त होकर भी, अतृप्त रही आई है। शायद इसमें माँ के आँचल में सिर छिपाने जैसी सुरक्षा की इच्छा भी हो, लेकिन इस तरह की कोई इच्छा मेरे दोस्त के मन में नहीं थी, क्योंकि वह सख्त संस्कारवन्त आस्तिक था। मैं, विचारवंत नास्तिक की तरह अगर उतना ही सख्त हो सकता, तब उस वक्त क्या, अभी भी मुझे ऐसी दिक्कत पेश नहीं आती और मुन्ना के साथ उसका प्रवचन सुनता, मैं इत्मीनान से उस देसिंग तराई की ओर बढ़ सकता था, जिसके बत्तखोंवाले कोने में अब बत्तखें नहीं थीं, जिसके चारों तरफ अब लगभग सारे मकान पक्के हो चुके थे। बेशक बुद्धू पतंगवाले का मकान अभी भी मिट्टी का ही था, और सामने की कोठरी में उसके यहाँ अभी भी माटी की दीवार पर चाँददार और माँगदार पतंगें टँगी हुई देखने को मिल सकती थीं। वह सड़क तो अब पूरी तरह बाजारू हो गई थी, जिस पर चलकर हम नारियल और अगरबत्ती की दूकान वाली भीड़ तक पहुँचे थे, और जहाँ पर से वो औरत पुल की ओर बढ़ गई थी, और रेलिंग से टिककर इसी तरफ देख रही थी। उतनी दूर से उसे दुबारा या तिबारा देखकर, मुझे लगा कि अगर यह महेन्द्र की बीवी न भी हो, क्योंकि जिस उम्र की वह लग रही थी, अपने साज-सिंगार के बावजूद, महेन्द्र की बीवी उस उम्र में लौट ही नहीं सकती थी, तो भी यह उसकी बहन या बेटी तो हो ही सकती है। यही सोचकर मैंने मुन्ना से पूछा कि क्या वह महेन्द्र की बीवी के बारे में कुछ जानता है।

"कौन महेन्द्र?" मुन्ना ने बेमन से पूछा।

"तेली," मैंने कहा। मुझे लगा कि कहीं वह ठाकुर महेन्द्र के बारे में न सोचने लग जाए, क्योंकि इस मुहल्ले में अभी वह इसलिए चर्चित था, कि उसके बेटे शहर के प्रमुख दादाओं में गिने जाने लगे थे, तथा उनमें से एक प्रमुख पत्रकार के रूप में भी प्रसिद्ध था और-अभी पिछले ही दिनों उसने हमारे ही मुहल्ले की एक अत्यंत रूपवती ब्राह्मण कन्या से प्रेम विवाह किया था, हालाँकि उसके इस तरह के विवाह में भी शान-शौकत और बैंडबाजे के साथ बारात निकली थी, और वैदिक मंत्रोच्चार के साथ पणिग्रहण सम्पन्न हुआ था।

"तेली?" मुन्ना ने दुबारा कुछ याद करते हुए पूछा। उसकी नजर ढोर अस्पताल की तरफ थी। फिर उसने बताया कि पूरे दस बरस से वह ठीक आरती के वक्त पर ही शिव मन्दिर पहुँचता रहा है और आज भी श्योर है कि आरती के पहले ही पहुँचेगा।

"वही जिसकी बीवी पर दातार आते थे।" मैंने मुन्ना को महेन्द्र की बीवी के बारे में याद दिलाने की कोशिश में यह संकेत दिया, लेकिन इस बार उसने थोड़ी चिढ़ के स्वर में कहा कि "दातार फातार फ्रॉड है।"

तब तक हम उस पुलवाली जगह से काफी दूर आ गए थे और वह औरत अब दृश्य नहीं रह गई थी, जिसे लेकर मैंने महेन्द्र की बीवी और उस पर आने या छाने या (अगर देवता चढ़ने के समानान्तर इसे रखा जाए तो) चढ़ने वाले दातार के बारे में सोचा था। इसी बीच मन्दिर से लौटते हुए मुन्ना के किसी परिचित ने उसे खबर दी, कि आरती शुरू हो चुकी है, और बरजो महाराज एक सौ आठ दीपों वाले दीपदान से आरती कर रहे हैं। इस पर मुन्ना के कदम थोड़े और तेज हुए, हालाँकि उसने बुदबुदाहट के से स्वर में यह भी कहा, कि यह किसी सेठ की मन्नत से सम्बन्धित पूजा होगी, क्योंकि सावन के आखिरी सोमवार अथवा शिवरात्रि के अलावा बरजो महाराज अब वह पूजा नहीं करते। पहले करते थे, शुरू में, जब उनका धन्धा इतना फैला नहीं था।

मैं भी तब पहले की देसिंग तराई की बाबत इस तरह से सोच रहा था, कि पहले तो देसिंग तराई के सामने घुसने का रास्ता इस तरफ से नहीं था। ढोर अस्पताल के सामने वाला वह हैंडपम्प भी नहीं था, जिस पर मुन्ना ने हाथ–पैर धोये। पहले तो हम जगनी के बगीचे के बाजू से, एक पगडंडी जैसे रस्ते से, वहाँ घुसते थे, और घाट पर पहुँचने के बाद कमीज उतारकर, हाफपैंट के साथ तालाब में कूद पड़ते थे। हाफपैंट के साथ इसलिए कि उन दिनों हम अंडरवियर नहीं पहनते थे, और इतने छोटे भी नहीं रह गए थे, कि नंगे नहा सकें। यों मुझे नंगे नहाने के दिनों की याद इस तरह से है, कि जब हम राजमहल के पास के गोसाईं घाट, यह तालाब का नहीं बल्कि नदी का घाट है, में नहाने के लिए जाते थे, तो आनन–फानन सारे कपड़े उतारकर नदी में कूद पड़ते थे। तभी मैंने मार्क किया था, कि बाजू के डौकी घाट में नहाती औरतें, अपना लहँगा सीने पर बाँधे रहती थीं, और मजे में मुँह से पानी फेंकती हुई नहाती थीं। अब इस उम्र में यह भी याद करके जोड़ा जा सकता है, कि उनमें से कुछेक की तरफ, इस घाट के हमसे बड़े छोकरे ताकते रहते थे। वह नदी, जो अब ज्यादा बड़ी या गहरी नहीं लगती, जल के मामले में तब काफी समृद्ध रही होगी, क्योंकि औरतें तैरती थीं और छोटी लड़कियों को गघरा पलटाकर तैरना सिखाती थीं। नदी के गहरे होने की बात मुझे इस तरह से भी याद है, कि गोसाईं घाट के काफी पहले वाले खर्राघाट में, एक बार एक बड़े सेठ का लड़का डूबकर मर गया था, हालाँकि वह गागर याने गघरा से नहीं, बल्कि मोटर की ट्यूब से तैरना सीख रहा था, जिसे सब लोग लालच और उत्सुकता के साथ देख रहे थे, क्योंकि ट्यूब में तैरनेवाला आदमी हमेशा ही कोई बड़ा याने धनवान आदमी होता था। कहा जाता है कि वह इसलिए डूब गया कि उस पर खर्राघाट से निकलने वाले बैल का शाप था।

बैल की इस याद से ही यह बात याद आई, कि बैल का मतलब, बैल न होकर आदमी ही होता है। कुछ लोग उसका उच्चारण बल भी करते हैं। यह आदमी याने बैल, खर्राघाट से ही निकलता था और फिर समलाई गुड़ी आता था। वहाँ मन्दिर के सामने ही छोटा स्तूपनुमा स्थापत्य था। वह समलाई मन्दिर के भीतर घुस जाता था। कपाट बंद कर दिये जाते। लगभग आधे घंटे बाद वह बाहर आता। झूपता हुआ। पूरे मुँह पर गेरू पुता होता था। इसी स्तूपनुमा स्थापत्य के पास बकरा काटा जाता। फिर उसका सिर बैल के हाथ में होता। वह मुँह लगाकर बकरे का खून पीता। फिर अपने साथी के साथ, जो कि पीछे की तरफ से एक हाथ से उसका हाथ, दूसरे से उसकी गर्दन पकड़े होता, वह नगर परिक्रमा के लिए निकलता। मुझे सबसे ज्यादा मजा पुन्नी बैल के दिन आता था, क्योंकि वह पूरी पुरानी बस्ती में घूमता था। हमारे घर भी आता था। माँ उसके लिए पीढ़ा लाती। लाल सिन्दूर से उसका तिलक करती। एक नारियल चढ़ाती और पूरे वक्त वह पीढ़े पर खड़ा झूपता रहता। एक हाथ छाती पर होता था, और दूसरे हाथ को वह बाजे की लय में हिलाता था। चढ़ावे को वह हाथ से या पैर से छू-भर देता था और फिर आगे बढ़ जाता था।

खर्राघाट की इस लम्बी स्मृति के बावजूद तब (या अब भी) मैं यह नहीं जानता था, कि बैगा के बैल बनने का कारण या महत्व क्या है? सिवा इसके कि उस समय उसके भीतर समलाई की शक्ति रहती थी। अभी शिवजी के मन्दिर में प्रवेश करते समय, मुन्ना को हैंडपम्प से हाथ-पैर धोते देखकर, मन में यह खयाल जरूर आया था, कि उससे पूछूँ कि क्या वह बैल के बारे में कुछ जानता है? लेकिन एक तो वह महेन्द्र की बीवी पर आने वाले दातार के सवाल पर जिस तरह उखड़ा था, उस वजह से मेरी हिम्मत नहीं हुई, दूसरे मेरे मन में यह खयाल भी था, कि रात आठ के अरीब करीब मैंने एक दफे उस लड़की को हमारे मुहल्ले के एक घर से निकलते देखा था। और पता नहीं कैसे अन्धविश्वास-सा यह भाव मेरे मन में समाया हुआ था, कि हो सकता है कि आठ के अरीब-करीब वह वहाँ रोज ही आती हो। सो मैंने वक्त का खयाल कर मुन्ना से इस तरह का कोई सवाल नहीं पूछा और हाथ-पैर बगैर धोये, मैं भी उसके पीछे-पीछे मन्दिर में घुसा।

मुन्ना ने पहले पुजारी की दूकान से बेलपत्ता खरीदा। पता नहीं उसने फूल खरीदे या नहीं। मैंने देखा कि जब वह मुख्य मन्दिर की देहरी को हाथ से छूकर, हाथ माथे पर छुला रहा था, तो उसके बाएँ हाथ के पोलिथिन के बैग में टगर के फूल थे। चार पंखुरियों वाले इन फूलों के अतिरिक्त मोंगरे की एक माला भी थी। इसके अलावा अभी पुजारी से खरीदे गए बेलपत्तों को भी उसने उसी में रख दिया था। खरीदते समय यह भी मैंने मार्क कर लिया था, कि बेलपत्र, तीन-तीन के दल में हैं। यह बात भी मुन्ना ने मुझे बताई थी, कि एक या दो या चार पत्ते वाले बेलपत्र शिवजी के मन्दिर में चढ़ाये नहीं जाते। उसने शायद बेलपत्तों के आध्यात्मिक और चिकित्सा-

शास्त्रीय महत्व के बारे में भी कोई बात बताई थी, जो मुझे इस वक्त याद नहीं। अब सोचने पर लगता है कि हो सकता है, कि उसने मेरी पेचिश के इलाज के सिलसिले में यह बात मुझे बताई हो, पर तीन बेलपत्रों के दल के साथ तो पेचिश का नहीं, शिव जी और उनकी शक्ति का ही सम्बन्ध हो सकता है, सोचते हुए मैंने भी वह घंटी बजाई थी, जो इसके पहले मुन्ना बजा चुका था। यह घंटी इतनी छोटी थी, कि इसे घंटा कहना मुझे अनुचित लग रहा है। दूसरे, इस शब्द का हमारे इलाके में एक अश्लील अर्थ भी लिया जाता है, हालाँकि लिंगराज के मन्दिर में श्लील-अश्लील की इतनी पुरातनपंथी धारणा के बारे में एक पल को भी सोचना, मुझे दूसरे पल ही हास्यास्पद लगा था, और मैंने दूसरे पल ही अपने आपको श्लील-अश्लील की इस निरर्थक और अप्रासंगिक बहस से उबार लिया था।

दरअसल इस तरह की सोच इसलिए भी जारी नहीं रह सकी थी, कि मन्दिर के गर्भगृह में घुसते ही मैंने देखा था, कि एक लड़की, फेडेड बैंगनी रंग की फ्रॉक पहनकर, घुटनों के बल बैठी आँख मूँदे बुदबुदा रही थी। उसके बाल घने थे। पीठ पर छितरे थे। मेरे घुसते ही वह बैठने की मुद्रा में ही, शिवजी के सामने नतमस्तक हो गई। उसके बाजू से एक मोटी अधेड़ औरत लिंग पर दूध चढ़ा रही थी। उसका सातेक साल का लड़का भी आँख मूँदकर हाथ जोड़े, उससे लगभग चिपटा हुआ खड़ा था। लड़की को झुकी और औरत को पूजा के प्रारंभिक सोपान में निरत देखकर, मुन्ना ने पोलिथिन का बैग, खोंदी याने आले में रख दिया था। गर्भगृह काफी छोटा था। गनीमत थी कि वह सावन का महीना नहीं था, वरना हमें खड़े होने की जगह भी मिलनी मुश्किल होती। मुन्ना के चेहरे पर आरती के समय नहीं पहुँच पाने का दुख उस तरह नहीं चमक रहा था, जितना गर्मी का पसीना माथे पर। इन्तजार के उन पलों में मैंने मन्दिर का बेमतलब निरीक्षण करते हुए पाया, कि एक तरफ नमामी शमीशान वाली स्तुति हाथ से लिखी हुई टँगी है, दूसरी तरफ रस्सी से बंधे महीनों बरसों पुराने नारियल, जो कितने सारे लोगों की मन्नत के प्रतीक थे। स्वयंभू शिवलिंग, नजर नहीं आता था, क्योंकि बेलपत्तों और फूलों से ढँक गया था। सफेद संगमरमर के बने गणेश और कार्तिकेय जरूर दिखाई पड़ रहे थे। मन्दिर के गुंबद की भीतरी छत और उसकी दीवालों तक पर धुएँ की कालिख रची हुई थी। शिव पार्वती का एक बहुत पुराना कैलेंडर भी था, जिस पर किसी मोटर कम्पनी के बेरिंग का इश्तहार था। इतनी सारी चीजों को अपने दिमाग में टाँकने के समय भी, मेरे दिमाग के असल क्रियाशील हिस्से में, अर्द्धदंडवत की मुद्रा में, शिवजी की प्रणति में झुकी वह लड़की थी, जिसके पिछले हिस्से को गौर से देखते, मैं सिर्फ यही सोच रहा था, कि यह लड़की कम से कम इस हिस्से के दृश्य से, उस उम्र की कतई नहीं लग रही, जिस उम्र में लड़कियाँ फ्रॉक पहनती हैं। रंग के फीके पड़ने के लिहाज से काफी पुरानी, मगर डिजाइन के हिसाब से काफी नई फ्रॉक पहनी, उस लड़की को

पीछे से तन्मय प्रणति में रत देख, एक पल के लिए भी मैंने यह नहीं सोचा था, कि इस तरह अचानक घट जाएगा चमत्कार।

हुआ यह कि सुदीर्घ तीन मिनट की प्रणति के बाद वह उठी और बाहर निकलने के लिए मुड़ी, कि मैंने देखा यह वही लड़की थी, जिसकी चार-पाँच या दस-पन्द्रह झलकें, कई-कई दिनों के अन्तराल में देखने के बाद, मैं उसे इतनी बेचैनी से चाहने लगा था, कि उसे सामने पाकर ठीक से नहीं देख पाया था, कि वह इतने करीब से कैसी लगती है। मेरे हकबकाये और चमत्कृत रहने के उन कुछ ही पलों में वह लड़की, उस दूसरी मोटी औरत से यह कहती हुई चली गई थी, कि वह अनाथालय के मन्दिर में जा रही है। इसके बाद मुन्ना की सम्पूर्ण पूजा-प्रक्रिया में मशीन की तरह हिस्सा लेता, मैं सोच रहा था, कि पूजा खत्म होते ही, मैं घर की तरफ न लौटकर, अनाथालय की तरफ चल पड़ूँगा, जहाँ मेरा दोस्त किशन रहता है। हो सकता है कि अपनी तेज चाल की वजह से, मैं अनाथालय के पहले की सड़क पर ही उससे टकरा जाऊँ।

पर हुआ नहीं। आधे फर्लांग की उस मकानविहीन सड़क के बाद, आधा फर्लांग और चलकर मैं अनाथालय के आँगन में बने देवी के मन्दिर के भीतर घुस गया। दो मिनट के भीतर बाहर आ गया। तब कुल मिलाकर यही हुआ कि अपनी तेज चाल और हँफनी की वजह से मुख्य फाटक के ऐन बाहर के पीपल के नीचे दो पल के लिए मैं पस्त खड़ा हो गया।

फिर जब चलने को हुआ, तो मेरा ममेरा भाई दिखा। इन दिनों वह वकालत कर रहा था लेकिन इसके अलावे भी वह कई तरह के काम करता था।

''तुम?'' उसने कहा।

मैंने उसी का प्रश्न दुहराया।

''यार मुझे जरा पंचम महाराज से मिलना था।''

''पंचम महाराज!'' मैं चौंका। दरअसल मैं किस्से की शुरुआत उन्हीं के जिक्र से करना चाहता था।

''किसी ने बताया कि वे अनाथालय के मन्दिर में हैं।'' उसने फिर कहा।

''मैं भी उन्हीं को खोज रहा हूँ।'' मैंने अपने भाई से कहा। उसे मेरी बात पर यकीन नहीं हुआ, हालाँकि इससे ज्यादा सच और कोई दूसरी बात नहीं हो सकती थी। अपनी बेयकीनी के बावजूद या शायद उसके कारण उसने जिज्ञासा और आगे नहीं बढ़ाई।

''वहाँ मन्दिर में नहीं हैं?'' उसने पूछा।

अब यहाँ यह बात सरासर झूठ हो गई थी, क्योंकि मन्दिर जाकर, वापस इस पेड़ तक आने के पहले, जिसे मैं खोज रहा था, वह वही थी, जिसका पीछा करते हुए मैं यहाँ तक आया था। उस समय मेरे मन में पंचम महाराज का खयाल तक नहीं

था। लेकिन जब मैंने अपने बारे में सोचना शुरू किया था, तो मुझे उनका खयाल ही सबसे पहले आया था। पर अभी यह याद कर सकना मुश्किल था, कि आखिर क्यों? सो अपनी खामखयाली से परे होकर मैंने उससे पूछा, "लेकिन तुमको उनसे क्या काम पड़ गया?"

"अपन को किससे कब काम पड़ जाएगा, यह बता सकना मुश्किल है। अपन आपकी तरह बँधी-बँधाई तनखा वाले खुशकिस्मत नहीं हैं हुजूर।"

मेरा कजिन क्या काम करता है, यह जान सकना किसी दूसरे के लिए तो क्या, खुद उसके लिए भी मुश्किल है। अभी अगर वह आदिम जाति कल्याण विभाग को खाट सप्लाई कर रहा है, तो कल जिला पंचायत के सारे दफ्तरों के लिए फार्म नं. 234 की छपाई का काम करने लगेगा। परसों आई कैम्प में आए मरीजों के खाने की जिम्मेदारी उसकी होगी, तो नरसों अमुक चन्द, ढमुक प्रसाद फर्म के लिए पेड़ कटाई का वैध लाइसेंस प्राप्त करने को वह कंजर्वेटर ऑफ फारेस्ट की दावत कर रहा होगा।

मैं अभी, उसके अनाथालाय में आकर पंचम महाराज की खोज का कारण जानना चाहता था। उसने बताया कि एस.पी. साहब की जवान लड़की को दौरे पड़ रहे हैं।

"हिस्टीरिया?"

"है तो हिस्टीरिया, पर उनकी पत्नी को किसी ने बताया कि यह किसी भूत-प्रेत का कमाल है? उसी से उन्होंने पंचम महाराज का नाम सुना है और तब से जिद पकड़ी हुई हैं, कि डॉक्टरी इलाज जो चल रहा है, सो ठीक है, लेकिन आध्यात्मिक स्तर पर भी बीमारी का मुकाबला जरूरी है।"

लेकिन इसके बावजूद मुझे यह बात समझ में नहीं आ रही थी कि पुलिस विभाग के इतने बड़े अफसर को इस पिद्दी काम के लिए मेरे कजिन को चुनने की जरूरत कैसे पड़ गई? वैसे भी उसकी ज्यादा दिलचस्पी इस विभाग में कभी नहीं रही। सरकार के छोटे-बड़े सभी विभागों के जिला स्तरीय दफ्तरों में उसे पाया जा सकता है, लेकिन उसका मुख्य जोर इन दिनों जंगल दफ्तर और लोक कर्म विभाग पर था। दूसरे, अभी कुछ ही दिन पहले, उसने इस पिछड़े हुए इलाकों के रईसजादों को अंग्रेजी सिखाने का नया धन्धा शुरू किया है, क्योंकि एक बार जब मैं रात सात के आसपास उसके घर पहुँचा था, तो चार-पाँच स्कूटर उसके मकान के सामने खड़ी देखकर, मैं वापस लौट गया था, कि यहाँ तो अब मामला जमता नहीं दिखता। उस दिन, मेरी हालत इतनी खस्ता थी, कि मैं रात के पौवे के लिए, जो अंग्रेजी दारू के नाम पर बिकने वाली देसी ठर्रा से भी कहीं ज्यादा कर्री चीज थी, तीस रुपए का जुगाड़ भी नहीं कर पाया था। वैसे तो मैं धार्मिक निष्ठा के साथ हर शाम या रात दारू सेवन का अभ्यासी नहीं था, पर उस रात वह मेरे लिए जिस्मानी और रूहानी

दोनों स्तरों पर बुनियादी जरूरतों में शामिल हो गई थी। इसलिए, कि पूरा दिन मैं एक सँकरे और नीचे बने पेंवठे पर, सिर्फ आधे पौवे की ताकत पर, उम्र के इस सूर्यास्त समय में, मई की लुआर-भरी धूप को बर्दाश्त करते बैठा था। मेरे वकील दोस्त ने बाकी आधे पौवे की ताकत पर, अपने गंजे होते सिर पर रूमाल बाँधकर, मेरा साथ निभाया था। यह उसी लड़की के इन्तजार का समय था, जिसका जिक्र मैंने किस्से के शुरू में किया है। वकील दोस्त ने उसे दिन के ग्यारह के बाद, चाँदनी चौक से आगे, राजमहल की ओर जाते हुए देखा था। हालाँकि यह भी सच है, कि वकील दोस्त ने उसकी तीन-चार झलकें उसके पहले की दुर्गा पूजा की चहकती-महकती भीड़ में, लगभग तीन पौवे के भरपूर नशे में देखी थीं, क्योंकि हम हीरो होंडा पर सवार होकर उस गुट के पीछे लगे हुए थे, जिसमें वह थी। शहर-भर की नाना किस्म की दुर्गाओं का दर्शन करने निकलीं, कामिनियों की तरह सजी लड़कियों की ओर नजर भी फिराने से इन्कार करते हुए और किसी एक हड़ियल गिड्डी साँवली लड़की की खोज में पेट्रोल बरबाद करते हुए, मुझ बुढ़ऊ की बुढ़भस पर, वकील दोस्त को गुस्सा जरूर आया था, लेकिन वह मुझे दोस्त के अलावा बड़े भाई की तरह मानता था, और मेरी कमीन कामुकता की इज्जत करते हुए, उसने उन तीन झलकियों की सफलता के बाद, बंगाली क्लब के दुर्गा पंडाल से बाहर आकर कहा था, "यू आर गेटिंग सेंटिमेंटल ओल्ड बॉय!"

पर उस दिन जब उसने फोन पर खबर दी थी, तो मैं सुबह ग्यारह की गरमी से लगभग बेखबर, भगवान के कमरे में निवार के पलंग पर गावतकिए से सिर टिकाये लेटा था, और मारक्वेज का उपन्यास पढ़ रहा था। नायक की प्रेमिका विधवा होने के कुछ बरस बाद, अपने एकाकीपन से ऊबकर या अपने भूतपूर्व सच्चे प्रेमी के पवित्र प्रेम में डूबकर, उसे मिलने की अनुमति दे देती है। वह एक रईस विधवा की शालीनता के साथ, उसे ड्राइंग रूम में इन्तजार करने के लिए कहती है। और जब प्रेजेन्टेबल होने की सामान्य तैयारी के बाद आती है, तो नायक, जो पिछले इक्यावन बरसों से उसकी अनुमति का इंतजार कर रहा है, तत्काल मिले इस मौके को ही, प्रथम भेंट सा पुलकाकुल इसलिए नहीं बना पाता, कि उसे जोर की टट्टी लग रही होती है और प्रेशर बर्दाश्त के बाहर होने के कारण, वह इस बात को स्वीकार नहीं कर पाता, कि वह इस मुलाकात को, नए सिरे से सम्बन्ध रचने की शुरुआत की तरह ले। उसकी हुलिया और हालत का जो वर्णन लेखक ने किया था, उसे पढ़ते हुए मैं मंद स्वर में हँस रहा था, कि माँ ने खबर दी, कि वकील दोस्त का फोन है। उसने फोन पर खुलासा किया था, कि उसके साथ स्कर्ट पहनी एक और लड़की भी थी। उसकी बात सुनकर मैंने तत्काल पैंट पहनी थी, और निकल गया था। पहुँचते ही मैंने अपनी शंका जाहिर की थी कि हो सकता है, वह राजा पारा की ही कोई लड़की हो, क्योंकि पिछले बरस भर से उसकी कई झलकियाँ, कई-कई दिनों के अन्तराल में

देखने के बाद भी, मैं अभी श्योर नहीं हूँ, कि मैं उसे पहचान लूँगा और दावे से कह सकूँगा कि वह वही है।

पर वकील दोस्त ने दावे से कहा था, कि वह वही थी और उस शिव मन्दिर को गई है, जिसकी आज प्रतिष्ठा है।

"कौन-सा शिव मन्दिर?" मैंने पूछा।

राजा पारा के उस पार मधुबन में बने इस शहर के प्राचीनतम शिव मन्दिर की जानकारी देते हुए वकील दोस्त ने कहा, कि यह सन् 1765 में बना था।

वही जिसके पुनर्निर्माण के लिए अहमदाबाद के किसी व्यापारी ने हजारों रुपए खर्च किए हैं, जबकि इसके पहले इस शहर को देखना तो दूर, इसका नाम तक उसने नहीं सुना था।

एक रात सपने में उसने देखा कि एक छोटा-सा मन्दिर है। उसके पास एक तालाब। तालाब के घाट के ऊपर एक विशाल बरगद के पेड़ की छाया है। वह उसी मन्दिर के शिवलिंग के सामने खड़ा है। भगवान शंकर साक्षात प्रगट होते हैं, और बताते हैं कि पिछले जनम में वह इसी शहर में रहता था और इसी मन्दिर का पुजारी था। पता नहीं भगवान उसे शहर का नाम बताते हैं या नहीं, लेकिन अपनी सम्पूर्ण निष्ठा के साथ उसने अपने पिछले जन्म की जन्मभूमि का पता लगाया था और यहाँ आकर मन्दिर के जीर्णोद्धार के लिए हजारों तो नहीं, शायद दो-तीन हजार रुपए दिये थे। बाकी हजारों नहीं, लाखों रुपए इस काम के लिए, इसी शहर के व्यापारियों ने लगाये थे, जिसमें सबसे ज्यादा पैसा लगाने वाला इस शहर के पास के और छोटे शहर का एक व्यापारी था, जिसने अपने परिश्रम और भगवान की कृपा से दो राइस मिल, एक सीमेंट प्लांट और एक साल्वेंट प्लांट लगाकर, अपने तीन बेटों के जिम्मे कर दिया था और खुद भगवान के भजन-कीर्तन में लग गया था। जो बात अभी वकील दोस्त बता रहा था, वह सबसे पहले मैंने अपने बचपन के दोस्त सुशील चौबे से सुनी थी, जो इन दिनों शहर के सभी प्राचीन मन्दिरों के जीर्णोद्धार में लगा था और पाँच बरस की म्युनिसिपल काउंसिल की सदस्यता सफलतापूर्वक निभाने के बाद, शायद अपनी इसी धार्मिक जिद के चलते, अभी हाल की वार्ड मेम्बरी में हार चुका था। चुनावी हार के बावजूद उसके पक्के इरादे में खरोंच तक नहीं लगी थी। इन दिनों गोसाईं घाट के मन्दिर का निर्माण कराने के बाद, दसनहान और क्रियाकर्म के लिए सदियों से इस्तेमाल में लाई जाने वाली जगह का भी उसने पुनरुद्धार करा दिया है। अब पुरानी बस्ती के सारे लोग क्रियाकर्म, खासकर दसनहान के दिन दाढ़ी बाल बनवाने और नेंग-व्यवहार पूरा करने का काम, वहाँ बड़े मजे में कर रहे हैं, क्योंकि पहले जहाँ पर पीपल के नीचे एक चबूतरा-भर था, वहाँ अब एक कमरा है, जिसमें बिजली पंखा तो लगा ही है, दरी भी बिछी है। दरी की याद इसलिए मुझे है, कि इस एक दरी के लिए उसने कई बार मुझसे कहा था, कि मैंने अपनी पत्नी के दसनहान

के काम के बाद, केवल औपचारिकता के एक सौ एक रुपए भर भिजवाये थे, जबकि मुझ जैसी हैसियत वाले आदमी को, या तो सामने की जगह में एक कमरा और बनवा देना था, या कम से कम दरी तो भिजवा देनी थी। मैंने जिस दिन उसके लिए दरी भिजवाई थी, उसके दूसरे ही दिन दो बरस से रुका मेरी पत्नी का जी.पी.एफ. बकाया मुझे मिला था। और उसके दूसरे दिन जब सुशील को मैंने यह खबर सुनाई थी, तो उसने कहा, ''देखो धरम के एक काम से तुम्हें कितना फायदा हुआ, सो अब दूसरा काम भी कर दो?''

''कौन-सा दूसरा?''

''लो,'' सुशील ने नकली दाँत की चमक उघारते हुए कहा था, ''तुम्हें याद ही नहीं है। अरे दसनहान घाट के आसपास की गंदगी से पूरी नदी का पानी दूषित हो रहा है। इसके लिए मैं एक साल से लगा हूँ। सरपंच से एम.एल.ए. और नायब तहसीलदार से कलेक्टर तक मिल चुका हूँ, लेकिन...'' उसने पूरी कौम के नाम एक भद्दी गाली निकाली।

लेकिन इसके पहले ही मुझे याद आ गया था, कि दसनहान के मन्दिर के ठीक सामने, नाले के किनारे कुछ मुसलमान कारीगरों ने अपनी झोपड़ियाँ बना ली थीं, जिनकी कतार डौकी घाट से गुजरते नाले और नदी के संगम तक चली गई थी। वे यहाँ के बाशिन्दे नहीं थे, और यहाँ के रीति रिवाज, नेंग-व्यवहार से अपरिचित थे। इतने सारे लोगों के इन रिहाइशी मकानों में रहनेवाले लोग, अपने नित्यकर्म के चलते, इस इलाके को गन्दा तो कर ही रहे थे, पुरानी बस्ती की औरतों के धार्मिक क्रियाकलापों के अलावा, उनके दैनिक स्नान-ध्यान पर भी यहाँ रहने वाले कुछ शोहदों की नजर टिकी रहती थी। पर इन्हें यहाँ से हटाना इसलिए मुश्किल था, कि बसी-बसाई गृहस्थी को कोई अचानक कैसे तुड़वा दे, लेकिन इससे बड़ा खतरा यह था, कि यह अल्पसंख्यकों का मामला था, जिसके बारे में प्रशासन कोई भी पहल करने में जल्दबाजी नहीं कर सकता था। अभी इतने दिनों बाद सुशील की बात सोचते हुए मैं अनाथालय के गेट पर चुपचाप खड़ा था। पेशाब करने के बाद, कजिन पैंट की बटन बन्द करते हुए आया। मुझे गुम्म और खोया हुआ देखकर उसने पूछा, ''क्या सोच रहे हो?''

''तुम्हारे बहुत पहले के घर के बारे में सोच रहा था।''

''तो तुम्हें मामू की याद नहीं आई?''

''किस मामू की?''

''प्रसन्न मामू की,'' उसने कहा, ''मुझे तो यहाँ घुसते ही सबसे पहले उन्हीं की याद आती है।''

''क्यों?'' मैंने नहीं पूछने जैसा पूछा।

सच तो यह है कि मेरा ध्यान उस गुट की ओर गया, जिसमें खाई-अघाई, मुटाई

औरतों के अलावा एक दो लड़कियाँ भी थीं, और इस नाउम्मीद-सी उम्मीद को उकसा रही थीं, कि क्या पता, फेडेड बैंगनी रंग की फ्रॉक पहनी वो लड़की इनमें कहीं दीख जाए।

''इसलिए कि जब मैं यहाँ रहता था, तो एक दिन मामू यहाँ आए थे।''

''अच्छा,'' मैंने स्थानीय प्रश्नवाचक का इस्तेमाल करते हुए पूछा, ''क्या काम था?''

''वे चारों तरफ घूम-घूम कर टोहने जैसा देख रहे थे।''

''फिर?''

''फिर वे मनोज के पास पहुँचे।''

''मनोज कौन है?'' मैंने पूछा।

''अनाथालय का मैनेजर।''

मुझे प्रसन्न मामू में कोई ज्यादा दिलचस्पी नहीं थी। अनाथालय के इस मैनेजर को तो मैं जानता ही नहीं था। अधिक समय नष्ट किए बिना मैं यहाँ से निकल भागना चाहता था, और अपनी प्रकृति के बिलकुल विपरीत, मेरा कजिन काफी रुक-रुक कर और गैरजरूरी विवरणों के साथ किस्सा सुमा रहा था।

प्रसन्न मामू एक लीचड़ किस्म के जीव हैं। उनकी लीचड़ता का एक यही प्रसंग मुझे याद आ रहा था, कि जब उन्हें पहली बार दिल का दौरा पड़ा था, तो उनके यहाँ साधू काम करता था, क्योंकि वे बिना नौकर के चल नहीं सकते थे और कोई नौकर उनके यहाँ टिकता नहीं था। साधू ने बताया था, कि वे जब ड्यूटी पर जाते थे, तो डब्बे की रोटियाँ गिन कर जाते थे, और अगर एकाध कम निकली, तो लौटकर साधू की माँ-बहन एक कर देते थे। लेकिन इस सोच के तुरत बाद मेरा ध्यान वक्त पर आ गया था, जिससे बेखबर होकर मेरा कजिन अपने बयान में लगा था।

यह मेरे कजिन का ही बयान है।

''वे मनोज के पास खड़े थे। घर से निकलते ही मैंने उन्हें देख लिया था और चाहता था, कि उनसे आँखें चुराकर निकल जाऊँ।''

''लेकिन आँखें लड़ गईं,'' मैंने थोड़ी चिढ़ से कहा। चिढ़ मुखर नहीं थी। कजिन नहीं जान सका। शायद इस वजह से कि कजिन सोच भी नहीं सकता था, कि मैं जल्दी में हूँ और तेज कदमों से अपने मुहल्ले के उस घर के सामने पहुँच जाना चाहता हूँ, जहाँ से मैंने उसे रात के आठ के अरीब-करीब दो-तीन बार निकलती हुई देखा है, हालाँकि वहाँ उस निखट्टू नेता के घर पर उसे क्या काम हो सकता है, यह मैं समझ नहीं पाया हूँ। अपनी अन्यमनस्कता या अपने दीगर जरूरी काम की ओर कजिन का ध्यान आकर्षित करने के लिए मैंने घड़ी देखी, तो कजिन का बयान फिर शुरू हो गया।

''वे मनोज से मेरा ही पता पूछ रहे थे, बल्कि पूछ चुके थे। और मुड़ रहे थे कि मनोज ने जोर से मेरा नाम लेकर पुकारा। मामू मेरी तरफ बढ़ रहे थे। वे जब

करीब आए, तो उन्होंने लगभग बुदबुदाने या फुसफुसाने की आवाज में कहा, "आजकल यहाँ रहते हो?"

"हाँ," मैंने कहा। वे मेरे घर की तरफ बढ़ रहे थे। मजबूरन मुझे उनके साथ चलना पड़ा।

ड्राइंग रूम में पहुँचकर वे इत्मीनान से सोफे पर पसर गए, और उसी तरह फुसफुसाते हुए पूछा, "शादी के बाद घरवालों से कोई तनातनी हो गई क्या?" मामू ने यह सवाल इस कारण पूछा था क्योंकि मेरे इस ममेरे भाई ने एक गुजराती लड़की से शादी की थी।

"मामू, वहाँ जगह कम पड़ती थी, इसलिए मैंने सोचा कि अलग से एक मकान ले लेना बेहतर होगा।" मैंने सपाटे से कहा और इसके पहले कि वे मेरी शादी या उससे सम्बन्धित मुद्दों पर कोई दूसरा सवाल करें, तत्काल यह भी पूछ लिया, "लेकिन आप यहाँ अनाथालय में किस काम से आए थे?"

मामू ने उँगलियाँ चटखाईं। एक क्षण के लिए शायद गम्भीर होने की भूमिका बाँधते हुए आँखें भी मूँदीं। फिर बिना फुसफुसाये या बुदबुदाए गम्भीर स्वर में बोले, "मैं चाहता हूँ कि एक लड़का यहाँ से गोद में ले लूँ।"

मामू ने इतनी गम्भीरता से यह बात कही, कि मुझे यकीन नहीं हुआ कि आधे दर्जन भाइयों की एक दर्जन औलादों को छोड़कर, यह अनाथालाय से एक बच्चा गोद में लेना चाह रहे हैं। सच मानो जिंदगी में पहली बार मामू के लिए मेरे मन में सम्मान का भाव आया और मुझे इस बात पर यकीन हो गया, कि हर आदमी में कहीं न कहीं इंसानियत की एक नन्हीं बूँद जरूर छिपी होती है। सो मैंने नैसर्गिक प्रशंसा के स्वर में उनकी बात पर दाद दी और कहा कि यह तो आप सचमुच महान पुण्य का काम कर रहे हैं। मेरी प्रशंसा से वे यहीं सोफे पर चिपके ही न रह जाएँ, यह सोचकर मैंने यह बात खड़े होकर फिर बाहर निकलते हुए कही थी। मामू इस बीच देख चुके थे, कि घर में न कोई नौकर है, न मेरी बीवी। सो जब मैं बाहर निकलकर दुबारा ताला बन्द करने लगा, तो दरवाजे पर खड़े होकर पूर्णिमा के चाँद की ओर देखते पूर्ववत् गम्भीर स्वर में उन्होंने कहा, "दरअसल मुझे एक नौकर की सख्त जरूरत है, और अगर अनाथालय से कोई बच्चा गोद में ले लें तो..."

पता नहीं मामू ने उस दिन मेरी बहुत कोशिश से दबाई गई मुक्त हँसी का स्वर सुना था, या नहीं, लेकिन आज भी जब मैं अनाथालय में घुसता हूँ, तो सबसे पहले उन्हीं की याद में थोड़ा हँसता हूँ। इसलिए नहीं कि गोद लिये बच्चे को नौकर की तरह रखने की बात उन्होंने की थी, इसलिए कि सम्पूर्ण पवित्रता के साथ अपने आधे अपंग जीवन की गहन समस्या का हल निकालने के लिए वे यहाँ अनाथालय तक आए थे।"

कजिन जब यह भाषण कथा सुना रहा था, तो मैं मामू की आखिरी बात जानकर मुस्कराया जरूर था, लेकिन मेरा ध्यान मेरी घड़ी पर था। सात तीस हो चुके थे। मुझे हर हालत में पौने आठ तक अपने मुहल्ले पहुँच जाना था। तभी कजिन ने वक्त पूछा, तो मैंने बताया।

"अरे बाप रे पूजा का वक्त हो रहा है।"

"पूजा?" मैंने जानने के भाव से ही पूछा, पर यह सुनकर मुझे पहले ही राहत मिल चुकी थी, कि कजिन अब किसी दूसरे किस्से के मूड में नहीं है। लेकिन पूजा शब्द का उच्चारण जब उसने किया, तो मुझे लगा कि यह हिस्टिरिक लड़की के इलाज से सम्बन्धित कोई बात होगी, जबकि उसने तत्काल खुलासा करते हुए ओम जय जगदीश हरे की लय में गुनगुनाना शुरू किया, 'ओम जय मदिरा माते।' लेकिन उसकी ईषत् तेज लय को डुबोती, समूह गान की एक आवाज अब दाहिनी सड़क से आ रही थी।

भीड़ में औरतें ज्यादा थीं, मर्द कम। भीड़ का नेतृत्व करने वाला मर्द था, जो पैरन पड़ते हुए आ रहा था। हम विपरीत दिशा में थे, लेकिन हमें उसी सड़क पर बढ़ना था, जिस सड़क से पैरन पड़नेवाला, पूरी निष्ठा के साथ सड़क पर पट लेटकर, माथे को बाकायदे सड़क से छुलाते, जय बूढ़ी माई की रट लगाते, बढ़ रहा था। जाहिर है कि भीड़ बूढ़ी माई मन्दिर की ओर बढ़ रही थी, याने उस तालाब की ओर, जिसे बचपन में मैं करबला तालाब के नाम से जानता था। बूढ़ी माई का मन्दिर बहुत पहले से उस तालाब के किनारे ही था। मेरे एक मास्साब, जो कि अंग्रेजी साहित्य में एम.ए. थे और जिनके शिष्यत्व में मैंने अपने को प्रगतिशील विचारों की ओर झुकता पाया था, उन दिनों भी बूढ़ी माई के नित्यदर्शन को जाया करते थे, हालाँकि उसकी प्रसिद्धि और उसके स्थापत्य की भव्यता, हिन्दू धर्म की प्रदर्शनकारी उग्रता के कुछ ही समय पहले से सम्बन्धित है। शायद इसलिए ही मेरे मन में बूढ़ी माई के वर्तमान से ज्यादा, करबला का अतीत ही पैठा हुआ है। इस अर्थ में कि तब तो मैं करबला का अर्थ इतना ही जानता था, कि यह एक तालाब था और एक ऐसे इलाके में था, जिस ओर जाने की हमें मुमानियत थी। सिर्फ इसलिए नहीं कि वह जगह दो किलोमीटर दूर थी, बल्कि ज्यादा इसलिए कि हमारे बचपन के उन दिनों में वह इलाका हैजा और माता के इलाके के रूप में कुख्यात था, हालाँकि ठीक-ठीक वही इलाका इसे नहीं कहा जा सकता था, क्योंकि हैजा से अमुक मर गया की खबर, उन दिनों दरोगा पारा से नहीं, बल्कि बैकुंठपुर से आती थी। पर चूँकि दरोगापारा स्थित करबला तालाब, बैकुंठपुर से काफी नजदीक था, इसलिए हम उस तरफ नहीं जा पाते थे। जाने की बहुत इच्छा इसलिए होती थी, कि वहाँ अधिक सुन्दर और फारवर्ड लड़कियाँ रहती थीं। अभी जब पैरन पड़ने वाले को उसी करबला तालाब की ओर पट लेटकर, पूरी लम्बाई से सड़क नापते हुए मैंने देखा, तो मुझे लगा

कि वह अपने चाँदनी चौक के आसपास का ही आदमी है। मैंने कनफर्म होने के लिए कजिन से पूछना चाहा, मगर वह अपना स्कूटर स्टार्ट कर रहा था, और मुझे इशारे से बुला रहा था। उसके साथ समय गँवाने लायक समय मेरे पास नहीं था, सो मैंने इशारे से मना करते हुए भीड़ की औरतों की ओर देखा, जो मर्दों के पीछे थीं। वे चटख रंगों की साड़ियों में कीर्तन गाती पैरन पड़नेवाले के पीछे-पीछे चल रही थीं। उनमें से अधिकांश औरतें अधेड़ थीं और जो दो-चार जवान रही हों, उनमें से कोई ऐसी नहीं लग रही थी, जिसे देखकर यह सोचा जा सके, कि आकर्षक हैं। पिछली बार दुर्गा पूजा के समय सिर पर गागर रखकर जो एक सौ आठ लड़कियाँ आ रही थीं, वे भी हालाँकि कॉलेज या स्कूल की आधी आधुनिक छोकरियाँ नहीं थीं और शायद उनमें से कुछेक को भाड़े पर भी लाया गया हो सकता है, लेकिन वे सुंदर लग रही थीं। पर कइयों को देखकर यह लगता था कि जो कपड़े वे पहनी हुई थीं, वे माँगे गए कपड़े थे। अनाथालय की दीवार से सटकर, कीर्तनरत भीड़ की स्त्रियों को देखता, एक पल के लिए मैं यह भूल गया था, कि इधर अनाथालय की तरफ आने का मेरा मूल उद्‌देश्य क्या था? यह उसी तरह की बात थी, कि प्रेमिका के इंतजार में जब आप बेचैन हो रहे हों और धीरे-धीरे नाउम्मीदी एकदम साफ दिखाई पड़ने लगी हो, और ऐसे में कोई खूबसूरत लड़की आपके पास आ जाए, या न भी आए, तो पास से गुजर ही जाए, तो एक पल के लिए बेचैन इन्तजार को भूलकर, आप उसे ही आँखों में बिठाने की कोशिश करते हैं, या फिर प्रचलित काव्य-रूढ़ि में आँखें सेंकने की कोशिश तो करते ही हैं।

मैं वही कर रहा था, कि अचानक भीड़ की औरतों के बीच मुझे वह औरत दिखी, जो पहले दुकालू बराई के मकान में किराये से रहती थी और कभी किसी काम से अगर धोबी पारा की ढलान पर मुझे उतरना पड़ता, तो वह मुझे दरवाजे पर सजी-सँवरी खड़ी नजर आती। पिछले दस बरसों में कुछ नहीं तो बीस बार मैंने उसे देखा होगा और हर बार अपनी बढ़ती या ढलती उम्र के बावजूद, मैंने हमेशा उसे शरीर से तन्दुरुस्त और कमनीय रूप में ही देखा था। उसके बारे में कई किवंदतियाँ हमारे दोस्तों के बीच प्रचलित थीं, जिसका कारण शायद थोड़ा-बहुत उसका पति था। वह उसकी तुलना में काफी दुबला और गिड्डा लगता था। अक्सर अपनी नौकरी के सिलसिले में दौरे पर रहता था। लोगों का तो यहाँ तक कहना था, कि जिस सरकारी दफ्तर में वह काम करता था, वहाँ उसे पैसे कमाने वाली जगह तक पहुँचाने का श्रेय भी इस औरत को ही था। एक बार जब मैंने नाऊपारा में बिलकुल अकेली रहने वाली एक स्त्री के बारे में वकील दोस्त से जिक्र किया था, तो उसने मेरे इशारे को इसी के बारे में समझा था और बताया था कि वह लहँगा झर्राकर रास्ता दिखा देने वाली है। पर उसके बदन के भराव के साथ-साथ, उसकी आँखों में कुछ ऐसा भाव भी भरा होता था, जो अपनी ओर ऐसा खींचता था, कि लगता था कि

मामला कुछ ही देर में जम सकता है, अगर जमानेवाले में थोड़ी हिम्मत हो। वह थोड़ी हिम्मत भी मुझमें आज तक पैदा नहीं हो सकी।

लेकिन अभी जब मैंने उसे देखा, तो उसका चेहरा ईषत् झुर्री खाया लगा। पर पूरे शरीर के भराव में, जो उम्र के कारण मुटापा जैसा भी लग रहा था, ऐसा कोई फर्क नहीं था, जिसे आप मार्क कर सकें। उसकी ओर देखते हुए मैंने याद किया, कि पिछली बार मैंने उसे केंवटापारा के एक नए बने मकान के बाजू से देखा था। यह मकान पहले शहर के एक कम्युनिस्ट कार्यकर्ता और पेशे से जूता बेचनेवाले परदेसी नाऊ का मकान था, जिसे शायद इस औरत के पति ने खरीदा था और नए सिरे से पुनर्निर्माण किया था। इस इलाके में मूल केंवटा लोगों की निजी सम्पत्ति,परदेसी लोगों (याने वे लोग जो स्थानीय नहीं थे) ने खरीद ली थी। मकानों के रंग-रूप भी बदल गए थे। उनमें रहने वाले मर्द और सुबह-शाम दरवाजे पर खड़ी-खड़ी, या पेंवठे पर बैठी-बैठी, आने-जाने वालों को देखती रहने वाली औरतों के चेहरे, अब मेरे लिए बिलकुल ही अजनबी थे, सिवा इस नाऊ के मकान के बाजू की झोंपड़ी में रहनेवाली, लगभग सत्तर के करीब पहुँचती पुरानी मालिन के चेहरे के, जो मुझे देखकर अभी भी पालागी करती थी। अभी पैरन पड़ने वाले के साथ की भीड़ में जब मैंने इस औरत को देखा, तो कह नहीं सकता, कि मेरे खयाल में, माथे पर बड़ी बिंदी लगाने वाली, चेचक से भरे चेहरे वाली, वो मालिन तत्काल आई या नहीं, पर पैरन पड़ने वाले की रफ्तार देखकर, मैंने फिर एक बार अपनी घड़ी देखी, कि कहीं आठ तो नहीं हो गए? आठ बजने को सात मिनट बाकी थे। मैंने फिर देखा कि वह औरत मुझे तब भी गौर से देख रही थी। उसका चिकना साँवला रंग, उसके मसृण केश और उसकी बुलाती आँखें, उम्र के इस हिस्से में भी मुझे डाँवाडोल करने की पूरी ताकत रखती थीं, लेकिन घड़ी देखने के बाद मुझे यह भी लगा, कि अगर सचमुच फेडेड बैंगनी रंग की फ्रॉक पहनी वो लड़की आठ के अरीब-करीब हमारे मुहल्ले के उस नेता के घर जाती होगी, तो अब तो वह वहाँ पहुँच गई होगी, या निकल गई होगी। ऐसा सोचकर मेरा मन हुआ, कि मैं बीड़ पारा की गली से होकर तत्काल निकल जाऊँ, पर भीड़ इतनी थी, कि उस सँकरी गली के अनाथालय वाली दीवार के हिस्से से, मैं अगर आगे बढ़ता तो कई औरतों से टकराते हुए ही बढ़ सकता था और मैं यह नहीं करना चाहता था, बल्कि ऐसा करने की हिम्मत ही मुझमें नहीं थी।

आखिरकार जब पैरन पड़ने वाले के पीछे लगी भीड़ का आखिरी सिरा मेरे बाजू से गुजरा, तो मैं उस गली से आगे बढ़ा, जिसके बाद की गली में, जो बीड़ पारा की मुख्य सड़क भी थी, मुस्तफा का मकान था। इस बीच मैंने एक बार और घड़ी देखी थी और आश्वस्त हुआ था, कि आठ बजने में अभी भी लगभग पाँच मिनट की देरी थी और आशंकित भी हुआ था, कि कहीं अपने मकान के सामने मुस्तफा या मुर्तजा मिल गया, तो दुआ-सलाम की औपचारिकता निभाने में कुछ नहीं, तो तीनेक मिनट

तो लग जाएँगे। मेरी हालत वक्त के सन्दर्भ में ऐसी थी, जैसे हिन्दुस्तान और पाकिस्तान के मैच के बीच, दो बॉलों में तीन रन बनाने की चुनौती झेलते उस नए खिलाड़ी की रही होगी, जिसका नाम मुझे याद नहीं आ रहा। लेकिन मेरे मन में एक फीसदी उम्मीद के साथ निनानबे फीसदी नाउम्मीदी भी थी, कि अगर मैं आठ के पहले उस नेता के मकान तक पहुँच भी गया, तो इसकी तो कोई गारंटी नहीं थी, कि वह उस मकान में जाती या निकलती दीख ही जाए।

और हुआ भी यही। बल्कि यह भी नहीं हुआ कि आठ के पहले मैं उस मकान के सामने पहुँच जाऊँ, क्योंकि जब मैं बीर पारा से बहिदार पारा होते हुए, बनिया पारा की अपनी गली में पहुँचा, तो दस कदम बाद ही गौंटिया के मकान के सामने भीड़ खड़ी देखकर मैं ठिठक गया। भीड़ के सभी चेहरे लगभग परिचित थे। उन्हीं में वह नेता भी, एक दूसरे ठलहे खानदानी रईस विजय साहू के साथ खड़ा था। इसी दूसरे ने मुझे बताया कि थरथरी गई।

"कब?"

"अभी आधा घंटा पहले," दूसरे ने कहा। मैं इस बीच सोच चुका था, कि वह अगर अभी नेता के घर में गई भी होगी, तो कोई हर्ज नहीं, क्योंकि नेता यहाँ था, जैसे मैं यहाँ था। उस समय रात के आठ बज रहे थे। एक पल के लिए मैंने सोचा कि थोड़ी दूर और चलकर मुझे नेता के घर तक चल कर देखना चाहिए। लेकिन इतने पड़ोस में हुई मौत की खबर जान लेने के बाद मेरा वहाँ से जाना उचित नहीं था।

"क्या अभी रात को ले जाएँगे?" मैंने पूछा।

"ना, जितेन्द्र बाहर है।"

"कहाँ?"

"चुनाव प्रचार के सिलसिले में जशपुर गया हुआ है, लेकिन उसे खबर मिल चुकी है।" साहू ने कहा।

नेता निर्विकार चेहरे और बढ़ी तोंद के साथ चुपचाप था। मैं थरथरी के बारे में सोचने लगा था, कि अभी दस दिन पहले ही वह अपनी बेटी के घर से यहाँ आई थी। शायद उसे आभास हो गया था और उसने जिद पकड़ ली थी, कि रायगढ़ जाना है। खाट में पड़े-पड़े उसे बेड सोर हो गए थे। दमे से दम घुटता था, लेकिन उसने दो सौ किलोमीटर की रेलयात्रा कराहते-काँखते, इसी पार रहकर तय कर ली थी।

जिस दिन वह लौटी थी, उसी दिन मैं उसे देखने गया था। वह सीढ़ियों के नीचे वाली जगह पर एक छोटी-सी खटिया में करवट से सोई हुई थी। उसे पता नहीं चल सका मैं आया हूँ।

"माँ के लिए मैं ऊपर का कमरा ठीक करा रहा हूँ," जितेन्द्र ने कहा। उसका बड़ा भाई गनेश बाजू के मकान में रहता था। मैंने थरथरी को आवाज देकर बुलाने

की कोशिश की थी, लेकिन उसे पता नहीं चला। जाड़े के दिनों में सुबह के वक्त वह मेरी बहुत ही दिलचस्प साथिन हुआ करती थी। हर सुबह हम, कम से कम घंटे-भर, हमारे सामने वाले कमरे के सामने बने पेंवठे पर बैठे गप्पें करते थे। वह उन दिनों का किस्सा सुनाती थी, जब उसकी नई-नई शादी हुई थी, याने तब का इतिहास जब मैं पैदा नहीं हुआ था। बीच-बीच में वह मेरे पिता को सम्मान के साथ याद करती। अभी साल-भर पहले वह लगभग तन्दुरुस्त थी, हालाँकि उम्र उसकी अस्सी के करीब पहुँच चुकी थी।

"और?" मैं साहू की तरफ देखकर मुस्कराया। वह लगभग छै फीट का सुदर्शन युवक था और तरह-तरह के धन्धों में हाथ मारने के बाद, इन दिनों राजनीति के मैदान में जोर आजमा रहा था। नेता अभी चुपचाप था। लोग अन्दर आ रहे थे।

"कल सुबह ले जाएँगे," नेता ने कहा, फिर पूछा, "उधर चुनाव के क्या हाल हैं?"

चुनाव की बात पर मुझे तत्काल खयाल आया कि पिछले चुनाव के वक्त इलेक्शन ड्यूटी से बचने के लिए मैंने एक किलो पेड़ा देसिंग तराई के मन्दिर में और एक सौ एक रुपए जगन्नाथ मन्दिर में देने का बदना बदा था। छै महीने होने को आए, मैंने भगवान से किया गया अपना वादा पूरा नहीं किया था। ऐसी भूल मुझसे पहले भी हुई थी, जब मैंने अपने बेटे के एडमिशन के सिलसिले में पुरी जाकर, जगन्नाथ मन्दिर में भोग चढ़ाने की मन्नत मानी थी। बहुत दिनों तक नहीं जा सकने की अपनी मजबूरी में डरते-झिझकते समय काट रहा था, कि एक दिन भोपाल जाने को तैयार स्टेशन पर बैठे-बैठे, ट्रेन का इंतजार करते-करते, जगन्नाथ ने स्वयं अपने पास बुला लिया था। यह बात मुझे मेरे दोस्त किशोर ने तब कही थी, जब हम जगन्नाथ जी के मूल मन्दिर की परिक्रमा कर रहे थे, जो कि असह्य फिसलन-भरी परिक्रमा थी और एकदम घुप्प अँधेरा चक्कर था। मैं किशोर के कंधे को थामे हुए था। कुल पचास-एक फीट की परिधि तय करने में हमें पाँच मिनट से ज्यादा समय लग गया था, लेकिन मन्दिर से निकलते ही, किशोर ने तृप्ति के साथ कहा था, कि जगन्नाथ जी ने जिस ढंग से बुलाया और दर्शन दिया, उससे तो लगता है कि इस बार काम जरूर हो जाएगा।

चुनाव के बारे में सोचते हुए, पुरी के जगन्नाथ और समुद्र तट से वापस आकर, मैंने नेता के चेहरे की ओर इस तरह से देखा, कि उसके पीछे की गली के आखिरी सिरे पर बने उसके मकान को देख सकूँ, तो नाऊपारा की गली की ओर मुड़ती, साड़ी पहनी वह स्त्री दिखी, जिसके बारे में मैंने, अपने वकील दोस्त को बताया था, कि वह पहले अपनी मौसी के परिवार के साथ रहती थी, पर इधर कई वर्षों से अकेली रह रही है, क्योंकि वह उसी गली के एक ऐसे मर्द को बेधड़क चाहने लगी थी, जो न केवल शादीशुदा था, बल्कि चार बच्चों का बाप भी बन चुका था। वकील

दोस्त ने इस संकेत को उस स्त्री के बारे में समझा था, जिसका जिक्र अभी मैंने पैरन प्रसंग में किया है। पर जिसके बारे में मैं अभी बात कर रहा था, उस स्त्री में मेरी दिलचस्पी उस तरह की नहीं थी, जिससे मेरे मन में किसी तरह की बेचैनी हो। पर अभी उसे देखकर बल्कि उस गली की ओर देखकर मुझे लगा, कि फेडेड बैंगनी रंग की फ्रॉक वाली उस लड़की को खोजना, अब रात के आठ के बाद के इस अँधेरे समय में असम्भव नहीं, तो मुश्किल जरूर होगा। यही सोचकर मैंने नेता के प्रश्न का तुरन्ती जवाब देते हुए कहा कि हमारी तरफ तो बी.जे.पी. का जोर है और उस रस्ते पर आगे बढ़ गया, जिसके आखिरी छोर पर नाऊपारा की गली थी।

नाऊपारा की गली की ओर मुड़ने के पहले मैंने यह देख लेना चाहा, कि कहीं वह स्त्री अपने अकेले कमरे के घर में तो नहीं घुस गई, तो हैरतअंगेज घटना की तरह, वह उस सँकरी गली के अँधियारे में कहीं बिला चुकी थी और उसके बदले मुझे नजर आई पंचम महाराज की पीठ।

वे दुहत्थी अँगोछी पहने थे और भवानी साव के मकान के सामने की नाली एहतियात से पार कर रहे थे। उनसे लगभग दस कदम की दूरी पर उनकी पीठ की तरफ खड़ा, मैं सोच रहा था, कि जब नेता से बात करते समय, मैंने अपनी नजर लगातार लम्बे घने बालों वाली, लगभग अधेड़ होती उस स्त्री पर जमाए हुए ही, थरथरी के घर से आगे बढ़ने का निश्चय किया था, तो उस समय पंचम महाराज मुझे नाऊपारा की गली की ओर मुड़ते क्यों नहीं दिखे ? और वह स्त्री लगभग बीस सेकेंड की अवधि में कहाँ चली गई ? चूँकि नाऊपारा की बत्ती गोल थी, और मैं एक ऐसे मकान के सामने खड़ा था, जहाँ बचपन के दिनों में एक जवान कुँआरी लड़की जलकर मरी थी, इसलिए मुझे थोड़ी झुरझुरी-सी हुई, और जब मैंने दुबारा साहस के साथ उस गली की ओर देखा, तो वहाँ पंचम महाराज भी नहीं थे। शायद वे आगे बढ़ चुके थे और इसलिए नजर नहीं आ रहे थे। लेकिन उस जगह तक, जहाँ पर यह सँकरी गली टेढ़ी होती है और थोड़ी चौड़ी, जहाँ पर म्युनिसिपैलटी का एक नल लगा हुआ है, और जहाँ पर बच्चे, जवान और अधेड़ स्त्रियाँ बेझिझक पानी से चिपक गए, एक वस्त्र में नहाती हैं, पंचम महाराज अपनी धीमी चिन्तनशील चाल में इतनी जल्दी तो नहीं पहुँच सकते थे! यह सोच मन में आया, तो अँधेरे में कितना कुछ टटोलती आँखें, अपने आप नाऊपारा से एकदम विपरीत दिशा में मुड़ गईं और कदम अपने आप उस गली की तरफ मुड़ गए, जिसका आखिरी सिरा कोई पचास मीटर बाद किशोर मिश्रा के मकान के सामने खुलता था, हालाँकि मकान के मुख्य दरवाजे पर नहीं, बल्कि भूतपूर्व मुख्य दरवाजे के थोड़े बाजू से।

बिना कुछ सोचे वर्तमान मुख्य दरवाजे तक जाकर मैंने घंटी बजाई, तो किशोर की जगह पर मेरा वकील दोस्त उसके घर से निकला। रात को आठ बजे वकील दोस्त को एकदम शरीफ शहरी की हालत में निकलते देखकर मैं मुस्कराया, लेकिन

जवाब में उसका शालीन संकेत पाकर, भीतर घुसते हुए मेरे मन में थोड़ा खटका हुआ, कि आखिर इतने दिनों बाद मुझे अपने शहर में देखकर, रोज के हमप्याले दोस्त ने अपनी जगजाहिर वाचालता के विपरीत मौन संकेत की भाषा में मुझे क्यों बुलाया? जब हम किशोर के आँगन में पहुँचे, तो पूजा के कमरे की तरफ बढ़ते हुए वकील दोस्त कान के करीब फुसफुसाया, जिसे मैं सुन नहीं सका, क्योंकि वह मेरे बाएँ कान में फुसफुसा रहा था। मैंने जब सुनने के लिए अपनी गर्दन मोड़ने की कोशिश की, तो वकील दोस्त को समझ में आ गया और वह मुस्कराते थोड़ी तेज आवाज में बोला, ''मुझे याद नहीं था भाई साहब कि वामपंथ बहरा हो चुका है।'' लेकिन साथ ही उसने सुनी जा सकने वाली, पर अभी से थोड़ी धीमी आवाज में, यह भी जोड़ा कि पुत्तर पिछले बीस दिनों से गायब है।

''क्या?''

मैं पूछ नहीं सका। समझ जरूर गया कि किशोर का पुत्र नम्बर दो कहीं भाग गया है। उसकी उम्र अभी इतनी नहीं हुई थी कि उसे प्रेम वेम के मामले से जोड़ा जा सके, और हद दरजे के शालीन इस दोस्त से ऐसे किसी व्यवहार की आशा नहीं की जा सकती थी, कि उसने किसी बात पर उसे ऐसा कुछ कह दिया हो, जिससे नौबत घर छोड़ने तक आन पहुँची है।

पूजा-घर के दृश्य से मुझे लगा कि मामला सचमुच गम्भीर है। मेरा दोस्त अपने शरीफ चेहरे पर मुर्दनी का लेप लगाये चुपचाप खड़ा था। उसके बाजू से उसकी सुन्दरी पत्नी भी खामोश खड़ी थी। सामने एक छह फुटिया गौरवर्ण पुरुष ललाट पर ईषत् पीत् ईषत् लाल टीका लगाये खड़ा था। पर उसकी आँखें जलते अंगारे की तरह लाल थीं। वह धोती के ऊपर जनेऊ के अतिरिक्त अन्यथा निर्वस्त्र था। कंधे पर एक गमछा। उसकी देह की चमक देखकर लगता था, कि अभी ताजा स्नान के बाद ही वह यहाँ आया हुआ है। जब आँखें उससे अनायास मिल गईं, तो उस रक्तिम दृष्टि से टकराकर अपने आप झुक गईं।

''अरुआ चावल।'' उसने कहा।

पत्नी ने एक कटोरा बढ़ाया।

''दीपक।''

पत्नी ने पीतल का बहुत पुराना दीया रखा। इस बीच वह उस पीढ़े के सामने बैठ चुका था, जिस पर लाल कपड़ा बिछा था। उसके बैठने की मुद्रा पद्मासन की थी। उसने कपड़े पर चावल डाला। फिर दीपक जलाने के लिए माचिस निकाली और कहा, ''जब तक पूजा चले, तब तक आप लोग यह दीपक न बुझने दें।''

लोटा पीढ़े पर रखकर, उसने पहले उसमें चावल डाला। फिर गर्जन के स्वर में मंत्र पढ़ने लगा। फिर उसने अपनी अंटी से पुड़िया निकाली और भभूत जैसा कुछ लोटे में डाला। फिर उसे थलिया से ढाँक दिया। टन टन टन, लोटे से आवाज आने

लगी। ऐसे दृश्यों को देखकर मेरा मन बैठने लगता है। इस बार भी वह बैठ ही रहा था, कि मैंने पंडित महाराज को इस तरह से एक पाँव पर खड़े होते देखा, कि उनका दूसरा पाँव पहले के घुटने पर था। उनका एक हाथ तर्जनी और कनिष्ठा को सामने किए प्रलम्बित था, और दूसरा पहले की कुहनी छू रहा था। नीचे पीढ़े पर लोटा रखा था। लोटे से फिर आवाज आई टन टन टन। अपने डर के बावजूद मैंने विचित्र मुद्रा में बुदबुदाते इस पंडित की ओर गौर से देखा। मुझे मनोरंजन महाराज की याद आई, हालाँकि ऊँचाई में इस हठयोगी से वे कुछ कम थे और उनकी आँखें सतत् भाँग सेवन के बावजूद, ऐसे खतरनाक ढंग से लाल और बाहर निकली हुई नहीं थीं।

वे रिश्ते में मेरे मामा लगते हैं। पिछले कुछ वर्षों में रामायणी और तांत्रिक के रूप में अन्तर्राज्यीय ख्याति अर्जित कर चुके हैं। अपने आज तक के जीवन में जो एकमात्र छोटा-सा चमत्कार मैंने देखा था, वह उन्हीं का दिखाया हुआ था, जब उन्होंने मेरी एक सुंदर दोस्त की उँगली से अँगूठी उतरवाई थी और हाथ में छूकर ही गायब कर दिया था और फिर दसेक मिनट तक तंत्र प्रवचन के बाद, बहुत सहज भाव से उन्होंने उस अल्हड़ गोरी युवती से पूछा था, "आपने बताया नहीं आपकी अँगूठी कहाँ गई?"

"आप ही ने तो ली थी और पता नहीं कहाँ रख दी।"

"मैंने?" रिश्ते के तांत्रिक मामा ने नाटकीय अन्दाज में कहा और खड़े हो गए। वे उस युवती से करीब दो हाथ की दूरी में एक खाट पर बैठे थे। उन्होंने अपनी धोती झर्राई, और कुर्ते को ऊपर उठाया, कुछ इस तरह मानों उतार रहे हों। उनकी इस हरकत से मुझे थोड़ी लाज लगी, कि एक बेहद शहरी और शरीफ और अपेक्षाकृत प्रसिद्ध युवती के सामने इस तरह का नाटक वे क्यों कर रहे हैं? तभी उन्होंने अचानक कहा, "कहीं उस दूसरे हाथ की उँगली में तो आपने वह अंगूठी नहीं पहन रखी है?"

उनका इतना कहना था, कि लड़की ने बाएँ हाथ की अनामिका सामने की और उसे छूकर देखा। अँगूठी वहीं थी। उस कमरे में जितने लोग थे, सब भौंचक्के हो गए। मैं समझ ही नहीं पाया कि यह कैसे हो गया। लेकिन इसके पहले मैंने पी.सी. सरकार का जादू देखा था। मुझे लगा कि हो सकता है कि यह भी हाथ की सफाई ही हो।

वकील दोस्त ने हूबहू इसी वाक्य में यह बात कही थी, जब हम बौना की दूकान पर, चाय के लिए इस्तेमाल किए जाने वाले काँच के नन्हें गिलासों में रात का कोटा पूरा कर रहे थे।

"भाई साहब, बेकार पैसा बरबाद कर रहे हैं, लेकिन..." वकील दोस्त के स्वर में दुख था। पर जिसका जवान लड़का घर से अचानक गायब हो गया है, वह तो किसी की कोई भी सलाह मानने से कैसे इन्कार कर सकता है? मैं विश्वास और

अविश्वास से परे, केवल यही सोच रहा था, कि जिस ढंग से गमछे को दुपट्टे की तरह, दोनों हाथों में तानकर, उसने उस दस वर्षीय छोकरे की आँखों में आँखें डालते हुए परिक्रमा की थी, और उसे अपने हाथ की अँगूठी थमाते हुए पूछा था, ''बोल क्या देख रहा है?''

लड़के ने जो हुलिया बताई थी, वह सचमुच पुत्तर के हुलिए से मिलता था। हो सकता है कि सचमुच वह आगरे के उसी होटल में हो, जिसका नाम उस लड़के ने बताया था।

''फालतू बात है, दस लोग, बीस जगहों का नाम बता चुके हैं और भाई साहब सबकी बात सच मानकर मय पेट्रोल के खर्चे के आदमी दौड़ा चुके हैं। अभी चार दिन पहले एक आदमी आया था। उसने इसी तरह पूजा-वूजा के बाद, एक खास किस्म का कागज मँगाया था, जो एक खास दूकान से खरीदा गया था, और जिसे पानी में डालने पर लिखा हुआ नजर आया था दर्री। याने कोरबा के पास का कोयला मुख्यालय। मैं दो सौ कि.मी. की मोटर सायकिलिंग करके, कल ही दर्री से लौटा हूँ।''

वकील दोस्त का दुख उसके गुस्से से मिलकर उसकी आँखों में छलछला आया था। उसने एक लम्बी घूँट लेकर गिलास खाली किया और हम उठ गए।

जब मैं घर पहुँचा तो दस के करीब का वक्त था। सामने का मुख्य दरवाजा बन्द हो चुका था। गली के दरवाजे पर बाहर से साँकल चढ़ी हुई थी। मैंने खोला और बरामदे में पहुँचा, तो दादी और माँ दोनों ओम नमः शिवाय देख रही थीं, जिसमें हनुमान जी का कोई प्रसंग था। इसके पहले कि मैं इस तथ्य पर थोड़ा सोचूँ कि आखिर शिवजी के साथ हनुमान जी के इस सम्पर्क का पौराणिक स्रोत क्या है, दादी ने अचानक पूछ दिया, ''इतनी देर तक आखिर कहाँ था, मोती साव तीन बार आकर जा चुके हैं, आज मानिक साव की तेरही है।''

मानिक साव को तेजी से रिड्यूस होते देखकर, मैंने छै महीने पहले जब उसे कहा था, कि उसे रायपुर या हो सके तो बम्बई जाकर चेकअप करा लेना चाहिए, तब उसने कहा था कि पप्पू की शादी के बाद जाएगा।

पप्पू उसके सबसे छोटे लड़के का नाम था, जिसकी शादी वह धूमधाम से करना चाहता था। उसने मुझे दो महीने पहले की शादी की तारीख, और भी दो महीने पहले बताते हुए कहा था, कि मुझे हर हालत में बारात में शामिल होना है।

बारात में मैं नहीं जा सका था, लेकिन रिसेप्शन में जरूर शामिल हुआ था। उस दिन भी मैंने उस लड़की की एक झलक देखी थी। लाल चूनर और घाघरे में, बड़ी-बड़ी आँखें नचाती, वह एक चश्माधारी युवक को अपने हाथ से रसगुल्ला खिला रही थी। मैं इसी नेता के साथ बैठा हुआ था, जिसके घर वह रात आठ के अरीब-करीब जाती है, और जो उस वक्त मेरे साथ था। आठ से ज्यादा हो चुके थे। वह

मुझे आधे मिनट से भी कम समय के लिए दिखी थी। एक बिलकुल ही अजनबी, थोड़ा थुलथुलाता, रंग से साँवला, पहरावे से मध्यवर्गीय, नाम से सवर्ण एक युवक उसके साथ था, जिसे वह अपने हाथ से रसगुल्ला खिला रही थी।

हालाँकि कई-कई दिनों के अन्तराल में उसकी कुछेक झलकियाँ, किसी तरह देख-भर पाने की इस चाहत का यह दावा लगभग फिजूल है, कि वह वही थी, और उस वक्त वही थी, जब मैं उस निठल्ले नेता के साथ बैठा, देश के नए प्रधानमंत्री द्वारा अणुबम बनाने के विकल्प पर खुला मन रखने की घोषणा के बारे में बातें कर रहा था। मानिक साव की तेरही के स्थानीय समय में मेरी इस सोच ने मुझे अपनी सीढ़ियों की ओर धकेला। इस उम्मीद के साथ, कि क्या पता बेटे की शादी के रिसेप्शन में आने वाली वह, बाप की तेरही में भी उसी तरह दैवी इत्तफाक से आती हुई दीख जाए। लाल घाघरे में न सही नीली साड़ी में। इधर दादी ने फिर दुहराया, कि मानिक साव की तेरही की दावत के लिए मोती साव तीन बार आ चुके हैं।

वे मई की तेज सूखी गर्मी के आखिरी दिन थे। मेरी छत से सटी मानिक साव की छत के बीच, एक तिनफुटिया मुँडेर थी। उसी मुँडेर पर मोती साव बैठा था। उसकी छत पर दो सौ वॉट का एक बल्ब जल रहा था। पाँच-छै लोग पंगत में बैठे थे।

वह नहीं थी।

मुझे देखते ही मोती साव ने अरबी की सी लगती एक काल्पनिक जबान में, एक मंत्र जैसा कुछ गम्भीर स्वर में पढ़ा था, जो वह मुझे देखने के बाद अचानक पढ़ता था। तब पल-भर के लिए उस लड़की की अनुपस्थिति का दुख भूलकर, मैं किरोसिन के सरकारी व्यापारी के उस चेहरे के करीब पहुँच गया था, जो मोती साव का पार्टनर था, जो दिन-भर की काली कमाई के बाद, रात अपने ओठों में दस बीड़ियाँ दबाकर मुसलमान आस्था का जादूगर बन जाता था, और जिसे एक्सपोज न करने के एवज में मोती साव ने एक बार मेरे उसी ममेरे कजिन को शिवाज रीगल पिलाई थी।

मोती साव और मैं, एक साथ बैठे। खाना खाने के बाद मैं सीधे बिस्तर पर आ गया। लेटते ही मुझे नींद आ गई और तब खुली जब मैंने पंचम महाराज को घटोत्कच की सी हँसी हँसने के बाद, यह कहते हुए सुना कि वह लड़की शहर के उत्तर पूरबी हिस्से में, एक सँकरी गली के तीन कमरों वाले मकान में रहती है। हैरत की बात यह है कि आँख खुलने पर, मैंने जब मानिक साव की तेरही के बाद उसकी छत के सूनेपन से परे, एक दूसरी ऊँची छत की ओर नजरें घुमाईं, तो मुझे लम्बे बाल फैलाये आधी से ज्यादा रात की चन्द्रस्नात बेला में, एक दूसरी लड़की दिखी, जो मूरत की तरह थिर खड़ी थी और जिसकी याद में मैं पंचम महाराज के जिक्र के साथ, इस किस्से की शुरुआत करना चाहता था, लेकिन...

2

नाली के ऊपर बने पेंवठे पर बैठा, सामने के कचरे के ढेर पर मैं निगाहें टिकाए था। शुरुआती शाम की धुँधली रौशनी में कचरे में भिनभिनाती मक्खियों, या भनभनाते मच्छरों को नहीं देखा जा सकता था। बन्द नाक की वजह से किसी सामान्य दुर्गन्ध की शिनाख्त भी सम्भव न थी। न तो मैंने मच्छरों के बारे में सोचा था, न दुर्गन्ध के बारे में, लेकिन यह अकस्मात की, उनकी भागती स्मृति, किस तरह से दिमाग में घुसी, सोचते हुए, और दिमागी भागमभाग पर मन ही मन हँसते हुए, मैंने बाँई तरफ मुंडी घुमाई। रोजमर्रा के इस ठलहे एकाकी बैठक में, पालथी मारकर झुकती कमर को सीधी करने और उसमें बार-बार असफल होने की खालिस सांसारिक अनुभूति की, सनसनाती सोच में बहते रहने के अलावा, इस दौरान मैं मुंडी घुमा-घुमाकर, गली की दोनों दिशाओं से आने-जाने वाले लोगों की ओर ताकता रहता था, या घूरता रहता था। पर सचाई इतनी ही नहीं है। मेरे मन में कुछ खास चेहरों का रसपान करने की इच्छा भी मचलती रहती थी। अपनी उम्र की थकान, पस्ती और पिद्दी शारीरिक बीमारियों की रोजमर्रा परेशानी के बावजूद, मैं इस क़ल्पना के अथाह में भी डूबता रहता था, कि उम्र की मार के बावजूद, अन्दर बेउम्र की कामना थिरकती ही रहती है। ऐसा नहीं कि मैं संयम के कठिन रास्ते पर बढ़ने की कोशिश ही नहीं करता, पर लगातार कोशिशों के बावजूद दर्शन मात्र से अन्दर कहीं से लार सी टपकने लगती है, पर कई बार ऐसा भी होता है कि अन्दर कहीं कुछ होता ही नहीं, फिर भी बाहर के लोगों को लगता है कि बुड्ढे का मुँह चुचुआने लगा है।

ऐसा ही तब हुआ जब मैंने सामने के कचरे के ढेर से नजर हटाकर, बाईं तरफ मुंडी घुमाई थी। तब मुझे वह लड़की दिखी थी, जिसने पिछले बरस ही मैट्रिक पास किया था। उसे चौहत्तर फीसदी अंक मिले थे, जो गली में उस साल मैट्रिक पास करनेवाली किसी भी छात्रा से ज्यादा थे। यों प्रथम श्रेणी में हमारे सामने के मकान की एक लड़की भी पास हुई थी, पर उसके अंक, बाईं तरफ के दृश्य को कमनीय बनाती लड़की से कुछ नहीं तो दस प्रतिशत कम थे। मैट्रिक के बाद उसने महाविद्यालय में दाखिला ले लिया था, और अपनी नई कॉलेजी अदाओं और फैशनेबल नखरों के साथ गली के दर्शकों के लिए कुछ और ज्यादा कमनीय हो गई थी। पर उससे ज्यादा दुर्लभ भी। मेरे लिए तो वह कल्पना तक में अलभ्य थी, पर जब मैंने उस तरफ मुंडी घुमाई, तो बमुश्किल पाँचेक सेकेंड तक उसकी बेखबरी और अपनी बेशऊरी में उसे ताकने के बाद, हमारी आँख लड़ गई थी। बुढ़ापे की आँखें जवानी की आँखों से लड़तीं, ऐसी तो हो ही नहीं सकतीं थीं, कि उनसे कुछ असामाजिक किस्म का आशय निकाला जा सके, लेकिन उसके नए फैशनेबल शिक्षा के संस्कार

ने, मेरी दृष्टि का यही मतलब निकाला, और मुझ बुड्ढे के प्रति अपनी हिकारत घृणा और जुगुप्सा जाहिर करने के लिए, उसने इतनी जोर से दरवाजा भेड़ा, कि सामने का खौरहा बीमार कुत्ता डर से दुम दबाकर भागने लगा।

थी भी वह छोटे–मोटे बम जैसी आवाज। शायद यही जाहिर करने के लिए कि शाम साढ़े पाँच से ही मुहल्ले की औरतों की तरह, या कभी–कभार उनके साथ (भी) बैठे इस बुड्ढे को, वह मुहल्ले की दीगर लड़कियों की तरह नमस्ते अंकल जैसे, किसी अभिनन्दन से सत्कारने के लिए प्रस्तुत नहीं थी। मजे की बात यह है कि उसके अपने परिवार का इतिहास कोई इतना सुनहरा नहीं था, कि वह अपने नस्ली गर्वबोध को, अपने अलग अद्वितीय होने के प्रमाण पत्र की तरह प्रस्तुत कर सके। उसकी माँ पति–परित्यक्ता थी, बल्कि ज्यादा खरी सचाई यह है कि उसके पिता पत्नी–परित्यक्त थे, क्योंकि कई बरस पहले जबकि मैं शहर से दूर, बल्कि सुदूर, अनुगुल में रहता था, तब वह सामान्य व्यवहार के चलते मायके आई थी और फिर ससुराल वापस नहीं गई थी। याने वह नहीं, उसकी माँ।

अपने को इस तरह उसके द्वारा दुतकारे जाने जैसे व्यवहार से चोटिल पाकर, मेरा दिमाग कुछ ज्यादा ही सनसनाने लगा था। इसलिए मैंने फिर से कचरे की तरफ ताकना शुरू किया। ढेर में अधिकांश कचरा पोलिथिन के बैग्स का था। उसे इस तरह निरर्थक भाव से ताकते हुए दिमाग की हलचल में उस पर किसी तरह का चिन्तन शामिल नहीं किया जा सकता था। फिर मुझे लगा कि अपनी बुढ़ाती कामना की कमीनगी की मार या फुहार से बचने के लिए, शायद मैंने उस लडकी से भागकर दृश्य के अवलोकन को अपने बचाव का रास्ता बनाने की कोशिश की है।

ऐसा मैं अक्सर करता था। खाली बैठे–बैठे, इधर–उधर ताकते रहने की मेरी यह रोजमर्रे की ड्यूटी, यों तो वक्त काटने के लिए थी, पर अभी बैठकर चुपचाप सोचते रहने के पीछे एक मकसद और था। दरअसल अपनी सोच को झटकने की कोशिश मैंने इसीलिए की थी। याने तब मेरे मन में उस लड़की का खयाल नहीं था, जो मुझसे नजरें मिल जाने पर हिकारत और हिंसा से अपने घर का प्रवेशद्वार भेड़ती, घर के सुरक्षित और पवित्र परिवेश में अदृश्य हो गई थी। अन्दर कहीं, उसी उम्र की एक दूसरी लड़की कुनमुना या कुलबुला रही थी। मैंने उसी के खयाल में दो बार अपनी घड़ी देखी थी। वह शाम छै बजे, बारहवीं के ट्यूशन के लिए निकलती थी, और सात को लौटती थी। उसके चेहरे के लावण्य में एक अजीब–सी पुकार थी। या शायद मुझी को ऐसा लगता होगा, क्योंकि उम्र की रेंज की परवा किए बगैर, बुढ़भस की मेरी इच्छा, मेरे अन्दर ऐसी सरसराती रहती थी कि कई बार मुझे लगता था, कि न सिर्फ यह नैतिक और चारित्रिक दृष्टि से एक गलत काम है, बल्कि यह दिमागी पागलपन की शुरुआत भी हो सकती है। दरअसल अपने सम्भावित पागलपन की बात सोचकर मैं इतना डर जाता, कि मेरे सामने मेरा अपना ही बिम्ब मुकम्मिल

पागल हो चुके एक आदमी की तरह उभरता था। इधर ठीक से सोचता दिमाग, यह भी कल्पना करने लगता था कि सचमुच पागल हो जाने पर तो, शायद मैं वही सब बड़बड़ाने लगूँगा जो सोचता रहता हूँ। याने फिर सभी को पता चला जाएगा कि इस उम्र में आकर भी मैं कितनी गंदी बातें सोचता रहता हूँ।

ऐसी स्थिति से मुक्ति मुझे तब मिलती थी, जबकि कोई अचानक मुझे डिस्टर्ब कर देता था, और अपनी बातों में उलझा लेता था। अभी भी ऐसा ही हुआ। मुक्तिदाता दामोदर था।

पर दामोदर के आते ही, मुझे अपनी भूल का एहसास हुआ। उसे मुक्तिदाता की तरह याद करना, मेरे हक में सरासर गलत था। सिर्फ इस वास्ते नहीं कि छै बजे, अपनी भागती स्कूटी में ट्यूशन पढ़ने जानेवाली और सात बजे रफ्तार के साथ इसी रस्ते से वापस आनेवाली, टीन एजर कमनीय के दर्शन से मैं वंचित हो सकता था, बल्कि इस सीधे-सीधे त्रासद अर्थ में कि दामोदर मुझे अपनी जमीन का वह किस्सा सुनाने जा रहा था, जिसे वह कुछ नहीं, तो कम से कम सत्रह बार सुना चुका था, और जिसे सुनते ही मैं लगभग चौंतीस बरस पहले के उस पौराणिक किस्से में चला जाता था, जिसका नायक, तीखी नाक, बाहर को निकलती खा जाने वाली आँखें, नुकीली मूँछें और बलिष्ठ कसे हुए शरीर वाला यही दामोदर था।

इसलिए अपनी अनाप-शनाप कामनाओं से भरी सोच से मुक्त होने के लिए, जब मैंने दामोदर की बात में शामिल होने की औपचारिक कोशिश शुरू की, तो शुरू में ही मैंने उससे सीधे-सीधे पूछा, "देख दामोदर तू मुझे अपनी जमीनवाला हालिया किस्सा तो नहीं सुनाने जा रहा।"

"मेरे पास कोई दूसरा मामला ही नहीं है, मैं तो सोते, जागते, नहाते, खाते, ओढ़ते, बिछाते सिर्फ यही सोचता रहता हूँ कि जिन्दगी में पहली दफे जो जमीन मैंने सौ फीसदी नगद भुगतान करके खरीदी है, उसी के बारे में उस कोस्टे का वकील यह कह रहा है कि यह साफ-साफ चार सौ बीसी का केस है, कि मैंने कागज में पटवारी के नक्शे के साथ छेड़छाड़ की है, और तुम जैसे मेरे बड़े भाई यह सीख दे रहे हैं कि मैं जमीन के बारे में बात न करूँ, भैया वो जमीन यूँ ही किसी सेठ के हाथ चली जाए तो तुझे अच्छा लगेगा?"

"वैसे तो सबकी जमीन एक न एक दिन सेठों की ही होनी है," मैंने बोरियत के बावजूद उससे नरमी से कहा।

उसके चेहरे को गौर से पढ़ते हुए मुझे लगा कि मुझे देखकर वह अचानक ही रुक गया था। था तो वह मेरे भाइयों का दोस्त और ऐसे वक्तों में पहले उन्हीं के पास सलाह-मशविरे के लिए जाता था। पर अब मेरे भाई अपनी पेट पूजा और दीगर खर्चों के इंतजाम के चलते, इतने व्यस्त जीव हो गए थे, कि उन्हें अपने लोगों से बात करने की फुर्सत ही नहीं रह गई थी। फिर यह दामोदर के बुढ़ापे का समय था। और

उसके इन दिनों के किस्सों में वो बात नहीं रह गई थी, जिससे उसके मूलभूत अक्खड़ और बेहिचक हिंसक स्वभाव की अन्दरूनी आवाज को सुनते, उसे किसी रोचक किस्से के चरित्र की तरह पढ़ा जा सके। मेरी दिलचस्पी, हमेशा से उसके बेतरतीब, मगर रोचक संस्मरणों में ही थी। उसका हालिया मुकदमा इसी मुहल्ले का एक वकील लड़ रहा था और थोड़ा व्यस्त उदास चेहरा लिये दामोदर उसी वकील के पास जा रहा था।

वही वकील अभी कल ही मुझे बता रहा था, कि दामोदर के केस में कोई दम नहीं है। जमीन के जिस चार सौ वर्गफीट के टुकड़े के लिए वह दावा कर रहा है, वह जमीन उसके अपने मकान या जमीन का हिस्सा नहीं है। जिसने उसके खिलाफ मुकदमा किया है, जमीन उसकी भी नहीं है। वह खुली जमीन याने सरकारी जमीन है। उसी वकील ने, जो उसके पहले सेलफोन से भागवत कथा के दौरान गाये गए भजनों की रिकार्डिंग सुन रहा था, मेरी यूँ ही सी जिज्ञासा के बाद, अपनी उँगली से, अपनी जाँघ पर नक्शा खींचते हुए, मुझे यह समझाने की कोशिश की थी, कि दामोदर ने रजिस्ट्री के दौरान उस खुली जमीन को भी अपने हक में लिखवा लिया था। पर उस नक्शे में भी सम्भवतः वह हिस्सा किसी के कब्जे में दर्ज नहीं था। और दामोदर ने उसे टेंपर कर दिया था। इस पर उसके विरोधी वकील ने, जो मेरा कजिन है, उस पर चार सौ बीसी का मामला लगा दिया था, जिससे दामोदर क्षुब्ध था और जिसकी कैफियत वह मुझे दे चुका था, कि उसने कोई धोखाधड़ी नहीं की है। यह कजिन वही ममेरा भाई था, जो वकालत के अलावा तरह-तरह के दूसरे काम भी करता है। फिर दामोदर ने अपनी अक्खड़ बुलन्द आवाज में कहा था, कि उस जमीन की रजिस्ट्री का कागज अगर टेंपर्ड है, तो रिकार्ड रूम से मूल प्रति निकाल ली जाए। उसके बाद उसने थोड़ा इधर-उधर देखकर, पूरी अक्खड़ता से यह भी कहा था कि "मेरे भाई तो कह रहे थे कि दावेदार का हिसाब-किताब पुराने तरीके से ठीक कर दिया जाए।"

बावजूद इसके कि उसके स्वर में अपने कहे को लेकर किसी तरह का नैतिक संकोच नहीं था, वह मुझे किसी दादा की आवाज-सा दबंग नहीं लगा था। लगता था कि उम्र की मार से पुराने तौर-तरीकों पर उसे अब वैसा यकीन नहीं रह गया है, जैसा कि अभी-अभी भाइयों के जिक्र के साथ उसने मुझे संकेत देने की कोशिश की थी, कि अंतिम कारगर हथियार के रूप में वह दबंगई और नंगई के साथ अपनी प्राचीन हिंसा का भी उपयोग कर सकता है।

उसके चेहरे को गौर से देखते हुए, उसके माथे की शिकनों और उसकी आवाज के धीमेपन के साक्ष्य से भी, मैंने सोचा था कि अब मुझे उसके पुराने दिनों की स्मृति का किस्सा सुनने की अपनी जिज्ञासा को दबाकर, उसे यही सलाह देनी चाहिए, कि वह जमीन के झगड़े को कुछ ले-देकर ही सुलटा ले। एक बार मैंने यह कोशिश भी

की थी। शायद उसे अपने इस मुकदमे से प्यार जैसा हो गया था। जैसे उसे अपनी इस छवि से भी बहुत लगाव था, कि एक बार वह तीन सौ दो के मुकदमे में फँस चुका था और अदालत से बाइज्जत रिहा भी किया गया था।

लड़की की सोच के सिलसिले से छूटने और वास्तविक दुनिया में आने की जो राहत मुझे मिली थी, उसमें इसी किस्से की जिज्ञासा मूलभूत थी। दामोदर के रुकते ही जमीन के हालिया झगड़े की बोरियत की कल्पना करके ही, मैंने उसे चेतावनी देकर मना किया था, कि वह इस किस्से को अभी अठारहवीं बार न दुहराए, पर उसने बात उसी से शुरू की थी, और मैं अपनी यह जिज्ञासा नहीं रख पाया था कि अगर आज से पचीस बरस पहले उसने अपने सगे ताऊ का गला, बात की बात में फरसे से काट दिया था, तो इसकी वजह क्या थी?

यों दामोदर ने, मेरी सम्मानित स्थिति को ध्यान में रखते हुए और शायद यह सोचते हुए भी, कि मैं उसके दोस्तों का बड़ा भाई भी हूँ, एक बार मुझे यह किस्सा भी सुनाया था। उसने कथा के शुरू में अस्पताल के परिवेश का जो विस्तृत वर्णन किया था, उसे सुनते हुए कोई कल्पना भी नहीं कर सकता था, कि इस किस्से का क्लाइमैक्स हत्या तो दूर, किसी भी किस्म की हिंसा में हो सकता है। उसने बताया था कि वह अपनी मरणासन्न बहन को देखने के लिए जिला अस्पताल गया हुआ था। उसके परिवार के बहुत सारे लोग भी वहाँ थे। बहन की साँस उखड़ने लगी थी। उसने इशारे से उसे बुलाया था। वह उसके चेहरे पर झुक गया था। और उसने उसकी धीमी रुक-रुककर आनेवाली बुदबुदाहट जैसी आवाज में यह सुना था, कि बहन अपनी विपन्न आर्थिक दशा के चलते, अपना इलाज ठीक से नहीं करा सकी थी। मरती हुई बहन ने उससे वादा लिया था कि वह अपनी बहन के साथ हुए अन्याय का बदला जरूर ले। सो, भावुक नैतिकता और न्यायबोध की पेंग पर सवार, दामोदर अपने गाँव पहुँचा था। और उसने रात-भर अपने फरसे को सान दिया था, और सुबह के झुटपुटे में गाँव के घर की परछी पर बेसुध सोए अपने ताऊ का गला काट दिया था।

पर उसके बताए किस्से पर मुझे यकीन नहीं हुआ था। मैं थोड़े सवाल-जवाब के साथ अभी भी सचमुच यह जानना चाहता था, कि उनके संयुक्त परिवार की शामिलाती जमीन में आखिरकार बहन का हिस्सा कैसे उसके ताऊ ने दबा लिया था? यों 'अहा ग्राम्य जीवन भी क्या है,' के अखबारी ज्ञान के आधार पर मुझे इतना तो पता था, कि आज की तारीख में भी जर, जोरू और जमीन ग्रामीण हत्याओं की वैसी ही प्रमुख प्रेरणा थी, जैसी प्रतिबन्धित और मर्यादित कामेच्छा, बलात्कारी पुरुषत्व की।

अपनी बेयकीनी के बावजूद मेरे मन में किस्से का डिटेल जानने की उत्सुकता लगातार बनी रही। छठे-छमाहे जब भी कभी संयोग से दामोदर से मुलाकात हो जाती

और वह अपनी मोटी भर्राई आवाज में किसी नए ताजे प्रसंग का आख्यान, पूरे कथोपकथन और चरित्र-चित्रण के साथ शुरू करता था, तो मुझे बरसों पहले का वही दृश्य दिखाई देता था, कि कैसे वह सारी रात अपने पुश्तैनी फरसे पर क्रोधी परशुराम की तरह सान चढ़ाता रहा था और कैसे उसने आनन-फानन सुबह-सुबह के ब्रह्ममुहूर्त की बेला में, एक झटके से अपने सगे ताऊ की गर्दन उतार ली थी।

शायद दामोदर को देखते ही उस दृश्य को इस तरह याद करने का कारण, मेरा अपना भय ही था। कई बार मुझे यह भी लगा था कि दामोदर की स्वाभाविक नृशंसता में अन्तर्निहित गुंडई के चलते, उसे देखते ही मैं कहीं भीतर से डरने लगता था। लेकिन अभी जब वह मेरे सामने खड़ा अपनी जमीन का किस्सा बखान रहा था, तो मेरे मन में किसी तरह का भय नहीं था। मैं उसे ध्यान से नहीं सुन रहा था, लेकिन जमीन की माप से सम्बन्धित आँकड़े मेरे कान से टकरा रहे थे। मैं थोड़ा परेशान हो रहा था कि इन आँकड़ों के माध्यम से वह आखिर मेरे सामने क्या साबित करना चाह रहा था। दरअसल जमीन की माप से जुड़े आँकड़ों और सीमेंट के चबूतरे पर, ईंट के टुकड़े से बनते नक्शे के आधार पर, कुछ भी समझ पाना मेरे लिए मुश्किल था। मुझे दुबारा उसके वकील की याद आई थी, जिसने इसी तरह मेरे आग्रह के बाद अपनी उँगली से अपनी जाँघ पर नक्शा बनाते हुए मुझे बताया था, कि दामोदर ने अपनी जमीन से सटी खुली नजूल जमीन पर भी कब्जा कायम कर लिया है। और नक्शे को टेंपर करके उसे अपना हिस्सा बता रहा है। इसी बात पर उसके विरोधी वकील ने उस पर चार सौ बीसी का मुकदमा दायर कर दिया है।

विरोधी वकील मेरा कजिन है। वही जिसके बारे में अभी थोड़ी देर पहले मैंने बताया है।

आज से कई महीने पहले जब दामोदर मुझे पान दूकान पर पान खाता देखकर अचानक रुक गया था, तब वह वकील याने मेरा कजिन मेरे साथ था। उसे देखने के बावजूद दामोदर ने अपनी स्कूटी रोक दी थी। फिर अपनी गाड़ी स्टैंड पर खड़ी कर दी थी। शायद इसलिए कि वह मुझसे अपने मुकदमे के बारे में विरोधी वकील से, याने मेरे कजिन से बात करने के लिए कहना चाहता था। कभी एक बार उसने ऐसा कहा भी था। पर अभी दामोदर के रुकने पर मुझे सचमुच की जेनुइन खुशी हुई थी, क्योंकि छै बजने में लगभग दस मिनट की देरी थी, और मैं उस लड़की को एक नजर देख पाने की बेताबी में तड़पता यहाँ पान दूकान तक आया था। आते समय मेरे मन में पापबोध जैसी एक बात भी कुड़मुड़ा रही थी। मुझे अपनी इस बेमतलब की दीवानगी पर कोफ्त भी हो रही थी, कि आखिर इस उम्र में, इतनी कम उम्र की लड़की को देखने के पीछे मेरा मकसद क्या है? पर सचाई यह है कि बार-बार अपने को समझाने, डराने, सम्भावित नरक की और हासिलपाई शून्य की याद दिलाने के बावजूद, मैं उसे ही नहीं, किसी को भी देखने के बाद, अन्दरूनी सरसराहट के भीतर

इस तरह बहने लगता था, मानो थोड़ी दूर पर ही, एक तेज बहती नदी के अगले किनारे पर ही, मैं अपनी किशोर उम्र को, तट पर रखे कपड़ों की तरह पहनकर घर वापस आ जाऊँगा।

मैंने नदी का जिक्र इसलिए भी किया कि दामोदर के रुकते ही मैं घड़ी देखने और मन ही मन उस लड़की के बारे में सोचने के अलावा, सामने की उस सड़क की ओर भी देख रहा था, जिधर से एक कतार में कुछ औरतें आ रही थीं। इस तरह की एक सिंगल कतार में औरतों को तभी देखा जा सकता है, जब वे दाह संस्कार या तिजनहान या दसनहान पर नदी से नहाकर लौट रही हों। लेकिन यह रिवाज नदी के गंदगीपूर्ण परिवेश के चलते, और तट पर विधर्मियों और शूद्रों के बेजा कब्जे के चलते, सवर्णों की संस्कृति से तो लगभग गायब ही हो चुका था। अभी हाल जब मेरी दादी माँ तिरानबे की उम्र में गई थी, तो मुखाग्नि देकर मेरे आने के बाद हमारे कुनबे की औरतों ने, कतार में नदी जाकर नहाने के इस अति प्राचीन रिवाज को एकमत से और पूरी दृढ़ता से अस्वीकार कर दिया था। यह कहते हुए कि उस प्रदूषित पानी में नहाना तो दूर, हाथ-पैर धोना तक खतरनाक है, क्योंकि यह नदी आज की तारीख में अधाधुंध विकास के चलते, इस कदर सड़ चुकी है और इस कदर पोलिथिनयुक्त कीचड़ से भर गई है, कि किसी समझदार आदमी के लिए वहाँ पैर डुबोना भी अब मुमकिन नहीं है।

''वैसे इस तरह के रिवाजों का कोई मतलब भी नहीं है।'' हमारी एक भाभी ने कहा था। मुझे इस बात पर थोड़ी हैरत भी हुई थी कि आखिर इतनी उदारता उन्होंने उस दिन क्यों दिखाई थी, क्योंकि अभी मृतक संस्कार के बारह दिवसीय कार्यक्रम के सिलसिले में पुरोहित के चयन को लेकर, उन्होंने जो गम्भीर आपत्ति उठाई थी, उससे हमारे घर में काफी खलबली मच गई थी।

''लेकिन यह कतार?'' मैंने सोचा। नदी के किनारे जलती अनजान आदमी की चिता का दृश्य भी दिमाग में उभरा। अपनी उम्र का खयाल आया। एक पल के लिए कहीं कोई अन्तर्ध्वनि प्रार्थना की तरह गूँजी, हे भगवान खटिया मत पकड़वाना।

पता नहीं अन्तर्यामी भगवान ने मेरी बात सुनी या नहीं, पर यह मेरी आदत थी, कि किसी की भी मौत के बारे में जानकर मैं अपनी मौत के बारे में सोचने लगता था। अभी जब मैं डर में प्रार्थना करते हुए अदृश्य मौत के काल्पनिक और लगभग अमूर्त चित्र बना रहा था, तो मेरे सामने खड़ा दामोदर थोड़ी जाहिर चिढ़ के साथ, अपनी तरफ मेरा ध्यान आकर्षित करने के लिए, तरेरती आँखों से प्रतीक्षा कर रहा था, कि मैं उसे सम्बोधित करूँ। लेकिन इस बीच यह हुआ था कि हमारे मोहल्ले का नरेन कोल्ता भी वहाँ आकर खड़ा हो गया था। यह दामोदर के अपने केस वाले वकील का कजिन था। हम एक त्रिभुज के आकार में खड़े थे, लेकिन कुछ इस तरह,

कि वकील बाएँ सिर घुमाकर या बाईं कनखी से ही ताककर, औरतों की उस कतार को देख सकता था, जो नदी के गोसाईं घाट से नहाकर लौट रही थीं। शाम छै बजे के करीब नहाकर लौटने का मतलब ही था कि यह मुखाग्नि के बाद का सामूहिक स्नान था। तभी पान की पीक थूकते नरेन ने बताया, ''टेकचन्द मर गया।''

''कौन टेकचन्द?'' मैंने नैसर्गिक जिज्ञासा के साथ सवाल किया।''

''टेकचन्द कुरमी।''

''ओह,'' मैंने कहा, ''उसकी तो उम्र भी हो गई थी।''

''चौरासी का था, पर तनकर सीधे चलता था,'' नरेन ने कुछ इस अदा से कहा, कि लगा, वह अब टेकचन्द और उसकी पचीस-तीस वर्षों के भीतर अर्जित सम्पत्ति तथा उसके कारोबार के बारे में विस्तार से बताएगा।

यह उसकी आदत थी। इसलिए कि जब भी मैं उससे मिला हूँ, उसने यही बताया है कि कैसे अमुक ने रियल स्टेट के कारोबार में देखते-देखते करोड़ों बना लिये हैं और कैसे हमारे अपने समाज याने जात के लोग, अपनी जमीन से जोंक की तरह चिपके साल-भर में लाख या दो लाख का धान ही बेच पा रहे हैं और उसमें भी कुछ नहीं बच रहा है। लेकिन उसने कुछ नहीं कहा। शायद मेरी उदासीनता को भाँपकर ही वह खामोश था।

सावन के महीने में लोटे में जल और बेलपत्र लेकर, नियमित देसिंग तराई(तालाब) के शिव मन्दिर जानेवाले, टेकचन्द से मेरी कोई बोलचाल नहीं थी। उसके बेटों से दुआ-सलाम का थोड़ा औपचारिक रिश्ता जरूर था। पर उसके एक पोते से मेरी अच्छी पटती थी। तभी से जब वह छोटा था और हमारी गली के बच्चों के साथ पिट्ठूल खेलने आता था। वह बहुत सलोना था और अपनी थोड़ी कम ऊँचाई के बावजूद आकर्षक लगता था। चूँकि वह मालदार खानदान की सन्तान था, इसलिए बारह तेरह की उम्र से ही उसके कई चमचे हो गए थे, और दूसरे मुहल्ले याने करीब सौ मीटर की दूरी के दूसरे मुहल्ले का होने के बावजूद, उसे इस मुहल्ले के लोग बड़े मजे में अपने साथ खिलाते थे, जबकि कट्टर मुहल्लावाद हमारे इस शहर की ऐसी खासियत है कि आए दिन यह सुनने को मिलता रहता है कि चाँदनी चौक और मन्दिर चौक के लड़कों के बीच आज झगड़ा हो गया था और झगड़े में चाँदनी चौक के एक शोहदे ने देसी कट्टा निकाल लिया था।

अपनी अपस्टार्ट रईसी के बावजूद यह लड़का हँसमुख था और सुन्दर भी। शायद इसी वजह से मुहल्ले की कुछ लड़कियाँ इसकी ओर हसरत से ताकती रहती थीं। अधिकांश के मन में उस तरह का कोई भाव नहीं होता था, जिससे उनके माँ-बाप या पास-पड़ोस के चुगलखोर अधेड़ों को, इन उभरती कमसिनों के बारे में शिकायत करने का कोई मौका मिले, लेकिन अपनी दैनिक पेंवठा बैठक के दौरान खेल देखते हुए मैंने कई बार मार्क किया था, कि हमारे ठीक पीछे के पीछे रहनेवाली,

अपनी खुमारभरी आँखों के साथ उसकी ओर घूरने जैसा ताकती रहती थी। मैंने इसलिए इसे मार्क किया था, कि खुद मुझे वह लड़की अपने साँवले रंग, और टी शर्ट से झाँकते नन्हें नुकीले उभारों के कारण, काफी डिस्टर्बिंग ढंग से आकर्षित करती थी। उसके कंधों तक लहरते बाल, घने और रेशमी थे। और हालाँकि वह खेलते समय खुले बालों का एक पोनीटेल बनाकर ही खेलती थी, अपनी कमीन कल्पना में और कभी-कभार जाहिर हकीकत में भी, मैंने उसे शृंगार के साथ खुले बालों और सुन्दर कपड़ों में देखा था। पर उसने कई बार आँखें लड़ते ही, साफ-साफ और दो टूक संकेत दे दिया था, कि वह मुझे कतई पसन्द नहीं करती। इस मामले में वह उसी लड़की जैसी थी, जिसका जिक्र मैंने किस्से के शुरू में किया था, कि महाविद्यालय में पढ़नेवाली उस चरित्रवती लड़की द्वारा अवहेलना और उपेक्षा और जाहिर अपमान से चोटिल होकर ही, मैंने इस दूसरी लड़की के बारे में सोचना शुरू किया था।

लेकिन मेरी बदहवास सोच का आलम अभी यह था कि मैं वर्तमान से उड़कर, पेंवठे के सामने खड़े दामोदर से दूर, गाँजा चौक में खड़े दामोदर और नरेन के साथ, महीनों पहले के ऐसे अतीत में चला गया था, जहाँ कुरमी व्यापारी की मुखाग्नि की रस्म पूरी होने के बाद, कुनबे की औरतें एक कतार में नहाकर लौट रही थीं।

''लेकिन ये सब इस रस्ते से क्यों लौट रही हैं?'' मैंने पूछा, क्योंकि मुझे लगा कि इतना घूमकर सोनार पारा से गाँजा चौक होते हुए, रामगुड़ी तक जाने के बजाय, वे षड़ंगी डॉक्टर वाली गली से आ सकती थीं।

मेरा प्रश्न सुनकर दामोदर की उतावली उसकी आँखों के लाल में थोड़ी और उभर आई थी। पर नरेन को शायद मेरे सवाल का ही इंतजार था, ''उस गली की मरम्मत हो रही है।''

''अभी रात को?''

''आजकल ठेकेदार रातोंरात सड़क तैयार कर देते हैं,'' नरेन ने कहा, ''इसके अलावा अभी उस गली में शायद पटवा समाज की बैठक है।''

''बाहर गली में?'' मैंने अकारण चिढ़ते हुए पूछा। शायद इसलिए कि मेरी खुद की दिलचस्पी अपने सवाल में नहीं थी।'' तो और कहाँ होगा? क्या तुम समझते हो, कि वे लोग मीटिंग के लिए अग्रोहा भवन किराए पर लेते?''

उसकी बात में मेरी कोई दिलचस्पी नहीं थी। दामोदर तो जैसे बोरियत की चरम सीमा पर पहुँच चुका था, लेकिन मुझे हैरत हो रही थी, कि वह इतनी देर तक चुपचाप खड़ा कैसे रह गया था। तभी मैंने देखा कि औरतों की कतार, ताहर अली की दूकान तक पहुँच चुकी थी और मंथर गति से हमारी तरफ बढ़ रही थी। उन्हें बढ़ता देख मुझे खयाल आया कि हम लोग बीच रस्ते पर खड़े थे, और हमने

लगभग आधी गली घेर रखी थी। सद्यःस्नाता औरतों के लिए जगह बनाने के लिए हम सब पीछे हटे। कतार और नजदीक आई तो नंबर चार पर एक गोरी सुडौल अधेड़ औरत को देखकर मैं विस्मित हो गया। मैंने बुदबुदाकर पूछा, ''ये कौन है?''

''टेकचन्द के भाई की बहू है।'' मैंने सुना, और इसके पहले, कि वह लम्बी छरहरी बड़ी आँखोंवाली गोरी औरत अपने ईषत् सफेद बालों के दृश्य से, मुझे और अन्दर चले जाने को प्रेरित करती, उस औरत के बारे में थोड़ा कुछ और जानने की जिज्ञासा से, मैं नरेन से कुछ और सवाल करता, चमत्कार की तरह वही लड़की हमारे ऐन बाजू में आकर खड़ी हो गई थी, जिसके ट्यूशन जाने के इंतजार के वक्त में, मैं मन मारे दामोदर और नरेन की उपस्थिति को सहता हुआ, मन ही मन कुढ़ रहा था, कि कब विवश सद्यःस्नाताओं की यह कतार खत्म हो।

वह स्कूटी में थी। जीन्स के साथ पीले रंग की फिट टी शर्ट में वह पहले से ज्यादा कमनीय ही नहीं, पहले से ज्यादा परिपक्व भी लग रही थी। उसके रुकते ही दामोदर और नरेन की आँखों में थोड़ी परेशानी का भाव आ गया था। उसमें सामाजिक मर्यादा के दबावों के नीचे दबी-छिपी कामना तिलमिलाती-सी दिख रही थी। उम्र के मर्यादित और कष्टकर खयाल से बाहर आकर उसे इतने करीब पाकर, मैं उसकी तरफ देखकर मुस्कराया, हालाँकि रुकते ही उसने मुझे पलक झपकाने की अपनी कमनीय अदा से, सिर हिलाते हुए विश किया था और मुस्कराई थी। वह भी उस कतार को देखकर वहाँ रुकी थी। उसके इस अकस्मात प्रवेश से दामोदर, नरेन और मेरे मन में, जो बुजुर्ग बेचैनी पैदा हो गई थी, उसी के चलते मैं उससे कोई बात नहीं कर पा रहा था। सोचने लगा था कि छै बजकर पाँच मिनट के उस वक्त में, वह गाँजा चौक की दाहिनी तरफ वाले बाजारू रस्ते से क्यों आ रही थी, हालाँकि उसकी पीठ पर टँगे बैग से यह बिलकुल जाहिर था कि वह ट्यूशन ही पढ़कर लौट रही है। लेकिन यह सब सोच-समझकर भी मैंने महज उससे बात करने के इरादे से पूछा, ''कहाँ से?''

''ट्यूशन से,'' उसने सहज भाव से कहा।

''लेकिन तुम तो छै बजे ट्यूशन के लिए निकलती थीं?''

मैंने आदतन कहा और वह मेरे सवाल के पीछे से झिलमिलाते मेरे आशय में छिपे नैसर्गिक आकर्षण को, जैसे अपनी आँखों की चमक में घोलती हुई सी बोली, ''सर ! आप तो बारवीं की बात कर रहे हैं, अब तो मैं कालेज में हूँ। और सर, मैंने सब्जेक्ट बदल दिया है और अब आर्ट्स लेकर पढ़ रही हूँ, आपके एक स्टूडैंट हमें हिन्दी पढ़ाते हैं।''

वह बोले जा रही थी। मैं मुग्ध सुन रहा था। पिछले तीन बरसों में मैंने उसे अपनी तरफ देखकर मुस्कराते भर पाया था। बहुत पहले नहीं, बल्कि दो साल पहले

गली वाले पुश्तैनी मकान से नाऊपारा के मकान में आकर, दो-एक महीने के अस्थायी निवास के दौरान, एक शाम उसके बाप ने पहले मुझे पालागी किया था। और फिर इसी लड़की को पाँव छूने का आदेश देते हुए बताया था कि उसी साल उसने नब्बे फीसदी अंकों से मैट्रिक पास किया था। वह मेरे पैरों पर झुकी थी, पर तब भी मैंने उसकी आवाज नहीं सुनी थी।

और आज? बारवीं पास करके, तेरवीं आर्ट्स में भी ट्यूशन के लिए जानेवाली, इस लड़की से एक साथ इतनी बातें सुनते हुए मैं थोड़ा हकबका सा गया था। बावजूद इसके कि मैं खास उसी के 'दर्शन' के लिए यहाँ तक आया था, और वक्त काटने के लिए दामोदर से किस्से के एक दिलचस्प चरित्र की तरह बतियाने में लगा था। तभी खलनायक की तरह जैसे वहाँ नरेन आ गया था। पर अपनी परम्परागत खलनायकी के बावजूद इस वक्त वह मेरे लिए थोड़ा उत्साहवर्धक भी बना हुआ था, क्योंकि उसकी मौजूदगी के चलते दामोदर अपनी बात शुरू नहीं कर पा रहा था, जबकि उसके चेहरे पर उसकी बातें अमूर्त चित्रों की तरह बन और बिगड़ रही थीं। इसी बीच वह लड़की न सिर्फ आकर खड़ी हो गई थी, बल्कि उसने अपनी सुरीली, नखरीली आवाज में, पहली बार मुझसे बातचीत की शुरुआत भी कर दी थी। लेकिन इसे देखते ही मुझे उस दूसरी लड़की की याद आ रही थी, जो मेरे पीछे के पीछे की गली में रहती थी। यह वही लड़की थी, जो अपने बालपने से टेकचन्द के पोते के इश्क में गिरफ्तार हो चुकी थी, और बावजूद इसके कि मुहल्ले में उसके दीगर आशिकों की संख्या कम नहीं थी, उसकी प्राथमिकता की सूची में टेकचन्द का पोता ही था। हमारे पीछे के मकान के एक मकान और पीछे रहनेवाली, इस लड़की का रंग साँवला जरूर था, पर उसके चेहरे में एक कामातुर स्निग्धता थी। अपनी तरफ उसकी घनघोर उपेक्षा के चलते, मेरा उससे कोई सम्बन्ध नहीं बन पाया था। यों सम्बन्ध बनने, न बनने, या बनकर टूट जाने में, अब मुझे ज्यादा फर्क दिखाई नहीं देता। एक मनस्तापी की तरह मैं अपनी कल्पना में ही जीता था और हर तरह के सोच-विचार में बहते हुए अपना वक्त काटता रहता था। गनीमत है कि शारीरिक, सामाजिक जरूरतों के चलते मैं सोच के कुएँ में ही नहीं पड़ा रहता था। जैसे अभी। इस पहली लड़की से मिलने के बाद, मैंने टेकचन्द के पोते के अलावा, उस औरत की याद भी की थी, जो कतार में चौथे या पाँचवें नंबर पर थी, और इस लड़की से बातचीत के दौरान भी, मैं उसकी सुन्दरता की तात्कालिक स्मृति में डूबा हुआ, मुख्यत: उसी के बारे में सोच रहा था, कि अचानक नरेन ने लम्बी खामोशी तोड़ते हुए बताया, "उसी औरत की लड़की का मर्डर हो गया था।"

यह चौंकानेवाली खबर थी। मैंने पहले दामोदर की ओर देखा। उसका चेहरा निर्विकार था। लड़की स्कूटी स्टार्ट करके विदा की मुद्रा में हाथ हिलाती कतार के पीछे-पीछे निकल गई।

"वो बहुत खूबसूरत लड़की थी।" नरेन ने फिर कहा। वह बतौर सूचना और भी बहुत सारी बातें बताना चाहता था, लेकिन इसलिए चुप था कि मैं कुछ पूछूँ तो सही।

मैं पूछना तो चाहता था, पर मुझे लग रहा था कि शायद यह वही किस्सा हो, जिसमें शहर के पास के कस्बे के एम.एल.ए. का वह सेक्रेटरी शामिल हो, जिसने इस काम को अंजाम दिया हो। अभी कुछ महीने पहले शहर के अखबारों में इसकी चर्चा थी। शायद एम.एल.ए. से अपने सम्बन्ध को लेकर उसने उसे ब्लैकमेल करना शुरू कर दिया था। लोगों का कहना था कि लड़की खुद चालू थी। शायद उसके चालूपने से ही तंग आकर एम.एल.ए. ने उसे न रहे बाँस, न बजे बाँसुरी के मुहावरे में खत्म करने का निर्णय कर लिया हो। लेकिन निर्णय को अंजाम देने वाले उसके सेनापति ने कहीं कोई गलती कर दी थी, और वह धर लिया गया था। यह खबर मैंने अभी कुछ ही दिन पहले पढ़ी थी। उस विस्तृत खबर से ही यह सूचना मिली थी, कि छै महीना पहले, यह मर्डर लड़की के मकान में ही हुआ था। इसलिए अभी-अभी नजर के सामने से कतार में गुजरती रूपवती अधेड़न के दर्शन मात्र से ही देह सिरसिरा जानेवाली अनुभूति के बाद, जब मैंने उसकी बला की खूबसूरत बेटी के मर्डर के बारे में सुना, तो थोड़े हल्के ढंग से मुझमें जिज्ञासा की खुजली जगी जरूर थी, और इसलिए थोड़े सोच-विचार के साथ मैंने वकील के भाई से पूछा था, "यह वही लड़की थी न जिसका मर्डर अभी छै महीने पहले, कोतरा रोड में उसके मकान पर ही हुआ था?"

नरेन से पहले जवाब आया दामोदर की तरफ से, "अरे वो नहीं भइया, उसको तो खतम हुए पाँच बरस हो चुके हैं और अपराधी सजा के दो बरस काट चुका है, लेकिन यह बला की खूबसूरत थी भैया, और-अभी बमुश्किल बाईस की होगी, उसकी माँ तो उसके पासंग में भी नहीं है।"

दामोदर ने सुन्दरता की तारीफ करुण रस में भीगते हुए की थी, और शायद अभी भी उसी में डूबा था, "बड़ा सीधा आदमी है हेमचन्द वर्मा।"

दामोदर ने कहा, तो मुझे थोड़ा अच्छा लगा। आम तौर से उसके मुँह से किसी की तारीफ का कोई वाक्य सुन पाना मुश्किल था। उसकी भागदौड़ को देखकर लगता था कि कचहरी के मामलों-मुकदमों और अपराधों की वारदातों के अलावा और किसी बात में उसकी कोई दिलचस्पी नहीं है। हेमचन्द के बारे में यह बात सुनकर लगा कि सख्त से सख्त दिल के आदमी के भीतर भी कोई एक कोमल कोना रहता ही है। लेकिन मेरी मूल जिज्ञासा अभी भी जस की तस थी। जिस सुन्दरी को मैंने कतार में चौथे नम्बर पर गुजरते देखा था, उसकी लड़की के मर्डर की बात सुनकर, मैं उसकी सूरत की कल्पना करने लगा था। और दामोदर ने जिस करुणा भरी आवाज में उसके दादा का बखान किया था, उससे लगता था कि वह इस

परिवार को जानता है। अपनी जिज्ञासा शान्त करने के लिए मैंने पूछा था, ''तुम उसे जानते हो?''

जवाब थोड़े रूखे ढंग से नरेन की तरफ से ही आया था। पहले उसने, वहीं खड़े-खड़े पान की पीक पिचकारी की तरह दूर फेंकने की कोशिश की थी। पीक दूर तक गई नहीं थी। गनीमत थी, कि उसका छींटा हमारे कपड़ों में नहीं लगा था। मेरे मन में पता नहीं कौन सौंवी बार फिर यह बात आई थी, कि कस्बे के लोग नागरिक संस्कारों में अभी भी वैसे ही सामंती हैं, जैसे कि हमारे बाप-दादों के जमाने में हुआ करते थे। बेजगह पान थूकने के मामले में यहाँ के बुजुर्ग सबसे ज्यादा दोषी कहे जा सकते हैं। इसका अनुभव मुझे तब होता था, जब मैं व्यवहार निभाने के चक्कर में पल दो पल उनके साथ काटता था। आज तो मैं फँस गया था। जिस खास प्रयोजन से मैं यहाँ आया था, वह पूरा हो चुका था। सुचिक्कन केशोंवाली साँवरी के न सिर्फ मैंने दर्शन कर लिये थे, बल्कि उससे मेरी बातें भी हो गई थीं। अपनी किस्मत के इस नए मोड़ पर ठिठककर, अभी अगर मैं उसके साथ की कल्पनाओं में डूबा, भविष्य चित्र नहीं बना रहा था, तो उसकी वजह सिर्फ वह हत्या थी, जिसकी प्रामाणिक जानकारी देने के स्वर में दामोदर ने बताया था कि उस लड़की का दादा बहुत भला आदमी है और तभी मैंने दामोदर से पूछा था। लेकिन नरेन बीच में घुसते हुए बोल पड़ा था, ''पर उसका बाप तो गुंडा है।''

सुनकर दामोदर को अच्छा नहीं लगा था। उसने घूरते हुए कहा था, ''गुंडा नहीं, पुलिस का मुखबिर है।''

''एक ही बात है,'' नरेन ने हिकारत के उसी स्वर में कहा।

दामोदर को गुस्सा आया। यह बुढ़ाते दामोदर का अधेड़ गुस्सा था। वह हेमचन्द के बेटे को जानता था। वह उस तरह का पेशेवर गुंडा नहीं है, कि पैसे लेकर मारपीट करे या किसी की जान ले ले। दामोदर के मन में उस परिवार के प्रति एक बड़ी भावुक भावना थी। बहुत पहले, याने लगभग सातेक साल पहले, जब वह गाँव से यहाँ आया था, तो उसने हेमचन्द के घर के बाजू से ही एक कमरा किराए पर लिया था। गाँव में यह उसके लिए काफी बुरा समय था। उसकी रोजी-रोटी भी छिन गई थी। नई पंचायत ने सरकारी अनाज की दुकान उससे छीन ली थी। हत्या के मामले में साफ बेदाग रिहाई के बावजूद, गाँव में उसकी छवि ऐसी हो गई थी कि लोग उससे कटने लगे थे। ऐसी परिस्थिति में जब वह रायगढ़ आया, तो हेमचन्द के पूरे परिवार ने उसे घर सा प्यार दिया था। हेमचन्द का वह लड़का उससे एक साल बड़ा था, पर उससे उसकी दोस्ती हो गई थी। वह था तो निर्भीक और अक्खड़ और बेशक कई गैरकानूनी कामों से जुड़ा भी था, पर उसके अन्दर अपराधी मनोवृत्ति नहीं थी। वास्तव में एक पुलिस इन्सपेक्टर के साथ दोस्ती की वजह से और धन्धे को थोड़ा इत्मीनान से आगे बढ़ाने के प्रयोजन से, उसने पेशेवर मुखबिरी का यह काम स्वीकार

किया था। उस समय वो लड़की महज उन्नीस बरस की थी। उसके पिता की उम्र पचास की रही होगी और दादा तिहत्तर-चौहत्तर का था। अपने छै महीने के निवास के दौरान दामोदर ने हेमचन्द के लड़के शंकर के साथ दोस्ती इसलिए भी की थी, कि उसके साथ के चलते वह कुछ ऐसे कामों को बगैर रोक-टोक और खतरे के निपटा सकता था, जो शायद गैरकानूनी होने के बावजूद शहर के कुछेक लोगों के खास व्यवसाय थे। लेकिन अगर पुलिसवाले प्रतिकूल हो गए, तो दिक्कतें आ सकती थीं। इसमें छोटे पैमाने पर नशीली चीजों तथा कच्ची दारू के ट्रांसपोर्टिंग का काम भी था, जो उसके गाँव से सटे ओड़िसा बार्डर के गाँव में जंगलों के बीच, कहीं किसी अदृश्य और गैरकानूनी डिस्टिलिंग के बाद उसे प्राप्त होता था। इधर का उधर और उधर का इधर करने के इस धन्धे की पूँजी से ही, बाद में उसने इसी शहर में पक्के का एक मकान भी बनवा लिया था और अपनी दादागिरी के बाकी सारे धन्धे छोड़कर, शरीफ आदमी की तरह उसने एक दूकान खोल ली थी। पर तब भी कचहरी और वकीलों से उसका पिंड नहीं छूट पाया था। चूँकि हेमचन्द का पड़ोसी बनने के बाद से, उसके जीवन में शुभ-शुभ घटनाओं की कतार लग गई थी, और वह अपने ग्रामीण अतीत से दूर, शहरी शरीफ लोगों की जमात में एक भले मानस की तरह देखा जाने लगा था, इसीलिए जब उसने हेमचन्द की पोती के मर्डर की बात सुनी थी, तो उसका खून खौल गया था। उसकी इच्छा हुई थी, कि कानूनी सजा मिलने के पहले ही, वह उस हत्यारे वकील का गला काट दे। दरअसल अचानक ही उस समय दामोदर के मन में यह बात भी उभरी थी, कि अगर खुद उसकी बेटी के साथ किसी ने ऐसा किया होता, तो उसके जवाब में उसने क्या किया होता? एक पल के लिए उसने सामने खड़े नरेन की ओर तरेरती आँखों से देखा। उसके फड़कते नथुनों और अचानक बदल गए आँखों के रंग को देखकर मैं सचमुच डर गया था, कि कहीं गुस्से में वह उसे झपड़िया न दे। पर मेरे मन में इस किस्से के प्रति जिज्ञासा तेज होने लगी थी। आखिर वकील को क्या पड़ी थी कि उसका गुस्सा, हत्या तक पहुँच गया था? दरअसल मेरा ध्यान, उस समय इसी रहस्य से टकरा रहा था। अपनी आँखों के सामने मैं कातिल और मकतूल का कोई बिम्ब नहीं बना पा रहा था। तभी दामोदर की धीमी बात को सुनकर भी अनसुनी करते हुए नरेन ने कहा, "कोई बिला वजह किसी की हत्या नहीं कर देता।"

इस पर दामोदर के गुस्से का पारा थोड़ा और चढ़ा। पर इतना नहीं कि वह नरेन की बात को जोर से काट दे। हेमचन्द की पोती के प्रति अपनी पूरी सहानुभूति के बावजूद, अपने केस के वकील के भाई से वह कोई नया झगड़ा मोल लेना नहीं चाहता था। केस को लेकर वह तभी से परेशान था, जब से उसने इसके भाई को वकील बनाया था। उसका खयाल था कि वह उसके मामले में कोई रुचि नहीं ले रहा है, पर अभी आधे रस्ते में वह इसे छोड़ भी नहीं सकता था। इसलिए वह मन

मारकर चुप रह गया था। तभी नरेन ने कत्ल के किस्से का सिरा पकड़ते हुए कहा था, ''वह लड़की उस दिन वकील को मिली कहाँ पर? वह घर पर नहीं थी और वह कोई दिन–दहाड़े का मामला भी नहीं था।''

दामोदर के पास इसका कोई जवाब नहीं था। शंकर कुरमी का मकान छोड़ने के बाद, पिछले चार बरसों में शायद उससे उसकी चार दफे भी मुलाकात नहीं हुई थी। मर्डर के किस्से के बारे में उसकी जानकारी अखबारों और कुछ नजदीकी दोस्तों की सूचनाओं पर ही आधारित थी। कत्ल का कारण शायद यही रहा होगा, कि वकील शादीशुदा था और लड़की से उसका विवाहेतर सम्बन्ध बन गया था। पर दामोदर का दिल यह मानने को तैयार नहीं होता था। उसके मन में लड़की की कोई ऐसी इमेज बन ही नहीं पाती थी कि वह उसे किसी चालू चर्कट लड़की की तरह देखे। जरूर कोई दूसरी बात होगी, वह सोचता था। खासकर उन दिनों जब वह सनसनीखेज हत्या पूरे शहर में चर्चा का विषय बनी हुई थी। पर तब भी वकील की बात पर दामोदर ने कोई टिप्पणी नहीं की थी। और एक बार मेरी तरफ भरपूर निगाह डालकर, उसने अपनी स्कूटी की चाबी घुमा दी थी। और दिनेश को अपनी तरफ बढ़ता देख, मैं भी खिसक लिया था, क्योंकि ये दिनेश भयानक बोर आदमी था और वैसा ही चिपकू।

अचानक मैं ठिठका और चौंक गया। जिस घटना की मैं याद कर रहा था, वह बहुत पहले के समय की घटना थी। कम से कम छह महीने पहले की। वह समय नहीं, जबकि दामोदर मुझे अपनी जमीन का हालिया किस्सा सुना रहा था। याने जब मैं पेंवठा पर बैठा था और मोहल्ले की उस चरित्रवती लड़की से चोटिल होकर, दामोदर के किस्से में मन लगाने की कोशिश कर रहा था। अभी फिर से उस समय में वापस आने का कारण तो, कमउम्र वकील दोस्त का अचानक सामने आ जाना था और दामोदर का बिन बताये गायब हो जाना। हैरत की वजह यही थी कि मुझे पता ही नहीं चला था, कि दामोदर कब गायब हो गया। इधर सामने वकील दोस्त प्रश्निल आँखों से मेरी ओर ताक रहा था।

''लेकिन दामोदर कहाँ गया?''

''दामोदरिन के साथ होगा,'' कमउम्र वकील दोस्त ने चेहरे को गम्भीर बनाकर, आँखों को थोड़ा और बाहर निकालते, गंजे सिर की टोपी उतारकर, माथे को सिकोड़ते हुए धीमे से कहा, ''रथयात्रा की तैयारी के लिए, कोचवानों को हिदायतें दे रहा होगा।''

''अरे नहीं यार, मजाक की बात नहीं, गया कहाँ आखिर ये?''

''भाई साब! अभी उसने आपके बाएँ कान में झुककर कुछ कहा और फिर आपको नमस्ते किया, स्कूटी स्टार्ट की और फिर दक्षिण के रास्ते पर बढ़ गया।''

''माने मेरे देखते में गया?'' मैंने अपने भीतर किसी चमत्कारी विस्मय की तीखी लहर महसूस करते हुए पूछा।

''जी हाँ, आपके देखते-देखते, आपको प्रणाम करके, आपके बहरे कान में कुछ गोपनीय बुदबुदाकर, वह मेरे पहुँचते ही भागा है। जरूर कोई बात थी, जो वो मेरे सामने नहीं करना चाहता था।'' उसने कहा।

मुझे लगा कि उसकी बात सुनते हुए भी मैं नहीं सुन रहा हूँ। दरअसल यह भी मेरी पुरानी बीमारी है। चाहे कितना भी दिलचस्प किस्सा हो, मैं देर तक कान लगाकर कोई भी बात नहीं सुन पाता, क्योंकि अपने अनजाने ही मैं अपने भीतर चला आता हूँ और अपनी ही बातें सुनता रहता हूँ। अभी दो पल पहले, लम्बे अरसे तक, मैं अपने अन्दर के अँधेरे बन्द कमरों में ही रच रहा था गलियों और पुरनिया मकानों की आत्मा में रचे-बसे किस्सों का नया संस्करण। और यह मैं इतनी तन्मयता से कर रहा था, कि न तो मुझे समय का ज्ञान था, न स्थान का। याने जितनी देर तक मैं सोच के प्रवाह में बहता रहा या कि स्मृतियों की जुगाली करता रहा, उतनी देर तक मैं इस रोजमर्रा के संसार में नहीं था। वह अवधि वास्तव में कितनी देर की थी, यह जानने की इच्छा हुई। मैंने घड़ी देखी। सात बज रहे थे। मुझे लगा कि शायद छै के बाद ही मैं यहाँ बाहर आया था, क्योंकि गली से निकलकर ट्यूशन के लिए जानेवाली वह लड़की दामोदर के आते तक नहीं गुजरी थी। मतलब साफ था, कि वह पहले ही चली गई थी। फिर मैंने दामोदर से थोड़ी बात की और सोचने लग गया था। इस बीच दामोदर निकल गया था और मैं उसका जाना देख भी नहीं पाया था।

कमउम्र वकील दोस्त ने ठीक कहा कि वह उसे देखकर ही तत्काल खिसका था, क्योंकि शायद उसे लगा था कि यह विरोधी पक्ष का आदमी है। यों एक तरह से सोचा जाए तो उसका सोचना या मानना गलत भी नहीं था, क्योंकि जिसके साथ दामोदर का झगड़ा चल रहा था, वह कमउम्र वकील दोस्त के साथ कभी-कभार पीने की महफिल में नजर आ जाता था। शायद इसी वजह से दामोदर मुकदमे के बारे में उसके सामने कोई बात नहीं करना चाहता था। लेकिन मैं यह नहीं समझ पा रहा था, कि आखिर अपनी सोच में मैं इतना आत्मलीन कैसे हो गया था, कि उसको जाते हुए देख भी न सका। न सुन पाना तो स्वाभाविक है, कि उसने बाएँ कान में फुसफुसाकर कुछ कहा था। वह कान तो सालों से बेकार है। पर खुली आँख के बावजूद, दृश्यों से इतना परे रहना, और ऐसे सोच के प्रवाह में बहना, तो पागलपन के लक्षण हैं। पल-भर को मुझे अपने पालक पिता की याद आई। यानी उनकी जिनके घर में मैं बचपन से बढ़ा था। वे सुदर्शन थे और बेहद सलीके से रहते थे। बावन तिरपन के उन दिनों में, जबकि उन्होंने मेरे जनेऊ में पिता की भूमिका निभाकर मेरा द्विज संस्कार करते हुए, मुझे बाकायदे गोद में लिया था, तब तो वे जवान और खूबसूरत ही थे, पर बाद में भी अपने दुर्व्यसनों और पेशे तथा उम्र की मार के बावजूद, वे काफी आकर्षक और स्मार्ट ही लगते थे। पेशे से डॉक्टर होने की वजह

से उनका सम्मान पूरे शहर में था। पर अचानक उनका दिमाग बिखरने लगा था। उनकी बातों की तारतम्यता टूटने लगी थी। उनकी आमदनी एकदम ही गिर गई थी, और वे लगभग पागलों की सी मुद्रा में घूम-घूमकर अपना वक्त काटने लगे थे। मेरी बहन जो डॉक्टर है, वह जानती थी कि यह आवयविक खराबी की वजह से थी, और वही बीमारी उनकी असमय मृत्यु का कारण बनी थी।

इस तरह की उनकी आकस्मिक याद से मैं अन्दर ही अन्दर परेशान हो गया। मेरी समझ में नहीं आया कि मैं करूँ क्या? एक सोच से मुक्त होने की कोशिश में, दूसरे ने आकर धर दबोचा। हमेशा की तरह मैंने सुनने और देखने के साथ, साँसों की आवाजाही को वाच करना शुरू किया, तभी वकील दोस्त ने टोका, "अब किस सोच में पड़ गए भाई साहब?"

कमउम्र दोस्त की आवाज आत्मीय और अन्तरंग थी। वह मेरे स्वभाव से परिचित था और जानता था कि मैं एक साथ कितनी सारी बातों के बारे में सोचता रहता हूँ।

"मुझे कभी-कभी लगता है कि मैं पागल हो जाऊँगा सच्चू।" मैंने कुछ ऐसे डूबते स्वर में कहा कि उसका मजाकिया लहजा और चेहरा एकदम से बदल गया। शायद मेरे मुँह से अपना घरेलू नाम सुनकर, और मेरे स्वर में रची तकलीफ को सोचकर ही उसने धीरे-से पूछा, "बात क्या है भाई साहब? मेरे आए कुछ नहीं तो पाँचेक मिनट हो चुके, आप ऐसे ही चुपचाप बैठे हैं और वह दामोदर यहाँ क्या कर रहा था?"

सच्चू याने कमउम्र वकील दोस्त ने थोड़ा सीरियस होते हुए पूछा। तब मुझे लगा कि बात तो कुछ भी नहीं है, लेकिन फिर भी मैंने लगभग बीमारी के भय के स्वर में कहा, "मेरा दिमाग कितना कुछ सोचता रहता है और उस सोच से मुझे घबराहट होने लगती है।"

"तो ये बात है, जो आपको गुम्म बनाए है," वकील दोस्त ने बहुत हल्की आवाज में कहा, "आप ही नहीं महाराज दुनिया का हर शख्स सोचता रहता है। हो सकता है कि आप कुछ महान-वहान गम्भीर-तंभीर विषयों पर चिन्तन करते रहते हों, लेकिन सोचता तो वो बूँदो राऊत भी है, जिसकी बीवी आपके घर के बर्तन माँजती है। सोचना, सोचते रहना, बल्कि कई बार तो नींद और सपने में भी सोचते रहना, मनुष्य मात्र का स्वभाव है अग्रज। आप व्यर्थ की चिन्ता न करें, और चलिए कौशल बार की ओर प्रस्थान करें।"

वकील दोस्त ने प्रवचन देने की नाटकीय मुद्रा में कहा, पर मुझे हँसी नहीं आई।

वह तरह-तरह की आवाजों और शैलियों में किस्म-किस्म के लोगों की नकलें उतारता था और लोगों को हँसाता था। उसकी कुछ नकलें तो ऐसी होती थीं, जो विषयवस्तु वर्णन में अश्लील या कि असामाजिक होने के बावजूद, मन में शुद्ध ह्यूमर का ही प्रभाव छोड़ती थीं। इनमें सिंधियों की हिन्दी बोलने की शैली में सुनाए

जानेवाले कुछेक जोक्स तो इतने मजेदार थे, कि मैं बार-बार फर्माइश करके सुनता था। लेकिन अभी उसके नाटकीय कथन का कोई जाहिर असर मुझ पर नहीं हुआ था। उसे सामने देखकर ही अपनी अनाप-शनाप सोच से भागने के लिए तत्काल मैंने यह निर्णय ले लिया था कि थोड़ी पी ही ली जाए। पर तभी मुझे पहले तो यह खयाल आया था कि सात बज चुके हैं, और हो सकता है कि वह लड़की ट्यूशन से लौट रही हो। पर इस खयाल को मैंने बदहवास सोच के रास्ते पर धकेल देनेवाली खतरनाक सोच जानकर तत्काल हकाल दिया था। हालाँकि मैं जानता था, कि दिमाग की ऊपरी सतह से हट जाने के बाद भी, भीतर तो राज उसी का है, और रात के अँधेरे में अपने अकेले बिस्तर पर, जब मैं करवटें बदलते नींद और ईश्वर को एक साथ गुहारता रहूँगा, तो यही खयाल नाना रूपों में मुझे तंग करता रहेगा और टकटकी लगाए सीलिंग फैन की ओर ताकते मैं सोचता रहूँगा, कि दिमाग भी इसी तरह घूमता ही रहता है, पर एक नहीं सैकड़ों वृत्तों में।

गनीमत है कि नींद न आने की इस दैनिक बेचैनी के बावजूद मैं अभी तक इनसोम्निया का मरीज नहीं हूँ। वैसे ही जैसे इस या किसी भी एकल सोच के कब्जे में मेरा दिमाग फँसा नहीं रहता और अपने दिखनेवाले रूप में मैं कहीं से भी ऐसा तो अभी तक नहीं लगता, कि लोग मुझे अपसामान्य व्यक्ति की तरह देखें।

लेकिन वकील दोस्त के प्रस्ताव के बाद तत्काल पीने की इच्छा के बावजूद, मेरे मन में पैसे खर्च होने की बात भी आई थी। मैंने थोड़ा हिसाब करना भी शुरू कर दिया था, जो कि मैं अक्सर करता हूँ। पर अक्सर यह भी पाता हूँ कि शराब के साथ भी मेरा सम्बन्ध काफी इंपल्सिव है, कि ऐन पहले दूर-दूर तक दिमाग में नशे की सोच न होने के बावजूद, अगर कोई अन्तरंग मित्र, खासकर यह वकील दोस्त जब आता है, तो आमतौर पर मैं इसे टाल नहीं पाता और सारे हिसाब-किताब को एक झटके से अलग करके एकदम से इसके साथ हो लेता हूँ। मेरी मित्र मंडली के लोग इसे मेरी अत्यंत अस्थिर मति का उदाहरण ही मानते हैं। यह भी मानते हैं कि दारू के मामले में मैं बहुत ही लालची हूँ। लेकिन ऐसे भी मौके आए हैं, जब मैंने तीन-तीन महीने तक शराब छुई तक नहीं है, और ऐसा संयम किसी मजबूरी के चलते नहीं, बल्कि खुद के सामने अपनी दृढ़ता साबित करने के लिए ही किया है। पर एकाध दफे के इस उदाहरण को अपवाद की तरह लेनेवाले मेरे मित्रों को मेरी जबान पर कोई भरोसा नहीं। कई मामलों में वायदा नहीं निभा सकने के बीसियों उदाहरणों के द्वारा, वे मेरी बात की व्यर्थता सिद्ध कर देते हैं। और चूँकि मैं जानता हूँ कि उनकी बात में कुछ ही नहीं, बल्कि काफी सचाई होती है, इसलिए उनके सामने केवल दाँत निपोर की मुद्रा में चुप बना रहता हूँ। फिर भी मेरा मन इस बात को मानने के लिए तैयार नहीं होता, कि मैं इतना अस्थिर मति हूँ कि किसी भी प्रतिज्ञा पर पाँच दिन या पाँच महीने तो क्या पाँच मिनट भी टिक नहीं सकता। शायद

इसीलिए वकील दोस्त के प्रस्ताव के बाद मेरे मन में पल-भर के लिए यह बात भी आई थी कि साफ मना कर दूँ। पर पता नहीं क्यों, दूर तक दाईं तरफ की सूनी सड़क को कुछ पल निहारने के बाद, मैं उसके हीरो होंडा के पीलियन में बैठ गया था। वकील दोस्त ने गाड़ी आगे बढ़ाई। मैंने उसे टोका कि पहले शहर का एक चक्कर लगा लेते हैं। यह बात भी मेरे दिमाग में बिन सोचे आई थी। सावन की उस वर्षाहीन गुम्म हवा और उमस-भरी शाम में मोटरसायकिल की रफ्तार की वजह से मुझे थोड़ी राहत मिली। लगा कि शायद अनजाने ही मैंने घूमने का जो प्रस्ताव किया, उसके पीछे यह गरमी ही थी, जो मेरे सोचते दिमाग को और भी बेचैन किए दे रही थी।

अपने पेंवठे से गाँजा चौक याने मुश्किल से पचास कदम में हवा के झोंकों ने पसीने-भरी पीठ पर जो सिहरन जगाई, उसी में जागकर मैंने देखा, कि शायद एक भी मकान मिट्टी का नहीं रहा इस पूरी गली में। सभी घरों के युवक-युवती पहले से कहीं ज्यादा आजाद और उतने ही स्मार्ट लगे। गाँजा चौक पर विभिन्न खुली जगहों में चार-पाँच के झुंडों में बैठे लोगों को देखकर लगा, कि कइयों को मैं सिर्फ उनके पिताओं या दादाओं के नाम से ही पहचान सकता हूँ। समोसे-कचौरी के जिस ठेले पर सबसे ज्यादा भीड़ थी, उसमें एक भी चेहरा परिचित नहीं था, क्योंकि यह सम्पन्न सेठों की औलादों के भाई-बंधुओं की भीड़ थी। बेशक ठेले का मालिक हमारे मुहल्ले का था, जो पता नहीं क्यों मेरी तरफ आँख उठाकर भी कभी नहीं देखता था, हालाँकि उसका घर मेरे घर के ठीक सामने था याने गुरूचरण के घर के बाजू से। यह गुरूचरण रिश्ते में उसका चाचा लगता था। पर दोनों परिवारों में मरनी तेरही का रिश्ता भी टूट चुका था। वहीं पास के पेंवठे पर मैंने जवान छोकरों से थोड़ी दूर पर बैठे सुखू साव को देखा था। याद किया था कि अपने बड़े लड़के के, बड़े लड़के याने अपने नाती के एक प्रेम प्रसंग में, इसी हवेली के मालिकों ने उनके परिवार की बदनामी करने में अहम भूमिका निभाई थी। और तब से जब भी उनसे मुलाकात होती थी, वे चन्दन साव के कुनबे के काले कारनामों का पूरा इतिहास जरूर बखानते थे। मेरे लिए वह समय काफी बोझिल होता था, क्योंकि लाठी के सहारे एक पैर को लगभग घसीटते हुए चलते सुखू साव, मुझे पालागी करते और सड़क पर ही रुक जाते। मुझे डर लगता कि एक मिनट में तीन या चार के औसत से गुजरनेवाली तेज रफ्तार मोटरसायकिलों के लगभग मदहोश चालकों में से कोई हमें धकियाता हुआ या कुचलता हुआ न निकल जाए, लेकिन वे अपनी लँगड़ाती टाँग और हमेशा के लिए बैठ गई आवाज के साथ, विस्तार से यह किस्सा सुनाते थे, कि कैसे अपने ममेरे चचेरे भाइयों और गाँव के दूसरे लोगों की जमीनें हड़पकर यह आदमी शरीफ सेठ बना हुआ है। मजे की बात यह है कि सुखू साव और चन्दन साव का रिश्ता बड़ा मधुर था। चन्दन साव सुखू के साले लगते थे और वे उनकी ससुराल पक्ष के सबसे बुजुर्ग आदमी थे।

भीड़ के कारण थोड़ी धीमी रफ्तार से आगे बढ़ते हुए जब मैं उनके करीब से गुजरा, तब भी उनकी नजर मुझ पर नहीं पड़ी। पता नहीं क्यों उनके पास रुकने की इच्छा न होने के बावजूद, उनका निर्विकार भाव से अखबार में डूबे रहना, मुझे अच्छा नहीं लगा। लेकिन ताहर अली की दुकान पार करने के बाद मुझे यह बात याद ही नहीं रही कि कुछ पल पहले मैंने सुखू साव को देखा भी था। नई बनती दुकानों को देखकर बहुत पुराने दिनों की याद करते हुए, यह सोचकर मुझे थोड़ी हैरत हुई, कि हमारी गली की तुलना में सोनारपारा की सड़क के दोनों बाजू के मकानों के चेहरों में कोई खास तब्दीली नहीं आई है। लगभग आधे फलांग तक मुहल्ला बिलकुल जस का तस था। बाएँ मुड़ते ही जब मैंने वकील दोस्त से कहा कि चलो सीधे कौशल के यहाँ चलते हैं, तो वकील दोस्त ने बड़ी गम्भीरता से कहा कि वह जानता था, कि नगर दर्शन का मेरा आकस्मिक प्रस्ताव थोड़ी ही देर में नाकच होने वाला है।

वकील दोस्त की बात मैंने सुनी जरूर, पर मेरे मन में दारू पीने को लेकर चलनेवाला पछतावा फिर शुरू हो गया था। मैं उसी पछतावे में बह रहा था, कि फिजूल सौ दो सौ रुपए खर्च हो जाएँगे। यह पूरा प्रायश्चित प्रसंग भी छोटी हटरी के मोड़ के पहले ही दिमाग से गायब हो गया। हालाँकि मैं नशे में नहीं था, पर मुझे लगा, कि मेरा पछतावा भी मेरी दयानतदारी जैसे अहंकारी आत्मप्रदर्शन के अलावा और कुछ नहीं है। सच पूछिये तो सार्वजनिक आत्मालोचन के ये वाक्य भी मैंने मन में काफी सोच-समझकर ही बनाए थे। तभी छोटी हटरी के मोड पर, शाम सात बजकर दस मिनट के समय में, विकटस्तना सब्जीवाली की ओर एक नजर देखने के दौरान, मेरी नजर नीचे बनी धोबी पारा वाली सड़क के उस मोड़ पर गई थी, जहाँ से तेज रफ्तार मोटरसायकिल के पिलियन पर सुबीरा बैठी हुई दिखी थी।

उसकी एक झलक देखने के बाद ही मेरा आलोचनात्मक विवेक चूर-चूर होकर हवा में उड़ता, उसके उड़ते केशों से लिपटने की कामना के स्वप्न में बिला गया था। मैंने वकील दोस्त से कहा था, ''सीधे राजा पारा की तरफ।''

लेकिन वह भी मेरी तरह आधा बहरा इंसान था। उसके बहरेपन की जाहिर वजह भी क्रॉनिक सरदी थी। पर अपनी शारीरिक मानसिक परेशानियों तथा भयानक आर्थिक समस्याओं के बावजूद, वह सिंह राशि का मर्द ही था, लेकिन ऐसी किसी मर्दानगी से बहरेपन का तो इलाज नहीं किया जा सकता था। सो, उसने मुंडी घुमाकर पूछा, ''क्या?''

कुछ कहे बगैर मैंने इशारे से बताया कि सीधे रास्ते पर चलना है।

तभी वह मोटरसायकिल जिसके पिलियन पर सुबीरा बैठी हुई थी, बिलकुल हमारे बाजू से गुजरी। मैंने मार्क किया, लम्हे भर के लिए नजर मिलते ही, उसने दूसरी तरफ चेहरा घुमा लिया था। चौक की भीड़ की वजह से, दोनों मोटरसायकिलें कुछेक सेकेंड्स तक लगभग समानान्तर ही चल रही थीं। मैं इस बारे में श्योर हो

चुका था, कि छोटी हटरी की ऊँचाई पर बनी सड़क से, मैंने मोटरसायकिल पर गुजरती जिस लड़की को देखा था, वह सुबीरा सक्सेना ही थी। अभी उसे उस तरह घूरकर इत्मीनान से जाँच-पड़ताल करने का न तो यह मौका था, न मेरी उम्र मुझे इस बात की इजाजत देती थी, कि मैं उसे गौर से देखने की कोशिश करूँ।

वकील दोस्त मेरा मन समझ गया था, पर उसके मन में यह जिज्ञासा थी, कि आखिर यह कौन है, जिसके लिए भाई साब ने दारू के प्रोग्राम को मुल्तवी किया है। वह भी तब, जब कि उनके वक्त के मुताबिक और अपने समय से काफी जल्दी वह वहाँ पहुँच गया था। लेकिन सामने की मोटरसायकिल से पाँचेक कदम की दूरी बनाकर चलनेवाले दोस्त ने, अपनी जिज्ञासा शब्दों में जाहिर नहीं की। हम लोगों ने पंडित पान दूकान को पार किया। पंडित ने बड़ी जोर से ओड़िया में विश किया। उसकी तरफ मुंडी घुमाकर सलाम झोंकते हुए और प्रतिक्रिया में प्रति नमस्कार करते समय, उसकी आँखों की अजीबोगरीब चमक देखते हुए मुझे लगा, कि शायद उसने मार्क कर लिया है, कि हम लोग मोटरसायकिल के पीछे हैं, क्योंकि रोज सुबह इसी सड़क पर पैदल जाते हुए, मैंने उसके ओठों पर ऐसी नैन उजालती मुस्कान कभी नहीं देखी थी। शायद पीछे, अपनी भट्ठी में समोसा तलते किशन ने और इधर अपने काउंटर पर बैठे महेश्वर ने भी, हम लोगों की आतुरता निश्चित ही भाँप ली होगी। सोचकर मुझे थोड़ा बुरा लगा, पर इतना नहीं कि मैं उसका पीछा करना छोड़ दूँ। इसलिए नाले के पुल पर आते ही मैंने सचिन से कहा, कि वह इतने नजदीक रहकर उनका पीछा करे कि उन्हें पता लग जाए, कि उनका पीछा किया जा रहा है। गनीमत है शाम की भीड़ और मोटरसायकिलों की घरघराती आवाजों के बावजूद, वकील दोस्त ने मेरी बात सुन ली थी। शायद वह आगे की दिशा की हिदायत के लिए काफी एलर्ट था और उसने पूरी एकाग्रता के साथ सुनने के लिए अपने को तैयार कर लिया था। हम उस मोटरसायकिल से बमुश्किल दो-तीन कदम दूर थे। सुबीरा पिलियन पर लड़कियों की तरह नहीं, बल्कि घुड़सवार की तरह बैठी थी। उसने हाथ लड़के की कमर से लपेटकर नहीं, बल्कि उसके कंधे पर सामान्य तरीके से रखा हुआ था, फिर भी मुझे लगा, कि वह उससे जरूरत से ज्यादा सटकर बैठी है। ऐसा लगने में, मैं एकदम स्पष्ट रूप से जानता था, कि मेरी अपनी कामना का हाथ है, क्योंकि वह हाथ और वह दुबली रमणीय देह, जिस लड़की की थी, उसे मैंने कम से कम दो बार हाथ-भर की दूरी में अपने साथ देखा था। अभी पाँच कदम आगे की मोटरसायकिल की पिलियन पर उसे बैठे हुए देखकर, मैं इसके सिवा कुछ नहीं सोच सकता था, कि आखिर वह भाग्यवान है कौन, जिससे इतना सटकर सावनी शाम के अँधेरे और उमस भरे परिवेश में वह लड़की बैठी हुई है।

इस जिज्ञासा का कोई अन्तरात्मिक उत्तर मेरे पास नहीं था, सिवा इसके कि मैं अनुमान लगाने की कोशिश करता रहूँ कि आखिर वह लड़का है कौन?

'सुबीरा सक्सेना कोई मामूली लड़की नहीं है।' मैंने सोचा और देखा कि राजमहल के सामनेवाली मुख्य सड़क पर बढ़ने के बदले, वह नवागढ़ी की ओर जानेवाली एक ऐसे रस्ते की ओर बढ़ गई थी, जहाँ अभी पन्द्रह साल पहले तक मुख्यतः निम्न या पिछड़ी कही जानेवाली जाति के लोग ही रहते थे। बेशक कुछ घर गोंड़, सिदार, आदिवासियों के भी थे। नवागढ़ी की ओर जानेवाली यह सड़क अविनाश मामू के विशाल बंगले के पास, याने बादल महल की ढलान के ऐन बाद ही, दो राहों में बँट जाती थी। इन दोनों ही रास्तों का जो इतिहास और भूगोल मेरी अपनी स्मृतियों में दर्ज था, वह सामने की मोटरसायकिल की पिलियन पर किसी नवधनाढ्य के पीछे बैठी सुबीरा सक्सेना के साथ तालमेल तो रखता था, पर शहर के इस इलाके में उसकी उपस्थिति थोड़ी अप्रत्याशित घटना थी। इधर मेरा दिमाग इस बीच उससे हटकर, फिर उसके उस साथी की ओर चला गया था, जिसने मोटरसायकिल नवागढ़ी के दो राहे से उस ओर मोड़ दी थी, जो शहर के मुसलमान मुहल्ले की ओर निकलता था। क्या वह लड़का भी उसी मुहल्ले का है और मुसलमान है, जैसी सोच के साथ वकील दोस्त के साथ पीछे बैठा मैं अपनी अटकल कुछ आगे बढ़ाऊँ, कि वह मोटरसायकिल एक ऐसे मकान के सामने बिलकुल अचानक रुक गई, कि मैं एकदम से सकते में आ गया और होशियार अनुयायी की तरह वकील दोस्त ने इतनी तेजी से ब्रेक लगाई, कि मोटर-सायकिल अप्रत्याशित झटका देती हुई, उनसे बमुश्किल पाँच कदम की दूरी पर खड़ी हो गई।

सुबीरा सक्सेना, अपनी दोस्त के साथ जिस आधे पक्के मकान में घुस रही थी, वह मेरे लिए पुराना परिचित ही नहीं, बल्कि अन्तरंग अनुभव का एक विचित्र मकान था। यहाँ सरिता बरेठ रहती थी।

तभी मोटरसायकिल बन्द करते हुए, सीट पर बैठे वकील दोस्त ने पलटकर पूछा, "अब?"

मैंने उसका सवाल सुना जरूर, पर उन दोनों को पहले इस इलाके में, फिर सरिता बरेठ के घर में घुसते देख, मुझे जो हैरत हुई थी, उसमें मैं मुक्त नहीं हो पाया था। वकील दोस्त ने समझा कि शायद अपने बहरेपन की वजह से मैं उसका संक्षिप्त सवाल सुन ही नहीं पाया हूँ। उसने वाल्यूम बढ़ाकर पूछा, "अब क्या करना है भाई साहब?"

दरअसल उसने मेरे इस चक्कर को आज्ञाकारी छोटे भाई की तरह ही लिया था, क्योंकि उसे पूरा यकीन था, कि मैं अपनी बुढ़भस के चलते ही, हासिल पाई शून्य के इस रस्ते पर उसी तरह दीवानावार दौड़ रहा हूँ, जैसी दीवानगी में आज से कई बरस पहले एक कमसिन के चक्कर में मई की तेज धूप झेलते हुए, मैं चाँदनी चौक के बन्द किराने दूकान के छायाहीन पेंवठे पर बैठा था। और इसी वकील दोस्त के

साथ नीट वोदका गटकने के बाद, मधुबनपारा से उसकी वापसी का इंतजार कर रहा था। बेशक तेरह बरस पहले का वह इंतजार हर लिहाज से हासिलपाई शून्य था। पर सरिता बरेठ के घर में किसी यार के साथ घुसनेवाली सुबीरा सक्सेना का पीछा, मैं किसी भी तरह के किसी हासिल के प्रयोजन से नहीं कर रहा था। जो थोड़ी-बहुत जानकारी मुझे उसके बारे में थी, वह महज कामेच्छा को ही नहीं गुदगुदाती थी, बल्कि ऐसी जिज्ञासाओं को उकसाती थी, जिन्हें व्यर्थ और निरर्थ जानकर भी रोक पाना मुश्किल था। यह बात वकील दोस्त को समझाई नहीं जा सकती थी। वह मांस मज्जागत असलियतों के आईने में, अपनी कामना को केवल एक ही तरह से देख पाता था, कि जिससे मुलाकात तक होने की कोई सम्भावना दूर-दूर तक नहीं है, आखिर उसके लिए व्यर्थ का पेट्रोल क्यों फूँक रहे हैं भाई साब? भाई साब अर्थात मैं, उसके 'अब' के जवाब में इतना खामोश हो गया था और इतना भीतर चला गया था, कि मुझे तब की वह अनहोनी की सी चमत्कारिक घटना, अपनी विचित्र अमूर्तता में याद आ रही थी। मुझे लगा था कि यह बिन पिए के नशे की शुरुआती पैंग है, जिसमें झूलता मैं थोड़ी देर तक हर उस चीज को भूल चुका हूँ, जो मेरे भीतर बाहर से मुझे चौकस, चौकन्ना, सावधान, सभ्य और शिष्ट बनाए रखने के लिए, हर पल, हर कहीं, मेरे साथ, मेरी बेकली-सी मौजूद रहती है।

पर सुबीरा सक्सेना कोई औसत लड़की नहीं है, मैंने फिर सोचा और देखा कि दो पल के लिए सरिता बरेठ के घर के अन्दर घुसकर, तीसरे पल, न सिर्फ वह अपने दोस्त के साथ बाहर निकल आई थी, बल्कि उसके दोस्त ने बात की बात में गाड़ी स्टार्ट कर, मेरे कुछ समझ सकने के पहले ही, उसे मेरी नजरों से ओझल कर दिया था।

वकील दोस्त ने पूरी मुस्तैदी के साथ गाड़ी स्टार्ट करने की कोशिश की थी, पर किस्मत ने साथ नहीं दिया। पाँचेक किक के बाद गाड़ी स्टार्ट हुई, और जब उसने बेतहाशा रफ्तार में फॉलो करने के लिए एक्सिलरेटर घुमाया, तो जल से भरे गड्ढोंवाली ऊबड़-खाबड़ और कई-कई घुमावों वाली, उस गली की याद करते हुए, मैंने उसे मना करते हुए कहा, "हटाओ।"

वकील दोस्त ने थोड़े चिढ़ के स्वर में कहा, "अगर हटाना ही था, तो इतनी दूर तक ऐसे पीछा करने का मतलब क्या था?"

"कुछ नहीं था," मैंने हँसते हुए कहा, "कभी-कभी मुझ पर कोई पागलपन सवार हो जाता है, और कोई भी छोटी लड़की मुझे अपने समय की नवीं कक्षा की बिम्बाधरी लगने लगती है।"

वकील दोस्त समझ गया कि भाई साब जरूर कुछ छिपा रहे हैं, पर मैं सचमुच सच ही बोल रहा था। धोबी पारा के मोड़ पर सुबीरा को पिलियन में बैठी देखकर, मैंने सिर्फ यह जानने के लिए उसका पीछा किया था, कि वह आखिर किसके साथ

बैठी है? लेकिन मैं लड़के का चेहरा तक नहीं देख पाया था। फिर जब वह सरिता बरेठ के घर में घुसी, तो था तो यह भी आश्चर्य का विषय ही, क्योंकि किसी भी रूप या अर्थ में सुबीरा जैसी लड़की का कोई सम्बन्ध, इस इलाके के किसी परिवार से होना सम्भव नहीं लगता था। हो सकता है, कि सरिता बरेठ के परिवार से लड़के का ही कोई रिश्ता हो, मैंने मन ही मन सोचते हुए, बुदबुदाने जैसा अपने आप से सवाल किया, "समझ में नहीं आता कि आखिर लड़का है कौन?"

"वह श्यामसुन्दर का पोता है महाराज।" वकील ने इत्मीनान की मंथरता से गाड़ी चलाते हुए, आजू-बाजू के मकानों पर कोमल दृष्टिपात करते हुए, बड़े गम्भीर स्वर में कहा।

उसकी इस अदा पर मैं चिढ़ गया। पर अपनी चिढ़ दबाते हुए मैंने उससे कहा, "पहले क्यों नहीं बताया?"

"आपने पूछा कब भाई साब। आप तो जागते-जागते बेहोश बैठे थे, देवी दर्शन के बाद से ही।"

वकील दोस्त, दो मोड़ पार करने के बाद उस मकान के सामने से गुजर रहा था, जहाँ मरहूम अनवर हुसैन की अधेड़ औरत, जो वकील दोस्त की हमपेशा थी, अपनी नई चकाचक इमारत के सामने की विशाल परछी पर, कुर्सी पर बैठी, कुमार साहब के कब्जेवाली जमीन के सुन्दर हरे विस्तार की ओर एकटक ताक रही थी। वकील दोस्त ने नाटकीय अदा से उसे सलाम किया। इससे वह थोड़ा चौंक गई। अब हमपेशों के बीच नेंग-व्यवहार निभाने जैसी पेशेवर बातचीत की शुरुआत हो गई। मेरा दिमाग फिर जाकर अटक गया, सरिता बरेठ पर।

दरअसल इस सोच के पीछे मेरा अपना एक विचित्र अनुभव था।

सरिता बरेठ से मेरा परिचय हमारी नौकरानी की बेटी लाली की वजह से हुआ था।

लाली अपने नाम के विपरीत, चिट्ट काले रंग की एक सुन्दर सुघर युवती थी और हमेशा हँसती-सी लगती थी। यह भी एक रोचक तथ्य है, कि वह अपनी माँ गुलाबी से सिर्फ रंग-रूप में ही नहीं, बल्कि स्वभाव में भी बिलकुल ही अलग थी। उसकी माँ का मिजाज गरम था और वह बहुत बातूनी थी। लगभग दस बरस तक हमारे घर के एक सदस्य की तरह, पूरे घर का काम सम्भालने के बाद, उसने अभी हाल मेरी दादी के देहान्त के बाद जब काम छोड़ा था, तो सिर्फ अपने अक्खड़ स्वभाव के चलते और कुछ इस वजह से भी, कि दादी के बाद घरेलू प्रबन्ध की जिम्मेदारी मेरी माँ, और उससे भी ज्यादा रसोईघर की इंचार्ज मेरी भांजी पर आ गई थी। इन दोनों को गुलाबी की शक्ल-सूरत से ही नहीं बल्कि नाम तक से चिढ़ थी। दादी के जाने के बाद गुलाबी बीमार पड़ गई थी और काम पर नहीं आ सकी थी। लगातार एक महीने की गैरहाजिरी के बाद, जब वह आई तो सभी की उपस्थिति में

उससे साफ–साफ कह दिया गया, कि उसे अब काम पर नहीं रखा जा सकता। वजह यही बताई गई कि वह जिस वक्त पर आती थी, वह वक्त इस घर के लिए अनुकूल नहीं था। बात एक हद तक सही थी। वह साढ़े बारह के पहले आती ही नहीं थी और उसके आने तक, घर के सारे जूठे बर्तन ऐसी जगह पर पड़े रहते थे कि न सिर्फ आने-जाने वालों को, बल्कि गली से गुजरनेवालों को भी नजर आते थे। उन दिनों हमारे घर में बर्तन सफाई के लिए गली से साफ नजर आनेवाली, यही जगह तय थी। घर को सफाई और सलीका और व्यवस्था देने में लगातार मेहनत करती बिन्ना को यह बात पसन्द नहीं थी, कि अगर उस वक्त कोई घर पर आए तो सबसे पहले उसकी नजर उन जूठे बर्तनों पर पड़े। इस घर में लोग रोज देखते थे कि डॉक्टर के घर में बैठक की जगह के सामने ही जूठे बर्तनों पर मक्खियाँ भिनभिना रही हैं।

इन सबके बावजूद जब उसे निकाला गया था तब मुझे लगा कि यह एक क्रूर निर्णय था, क्योंकि नौकरानी के परिवार के साथ हमारा सम्बन्ध काफी पुराना था। अपने बिलकुल बचपन से उसका बड़ा लड़का संजय इसी घर में रहता रहा था और मेरी दादी उसे बहुत चाहती थी। लेकिन जिस प्रसंग में अभी मुझे यह बात याद आई, उसका कोई सम्बन्ध इसमें व्यक्त होनेवाली करुणा से नहीं है। सरिता बरेठ के साथ अपने परिचय की बात सोचकर ही मुझे लाली की याद आई थी। हालाँकि वकील दोस्त ने गाड़ी स्टार्ट कर दी थी, पर मैं उसी दिन के खयाल में डूबा हुआ था, जब सरिता बरेठ से मेरी पहली मुलाकात हुई थी।

सावन की बदली वाले एक दिन, अचानक मेरा मन राजमहल को देखने का हो आया था। इस चाहत के पीछे कोई प्रयोजन नहीं था। मैं सिर्फ यही चाहता था, कि उसे एक बार देखूँ तो सही, कि आज की तारीख में वो महल दिखता कैसा है। शायद एक वजह यह भी थी, कि मैं लम्बे अरसे के बाद अपने शहर लौटा था और बदली भरी सुबह का वह बोझिल वक्त मुझे भारी लग रहा था।

मैं घर से निकल पड़ा था। मेरे पाँव अपने आप ही चाँदनी चौक की तरफ बढ़ गए थे। वहाँ कोई भी परिचित चेहरा न पाकर मैं सपाटे से आगे बढ़ गया था। लेकिन इसके पहले कि पुलिया पार कर, मैं राजमहल पहुँचूँ, रियासती सराय के सामने बने एक गुमटी में मोटरसायकिल सुधारते युवक ने मुझे जोर से आवाज दी थी।

"नमस्ते पापा। पान तो खा लो।" यह गोरा था। लाली के भाई संजय का दोस्त। यह अपने नाम के अनुकूल फक्क गोरा था। ठिगने कद और तंदुरूस्त शरीर के इस लड़के को मैंने कई बार लाली के मकान में बहुत आजादी के साथ, उसकी अपनी खाट पर लेटे हुए देखा था। उन दिनों गोरा और लाली की जोड़ी मुझे अपनी कल्पना में भी अच्छी लगती थी।

गोरा की गुमटी के सामने एक स्टूल पर बैठकर, जब मैं उसे एक पुराने स्कूटर का कार्बोरेटर निकालते हुए देख रहा था, तो मुझे इस बात पर विस्मय हो रहा था, कि वह कितनी आसानी से, कितनी फुर्ती व दक्षता से अपने काम में लगा था, जबकि इस बीच उसने अपने हेल्पर को हिदायत भी दी थी, कि सामने दाऊ की दुकान तक जाकर मेरे लिए पान ले आए। याने मुझसे बात करते वक्त भी, वह बड़े इत्मीनान से अपने काम में लगा हुआ था। मैं सोचने लग गया था, कि मैकेनिक या कामगार कितनी सफाई और कितनी सहजता से अपना काम करते हैं, जबकि हमारे जैसे सफेदपोश अगर ऐसी किसी समस्या में फँस जाएँ, तो उन्हें स्टेपनी बदलने में भी घंटों लग जाता है। पर यह शायद लगातार एक ही काम करते रहने के कारण है, जिसके चलते वे लगभग यांत्रिक तरीके से अपना काम कर लेते हैं। मैंने सोचा, पर अंदर कहीं उसकी तन्मयता व एकाग्रता से मुझे थोड़ी ईर्ष्या भी हुई, कि खुद अपने काम में मैं कभी एकाग्र नहीं रह पाता। बेशक उस दिन जब घने बादलों वाले मौसम में मैं बाहर निकला था, तो मुझे कोई काम नहीं था। गोरा के बुलाने पर मैं उसकी दुकान पर चला गया था और कुछ ही पलों में ऊबने लगा था। इसी ऊब के दौरान मैंने बीस एक कदम की दूरी पर स्थित पान के ठेले की तरफ नजर घुमाई थी। उतनी दूर से ही देख लिया था कि छोकरा पान की दुकान पर खड़ा है, लेकिन वह पानवाले से मुखातिब नहीं है। वह उसकी ओर पीठ करके बड़े गौर से बाजू के तखत पर बैठे चार-पाँच लोगों का ताश खेलना देख रहा था। इतनी दूर से देखने पर भी मैंने यह अंदाज लगा लिया, कि छोकरा अपने ठीक सामने बैठे गंजे आदमी के पत्तों को बड़े गौर से देख रहा था। मुझे लगा कि वह शायद उस खेल में पूरी तरह शामिल हो चुका था। मैं जानता हूँ कि ताश ही नहीं, किसी भी खेल को एकाग्रता से देखते रहना खेल में शामिल हो जाने जैसा है।

उधर वो पानवाला लगभग उतनी ही तन्मयता के साथ अपने सामने खड़े एक बेहद दुबले-पतले और मुर्छे युवक से बातें करने में लगा था। उसकी चमकती आँखें, हिलते हाथ और सिर को देखकर, उतनी दूर से भी मैंने यह अनुभव कर लिया था, कि ग्राहक के लिए पान बनाने से ज्यादा दिलचस्पी, उसे किस्सा सुनाने में है। पूरा नजारा देखकर मेरी ऊब एक दबी चिड़चिड़ाहट में बदल गई। मैंने चिढ़े हुए स्वर में कहा, ''लगता है आज शाम तक नहीं आ पाएगा तुम्हारा पान।''

गोरा समझ गया। उसने तेज आवाज में छोकरे को आवाज दी। आवाज इतनी तेज थी, कि पान वाले का किस्सा अपने आप थम गया। कुछ ही पलों में छोकरा वापस आया। उसने पान मुझे दिया। पान खाकर आगे बढ़ते हुए, मैं जब पान की दुकान तक पहुँचा, तो मैंने पानवाले पर नजर डालने की कोशिश की। पर मुझे नजर आई वह जगह, जहाँ अभी कुछ बरस पहले तक एक खास स्थानीय उत्सव के दिन बकरे की बलि दी जाती थी।

बकरे की बलि की याद मुझे तब भी आई थी, जब मैंने यह किस्सा लिखना शुरू ही किया था और आज कई साल बाद भी वह स्मृति जस की तस दिमाग में मौजूद थी। मन ही मन मैंने दिमाग की इस कम्प्यूटरी हरकत पर एक नन्हे विस्मय का अनुभव किया, पर दिमाग ने उसी पल एक दूसरे विस्मय के सामने खड़े करते हुए मुझे बताया, कि अभी की इस स्मृति का सन्दर्भ बिलकुल ही अलग है। मैंने इस विस्मय को भी सिर माथे पर लिया। और बकरे की बलि को लेकर होने वाले उस विवाद की याद करने लगा, जो यहाँ से तैंतीस किलोमीटर दूर चन्द्रपुर के चन्द्रहासिनी मन्दिर में अभी हाल शुरू हुआ था।

शायद सरकार ने कोई आदेश जारी कर दिया था, कि दशहरे के अवसर पर चन्द्रपुर में दी जानेवाली बलि बंद कर दी जाए, लेकिन दर्शनार्थी भक्तों में से अधिकांश इस अत्यन्त प्राचीन परम्परा को तोड़कर पाप के भागी नहीं बनना चाहते थे। इसलिए जब चन्द्रपुर के चन्द्रहासिनी मन्दिर के अधिकारी ने, भक्तों को बलि के लिए मना किया, तो उसका पुरजोर विरोध शुरू हो गया। देखते-देखते भीड़ की हर कार्यवाही को राजनीतिक रूप देनेवाले राजनेताओं ने इसे अपने राजनैतिक स्वार्थ के लिए इस्तेमाल करना शुरू कर दिया। एक विधायक ने जब यह कहा कि बलि प्रथा तुरन्त रोक दी जानी चाहिए, तो दूसरे ने, जो हिन्दू प्रथा के कट्टर समर्थक थे, सिंह गर्जना के स्वर में अखबारों में बयान छपाया, कि देखें कौन माई का लाल बलि रुकवाता है। हालाँकि मैंने इन दोनों नेताओं की शक्ल तक नहीं देखी थी, लेकिन अभी मैंने उनके बारे में सोचने की कोशिश की। यह सोचना फिजूल था, क्योंकि पान पगुराते मेरे दिमाग के किसी कोने में, राजमहल की जर्जर दीवारों को अपलक ताकते मेरी आँखों के भीतर भी, गद्दर बदन और काली लाली की याद ही झलमला रही थी, जिसे मैंने गोरा के यहाँ से पान खाने के बाद अपनी आँखों में और अपनी कामना में लहराते हुए देखा था। सो राजमहल के सामने के उस अजब दो राहे पर, बेबारिश के घने बादलों के मौसम में मैं दो पल चुपचाप खड़ा रहा और फिर अचानक मेरे पाँव नवागढ़ी जानेवाले उस रास्ते की ओर बढ़े जो लाली के घर की ओर जाता था।

राजमहल से सीधे सर्किट हाउस जानेवाले रास्ते के विपरीत, यह रास्ता कच्चा था और ऊबड़-खाबड़। यह पानी से भरे गड्ढों और नुकीली गिट्टियों वाला रास्ता भी था, जो सुबह की तेज बारिश के चलते कीचड़ कादों से भी भरा हुआ लगता था। इस पर सधे कदमों से चलते, जब मैं सड़क के दूसरे दोराहे पर पहुँचा, तो मुझे हासिलपाई शून्य वाले अपने इस कमीन कामुक इरादे पर थोड़ी कोफ्त हुई। लेकिन दूसरी ओर लाली के काले चेहरे पर चमकते दाँतों की खिल-खिल पुकार थी, जो मुझे उकसा रही थी कि बढ़े चलो। रास्ता बहुत ही खराब था। कई जगहों पर तो पानी के इतने बड़े-बड़े गड्ढे थे, कि उनमें पैर बिना डुबोए फलाँगने की सोचकर,

बेसाख्ता अपनी बुढ़ाती उम्र की याद आ जाती थी। पर पता नहीं किसकी हिम्मत पर, रबर की चप्पल पहने, अपने पाँव का सन्तुलन मैं अन्त तक बनाए रख सका और उमस के पसीने में भीगा लाली के घर के ऐन सामने पहुँच गया।

वहाँ से लाली के घर का रास्ता बमुश्किल तीसेक कदम था। वह एक गली थी। बाईं तरफ एक बस्साती बजबजाती नाली थी। नाली के बाजू में थोड़ी जगह थी, जो बीच-बीच में सूखी थी, पर अधिकांश कीचड़ काई भरी। दाईं ओर की जमीन सूखी थी और थोड़ी चौड़ी भी। पर मुश्किल यह थी कि बीचोंबीच एक बड़े गड्ढे में पानी भरा हुआ था। उतनी दूर से उसे देखकर लगता था कि छलाँग लगाकर उसे पार नहीं कर पाऊँगा। कीचड़ काई से भरे रास्ते को थोड़े लम्बे कदम उठाकर पार कर तो सकता था, पर मुझमें सुदृढ़ आत्मविश्वास नहीं है। एक पल को मेरे मन में खयाल आया कि मुझे सीधे आगे बढ़कर नवागढ़ी के रस्ते मधुबन होते हुए चनवारी निकल जाना चाहिए, पर अन्दर बुढ़भस की अदृश्य कामना, उतने ही अदृश्य कीड़ों की तरह सलसला रही थी। किसी तरह की पुख्ता उम्मीद तब भी नहीं थी।

इसी बेउम्मीदी में आखिर मैंने तय किया, कि बाईं ओर की नाली के बाजूवाली, बीच-बीच की सूखी जगहों पर धीमे और छोटे कदमों से बढ़ना ठीक होगा, क्योंकि उसके बाजू की दीवार हाथ का सहारा भी बन सकती थी, और बनी भी। मैं उस जगह पर पहुँच गया जो प्रवेश द्वार था। खपरैलों से ढँकी और टीन ठुके पटियों के द्वार से सजी, उस जगह पर राहत की एक गहरी साँस लेने के बाद मैंने देखा था, कि वहाँ से भी लाली के कमरे तक, जो चार आदमियों का पूरा घर था, पहुँचने का रास्ता कीचड़-कादो की वजह से दुर्गम हो गया था।

एक पल को मैंने सोचा कि आवाज देकर लाली को बुला लूँ और उसके सहारे से दो-दो फुट की दूरी पर रखी, बरसात के लिए ही बनाई गई, दो-दो ईंटों की राह से, सुरक्षित उसके कमरे तक पहुँच जाऊँ। पर अन्दर कहीं यह खयाल भी था कि इस कदर जवान कामना के साथ, बाहर के इस असहाय बुढ़ापे का मेल कितना बेमेल लगेगा। या शायद दिमाग में कहीं यह बात भी रही हो, कि आखिर देखूँ तो सही, कि मैं ईंटों पर सधे पैर रखते हुए वहाँ पहुँच सकता हूँ या नहीं। इसलिए ही मैंने उस जगह पर पहुँचने के बाद भी लाली को आवाज नहीं दी थी। और वहाँ तक सधे और सम्हले कदमों से चलकर पहुँचा था, जहाँ कमरे का दरवाजा था। चारफुटिया ऊँचाई वाले प्रवेश द्वार की चौखट से सिर झुकाकर कमरे में दाखिल हो गया था। तब भी लाली को पता नहीं चला।

वह रसोईघर में फुँकनी से चूल्हा जलाने का काम एकाग्र ध्यान से कर रही थी। उसके बाजू में ही गैस का चूल्हा सिलेंडर समेत रखा था। चार फुट की एक दीवार से अलग किया गया यह हिस्सा भी उसी कमरे का था, जो रसोई और शयनकक्ष दोनों के काम आता था। एक चौड़ी मोटी दीवार से उसके दो हिस्से कर दिये गए

थे। दीवार के ऊपरी हिस्से में कितने सारे डब्बे और शीशियाँ थीं, जिन्हें देखकर लगता नहीं था, कि इनका कोई सम्बन्ध रसोई से हो सकता है। उस छोटे से एक कमरेवाले माटी के मकान की दीवार में हर जगह दरारें देखी जा सकती थीं, और सामने की दीवार को देखकर तो ऐसा लगता था, कि वह परछी की तरफ झुकने सी लगी है। आज से तकरीबन दो साल पहले भी मैंने इस मकान को इसी हालत में देखा था। दो बारिशें झेलने के बाद भी विशुद्ध माटी की इस दीवार को टिका हुआ देखकर मुझे थोड़ी हैरत हुई थी।

अभी भी लाली को इसी मकान में मगन चूल्हा सुलगाते देखकर यह जरा भी नहीं लगा था, कि खुद उसके मन में इस तरह की कोई आशंका कभी आती होगी। मजे की बात यह भी थी कि अपने काम में वह इस सीमा तक दत्तचित्त थी, कि आवाज के साथ मेरे खाट पर बैठ जाने के बाद भी, उसकी एकाग्रता भंग नहीं हुई थी। वह उसी तरह धुएँ की मार से पानी बहाती आँखों को मूँदती, खोलती, और काले चिकने चेहरे, को पल-भर उजालकर फिर बुझ जाती लकड़ियों की लपट में दमकती, अपने काम में ही डूबी थी। सम्भव है कि वह जाहिर काम के बजाय बेजाहिर खयाल में डूबी हुई हो, जहाँ मेरी पहुँच सम्भव नहीं थी। मैं अपनी तमाम कल्पनाशीलता के बावजूद, इस मामले में कतई असहाय था, कि उसकी उस पल की सोच में डुबकी लगा सकूँ। और मुझे यह भी पता था, कि अगर मैं उससे बात की शुरुआत कर भी दूँ और पूछूँ कि वह क्या सोच रही थी, तो तुरन्ती जवाब यही आएगा कि वह कुछ नहीं सोच रही थी। अगर उसका भी ध्यान चूल्हा सुलगाने के यांत्रिक काम के अतिरिक्त किसी और सोच में लगा हुआ हो, तो होश आने के पहले पल में ही, उसकी एकाग्रता उस धुएँ में ही विलीन हो जाएगी, जो अब रसोईघर वाले हिस्से से आहिस्ता-आहिस्ता ऊपर उठता, कमरे के उस हिस्से तक आने लगा था, जहाँ एल्युमिनियम के एक दीवाननुमा सन्दूक पर मैं बैठा हुआ था। और कभी फुँकनी से चूल्हा फूँकती लाली की ओर, तो कभी उसके एक कमरे के माटी के घर की दीवारों की ओर ताकते हुए अजीबोगरीब कामना और उससे भी मरियल करुणा के अदृश्य झूले में झूलता, पता नहीं क्या सोच रहा था।

जब धुएँ की सम्भावित मार के खतरे से अपने आप मेरा दिमाग थोड़ा चौकन्ना हुआ, तो मैंने उस सन्दूक कम दीवान से नीचे झूलते अपने पैरों को ऊपर करते हुए, सुखासन की मुद्रा में आने की कोशिश की। खाट ने कुछ ऐसी आवाज में पुकार लगाई कि अनायास ही एकाग्र लाली का ध्यान टूट गया और उसने मुंडी घुमाई।

"आप कब आए?" उसने पूछा। छत्तीसगढ़ी के उस सवाल में अप्रत्याशित की खुशी थी। काले चिकने चेहरे पर उसकी बड़ी-बड़ी आँखें, उसकी अकारण खुली हँसी में उजल गईं। जब मैंने उसे बताया, कि मैं अभी दो मिनट पहले ही यहाँ पहुँचा

हूँ और उसे धुएँ में आँसू बहाते देख रहा हूँ, तो वह नखरे से फुनफुनाती-सी बोली कि, ''इस गैस को भी आज ही खत्म होना था। मैं घंटे-भर से चूल्हा सिपचाने की कोशिश कर रही हूँ, पर लकड़ी सुलग ही नहीं रही।''

''गीली होगी।'' मैंने जानकार के स्वर में कहा, हालाँकि मुझे गीली और सूखी लकड़ियों के बारे में विशेषज्ञ की तरह कुछ पता नहीं था। सच तो यह है कि चूल्हा न सुलग पाने की उसकी कैफियत में भी मेरी कोई दिलचस्पी नहीं थी। मेरा ध्यान लाली के उभारों पर और कमरे के एकान्त पर एक साथ जमा, मेरे मन में मेरी कल्पना और संकल्प और योजना के चित्रनुमा वाक्य बनवा रहा था। लेकिन इस तरह के इस कामज ध्यान में भी कोई एकाग्रता नहीं थी। इतने में लाली चूल्हे और गीलट की देगची को जस की तस छोड़कर मेरी तरफ बढ़ी। बड़ी सहजता से वहीं मेरे बाजू में बैठ गई। उसने इस बात का ध्यान भी नहीं रखा कि थोड़ी दूरी बनाकर बैठना चाहिए, जैसा कि आम तौर पर इस शहर की लड़कियाँ करती हैं। मर्द के स्पर्श मात्र से और इत्तफाकन स्पर्श मात्र से भी, उनकी आंगिक पवित्रता पर आँच आ सकती है, सोचनेवाली लड़कियों में से कई एक को, मैं व्यक्तिगत रूप से जानता हूँ, जबकि अक्सर इनमें से अधिकांश अपने कान मुँह से मोबाइल लगाई हुई ही दीखती हैं। लाली के चिकने रूखे बालों के दोनों तरफ से अलग नजर आते, कटे बालों के लॉक्स से, और उसके घरेलू पहरावे की टाइट फिटिंग से, यह जरूर लगता था, कि सिर्फ गैस चूल्हे के माध्यम से नहीं, बल्कि केश सज्जा और पहरावे के रस्ते भी, एक ऐसी आधुनिकता उसके चेहरे और घर से झाँक रही है, जिसका कोई सहज रिश्ता उनकी आर्थिक स्थिति से बिठा सकना सम्भव नहीं लगता। लेकिन लाली के चमकते दाँतों की सहज खिलखिल और उसके सामीप्य की गंध के चलते, शायद यह सम्भव ही नहीं था कि मैं अपने इरादे के विपरीत सामाजिक चिन्तन के एक रूपक की तरह, इस घर या इस लड़की को देख सकूँ।

टीन की तख्त पर बिछे गद्दे में वह मेरे बाजू से बैठी थी। मेरा मन कसमसा रहा था कि मैं उसे थोड़ी मुक्तता से, थोड़ा और करीब खींच लूँ। मैने उसे कंधे से पकड़कर अपनी ओर खींचा। वह सहज भाव से मेरे कंधे पर टिक गई। अपनी कामुक बदहवासी के बावजूद मुझमें यह हिम्मत नहीं थी, कि अंग-अंग में सरसराती अपनी कमजोर कामना को, मैं उसी रास्ते पर आगे जाने दूँ, क्योंकि जितना लालच मेरे मन में था, उससे कम डर नहीं था। यों इस तरह के प्रसंग में हमेशा ही मैंने पाया था, कि डरने का कोई ठोस कारण, मेरे निजी ऐतिहासिक अनुभव में तो कहीं भी नहीं है। पर फिर भी मैं आम मध्यवर्गीय या कि उच्चवर्गीय औरतखोरों की तरह, इस सामान्यीकृत अवधारणा पर कतई यकीन नहीं करता, कि इस वर्ग की सभी लड़कियाँ इस कदर बिकाऊ होती हैं कि नोट दिखाओ और वे लेट जाएँगी। मेरा खुद का यह पुख्ता अनुभव रहा है, कि अपनी अभाव-भरी जिन्दगी और आधुनिकता की

चमक-दमक के प्रति अपने आकर्षण के बावजूद, इनमें से अधिकांश यौनलिप्सा के मामले में वैसी लालची और चटखोर नहीं होतीं, जैसे मध्यमवर्ग के मर्द होते हैं। और लाली को तो मैं बचपन से जानता रहा हूँ, लेकिन कभी मेरे मन में यह खयाल नहीं आया था, कि इस तरह से उसे देखने जानने की कोशिश करूँ। उस दिन ऐसा खयाल मेरे मन में क्यों आया, यह मेरी समझ में न तब आया था और न अभी आ रहा है, जब मैं सरिता बरेठ से अपनी मुलाकात की याद करता हुआ, उस उमस-भरे दिन की याद कर रहा हूँ, जब मैं एक सुबह बिना कुछ सोचे लाली के घर तक पहुँच गया था।

उस समय जब मैं लाली के बाजू से बैठा उसे विमूढ़-सा ताकता हुआ, बेहूदा, बेलगाम और बेरोकटोक शरीर में सिरसिरा जानेवाली अकस्मात की अपनी कामेच्छा पर, अपने आपको कोसता, स्मृति के इस खास प्रसंग पर सोच रहा था, तो अपनी आत्मग्लानि और अन्दरूनी शर्म के बावजूद, अपनी ऊँची हैसियत और औकात से बेखबर नहीं था, कि अपना पछतावा जाहिर करते हुए उसे अपनी असलियत बताऊँ। पर अपने अन्दर मैं यह जानता था, कि लाली के चुपचाप मगर मगन चेहरे को ताकते हुए, मैं अपने वहाँ इस तरह निर्विकार बैठे रहने को, खुद ही बर्दाश्त नहीं कर पा रहा था। तभी लाली ने अकस्मात कहा, "अंकल आप थोड़ी देर बैठेंगे क्या, मैं अभी आती हूँ।"

"क्यों?" मैंने पूछा।

"जरा पड़ोस के घर से ये टमाटर भूँज लाती हूँ। यह चूल्हा तो...," आधे वाक्य में ही उसने मुझे ताका।

वह जानना चाहती थी, कि उसके टमाटर भूनकर आते तक मैं वहाँ रुकूँगा या नहीं? और तब उसके चेहरे को देखकर लगा कि सचमुच उसे बहुत भूख लगी है। हो सकता है कि उसने रात को भी कुछ न खाया हो। सोचकर मैं आगे कुछ नहीं सोच सका। मेरे लिए ऐसी गरीबी की कल्पना भी सम्भव नहीं थी। और भूखे रहने का कोई अनुभव तो मुझे आज तक नहीं हुआ था। पर वह टीन के खड़खड़ाते बक्से कम पलंग के यौगिक संस्करण में कर्कश आवाज पैदा करती हुई उठ गई थी। यह बक्सा इसकी माँ को मैंने ही कोई दो बरस पहले दिलाया था।

"बहुत भूख लगी है?" मैंने पूछ ही लिया। पूछते ही उसने बताया कि कल उसका उपवास था। उसने रात सिर्फ दो केले भर खाये थे। रात का भात उसने बचाकर रख दिया था, कि सबेरे उठकर उसे भून लेगी और नाश्ता करके काम पर जाएगी। सबेरे उठने के बाद, आठ साढ़े आठ के करीब जब वह नदी से नहा कर लौटी, तो उसका पेट कल्ला रहा था। उसने जल्दी-जल्दी में दो अगरबत्ती जलाकर भगवान की पूजा निपटाई। भूख में कुलबुलाती चूल्हे तक गई। वहाँ रखी देगची का ढक्कन उठाया और देखा, देगची साफ थी। एक दाना भी नहीं बचा था।

"माने?" मैंने पूछा था।

"हमारे लाट साहब ने रात को ही सफाचट कर दिया था," फिर, "जाना मत हाँ" कहते हुए, वह उस अति लघु टीन के कपाट की चौखट पर सिर झुकाती बाहर निकल गई।

माटी के बारह बाई आठ वाले दो हिस्सों में विभाजित मकान में, सन्दूक कम बेड पर बैठा, अपने आप पर खीजता, मैं लाली के घर के बाहर की छवि निरखने लगा। वहाँ बैठे रहने के कुछ ही पलों के अकेलेपन के बाद, मेरे भीतर की ऊब घनी होने लगी और हासिलपाई शून्य वाली अपनी मानसिक कामुकता पर मैं इतने जेनुइन ढंग से आत्मिक अफसोस, ग्लानि और सचमुच की तकलीफ से भर गया, कि मेरा मन हुआ कि मैं अभी यहाँ से बाहर निकल जाऊँ।

लेकिन मैं ऐसा नहीं कर सका था। एक तो इसलिए कि लाली ने बड़े विश्वास से खुले घर की जिम्मेदारी मुझे सौंपी थी। और बावजूद इसके कि रसोईघर के आले पर एक चाबी का गुच्छा और ताला रखा हुआ था, मैं उसे बन्द करके चाबी बाजूवालों को सौंपकर घर से बाहर नहीं जा सकता था, क्योंकि बाजू का मकान भी बन्द था। अपनी ऊब और ग्लानि के बावजूद, मेरे भीतर कहीं भलमनसाहत भरी एक चाहत भी थी, कि कम से कम उसके लौटते तक मुझे यहाँ रुकना ही चाहिए। लेकिन केन्द्रीय इरादे से ध्यान के इस तरह बड़े बेआबरू होकर उखड़ने के बाद, मैं क्षीण मानसिक सन्ताप के अलावे तीखी और वास्तविक गरमी भी महसूस कर रहा था। मुझे लगा कि मेरी बरौनियों पर पसीने की बूँदे चुहचुहाने लगी हैं और बगलें भीग चुकी हैं। कमरे का दरवाजा खुला था और खपरैली छत इतनी नीची, कि हवा का जाहिर प्रवेश वहाँ मुमकिन ही नहीं लगता था। तभी मैंने अचानक मार्क किया कि बाईं तरफ एक पेडस्टल फैन रखा हुआ है। चूल्हेवाले हिस्से के इस तरफ रखे फैन का तार खपरैलों के जर्जर बाँसों के बीच से होता, उस दीवार तक गया था, जहाँ दीवार की बेडौल चौड़ी छाती पर कई बेमेल शीशियाँ और डब्बे रखे थे। उसी के बाजू से एक मल्टी प्लग स्विच वाले गोल चक्के पर बने, प्लग होल में पंखे के नंगे तार घुसा दिए गए थे। बाजू में स्विच था। मैंने स्विच दबा दी, तो पंखा इतनी जोर से खड़खड़ाया, कि उसका घूमना देखे बिना मैंने तत्काल स्विच ऑफ कर दी। और चुपचाप सिर झुकाकर बेतरह कोफ्त की अनुभूति के साथ बाहर के खुले में आ गया। वहाँ थोड़ी राहत का अनुभव करते हुए, कमरे के सामने के उस लम्बे-चौड़े लेकिन ऊबड़-खाबड़ खुली जगह पर आँखें घुमाने लगा।

यह राजमहल के सामने की सड़क पर बने जगन्नाथ मन्दिर और रियासत के कुमार साहब के बगीचे से सटी हुई नजूल की कब्जा न की जा सकी खाली जगह थी, जो बारिश की वजह से अभी सघन झाड़ियों और चिरौटों का जंगल बन गई थी। दरवाजे के ठीक सामने ईंटों के बने रास्ते के पास जिस जगह पर मैं खड़ा था, वह गीली और नर्म जगह थी। लगातार बारिश के बावजूद वहाँ कीचड़ नहीं था। मैं फिर से भीतर घुसने ही वाला था कि ईंटों से बने उस रास्ते पर बढ़ती, इधर आती

हुई दिखी एक लड़की। वह गुलाबी सूट में थी। रंग चिकना गोरा। ओठ पतले। पीछे एक लम्बी बेणी। कमर से भी नीचे जाती। कानों पर बड़े-बड़े टॉप्स। और आँखें उतनी दूर से भी बातूनी-सी लगती थीं। उसे सूचना देने के इरादे से मैंने, दरवाजे के सामने खड़े-खड़े ही कहा, "लाली घर में नहीं हैं।"

उसने मेरी तरफ भरपूर आँखों से देखा। उसकी निगाह में कहीं भी अपरिचय का कोई संकेत या विस्मय नहीं था। वह इत्मीनान से दो-दो तीन-तीन फीट की दूरी पर रखी दो ईंटों पर सधे पैर रखती, मेरी ओर बढ़ रही थी। और जब बिलकुल हाथ भर की दूरी रह गई हमारे बीच, तो उसने खनकती आवाज में कहा, "अन्दर चलिए न, बाहर क्यों खड़े हैं।"

मैं उसके पीछे-पीछे घुसा। पहुँचकर धम्म से वह उस सन्दूक कम खटिये पर बैठ गई। दूसरा कोई आसन बैठने के लिए नहीं था। फिर लगभग भावशून्य आँखों से मेरी तरफ देखते बोली, "बैठिए न अंकल! आप खड़े क्यों हैं।"

अबकी बार मैंने देखा बल्कि मार्क किया कि चेहरे-मोहरे की मुकम्मल सुन्दरता के बावजूद कोई लड़की सिर्फ अपनी आवाज के चलते ही नापसन्द की जा सकती है। इसकी आवाज ठेठ मर्दानी आवाज जैसी लग रही थी, बल्कि कहना चाहिए कि सिर्फ आवाज नहीं, जिस बेबाक मुँहफटपने के साथ वह मुझ अजनबी को सम्बोधित कर रही थी, और जिस तरह की प्रदर्शनात्मक नाटकीयता के लहजे में, वह अपनी अन्तरंगता जाहिर कर रही थी, उसमें भी एक रूखड़ गद्यात्मकता और ऐसा सपाटपन था, कि किसी भी स्त्री में जिसकी मौजूदगी, उसके लैंगिक आकर्षण को काफी कम कर सकती है। उसका भावहीन चेहरा, उसकी बड़ी-बड़ी आँखों से तरेरती बेशर्मी, उसकी आवाज का भर्रायापन और संवाद की उसकी आतुरता, उसके अन्यथा आकर्षक यौवन की कमनीयता को एकदम से सिफर की ओर ले जाती दिखती थी। पर मैं उसे पहली बार देख रहा था। इसलिए उसका यह अयाचित एकान्त सान्निध्य मुझे थोड़ा अटपटा भी लग रहा था। शायद उसी अटपटी अनुभूति को संवाद की शुरुआत का सिरा बनाने के लिए मैंने उससे कहा, "माफ कीजिए मैं आपको पहचान नहीं पा रहा।"

"पहचानते तो तब, जब मैं आपसे पहले कभी मिली होती," उसने उसी तरह की मोटी आवाज में कहा और दुहराई, "आप बैठिए तो सही अंकल।"

हकबकाए बूढ़े की तरह, मैं उसके बाजू में बैठा। मेरे बैठने से टीन का पलंग खड़खड़ाया। मेरी तरफ देखकर वह मुस्काई, "लाली ने मुझे फोन पर बताया कि अंकल घर में हैं, तो मैं कॉलेज जाने के बजाय सीधे यहाँ आ गई। आप मैडम के जेठ हैं न?" उसने कहा।

इतना तो मैं तत्काल समझ गया कि यह बहू के याने छोटे मझले भाई की पत्नी के कॉलेज में पढ़नेवाली कोई छोकरी है। इस फिजूल सूचना से ज्यादा सनसनीखेज यह खबर थी कि क्या लाली के पास अपना कोई सेलफोन भी है।

माटी की गिरती दीवारों के अकेले कमरे में भाई और बीमार माँ के साथ अपनी उम्र गलानेवाली लाली के पास, निजी सेलफोन का होना एक ऐसी खबर थी, जो मेरी कल्पना को फिर अनाप-शनाप रास्ते पर धकेल सकती थी। मैंने उससे बचने की कोशिश की। एक पल के लिए जिज्ञासा की खाज ने फिर सुरसुरी की, कि लाली टमाटर भूँजने गई थी, या इस कर्कश आवाज वाली सुन्दरी के मार्फत सन्देश भिजवाने, कि उसके आने तक मैं इसी से अपना मनोरंजन करता रहूँ। लेकिन तभी उस अपरिचिता ने अपना परिचय दिया और बताया कि उसका नाम सरिता बरेठ है। उसने इसी साल बारवीं पास किया है और अब कॉलेज में दाखिला लेना चाहती है और इसीलिए मेरे पास आई है। बरेठ टाइटल सुनकर तत्काल मेरा ध्यान उसकी जात पर गया। और लगभग जात के आधार पर बसे मुहल्लों में बँटे, इस शहर के इस तथ्य पर कि नवागढ़ी का यह इलाका तो धोबियों का मुहल्ला नहीं है। तत्क्षण यह खयाल भी आया कि कम से कम एक धोबी परिवार तो और है, जो इसी मुहल्ले में रहता है। इस परिवार के मुखिया अब एक बड़े आदमी हैं और राजधानी में रहते हैं।

"तुम्हारे पिता क्या करते हैं?"

"पेटी कान्ट्रेक्टर हैं।" लड़की ने कहा। उसके मुँह से अंग्रेजी सुनकर मैं थोड़ा हतप्रभ हुआ, थोड़ा चौकन्ना भी।

"क्या तुम गौरी की बेटी हो?" मैंने पूछ ही लिया। उसने सपाटे से नहीं कहा और बताया कि वे लोग चाँपा के रहनेवाले है। उसका कोई भाई नहीं है। वे पाँच बहने हैं। दो बड़ी बहनों की शादी हो चुकी है। तीसरी की होनेवाली है। उसकी वह..."

"लेकिन यह लाली कर क्या रही है इतनी देर तक?" मैंने उसे टोका।

वह जिस धाराप्रवाह शैली में अपने कुनबे का इतिहास बखान रही थी, उससे लगता था कि अगर इसे रोका नहीं गया, तो यह बारिश की अपनी केलो नदी की तरह हरहराती बहती रहेगी। हालाँकि जिस मासूमियत के साथ, वह अपना घरेलू किस्सा बखान रही थी, उससे उसकी मोटी मर्दानी आवाज भी थोड़ी कोमल हो गई लगती थी। मेरे रोकने पर वह चौंकने-सा रुक गई। उसने मुझे अजीब-सी आँखों से ताका। उसकी बड़ी-बड़ी आँखों में बड़ी भोली शिकायत थी। उन आँखों में वह पहली बार मुझे कमनीय लगी। पिछले पाँचेक मिनट के इस एकान्त सान्निध्य में मेरे बुढ़ापे के भीतर थोड़ी जवानी-सी कुछ खिली। तभी उसने बताया कि, "वो तो सर, केवड़ाबाड़ी गई है।"

मैं चौंका। बल्कि विस्मय के बहुपाश में घिरकर सिहर गया। मोटरसायकिल थम गई थी। मैं जिस जमीन पर पाँव टिकाए खड़ा था, वह केवड़ाबाड़ी के सामने की जमीन थी। आधे होश और आधी बेहोशी में मैंने याद करने की कोशिश की।

अभी कुछ क्षण पहले वकील दोस्त की मोटरसायकिल के पिलियन पर बैठा, सुबीरा सक्सेना की कल्पना की बाढ़ में असहाय तिरता हुआ, मैं जिस केवड़ाबाड़ी के वाकये पर अटका था, वह दो बरस पहले का वाकया था, जब लाली के मकान में मेरी मुलाकात सरिता बरेठ नामक मुँहफट और बातूनी लड़की से हुई थी।

यह एक अकल्पनीय संयोग था, कि दसेक दिन बाद किसी परिचित की शादी की पार्टी में मेरी उससे दुबारा मुलाकात हो गई थी। उसे वहाँ देखकर मुझे हैरत हुई थी। वह जिस जात और वर्ग के लड़के की शादी की पार्टी थी, उसमें सरिता बरेठ जैसी किसी लड़की की मौजूदगी हैरत की बात की तरह ही देखी और समझी जा सकती थी। (पर यह पूरा अनाप-शनाप जीवन विचित्र संयोगों से ही बना हुआ है।) लेकिन उस दिन उसके साथ उसकी दो बहनें भी थीं। एक बड़ी और एक छोटी। तीनों को एक साथ अलग-अलग कपड़ों में देखते हुए भी यह साफ पता चलता था कि वे सगी बहनें हैं।

सरिता ने परिचय कराना शुरू कर दिया था, कि आसमानी रंग की साड़ी पहनी उसकी बहन का नाम सुनीता है। इसके बाद अपने बातूनी स्वभाव के अनुकूल वह अपनी बहन के बारे में और कुछ बताने जा रही थी, कि मैंने मार्क किया था, कि उसकी बहन ने तरेरती आँखों से उसे डाँटने जैसा मना किया था। इस पर सरिता का सपाटे से चुप हो जाना मुझे थोड़ा अजीब-सा लगा था। उस बड़े लॉन की और भी बड़ी भीड़ के शोर में, व्यक्ति की आवाजों और इशारों की कोई ज्यादा वकत नहीं थी। खुद हम चारों अटपटे ढंग से गोला-सा बनाकर, रबड़ी जलेबी और मूँग चीला वाले स्टाल के सामने इस तरह खड़े थे, कि उस ओर लगभग आक्रामक झुंड में लगातार आती औरतों, जुबतियों की सुगंधित देह की टकराहटों को अपने जिस्म में बड़ी निरन्तरता से महसूस कर रहे थे। ऐसी छुअन के स्वागत में हमेशा तत्पर और उसकी कल्पना में तल्लीन, मेरे दिल-दिमाग ने बड़े स्पष्ट ढंग से यह भी मार्क किया था, कि सरिता से भी थोड़ी ऊँची, लगभग उसी रंग की, शान्त पुकारों से रची सुनीता की आँखों ने मेरी ओर थोड़ी मतलब-भरी आँखों से ही नहीं देखा था, बल्कि भीड़ का फायदा उठाते हुए उसने, अपनी कोमल उँगली से, मुझे इन दिनों लगभग अलभ्य कामातुर स्पर्श का अवसर भी दिया था, तब जबकि उसी समय सरिता बरेठ, अपनी और छोटी बहन के साथ धड़ल्ले से भीड़ में सूराख करती हुई, रबड़ी जलेबी के स्टाल के निकट पहुँचने की कोशिश में लगी थी। हम दोनों वहाँ भरी भीड़ में बिलकुल अकेले हो गए थे। उसने बड़े इसरार से कहा था, कि मैं जरूर उनके घर आऊँ और यह भी बताया था, कि मुख्य सड़क पर लाली की गली से जुड़े मकान के तीन मकान बाद ही उसका घर है।

उसके कुछ ही दिन बाद मैं सुराग लेने के लिए ही सरिता बरेठ के घर गया था। मन में लालच भी था और भय भी। कामेच्छा का यह स्वरूप शायद हर जोखिम भरे

अभियान की अपनी खासियत ही है। पर मैं पूरी दृढ़ता के साथ अपने मन को यह दिलासा देने में लगा था, कि उस दिन का वह संकेत स्पष्ट तौर पर वैसा ही संकेत था, जैसा सोचकर मैं जा रहा था। फिर मैं यह भी सोच रहा था, कि हो सकता है कि वहाँ से कुछ ऐसा हासिल हो, जो सार्थक और सुन्दर हो और जिसे लेकर नैतिक तनाव की कोई बेचैन अनुभूति न हो। जब मैं उसके मकान पर पहुँचा और मैंने दरवाजा खटखटाया, तो अन्दर से कोई भी हलचल नहीं हुई। मैंने दरवाजे को हल्के से धक्का दिया। फर्श से सटा टीन और पटिये के पल्ले का निचला हिस्सा घरघराया और खुल गया। मैं डरते हुए अन्दर दाखिल हुआ और मैंने महसूस किया कि पूरे मकान में अजीब-सा सन्नाटा है, जैसे वहाँ कोई हो ही नहीं। मकान का आकार भी अजीब-सा था। जिस प्रवेश-द्वार पर उड़के कपाट की ओर पीठ किए मैं खड़ा था, उसके सामने वैसी ही उजाड़ खाली जगह थी, जो मैंने लाली के घर में देखी थी। पर थोड़ी दूरी पर छोटी-छोटी झाड़ियों और नीम और पीपल के दो-चार वृक्षों वाला एक सुविस्तृत इलाका था, जो शायद दाएँ बाजू में लाली के घर तक चला जाता था और सामने की ओर जगन्नाथ मन्दिर तक। इधर बाएँ बाजू से कतार से तीन कमरे बने थे और फिर दाईं ओर चार कमरे और थे। अंग्रेजी के एल के आकार में बने इन कमरों में पटिया ठुके टीन की चद्दरों से बने दरवाजे ही थे। चादरें भी पुराने टीन के पीपों को पीट कर बनाई लगती थीं। सभी कमरों के प्रवेश द्वार इतने नीचे थे, कि बौने तक को सिर झुकाकर ही घुसना पड़ता। लगभग दो मिनट की बेचैन प्रतीक्षा के बाद भी कोई आवाज नहीं सुनाई पड़ी, तो मैं पलटकर वापस जाने वाला था, कि लगा किसी ने आवाज दी है। आँगन के उस पार वाले झाड़-झंखाड़वाले इलाके से वही आ रही थी। मैं रुक गया। वह आई। मैक्सी में थी। मेरे बिलकुल सामने। मेरी समझ में नहीं आया कि मैं क्या कहूँ। मैंने उसकी आँखों में आँखें डालकर देखना चाहा कि वे कुछ कह रही हैं या नहीं। बिना इस तरह के प्रगट संकेत के आगे कदम बढ़ाने में खतरा था। वे आँखें शरारत-भरी कामना से छलकती-सी लगीं, पर मेरे डरपोक दिमाग ने उन्हें किसी साजिश की तरह भी पढ़ा। अपने को संयत करते हुए मैंने उससे पूछा, ''सरिता नहीं दिख रही?''

''वह बाहर गई है।'' उसने बताया और फिर मुस्कुराती हुई बोली, ''घर में कोई नहीं है।''

मेरी समझ में नहीं आया कि मैं क्या कहूँ, ''अरे! तब तो मैं चलता हूँ, फिर कभी।''

उसने सपाटे से मेरा हाथ पकड़ लिया। मैं सिहर गया।

उसके हाथ में हाथ रखे, मैं उसके अनुगत-सा जब उस ऊबड-खाबड़ आँगन के परले सिरे की तरफ बढ़ रहा था, तो बिलकुल भी समझ नहीं पा रहा था, कि मैं उसके साथ कहाँ जा रहा हूँ और क्यों जा रहा हूँ। मुझे लग रहा था कि डर और

कामना, बल्कि लालच के इस संगम में, मैं न तो डूब रहा हूँ और न ही वहाँ से निकल पा रहा हूँ। मैंने महसूस किया कि मेरी हथेलियाँ पसीने से चिपचिपाने लगी हैं, और सीने की धड़कन तेज हो गई है। मेरा हाथ पकड़कर बड़े इत्मीनान से एल आकार के ऊपरी सिरे के कमरे की ओर बढ़ती, उस मुक्तमना ने शायद यह भाँप लिया कि बुढ़भस की इच्छाओं में थरथराता यह बूढ़ा डर रहा है। पीछे पलटकर उसने वैसी ही चमकती मुस्कान और नाचती नजर के साथ धीरे-से कहा, ''डरिए मत मैं भूतनी नहीं हूँ।''

हम दोनों उस आखिरी कमरे के सामने थे। इस कमरे का दरवाजा भी वैसा ही था। उसने धकेला और झुककर प्रवेश करने के बाद एक लोढ़े से स्टॉपर का काम लेते हुए, दरवाजों को वापस बन्द होने से रोका और बड़ी आत्मीयता से बोली, ''अन्दर आइए न, लेकिन थोड़ा सम्हलकर।''

मैं सम्हलकर याने झुककर अन्दर आ गया और बुरबक की तरह उसकी ओर ताकने लगा। जिस मुस्तैदी और तैयारी और स्वप्निल कामनाओं के तीव्र प्रवाह में बहता हुआ, मैं नवागढ़ी के इस अजनबी मकान तक लगभग लहराते हुए आया था, उसकी जगह मन में अब डर ही ज्यादा था। डर का कोई तात्कालिक कारण मुझे नजर नहीं आता था। वह जिस इत्मीनान से इस आकस्मिक सम्भोग पर्व की भूमिका रच रही थी, उससे लगता था, कि वह शातिर खिलाड़िन है। लेकन उसके पूरे व्यक्तित्व से, उस तरह के शर्महीन खुलापन और दो टूक व्यावसायिकता का कोई तालमेल ही नहीं बैठता था, जो देह व्यापार करनेवालियों की बुनियादी खासियत होती है। शायद यही कारण था कि अपनी आरंभिक घबराहट के बावजूद मैंने सहज स्वर में पूछा, ''कहाँ गई है?''

''कोरबा।'' उसने सहज भाव से कहा, ''रात के पैसेंजर से आ जाएगी, लेकिन आप खड़े क्यों हैं, बैठिये न।''

मैं चुपचाप कमरे में डले एकमात्र तख्ते पर बैठ गया। मुझे लगा कि शायद पहली बार आए अतिथि को वह बिना आवभगत के जाने नहीं देना चाहती थी। शायद लाली या उसकी माँ ने इसे मेरे बारे में सब कुछ बता दिया होगा। तभी, 'मैं अभी आई' कहते हुए वह कमरे से बाहर निकल गई। और मैं विमूढ़-सा इधर-उधर ताकने लगा।

जहाँ पर मैं बैठा था, वहाँ से मकान के प्रवेश द्वार के अलावा, सामने का वह कमरा भी दिखाई देता था, जो मुख्य दरवाजे से, एक पतली दीवार के सहारे अलग किया गया था। और जहाँ से एल आकार वाले माटी के कमरों की कतार शुरू होती थी। जिसके ऊपरी सिरे के कमरे में, मैं इस वक्त अकेला बैठा, उस पल का इन्तजार कर रहा था, जो मेरे बरसों के विधुर जीवन में अक्सर इंतजार और व्यर्थ का इंतजार ही होकर रह जाता था।

लेकिन मुझे यहाँ बिठाकर, वह आखिर उस जगह से साफ नजर आनेवाले टीन के नन्हे दरवाजे के सामने खड़ी होकर क्या कर रही है? मैंने सोचा और सामने के खुलते दरवाजे के दृश्य ने मेरी सवाली शंकाकुल जिज्ञासा का जवाब कुछ इस तरह से दिया कि पल-भर के लिए तो मैं कुछ सोच भी नहीं सका।

इधर इस कमरे में बैठे अपनी बढ़ती धुकधुकी और धुँधलाती नजर से मैंने देखा, कि दरवाजा खोलकर एक युवा जोड़ा बाहर आ रहा था। उतनी दूर से उन्हें देखकर भी मैंने बिलकुल स्पष्ट ढंग से मार्क किया था, कि उम्र में लगभग किशोर लगते युवक ने, सरिता की बड़ी बहन के हाथ में कुछ थमाया था। सुनीता ने तुरन्त उसे मैक्सी के उपरले हिस्से में डाला था। छोकरे के साथ की गिड्डी लड़की को सीने से लगाकर थपकने के बाद, वह उनके साथ उस प्रवेश द्वार तक गई थी, जहाँ से थोड़ी देर पहले मैं इस मकान में घुसा था। और अब कीचड़-भरे ऊबड़-खाबड़ आँगन के परले सिरे के कमरे के चरमराते तख्त पर बैठा, डर और आशंका, लालच और हवस के अजीबोगरीब घोल-सा कुछ अपनी धमनियों में बहता महसूस करता, नीम के उस पेड़ की ओर ताक रहा था, जो लाली के घर की दिशा में, सदियों से खड़े राजमहल के बाजू से सटे, इस मुहल्ले के रोमांचक किस्सों का सबसे पुरातन गवाह था। पेड़ से नजर हटाकर मैंने फिर मुख्य दरवाजे की ओर देखा। मुझे तब सरिता की बहन सुनीता का पिछवाड़ा दिखा और उस प्रेमी युगल के चेहरों की एक धुँधली झलक भी। वे दरवाजे तक पहुँचकर फिर रुक गए थे और शायद कृतज्ञतापूर्ण विदा का इजहार थोड़ा खुलकर कर रहे थे, क्योंकि उनकी आवाज मेरे अपने कानों तक आ रही थी। पर उस आवाज के भीतर सक्रिय बातचीत को मुकम्मिल शाब्दिक आकार में पकड़ पाना, मेरे लिए कतई नामुमकिन था। पर मैंने जो कुछ देखा था, उसमें साफ-साफ सुनने की न तो कोई जरूरत थी, और न ही अहमियत। मुझे इस बात पर आश्चर्य हुआ था, कि ज़ब घर में बाकायदे एक युवा जोड़ा मौजूद है, और वह भी बन्द कपाट खोलकर बाहर आ रहा है और आते ही उस लड़की के हाथ में कुछ थमा रहा है, तब मेरे अपने घर में घुसते समय, इस सुनीता ने यह क्यों कहा था, कि घर में कोई नहीं है। कुछ न कुछ और बहुत कुछ जैसी इस वारदात पर, सोचने के बाद, मैंने फिर उस दरवाजे पर नजर डाली। युवा जोड़ा बाहर निकल रहा था। वह पीछे मुड़ गई थी, लेकिन ऊबड़-खाबड़ और चिरौटों से भरे आँगन से सीधे इधर आने के बजाय, वह एल आकार में बने कमरों के सामने के सँकरे बरामदे से आगे बढ़ गई, और मेरी नजरों से ओझल।

तख्त पर बैठे-बैठे मेरा जी घबराने लगा। मन में यह खयाल भी आया, कि हो सकता है कि वह यहाँ पर कमरा किराए पर देने का धन्धा करती हो, जिसमें थोड़ी दहशत-भरी फिर भी लालच जगाती यह कल्पना भी शामिल थी, कि हो सकता है कि कमरे घंटे दो घंटे के लिए भी खास रकम पर, खासुलखास कामों के लिए दिये

जाते हों। याने एक तरह से यह उन लोगों के लिए फाइव स्टार हॉटल का काम करता होगा, जिनकी जेब में सीमित पैसे होते हैं, और जो कामना की मार-फुहार की बेचैनी से बचने के लिए, या अपने जन्म-जन्मान्तर की साथिन से थोड़ी फुर्सत से मिलने के लिए, जगह की तलाश में, इस पुरानी रियासत के नए औद्योगिक कस्बे में गली-गली भटकते रहते हैं। या क्या पता, कि बाहर निकला जोड़ा यहाँ सचमुच किराये पर ही रहता हो, और मकान मालकिन को कमरे की चाबी सौंपकर कहीं तफरीह के लिए निकला हो। मन में घुमड़ते और थोड़ी मरियल बेचैनी जगाते इन ख्यालों के बीच, वह खुशबू के झोंके-सी कमरे में घुसी और धम्म से आकर मेरे बाजू से बैठ गई। इतनी नजदीक कि उसे देखते हुए भी मुझे डर लगा।

पर उसका मुख डरावना नहीं, लुभावना लग रहा था। उसने न सिर्फ कपड़े बदले थे, बल्कि अपने आपको खुशबूदार बनाने के लिए शायद किसी आधुनिकतम चीज का इस्तेमाल भी किया था। नई मैक्सी लाइट ग्रीन की छींटदार मैक्सी थी, जिसका ऊपरी हिस्सा काफी नीचे था। उसके नजदीक होने के अचानकपन से थोड़ा मुक्त होने के बाद, मैंने उसकी ओर देखा था। गोल चेहरे पर उसकी आँखों में इस बार जो चमक थी, वह उसके पूरे चेहरे को उजालती सी लगती थी। उसके त्वरित सिंगार का आशय भी, जैसे उसकी भीतरी पुकार से निकलकर, मेरी अपनी बूढ़ी देह में सनसनाने सा लगा था। मैंने धीमे से उसे कंधे से पकड़कर अपनी ओर खींचा और वह मेरी गोद में गिर गई। मैं उत्तेजना में अगले कदम की तैयारी में अपने को तैयार करने के लिए उठना ही चाहता था, कि उसने टोका, "इतनी भी क्या जल्दी है?"

सुनकर मुझे लगा कि इसकी आवाज अपनी बहन से बिलकुल अलग है। न तो मोटी और भर्राई और न ही खनकती। स्वर में कुछ ऐसी मिठास थी, जिससे इस बात का संकेत भी नहीं मिलता था, कि वह पेशेवर तरीके से खेल की शुरुआत में हड़बड़ी के लिए मना कर रही है। मुझे सूझ नहीं रहा था, कि मैं क्या कहूँ या क्या करूँ? जिस तरह वह यहाँ आई थी और आते ही मेरी गोद पर सिर टिका कर, मेरे बूढ़े चेहरे को ताकती हुई मुस्करा रही थी, उससे मुझे यह तो लगा था कि वह खेल के लिए ही तैयार होकर आई है, पर उसकी मुस्कराहट को देखकर और आँखों को एकटक अपनी तरफ घूरने-सा ताकते पाकर, मुझे यह भी लगा था कि पेशे की मजबूरी के बावजूद, उसके मन में बुढ़भस की इस कामना के प्रति थोड़े व्यंग्य और थोड़ी दया जैसी कोई बात ही है। यकायक मुझे दोनों के बीच उम्र के फासले का खयाल आया। मैं साठ के आगे जा चुका था और यह बीस के आगे की नहीं लगती थी।

"कल मेरी शादी है।" उसने धीमे-धीमे मुस्कराते हुए कहा। अपनी गोद में लेटे, उसके कमनीय चेहरे के लबालब कामभाव को देखते हुए, मुझे एकदम से कहीं कुछ पथरा जाने सा लगा। मुझे अपने सुने पर यकीन नहीं हुआ। पर जो मेरे

शरीर में हो रहा था, उसमें कहीं ब्रेक लगने का सा अनुभव हुआ। अपने पिछले अनुभव के दुहरने की आशंका की वजह से, शायद मैंने जल्दी में तय किया कि पहले कामं तो निपटा लूँ। उधर उसकी तरफ से भी कोई आपत्ति न पाकर आनन-फानन काम निपटाने के बाद, उसी तख्त पर बैठकर मैंने राहत की साँस ली। पहले अपनी बेचैनी और बाद में अपनी त्वरित पहल के इस कबूतर सम्भोग के समय में, मैं इस कदर आत्मकेन्द्रित हो गया था, कि मुझे यह तक याद न आया, कि ठीक शुरुआत के पहले मैंने झगड़े-झमेले और मारपीट जैसी समवेत आवाजें सुनी थीं। उस अत्यंत संक्षिप्त काम समय में भी मैं डरा था, कि पता नहीं इतने नजदीक से आते इस हिंस्र शोर का कारण क्या हो सकता है? मैंने कुछ पूछने के लिए उसकी तरफ चेहरा घुमाया, तो अकचका गया। फिर मुझे डर लगा। उसका पूरा चेहरा आँसुओं से तर था।

मारपीट झगड़े-झमेले की आवाजें अभी भी आ रही थीं। पर बहुत नजदीक से नहीं। पूरे होश में, पूरी चतुराई और हिसाब-किताब से किए गए इस प्रेम-व्यापार के बाद, उसका अश्रुस्नात चेहरा एक रहस्य की तरह लग रहा था। शायद उसी के भय से मैं अपना यह सवाल नहीं रख पाया, कि आखिर उस उत्तेजक समय में चारों तरफ से दंगाइयों की आवाज कैसे आ रही थी। सोच की अल्प अवधि में लड़की का रोना थोड़ा और सस्वर हुआ। मैं एकदम डर गया। मेरी साँस पहले ही तेज चल रही थी। मुझे लगा कि धुकधुकी बहुत तेज हो गई है। वह उसी तरह रो रही थी। कई तरह के भयों से भरी कातर आवाज में मैंने पूछा, ''क्या बात है?''

जवाब में उसने आँसुओं से तर अपना गोरा मुख ऊपर उठाया। मैक्सी के निचले सिरे को उठाकर अपना चेहरा पोंछा। बिना यह परवाह किए कि इस तरह इस पोशाक के ऊपर उठने में किसी दूसरे के शरीर में भी कुछ हो जाने की सम्भावना है। हालाँकि खुद मेरे अपने बारे में यह बात सच नहीं थी। अपने क्षणभंगुर और लगभग बेशिनाख्त सुख के बाद, लड़की का यह रूप देखकर और थोड़ी देर पहले के बाहर के हिंसक शोरगुल की याद करते हुए, मैं हिसाब-किताब चुकता करके जल्दी से जल्दी वहाँ से निकल भागना चाहता था। मेरे हाथ अपनी पैंट की जेब में थे और नोटों के बीच से माकूल देयक की राशि, मैं अपनी उँगलियों से टटोल रहा था, कि उसने दुहराया, ''कल मेरी शादी है।''

मैं फिर बुरबकपने की पूर्व स्थिति में आ गया। चेहरा प्रश्नवाचक बना रहा। उसी ने खुलासा किया, ''एक मुसलमान के साथ।''

यह सनसनीखेज खबर थी। मेरी कल्पना को यह असम्भव लगता था, कि बरसों से यहाँ रहनेवाली, जात की धोबिन और चेहरे से सुंदर लड़की किसी मुसलमान से शादी कर रही थी। और वह भी कल ही। और उस आने वाले कल के ऐन पहले के आज में, उसने इतने इसरार के साथ एक बूढ़े को अपने घर बुलाया था। और

वह खेल खेला था, जिसकी कल्पना तक अगले दिन मंडप में बैठनेवाली किसी भी लड़की के लिए असम्भव है। मुझे उसकी इन दोनों बातों पर जरा भी यकीन नहीं हुआ था। सच तो यह है कि उस पल मुझे यह बात भी झूठ लग रही थी, कि मैं वहाँ, उसके साथ खेल खत्म करने के बाद बैठा हुआ था। लेकिन और भी बाद में तो मुझे यह यकीन हो गया, कि उस नखरैल धोबिन ने आषाढ़स्य प्रथम दिवसे वाली, अचानक रिमझिम बरसात की उस आरंभिक दुपहर में, मुझे इत्मीनान से उल्लू बनाया था। और मेरी जेब के सारे नोट उसकी मैक्सी के नीचे के अधोवस्त्र के भी नीचे दब गए थे। और फिर राहत की साँस लेते हुए जब मैं लाली के घर तक पहुँचा था, तो सारा किस्सा सुनकर लाली की माँ गुलाबी पहले तो ठहाका लगाकर हँसी थी। और फिर खालिस छत्तीसगढ़ी में समाचार सुनाने की बुलंद आवाज में उसने कहा था, ''आज महराज फँस गिन।''

फिर थोड़े धीमे-से उसने यह बताया, कि ये लोग सात बहनें हैं। यह सबसे बड़ी है। सारे कमरे इसने पहले किराये पर दे रखे थे। और अब क्या करती है, वह तो तुम देख ही चुके हो। हाँ यह बात सच है कि उसने एक बंगाली मुसलमान से शादी की थी। शादी को भी पाँच बरस हो गए। शादी के एक बरस बाद ही भयानक झगड़े के बाद, इसका पति घर से बाहर गया, तो आज तक नहीं लौटा है। मुहल्ले के लोग कई बार मीटिंग कर चुके हैं कि इस परिवार को यहाँ से निकालना जरूरी है। इस सिलसिले में वे जमीन के मालिक लामीदरहा के गौंटिया के घर तक भी गए थे। लेकिन मुश्किल यह है कि इस वार्ड का मेंबर इसके साथ है। और इसलिए कई बार के सामूहिक हो-हल्ले, गाली-गलौज और मारपीट के बावजूद, यह परिवार यहाँ आज तक डटा हुआ है।

आज तक का मतलब है, उस दिन तक, जब मैं दुर्गा देवी के नए बने मन्दिर में, अपने बहुत पुराने प्रायमरी स्कूल केवड़ाबाड़ी के गेट के बिम्ब की याद करते हुए, सोच रहा था कि आखिर सुबीरा सक्सेना जैसी मशहूर और सम्पन्न खिलाड़िन को ऐसी क्या जरूरत पड़ गई, कि वह थ्री स्टार के बजाय नवागढ़ी की धोबिन के घर तक आ गई थी।

3

जगह वही थी। समय वही नहीं था। याने तारीख या कि दिन, या कि वर्ष वही नहीं था। पिछले किस्से की स्मृति पुकार जरूर रही थी, पर बिलकुल सतह पर की दिमागी भागमभाग को उस पुकार से रोकना मुश्किल था। केवड़ाबाड़ी के नवनिर्मित दुर्गा मन्दिर तक आने का प्रयोजन, नाई की नई दूकान के आईने के सामने

बैठकर, दाढ़ी ट्रिम कराने का था। अभी चौक के सेलून में यह काम निपटाने के बजाय यहाँ आने के पीछे मजबूरी थी। वहाँ कुछ और ज्यादा भीड़ थी। दूर से देखने पर लगता था कि बिस्सू कुछ ज्यादा ही मस्त है। फिर वहाँ मुहल्ले के बहुत सारे छोकरे बैठे थे, और बिस्सू दाढ़ी कम बना रहा था, मस्ती ज्यादा मार रहा था। मुझे इस बात का एहसास दाढ़ी बनवानेवाले, बल्कि ठीक से कहें तो बाल कटवानेवाले, उस चेहरे को देखकर हुआ था, जो उन छोकरों की तुलना में सिर्फ बड़ा नहीं, बूढ़ा लग रहा था। मुझे इस बात पर थोड़ी हैरत हुई थी कि वह उस बूढ़े के बाएँ कान में झुककर उसी तरह फुसफुसा कर बात कर रहा था, जैसा कि वह अक्सर मेरे साथ करता है। याद कर, मैंने उसे गौर से देखने की कोशिश की थी। पर दर्जी की दूकान के जिस सम्मुख चौतरे याने पेंवठे पर मैं खड़ा था, वहाँ से उसकी शिनाख्त सम्भव नहीं थी। उसके बाल जरूर सफेद थे। शायद वह बाल कटवाने नहीं, रँगवाने आया था। आजकल तो हर उम्र के लोग बाल रँगवाते हैं। इनमें से एक तो उस कोलते वकील का भाई है, जो पिछले किस्से में दामोदर के साथ उलझ गया था। यह वही है, जो बात-बात में, किसने कितने दिनों महीनों या बरसों में, कितनी जायदाद बना ली, या किस इलाके में जमीन का भाव क्या चल रहा है, से लेकर, कौन किस औरत या किस लड़की से लगा है, या किसने अमुक को रखैल बना लिया है, तक पहुँचकर, आगे और आगे बढ़ता हुआ, किस अफसर ने, किस व्यापारी से कितनी घूस खाई और कहाँ तिमंजिला मकान बनवाया, तक की यात्रा अक्सर ही करता रहता है, बशर्ते कि श्रोता उसे धैर्य से और गम्भीरता से सुने या कम से कम सुनने का नाटक तो करे, जैसा कि अक्सर मैं करता हूँ। तब गोविन्द सेठ के मकान के सामने बने पेंवठे पर खड़े होकर मैंने बिस्सू की हजामत कुर्सी पर बैठे ग्राहक को पहचानने की कोशिश की।

उतनी दूर से तो वह मुझे अधेड़ से कुछ ज्यादा ही बूढ़ा लग रहा था। उसके बड़े गंजे सिर को देखकर लग रहा था कि शायद यह मेरा बालसखा है। लेकिन अब यह सोचकर हैरत हो रही थी, कि बिस्सू ने आखिर उस उम्र के आदमी के कान तक जाकर उससे क्या बात की है। इस हैरत के पीछे का कारण बड़ा ठोस था। एक तो यह कि लगभग मेरे बाल सखा की तरह लगते उस गंजे सिर वाले के आधे चेहरे की, और भी आधी-अधूरी झलक से ही, किसी भी देखनहार को यह महसूस हो सकता था, कि यह आदर्शवादी अत्यन्त रूढ़िवादी किस्म का एक ऐसा आदमी है, जिसके साथ बिस्सू जैसे मस्तमौला जवान हज्जाम की कोई अन्तरंग बातचीत होने की सम्भावना दूर-दूर तक नहीं दिखाई देती थी। दूसरे, मुझे बिस्सू के इस तरह कान के पास आकर फुसफुसाने वाले संवादों का अच्छा-खासा अनुभव था। वह कान में खालिस छत्तीसगढ़ी में, दो-चार अंग्रेजी के शब्द मिलाता हुआ, अक्सर अपने ताजादम यौनानुभवों के संक्षिप्त सार ही सुनाया करता था। तब अक्सर ही मुझे उसके

किस्से की गुदगुदी से कहीं ज्यादा तकलीफ उसके मुँह से निकलती दारू की बास से होती थी। कभी-कभी मुझे यह भी लगता था, कि वह अपने असमय अधेड़ होते शरीर और अपने विकट आर्थिक अभावों का दुखड़ा रोने के बजाय अपनी मस्ती के किस्से ही आखिर क्यों सुनाता है? वह जिन स्त्रियों के साथ अपने संगम समागम का किस्सा सुनाया करता था, उनमें से अधिकांश हम दोनों के साझे मुहल्ले की औरतें ही होती थीं, और इसीलिए मैं उसे मना नहीं कर पाता था, क्योंकि सामने के बोलते मुँह की दुर्गन्ध के मुकाबले, दूर के गद्दर बदन की खुशबू से सना किस्सा कहीं ज्यादा आकर्षित करता था।

पर क्या वह हर किसी के साथ, इस तरह की बातें कर लेता है, सोचकर मैंने फिर से उस ग्राहक की ओर देखा, तो ग्राहक की कुर्सी के पीछे की बेंच पर बैठे ही ही बकबक करते छोकरों में से, एक की नजर मुझसे लड़ गई। यह हमारे मुहल्ले के एक पुराने रईस का लड़का था। पिछले साल-भर के भीतर इसकी अपनी लगभग पूर्ण अपारदर्शी रहस्यमय जिन्दगी में इतनी घटनाएँ घट चुकी थीं, कि इस पल उसे देखते ही मेरे दिमाग ने बड़े गंजे सिर वाले, अपने बालसखा से मेरा ध्यान उखाड़ दिया। अपने ध्यान के उखड़ने के बावजूद, मैं गोविन्द सेठ के मकान के सामने के चौतरे से इंच-भर नहीं खिसका और गंजे बूढ़े तथा रईसजादे के बारे में मेरा सोचना भी नहीं थमा।

लेकिन क्यों?

जानने के लिए मैंने इस अनाप-शनाप किस्से के कुएँ में डुबकी लगाई।

प्रातः भ्रमण के लिए मैं कुछ जल्दी ही उठ गया था। तब तक हमारे घर में कोई भी उठा नहीं था। मेरी भांजी भी नहीं, जिस पर घरेलू व्यवस्था की पूरी जिम्मेदारी थी। शायद उस वक्त बमुश्किल चार बजे होंगे। गर्मियों की शुरुआत के बावजूद यह सुबह का ऐसा हिस्सा ही कहा जा सकता था, जहाँ चतुर्दिक रात की छाया ही पसरी थी। बेसिन में झुककर कुल्ली करते और चेहरे पर छींटा मारते हुए, मैंने कॉल बेल की आवाज सुनी थी। इत्ती सुबह-सुबह किसी अनामंत्रित अनपेक्षित नवागत की बात सोचकर, मेरी चिढ़, बुदबुदाहट की तरह मेरे ओठों पर फड़फड़ाई थी। इसके पहले, कि बहन के पास आए, किसी अपरिचित पेशेंट के असमय आगमन पर मेरी कुढ़न थोड़ी और बढ़े, मेरी मुस्तैद भांजी ने मुख्य द्वार खोल दिया था। मैंने देखा था कि भांजी के पीछे-पीछे लँगड़ाती गायत्री घर में प्रवेश कर रही थी। यह हमारे घर में बर्तन माँजने और कपड़ा धोने का काम करती थी।

बाद में नाश्ता करते समय जब मैंने भांजी से इस बाबत पूछा, तो उसने बताया कि गायत्री हमारे घर के अलावा मुहल्ले के किसी दूसरे घर में उस दिन काम के लिए नहीं जानेवाली थी। भांजी ने बड़े गर्व के साथ यह बताया था कि इतनी सुबह से, घर के ढेर सारे जूठे बर्तन माँजने के काम में वह इसलिए ही आई थी, कि

पास-पड़ोस के कोई दूसरा उसे देख न ले, कि वह इस दिन भी डॉक्टर के घर काम करने आई थी। भांजी थोड़े ऊँचे सुर में जब गायत्री पुराण के स्वरचित अध्याय का बखान कर रही थी, तब भी मैं यह नहीं समझ पा रहा था कि आखिर दूसरे घरों में नागा करने का कारण क्या था?

इसका खुलासा तब हुआ, जब घर में झाड़ू-पोंछे का काम करनेवाली छरहरी साँवरी सीमा ने मेरे कमरे में प्रवेश किया।

उसका प्रवेश भी चौंकानेवाला ही था। वह सुबह सात के समय ही नीचे का सारा काम निपटाकर, ऊपर के मेरे कमरे के लिए आ रही थी। सीढ़ियों पर धपधप की आवाज से ही मेरा ध्यान और आधा बहरा कान, बाहर की ओर लग गए थे। पर बहरे कान के बावजूद, धपधप और टिन टिन की आवाज की तरफ अकस्मात चौकन्ना हो गए मेरे मन के किसी कोने में, यह खयाल तक नहीं था, कि कुछ ही पलों में प्रवेश करनेवाली यह स्त्री, जो दो किशोरियों की माँ बन चुकी है, और इसके बावजूद स्वयं आज भी कामिनी किशोरी ही लगती है, वही सीमा बारिक है, जिसके रोजाना इन्तजार में दोपहर बारह से एक के बीच का वक्त, इन्तिहाई दीवानगी से भरे बेमतलब इन्तजार का ऐसा वक्त होता है, जिसका मेरी उम्र और मेरी बुढ़ाती देह से कोई तालमेल ही नहीं बैठता। लेकिन उसने भी जब लँगड़ी गायत्री की तरह वक्त से पहले मेरे इस हमेशा के एकाकी और पूरे घर से अलग थलग रहनेवाले कमरे में प्रवेश किया, तो मेरे तन में एक अजीब-सी कमनीय खुशी की लहर-सी दौड़ गई। इस लहर को स्त्री मात्र के प्रति मेरे नैसर्गिक और हासिलपाई शून्य बुढ़भस के बेमतलब और कतई क्षणभंगुर आकर्षण की तरह देखना मेरे लिए सम्भव नहीं था। सीमा का स्वभाव, उसकी मेहनत, उसके चेहरे की कमनीयता और उसके चिकने घने केश, उसकी शालीन खामोशी, सब तभी से मेरे लिए एक सुन्दर रहस्य की तरह आकर्षक रहे हैं, जब मैंने आज से कई साल पहले इसे अपने घर के बैठक कमरे से सामने की सड़क पर पल्लू खींचकर गुजरती हुई देखा था। और ऐन मेरे कमरे के सामने ही उसने चेहरा घुमाकर सड़क से स्पष्ट नजर आनेवाली दीवार घड़ी की ओर ताका था। उसने सिर्फ समय देखने के लिए ही हमेशा नीची रहनेवाली अपनी आँखें हमारे कमरे की तरफ घुमाई थीं। और बहुत सम्भव था कि घड़ी के ऐन नीचे बेहूदा ढंग से अपनी टाँगें सेंटर टेबल पर पसार कर सिंगल सोफे पर बैठे, मुझ बूढ़े की ओर उसकी नजर ही नहीं पड़ी थी। पर उस दिन से ही, जैसे उसके दिखने भर से ही, मेरे अन्दर कोई करुण कामना मूरत-सी झिलमिलाती थी, जो उसके दृश्य से बाहर हो जाने के बाद भी, देर तक मेरे मन में किसी पुराने गीत या गजल की तरह गूँजती रहती थी।

लेकिन यह तो बहुत पहले की बात है। इस बीच एक सुखद संयोग की तरह पिछले तीन सालों से वह हमारे घर पर झाड़ू-पोंछे के काम में लग गई है। बर्तन,

कपड़ा करनेवाली गायत्री की सिफारिश पर ही उसे काम पर रखा गया था। वह गायत्री की छोटे भाई की पत्नी है। याने उसकी भौजाई। और किस्से के इस बिन्दु तक आते आते तो, वह महज अजनबी अप्राप्य कमनीयता की कोई दूरस्थ प्रतीक भर नहीं रह गई थी, इतनी अन्तरंग तो हो ही चुकी थी, कि उसके प्रवेश करते ही मैं उससे सहजता से पूछ सकता था, "आज इतनी जल्दी?"

लेकिन शायद उसने मेरा सवाल सुना नहीं। स्टील के घड़े की ढकनी और गिलास, वहीं फर्श पर रखकर अध-भरे घड़े को लिए वह बाहर निकल गई। पानी फेंकने और घड़े में नीचे के ट्यूबवेल से लाया ताजा पानी भरने के बाद, वह जब फिर झाड़ू लाने के लिए बाहर निकलने लगी, तो अपनी लुंगी कसते और गंजी ठीक करते हुए मैंने फिर अपना सवाल दुहराया कि आज उसके इतने सबेरे आ जाने का कारण क्या है।

तब पल-भर को मेरे मन में यह खयाल भी आया था, कि शायद घुसते ही इसने मुझे जल्दबाजी में अंडरवियर के ऊपर लुंगी पहनते देख लिया होगा, और इसलिए सवाल सुनकर भी अनसुना करते हुए, वह यह सोचकर तत्काल बाहर निकल गई होगी, कि उसने एक मर्द को सिर्फ अंडरगारमेंट में देख लिया है। पर दुबारा पूछने पर दरवाजे पर खड़े-खड़े मेरी तरफ घूमकर मुखातिब होती, उसने कहा, "आज पार्टी है।"

"पार्टी! किस खुशी में?"

"गायत्री के यहाँ है। उसके पोते की छठी है।"

तब मेरी समझ में आया था, कि गायत्री सुबह चार बजे के ब्रह्म मुहूर्त में हमारे घर की घंटी क्यों बजा रही थी। पर जब सीमा ने यह जवाब दिया, तो मेरे पास इतना समय नहीं था कि गायत्री के बारे में सोचकर, मैं ये खूबसूरत लम्हे खराब कर दूँ, जो सीमा के साथ बातचीत के चाहत-भरे लम्हे थे। इसलिए मैंने तत्काल बेमतलब दूसरा सवाल दागा था।

"छठी में इत्ती बड़ी पार्टी? उसमें तो सिर्फ बीड़ी, तम्बाखू और केश कतरने का कार्यक्रम ही होता है।" मैंने कहा। और जो कहा वह झूठ नहीं था। इस मुहल्ले के छठी के जिन कार्यक्रमों में मैं गया था, उसमें कोई पार्टी-वार्टी नहीं हुई थी। बेशक बर्थ डे पर पार्टी देने का नया रिवाज सवर्णों और सक्षम असवर्णों के यहाँ शुरू हो चुका था। लेकिन मेरी हैरत-भरी आपत्ति को दरकिनार करते हुए उसने बताया, कि गायत्री खास इस पार्टी के लिए ही कल लैलूँगा गई थी। वहाँ से चार हजार रुपए में उसने एक खस्सी बकरा खरीदा है। बकरा अभी छै बजे तक यहाँ नहीं पहुँचा था। उसने लैलूँगा फोन लगाया था और पता किया था, तो पता चला कि बकरे को लेकर आदमी ढिमरापुर तक पहुँच चुका था।

जब वह पूरे डिटेल में यह कथा सुना रही थी, तो कहीं भी उसके भाव और भाषा में किसी तरह की ईर्ष्या और कुढ़न नहीं थी, जबकि ननद भौजाई होने के

बावजूद, बल्कि उसी वजह से, उसके मन में इस प्रोग्राम को लेकर ऐसा उत्साह तो नहीं दिखना था, जो दिख रहा था। पर उसके बताने के दौरान मेरी सोच में वह खुद मौजूद नहीं रह गई थी, बल्कि सुबह पाँच से शाम सात तक, बीसियों घरों में काम करनेवाली लँगड़ी गायत्री थी। वह जात की नाइन थी। मुहल्ला नाऊपारा था। उसने अपनी मेहनत मशक्कत और बचत की आदत से मुहल्ले के इतिहास में एक नया अध्याय जोड़ा था। वह एक दुमंजिले पक्के मकान की मालकिन थी। यह माटी के पुश्तैनी घरों के बीच पक्के का पहला मकान था, जहाँ छत पर दोपहर बारह से खस्सी बकरे की पार्टी होनेवाली थी, और जहाँ मैं निमंत्रित था। शायद यह देखने के लिए कि सभ्यता का ताजा इतिहास, छठी की पुरानी परम्परा के बीच कितने इत्मीनान से अपने लिए जगह बना रहा है।

शायद यह झूठ है। मुझे इतिहास की याद न तब थी, जब मैंने सीमा से यह बात सुनी थी, और न उस वक्त, जब मैं कोई बीसेक दिन से बेतरतीब बढ़ी दाढ़ी वाला अनप्रेजेंटेबल चेहरा लिए, बहुत एहतियात से सीढ़ियाँ चढ़ते हुए, गायत्री के मकान की छत पर पहुँचा था। मेरे पहुँचते ही अधिकांश लोग एकदम चुप होकर मेरी ओर ताकने लगे थे। छत छोटी थी। वहाँ बमुश्किल बीस-पचीस लोग ही खाने बैठे थे। छत के तीन तरफ कुर्सियाँ डली थीं। अगली ट्रिप का इंतजार करनेवालों के लिए ये कुर्सियाँ बिछाई गई थीं, पर अधिकांश खाली थीं। सिर्फ सामने की तरफ प्रायमरी स्कूल के मेरे सहपाठी रोहित और बलराम बैठे थे। रोहित उसी बिस्सू के पिता हैं, जिसकी दुकान के सामने खड़ा, मैं किस्से का सिरा पकड़ने के लिए, स्मृति की सँकरी गली के रस्ते, गायत्री के नए पक्के मकान की छत तक आ गया था। मैं जब उन लोगों के पास की खाली कुर्सी पर बैठ गया, तो रोहित ने मुझसे पूछा कि क्या मेरे लिए कुर्सी पर ही इन्तजाम करवा दें? मैंने कहा कि अपन साथ-साथ दूसरी ट्रिप में खा लेंगे, हालाँकि घर से निकलते हुए मैंने निश्चय यही किया था, कि मुँह दिखाई की रस्म अदा करने के बाद मैं चुपचाप बिना खाये वहाँ से खिसक लूँगा। तब बलराम ने कहा कि अगली ट्रिप में तो आधे घंटे से भी ज्यादा देर लग सकती है। तब मुझे लगा कि रस्म अदायगी का काम निपटाकर मुझे नीचे से ही खिसक लेना था। पर वहाँ नीचे के दो कमरों में औरतें ही औरतें थीं, जो यों तो मुझे जानती थीं, पर भीड़ को चीरते हुए गायत्री और उसके बहू-पोते के पास पहुँच पाना बहुत दुष्कर काम था। अपने होने पर कुढ़ने और फिर भी वहाँ बने रहकर नाऊपारा की इस पार्टी में शामिल होने का सुख और गौरव हासिल करने की मेरी इस चतुराई में, कहीं न कहीं झिलमिल करती यह उम्मीद थी, कि आखिर सीमा भी तो इसी पार्टी में है। जैसे ही मैंने यह सोचा, मुझे छत के परले सिरे पर सीढ़ियों के पास सीमा दिखी। उसके हाथ में परोसने की बाल्टी और डुमकी थी। वह पंगत की ओर बढ़ी। लँगड़ाती गायत्री और उसके पीछे-पीछे नवजात शिशु को गोद में लिये उसकी बहू

और उसका बेटा मेरी तरफ बढ़ रहे थे। गायत्री के चेहरे में खुशी की चमक थी। उस चमक में कहीं मेरी उपस्थिति का योगदान भी था। वे सीधे मेरे पास आए। उन्होंने मेरा चरण-स्पर्श किया। नवजात बच्चे को भी मेरे पैरों तक ले आए। मैंने मना किया था। पर वे नहीं माने। बच्चे की नन्ही गुलाबी गदौली में पाँच सौ रुपए का नोट पकड़ाते हुए, मैंने देखा कि गायत्री की आँखों में आँसू छलक आए हैं। पहली बार मुझे लगा कि मेरे वहाँ पहुँच जाने से उस पूरे परिवार को जो सुख हासिल हुआ है, उसका मेरे अपने सोच-विचार और मेरे चरित्र से कोई लेना-देना नहीं है। वे बस इसी बात पर प्रसन्न हैं, कि महाराज उनके घर छठी की दावत खाने आए हैं। और मैं था कि पल-भर पहले चिढ़ते और कुढ़ते हुए सोच रहा था, कि आखिर किस इरादे और किस प्रयोजन से इस बेमेल भीड़ के बीच मैंने आने और खाने का निर्णय लिया था।

लेकिन भलमनसाहत की इस क्षणिक करुणा के बावजूद उस जगह पर अपनी उपस्थिति मुझे अटपटी लग रही थी। पर आते ही वहाँ से उठकर चले जाना भी लोक व्यवहार के लिहाज से मुमकिन नहीं था। मैंने अपनी पिलपिली कुढ़न से बचने की कोशिश में, सामने बैठे लोगों को थोड़ा गौर से देखने की कोशिश की। ठीक पास की दो कतारों में बैठे लोगों की पीठ मेरी तरफ थी। बीच की कतार में औरतें थीं। एकदम पास की कतार में कुछ बुढ़ाते अधेड़ मर्द। तीसरी कतार में सात लोग थे, और सारे के सारे बच्चे थे। लड़कियाँ सिर्फ दो थीं। बच्चों के सामने बिछी पत्तलों पर भात का ढेर था। पत्तल कागजी थे। दोने भी। अधिकांश की उम्र दस से कम थी, पर पत्तलों पर रखे ढेर से लगता था, कि इनकी खुराक कम नहीं है। शायद यह गोश्त के लालच के चलते अतिरिक्त परिवर्धित खूराक थी, क्योंकि मैंने तभी यह भी मार्क किया था कि सामने, पीठ किए एक औरत, थोड़ा मुँह टेढ़ा करके दाँत से हड्डी में बचे गोश्त के आखिरी रेशे को चीथने की कोशिश में लगी थी। दूसरी हड्डी के पोले में भरे मांस को चुसक रही थी। दोने साफ थे, पत्तल भरे हुए। लगता था जैसे हर किसी को गोश्त के पुनर्वार परोसे जाने का इंतजार था। एक मर्द ने गोश्त परोसे जाने की माँग भी कर दी थी। बच्चे भी दोने साफ कर चुके थे। शोर करने लगे थे गोश्त परोसे जाने की। पर गोश्त के भोज में यह एक आम रिवाज था, कि परोसनेवाला थोड़ी देर लगाकर ही दुहरा परोसने के लिए आता था।

अक्सर उसे यह हिदायत दी गई होती थी, कि वह इस तरह परोसे कि सबको पुर जाए। आम तौर पर आलू और झोल से ही लोगों को निपटाने का काम किया जाता था। पर यहाँ यह तिहरी माँग थी और पूरी मुखर। तभी गोश्त परोसनेवाले ने प्रवेश किया। उसे देखते ही धीमी से तीव्र स्तर की विविध मुखरताएँ एकदम से शान्त हो गईं। उतनी दूर से बच्चों के चेहरों को देखकर लगा, जैसे उनकी आँखों की चमक, उनकी भूख और उनके लालच की तरह मासूम और पवित्र है। सच तो यह

है कि यह बात बाकी दो पंगतों में बैठी औरतों और बूढ़ों के लिए भी सही थी। परोसनेवाले ने पहले बच्चों के दोनों में झोल डाला, तो आलू गिरते देख मुझे लगा, कि पंगत सँभालने और गोश्त बचाने की अति प्राचीन चतुराई से ही परोसा जा रहा है। लेकिन डुमकी दुबारा डालकर उसने गोश्त का डल्ला बाहर निकाला, तो उसकी ओर एकटक ताकती कई आँखों में राहत की आभा दिखी। खासकर मेरे ठीक सामने पीठ किए बैठे बुढ़वे तो जैसे आपस में बुदबुदाकर संकेत कर रहे थे, कि गायत्री के घर के भोज में कोई कमी नहीं है। शायद मेरे अपने कुढ़ते हुए दिमाग में भी, गोश्त का रंग-रूप देखकर, लालच का एक ताजा झोंका सरसराया था, लेकिन तभी दिमाग में यह बात भी आई थी, कि जिस मंथर गति से पूरी पंगत का भोजन चल रहा है, उससे तो लगता है कि आधा नहीं पूरा एक घंटा लग जाएगा।

पर तभी एक मजेदार घटना हो गई। बच्चों की पंगत में बैठा दूसरे नंबर का सबसे छोटा बच्चा, अचानक चीख मारकर रोने लगा। मैंने देखा कि उसके पत्तल के चारों तरफ भात बिछा हुआ था, और दोने में अधखाए गोश्त का एक डल्ला। वह पंचम में अपनी माँ को पुकार रहा था। उसके पास बैठा, दूसरा आठ दस साल का लड़का अपनी पत्तल-दोने समेत खड़ा हो गया और उसने चीखकर बताया, कि नन्हें ने पेशाब कर दी है। और शायद दीर्घ शंका की भी आशंका है। वह पत्तल दोने समेत इसीलिए उठ गया था, कि पेशाब की धार उसी की पत्तल की तरफ आ रही थी। लेकिन उसने चीखकर बच्चे की माँ को आवाज दी, और इस दौरान पिलपिले कागज से बना दोना उलट गया, और गोश्त के झोल समेत डल्ला भी नीचे गिर गया। बच्चे ने एक पल इधर-उधर देखने के बाद चुपचाप झुककर डल्ला उठा लिया। और तभी उस पर मेरी नजर पड़ी। मैं मुस्कराया और मैंने देखा कि नन्हे बच्चे की माँ आ चुकी थी। बच्चे को उठाते हुए उसी ने मुझे सूचना दी कि मेरे लिए अलग से सीमा के घर में इन्तजाम कर दिया गया है।

मुझे सचमुच की राहत का अनुभव हुआ। एक तो यह सोचकर कि सीमा के यहाँ खाने में कोई जोर-जबर वाला औपचारिक व्यवहार न होगा। दूसरे आवभगत के लिए खुद सीमा वहाँ मौजूद होगी। दूसरी बात सच साबित नहीं हुई, क्योंकि सीमा तब भी गायत्री के मकान में महिला मेहमानों की आवभगत में लगी थी, लेकिन पूरा खाना निपटाने की औपचारिकता निभाने के बजाय मैं बड़े आराम से 'चखकर' ही वहाँ से निकल गया। और जैसे ही मैं उसके घर से बाहर निकला, रूपराम ने नमस्ते करते हुए मुझे रोका।

मुझे थोड़ा ताज्जुब हुआ। पूरे नाऊपारा में यही एक ऐसा नवयुवक था, जिसने आज तक कभी मुझे अभिवादन नहीं किया था। कभी-कभार जब अपने हीरो होंडा में वह हमारे घर के करीब से गुजरता, और उसके अनचाहे उसकी आँख मुझसे लड़ जाती, तो वह अपनी आँखें इस तरह फेर लेता था, मानो उसने आदमी नहीं, कोई

खौरहा कुत्ता या अपशकुनी बिल्ली देख ली है। इसकी कोई वजह नहीं थी, क्योंकि मैं उसे जानता तक नहीं था, जबकि नाऊपारा के दूसरे नवयुवक मेरे लिए इतने परिचित थे, कि उन्हें देखते ही बात की बात में उनका समूचा पारिवारिक इतिहास मेरे मन में अपने आप दुहरने लगता था। उसकी उपेक्षा के पीछे का कारण शायद यह था, कि वह इस मुहल्ले के लोगों से शुरू से ही दूर-दूर रहा था। शायद यह दूरी उसने जान-बूझकर बनाई थी। अभी दो-तीन बरस पहले तक तो मैं यह भी नहीं जानता था, कि वह अपने नाऊपारा का ही लड़का है। उसकी कद काठी, उसकी जीन्स पैंट और विविधरंगी टी शर्ट, उसके जूते और उसके चेहरे से अनायास झलक आती अहम्मन्यता से यही लगता था, कि वह इस मुहल्ले के तथाकथित सम्माननीय लोगों को यह जता देना चाहता था, कि इसी मुहल्ले में एक ऐसा नाऊ भी है, जो सिर्फ जात की वजह से किसी को पालागी करने के रिवाज़ को मानने के लिए तैयार नहीं है। पर जब मैं सीमा के एक कमरेवाले घर से निकला, तो कुर्सी से उठकर, मेरे पास आते हुए उसने बड़ी नरमी से कहा, कि आज रात को उसके भाई की शादी की रिसेप्सन पार्टी है। और बताया कि निमंत्रण तो बिन्ना के नाम से दिया गया है, लेकिन उसकी दिली इच्छा है कि मैं उस भोज में जरूर आऊँ। उसके स्वर में इसरार की बड़ी सच्ची खनक थी, और मैंने महसूस किया था कि वह सचमुच दिल से चाहता है, कि उसकी पार्टी में मैं जाऊँ। हो सकता है कि इस बीच उसे कहीं से यह लगा हो, कि मैं उस तरह का ब्राम्हन भर नहीं हूँ, जो अपनी जात-जमात के बाहर के लोगों को नीच समझते हैं। उसके इस आकस्मिक और अप्रत्याशित आमंत्रण का कारण चाहे जो हो, उसके बुलाने पर न सिर्फ मेरा अहंकार तुष्ट हुआ था, बल्कि मुझे यह भी लगा था, कि आखिर देखूँ तो सही कि यह रूपराम, जो शहर के रईस मुहल्ले में खुद का सेलून चलाता है और बड़े ठसके से हीरो होंडा में तेज रफ्तार से मुहल्ले में आता-जाता रहता है, आखिर है क्या चीज ? लेकिन उस पार्टी में जाने का निर्णय करने के पीछे सामान्य जानकारी की इतनी-सी उत्सुकता भर नहीं थी। अभी दो दिन पहले जब उसके छोटे भाई की बारात जानेवाली थी, तो मैंने देखा था कि लगभग सौ किलोमीटर दूर, एक छोटे कस्बे तक जानेवाली उस बारात के लिए उसने, एक बड़ी बस, एक स्कार्पियो, एक जाइलो और एक टाटा इंडिगो का इंतजाम किया था। हर गाड़ी में बाकायदे बारात पार्टी का पोस्टर चिपका था। और बस में एक बड़ा बैनर भी था। सुबह-सुबह केवड़ाबाड़ी बस स्टैंड में, इन गाड़ियों के आसपास छोकरे-छोकरियों की भीड़ देखकर मैंने किसी से पूछा था, कि यह किसकी बारात है और जब मुझे पता चला था, कि नाऊपारा के रूपराम के छोटे भाई की शादी हो रही है, और ये सारी गाड़ियाँ रूपराम एंड ब्रदर्स की तरफ से आई हैं, तब हठात् मैं यह स्थिर नहीं कर पाया था, कि बारात में इतना खर्च करनेवाला यह रूपराम है कौन ? तभी सूचना देनेवाले ने थोड़ा समझाने की अदा में, उसका हुलिया बताने की कोशिश की थी।

इस पर भी मेरी समझ में नहीं आया था, और गाड़ियों के करीब खड़ी भीड़ को देखते मैं सोचने लग गया था, कि फिजूलखर्ची के मामले में नाऊपारा के लोगों का इतना आगे बढ़ जाना, क्या सवर्णों की नकल या प्रतिस्पर्धा के चलते है, या उनके मन में भी शानो–शौकत के प्रदर्शन की इच्छा वैसी ही घुमड़ती रहती है, जैसी मध्यवर्ग के अपेक्षाकृत सम्पन्नजनों के मन में। पर मेरी इस सामाजिक सोच पर टाँग अड़ाते हुए सूचनाकर्ता ने रूपराम की तस्वीर और स्पष्ट करने के लिए जोड़ा, कि यह वही रूपराम है महाराज, जिसने अपनी ही जात की लड़की से भागकर शादी की थी, और शादी के कुछ ही महीनों के भीतर, जिसकी औरत ने जलकर आत्महत्या कर ली थी। तब मेरे दिमाग में यह बिलकुल साफ हो गया था, कि रूपराम कौन है और बारात किस लड़के की जा रही है। वास्तव में शादी के बाद से रूपराम कुछ अधिक चर्चित व्यक्ति इसलिए हो गया था, कि इसकी औरत इसके साथ तब भागी थी, जबकि दूसरे ही दिन उसकी अपनी बारात आनेवाली थी। उस औरत या उस लड़की को देखकर कोई यह अन्दाज ही लगा नहीं सकता था, कि यह छरहरी, दुबली, शान्त, सुशील, कॉलेज में पढ़नेवाली, नातिशूद्र लड़की, अपनी बारात आने के ऐन पहले दिन एक ऊँचे पूरे गबरू जवान से भागकर शादी कर लेगी, और इस बात की तो किसी ने कोई कल्पना भी नहीं की थी, कि मनमरजी से ब्याह करने के दो महीने के भीतर, अपने जीवनसाथी से उसका ऐसा मनमुटाव हो जाएगा, कि मिट्टीतेल छिड़ककर माचिस की तीली दिखाकर सती की मुद्रा में खड़ी–खड़ी जान दे देगी।

तो ऐसे अगणित, अनकहे किस्सों को अपने मन में सँजोए विधुर का जीवन बितानेवाले रूपराम ने, जब पहली बार मुझसे बात करते हुए, मुझे अपने भाई की शादी की दावत में आने का निमंत्रण दिया, तो मुझे लगा कि ऐसे बुलावे को टालना ठीक नहीं है। चूँकि पहली पार्टी में, मैं काफी बेतरतीब बढ़ी दाढ़ी के साथ गया था, इसलिए इस पार्टी के लिए थोड़ा ठीकठाक दिखने की तैयारी में, मैं बिस्सू की दुकान तक पहुँचा था। और गोविन्द सेठ के पेंवठे पर खड़ा, सेलून में मस्तियाती भीड़ के अलावा, उस आधे गंजे बूढ़े को पहचानने की कोशिश में लगा था, कि मेरी आँख अपने मुहल्ले के उस रईसजादे से लड़ गई थी।

यह रईसजादा भी एक विचित्र लड़का था। लड़का इसलिए कि चौंतीस की सरहद पार करने के बाद तक, उसकी शादी नहीं हुई थी, जबकि इनकी जात और जमात का आम रिवाज यह है, कि इक्कीस से चौबीस के बीच तक लड़की, और चौबीस से तीस तक की उम्र के लड़के का कुआँरापन, इतने सन्देहास्पद तथ्य की तरह देखा जाने लगता था, कि फिर बाद में उसकी शादी में असाधारण दिक्कतें आने लगती थीं। खुशी की बात यह है, कि उससे आँख लड़ने के जिस वक्त के दौरान, मैं अपनी स्मृति की सँकरी अँधेरी पगडंडी पर उत्सुकता और झल्लाहट की तेज खुजली के साथ आगे बढ़ रहा था, तब तक, उसकी शादी हो चुकी थी। यह और

बात है कि जातिगत शुद्धता के लिहाज से उसकी यह शादी थोड़े कुजात में हुई थी, हालाँकि आर्थिक सम्पन्नता की दृष्टि से देखें, तो जिनके घर में रिश्ता हुआ था, वह घर इनसे रईसी और सम्पन्नता के मामले में बीस ही कहा जा सकता है। लेकिन जात के दीगर होने या ओछे होने को लेकर इनकी अपनी खास जात के कुछेक लोग टिप्पणी करने लगे थे। इसका पता मुझे इसकी सगाई के दिन ही लग गया था। सगाई के दिन इसके बड़े भाई ने मुहल्ले के अपने सगे सम्बन्धियों और जात के लोगों के अलावा, मुझ जैसे उन मुहल्लेवासियों को भी बुलाया था, जो इनकी अपनी जात के नहीं थे, हालाँकि यह भी कोई अनोखा क्रांतिकारी कदम नहीं था। खासकर इस लिहाज से कि इक्कीसवीं सदी के इस शुरुआती दौर में, खानपान के रिश्तों में काफी उदारता आ चुकी थी, और बाम्हनों, ठाकुरों, बनियों के यहाँ, अन्य पिछड़ों की सम्पन्न और कभी-कभार रौबदार उपस्थिति ऐसे शादी-ब्याह के प्रसंगों में एक आम बात हो चुकी थी। बेशक नीची कही और मानी जानेवाली जाति के लोगों की गैरमौजूदगी स्वाभाविक रूप से महसूस होती थी। खासकर इसलिए कि थे तो वे भी पास-पड़ोस के मुहल्ले के लोग ही, और उनकी भी सरकारी गिनती ओ.बी.सी. में ही होने लगी थी। सगाई के ऐन पहले इसने अपने विशाल परिक्षेत्र के पश्चिम में बने सौ साला मकान को गिराकर एक चौरस मैदान-सा बना दिया था। उन्हीं दिनों इसके बड़े भाई ने मुझे बताया था कि वह यहाँ नए सिरे से मकान बनाने की सोच रहा था। सगाई की पार्टी उसी चौरस मैदान में चल रही थी। प्लास्टिक की कुर्सियों पर कोई सौ-पचास लोग बैठे थे और सामने के सुन्दर गलीचे पर मुहल्ले की कुछ औरतें और लड़कियाँ भी थीं। उसके भी सामने यह लड़का और इसका बड़ा मझला भाई बैठे थे। और परली तरफ लगभग ऐसी ही व्यवस्था के साथ कन्या पक्ष के लोग मौजूद थे। किसी तरह हाजिरी दे-दिलाकर वहाँ से चुपचाप खिसक लेने के इरादे से मैं वहाँ गया था। मेरी आँखें बड़ी बेसब्री से इस लड़के के सबसे बड़े भाई को खोज रही थीं, जो कहीं नजर नहीं आ रहा था। इस समय तक मैं लोगों को जगह देने के शिष्टाचार के चक्कर में, कुर्सियों की उस कतार के लगभग बीच में पहुँच चुका था, जो गलीचे के ठीक बाद की और कुर्सियों में सबसे आगे की कतार थी। यह एक ऐसी जगह थी, जहाँ से हठात भागने की गुंजाइश कम थी। दूसरी बात यह भी थी, कि मेरे ऐन बाजू से मुहल्ले के सुखूसाव बैठे हुए थे। वे अपनी अस्सी साला उम्र के अनुभव के बोझ से दबे इतने पंगु हो चुके थे, कि उनको लाठी के सहारे से भी एक-एक कदम बढ़ाने में, लगभग दो-दो मिनट से भी ज्यादा समय लग जाता था। जब मैं वहाँ पहुँचा ही था, तब वे उस कतार के छोर पर बैठे थे, और पूरा आँगन लगभग अतिथि-शून्य था। उन्होंने बड़े इसरार के साथ मुझे बुलाया था और जिद करके एक कुर्सी खिसककर बैठने के बाद, मुझे अपने बिलकुल बगल में बिठाया था। मैं उनके साथ बैठने के अनुभवों की ऊब को जानता था, पर उस समय मैं लाचार था, कि वहाँ

चुपचाप बैठ जाऊँ। लड़के की शादी लग जाने की बात पर भगवान का लाख-लाख शुक्रिया अदा करते हुए, उन्होंने बहुत दबी जबान और हमेशा के लिए बैठ गई अपनी धँसी-फँसी बेबस बुढ़ापे की आवाज में बताया था, कि लड़के की शादी जात में नहीं हो रही है। ठीक उसी समय मेरे दूसरे बाजू में जाने कब से आकर बैठ चुके, एक दूसरे कम बुजुर्ग बूढ़े ने इनकी ओर आँखें तरेरते हुए देखा था। उस दृष्टि में रुँधी आवाज की मुकम्मिल पहचान थी, और थी उसकी प्रतिक्रिया में तुरन्त चेहरे पर छा जानेवाली एक हिंस्र नफरत। एक पल को उनकी तरफ देखते हुए मुझे लगा था, कि अगर हाल ही में वे दुर्दैव के प्रकोप से अचानक ही लकवे के शिकार होकर ऐसे अक्षम न हो गए होते, जैसे कि वे उस वक्त हो गए थे, तो शायद कब्र की कगार पर पहुँचते इस नब्बे फीसदी अपंग बुढ़ऊ की बात का, सिर्फ बात से ही जवाब नहीं देते, बल्कि बहुत सम्भव था कि लात का इस्तेमाल भी कर सकते थे, हालाँकि लड़ाई-झगड़े के मामले में ये हमेशा से काफी डरपोक किस्म के इंसान रहे आए थे। पर उस समय की उनकी तरेरती आँखों को गौर से देखने के बाद, मुझे लगा था, कि सबसे बड़ी उम्र वाले इस बुढ़ऊ की फुसफुसाहट सुनने के बाद, ये काफी तिलमिला गए थे। इसका यह मतलब नहीं कि जात-पाँत के मामले में ये कोई उदार विचार रखनेवाले प्रगतिशील प्राणी थे, बल्कि यह, कि खुद इनकी एक नहीं दो-दो लड़कियों का ब्याह जात से बाहर हुआ था। दोनों शादियों में इन्होंने बाकायदे सपत्नीक शिरकत की थी। सम्भवत: इसी वजह से उन्होंने इस तरह की तिलमिलाती तरेरती आँखों से मेरे दूसरे बाजू में बैठे बुजुर्ग की ओर गौर से देखा था। सम्भव यह भी है, कि उनकी आँखों में कोई उस तरह का भाव ही नहीं रहा हो, क्योंकि दूसरे पल ही मुझे यह लगा, कि वे उस वक्त काफी ललचाई आँखों से नाश्ते की ट्रे पकड़े उस छोकरे की ओर देख रहे थे, जो हमारी कतार की कुर्सियों पर बैठे समाज के लोगों को प्लेटें थमाते हुए आगे बढ़ रहा था। अस्सी वर्षीय बुढ़ऊ तक पहुँचने के बाद मेरी तरफ प्लेट बढ़ा रहा था। नाश्ते के प्लेट में समोसे और मीठा देखकर, पलांश के लिए मेरे मन में शुगर का खयाल आया था, पर मेरा लालच भी मेरी जीभ पर तैरने लगा था। नाश्ते की प्लेट हाथ में लेने के बाद, समोसा मुँह में डालने के पहले ही, मैंने पुरोहित की गुरु-गम्भीर आवाज सुनी थी, लेकिन तभी मैंने देखा था, कि उस दिन के उत्सव का मुख्य किरदार याने प्रस्तावित वर, अपने आसन से उठकर खड़ा हो गया था और सेलफोन कान से लगाकर उस जगह से थोड़ी दूर एकान्त के सहिजन की छाँह की ओर बढ़ रहा था। नाश्ता मुँह में भरे-भरे ही, थोड़ी देर पहले तिलमिलाए से लगनेवाले अपंग ने फुसफुसाकर मेरे कान में कहा था, "उसी का होगा।"

सच तो यह है कि समोसा मुँह में डालने के पहले जीभ के लालच को अपने बीमार अंगों में महसूस करते समय, जब मैंने सगाई के प्रथम मंत्रोच्चार पर ही उस लड़के को उठकर, मोबाइल कान से लगाए सहिजन की छाँव की ओर बढ़ते देखा

था, तो मुझे भी 'उसी' की याद आई थी। लगभग बारह की उम्र में ही अपने चमकते गोरे रंग और अपने आकर्षक, बल्कि उत्तेजक शारीरिक भराव के साथ अपने अंग-अंग में रची नैसर्गिक कमनीयता के कारण, यह लड़की जब मुहल्ले के बुढ़वों तक को सनसनवाते रहने के रोजमर्रा में मस्त और मगन थी, तब लगभग चौबीस की हद पर पहुँच चुके, तीखी नाक, और सुन्दर स्लिम शरीरवाले इस पुश्तैनी रईसजादे ने, मुहल्ले के इकलौते तेली वकील की उस अद्वितीय कन्या को, अपने प्रेम के इन्द्रजाल में ऐसा फँसाया था, कि आज कई बरस बाद, अपनी सगाई के मौके पर, याने उस मौके पर जबकि किसी समय की गद्‌दरबदन गोरी छोरी दो बच्चों की माँ बन चुकी थी, खुद यह उसके सेलफोन के इंद्रजाल में फँसा हुआ था। मुहल्ले में शायद कोई भी व्यक्ति ऐसा नहीं था, जिसने इसे कान में लगे सेलफोन से भिन्न, किसी मुद्रा या स्थिति में देखा हो। लोग तो मजाक में यह भी कहते हुए पाए जाते थे, कि यह तो टॉयलेट तक में मोबाईल कान से लगाकर बैठता होगा।

लेकिन काल के जिस बिन्दु पर मैं अपनी स्मृति में उभरते इन चित्रों को प्रत्यक्ष देखने-सा देख रहा था, वह बहुत बाद का समय था। तब तक रईसजादे के रहस्यमय व्यक्तित्व पर रहस्य की दो-तीन परतें और चढ़ चुकी थीं। और जब मैं बाल रँगवाने या कटवाने वाले बिस्सू की दुकान की हजामत कुर्सी पर बैठे, अधेड़ या बूढ़े आदमी की सही और मुकम्मिल शिनाख्त के लिए, गोविंद सेठ के पेंवठे से नीचे उतरकर, सड़क पार कर रहा था, तभी इस लड़के से अनायास मेरी आँख लड़ गई थी। मुझे याद आया था, कि अपनी हालिया शादी के दौरान, दहेज में मिली रकम के लिए इसका पूरा परिवार मुहल्ले में खासा चर्चित हुआ था, लेकिन शादी के कोई सात आठ महीने के बाद की इस खबर ने तो, सिर्फ मुहल्ले में नहीं, पूरी पुरानी बस्ती में हड़कम्प मचा दिया था, कि इसकी गद्‌दर बदन प्रेमिका के किरानी पति ने गले में फंदा लगाकर, छत की कड़ी से लटककर, आत्महत्या कर ली है। दरअसल नाऊ की दुकान पर, उससे इस तरह नजर मिल जाने के बाद, मैंने उसकी प्रेमिका के पति की आत्महत्या की याद ही की थी, और मानव-स्वभाव की विचित्रता पर सोचते, बिस्सू की दुकान के करीब पहुँचकर देखा था, कि बाल रँगवाने वाला वह बूढ़ा अपने गंजेपन के बावजूद, मेरा बालसखा नहीं था। तभी वहाँ की भीड़ देखकर केवड़ाबाड़ी की ओर जानेवाली सड़क पर बढ़ते हुए मैंने घड़ी देखी थी।

उस समय शाम के पाँच बजे थे। वह मार्च की शुरुआत की सुन्दर शाम थी। दो या तीन दिन बाद होली का त्यौहार था। बहुत पुरानी होलियों की जर्जर स्मृति के साथ मैं उस स्कूल के सामने खड़ा था, जो दो तरफ से कई छोटी-छोटी दूकानों से घिर गया था। सामने के उस लकड़ी के फाटक की जगह पर एक चमचमाता मन्दिर बन गया था, जो आनेवाले रामनवमी के उत्सव के लिए नए सिरे से सज-धज रहा था।

बिस्सू के भाई का हेयर कटिंग सेलून, मन्दिर के दाएँ बाजू से था। दुकान के पीछे अभी भी वह जर्जर चारदीवारी मौजूद थी, जिसके थोड़ा और पीछे की तरफ से, स्कूल से भागकर, हम घोंघी नरवा और वहाँ से गंगाराम तराई और रामपुर तक चले जाया करते थे। इसके पहले कि मनमाने की रफ्तार से मैं पीछे और पीछे जानेवाली सड़क पर दौड़ता चला जाऊँ, मैंने बिस्सू के भाई की आवाज सुन ली। थोड़ी राहत-सी मिली मुझे, कि ऊल-जुलूल खयालों में बहते रहने और बात-बात पर चौंकने और कभी-कभार सोचते-सोचते घबराने की मानसिक प्रक्रिया से, मुझे बिस्सू के भाई ने उबार लिया है। उसका नाम राजू है।

सेलून की कुर्सी पर बैठने के पहले मैंने अपनी शर्ट उतारकर खूँटी पर टाँग दी। सेलफोन और चश्मा आईने के सामने रखा। बिस्सू के भाई राजू को दाढ़ी ट्रिमिंग की हिदायत दी। और पूछा, कि क्या उसकी पत्नी को कहीं काम मिला।

दरअसल उसकी दुकान में बैठते ही मुझे यह खयाल आया था, कि अभी पिछली बार भी, अपने चौक तक जाकर, बिस्सू की बंद दुकान देखकर, मैं यहाँ केवड़ाबाड़ी के बस स्टैंड तक आया था। मेरी दाढ़ी बहुत ही सलीके से ट्रिम करने के बाद, राजू ने मुझसे बड़ी विनम्रता से कहा था, कि अगर उसकी पत्नी के लिए कहीं किसी अच्छे घर में चौका-रसोई करने का काम मिल सके, तो मैं अपनी तरफ से कोशिश कर दूँ। मैंने न सिर्फ उसे आश्वस्त किया था, बल्कि खुद अपने ही घर में जाकर पूछा था, कि अगर घर में लोग चाहें तो खाना बनाने के काम में राजू की औरत को रखा जा सकता है। लेकिन चूँकि वह जात की नाऊ थी, सो तत्काल मेरा प्रस्ताव नापास हो गया था, क्योंकि मेरी सतासी वर्षीया माताश्री किसी कीमत पर छोटी जात के हाथ का पानी भी पीने को तैयार नहीं थी, कच्ची रसोई खाना तो अकल्पनीय बात थी। उसके बाद तो कमर, घुटनों और कुहनियों तथा जोड़ों के दीगर दर्दों से बेचैन रहनेवाली भांजी के लिए और कोई चारा न था, कि वह सुबह के नाश्ते से लेकर रात के खाने तक के सारे घरेलू कामों को, किसी तरह कराहती, कूँथती निभाती रहे। आज राजू के सेलून की कुर्सी में बैठकर अपने चेहरे की ओर गौर से ताकते, मैंने राजू से उसकी पत्नी के बारे में पूछा था। मेरे जवाब में उसने तत्काल सूचना दे दी थी कि वह गर्ल्स स्कूल उर्फ पुत्रीशाला के मिड डे मील के सरकारी ठेकेदार की रसोई के काम में लग गई है। पर तब तक मेरा ध्यान अपने ही सवाल से उखड़कर अकारण ही अपने चेहरे पर लग गया था। वहाँ मेरे सामने का दढ़ियल रूप-भर नहीं, बल्कि पीछे के आईने से पीछे का वह गंजा भाग भी दिखाई दे रहा था, जिसे देखकर मैं सोचने लगा था कि जिस रफ्तार से यह गंज पसर रहा है, उसके चलते मैं शायद साल दो साल में ही पूरा खल्वाट बूढ़ा लगने लगूँगा, लेकिन कई लोगों के द्वारा कई बार कही गई यह बात मुझे थोड़ी आश्वस्ति की तरह याद आई थी, कि मैं कहीं से भी अपनी वास्तविक उम्र के स्तर का बूढ़ा नहीं लगता।

आश्वस्ति का मूल कारण शायद यही था, कि ऐसा अभिमत रखनेवाले लोगों में दो-चार किशोरियाँ भी थीं, जो कभी-कभार मुझसे मिलने के लिए या कुछ पढ़ने समझने के लिए आया करती थीं। जब मैं किसी प्रसंग में अपने बुढ़ापे और अपनी आसन्न मृत्यु की बात जान-बूझकर छेड़ देता था, तो उनमें से हर कोई बड़े अन्दरूनी विश्वास से कहती थी, कि मैं कहीं से भी उतना बूढ़ा नहीं लगता, जितना कि अपने मुहल्ले के मेरे हमउम्र लगते हैं। अभी गौर से अपने चेहरे को देखते हुए, मैंने आश्वस्त करनेवाली उस किशोरी की याद की थी, जो किस्से के पिछले अध्याय के समय तक, मेरी तरफ आँख उठाकर देखना भी पसन्द नहीं करती थी, लेकिन आज की तारीख तक आते-आते, जो मुझसे अपने किशोर जीवन के गोपनीय अन्तरंग अनुभवों तक को शेयर कर चुकी थी। पर तरह-तरह की पिद्दी बीमारियों से घिरे, मेरे डरे हुए मन को इस तरह के आश्वासन कोई स्थायी तो क्या, देर तक टिकनेवाली राहत भी नहीं दे पाते थे। अभी राजू की दुकान में, याने सेलून में कुर्सी पर गर्दन टिकाकर, उसे गर्दन के पास के बाल पर कैंची-कंघी चलाते देखकर, याने कैंची की कच-कच आवाज सुनकर, ऊँची ओधनी पर टिकी गर्दन के बावजूद, आईने में मुझे अपना चेहरा पीला-पीला सा लग रहा था, जैसे वह किसी आसन्न बीमारी की सूचना हो। मैंने उसे गौर से देखने की कोशिश की थी। इससे राजू ने फिर से मेरे सिर को हल्के से दबाकर ओधनी में कुछ पल और टिके रहने की सांकेतिक हिदायत दी थी। तब भी मुझे अपने माथे के ऊपर का गंज और अपनी बरौनियाँ दिखाई पड़ रही थीं। बाईं बरौनी के बेतरतीब खड़े बालों को देखकर मुझे अपनी शक्ल खासी बदसूरत लगी थी। तभी मेरी नजर दाहिनी ओर पड़ी थी। वहाँ का बहुत पुराना काला दाग मुझे थोड़ी तेजी से बढ़ता नजर आया। फिर मैंने अपने दाढ़ी-भरे चेहरे को गौर से देखने की कोशिश की। अब मुझे इस बात की सुविधा भी थी, क्योंकि मैंने ओधनी में गर्दन लटकाई नहीं थी, सीधे सरल ढंग से टिकाई थी, क्योंकि अब राजू असल दाढ़ी कतरने में लगा था। पर उस समय आँखों को खुला रखना सम्भव नहीं था। सम्भव तो था, पर खुले रखने में बाल, पंखे की हवा से उड़कर सीधे मेरे चेहरे पर आने लगते थे। खतरा यह था कि कोई भी नन्हा केश आँख में घुस जा सकता था। ऐसा कई बार हो चुका था। उस अनुभव की तकलीफ को मेरी स्मृति ने कुछ ऐसी चौकसी के साथ सहेज कर रखा था, कि कैंची और कंघी के दाढ़ी के हिस्से में आते ही, मेरी आँखें अपने आप मुँद जाती थीं।

लेकिन मुझे यह जानकर हैरत हुई, कि आँखें मूँद लेने के बाद भी राजू के आईने में मुझे अपना चेहरा उसी तरह दिख रहा था, जैसा अभी दो पल पहले मैंने खुली आँखों से देखा था। यह महज सोच में नहीं, सच में अपने को देखना था। हो सकता है कि सच में नहीं, सपने में मैंने वह दृश्य देखा हो, पर देखते समय तो हर किसी को सपना भी सच जैसा ही लगता है। मुझे भी आँख मूँदने के बाद भी आईने

में उभर आनेवाला अपना वह चेहरा सच ही लग रहा था। उसे देखते ही मैं डर गया था। पता नहीं क्यों मुझे लगा था, कि यह मेरा अपना चेहरा नहीं है। पूरे चेहरे की पहली झलक की जो स्मृति थी, वह मुझे अपना ही बिम्ब दिखाती थी, पर अभी आँख मूँदने के बाद मुझे लगा कि मैंने अपना नहीं, किसी भयानक क्रूर और अत्याचारी आदमी का चेहरा देखा है। मैंने पल-भर के लिए आँखें खोलने की कोशिश की थी। उस एक पल में मुझे अपनी नाक दिखी। वह उस कसाई की नाक की तरह लगी, जो अपने ठीहे पर बकरे की बोटियाँ निकाल रहा था। मुझे हैरत हुई। मैंने तत्काल अपनी आँखें बन्द कर लीं। पर वह आदमी अपनी मूछों और सुतवाँ नाक सहित, इस तरह मेरी आँखों के भीतर बस गया था, कि मुझे लगा, कि मैं एक दहशत-भरे दुःस्वप्न से गुजर रहा हूँ। मैंने फिर अपनी आँखें खोल दीं। तब अपने निचले ओठ को देखकर मुझे लगा, कि वह मोटा और भद्दा लग रहा है। दो पल गौर से देखने के बाद मुझे लगा, कि मैं अपने शहर के मशहूर सट्टेबाज के उस नवधनाड्य औरतबाज भांजे को देख रहा हूँ, जिसने पिछले पाँच बरस में पाँच करोड़ की जायदाद खड़ी कर ली है। इस भांजे के मामा से तो मेरी अच्छी पहचान थी, पर रईस भांजे को मैंने सिर्फ एक ही बार देखा था। आँखें मुँदे रहने पर भी, दर्पण में इसे अपने चेहरे की जगह देखना डरावना था। मुझे लगा कि अदृश्य खूनखराबों, हत्याओं, डकैतियों और चोरियों से भरे इस कामुक किस्से का मैं एक ऐसा चरित्र हूँ, जिसकी अपनी कोई निजी शख्सियत नहीं है, जो पत्थर की मूरत की पत्थरदिली के साथ, अपने लालचों से भरे इस किस्से में बहता हुआ, इतना असहाय हो चुका है, कि उसके अपने शहर के छँटे हुए बदमाश, जैसे उसके अपने चेहरे पर अख्तियार कर चुके हैं। मैं जानता था कि मैं अपने अनाप-शनाप सोचने को ही देख रहा था। पर यह भी कम भयानक बात नहीं थी, कि आँख गड़ाकर कुछ पल देखने के बाद, मेरे पूरे चेहरे को बनानेवाले अंग, जैसे एक दूसरे से अलग हो जाते थे। अलग होते ही उनमें से हर अंग, किसी ऐसे शख्स का चेहरा दिखाता था, जिसके साथ रोजमर्रा की जिन्दगी में मेरा कोई सम्पर्क नहीं था। मसलन अभी तीसरी बार जब मैंने आँखें खोलीं, तो पहले मुझे वह कबाड़ी दिखा, जिसने शहर से पाँच किलोमीटर दूर, उद्योगों की काली धूल से भरे जंगल के बीचोंबीच एक आलीशान थ्री स्टार होटल बनवाया था। मजे की बात यह है कि इस कबाड़ी की मैंने कभी शक्ल भी नहीं देखी थी। फिर मैंने उस वकील की शक्ल देखी, जो कबाड़ी के उस नए थ्री स्टार होटल में, अपनी बेटी की सगाई का उत्सव मना रहा था। उस दिन इस आईने में नहीं, बल्कि सीधे और साफ अपनी आँखों के सामने मैंने देखा था, कि वकील की नाक हूबहू उस कसाई की नाक जैसी थी, जिसे मैंने आईने में बहुत बाद में देखा था और डर कर आँखें मूँद ली थीं। आँखें खोलने और मूँदने की इस कष्टदायी प्रक्रिया का असल कारण मेरे दिमाग में ही मौजूद था, पर उस शाम इतने सुन्दर स्वप्नों की

इच्छाओं से भरा, जब मैं अगली पार्टी में जाने के लिए दाढ़ी ट्रिम करवाने मुहल्ले से इतनी दूर के इस सेलून में आया था, तब दिमाग की आँख के सामने और आईने में उभरते, ऐन मेरे चेहरे के ऊपर इन अ़जीबोगरीब चेहरों की निरन्तर आवाजाही, मुझे बेचैन किए दे रही थी।

अपनी सारी बदहवासी और बेचैनी के बावजूद मुझे यह पता था कि सिर्फ कैंची और कंघी से, यानी बिना उस्तरे या आधुनिक मशीन के इस्तेमाल के, दाढ़ी ट्रिम कराने की प्रक्रिया एक सुदीर्घ प्रक्रिया है, और तब यह भी जरूरी है कि पंखे की हवा से उड़-उड़ कर आनेवाले नन्हे केश-कणों से, नयन-रक्षा हेतु आप अपनी आँखें मूँदे रहें।

पर मुँदी आँखों के बावजूद आईने में अपने चेहरे का यह पल-पल बदलता रूप?

शुक्र है कि चेहरे पर ठंडे पानी के स्प्रे के साथ, कोई लिक्विड लगाते हुए, राजू गुनगुनाया, धीरे-से आजा रे अँखियन में निंदिया, आ जा रे आजा।

मैं उस मीठे स्वर में बहता सेलून से बाहर निकला। स्कूल के अहाते के भीतर के पुराने पीपल के पेड़ पर मेरी नजर गई। पत्तियों के बीच से झाँकते आसमान की ओर देखते समय मुझे लगा कि मैं बहुत हल्का महसूस कर रहा हूँ। हर तरह की सोच से मुक्त होने के इस हल्केपन का अनुभव सुखद था। धीमी हवा में हिलती पत्तियों को देखना, जैसे होने के हल्केपन को बचपन की तरह जानना था। नहीं जानने जैसा सुन्दर और सुखद। जैसे पेड़ से टूटकर गिरते पत्ते की तरह हवा में तिर रहा हो पूरा वजूद। जैसे यह नहीं होने की ओर उड़ते चले जाने की एक आकस्मिक शुरुआत हो। यह सिर्फ आज या अभी का अनुभव नहीं था। इसके पहले भी होने के हल्केपन को मैंने अजीबोगरीब दृश्यों या आकारों में देखा है। जैसे अभी आसमान को ताकते हुए, शाम की आखिरी रौशनी में, सफेद बादल के एक टुकड़े को ताकते हुए मैंने बिलकुल करीब, एक बड़े ड्रम में नल से गिरते जल की धार को देखा। लगभग तीन चौथाई भर चुके उस ड्रम में पानी के कई बुलबुले बन रहे थे और पल-भर में फूट रहे थे। एक अपेक्षाकृत बड़े बुलबुले को गौर से देखते समय, दिखा उसके एक हिस्से में ढलते सूर्य का बिम्ब। फिर वह बिखरा, तो जैसे सूरज उसके पड़ोस के बुलबुले में समा गया। यह एक नन्हा बुलबुला था, जो देखते न देखते सिरा गया। और तब मेरी नजर पड़ी, पानी की सतह पर सरकते कीड़े की ओर। वह ड्रम की दीवार से चिपका था। पता नहीं वह कौन-सा कीड़ा था। शायद केंचुए की जात का ही हो। पर नल से तेज गिरते पानी की धार के बीच, बुलबुलों के बनने और फूटने के उस अजीब समय में, वह ड्रम की दीवार पर ऊपर चढ़ने और बाहर आने की प्राणपण कोशिश में लगा था। उसे देखते हुए मैं बुलबुले में दीखते सूर्य-बिम्ब के साथ, होने की इस विलक्षण जिजीविषा की तुलना करते हुए अचानक मुस्कराया।

यह शायद संसार में वापस आने का एक संकेत था। इसी ने याद दिलाया, कि मैं अपने प्रायमरी स्कूल के पीपल के पेड़ के नीचे खड़ा हूँ। पास के नल के नीचे भरते ड्रम में, पानी की मार से बेचैन कीड़े की छटपटाहट के बीच, होने के हल्केपन की रूमानी कल्पना में उड़ने की एक खयाली कोशिश कर रहा हूँ। तभी बाजू के ठेलेवाले ने मुझे नमस्कार किया।

मैं पलटा। उसके अभिवादन का जवाब देते हुए भी मैं अचानक की स्मृति और स्वप्न की उस सिहरन से बाहर नहीं हो पाया था, जो दाढ़ी ट्रिम कराने के बाद मैंने महसूस की थी। खासकर इस अर्थ में कि केवड़ाबाड़ी के सामने बन गए मन्दिर की दीवाल पर बनी धार्मिक पच्चीकारी की फूहड़ता को ताकने के बाद, धर्म के धन्धे में धड़ल्ले से जारी, तरह-तरह की फूहड़ताओं के भदेस संस्करणों की याद करते हुए, मैं पल-भर सामने खड़े ठेलेवाले को भूलकर, उसके बड़े भाई की याद में खो गया था।

मन्दिर तब भी दिमाग के केन्द्र में था। पिछले दरवाजे से बहुत पहले की भावुक स्मृतियों का एक रेला भी मुझे पिछला याद दिलाते हुए यह चेता रहा था, कि हुजूर, आप मानवीय औसत आयु पार कर चुके हैं, तरह-तरह की पिद्दी बीमारियों से ग्रस्त हैं, किसी भी शारीरिक तकलीफ की बेमालूम-सी स्मृति के बाद, अन्त की दहशत में काँपते, थरथराते जीवन के ऐसे लालचों से चिपके हैं, जिसकी कल्पना तक आपका कोई हमउम्र नहीं कर सकता। बार-बार अपनी आधी-अधूरी आस्तिकता में, कभी शंकर से, तो कभी जगन्नाथ से, कभी साईं बाबा से, तो कभी शनिवार को लोहे का शनि लेकर आने वाले शूद्र शनि सेवक के तेल के तेल-भरे लोटे में डूबे शनिदेव से, मन-बेमन से एक ही प्रार्थना करते रहते हैं, कि हे प्रभु, खटिया न पकड़वा देना, तो फिर आज केवड़ाबाड़ी में बब्बन के ठेले के सामने, कौशल को याद करते हुए, बचपन और यौवन की ऐसी स्मृतियों के लिए अपना पिछला दरवाजा भी बन्द कर दीजिए, क्योंकि आप जानते हैं कि ये स्मृतियाँ आपको सूख चुके काम-कूप के कीचड़ में धकेल देती हैं, जहाँ आप तब तक छटपटाते रहते हैं, जब तक किस्से का कोई दयालु पात्र आपको उस सूखे अन्धे कुएँ से निकालकर, ऐसे सरल-सीधे रास्ते पर खड़ा नहीं कर देता, जो आपके इस बेसिरपैर के किस्से की भूलभुलैया तक जाने की राह है।

यह मेरी अन्तरात्मा की आवाज नहीं थी। मेरे किस्से के उस चरित्र की पुकार थी, जिसे मैं पिछले कई महीनों या शायद वर्षों से खोज रहा था। बब्बन के नमस्ते का सिर हिलाकर जवाब देने के बाद, उसकी ओर बुरबक की तरह ताकते, जब मैं उसके चिढ़ते चेहरे पर उभरते सवालों से बेखबर, किसी विचित्र पुकार में डूबा था, तो किस्से का वह चरित्र जैसे शब्दशः आसमान से टपका और सामने की उस टपरा दुकान में दाखिल हो गया, जहाँ एक टीन के छप्पर से लटकते साइनबोर्ड में, एक

स्कूटर का चित्र बना था और बाजू से लिखा था, शंकर इंजीनियरिंग वर्क, और इसके नीचे यह भी, कि यहाँ हर तरह के स्कूटर और मोटरसायकिल गारंटी के साथ सुधारे जाते हैं।

यह रघुनाथ साहू के बेटे की दुकान थी।

इस दूकान की एक रोचक और किसी अजनबी दर्शक के लिए विचारोत्तेजक खासियत यह थी, कि जहाँ पर यह बोर्ड टँगा था, उसके ठीक नीचे, सीमेंट का एक पक्का चूल्हा बना था, बल्कि कहें कि दो चूल्हे बने थे और यहाँ स्कूटर या मोटरसायकिल के औजारों का नामोनिशान तक नहीं था। शाम की शुरुआत के पहले ही वहाँ चूल्हे के सामने, एक छोटा एक्झास्ट घरघराने लगा था, और शायद कोयले की भट्ठी में कोयले तमतमाने लगे थे, पर अभी चूल्हे पर कोई बर्तन नहीं चढ़ा था। और चूल्हे के ठीक पीछे, मेरी नजरों के सामने रघुनाथ साहू का लड़का बैठा हुआ था, जिसका नाम मैं नहीं जानता था।

इससे बहुत पहले एक दिन मैं खुद भी दुकान के साइनबोर्ड को देखकर अचानक ठिठका था और मैंने कौशल से पूछा भी था कि इस साइनबोर्ड का मतलब आखिर क्या है, क्योंकि यह तो उस मुहल्ले के बच्चे तक जानते थे कि यह दारू का अड्डा है। यह मूलत: बेजा कब्जा की गई जमीन पर बना अवैध शराब का ऐसा अड्डा था, जिसे शायद स्थानीय प्रशासन ने जान-बूझकर नजरअंदाज कर रखा था। वैसे खुद मेरा आँखों देखा अनुभव तो यह भी है कि महीनों पहले एक दिन जब मैं अपने बचपन के एक पुराने पियक्कड़ मित्र के साथ इस दुकान की सीमेंट की बेंच पर बैठकर, व्हाइट मिस्चीफ का एक पैग डिस्पोजेबल ग्लास में पी रहा था, तो मैंने अपने डरपोक स्वभाव के चलते मित्र के सामने यह शंका जाहिर की थी कि कहीं पुलिस...

उसने एक पतली मुस्कान से मेरी आशंका खारिज कर दी थी, और आश्वस्त किया था कि वो है न। वह कचहरी का बड़ा बाबू था और इस नाते पुलिस विभाग में उसकी वाकफियत के बहुत सारे लोग थे। इसके बावजूद मैं मारे डर के थोड़ी बड़ी-बड़ी घूँट ले रहा था, जिससे मेरे सीने में जलन सी हो रही थी। मैंने देखा था कि मेरे बड़े डिस्पोजेबल ग्लास में तब भी कम पानीवाली दो तिहाई कड़वी दारू मौजूद थी। तभी मेरी नजर राहत के झोंके की तरह आए पुलिस के हवलदार पर पड़ी थी, जिसे रघुनाथ के लड़के ने खुलेआम काँच के ग्लास में दारू के साथ, दाहिने हाथ से सौ का एक पत्ता थमाया था। उसके बाद मैंने इत्मीनान से व्हाइट मिस्चीफ को मिनरल वाटर से डायल्यूट किया था और छोटी घूँटों में हल्की करुआहट का आनन्द लेते हुए, तली हुई चिंगरी कुतरने लगा था।

पर इसके कई दिनों बाद, एक दिन अचानक कौशल के यहाँ, स्टील के ग्लास में दारू पीते हुए, उसके बाजू की इस दुकान को मैंने बन्द पाया था। मुझे हैरत हुई थी और मैंने कौशल से पूछा था।

आम तौर पर मुझसे बातें करते हुए कौशल अपने स्वर को भरसक विनम्र और थोड़ा बौद्धिक बनाने की कोशिश करता है, हालाँकि वह दिमाग से इतना ठस्स है, और औपचारिक पढ़ाई के मामले में मिडलची होने के बावजूद, किताबी ज्ञान और भाषा के मामले में इस हद तक कंगाल और कमसमझ, कि उसे अगर एक मामूली- सी दरख्वास्त भी लिखनी हो, या बच्चे के एडमिशन के लिए किसी स्कूल का कोई फार्म भरना हो, तो इसके लिए उसे अपने पड़ोसी वकील के घर जाना पड़ता है, जो कैसी भी लिखा-पढ़ी के लिए अर्जीनवीसी के सांप्रतिक दर के हिसाब से उससे पैसा वसूल लेता है। कौशल को यह बात इसलिए बुरी नहीं लगती कि उसे पता है कि वकील उससे ठगी नहीं कर रहा, जैसे यह भी पता है कि जिला कचहरी में नब्बे, बल्कि पचानबे फीसदी वकीलों की इतनी भी कमाई नहीं होती, कि वे कचहरी आने-जाने में मोपेड या स्कूटर के पेट्रोल का खर्च भी निकाल सकें।

कौशल ने जब बोलना शुरू किया तो मुझे इस बात पर हैरत हुई कि उसने अपना स्वर इस तरह धीमा कर लिया था कि मेरे बहरे कान उसे ठीक से सुन भी नहीं पा रहे थे। पर अपनी शर्म और संकोच के चलते मुझे यह हिम्मत भी नहीं हो रही थी, कि मैं उससे साफ-साफ यह कहूँ कि मैं उसे ठीक से सुन नहीं पा रहा हूँ। लेकिन तभी मैंने मार्क किया कि चूँकि यह मामला पुलिस से सम्बन्धित था, इसलिए अचानक ही वह अपने नॉर्मल वाल्यूम से थोड़ा और नीचे चला गया था। पर वह ज्यादा देर तक संयम में नहीं रह सका, और उसने बताया कि, ''यह रघुनाथ साहू, बहुत लालची है। एक तो वह सौ के पौवे को एक सौ तीस में बेचता है, तिस पर उसमें भी कम से कम बीस फीसदी पानी मिला देता है। अब आपसे क्या बताऊँ भैया, कि यह आदमी आज की तारीख में, एक तिमंजिला बना चुका है, और वह भी इसी दारू की कमाई से।''

कौशल ने काफी खुले स्वर में कहा। मैंने उसकी आँखों में आँखें डालकर देखा। वहाँ कहीं भी ईर्ष्या नहीं थी। पर उसका बयान पूरा नहीं हुआ था, सो उसने समापन करते हुए कहा, ''आखिर जात का तेली है।''

''मतलब ?''

''मतलब साफ है भैया, कि उसे अपनी इज्जत की कोई परवा नहीं है। अगर दो-चार दिन जेल-हवालात में गुजारने पड़ जाएँ, तो कोई बात नहीं। कोई सामाजिक इज्जत तो इनकी है नहीं। और फिर आप तो जानते हैं कि इस इलाके में एक तेली साँप भी होता है।'' कौशल मुस्कराया।

पर साँप तो उसकी और मेरी जात का भी होता है, लेकिन उसे बाम्हन नहीं बम्हनिन कहते हैं, मैंने अचानक सोचा और उसकी ओर देखकर मुस्कराया। मैंने उससे यह कहा नहीं।

कुछ पलों की खामोशी के बाद उसके चेहरे को फिर गौर से देखा। वहाँ अभी भी किसी तरह की कोई जाहिर चिढ़ या ईर्ष्या, या जाति द्वेष जैसी कोई भावना नजर नहीं आई। यह भी कहीं से एहसास नहीं हुआ कि वह खुद अपने जन्मजात बाम्हन होने की वजह से किसी किस्म की कमतरी का एहसास कर रहा था।

लेकिन मैं उसी तरह उसके चेहरे पर आँखें गड़ाए हुए था। जिस जिज्ञासा के चलते मैं उससे मुखातिब हुआ था, उसकी ओर उसका तो क्या, मेरा अपना भी ध्यान भंग हो चुका था। जैसे कौशल के चेहरे पर आँखें गड़ाए हुए, मैं उसे नहीं, किसी और को देख रहा था। दारू की थोड़ी तेज करुआहट और ओठों को थोड़ा जाहिर ढंग से महसूस होती, स्टील गिलास की हल्की ठंडी छुअन की सोच, पल-भर के लिए दिमाग में उभरी। मैंने अपने आपको वस्तुस्थिति में लौटा लाने की कोशिश की, लेकिन तब भी मेरे लिए उसके गम्भीर भाषण-को रोक पाना मुश्किल था।

"दरअसल, यहाँ जब मेरी दूकान बनी थी, तो बाजू की यह जगह बिलकुल खाली थी। वो तो मैंने सोचा कि क्या करना है इतनी सारी जमीन घेरकर।" उसने कहा, "तो फिर इस बाबूलाल ने, इसे भड़काया, कि वह यह जगह घेर ले। उसके पहले यह मन्दिर के नीचे पेड़ की छाँव में ठेला लगाता था।"

मैं चौंका। पेड़ की छाँव में तो उसके अपने भाई की दूकान थी।

"कब की बात कह रहे हो?" मैंने सहज स्वाभाविक जिज्ञासा के साथ पूछा, "वहाँ तो बब्बन का ठेला है।"

"पीपल नहीं, थोड़ा पीछे के नीम के नीचे," उसने कहा, "मांसाहारी ठेला था भैया, और सारी गंदगी वहीं स्कूल के गेट के पास मन्दिर के ठीक पीछे के डाल देता था। फिर शायद हेडमास्टर ने शिकायत की, तो बाबूलाल की मदद से उसने यह जगह घेर ली। और अब यहाँ रात दिन मुर्गा अंडा," उसके चेहरे पर पहली बार कुछ इस तरह का विकार आया, जैसे अनजाने में उसने कीमे का समोसा खा लिया हो।

लेकिन उसके इस विभोर बयान में न सिर्फ मेरी मौलिक जिज्ञासा दब गई थी, बल्कि बाबूलाल नाम सुनते ही मैं अपने किस्से के चरित्र के साथ-साथ एक दूसरे बाबूलाल के बारे में सोचने लगा था, जो आज मेरे शहर की राजनीति का एक प्रमुख स्तम्भ है। पाठकों की सूचना के लिए यह बताना जरूरी है कि इस अध्याय में तो यही बाबूलाल है, जिसे मैं बरसों से खोज रहा था, पर अगले अध्याय की कल्पना, अभी से कुलबुलाती छेड़ रही है, कि दूसरे बाबूलाल के बारे में भी आंशिक सूचना तो दे ही दो, कि अतीत में एकदा ये दोनों ही बाबू, एक जैसे धन्धे में लगे थे। और

उनमें से एक, देखते-देखते विधायक के आसन तक पहुँचते-पहुँचते रह गया था, क्योंकि मौके पर खुद उसके अपने दल के विश्वस्त साथियों ने उसकी पीठ में छुरा भोंक दिया था।

इस दूसरे बाबूलाल की याद की वजह भी यह कौशल ही था। उसी ने कभी उसके बारे में भी विस्तार से बताया था। वही किस्सा अभी रघुनाथ साहू की दूकान के बन्द होने की घटना के बारे में जानने की जिज्ञासा के दौरान, फिर अन्दर मचलने लगा था। लेकिन मूल खुजली भी अब जोर मारने लगी थी। दारू की नींव पर तिमंजिली इमारत खड़ी कर लेनेवाले रघुनाथ साहू की दूकान आखिर बन्द क्यों है? सो मैंने दूसरे बाबूलाल को फायनली दूसरे अध्याय के लिए टालकर, इस बाबूलाल के विषय में कौशल को याद दिलाने की कोशिश की, जो जात का तेली नहीं था। होने को यह भी उस दूसरे मगर कुछ ज्यादा विख्यात बाबूलाल का जात-सगा ही था, याने यह भी बनिया था, लेकिन परदेसी। रहता यह तेलियों के मुहल्ले में था, और इसका कारोबार तो आज पूरे शहर में फैला था। पर मेरी दिलचस्पी उसमें सिर्फ इसी वजह से थी कि साँवली छरहरी सीमा, उसके घर में भी झाड़ू पोंछे का काम करती है, और इस नाते से वह मेरे किस्से का एक प्रमुख पात्र है। मैंने सीधे-सीधे कौशल से पूछा, "लेकिन उसकी दूकान बन्द क्यों है?"

"बंद है क्योंकि दुकानदार जेल में है।" कौशल ने थोड़ी व्यंग्यात्मक मुस्कान के साथ कहा।

मामला साफ था कि रघुनाथ साहू पुलिस की सपड़ में आ गया था। पर वह तो इस पेशे का, या इस तरह के पेशों का पुराना खिलाड़ी था। बाद में थोड़े स्वाभाविक ढंग से कौशल ने पूरे मामले का खुलासा किया था, कि मामला पिछली रात का ही है, और अब तक तो शायद वह बाहर भी आ चुका होगा। सच तो यह है कि पूरे शहर में अवैध दारू के धन्धे, जुए के अड्डे, और बांबे मटके के सट्टे का कारोबार, पूरी तरह पुलिस की जानकारी में ही चलते हैं। यह बात कौशल को भी पता थी, और मुझे भी। तो रघुनाथ साहू की दुकान पर शंकर इंजीनियरिंग वर्क्स जैसे साइनबोर्ड के लटकने का मूल कारण, शहर का एक्साइज विभाग था, जिसने अचानक उसके यहाँ एक दिन धावा बोल दिया था।

और यह बात उस दिन की कथा नहीं थी, जब मैं नाई की दुकान से निकलकर अपने पुराने प्रायमरी स्कूल के पीपल की छाँव तले, पार्टी में जाने के पहले अन्यमनस्क सा टहलते रहने के बावजूद अपने किस्से के इस अध्याय के प्रमुख चरित्र, बाबूलाल को खोज रहा था। और जो मेरी आँखों के सामने अभी कुछ मिनट पहले रघुनाथ साहू की उस दुकान में घुसा था, जहाँ ऊपर टीन टट्टे के छप्पर से स्कूटर के चित्रवाला साइनबोर्ड झूल रहा था, और जिसने मुझे बहुत पहले के उस पुलिसिया वाकये में गोता लगाने के लिए मजबूर कर दिया था।

पर मैं कितने समय तक इस बेतुकी स्मृति के काले पानी के अन्दर आँखें फाड़े तैरता रहा था ? जानने के लिए मैंने अपनी घड़ी देखी। और फिर शुरू गर्मी या जाती ठंड के साथ रघुनाथ साहू की दुकान में दाखिल हुआ, जहाँ बाँस के टटिये की दीवार थी, टीन का छप्पर था, सीमेंट का चूल्हा था, टट्टे के नीचे सीमेंट की बेंच थी, सामने टेबल थी, और बाबूलाल सीमेंट की बेंच पर एक लम्बा प्रिंटेड कागज टेबल पर फैलाए ध्यानमग्न बैठा था। कागज पर इबारत के नाम पर सिर्फ संख्याएँ थीं।

वह इन संख्याओं के अध्ययन–मनन में इस कदर एकाग्र था कि उसे मेरे आने और उसके लगभग बाजू में बैठ जाने की खबर ही नहीं हुई। स्वाभाविक रूप से मुझे इससे थोड़ी ठेस लगी। ऐसा शायद ही कभी होता था, कि मेरे आने के बाद इस दुकान में बैठे परिचित, मेरा अभिनन्दन न करें, क्योंकि बाम्हन होने के कारण हर किसी की पालागी झोंकना, जवाब में सिर हिलाना, या जय हो कहना, मेरा जन्मजात या जन्मसिद्ध अधिकार था। दूसरी बात यह कि इस इलाके का सबसे बड़ा पुलिस अफसर मेरा मित्र था। तीसरी यह भी कि कभी–कभार यहाँ 'जनता' के साथ दारू पीते हुए और जनदर्शन करते हुए, मैं अपने कमउम्र वकील दोस्त के साथ जिस तरह लहराते हुए अंग्रेजी में बात करने लगता था, उससे यहाँ उपस्थित लोगों की आँखें फट–सी जाती थीं, और हर कोई मेरी ओर अकारण सम्मान और सम्भ्रम से ताकने लगता था।

लेकिन अभी जब इस बाबूलाल को किसी अखबारनुमा बड़े कागज पर मैंने एकाग्र ध्यानमग्न देखा था, तो इस नए अनुभव से मैं थोड़ा तिलमिलाया था। तभी 'पालागी महाराज' की आवाज सुनकर मुझे आश्वस्ति हुई थी, हालाँकि मैंने उस आवाज से उस चेहरे को पहचाना नहीं था। थोड़ी राहत के अनुभव के साथ, मैंने उसकी तरफ मुखातिब होते हुए उसे पारंपरिक आशीर्वाद दिया।

यह भागवत था। जात का बराई। कुछ लोग बरई भी कहते हैं। इनका पुश्तैनी धन्धा पान का है। हिन्दीभाषी शायद इन्हें तम्बोली भी कहते हैं। खुद यहाँ के लोग अपना सरनेम, हमारे वक्तों से ही थवाईत लिखने लगे हैं।

भागवत को देखते ही मुझे उसकी जात की याद नहीं आई थी। पिकनिक की याद आई थी। और उसी के साथ याद आई थी रमी के फड़ की। नवागढ़ी की। लाली और गुलाबी और सरिता बरेठ की। और इस बात की, कि भागवत ने कितना सुन्दर दुमंजिला मकान बनवाया है अभी हाल में। इतनी सारी यादें तेजी से सरसराते हुए दिमाग से गुजरी थीं। फिर मैंने देखा था कि संख्याओं में मगन बाबूलाल के अलावा एक वही है, जो उस वक्त रघुनाथ साहू की दुकान में मौजूद है। अभी सिर्फ पाँच सैंतीस हुए थे। एक बार मेरी इच्छा हुई कि कमउम्र वकील दोस्त को खबर देकर शुरुआत कर ही दी जाए। पर उसके पहले मैंने भागवत से पूछा कि आखिर यह बनिया बाबूलाल कर क्या रहा है इतने ध्यान से।

'ओपन और क्लोज के जोड़–तोड़ में लगा है, महाराज।'

'माने ?' मैंने पूछा था।

'माने सट्टे के फायदेमंद नम्बर के लिए गणित लगा रहा है।' भागवत ने कहा।

उसकी बात सुनकर तत्क्षण तो मुझे यह बात याद आई कि अभी थोड़ी देर पहले ही बिस्सू के भाई की दुकान पर दाढ़ी ट्रिम करवाते हुए, मुझे शहर के बीते जमाने के मशहूर सट्टेबाज के भांजे की याद आई थी, और–अभी उसके मामा की, जिससे मेरा काफी अच्छा सम्बन्ध था और जिसके बारे में मेरा खयाल था, कि था यह जुआरी, एक गजब का आदमी और कंजूस–मक्खीचूस बनियों की जात में तो यह आधुनिक युग के दानी कर्ण की तरह लगता था। बाबूलाल को सट्टे के नम्बर के लिए गणित लगाते कनखियों से ताकते हुए और भागवत के चश्मेवाली आँखों को सीधे देखते हुए, जैसे अपने आप को सुनाते हुए मैंने कहा, "इस शहर में अगर कोई दिलदार सेठ था, तो वह था दयाल सेठ।"

"आप बिलकुल सही कह रहे हैं महाराज।" भागवत छूटते ही बोला। उसकी आवाज में न सिर्फ तुर्शी थी, बल्कि कुछ ऐसी भावुकता भी थी कि लगता था, जैसे वह अपने परिवार के किसी बुजुर्ग की याद कर रहा हो। और तब मुझे थोड़ी हैरत हुई थी कि आखिर इतने धार्मिक विश्वास के साथ इतनी भावुक भाषा में वह दयाल की प्रशंसा क्यों कर रहा है।

"तुम उसे जानते थे," मैंने सहज भाव से पूछा।

"मैं तो उसके मरते तक उसके साथ था महाराज। आज जो कुछ भी मेरे पास है, सब उसी का दिया है।"

"अच्छा।" मैंने कहा और सोचने लगा कि आखिर दयाल के साथ यह क्या काम करता रहा होगा। लेकिन भागवत तो पुरानी स्मृतियों में बहने लगा था। उसने फिर कहा, "जब आप लोगों की बैठकी होती थी, तो सारा इन्तजाम तो मैं ही करता था महाराज।"

और मैं बैठकी की याद करने लगा।

वह छठे छमाहे होनेवाली थोड़ी रईस और शिष्ट बैठकी ही होती थी, जहाँ दारू तो ऊँचे दरजे की होती थी, चखना उससे भी ऊँचा, पर नशा एकदम फिसड्डी, जैसे पी ही नहीं हो। इसी वजह से मुझ जैसे आदमी के लिए उस तरह के शाही इन्तजाम का कोई सनसनाता हुआ स्मरणीय अर्थ नहीं होता था, जैसे अभी रघुनाथ साहू की दुकान में पीने की सोचकर ही होने लगा था। लेकिन भागवत अभी भी स्मृति के नशे में ही बह रहा था, "मैं तो राऊरकेला में भी सेठ के साथ था महाराज, और मुझे याद है कि एक बार आप उसके अड्डे पर आए थे। आपने मछली का झोल और भात खाया था। वो मछली मैंने ही बनाई थी।"

मुझे याद था। दयाल की अचानक स्मृति के बाद, मुझे उसके साथ हुई मुलाकातों के कई किस्से याद आए थे। एक तो यही कि जब राउरकेला में मेरी नई सरकारी

नौकरी लगी थी, तब मैं ड्यूटी ज्वाएन करने के बाद अपने एक मित्र के साथ उसके अड्डे पर गया था। अड्डे पर, याने जुए के अड्डे पर। यह बात खास तौर पर मुझे इसलिए भी याद है कि वह दिन न सिर्फ मेरी नौकरी लगने का दिन था, बल्कि मेरा पुत्र भी उसी दिन पैदा हुआ था। और मैं स्वाभाविक खुशी में चहकता, उस अड्डे के लिए निकला था। जब मैं उस मकान पर पहुँचा था, जो स्टेशन के ओवरब्रिज के ठीक पीछे हैं, तब तक मैं यह नहीं जानता था कि यह दयाल का मकान नहीं, बल्कि जुए का अड्डा है, जो वह यहाँ के रईसों के और बिगड़ैल मध्यवर्गीयों के मनोरंजन के लिए चलाता है। लेकिन जब मैं मकान के सामने के बे-छत हिस्से के बाद, बड़े ही अजीबोगरीब भूगोल या सिविल डिजाइन वाले उस हॉलनुमा कमरे में पहुँचा, तो मेरा दिल जोरों से धड़कने लगा था। वहाँ तीन या चार फड़ थे, जहाँ इत्मीनान से, कुछ नहीं तो तीसेक लोग रमी या फ्लश के खेल में दत्तचित्त लगे हुए थे। दाहिने तरफ के कोने से मेरे नाम के साथ सम्मानसूचक जी लगाते हुए दयाल ने आवाज दी थी। मैंने देखा था कि हमारे स्वागत में उसके हाथ जुड़े थे। दयाल के बाजू से ही बेंत की बिनाईवाली दो कुर्सियाँ और थीं। हम दोनों जाकर उन कुर्सियों पर बैठ गए। तब मैंने देखा कि सामने के दूसरे कोने को घेरकर टेम्परेरी रसोई बना ली गई है और वहाँ एक नवयुवक पूरे मनोयोग से मछली की कांती निकाल रहा है। और हँसिये जैसे पौंसुल को एक पाँव से दबाकर मछली के टुकड़े काट रहा है। वास्तव में पूरी मछली लगभग काटी जा चुकी थी। वह आखिरी टुकड़े कर रहा था। उस छोटी-सी जगह में, साँवले-से छोकरे के बाजू से, उम्र में उससे बड़ी लगती एक साफ रंगवाली औरत सिल पर मसाला पीस रही थी। उसे पीछे से देखकर ही मुझे लगा था कि इसे कहीं देखा है। शायद केंवटा पारा में। पर वह पूरी जगह ऊपर से नीचे तक इतनी गन्दी लग रही थी, और रसोइया इस गंदगी से इतना बेखबर था, कि लगता था, गरम तेल के भगोने में मछली के टुकड़ों और मसालों के साथ बेशिनाख्त कीड़े-मकोड़े या कि तिलचट्टे और छिपकली तक तरकारी के साथ झोल में शामिल हो सकते हैं। पर इस तरह के खयाल के बाद भी मुझे मितली नहीं आई। शायद इसलिए कि खुलेआम शहर की मुख्य सड़क से सटी गली में बने इस दरकते पिचकते मकान को, बेखौफ जुआरियों के अड्डे के रूप में पाकर, मैं भीतर ही भीतर डर में काँप रहा था। पर मेरे चेहरे से इस बात का अन्दाजा लगा सकना मुश्किल था, क्योंकि डर के बावजूद मैं दयाल के राम-राम के बाद के कुशलक्षेम सम्बन्धी प्रश्न के उत्तर में, न सिर्फ हमारी साझी जान-पहचान वालों के विषय में ताजा जानकारी दे रहा था, बल्कि मौके-बे-मौके मुस्कान से सस्वर हँसी तक बढ़कर, उसे यह यकीन दिला रहा था, कि उससे मिलकर मुझे कितनी खुशी हुई है।

और सच तो यह है, कि जब मैंने यह सुना था कि दयाल भाई इन दिनों राउरकेला में हैं, तो नौकरी की सूचना मिलते ही, मैंने उसका वहाँ का पता मालूम

करने के लिए कुछ नहीं तो, दो घंटे तक पैदल चलते रहने का शारीरिक व्यायाम किया था, क्योंकि उसके राउरकेला के पते के बारे में जानकारी न तो उसके रिश्तेदारों को थी, और न उसकी जात-जमात के दूसरे व्यापारियों को। दयाल अपनी जात-जमात के दूसरे व्यापारियों के बीच ज्यादा लोकप्रिय था ही नहीं। उसके खतरनाक धन्धों की वजह से लोग उससे डरते जरूर थे, पर दुआ-सलाम के रिश्ते से आगे बढ़कर सम्बन्ध बनाने में हिचकते भी थे। शायद इसका कारण यह भी रहा हो कि दयाल ने अव्वल तो सामाजिक कायदे-कानून के मुताबिक शादी नहीं की थी, और उससे भी बढ़कर यह कि उसने एक क्रिश्चियन लड़की से शादी की थी, और एक ऐसी लड़की से, जो उन दिनों उस मुहल्ले की ही नहीं, बल्कि एक अर्थ में हमारे उन दिनों के छोटे-से हमेशा ऊँघते रहनेवाले कस्बे की भी, एक मशहूर लड़की कही जा सकती थी, हालाँकि सूरत और सीरत दोनों में उसमें कहीं कोई असाधारणता नजर नहीं आती थी। शादी के दौरान उसने उस क्रिश्चियन लड़की का विधिवत हिन्दूकरण किया था। यह वह समय था, जबकि हिन्दू गर्व से भरे स्थानीय राजनैतिक दल में आपरेशन-घरवापसी की कोई शुरुआत नहीं हुई थी। यह भी कि वह स्वयं हिन्दू समर्थक इस दल का सदस्य था और चुनाव के दौरान दल को उससे एक मोटी रकम चन्दे के रूप में मिलती थी, हालाँकि यह भी सचाई है कि सेकुलर दल को भी वह उतनी रकम चन्दे के रूप में दिया करता था। पर उसकी आस्था जैसे तैंतीस करोड़ देवी-देवताओं में थी, उसी तरह इस हिन्दू दल में भी थी, कि एक न एक दिन सारे देश पर हिन्दू धर्म की ध्वजा जरूर फहराएगी। उसके अपने रूढ़िवादी बनिए समाज में तो उसकी शादी की इतनी तीखी प्रतिक्रया हुई थी कि कई मालदार सेठों ने, उससे दुआ-सलाम का रिश्ता तक तोड़ लिया था। ऐसी स्थिति में ही शायद उसने यह निर्णय लिया था कि राउरकेला में भी कारोबार की शुरुआत कर देनी चाहिए।

तभी संयोग के चमत्कार से यह घटना हुई कि मेरी पहली सरकारी नौकरी राउरकेला में लगी। वहाँ जाने के पहले मैंने उसके कर्मचारियों के अलावा कुछेक बनियों से भी, उसके वहाँ के पते के बारे में पूछताछ की थी, पर कोई भी बता नहीं सका था। तब अपने मित्र की सलाह पर दयाल की पत्नी के भाई के बड़े लड़के प्रकाश के पास गया था, जो मेरा कुछ बरस पहले का विद्यार्थी था। उसी ने मुझे दाऊ का नाम बताया था, और कहा था कि वह तुर्कारी पारा में रहता है।

राउरकेला की इस नौकरी के पहले, केलो नदी से मिलते नाले के किनारे, कच्चे-पक्के मकान बनाकर रहनेवाले मुसलमानों और घसियों के इस मुहल्ले में मैं कभी गया ही नहीं था, जबकि बेकारी के ठलहे मनहूस दिनों में इसी मुहल्ले का चाँदनी चौक मेरी बैठकी का प्रमुख अड्डा था। वहाँ गया, तो पता चला कि जिसे प्रकाश ने दाऊ कहा था, वह वास्तव में दाऊद है और इससे भी ज्यादा वास्तव यह,

कि यह नाम उसने खुद रखा है और प्रचारित किया है, जबकि वह जात का पनका है। यह वह जमाना था, कि पूरे देश में ही नहीं, बल्कि पाकिस्तान और मिडिल ईस्ट या दुबई तक में, यह नाम एक मशहूर नाम बन चुका था। पहले मुझे लगा था कि शायद नाम की प्रसिद्धि के कारण ही उसके मन में यह नाम आया हो, एक आदर्श की तरह, लेकिन शायद उसकी भी हालत अपने बॉस जैसी ही थी, कि उसने दयाल के धन्धे की जनरल मैनेजरी शुरू करने के बाद, चिकने काले रंगवाली एक तुर्किन को रख लिया था, हालाँकि उससे विधिवत ब्याह नहीं रचाया था। और तब दो घंटे तक इधर-उधर भटकने के बाद तुर्कारी पारा में मुझे ढुस्स काला, हट्टा-कट्टा, मुच्छर्रा दाउद मिला था, जिसने मुझे बताया था, कि राउरकेला में दयाल सेठ का मकान, एक नम्बर प्लेटफार्म के ओवरब्रिज के ठीक पीछे है।

अभी उस मकान में बैठे, साफ धुली महीन धोती और धारीदार हल्की नीली कमीज में कुर्सी पर इत्मीनान से सिगरेट फूँकते, चेचक के दागों से भरे चेहरे की ललियाही और कामुक आँखों की ओर ताकते, मैं दयाल सेठ के यहाँ अपने होने को एक भयानक सम्भावित दुर्घटना की तरह देख रहा था, कि पहली सरकारी नौकरी के पहले ही दिन, जुए के अड्डे में धर न लिया जाऊँ। पर साफ-साफ शब्दों में सेठ के सामने यह बात रखने के बजाय, मैंने अपने मित्र की ओर देखा। वे मेरे रिश्तेदार भी थे। उनका चेहरा तो एकदम ही पीला पड़ गया लगता था। मेरे कुछ पूछने के पहले ही वे अंग्रेजी में फुसफुसाए, कि हमें यहाँ से तुरत भाग लेना चाहिए। सेठ को अंग्रेजी नहीं आती थी, लेकिन उनकी बात सुनकर वह मुस्कराया। बोला कुछ भी नहीं। मैंने उनसे कहा कि खाना तो खा लेते हैं। वे राजी दिखे। उनके मन में ताजा मछली का लालच था, जो उनके विवर्ण भयभीत चेहरे के बावजूद उनकी आँखों में चमक रहा था।

मछली बन चुकी थी। वहीं एक कोने में चटपट खाना निपटाने के बाद, वहाँ से निकलने के पहले जब मैंने दयाल से कहा कि भाई इतने खुलेआम यह काम? वह ठठाकर हँसा। ''आपने शायद गेट में घुसते हुए मार्क नहीं किया, कि राज्य पुलिस के दो सिपाही वहाँ पहरे पर लगे हैं,'' फिर आँख दबाकर बोला कि, ''जितनी तनखा एस.पी. को सरकार देती है महाराज, उससे तिगुना हर महीने वह मुझसे लेता है।''

आँख दबाकर कहे गए उसके उस अंतिम कथन को लोकप्रिय फिल्मों के खलनायक के डॉयलॉग की तरह याद करते हुए, हम उस अड्डे से निकले थे और बाहर निकलते ही मेरे मित्र ने मुझसे अपनी घिन जाहिर करते हुए कहा था, ''आप कैसे इस आदमी के चक्कर में पड़ गए?''

यह उनका प्रश्न नहीं था। घृणा थी, कि इस तरह के असामाजिक तत्व के साथ, मुझ जैसे पढ़े-लिखे आदमी का सम्पर्क कैसे हो गया। इस सम्पर्क पर यह

उनकी त्वरित घृणामूलक शरीफ टिप्पणी थी। मुझे उससे चोट भी लगी थी। पर ऐसे शरीफों, खासकर रिश्तेदार शरीफों के बारे में, मैं अच्छे से जानता था, कि परदे के पीछे, या कि मौका लगने पर वे खुद क्या कुछ करने के लिए तैयार नहीं हो जाते। इसलिए उनकी टिप्पणी जैसी प्रश्निलता पर कोई प्रतिक्रिया न करते हुए, मैं चुपचाप उनके साथ चलता रहा। बिसरा चौक पर उन्होंने सेक्टर जानेवाली बस पकड़ी, और मैं उसी रास्ते वापस आने लगा, तब भी मेरी आँखों में दयाल सेठ का चेचक-भरा चेहरा आ जाता था, और थोड़ी देर बाद तो उसके बारे में सोचते-सोचते, मैं कई बरस पहले की हमारी एकदम पहली मुलाकात के मुकाम पर पहुँच गया था।

उन दिनों मेरी नई-नई नौकरी लगी थी। प्रायवेट कॉलेज में। वह भी अपने ही शहर में। मेरे प्रिंसिपल एक सज्जन आदमी थे, जिनकी एक खूबसूरत लड़की थी। वह उन दिनों स्कूल फायनल में थी, पर लगती अपनी उम्र से बड़ी थी। तभी एक दिन सुबह मैंने अखबार में पढ़ा, कि स्थानीय कॉलेज के प्रिंसिपल की बेटी जब रिक्शे में घर जा रही थी, तो कोई गुंडा रास्ते में उसके रिक्शे पर चढ़ गया और उसने उसके कपड़े फाड़ने की कोशिश की और धमकियाँ दीं। उन दिनों हमारे ऊँघते कस्बे के लिए यह एक अप्रत्याशित घटना थी। यद्यपि पुलिस ने आरोपी को उसी दिन गिरफ्तार कर लिया था, पर हमारे प्रिंसिपल साहब दहशत में थे। मेरा एक मित्र था, जो गजब का डेयर डेविल था और ऐसी घटनाओं पर उसका खून खौलने लगता था। इसके अलावा वह हमारे प्रिंसिपल को मानता भी बहुत था। उसने पूरी घटना का पता लगाया। मुझसे मिला। बताया कि यह यहाँ के प्रमुख सट्टेबाज के द्वारा हरियाणे से लाया गया गुंडा है, जो उसके लिए वसूली का काम करता है। उधर मेरे प्रिंसिपल की हालत इतनी खराब थी कि वे लम्बी छुट्टी लेकर रायगढ़ से कहीं और जाने की जुगत में लगे थे। उन्हें भय था, कि जमानत पर छूटकर आने के बाद गुंडा फिर कभी भी इसी तरह की हरकत कर सकता है। उनका भय अकारण नहीं था। प्रिंसिपल की इस चुलबुली लड़की से गुंडे के काफी अन्तरंग सम्बन्ध बन गए थे। उसने उसको बीसियों गिफ्ट दिए थे। दोनों के बीच चिट्ठियों का आदान-प्रदान भी होता था। जाहिर है कि गुंडा, लड़की को छोड़नेवाला नहीं था। जब मैंने अपने मित्र से यह सब बातें बताईं, तो उसने कहा, कि तुम प्रिंसिपल से कह दो, कि तीन दिनों के भीतर वह लड़का जमानत पर छूटकर आएगा, और पहली गाड़ी से रायगढ़ छोड़ देगा, हमेशा के लिए। उसी दिन बीस-पच्चीस जवान छोकरों के साथ हम दयाल के घर गए थे। भीड़ का अन्दाजा लगाकर दयाल ने दरवाजा नहीं खोला था। बाहर से मेरा दोस्त रह-रहकर उसे और उसके भाड़े के गुंडे को जान से मार देने की धमकी दे रहा था। दयाल ने आर्त स्वर में खिड़की खोलकर कहा था, कि हम जो चाहते हैं, वह करने को तैयार है। उसकी इल्तिजा सिर्फ इतनी है, कि तीन लोग आकर उससे

कमरे में बात कर लें। दोस्त के साथ मैं और मुहल्ले का मेरा एक दूसरा मित्र अन्दर गए थे। वहाँ पहुँचते ही मेरे दबंग निडर मित्र ने बड़ी सधी और गम्भीर आवाज में जो कहा था, वह मुझे आज तक हूबहू याद है। उसने कहा था, ''तुम अपने भड़वे को किसी कीमत पर कल शाम तक जमानत दिलवा दो और मैं थाने के सामने ही उसे जान से मार दूँगा।''

दयाल मेरे दोस्त के पैरों पर गिर पड़ा था। दूसरे दिन ही जमानत पर छूटने के बाद गुंडे ने पहली गाड़ी से रायगढ़ छोड़ दिया था। हमेशा के लिए। वह सचमुच फिर कभी दुबारा नहीं आया, पर उस दिन के बाद से दयाल के साथ हमारी ऐसी दोस्ती हुई कि उसके मरते तक नहीं छूटी।

लेकिन जब मैं इतने ब्यौरों के साथ यह किस्सा याद कर रहा था, तो मैं राउरकेला में नहीं था। ये सारी बातें मुझे रघुनाथ साहू की दुकान में, सट्टे के प्रसंग में याद आ रही थीं। यादों के सिलसिले पर मेरा बस नहीं था। मैं अपने बाजू में बैठे, अपने किस्से के एक प्रमुख चरित्र बाबूलाल को ही नहीं, बल्कि भागवत को भी भूल चुका था, जिसके द्वारा दयाल का भावुक गुणगान सुनने के बाद अपनी स्मृति के किस्से में मैं किसी बेबस असहाय चरित्र की तरह बहता, अपनी पहली मुहब्बत की ट्रेजेडी को याद करने लगा था।

जिन दिनों दयाल से हमारी पहचान हुई थी, उन्हीं दिनों एक तीखे नाक-नक्शवाली युवती से मेरा अकस्मात परिचय एक यात्रा में हुआ था। उसका नाम था, समीरा पाल। चेहरे के गढ़न से ही वह बंगाली लगती थी। उसके पिता एल.आई.सी. में क्लर्क थे, और माँ दमे की मरीज थी। उसका भाई किशोर अवस्था से ही शराबी हो गया था। यह सब बातें पहली ही मुलाकात में ट्रेन में बताती, अपनी आवाज और आँखों की चंचलता से मेरे मन में कामना की चिनगारी दहकाती, यह लड़की उम्र में मुझसे थोड़ी छोटी रही होगी। इस पहले परिचय के बाद ही, यह दूसरे दिन हमारे घर आ गई थी। बहाना यह था, कि उसे मुझसे हिन्दी पढ़नी है। और उसके बाद तो दीवानगी का एक ऐसा दौर चला था कि दिन-रात मैं उसके सपने देखने लगा था। उसके घर में भी मेरा निर्बाध प्रवेश हो चुका था, हालाँकि अपने पिता के डर से मैंने उसे अपने यहाँ फ्रीक्वेंटली आने से मना किया था। लेकिन भावुक चाहत के इस मूर्खतापूर्ण खेल में, मैं छू-छुआइल की सीमा से आगे नहीं बढ़ पाया था। जरा भी एकान्त मिलता, तो मैं कोशिश जरूर करता था। उसकी आँखों को देखकर और उसकी बातों की लहरीली नखरैल लय को अपने शरीर में घुमड़ती महसूस करते, जब मैं उसे आलिंगन में लेने की कोशिश करता, तो वह इस तरह छिटकती जैसे कह रही हो, इतनी भी क्या जल्दी है। साल दो साल की इस अतृप्ति के दौरान, अपने पर ही झुँझलाते, कई बार मैंने कसम खाई थी कि भाड़ में जाए साली। लेकिन वह किसी न किसी तरह मुझे अपने घर बुला भेजती थी। और मैं अपना लोभ नहीं रोक

पाता था। पर तभी एक घटना हो गई। एक दिन अचानक खबर लगी कि किसी सरकारी रेस्ट हाउस के एक कमरे में, एक लड़का और लड़की, आज भरी दुपहर को मुहल्ले के लोगों के द्वारा धर लिये गए थे। हालाँकि वे कमरे में आपत्तिजनक अवस्था में नहीं देखे गए थे। खबर देनेवाला हमारे मुहल्ले का ही एक छोकरा था, जो कॉलेज में पढ़ता था। उसने बताया कि लड़का तो हमारे मुहल्ले का विमल उपाध्याय है, और लड़की के बारे में इतना ही पता था कि वह बंगालिन है।

खबर चौंका देनेवाली थी, खासकर मेरे लिए। विमल मेरे बचपन का लंगोटिया यार है। हट्टा-कट्टा। शानदार खिलाड़ी। और स्वभाव से एकदम ही विनम्र। और पढ़ाई में लगभग गजमूर्ख। लेकिन वह ब्रम्हचर्य की साधना का जीवन्त प्रतीक था। उसके साथ ऐसी घटना एकदम ही अकल्पनीय थी। पर मेरी बेचैनी का कारण वह नहीं था। उसके साथ किसी बंगालिन की बात सुनते ही, मुझे समीरा की याद आई थी। इस कल्पना के लिए मेरे पास कोई आधार नहीं था, कि समीरा के साथ उसका परिचय और फिर सम्पर्क, और फिर इतना प्रगाढ़, कि दोनों एक साथ खरी दुपहर के समय में रेस्ट हाउस के किसी कमरे में पकड़े जाएँ। इसकी कहीं से भी कोई कल्पना नहीं की जा सकती थी।

पर चौंकानेवाली घटना की हद यही थी कि उस दिन वहाँ विमल तो था ही, उसके साथ जो लड़की थी, वह समीरा पाल ही थी।

यह बात मुझे बताई थी राधा नाम की उस औरत ने, जिसे पहली बार मैंने दयाल सेठ के राउरकेला वाले अड्डे पर, भागवत बराई के साथ देखा था। वहाँ शायद खाना परोसते हुए उसने मुझे बताया था कि वह बेड़ा की बहू है। यह केंवटा पारा में रहनेवाली एक अधेड़न का घरेलू नाम था। उसके बताने, परोसने और देखने की अदाओं से यह झीना संकेत भी मिलता था, कि इस जुए अड्डे तक आकर, दयाल सेठ की सेवा-टहल करने वाली यह अधेड़ होती सुन्दरी, महज मछली का झोल बनाना ही नहीं जानती, बल्कि मछली फँसाने के काम की शास्त्रोक्त पद्धति से भी वाकिफ मालूम पड़ती है। उस दिन तो नहीं, बाद में विमल और समीरा की घटना का खुलासा करते हुए उसी ने मुझे बताया, कि समीरा पाल के साथ खुद दयाल सेठ के सम्बन्ध थे। उसके बाद, उसी की मार्फत याने राधा की मार्फत समीरा शहर के कुछ नामी-गिरामी अय्याश सेठों के साथ भी जुड़ी थी।

और न सिर्फ तब, बल्कि आज भी मुझे इस बात पर हैरत होती है, कि अपनी सारी भावुकता के बावजूद, इन खबरों से मुझे तकलीफ नहीं हुई थी। बेशक थोड़ी तिलमिलाहट मैंने जरूर महसूस की थी। पल-भर को मैंने सोचा था, कि जाकर उसके मुँह पर गालियों की बौछार कर आऊँ। लेकिन मैंने ऐसा किया नहीं था। उसके बाद उसने खुद मुझसे कोई बात करने की कोशिश नहीं की। और मेरे रायगढ़ छोड़ने के बाद तो वह जैसे मेरी स्मृति से भी गायब हो गई थी। लेकिन अभी, रघुनाथ साहू

की दुकान पर दारूखोरी के लिए वाजिब वक्त और अपने हमप्याले का इन्तजार करता, दयाल सेठ की स्मृति के किस्से में बहता, अपनी पहली मुहब्बत की पहली ट्रेजी-कॉमेडी के सन्दर्भ में सेठ की अय्याशियों के बारे में सोचता हुआ भी, मैं उसे घृणा से याद नहीं कर रहा था। सिर्फ इस भागवत से ही नहीं, बल्कि शहर के गरीब मुहल्लों के बीसियों लोगों से मैंने उसके उपकार की कहानियाँ सुनी हैं। खुद अपने अनुभव से मैं जानता हूँ कि अपनी सारी बुराइयों के बावजूद दयाल सेठ के भीतर कहीं न कहीं करुणा का एक स्रोत था, जिसके चलते उसकी सारी बुराइयाँ अदृश्य हो जाती थीं।

और सच पूछो तो किसमें नहीं होतीं वे कमजोरियाँ जो दयाल में थीं? मैंने अपने आप से कहा, और देखा कि भागवत स्टील के गिलास में पैग बनाकर मेरी तरफ बढ़ा रहा था। उसकी आँखें डबडबाईं-सी लगती थीं। उसके पूरे चेहरे में दुख और सुख का अजीबोगरीब रंग छाया हुआ था। उसे देखकर ही लगता था कि वह अपनी स्मृति में अपने बीस-पचीस बरस की जिस समूची जिन्दगी को, इस एक पल में देख रहा है, उसे शब्दों में कहना असम्भव है। और इधर मेरे बाएँ बाजू से, मेरे किस्से का प्रमुख चरित्र याने पहला बाबूलाल संख्याओं से भरे पैम्पलेट जैसे एक कागज पर आँखें गड़ाए, अपना आज का भाग्य याने सट्टे का सही नम्बर खोज रहा था। मैंने सपाटे से भागवत के हाथ से गिलास लिया। लबालब पानी मिलाने के बाद एक साँस में पूरा गटक गया। और फिर इस तरह ढीला होकर बैठ गया जैसे पीते ही चढ़ गई हो।

चढ़ी नहीं थी। पहला पैग इस कदर फास्ट पीने के बाद भी दारू के नशे को शरीर में व्यापने के लिए थोड़ा ज्यादा ही वक्त लगता है। फिर मैं तो स्मृति के किस्से के जिस नशे में बदहवास बह रहा था, उसका खुमार अभी बाकी थी। शायद इसी खुमार के झोंके में मगन मन हिसाब लगाते बाबूलाल की ओर देखने के बाद मैं जोर से चिल्लाया, ''बाबूलाल।''

रघुनाथ तेली का लड़का हँस पड़ा। भागवत की आँखें फट गईं। सड़क पर चलता एक बूढ़ा लड़खड़ाते हुए ठिठक गया। सिर्फ बाबूलाल था, जिसने सहज भाव से गर्दन उठाई। थोड़ा झुककर मेरे घुटने छुए और मुस्कराया।

मैं खुद अपने नाटक पर चकित था। गनीमत थी कि उस वक्त दुकान में या कि ज्यादा ठीक से कहें तो इस अवैध मयखाने में भागवत, बाबूलाल और दुकानदार के छोकरे के अलावा सिर्फ मैं ही था।

''हुकूम कीजिए सर।''

''मैं तुम्हें नहीं, उस दूसरे बाबूलाल को आवाज दे रहा हूँ।'' मैंने कहा।

मैं जानता था कि मैं झूठ बोल रहा था। जिस तरह चीखकर मैंने उसे पुकारा था, यह सामान्य कथन भी उसी तरह का एक अचानक नाटक था। प्रयोजनहीन। शायद

कारणहीन भी। पर इस बाबूलाल ने बड़ी संजीदगी से, शायद थोड़े दुख से भी कहा था, "अब उस तक अपनी आवाज नहीं पहुँचती सर।"

बात सच नहीं थी। अपनी औकात और अपने राजनैतिक वर्चस्व के बावजूद, वह दूसरा बाबूलाल साधारण आदमी की पहुँच के बाहर का नेता नहीं था। लेकिन मैं इस बाबूलाल के दुख के कारण से भी परिचित था। इसके मन में अगर उसके लिए एक नक्कू नफरत थी, या कि यह उसे भला आदमी नहीं मानता था, तो सिर्फ इसलिए, कि उसी के चलते इसे पूरे सत्ताईस दिनों तक जेल में बन्द रहना पड़ा था। हालाँकि इनकी जात-जमात में जेल जाना कोई ऐसी घटना नहीं मानी जाती थी, कि उसके चलते समाज के मन में इनके प्रति स्थायी असम्मान या बेइज्जती का भाव, खूँटा गाड़कर रह जाए और इनके दर्शन मात्र से खूँटे का झंडा फहराते हुए घोषित करे, कि देखो वह जेल रिटर्न आदमी आ रहा है। इधर मेरी अपनी जात और मुहल्ले की हालत यह थी, कि अगर किसी के घर में पुलिस का कोई सिपाही भी आ जाए, तो सारे मुहल्ले में दहशत छा जाती है।

लेकिन जब मैंने यह बात याद की थी, तो मुझे अपने आप यह बात याद आ गई थी कि बरसों पहले लछमीपुर की पुलिया पर, बल्कि एक सँकरे से रपटे में, एक बेतहाशा तेज रफ्तार ट्रक ने स्कूल से लौटते बच्चे को कुचल दिया था। मुझे यह बात खास तौर पर इसलिए याद है, कि घटना के तुरन्त बाद मुझे वहाँ जाने का मौका मिला था। और तब मैंने पहली और आखिरी बार ट्रक से बुरी तरह रौंद दिए गए बच्चे की क्षत-विक्षत लाश देखी थी।

इसके बाद प्रतिपक्ष ने तत्काल आंदोलन शुरू कर दिया था। ट्रक में आग लगा दी गई थी। आन्दोलन का नेतृत्व, कहते हैं कि वही बाबूलाल कर रहा था, जिसने अभी दो-चार बरस पहले राजनीति के रास्ते पर कदम बढ़ाए थे। आगजनी की इस घटना के बाद पुलिस ने मनमानी गिरफ्तारियाँ की थीं। यह बाबूलाल धर लिया गया था। सिर्फ उसका सहनाम होने के कारण।

पुलिसवालों को आरोपी की वल्दियत का पता सत्ताईस दिनों बाद लगा था और जेल से छूटकर आते ही इसे अपने नाम से नफरत हो गई थी, कि साला नाम के चलते यह दिन देखना पड़ा।

पूरे प्रसंग पर सोचने के बाद मुझे मजा आया। मैंने अपनी आँखें दुकान में चारों तरफ घुमाईं। भागवत वहाँ नहीं था। इधर बाबूलाल मेरे लिए दूसरा पैग बढ़ा रहा था। मैंने उसे मना कर दिया। मुझे कमउम्र वकील दोस्त की याद आ रही थी। अभी थोड़ी देर में वह आ ही जाएगा, सोचते हुए मैंने फिर एक बार बाबूलाल के चेहरे को देखा। बाहर को निकलती उसकी बड़ी-बड़ी आँखें लाल लग रही थीं। डिस्पोजेबल गिलास उसके हाथ में ही था। उसमें बगैर पानीवाली शुद्ध दारू थी। मुझे लगा कि शायद मेरी बुजुर्गियत का लिहाज करते हुए वह अकेले शुरू नहीं करना चाहता था। वह हृदय

से विनम्र और शिष्ट आदमी था या नहीं, यह तो उसके मातहत ही जानते होंगे, जो उसके लिए वसूली का काम करते हैं। पर यहाँ अपने बाजू में उसका यह शिष्टाचार मुझे दिखावटी नहीं लगा था।

"तुम शुरू करो न," मैंने उसे लिहाज की औपचारिकता से मुक्त करने के इरादे से कहा।

"मुझे तो आज लेनी ही नहीं है," उसने काफी धीमे स्वर में कहा। उसकी आवाज की मंदता, जिज्ञासा को उकसानेवाली थी, उसका थका कुम्हलाया चेहरा भी यही कह रहा था, कि कहीं कुछ गड़बड़ है।

"क्या बात है बाबू?" मैंने स्वर को भरसक आत्मीय बनाते हुए पूछा।

"मैं श्मशान से सीधे यहाँ आ रहा हूँ।"

"श्मशान से?"

"हाँ, घरघोड़ा में मेरी चचिया सास चली गई।" मैं चुप हो गया, हालाँकि मेरी समझ में यह नहीं आया, कि जब इसे पीनी ही नहीं थी, तो इस दूकान में क्यों घुसा? सट्टे का गणित तो वह अपने घर में भी लगा सकता था। मुझे यह बात भी थोड़ी अजीब-सी लगी, कि काकी सास की मौत पर इतना दुखी यह किसलिए है, क्योंकि एक तो यह ससुराली रिश्ता है, और दूसरे एकदम सीधे सास-दामाद का रिश्ता भी नहीं है, कि पत्नी के चलते कुछ ज्यादा अन्तरंग हो। पर सबसे ज्यादा ताज्जुब की बात तो यह थी, कि बाबूलाल कह रहा था कि उसे आज पीनी ही नहीं है। पास-पड़ोस के सभी लोगों को पता है, कि बिन पिये वह रह नहीं सकता। उसके हाथ थरथराने लगते हैं। नशा उसके खून में रच गया है। सारी बातें सोचकर मैंने बाबूलाल की तरफ देखा। वह उसी तरह कुहनियाँ टेबल पर रखे, दोनों हथेलियाँ गाल पर टिकाए एकदम चुप बैठा था। लगता था जैसे वह कुछ सोच रहा है।

पर उसे देखकर मैं कल्पना भी नहीं कर सकता था, कि वह उस वक्त क्या सोच रहा है। यूँ भी किसी दूसरे की सोच को जानने का कोई उपाय हमारे पास नहीं है। बेशक लोग कहते हैं कि विज्ञान ने इंसानी झूठ पकड़नेवाली मशीन बना ली है, और ऐसे प्रयोग भी धड़ल्ले से किए जा रहे हैं, जिनके चलते आदमी अपने अन्दर के सच को उघार देता है। यहाँ मामला सच का नहीं, सोच का था। मैं सोच में गुम्म बाबूलाल को चुपचाप ताकते खुद इतनी सारी बातें सोच रहा था, पर तब भी मेरे पास उसकी चिन्ताओं का कोई मुकम्मिल आकार बनाने का आधार नहीं था।

यों रघु साहू की बन्द दूकान के किस्से का खुलासा करते हुए, उस दिन कौशल ने मद्धिम-सी ईर्ष्या के बावजूद, प्रशंसा के साथ बताया था, कि किसी जमाने में सिनेमा की टिकटों के ब्लेक की शुरुआत करनेवाले, और बाद में एक बड़े राजनेता की मदद से स्वतंत्रता संग्राम सेनानी बन जाने वाले, जग्गू सोनथलिया का बेटा है यह बाबूलाल, तो मैं चौंका था। पल-भर के लिए मुझे उसके बाप का

चेहरा याद आया था। देसींग तराई का वह माटी का मकान भी, जिसमें शहर के नामी-गिरामी दादा के नाम से मशहूर जग्गू गुंडा रहता था, जो उस समय के स्थानीय प्रतिनिधि नेता का खासुलखास था। पर उस दिन बाबूलाल की आर्थिक सम्पन्नता के किस्से का समापन करते हुए, कौशल ने थोड़ी प्रशंसा के स्वर में कहा था कि चाय भजिए की दूकान में पीर-बावर्ची-भिश्ती-खर की चारों भूमिकाएँ दत्तचित्त होकर निभाते रहने के अपने हाड़तोड़ परिश्रम के कारण, आज की तारीख में वह कुछ नहीं तो पाँच करोड़ का मालिक बन चुका है। तब मुझे अच्छा लगा था और मुझे याद आया था कि कैसे बात की बात में उसने बचपन के मेरे दोस्त रोहित नाई तथा उसी मुहल्ले के किसी और नाई की जमीन खरीद ली थी। यह वही रोहित नाई था, जिसके साथ आज गायत्री के घर की छठी पार्टी में मैंने कुछ समय बिताया था और वहीं उस रूपराम से भेंट हुई थी, जिसके अप्रत्याशित और अभूतपूर्व न्यौते की वजह से, अपनी बेतरतीब बढ़ी दाढ़ी कायदे से ट्रिम कराने के प्रयोजन से, पहले बिस्सू की दुकान और फिर वहाँ की जवान भीड़ से भागकर, केवड़ाबाड़ी में बिस्सू के छोटे भाई की दुकान तक मैं पहुँचा था। और, दाढ़ी ट्रिम कराने के बाद रघुनाथ साहू की दुकान में बाबूलाल के साथ बैठा सोच रहा था कि आखिर किस्से का वह सिरा कहाँ है, जब अचानक यह बाबूलाल मेरे इस अनाप-शनाप किस्से में घुस आया था।

दरअसल एक रोचक चरित्र की तरह मेरी स्मृति के किस्से में इस बाबूलाल के घुस जाने के रास्ते कई हैं। और, जब मैं अपने बाजू में ठुड्डी पर हथेलियाँ रखे बाबूलाल की इस अकस्मात और अप्रत्याशित खामोशी के बारे में सोच रहा था, तो खुद अपने जवान दिनों के रोचक सम्बन्धों की दुनिया से गुजरते अपने बुढ़ापे के इन ठलहे एकाकी दिनों की स्मृतियों में घुसते-निकलते, जाने कितनी-कितनी शक्लों में मैं इस बाबूलाल को ही नहीं, अपने इस शहर को भी देखता रहा हूँ और लगभग अवाक् मन:स्थिति में सोचता रहा हूँ, कि आखिर स्मृतियों के इस किस्से में इस तरह बहते रहने के पीछे क्या सचमुच कोई मकसद है?

यह एक फिजूल प्रश्न था। खासकर इस अर्थ में कि कब्र की कगार पर पहुँच चुकी मेरी इस जिन्दगी का ही क्या मतलब या मकसद है?

सोचकर मुझे लगा कि आखिर मैं किस फिजूल सोच में पड़ गया हूँ? और शायद उस फिजूलियत से बचने के लिए ही मैंने बाजू में गुम्म बैठे बाबूलाल से पूछा, "क्या बात है, बाबू?"

"मैं अपने बाप के बारे में सोच रहा हूँ महाराज।" बाबूलाल ने संजीदगी से कहा।

उसकी बाहर को निकल सी आती बड़ी-बड़ी आँखों की लाली को देखना एक डरावना दृश्य था। मैं तत्क्षण अपने भीतर घुस गया। सोचने लगा कि अभी थोड़ी देर पहले, मैं खुद इसके बाप के बारे में सोच रहा था। उस समय की सोच में जबरन घुसती बिशाखा को तब तो मैंने धकेल दिया था बाहर, पर अभी जब इसने अपने बाप का जिक्र किया, तो पहले मुझे जग्गू दादा की, याने इसके बाप की आँखें याद आईं, और फिर बिशाखा की।

बिशाखा को हम अपने छरफुक्कन दोस्त रामचरण की रखैल की तरह जानते थे, हालाँकि वह खुद पास-पड़ोस के लोगों के बीच सुखराम माली की पत्नी के रूप में जानी जाती थी। तब के बे-बने बस स्टैंड में सुखराम की चाय व भजिए की दुकान थी। काला गिड्डा सुखराम एक शान्त युवक था, जिसे शायद अपनी पत्नी के चरित्र के बारे में काफी कुछ पता था, क्योंकि बिशाखा का वह तीसरा पति था। सिर्फ पहले दो से ही नहीं, बल्कि सुखराम की तरफ से भी बिशाखा को कोई बच्चा तब तक नहीं हुआ था, जब अचानक रामचरण से हमें पता चला था, कि देसिंग तराई के पार पर बने जग्गू दादा के मकान के बाजू में बनी झोंपड़ी में बिशाखा नामक स्त्री उसकी रखैल बन चुकी है।

जग्गू दादा तब सिर्फ सोशलिस्ट पार्टी के नेता के खासुलखास के रूप में ही नहीं जाने जाते थे, बल्कि लोगों की जमीनें कब्जा करने, उधारी वसूलने, अफसरों को धमकाने, समाजवादी नेता के संयुक्त परिवार के तरह-तरह के व्यवसायों में मदद करने जैसे कामों में भी उनकी ख्याति शहर में चारों तरफ फैल चुकी थी। और हमारा हर दोस्त जानता था, कि देसिंग तराई के आसपास जग्गू का दबदबा आतंक की तरह कायम था। यह भी कि अपनी सारी दादागिरी के बावजूद जग्गू लँगोट का सच्चा था, और स्त्री की इज्जत के मामले में खूँखार हो जाने की हद तक नैतिकतावादी भी। ऐसी स्थिति में जब उन जवान दिनों में हमें, रामचरण ने, बिशाखा के बारे में यह खबर सुनाई थी, तो अलग-अलग मगर समवेत मतैक्यता के साथ हम सब ने एक स्वर में सलाह दी थी, 'सम्हलकर रामचरण। जग्गू इस मामले में अपने बाप तक को नहीं बख्शनेवालों में से है।'

रामचरण पर इसका कोई असर हुआ था या नहीं, यह तो मुझे नहीं पता, लेकिन कुछ ही महीनों में, कुछ ही दिनों की बीमारी के बाद जब सुखराम चल बसा, तो और कुछ ही दिनों के भीतर बिशाखा किसी और की रखैल बनकर, तमनार चली गई थी, और हम सब भी अपने-अपने परिवारों की जरूरतें पूरी करते, अपनी अतृप्त कामनाओं को वाचाल स्मृतियों की तरह सुनते-सुनाते, अपनी जिन्दगी उसी तरह गुजारने लगे थे, जैसे आज अपना बुढ़ापा काट रहे हैं।

पर अभी के इस बुढ़ापे का यह दृश्य बहुत बाद का दृश्य था। उसी दृश्य को एकटक निहारता, कई पुरातन किस्सों की सरसराती स्मृति के बाद, मैंने बाबूलाल से पूछा था, "बाप की याद कैसे आ गई बाबू?"

''बेटे की वजह से सर।'' बाबूलाल ने मेरी आँखों में आँखें डालते हुए कुछ इस तरह के स्वर में कहा, कि मैं समझ ही नहीं सका, कि वह मेरी इन आँखों में अपने बाप की तस्वीर देख रहा है या बेटे की। सो थोड़ी घबराहट सी हड़बड़ाहट में मैंने फिर से पूछा, ''मतलब ?''

''मतलब गम्भीर है सर,'' उसने एक पतली मुस्कान के साथ कहा, और फिर दुकान के मालिक की ओर मुखातिब हुआ, ''सर के लिए एक बड़ा।''

रघुनाथ ने इशारे से बताया कि पिछला पैग तो अभी भी टेबल पर रखा है। इस पर बाबूलाल ने एक और बड़े का आर्डर दिया और फिर बोला, ''रघू, मेरी चीज।''

सुनते ही रघुनाथ के बेटे बौने ने फ्राईड पनीर के टुकड़ों भरी प्लेट मेज पर लाकर रख दी। पिछले पैग के हल्के नशे की लहर में, मिर्च के साथ तले गए सॉस-युक्त पनीर के टुकड़े कलेजी के टुकड़ों की तरह लग रहे थे। दिमाग के अवचेतन में हमेशा मौजूद गोश्तखोरी का लालच चेतन हिस्से तक आकर, आँखों तक आने को बेताब होता सा लग रहा था। इस बीच बाबूलाल ने अपने वाले गिलास का पूरा पैग नीट डकार लिया था। मेरे गिलास में बिसलेरी के बोतल से पानी मिलाते हुए उसने मेरी तरफ बढ़ाया।

इस बार मैं उसका आग्रह नहीं टाल सका। मैंने एक छोटा घूँट लिया और पनीर का टुकड़ा कुतरने सा खाने लगा, तो बाबू ने बड़ी संजीदगी से लगभग व्याख्यान देने, या ठीक से कहें तो प्रवचन करने की सन्त मुद्रा में बताया, ''जब धन आता है सर, तो उसके साथ लाख बुराइयाँ भी आ जाती हैं, जैसे ये,'' कहकर, उसने हाथ में थमे गिलास की ओर इशारा किया और उसके बाद उसी गिलास का इशारा रघुनाथ के बेटे की ओर फेंका गया, जिसका मतलब पहले के बिलकुल ही विपरीत यह था, कि दूसरा बनाओ।

''नहीं सेठ, दूसरा पैग तो मैं तुमको नहीं दूँगा। सर के नाम पर पहले से गिलास रखा था, तो आज एक तुम्हारे लिए भी बना दिया। लेकिन दूसरा तो बिलकुल नहीं।'' रघुनाथ के लड़के ने दृढ़ता से कहा।

मुझे ताज्जुब हुआ। हर पैग के पीछे कम से कम बीस कमानेवाले टपरे के तेली मालिक के छोकरे ने आखिर मना क्यों किया।

''क्यों ?'' मैंने पूछा।

''सर! डॉक्टर ने इन्हें शराब छूने तक के लिए मना कर रखा है। हफ्ते-भर पहले पन्द्रह दिन तक ये अस्पताल में पड़े थे। अब तो बूँद-भर शराब भी इनके लिए जहर का काम करेगी सर।''

सुनकर मुझे अच्छा लगा। कुछ दिन पहले रघुनाथ साहू के बारे में जब कौशल ने मुझे यह बताया था कि बाबूलाल ने उसके लिए यह जगह घेरी थी और यह टपरा बनवाया था, तब उसके कथन में ऐसी कोई बात नहीं थी, जिससे यह पता

चले कि शराब के अड्डे के अलावा यह बाबू किसी और कारण से भी इस दुकान से जुड़ा है। लेकिन अभी जब दुकानदार के लड़के बौने ने कौशल को स्वास्थ्यगत कारणों से, पीने के लिए मना कर दिया, तब मुझे लगा कि मामला महज दुकानदार या ग्राहक के सम्बन्ध का ही नहीं है। खासकर इसलिए कि बौने के मना करने के बाद, स्वयं बाबू भी चुपचाप बैठा हुआ था। उसके चेहरे पर कहीं कोई झल्लाहट और नाराजगी नहीं थी। वह खामोशी के साथ जिन आँखों से बौने की ओर देख रहा था, उसमें दयानतदारी या सेठपने का कोई भाव नहीं था, बल्कि उसकी ओर देखते हुए मुझे यह लगा था, कि वे बहुत स्नेहिल और गहरी कृतज्ञता से भरी आँखें थीं।

''देख रहे हैं सर, एक यह है जो पराया है, लेकिन जो आती लछमी को लात मारकर मेरा खयाल रखता है, और एक वो है, मेरा अपना, जो मेरे खून-पसीने की कमाई, इस पानी में फेंक रहा है। इसीलिए तो कहता हूँ सर कि धन के साथ लाख बुराइयाँ भी आ जाती हैं, और सौ बीमारियाँ भी।''

जाहिर था कि वह अपने बेटे के बारे में बोल रहा था। इसके पहले मैंने दूसरों से ही सुने थे उसकी नशाखोरी के कई कस्बाई किस्से, पर अभी जब मैंने इसकी ओर देखा, तो लगा कि यह वाकई अपने बेटे से बहुत परेशान है। यों हर बाप को अपने बेटे से कुछ न कुछ शिकायत तो होती ही है, पर अभी बाबू के बयान से लग रहा था, जैसे वह घरघोड़ा के श्मशान से नहीं, बल्कि घर के सुनसान से भागकर आया है यहाँ, इस दारू की दुकान तक—सोचकर मैंने थोड़ी सहानुभूति की नजर से उसे ताकने की कोशिश की। और फिर उसकी बड़बड़ाहट के अटपटे वाक्य मेरे बहरे कान से टकराकर अर्थ और अनर्थ की ध्वनियाँ पैदा करने लगे। उसका भाषण जारी था : ''अब मुझे देखिए। कहते हैं कि मेरा बाप सिनेमा की टिकटों की ब्लैक करता था। यह झूठ है। सच तो यह है कि वह सचमुच स्वतंत्रता संग्राम सेनानी था। मेरे पास असली प्रमाण है। और मैं! मैं इसी जगह पर चाय भजिए की दुकान लगाता था, और आज मेरी दो दुकानें हैं। चार मकान। भगवान की भी क्या लीला है। उसने मुझे धनवान बनाया, पर मेरी भूख और नींद छीन ली। मैं पूरी बोतल भी पी जाऊँ तो रात-भर आँखें फाड़े जागता रहता हूँ।''

''तुम किसी अच्छे डॉक्टर को क्यों नहीं दिखाते?'' मैंने बीच में टोकते हुए कहा। वह मेरी तरफ देखकर मुस्कराया।'' अभी हफ्ते-भर पहले तो रायपुर के अस्पताल से लौटा हूँ सर।''

''तो दारू क्यों पीने लगे फिर से?'' मैंने फिर टोका, तो मुझे ही लगा कि कोई मुझसे यह कहे तो मैं क्या कहूँगा? क्या ग़ालिब का शेर याद करूँगा, कि ये कहाँ की दोस्ती है के बने हैं दोस्त नासेह। और वहाँ यह किसी की समझ में नहीं आएगा। लेकिन मेरा वहाँ होना तो न होने के बराबर ही था। मेरी सलाह भी मुहल्ले के बुजुर्ग

की एक औपचारिक सलाह-भर थी। मैं खुद अपनी बदहवास बेमतलब जिन्दगी से भागकर आता था, ऐसे किस्सों के ऊबड़-खाबड़ गड्हों से भरे रस्ते पर, जहाँ पाँव-पाँव चलने की एहतियात के चलते दिमागी बदहवासी से थोड़ा छुटकारा मिल सके। पर वह भी कहाँ मिलता था। मैं तो दूसरों की बात सुनते-सुनते फिर उसी अन्धे गहरे कुएँ में डूब जाता हूँ, जो मेरा अपना दिमाग है, और फिर सोचने लगता हूँ कि भगवान ने मुझे ऐसा दिमाग क्यों दे दिया, जो हर वक्त सोचता रहता है। इतनी शिद्दत से सोचता रहता है कि कहाँ से कहाँ पहुँच जाता है। और जब वापस आता है, तो महसूस करता है कि सामने बैठा यह आदमी क्या कह रहा था, कि मेरा दिमाग उसे सुनते हुए दौड़ने लगा था। और-अभी उसी के साथ की इस बदहवास दौड़ में भागते-भागते जब मैं सचमुच थक गया, तो जैसे हाँफने की एक जरूरी फुर्सत के लिए मैंने बाबू की ओर देखा।

वह उसी तरह गुम्म बैठा था। आँखों को देखने से लगता था, कि एकटक किसी की ओर देख रहा है। पर उसकी आँखों के सामने आधी ईंटों से, और आधी बाँस के टटिये से बनी दीवार थी, जो इस शंकर इंजीनियरिंग वर्क्स उर्फ अवैध दारू की दुकान को कौशल के वैष्णव भोजनालय से अलग करती थी। टट्टे की दीवार में एक छेद था। उस छेद से देखते हुए बाबूलाल क्या सोच रहा था, कहना मुश्किल है। लेकिन उसे उस छेद की ओर ताकते जब मैंने देखा, तो मुझे कौशल की दुकान, याने भोजनालय की नवनिर्मित भट्ठी पर, बड़ा भगौना रखती वह औरत नजर आई, जो पिछले दो बरसों से इस भोजनालय की डि-फैक्टो मालकिन की तरह इस दुकान को चलाती रही है। उसे देखते ही मुझे दस-बारह साल के बुतरू की याद आई, जो लगभग उसी समय इस दुकान में काम पर लगा था, जब यह औरत आई थी। वह इसका रिश्तेदार नहीं था। पास के गाँव से भागकर आया छोकरा था, जिसे एक दयालु यात्री ने यहाँ कौशल से कहकर काम पर लगाया था।

मैंने फिर एक बार बाबू की ओर देखा, वह बिलकुल उसी मुद्रा में था। शायद भाषण या प्रवचन की मुद्रा में अपनी रामकहानी कहते उसे लगा हो, कि वह एक सार्वजनिक स्थान पर घर का भेद खोल रहा है। या सम्भव है कि उसने यह नोटिस कर लिया हो कि मेरा ध्यान उसके किस्से पर नहीं था।

जब वह अपने बेटे की आवारगी, बदखर्ची और नशाखोरी के किस्से से आगे बढ़कर, जेल दर्शन के अपने अनुभव सुनाते हुए यह बताने लगा था, कि जेल एक मन्दिर है, क्योंकि वहाँ कृष्ण भगवान जनमे थे। जेल एक चिन्तन कक्ष है, क्योंकि वहाँ हर किसी को सोचने की फुर्सत रहती है, और सबसे बढ़कर, जेल एक घर है, क्योंकि वहाँ आप कभी भी आ सकते हैं और कभी भी जा सकते हैं। अपने इस भाषण का अन्त करते हुए उसने एक कविता भी सुनाई, ''बन जाते हैं सभी अपने जब पैसा पास होता है, टूट जाता है गरीबी में, जो रिश्ता खास होता है,'' तो इस तरह

के काव्यमय दार्शनिक भाषण से, मेरा ध्यान उसकी बातों से उचट गया था, और ध्यान के उचटते ही मेरा आधा बहरा कान लगभग पूरा बहरा हो जाता है, और मुझे कुछ सुनाई नहीं पड़ता। सच तो यह है, कि वह जब बाप से अपनी कथा की सांकेतिक शुरुआत करते हुए बेटे के प्रसंग पर आया, तभी मेरा ध्यान उखड़ने लगा था, और कान साथ छोड़ने लगा था और दिमाग दौड़ने लगा था।

दिमागी दौड़ में उसके बेटे का बिम्ब ही सामने था। पर उस बेटे का नहीं, जिसके जिक्र के साथ वह अपनी बरबादी के किस्से को दारू के नशे में घोलता हुआ, प्रचवन कर रहा था। इस बिन्दु पर तो मुझे दिमाग की इस दौड़ से कोई परेशानी नहीं हुई थी। इसलिए कि इस छोटे लड़के के बारे में सोचते ही, मुझे अपने मकान के पीछे के पीछे रहने वाली उस साँवली छरहरी कामिनी किशोरी की याद आई थी, जिसके बारे में अभी इसी अध्याय में कुछ देर पहले मैंने बताया है, कि आज की तारीख में वह मेरी इतनी अन्तरंग हो चुकी है, कि अपने किशोर प्रेम के कई प्रसंगों को सविस्तार मेरे सामने बखान चुकी है। उनमें एक प्रसंग इस बाबूलाल के छोटे लड़के का भी है। लेकिन बाबू के बड़े का किस्सा तो कुछ सनसनीखेज था। पहली घटना अग्रवाल और बाम्हन समाज में और दूसरी पुलिस प्रशासन के दस्तावेजों में एक बड़ी घटना या दुर्घटना बनकर दर्ज है, और वक्त-बेवक्त लोगों की जबान से आज भी विस्तार से सुनी जा सकती है।

इसमें से पहली घटना तो दुर्घटना नहीं है क्योंकि वह लड़के की शादी की घटना है, पर रोमांचक वह इस अर्थ में है कि यह शादी न सिर्फ गैर जात में हुई थी बल्कि शादी हो जाने के महीने-भर बाद तक किसी को पता नहीं था कि नवदंपत्ति छिपे कहाँ पर हैं। आमतौर पर मुहल्ले के शब्दकोष में इस तरह की जानेवाली शादी को भागना कहा जाता है। इधर बाबू का बेटा लड़की के साथ फरार हुआ, कि पूरे मुहल्ले में खबर हो गई कि ब्राम्हण की लड़की तेली के साथ भाग गई। कारण यही कि ज्यादातर लोग तेली मुहल्ले में रहनेवाले, और तेली की दुकान से नित्यकर्म की धार्मिकता से मदिरापान करनेवाले, बाबू को तेली ही समझते थे। इनमें ज्यादातर लोग फोकटपारा के निवासी थे। इस बात पर कभी-कभी वह नशे की झोंक में अपने मित्रों को अपनी जात और औकात बताते हुए, बड़े गर्व से बताया करता था कि वह भारद्वाज गोत्र का वैश्य है। इस पर आसपास के कई लोग पास के कस्बे के गाँड़ा विधायक के भारद्वाज सरनेम को याद करके, कभी-कभी उसके साथ मजाक भी करते थे और मजे-मजे में पूछते थे कि क्या आप नेता जी के सगे हैं। बाबू ऐसे मजाक का बुरा नहीं मानता था। लेकिन जब उसका लड़का पिछवाड़े की बाम्हन लड़की को लेकर भाग गया और अफवाह यह फैल गई कि बम्हनिन, तेली छोकरे के साथ भागी है, तो जैसा कि सभी जानते हैं कि अफवाह के पर होते हैं, सो वह उड़कर बाबू के कानों तक भी पहुँची थी, जिसकी वजह से उसे अपने लड़के द्वारा

लड़की भगाने से कहीं ज्यादा दुख इस बात पर हुआ था कि मुहल्ले के जाहिल लोग उसे भी तेली समझते हैं।

पर शादी की घटना की रोचकता और स्मरणीयता महज इस वजह से नहीं थी कि पूरे महीने-भर तक किसी को पता नहीं चल पाया था कि छोकरा-छोक़री छिपे कहाँ हैं। मजेदार बात यह थी कि रोजाना दोनों समधी एक ही अड्डे पर दारू पीने जाते थे और अमूमन आमने-सामने बैठकर ही पीते थे। मदिरापान के दौरान एक दूसरे को कच्चा चबा जानेवाली आँखों से घूरते थे। बाबू का बाम्हन समधी महज आधी प्लेट चने चबाकर पूरा पौवा डकार जाता था, और बाबू कभी बिना चखना के, तो कभी पनीर का एक टुकड़ा कुतरते हुए नीट पिया करता था। उस समय तक बाबू के बारे में मेरी जानकारी सिर्फ इतनी ही थी, कि वह डिस्क के जरिये लोगों के घरों तक विभिन्न चैनलों के कार्यक्रम पहुँचाया करता था। उसे देखकर मुझे उन दिनों की याद आती थी, जब डिस्क का प्रचलन नहीं हुआ था और तब बाबू ने हमारे नए घर के सामने की गली के मुहाने पर बने, किसी सेठ के गोदाम में थोड़ी बड़ी स्क्रीन लगाकर विडियो सिनेमा दिखाने का कार्यक्रम शुरू किया था। कहते हैं कि वह इस सिनेमा हॉल के बहाने शहर के नवधनाढ्य छोकरों को नीली फिल्में दिखाया करता था और उसी फोकटपारा के एक पेशेवर चोर से चोरी का माल भी खरीदता था। सन्तराम नाम के इस चोर का कार्यक्षेत्र रायगढ़ नहीं रायपुर था, और तब से, जब रायपुर नए छत्तीसगढ़ की राजधानी नहीं बना था। आखिरी बार उसने रायपुर में जो बड़ी चोरी की थी वह एक सनसनीखेज चोरी थी, लेकिन उसमें वह पकड़ा गया था। पर दो साल में छूटकर आ गया था। यह छत्तीसगढ़ बनने के बहुत पहले की घटना थी। कहते हैं कि इस चोरी के काम के बाद सन्तराम ने यह धन्धा हमेशा के लिए छोड़ दिया था, पर वह अभी भी उसी फोकटपारा में रहता था और बाबू के बाम्हन समधी के ठीक सामने उसका मकान था। उसके बाम्हन समधी को तो मैं ठीक से नहीं जानता था, यह जरूर है कि वह कभी-कभार मुझे हमारे गाँजा चौक की राधे की पान दूकान पर खड़ा दिखता था। मुझे देखते ही बहुत सम्मान के साथ 'प्रणाम दादा' कहा करता था। पालागी के बदले प्रणाम सुनकर पहले तो मुझे यही लगता था कि यह कोई परदेसी आदमी है और शायद ऊँची जात का है। शायद मेरी बुजुर्गियत का सम्मान करने के लिए ऐसा कहता हो। पर एक बार मैंने देखा कि हँसी-मजाक करते हुए राधे उसके साथ शहर के ऐसे इलाके के बारे में बात कर रहा था, जिसके बारे में शहर के पुराने रहवासी ही इतने विस्तार से बातें करते हैं। वे पुराना बड़पारा के किसी कोष्टा मैकेनिक के बारे में बात कर रहे थे। चूँकि बड़पारा आज की तारीख तक रंडियों के मुहल्ले के नाम से प्रसिद्ध है, इसलिए नयागंज बन चुके पुराना बड़पारा के बारे में सुनकर दोनों की मन्द मुस्कानों के आदान-प्रदान के बीच, बिखरती संकेतात्मक सूचना को सूँघना कठिन नहीं था, कि वे मैकेनिक की

बीवी या बहन या उसकी लड़की के बारे में कोई कामज सूचना दे रहे हैं। सुनते हुए जिज्ञासा की खुजली बढ़ने लगी थी, पर तब वह बाम्हन मेरे लिए अपने प्रणाम भैया के बावजूद उस स्तर का परिचित नहीं था, कि उसकी उपस्थिति में मैं राधे से यह पूछता कि यह आदमी है कौन, क्योंकि अभी कुछ देर पहले ही उसने मुझे प्रणाम भैया कहते हुए इज्जत बख्शी थी और मैंने उस पर जरा भी जाहिर न होने दिया था कि मेरी धुँधली स्मृति में उसकी पहचान भी तब तक नहीं बन पाई थी। उल्टे उसकी तरफ मुस्कराते हुए देखकर मैंने उससे उसका हालचाल पूछा था जिसके जवाब में भगवान की कृपा के बारे में ऊपर की तरफ इशारा करके, वह राधे से मुखातिब होकर फुसफुसाहट की अन्तरंग और आत्मीय जबान में कोष्टापारा के किसी मैकेनिक के बारे में बात करने लगा था।

इसलिए उसके खिसकते ही सड़क पर, मुझसे तीन फीट की दूरी पर, पान की पीक थूकने की उसकी बेहूदा हरकत पर, बुदबुदाहट की भाषा में एक स्वगत टिप्पणी करने के बाद, मैंने राधे से पूछा था, "कौन है ये आदमी?"

"तुम्हारे दोस्त का भाई।" राधे ने कहा था।

"दोस्त का भाई?"

"हाँ, दोस्त का भाई।" राधे ने सवाल के जवाब में उसी जवाब को सवाल बनाकर पेश करने की मेरी असमंजस-भरी मजबूरी का जवाब भी, उन्हीं शब्दों में दिया, तो मैंने झीनी चिढ़ और उससे भी झीनी कुढ़न के साथ पूछा, "यह रहता कहाँ है?"

"फोकटपारा में।"

इसके बावजूद मैं याद नहीं कर पाया कि फोकटपारा में कहाँ, किस जगह पर, मेरा कोई दोस्त रहता है, जिसका छोटा भाई मुझे इतनी श्रद्धा से प्रणाम भैया कहता है। पर पालागी महाराज नहीं कहता, जो कि इस इलाके के तमाम असवर्णों का ही नहीं, बल्कि सारे गैर-बाम्हनों द्वारा, बाम्हनों के लिए सर्वस्वीकृत और सर्वमान्य अभिनन्दन है। मैं दिमाग पर पूरा जोर लगा रहा था कि कहीं किसी कोने में दुबककर दब गए, अपने इस दोस्त को उसकी मुकम्मिल पहचान सहित याद कर सकूँ, पर कई-कई बार आसमान की ओर ताकने, और धरती पर आँखें गड़ाने की चिन्तन मुद्राओं के बावजूद, मुझे किसी भी ऐसे दोस्त की याद नहीं आ रही थी, जो फोकट-पारा में रहता हो।

शुरू-शुरू में जब यह बस्ती बसनी शुरू हुई थी, तो यहाँ सेठों के यहाँ मजदूरी करनेवाले मजदूर, चाट मूँगफली के ठेलेवाले सवर्ण घरों में झाड़ू-पोंछा बर्तन माँजने का काम करनेवाली औरतों के अलावा, कुछेक पेशेवर उठाईगीर और तरह-तरह का बोझा उठानेवाले हम्माल और रिक्शेवाले रहते थे पर उनमें से अधिकांश छोटी जात के लोग ही थे, जिनमें से कुछ ने ऐसे उपनाम अपने नाम के साथ जोड़ लिए थे, जिससे यह भ्रम होता था कि ये शायद बाम्हन हैं। पर मुहल्ले के सवर्ण तो इन्हें इनकी

शक्ल से ही पहचानते थे। हो सकता है कि नए-नए उद्योगों की स्थापना के साथ जमीन की बढ़ती कीमतों के चलते, कुछ बाम्हनों ने भी यहाँ अपने घर बना लिये हों, लेकिन याददाश्त पर पूरा जोर डालने के बावजूद मुझे फोकटपारा में रहनेवाले अपने किसी बाम्हन दोस्त की याद नहीं आ रही थी।

राधे ने शायद मेरी परेशानी ताड़ ली। उसने सुराग देने के स्वर में बताया, ''वही, जो आजकल रिटायर होने के बाद ज्योतिषी बन गया है, और सुबह से शाम तक, कम से कम चार बार इसी चौक से गुजरता है।''

दोस्त के रिटायर होने के बाद के नए पेशे की इस नई सूचना के बाद भी, मैं अपने मन में उसकी ऐसी तस्वीर नहीं बना सका कि जरा-सी गर्दन झुकाकर तस्वीर-ए-यार देख सकूँ।

तभी बाजू में गैस के चूल्हे पर उड़द के बड़े तलने में मगन मुरली ने, महत्वपूर्ण सूचना देने-सा बताया, ''विमल उपाध्याय।''

मैं चौंका। अभी कुछ देर पहले दयाल सेठ के किस्से में बहते हुए मैंने विमल की याद की थी, कि एक बार मेरी जवानी के बेवकूफ दिनों की प्राणसंगिनि समीरा पाल के साथ किसी सरकारी रेस्ट हाऊस में वह मुहल्ले के छोकरों द्वारा धर लिया गया था, हालाँकि तब किसी स्थानीय वाल्मीकि ने माँ निषाद प्रतिष्ठां जैसा कुछ नहीं लिखा था, क्योंकि वह बेचारा ब्रम्हचारी विमल, तब खेल उर्फ केलि के सामान्य व्याकरण से भी अपरिचित था। लेकिन तब या अभी भी मुझे यह पता नहीं चल सका था कि कसरती खिलाड़ी विमल उपाध्याय से, उस समीरा की जान-पहचान कैसे हो गई थी ? और वह भी इतनी प्रगाढ़ कि वह विमल के साथ उस रेस्ट हाऊस में जाने के लिए तैयार हो गई थी, जो हमारे उन जवान दिनों के समय से ही, मंत्रियों, विधायकों, अफसरों तथा टुटपुँजिये स्थानीय अखबारनवीसों की ऐशगाह के रूप में मशहूर था। हो सकता है कि उस समय अपनी पुश्तैनी जमीन बेचकर अचानक थोड़ा मालदार ही नहीं, बल्कि पैसों की मदद से ही सराईपाली गाँव में सरकारी शिक्षक बन जाने के कारण ही, उसने समीरा पाल को अपनी तरफ आकर्षित किया हो, क्योंकि जैसा कि पाठकों को याद होगा, कि अभी थोड़ी देर पहले समीरा पाल के बारे में बताते हुए मैंने राधा का जिक्र किया था। दयाल सेठ के यहाँ काम करनेवाली इस कुटनी उर्फ महिला दलाल ने ही मुझे बताया था कि समीरा के सम्बन्ध, महज विमल के साथ ही नहीं, बल्कि शहर के कुछ नामधारी अय्याश धनपतियों के साथ भी थे। उसी से यह भी पता चला था कि दयाल के साथ तो उसके सम्बन्ध तभी बन गए थे, जब मैं उसके घर, उसके साथ छू-छुआइल खेलने जाया करता था।

लेकिन अभी ?

मुरली के मुँह से ताजा सूचना की तरह विमल का नाम सुनकर, पल-भर को समीरा की स्मृति के दुर्गंध भरे झोंके के बावजूद, मेरे सामने विमल का बलिष्ठ शरीर

नहीं, बल्कि उसका डिप्रेश्ड चेहरा था, जो उस घटना के बाद यहाँ छुट्टियों में घर आने के बाद मैं कभी-कभार देखा करता था। आज रिटायरमेंट के बाद, वह एक आदर्शवादी शिक्षक के रूप में ही नहीं, बल्कि चारों तरफ फलते-फूलते, बढ़ते-विकसते औद्योगिक शहर में एक विद्वान वास्तुशास्त्री की हैसियत से मशहूर हो चुका था।

लेकिन अभी ? अभी राधे के बाजू में खड़े उसके भाई को, उसी के भाई के रूप में जान लेने की इस पूरी घटना की याद मुझे महज इस सिलसिले में आई थी, कि उसके छोटे भाई के बेटे की बेटी, जब बाबूलाल के बेटे के साथ भागी थी, तो एक महीने तक, किसी को पता नहीं चला था कि वे कहाँ हैं, और एक महीने तक दोनों समधी, बौने की इसी दुकान पर एक दूसरे के सामने बैठे दाँत पीसते दारू पीते रहते थे।

पर एक महीने के बाद, दोनों में सुलह-समझौता हो गया था। दो बरस बाद जब बाबूलाल को पोता हुआ, तब तक तो आलम यह था कि अपने लड़के की दारूखोरी, बदखर्ची और दीगर जवान शैतानियों की खबरों से बाबू इतना परेशान हो चुका था, जितना तब था, जब उसने बौने की दुकान में गम्भीर दार्शनिक स्वर में मुझे बताया था, कि वह अपने बेटे की वजह से बाप की याद इसलिए कर रहा था, कि एक बार उसकी जवानी में उसके बाप ने भी उसे घर से निकाल दिया था, पर वह खुद ऐसा नहीं कर पा रहा था, क्योंकि बेटा, बाप को निकाल बाहर करने की दबंगई और गुंडई के मुकाम तक पहुँच चुका था। सो, बाबू इतने को ही गनीमत मानता था, कि रस्ते-ब-रस्ते धन कमाकर बनाई गई उसकी अचल सम्पत्ति पर कानूनी हक अभी भी उसी का था, और इसी के बल पर वह यह उम्मीद लगाए बैठा था कि अगर ढंग का कोई लड़का मिल जाए, तो वह अपनी इकलौती लड़की की शादी निपटा दे, जो अभी तक तो ताजा फैशन के कपड़ों, ताजा और नवीनतम हेयरकट और हर घड़ी सेलफोन के इस्तेमाल के बावजूद, उस जगह तक नहीं पहुँची है, जहाँ इस वर्ग के हर बाप को बेटी पर गुप्त पहरा बिठाना पड़ता है।

पर बड़ा लड़का ?

सच पूछिए तो किस्से के एक प्रमुख चरित्र की तरह, इस अधपढ़ दारूखोर की जिन्दगी में घुसने की प्रेरणा, मुझे उसके बड़े लड़के से ही मिली थी। इस वजह से नहीं, कि उसने मुहल्ले की एक बाम्हन लड़की से भागकर शादी की थी, बल्कि उस दूसरी घटना के कारण, जो उसके विवाहोत्तर जीवन की ही नहीं, बल्कि पूरी बस्ती की रोमांचक घटना के रूप में आज भी दुहराई जाती है।

यह लड़की, कहते हैं कि शहर के पास के उस गाँव की रहनेवाली थी, जहाँ कोयला खदान के नियमित धमाकों के चलते, भूकम्प के झटके का-सा अनुभव और कच्चे मकानों का भरभराकर गिरना, तथा बात की बात में किसी हादसे या दुर्घटना में दो-चार लोगों की मौत, रोजमर्रा की बात की तरह जनमानस में स्वीकृत

थी। लोहे और बिजली के कारखाने के इस खदानी गाँव से कुछ ही दूर बसी बस्ती का नाम था तमनार, लेकिन कुछ लोग उसे अपभ्रंश में तनमार भी कहते हैं। तो, कहते हैं कि शहर की तरह बनते-सँवरते गाँव में तेलियों के एक मध्यवर्गीय परिवार की यह लड़की, दुर्घटना के दो बरस पहले ही रायगढ़ आई थी और तेली पारा में अपने मामा के यहाँ ठहरी थी। सुना तो यह भी जाता है कि दो बरस पहले जब यह यहाँ आई थी, तभी से वह लड़का मोहन जो बाईस-तेईस का ऊँचा-पूरा गबरू जवान था, इसके प्रति आकर्षित हो गया था। इतना कि दो बरस बाद जब वह तेरवीं की परीक्षा देने के लिए अपने मामा के घर आई, तब एक दिन ट्यूशन से लौटते समय इसने नाटकीय फिल्मी स्टाइल में, शहर रायगढ़ की खास परंपरा का पालन करते हुए, अपने तीन दोस्तों की गवाही के समक्ष, इससे न सिर्फ प्रेम निवेदन किया था, बल्कि उस सूनी सड़क पर, हौले से उसका दुपट्टा भी खींच लिया था, जिसे शुरुआती गर्मियों के मौसम में लड़की ने, नकाब की तरह मुँह पर इस तरह लपेटा हुआ था, जिसका शहर में फैशन था। और तेजरफ्तार स्कूटी पर सवार तीन-तीन लड़कियों को एक साथ इस तरह के नकाबपोश रूप में देखा जा सकता था। पर रोचक बात यह है कि जब अपने तीन साथियों के साथ इसने तमनार या तनमार से आई, इस लड़की की नकाब को छुआ, तो यह स्कूटी तो क्या, किसी सायकिल पर भी सवार नहीं थी। तभी उस दहशतनाक दुर्घटना के नायक मोहन ने ट्यूशन पढ़कर लौटती लड़की को चक्रधर नगर के चौराहे पर पकड़ा था और अपने बाकी तीन साथियों के साथ उसके पीछे लग गया था। समकालीन फिल्मी परंपरा का पालन करते हुए उसने प्रेम निवेदन के सिलसिले आय लव यू जैसे कुछ गाने भी सुनाए थे, जिसे सुनकर लड़की की चाल थोड़ी तेज हो गई थी। छाती धकधक करने लगी थी। वह समझ नहीं पा रही थी कि दोपहर बारह के आसपास इस सूनी सड़क पर, सामूहिक स्वर में प्रेम निवेदन के इस अप्रत्याशित आक्रमण को, वह पूरे दो किलोमीटर के रास्ते तक किस तरह झेल पाएगी। महिलाओं की सुरक्षा पर बने, ईव टीजिंग से जुड़े इंडियन पेनल कोड की किसी धारा के बारे में, वह भारत की आम जनता की तरह अनजान थी। अपने जोरों से धड़कते दिल की धड़कनों के साथ, अपने देहाती पैरों की गति तेज करने की कोशिश उसने शुरू ही की थी, कि मोहन ने उस लगभग सूनी सड़क पर दु:शासन की तरह झपट कर, उसका दुपट्टा खींच लिया था, जिसे उसने सिर और चेहरे पर थोड़े ढीले-ढाले ढंग से लपेटा हुआ था। इस पर गाँव में बचाव के लिए प्रचलित एकमात्र तरीके का इस्तेमाल करते हुए, उसने पुल के ऊपर से घुटना-भर पानी वाली पथरीली पहाड़ी नदी केलो में छलाँग लगा दी थी। केलो के उद्गम के करीब के किसी गाँव में जन्मी इस कन्या का अन्त केलो की गोद में ही हुआ था, और इस दुखान्त का नायक न सही सहनायक निश्चय ही इस मतवार बाबूलाल का वह बड़ा लड़का ही था, जिसके बारे में अपनी आत्मकथा का ट्रैजिक

हिस्सा सुनाते हुए, अभी कुछ पल पहले, इस बाबू ने मुझे बताया था कि वह अपने बड़े बेटे से बहुत परेशान है।

सोचकर मैंने सशरीर बाबू को सामने लाने की कोशिश की, तो देखा कि आधी ईंट और आधे टट्टे से बनी टेम्परेरी दीवार के नीचे की सीमेंटी बेंच पर बैठा बाबू गायब हो चुका था।

''बाबू कहाँ गया?'' मैंने लगभग घबराहट-भरे स्वर में थोड़ा चीखते हुए पूछा।

बौना मुस्कराया, ''अभी पाँचेक मिनट पहले तो उसने आपको नमस्ते कहकर टाटा किया था सर!''

''नमस्ते किया था?'' मैंने उसी तरह से हकबकाए स्वर में पूछा।

''हाँ सर, और बाहर निकलते ही चन्दू से उलझ गया। बाताबाती में झगड़ा बढ़ गया था। तभी वार्ड मेम्बर वहाँ से गुजर रहा था। उसने डाँट-डपटकर, दोनों को शान्त किया। फिर बाबू को साथ लेकर शायद उसे घर छोड़ आया।''

''लेकिन झगड़ा किस बात पर हुआ था?'' सुराग लेने की खुजली के चलते, मैंने थोड़ा सपाटे से सवाल दागा, तो बौने ने थीड़ी मानीखेज मुस्कान के साथ बताया, कि हरियाणा में होनेवाली रेप की घटनाओं को लेकर टी.वी. मैकेनिक चन्दू ने हरियाणवियों के नाम माँ की गाली निकाल दी। बाबू के पुरखे चूँकि तकसीम के बाद के बरसों में हरियाणा से यहाँ आए थे, तो इसे बाबू ने अपनी कौम के नाम एक भद्दी गाली की तरह लिया था और उसने एकदम से पर्सनल अटैक करते हुए, एक पुराने रहस्य का खुलासा करते हुए, बताया था कि नैतिकता का ढोंग करनेवाला यह चन्दू खुद एक नाबालिग लड़की का बलात्कार करने के सिलसिले में तीन साल की सजा भुगत चुका है। इस पर चन्दू ने नशे के पराक्रम की लहर में बाबू को एक झापड़ रसीद कर दिया, फिर दोनों अश्लील गालियों की बौछार करते हुए ताबड़तोड़ झगड़े में उलझ गए। वो तो उसी समय वहाँ से मेम्बर साहब गुजर रहे थे, जिनने दोनों को मिनट-भर में शान्त कर दिया।

''लेकिन चन्दू तो बाबू का लँगोटिया यार सा लगता है मुझे। मैंने तो जब भी देखा है दोनों इतना घुल-मिल कर फुसफुसाते रहते हैं कि लगता है कि ये दोस्त नहीं सगे भाई हैं।''

बौने ने कहा, ''वो तो अभी दारू बोल रही थी सर, दोनों के मुँह से, वरना वे सचमुच एक दूसरे के जिगरी हैं सर।''

इसके बाद मैंने उनके झगड़े और उनकी दोस्ती की और गहरी छानबीन करने की कोई कोशिश नहीं की, क्योंकि मैं देख रहा था कि लल्ला, नारायण के साथ दुकान में दाखिल हो रहा था, मैं उठा। उन्हें देखते ही मुझे कमउम्र वकील दोस्त की याद आई और मैंने उसके बारे में पूछा तो उन दोनों ने एक साथ कहा कि आज तो मंगल है।

और तब मुझे याद आया कि मंगल, रवि और गुरु तो उसका उपवास दिवस रहता है। याने बाबू के किस्सों में बहता, अपने बचपन से अभी बुढ़ापे तक की कई कथाएँ अपने आपसे कहता, अभी तक मैं जिस अन्तरंग समय और लय की शुरुआत का इंतजार कर रहा था, वह शुरुआत तो आज हो ही नहीं सकती। सोचकर मुझे एक थकान–सी हुई। थोड़ी कुढ़न भी। थोड़ी चिढ़ भी। पर ये सारी अन्दरूनी प्रतिक्रियाएँ इतनी क्षणभंगुर थीं, और इस कदर अचिन्तनीय कि दिमाग से अगर बिलकुल नहीं, तो लगभग खाली होकर मैं बौने की दूकान से बाहर निकला और मैंने घड़ी देखी।

उस वक्त सात बज रहे थे। याने डेढ़ घंटे के भीतर मैंने पिछले पचास वर्षों की डायरी मन ही मन पढ़ ली थी और शायद उसे भूल भी चुका था। शायद इसलिए कि दिमागी खालीपन के बावजूद, मैं उस तरह का हल्कापन महसूस नहीं कर रहा था, जो मैंने दाढ़ी ट्रिम कराकर राजू की सेलून से बाहर निकलने के बाद, महसूस किया था।

सो इस बार के इस भारी रीतेपन, याने अब क्या करें, के बुढ़ाते भाव में घुटते हुए मैंने फिर घड़ी देखी।

सात बजकर दो मिनट। समय काटने के लिए अब मेरे पास नाऊपारा जैसी कोई सँकरी गली तत्काल मौजूद नहीं थी, कि मैं अपने किस्से की भुलभुलैया में घुसकर भटकता रह सकूँ। आसमान से करुणा की बूँद की तरह टपके, बाबूलाल को मेम्बर उसके घर छोड़ आया था। इधर नशा भी इतना नहीं चढ़ा था कि उसकी सरसराहट पर सवार होकर मैं निकल पड़ता, किसी भी राह में। अपने किस्साहीन समय को झुकती पीठ पर पत्थर की तरह लादे लादे, मैं सोच रहा था कि सात से नौ तक का यह वक्त कैसे काटूँ? यही मेरी समस्या थी। ऐसा नहीं कि इस समस्या को सुलझाने के लिए तत्काल कोई रास्ता मुझे सूझ नहीं रहा था। एक तो यही था, कि जिस पार्टी में मुझे जाना था, वहाँ, बबन के ठेले के ठीक पीछे केवड़ाबाड़ी, याने अपने बचपन के प्रायमरी स्कूल के नए दरवाजे में घुसते ही पहुँचा जा सकता था। पर अभी सात बजे से पार्टी की जगह तो वीरान ही होगी। मेजबान पक्ष का कोई देखेगा, तो सोचेगा कि भुखमरा बाम्हन है, दिन ढलते ही पहुँच गया है। सोचते–सोचते दो–तीन विकल्प और भी आए थे दिमाग में। उनमें से एक तो तत्काल सीमा के घर जाकर उसके साथ थोड़ी छेड़छाड़ करने का था। वह इसलिए कट गया था कि सोच में तुरत यह बात आ गई थी, कि वह तो खुद पार्टी की तैयारी के सिलसिले में यहीं इसी स्कूल में बने पंडाल में ही होगी क्योंकि वह जात की नउवाइन थी और शायद जेन्टलमेन नाऊ रूपराम के नजदीकी रिश्ते में भी आती होगी। वहाँ से लाउडस्पीकर, पूरे जोम में घोषित कर रहा था, कि तू तो मेरी जान है राधा, तुझपे कुरबान मैं राधा। और जैसे ही पंडाल में पूरे वॉल्यूम पर बजता नए फिल्मी अन्दाज का यह धार्मिक गाना मेरे कान से टकराया, तो बिन सोचे मुझे याद आया कि यह गीत तो तब बजा करता था,

जब हमारे मुहल्ले के लोगों ने अभूतपूर्व पारस्परिक सहयोग के साथ, मुहल्ले में भागवत कथा का आयोजन किया था। और जब शाम सात के आसपास दिन की कथा का समापन होता था, तो पूरी सार्वजनिक गली को, दोनों तरफ से छेंक दिए गए और चँदोवे से ढाँक दिए गए गली के उस महान धार्मिक परिवेश में, गली की जवान होती लड़कियाँ, इस गाने की धुन पर मस्ती में डांस करतीं, राधा-कृष्ण के प्रति अपनी भक्ति का बेसुध इजहार किया करती थीं। इस डांस के प्रीतिकर संस्मरण के तत्काल बाद मुझे उस बन्दर की याद आई थी, जिसके बारे में मुहल्ले में सदियों से सक्रिय प्रसार तंत्र ने यह प्रचार कर रखा था कि यह बन्दर केवल जातिवाचक संज्ञा के अर्थ में नहीं, बल्कि सचमुच का हनुमान था, क्योंकि वह उसी दिन गली में दिखा था, जब भागवत कथा की शुरुआत करते हुए, छत्तीसगढ़ी किस्सों और गानों से भी पहले, संस्कृत में अपना पहला श्लोक बिसेसर महाराज ने पढ़ा था। इस संजोग को, धार्मिक विश्वास के साथ अपनी आस्था से जोड़ने के इस कथा प्रसंग के सिलसिले का इस तरह याद आना, मुझे एक अजूबे की तरह लगा।

और अपनी तेज भागती सोच को लगाम देने की कोशिश में, मैंने खिड़की खोलने-सा बाहर निकलकर चारों तरफ देखा, जहाँ शाम की चहल-पहल के दृश्य अपनी बेतरतीब विविधता में नजर आ रहे थे। इन दृश्यों में कई परिचित चेहरे थे। छोटी-छोटी टोलियों में बातें करते बस स्टैंड के लोग थे। चाट मूँगफली के ठेले थे। थोड़ी ही दूर पर फोटोग्राफी और टी.वी. मैकेनिक की दुकानों से लेकर, किराने और कपड़े तक की दुकानें थीं। परिसर आड़ा-तिरछा फैला था। दुकानों की चीजों और ग्राहकों की ओर ताकते या कभी-कभार दुकान के अन्दर घुसकर गोलमाल करते बचे वक्त को काटने की गुंजाइश नहीं थी, क्योंकि बस स्टैंड की इन दुकानों की बसावट भी आड़ी-तिरछी थी। याने यहाँ ढंग से घूम-घूम कर दुकान दर्शन या रसपान करना सुविधाजनक नहीं था। सड़कों की डामर उखड़कर, जगह-जगह पर मिट्टी उखड़ गई थी। अभी-अभी जिला कलेक्टर की सौंदर्यप्रियता की शिकार हुई दुकानों की तोड़फोड़ से निकला मलबा हटाया नहीं गया था। मन्दिर के आसपास रामनवमी के इतने पहले भी स्त्री-पुरुषों की भीड़ इतनी बढ़ गई थी, कि वहाँ चहलकदमी करते हुए वक्त काटना थोड़ा असुविधाजनक लग रहा था। खासकर इसलिए कि सरकारी विकास के सिलसिले में किए जानेवाले कामों के चलते मन्दिर के सामने की दुकानों और आसपास की खाली जगहों में नए टीलों और गढ़ों की संख्या बढ़ गई थी। दूसरी बात यह भी कि बिलकुल बाजू से गुजरकर मन्दिर में प्रवेश करती, भक्तिन आधुनिकाओं की तेज रफ्तार चाल के चलते, नजर अनायास ही उनकी तरफ उठ जाती थी। बेशक इस अचानक दर्शन-लाभ से बूढ़ी देह में बूढ़ी सी कामना की एक लहर भी उठती थी, पर तभी यह खयाल भी आता था कि कमर और घुटनों के दर्द के शुरुआती दौर में अगर इस असावधानी के चलते कहीं गिर-

गिरा गया और हड्डी टूट गई तो...इससे आगे की कल्पना तक, यातना के पराये दृश्यों का ऐसा सिलसिला प्रस्तुत करती थी, कि तुरत फुरफुराती कामना को परे करता, मैं होश की दुनिया में आ जाता था। लेकिन सावधान सतर्क और संयमित रहने के इस संकल्प के बावजूद, आँखों की अपनी नैसर्गिक क्रियाओं में फुदकती कामना को पूरी तरह रोक पाना सम्भव नहीं था, और जब उसके स्थायी इलाज के लिए मैं कोई माकूल जगह खोजने की सोच ही रहा था, कि किसी ने मेरी बाँह पकड़कर जोर से खींचा, ''सामने गड्ढा है महाराज।''

और तब सामने देखकर भगवान का, या अपने रक्षक का शुक्रिया अदा करने के पहले मैंने सोचा, कि अगर एक कदम भी आगे बढ़ाया होता मैंने, तो निश्चय ही गड्ढे के अन्दर होता और कमर की टूटने की मेरी वह कल्पना हकीकत की तरह साकार हो गई होती। गड्ढा कुछ नहीं तो चार फीट से कम गहरा नहीं था। शायद यह सभी ओर से आनेवाली नालियों के कचरे को पास के नाले तक ले जाने वाला मुख्य रास्ता था, जिसके भीतर कोई मोटा आधुनिक पाइप नहीं था। गढ़े को गौर से देखने और मन ही मन ईश्वर को धन्यवाद देने के बाद, मैंने बचावनहारे की ओर देखा।

यह अली था। उसका नाम अली नहीं था और न ही वह मुसलमान था। उसे अली कहने या पुकारने का कारण यह था, कि वह ऊँचा-पूरा हट्टा-कट्टा गबरू जवान था। और उसकी यह कदकाठी देखकर अनायास ही उस अली की याद आ जाती थी जो अपने शरीर और ताकत के चलते अन्तर्राष्ट्रीय स्तर पर विख्यात हो चुका था और अपने शरीर के बाजार मूल्य की अहमियत समझते हुए, बाकायदे धन्धे में शामिल हो चुका था। यह अली तो अभी छोकरा था। प्रशस्त माथा, चौड़ी छाती। अठारह की उम्र के उत्साह से भरा यह लड़का मन्दिर के ऐन सामने पान की दुकान चलानेवाले हीरालाल का बेटा था। मुझे गड्ढे में गिरने से बचानेवाले को देखकर मैं मुस्करा रहा था। वह भी उसी तरह रिस्पॉन्स कर रहा था। बोला, ''अभी तो कमर टूट गई होती महाराज।''

मैंने कुछ नहीं कहा।

उसे देखकर मुझे दो-तीन दिन पहले की एक मजेदार घटना याद आ रही थी, जो यों तो शहर में घटनेवाली इसी श्रेणी की दूसरी घटनाओं के मुकाबले ऐसी रोमांचक नहीं थी, कि देर तक दिमाग में टिकी रह सके, पर शायद घटना के ताजेपन और इस अली उर्फ अपने बचावनहारे की मौजूदगी के कारण, वह घटना अचानक दिमाग की सतह पर उभर आई थी। मेरी मुस्कराहट को उसने ताड़ लिया और मुझे लगा कि वह भी, इस टल गई दुर्घटना से बाहर उसी सुघटना के स्मरण में इतना प्रसन्न नजर आ रहा है। उसने कुछ नहीं कहा, पर मुझे वह घटना एक सुन्दर सिलसिले की ताजगी-सी याद आ रही थी।

यह तो याद नहीं कि उस दिन तीन बजे इस इलाके में मेरे अचानक आने का मूल मकसद क्या था। पर मैं जिस वक्त पान खाने और केंवटा पारा वाले शॉर्टकट से सीधे गाँजा चौक पहुँचने के इरादे से, इसकी दुकान पर पहुँचा था, तो यह लड़का एक अधेड़ ग्राहक से काफी अन्तरंग बातचीत कर रहा था। उसके स्वर में कहीं कोई संकोच नहीं था। मैंने जब पान बनाने को कहा तो इसने चूना लगानेवाली डंडी को नए पत्ते पर लगाते हुए, अधेड़ ग्राहक की ओर भेद-भरी मुसकान फेंकते हुए कहा, "तो समझे परधान जी, दुर्गा देवी की किरपा बरसती है, तो फिर मौज ही मौज है।"

"किस पर बरस गई किरपा?" मैंने दोनों की बातचीत में घुसपैठ करते हुए कहा। यह अली थोड़ा शरमा गया। चुप भी हो गया। पर उस अधेड़ ग्राहक ने, जो शहर के एक मोटे सेठ की गाड़ी चलाता था और जिसके पास सेठानियों और उनकी पुत्रियों के कई रंगवाले सनसनीखेज किस्से थे, पहले मुझे पालागी किया। फिर स्मृति में डुबकी लगाते हुए, उसने थोड़ी धीमी आवाज में किस्सा सुनाया कि शहर के सबसे बड़े लोहा व्यापारी की एक लड़की यहाँ पीछे की बिल्डिंग के ऊपरी तल्ले में कम्प्यूटर का कोई कोर्स कर रही है। पुजारी का भतीजा भी वहाँ पढ़ता है। पुजारी और भतीजे के लिए रिहाइशी कमरा दुर्गा जी वाले कमरे के बाजू से ही है। फिर थोड़ा सामने की ओर हनुमान जी हैं, जो वास्तव में इस मन्दिर के मौलिक मालिक हैं, क्योंकि जब दो सरदारों और एक पठान और एक बाम्हन ने मिलकर अपनी भरी जवानी के दिनों में यहाँ हनुमान जी का मन्दिर बनवाया था, तो इस इलाके में तो क्या, पूरी पुरानी बस्ती में दुर्गा की ऐसी प्रतिष्ठा नहीं थी, कि दशहरे के पहले हर गली और मुहल्ले में उनकी भव्य पूजा के शानदार ढंग से सजे पंडाल देखने को मिलें। और ये चारों अपनी भिन्न धार्मिकता के बावजूद, हनुमान जी का मन्दिर बनाने को क्यों इतने उतावले हो गए थे, यह तो मुझे नहीं पता, पर यह जरूर जानता हूँ कि उन दिनों सट्टे और डिस्कवाला पहला बाबू, और धर्मध्वजा लहराकर राजनीति करनेवाले बाबूलाल की भी औकात ऐसी नहीं बन पाई थी, कि इस चौगड़ी के धार्मिक काम में कोई खलल डालें। उन दिनों उन्होंने हनुमान के छोटे से प्रतीकात्मक स्तर के मन्दिर के लिए जो मेहनत की थी, उसी को याद करते हुए कौशल आज भी कभी-कभार दुखी हो जाता है, और बताता है कि कैसे लोहा सेठ ने इस मन्दिर को अपने कब्जे में ले लिया। नाम मात्र को एक ट्रस्ट बनाकर, उसमें अपने भाई, भतीजे, साले, सालियों को सदस्य बनाकर, इसने केवड़ाबाड़ी स्कूल के गेट तक के पूरे हिस्से को कब्जे में कर लिया, और तब हनुमान जी कोने में चले गए और दुर्गा जी सेंटर में आ गईं और लोहा सेठ की तो चाँदी हो गई चाँदी। तो उसी लोहा सेठ की वह लड़की उस खास दिन और खास समय पर मन्दिर के भीतर थी। यह तिपहर तीन का समय था।

और मन्दिर में ताला पड़ा हुआ था। पुजारी कहीं कुछ पाठ करने गया था। "आप खुद देख लीजिए महाराज।" अली वल्द हीरालाल बराई वल्द गोपाल बराई ने शर्म त्यागकर मुख्य समाचार सुनाने की आवाज में कहा था।

मैंने देखा था। मन्दिर के लोहे के फाटक पर ताला पड़ा था, पर इतनी दूर से भी दुर्गा जी की चमकती आँखें दिख रही थीं। तो क्या सचमुच इस हॉल के दाहिने कोने में बने रिहाइशी कमरे में अभी रासलीला हो रही है!

उस समय मैंने यह सवाल न तो नन्दराम उर्फ उस अधेड़ ड्राइवर से किया था, और न ही उस अली से, जिसने मुझे अभी दो मिनट पहले गड्ढे में गिरने से बचाया था। पूरी घटना को सरसराती स्मृति-सा सोचकर, और उस समय को वहीं छोड़कर, समय में बूढ़ी छलाँग लगाते हुए मैंने हीरा की दुकान के पीछे बने कलवर्ट की याद की। तरह-तरह की घटनाओं की अकस्मात याद से मन की दौड़ इतनी तेज हो जाती थी कि पता ही नहीं चलता था कि मैं कहाँ हूँ और जहाँ हूँ, वहाँ कर क्या रहा हूँ। सोच की यह रफ्तार मुझे भीड़ की भगदड़ जैसी लग रही थी, और उसे थोड़ा सहनीय, और हो सके तो थोड़ा रोचक बनाने के लिए, कहीं बैठकर सुस्ताने-सा सोचने के लिए जगह की जरूरत थी। इसी उद्देश्य से मैंने हीरा याने इस अली के बाप की दुकान की दाहिनी ओर बने उस कलवर्ट की याद की, जिसके पीछे की लम्बी-चौड़ी नाली को, रघुनाथ साहू की दुकान से बाहर निकलने वाले मतवार पेशाबघर की तरह इस्तेमाल करते थे। इधर कौशल की दुकान से थोड़ा हटकर भी उसी तरह की एक बेंच थी, जिस पर बिन सोचे मेरी नजर पहले ही जा चुकी थी, और मैंने देखा था कि वहाँ पर वही नन्दराम ड्राइवर बैठा हुआ था, जिसके साथ कुछ दिनों पहले हुई मुलाकात की बात मैंने अभी दो मिनट पहले ही की थी। एक दफे तो मैंने सोचा कि वहीं जाकर लम्बे कलवर्ट की खाली जगह पर मुझे बैठ जाना चाहिए, क्योंकि उस जगह से न सिर्फ मैं मन्दिर में प्रवेश करती स्त्रियों तथा जीन्सवाली आधुनिकाओं तथा बोदे से लगते अठारवीं सदी की मानसिकता वाले आस्तिक नवयुवकों के बीच, कुछ ऐसे लोगों को भी देख सकता था, जिनके लिए हर मन्दिर राधाकृष्ण की रासभूमि ही होता है। पर वहाँ बंटू बैठा हुआ था।

यह हमारे गाँजा चौक का लड़का था। और, मेरे बचपन के एक सीधे सरल मित्र की सन्तान। दसवीं तक पहुँचते-पहुँचते उसे पता चल गया था कि स्कूली पढ़ाई-लिखाई उसके बस की बात नहीं है। शुरू में उसने एक छोटी-सी पान-दुकान में अपने लगभग अपंग चाचा की मदद करने के काम से अपना धन्धा शुरू किया था, लेकिन आज की तारीख में वह गैस सिलेंडर और केरोसिन के काले धन्धे में ही नहीं, बल्कि शहर में जारी बाम्बे मटके के सट्टे तथा आधी रात के बाद बड़े फड़ों में चलनेवाले जुए में भी माहिर हो चुका है। तो ऐसे एक नामी-गिरामी मुहल्ले के छोकरे को सीमेंट की उस बेंच पर, ड्राइवर नन्दराम से बातचीत में ध्यान से लगे

देखकर, मैंने विपरीत दिशा में याने हीरा पानवाले के पीछे बनी, ऐसी ही बेंच पर नजर फेंकी थी और हैरत से देखा था कि वहाँ दिनेश बैठा है।

हैरत की बात यह कि दिनेश एक ऐसे इलाके में था जहाँ उस जैसे सदाचारी ब्रम्हचारी के होने की कोई कल्पना भी नहीं की जा सकती थी। बेशक मौलिक रूप से हनुमान मन्दिर और बाद में हमारे स्कूल के बहुत पुराने गेट को ढाँपकर, दुर्गा देवी के मन्दिर के बन जाने के बाद, इस इलाके की प्रतिष्ठा थोड़ी बढ़ी थी, लेकिन फिर भी, अमूमन शाम के समय यहाँ दारूखोरों और सट्टेबाजों की भीड़ ही ज्यादा दिखाई देती थी। उनके अलावा बस से अम्बिकापुर, जशपुर और राँची आने-जाने वालों मुसाफिरों, ड्राइवरों, क्लीनरों की रोजमर्रे की भीड़ भी इसमें शामिल थी। पूरे बस अड्डे के चारों तरफ ज्यादातर लोग पीने मस्तियाने वाले अधपढ़ शहराती और नौकरीपेशा लोग ही होते थे। इधर पिछले कुछ महीनों से इस भीड़ की विविधता थोड़ी बढ़ गई थी, कि अब इन दुकानों में इंजीनियरिंग कॉलेज में पढ़नेवाले छोकरे तथा कुछ पेशेवर उठाईगीर ठेलेवाले और रिक्शेवाले भी शामिल हो गए थे। इसलिए ऐसी जगह पर दिनेश का नजर आना निश्चित रूप से हैरत की बात थी। और वह भी इस समय। याने रात के साढ़े सात के समय। यह तो काफी सनसनीखेज जैसा मामला लगता था। हमारे गाँजा चौक में नियमित शाम गुजारने वाले दिनेश के बारे में सभी को पता था, कि वह शाम साढ़े छै बजे के बाद एक मिनट के लिए भी घर से बाहर नहीं रहता। अभी साल-भर पहले कम से कम लगातार तीन महीनों तक मेरी शामें उसी के साथ गुजरी हैं, और हर बार मैंने पाया था, कि स्थानीय अखबारों की सारी खबरों का सार सुनाने के बाद, शाम छै के पहले ही उसका घड़ी देखना शुरू हो जाता था। हर बार वह मुझे गम्भीरता से बताता था, कि चूँकि वह एक मनोरोगी है, और महीने में हजार रुपए की दवाएँ उसे लेनी पड़ती हैं, जो रायपुर मेडिकल कॉलेज के मनोचिकित्सक ने उसके लिए प्रिस्क्राइब कर रखी हैं, और साथ ही यह भी जरूर बताता था कि यह उसकी माँ का आदेश है, कि वह सात बजे के पहले खाना खा ले और तुरन्त सो जाए। इसलिए वह हद से हद साढ़े छै बजे तक अपने घर पहुँच जाना चाहता है। इतना सब बताते हुए, वह यह बात बार-बार दुहराता था कि वह एक मनोरोगी है, पर उसकी बातों में मौजूद तार्किक तारतम्यता से ऐसा तो मुझे कभी नहीं लगा, कि वह डिप्रेशन का मरीज है, या कि मेंटली रिटार्डेड व्यक्ति है। यह जरूर है, कि उसकी चाल-ढाल, उसका बातूनीपन और उसका एकाकीपन, उसकी देर से लगी चपरासी की नौकरी, उसे देखने-जानने की बचपन की स्मृति, कुल मिलाकर उसे एक सामान्य व्यक्ति की तरह देखने जानने की इजाजत नहीं देती थी, शायद ऐसे वक्तों में इसी कारण उसके अरीब-करीब मौजूद, मुहल्ले के दूसरे ठलहे अधेड़, उसकी लगभग पचपन-छप्पन तक पहुँचती कुंवारी उम्र को लेकर हँसी-मजाक भी किया करते थे। ऐसे मजाक कभी-कभी

अश्लीलता की हद छूने लगते थे। ये मजाक मुझे बुरे लगते थे, हालाँकि मैं खुद भी सोचता था कि पचपन तक पहुँचने के बाद भी सत्य अर्थ में कुँआरे दिनेश को क्या कामेच्छा नहीं तड़पाती होगी ? शायद यह अपनी कामेच्छा की कुंठित तड़प ही होती थी, जो उन अधेड़ों के मजाक और मेरी सहानुभूति दोनों में मौजूद रहती थी। लेकिन ऐसे मजाकों पर भी मैंने उसे कभी नाराज होते नहीं देखा था। लेकिन वही दिनेश यहाँ ?

दारू मूत की गंध बिखेरती नाली के ऐन बाजू पर बनी सीमेंट की बेंच जैसी जगह पर ? वह भी अकेला ? और वह भी रात साढ़े सात के बाद !

सचमुच दाल में कुछ काला है, जैसा कुछ सोचकर मुझे लगा, कि जाकर उसी से पूछ लेना चाहिए कि आखिर किस वजह से वह इस समय इस जगह पर बैठा है ? लेकिन यह सोचते ही मुझे भी याद आया कि अगर वहाँ उसके पास जाऊँ, तो उसकी बातें सुनते हुए, उसके मुँह की बास भी बर्दाश्त करनी होगी। और उसके साथ गुजारे समय की जो स्मृति आज इतने महीनों बाद भी मेरे दिल-दिमाग में रची बसी है, वह यही है कि उसके मुँह की बास सचमुच नाकाबिले-बर्दाश्त है।

इतना सोचकर, साढ़े सात से कम से कम साढ़े आठ तक समय काटने के लिए, मैं एबाउटटर्न होना ही चाहता था, कि इधर इस बाजू की बेंच पर बैठे मुहल्ले के बंटू ने आवाज दी। वहीं बैठे-बैठे जोर से अभिवादन किया। मेरा ध्यान एक पल के लिए दिनेश-चिन्तन से उचटा और उसी पल मैंने फिर सोचा कि शायद इस लफाड़ू बंटू को पता हो कि आखिर यह मनोरोगी दिनेश इस वक्त यहाँ बैठा क्यों है ? और ऐसा ही करने के इरादे से मैं बंटू की बेंच की ओर बढ़ना चाहता था कि फिर मेरे दौड़ते हुए दिमाग ने सुझाया, कि इस बात को लेकर इतना बेचैन होकर सोच-विचार करने की जरूरत ही क्या है ? इस पर फिर मुझे अपने आप पर गुस्सा आया, कि मेरा दिमाग हर पल अपनी ही बात काटता क्यों रहता है। एक मनोरोगी याने आधे या चौथाई पागल अधेड़ के बारे में सोचते, मुझ जैसे बूढ़े को हमेशा इतना संयम तो रखना चाहिए कि कोई क्या कर रहा है और क्यों कर रहा है, पर इतना अधिक तो न सोचे, कि खुद को मनोचिकित्सक के पास जाना पड़े। पर अपने आप को समझाने के बावजूद दिमागी सोच की बेतहाशा रफ्तार में अक्सर कोई फर्क नहीं पड़ता था और तब पॉजिटिव थिंकिंग की दिशा खोजते हुए राहत देने सा यह खयाल मन में आता था कि ऊटपटाँग सोच तो शायद मानव-स्वभाव या दिमाग की ही नैसर्गिक करतूत है, और शायद हर आदमी हर पल कुछ न कुछ सोचता ही रहता है, लेकिन किसी दूसरे को तो क्या खुद उसे पता नहीं रहता, कि वह एक मिनट पहले भी क्या सोच रहा था ?

सो सोचना रुके या न रुके, पर ऐसा मुकाम जरूर आ जाता है, जब उसका होना महसूस नहीं होता। ऐसे ही एक मुकाम पर पहुँचने के लिए, मैं सपाटे से कौशल के भोजनालय में घुस गया।

बौने की दुकान से सटी यह जगह बाँसों-बल्लियों और लोहे की पाइपों के सहारे पर टिकी टीन के छप्पर की एक खुली दुकान थी। सामने कोई दरवाजा नहीं था। रात हो या दिन यहाँ सामने का दरवाजा बन्द करने और ताला लगाने की कोई व्यवस्था नहीं थी। पीछे आधी दीवार और मोटे पाइप के दो खम्भे थे। दाईं तरफ बौने की दुकान से इसे अलग करनेवाली ईंट की दीवार भी थी जो शायद अभी हाल में ही बनाई होगी। और जाहिर है कि यह शामिलाती दीवार रघुनाथ साहू के खरचे से ही बनी होगी। बाकी कौशल का भोजनालय तो तीन तरफ से महज टट्टे से ही घिरा हुआ था। दाईं तरफ की भट्ठी याने चूल्हा, जरूर पक्के का था। और बाईं तरफ ऊँची टेबल जैसी एक जगह थी। पत्थर को ईंटों पर रखकर एक टेबल सा बनाया गया था, जिस पर टीन की सन्दूकची रखी थी। यह गल्ले की सन्दूक थी, याने इसमें रोजमर्रे का पैसा रखा जाता था। सीमेंट की बेंच पर एक गीलट का भगोना चढ़ा था। इधर मेरे बाजू के तख्ते पर वह आदिवासिन उबले आलू छील रही थी, जो कौशल से परिचय के प्रारंभिक दिनों में ही यहाँ काम पर लगी थी। यह वह समय था, जबकि हम और हमारे दोस्त कभी-कभार की दारू के लिए कौशल के इस वैष्णव भोजनालय का इस्तेमाल किया करते थे। कौशल हमें यहाँ इत्मीनान से पीने की इजाजत इसलिए उदारतापूर्वक दे दिया करता था, क्योंकि मेरे बहुत बड़े अफसर दोस्त के चलते उसका बेटा नौकरी में लगा था। मेरी उपस्थिति में उसकी उदारता यहाँ तक बढ़ जाती थी कि दारू के चखने के लिए, करेले की भुजिया या आलू बड़ी की सब्जी या तुरई चने दाल की आधी सूखी आधी चपचपी सब्जी जैसी कोई चीज अगर हम लेते थे, तो उसके भी पैसे वह नहीं लेता था। कभी-कभार अगर उस वक्त कोई नया हमप्याला, जबर्दस्ती उसकी जेब में नोट ठूँसने की कोशिश करता, तो वह हाथ जोड़कर पीछे हट जाता था और कहता था, ''भैया आपको तो जनम भर भी खिलाता रहूँ तो आप का कर्जा नहीं उतार पाऊँगा।''

मुझे उसकी यह बात संकोच में डाल देती थी। यह बात ठीक है कि मैंने उसके लड़के की नौकरी के लिए एकाधिक बार अपने दोस्त से कहा था, पर आखिर लड़के ने, शारीरिक परीक्षा और लिखित परीक्षा दोनों अपनी काबिलियित के बल पर पास की थी। सो, कौशल की इसी दयानतदारी या उदारता के चलते कुछ महीनों के बाद मैंने यह निश्चय किया था, कि अगर दारू पीनी हो तो बेहतर है, कि वाजिब अड्डे पर बैठकर ही पी जाए, हालाँकि उसके बाद से ही कौशल थोड़ा उदास रहने लगा था।

मैं जानता था कि हमारा वहाँ नहीं पीना उसके दुख का कारण नहीं था, बल्कि उसका वह लड़का था, जिसकी पुलिसिया नौकरी में मेरी अहम भूमिका थी। हुआ यह था कि पुलिस में उसके लग जाने के दो बरस के भीतर ही कौशल ने उसका ब्याह कर दिया था। और बाद में इस बात को लेकर मन ही मन कुढ़ने लगा था कि

न तो ब्याह के दौरान, और न ही ब्याह के बाद उसके हवलदार समधी ने अपना वादा पूरा किया था। जाहिर है कि उसने अपनी असली हवलदारी दिखा दी थी। हालत यह थी कि अब लड़के से भी कुछ कहना सम्भव नहीं था। हो सकता है कि कौशल की इस उदासी की और भी दूसरी अन्दरूनी वजहें हों, पर यह तो सच था कि वह अब पहले जैसा खुशमिजाज और हँसमुख नहीं रह गया था। रोचक बात यह है कि अपनी उदासी के इन दिनों में ही उसने शहर की मशहूर और मामूली, दोनों तरह की शख्सियतों के बारे में विचित्र कहानियाँ सुनाई थीं, जिनमें इस बाबूलाल और दूसरे नेता बाबूलाल के अलावा, बौने की दारू दुकान से जुड़े बीसियों ऐसे किस्से थे, जो अभी इस पल मुझे याद नहीं आ रहे थे, जब मैं रूपराम नाऊ की भाई की शादी की पार्टी में जाने के लिए, वाजिब वक्त का इन्तजार करता याने वक्त काटता, कौशल की दुकान की एक पर एक जमा कर रखी गई, चिकटा चुकी, लाल रंग की दो कुर्सियों पर अकेले बैठा था।

तब कौशल वहाँ नहीं था। वही चार-पाँच बरस पहले आई आदिवासिन थी। चूल्हे पर कड़ाही के गर्म तेल में मसाला भून रही थी। उसकी झाल की लहर आँखें जला रही थी। नाक में भी छींक के पहले की सुरसुरी शुरू हो चुकी थी। मैं सोच रहा था कि पिछले पाँच साल में एक दिन की छुट्टी लिये बिना, यह घर-बार छोड़कर कितने इत्मीनान से यहाँ रह रही है। एक बार बहुत पहले उसी ने मुझे बताया था कि उसका पति एक दिन गाँव में खेत जा रहा हूँ, कहकर गया तो, घर वापस नहीं लौटा। महीने-भर तक उसका इंतजार करने के बाद यह राँची के पास के अपने गाँव से यहाँ चली आई। बाद में इसे पता लगा कि वह गोवा में है। पर इसने अपनी तरफ से बात करने की कोई कोशिश नहीं की। क्यों? मैंने पूछा था।

''जिस मरद में गिरस्ती चलाने की ताकत न हो, उसके साथ रहकर भी क्या फायदा?'' इसने सहज भाव से कहा था। उसके बाद से यह कौशल की दुकान की रसोइया, मैनेजर, वेटर सबकुछ है। उसका एकमात्र सहायक है यह बुतरु। यह भी लगभग इस आदिवासिन के संग-संग ही एक यात्री के साथ यहाँ जशपुर से आया था। जिस समय यह छोकरा यहाँ पहली बार आया था, तो उसके वहाँ काम पर रखे जाने, या कि उसे दो जून खाना दिये जाने के कौशल के निश्चय के दौरान मेरे एक्स्ट्रा एलर्ट दिमाग में तत्काल यह बात आई थी, कि इतनी कम उम्र के बच्चे को काम पर रखने के चलते, कौशल कहीं बाल श्रमिक अधिनियम जैसे किसी कानून की जकड़ में न आ जाए। उसके बाद किसी दिन मैंने अपनी यह आशंका कौशल से बताई भी थी, पर उसने इसे जरा भी सीरियसली नहीं लिया था। शायद इसलिए कि स्टैंड की नब्बे फीसदी दुकानों में ऐसे बीसियों छोकरे काम पर लगे थे। रहनेवाला यह चाँपा का था। वहाँ अभी भी इसके माँ-बाप भाई-बहन सभी थे। पर यह भी वहाँ जाने के नाम पर तरह-तरह के बहाने बनाता था। क्या पता माँ सौतेली हो? क्या पता

बाप सौतेला हो ? इस तरफ के इस जात के लोगों के वैवाहिक सम्बन्धों में काफी उदार लचीलापन था। हमारे मुहल्ले के आसपास तक की कोई जवान औरत अगर विधवा हो जाती, तो मजे में साल-भर के भीतर फिर से किसी से चूड़ी पहन कर, माँग में सिन्दूर भर लेती थी। हो सकता है कि बुतरू की माँ भी इसी तरह की चुरियाहिन औरत हो, और बुतरू उसके पहले मरद की सन्तान हो, और इसी वजह से नए पति को उसका पुराना पुत्र रास न आ रहा हो। वह उसके साथ सौतेले बाप की तरह वैसा ही बरताव करता हो, जैसा अक्सर पुरानी हिन्दी फिल्मों या किस्सों-कहानियों में बताया जाता है। बुतरू के बारे में मेरी इस उड़ती-भागती कल्पना के सारे अनुमानों की सचाई का पता लगाना इसलिए मुश्किल था, कि जब कभी भी खाली समय में मैंने उससे बात की थी और उसके घर-परिवार के बारे में पूछने की कोशिश की थी, तो उसने बुदबुदाहट के से स्वर में जो कुछ कहा था, उसका कुछ भी मेरी समझ में नहीं आया था। सिवा इसके कि उसके माँ-बाप चाँपा में रहते हैं। अभी भी लगभग उसी इरादे से मैंने उसकी तरफ देखा तो पाया कि वह एकटक सामने की तरफ देख रहा है।

बुतरू के ठीक सामने याने वैष्णव भोजनालय के ठीक सामने, याने रघुनाथ साहू की दारू दुकान के थोड़ा बाएँ सड़क के उस पार एक सफेद कार खड़ी थी। कार के बाएँ बाजू से सीमेंट की बेंच पर दिनेश उसी तरह गुम्म बैठा था।

उसे देखते ही जिज्ञासा की दबी खुजली फिर से उभर आई और उस खुजली की अज्ञात जगह को खोज पाने के लिए मैं एक भद्दी गाली निकालने ही वाला था, कि कौशल की मोटरसायकिल रुकी। स्टैंड से लगाकर वह दुकान में घुसे, इसके पहले ही खुजली ने यह सुझा दिया था कि हो सकता है कि सामने बैठे दिनेश के बारे में वह जानता हो। आखिर है भी तो यह उसी के पास के मुहल्ले का, और फिर जिसने बरसों तक प्रायवेट गाड़ी चलाने का धन्धा किया हो, और बस स्टैंड में जिसकी दुकान पर शहर के प्रमुख अखबार 'जनसंघर्ष' के सम्पादक नियमित रूप से भोजन करने आते हों, जो बात-बात पर यहाँ के बीसियों स्थानीय लोगों के गोपनीय किस्से सुनाता हो, उसकी वाकफियत के दायरे में दिनेश की जानकारी का होना, कोई आश्चर्यजनक या अस्वाभाविक बात नहीं थी। यही सोचकर, मैंने उसके घुसते ही उससे पूछना चाहा था कि क्या वह सामने गुम्म बैठे दिनेश को जानता है। पर उसके पहले ही उसने अपना दुखड़ा सुनाना शुरू कर दिया था। "एक परेशानी आ गई है भैया।" उसने कहा था। फिर मेरी तरफ देखा था। यह देखने के लिए कि उसके दुखी बयान पर मुझ पर कोई असर हुआ है या नहीं। मैंने किसी तरह अपनी जिज्ञासा और उसके बयान पर उभरी अपनी चिढ़ को ढाँपते हुए पूछा था, "क्या बात है कौशल ?"

"चन्दर की ड्यूटी डी.एस.पी के बंगले में लग गई है।"

“तो इससे क्या हुआ?” मैंने थोड़ी जाहिर चिढ़ के साथ कहा।

यह वही लड़का था, जिसकी नौकरी के लिए मैंने अपने अफसर मित्र की चिरौरी की थी। और अब नौकरी लगने के बाद इसी शहर में लगी उसकी ड्यूटी को लेकर, बाप की परेशानी की बात से मुझे थोड़ा गुस्सा आ रहा था। आखिर पुलिस की नौकरी के बाद, इसी शहर में रहना और अफसर के घर की ड्यूटी बजाना तो एक तरह से आरामदेह काम था। उसमें परेशानी की क्या बात है? मैंने कुल मिलाकर साफ-सुथरे शब्दों में उससे यही कहा था और सख्त हिदायत दी थी, कि प्रोबेशन की अवधि खतम होने के पहले जो हुकुम आए उसे चुपचाप मान ले तुम्हारा बेटा।

“पर भैया, डी.एस.पी. जात का सतनामी है।”

“तो क्या हुआ, बाम्हन नौकर को बाम्हन अफसर ही मिलेगा इस बात की कोई गारंटी नहीं होती सरकारी नौकरी में।” मैंने थोड़े हल्की आवाज में कहा।

कौशल भी मुस्कराया। पर इसके बावजूद उसकी समस्या उसके चेहरे पर झिलमिला रही थी। उसने मुस्कराते हुए ही कहा, “जात की तो कोई बात नहीं है भैया, लेकिन सुनते हैं कि वह ड्यूटी सिपाही से मालिश करवाता है।”

तो यह बात है, मैंने सोचा। कौशल इस बात को लेकर परेशान था कि जवान और नैष्ठिक बाम्हन छोकरे को नौकरी की शुरुआत में ही सतनामी की तेल मालिश करनी होगी। पर समस्या ऐसी थी कि उस पर हँसने के अलावा और दूसरी कोई प्रतिक्रिया नहीं की जा सकती थी। सो हँसते हुए ही मैंने उसे आश्वस्त किया था कि ठीक है मैं एस.पी. से बात कर लूँगा। और इसके तुरन्त बाद मैंने अपना सवाल रखते हुए पूछा कि क्या वह सामने की पुलिया वाली बेंच पर बैठे दिनेश को जानता है? तो उसने अति विस्तार की कथा को, अति संक्षेपसार की तरह बताया था कि उसकी बहन की लड़की आज ही किसी के साथ भाग गई है। उसे खोजने के लिए दोपहर दो बजे से अभी तक कम से कम तीन दफे वह यहाँ आ चुका है।

“लेकिन यहीं क्यों?”

“किसी ने उसे बताया है कि वह दो बजे के आसपास बस स्टैंड पर एक छोकरे के साथ दिखी थी,” कौशल ने कहा। फिर जोड़ा कि आजकल लड़कियाँ बहुत फ्री हो गई हैं भैया और इस तरह के किस्से तो अब अच्छे-अच्छे घरों से सुनने को मिल रहे हैं। उसकी बात सुनकर मैंने थोड़ी व्यंग्यात्मक मुस्कान के साथ उसे देखा, और सोचा कि इसे कैसा लगेगा अगर इसे पता चले कि आज के मुझ बुढ़ऊ ने भी इसी तरह भागकर शादी की थी, वह भी बिना किसी पंडित पुरोहित की मौजूदगी के।

दिनेश की बहन की लड़की के बारे में सवाल सुनकर उसकी आँखों में जो चमक आ गई थी, उसमें यह सूचना थी कि वह अपने बेटे की डी.एस.पी. की ड्यूटी के दुखद प्रसंग को भूलकर मेरी जिज्ञासा से हठात याद आ जाने वाले सामाजिक

हादसे पर अपना ध्यान रमा चुका है। मैंने यह बात तुरत ताड़ ली थी। और, मुझे इस बात पर थोड़ी कोफ्त भी हुई थी कि आखिर मैंने दिनेश के बारे में उससे कुछ पूछा ही क्यों था?

पर मजे की बात यह है कि इस क्षणिक आत्मविश्लेषण या कि मरियल आत्मधिक्कार के बावजूद दिनेश की बहन की लड़की के बारे में सुनते ही, बहुत-सी बातें मेरे दिमाग में अपने आप भिनभिनाने लगी थीं। उसके गोरे सलोने चेहरे, उसकी दुबली पतली मगर स्वस्थ काया, और उसकी हमेशा झुकी रहनेवाली आँखों की एक झलक, अपने आप स्मृति में उभर कर मिटी, तो मुझे वह दिन और वह घटना याद आई, जब मैं दिनेश के लगातार कहने की वजह से उसके घर गया था। दिनेश की बहन अपनी विधवा माँ और अपनी किशोरी कन्या के साथ रहती थी। उस कमरे में, जो मेरे होश सँभालने के वक्त से आज तक, खपरैली छत और माटी की दीवारों वाला अकेला कमरा था, जबकि उसके साथ लगा पुराना मकान अब दो हिस्सों में बँटकर पक्के के दो मकानों में बदल चुका था, जहाँ उसके दो भाई रहते थे, जिनके साथ उसका सम्बन्ध ऐसा नहीं था, जिसे नेंग-व्यवहार के सम्बन्धों के अतिरिक्त किसी भावनात्मक सम्बन्ध की तरह याद किया जा सके। लगभग पूरी पुरानी बस्ती में पुश्तैनी जायदाद के बँटवारे के बाद सगे भाइयों के बीच, या माता-पिता तथा बेटों के बीच के सम्बन्ध ऐसे ही हो जाते देखे गए थे, जिनको लेकर मुहल्ले की बुढ़ाती औरतों के बीच टीका-टिप्पणी होती रहती थी, कि अमुक के लड़के माँ को खाना तक नहीं देते, या बड़े भाई ने छोटे के हिस्से की सारी जायदाद हड़प ली। इधर यह सनकी दिनेश अपनी दवा के अलावा, अपनी दिहाड़ी कमाई का तीन चौथाई हिस्सा, अपनी माँ, बहन और उसकी बेटी के भोजन-पानी में ही खर्च करता है, जैसी किसी सोच के साथ, माटी की दीवार पर सरस्वती की तस्वीर के आजू-बाजू चारों ओर चिपके, फिल्मी हीरो-हिरोइन की तरह-तरह की अदाओं वाली तस्वीरों को मैं चुपचाप ताक रहा था। और मुझे यह बात अनायास याद आ गई थी, कि जिन दिनों मेरी शामें दिनेश के साथ गुजरती थीं, उन दिनों दैनिक आंचलिक समाचार-सार सुनाने के बाद, कभी-कभार वह पुराने फिल्मी गीत सुनाने की इच्छा जाहिर करता था। और कभी-कभार मैं हामी भर देता था, तो लगातार एक के बाद एक पुराने फिल्मी गीतों की कई-कई लाइनें वह सुना जाता था। मजे की बात यह है, कि कभी-कभार के ऐसे पलों में उसे अपने मनोरोग से जुड़े, अपने भोजन के समय की याद भी नहीं रहती थी, और उसके गाने पर रोक लगाने के लिए, मैं उसे उसके खाने के समय की याद दिलाता था, तो वह झटके से उठकर अपने घर के रास्ते पर बढ़ जाता था।

उसी घर में बैठा फिल्मी नायक-नायिकाओं को दीवार पर चिपका देखता, मैं सोच रहा था, कि फिल्म-प्रेम शायद इस मनोरोगी के जीवन का सबसे महत्वपूर्ण

अंग है। तभी वह लड़की आई थी। गोरी-चिट्टी दुबली और औसत ऊँचाई की उस लड़की के मुख से एक अवसादमिश्रित लावण्य झलकता था। उसके पतले गुलाबी ओठ शायद उस दिन कुछ पपड़ाये से लग रहे थे। उसकी आँखें जब मेरी ओर उठीं, तो उसने पहले मुझे नमस्ते किया, और फिर चुपचाप खड़ी हो गई। सामने की खाट पर लेटी दिनेश की माँ ने परिचय कराया, कि यह शान्ता की लड़की है। मुझे कुछ न समझता पाकर उसने दुहराया, कि यह उसकी नातिन है, उसकी उस लड़की की बेटी, जिसके मेंटेनेंस के केस के सिलसिले में कोई दो साल पहले, उसने मुझसे राउरकेला के फेमिली कोर्ट का पता लगाने को कहा था। ना, माँ ने नहीं, स्वयं उसकी बेटी, लम्बी दुबली छरहरी अधेड़ मेरे घर आई थी, और उसने मुझे कुछ कागजात दिए थे। तब मुझे पता चला था, कि वह राउरकेला के किसी परिवार में ब्याही गई थी, और इस लड़की के जनम के साल-भर के बाद ही, वह अपने पति से अलग हो गई थी। बाद में हर्जाने दावे के रूप में जब उसे कोर्ट से एक लाख रुपए मिलनेवाले थे, तब वह मेरे पास आई थीं। तो यह उसी की लड़की है, सोचते हुए, जब मैंने दिनेश की माँ की ओर से नजर हटाकर लड़की की तरफ देखा, तो पाया, कि उसी रास्ते से उसकी लम्बी दुबली माँ प्रवेश कर रही थी। उसी से यह पता चला था, कि चूँकि अब लड़की बालिग हो गई थी, तो राउरकेला के फेमिली कोर्ट से लड़की को दी जानेवाली रकम भी अब मिलनी है, कहते हुए उसने कागज दिखाया था, जिसमें स्पष्ट लिखा था, कि यूनियन बैंक द्वारा उसके बालिग होने पर तत्काल रकम दे दी जाए। लड़की की माँ इस काम में भी मेरी मदद चाहती थी। मैंने मदद की थी। लेकिन अभी जब उसके बारे में सोचता हुआ मैं इस दो बरस पुरानी घटना की याद कर रहा था, तो सोच रहा था, कि आँखें झुकाकर धीर चाल से चलनेवाली और हमेशा चुन्नी से वक्ष ढाँपे रहनेवाली, यह दुबली गोरी लड़की वयस्क होते ही इतनी जवान हो गई, कि उसने भागकर शादी करने की ठान ली और उसके निर्णय पर उसका मनोरोगी मामा परेशान होकर गंधाती नाली के बाजू से बनी सीमेंट की बेंच पर बैठा, टुकुर टुकुर चारों तरफ ताक रहा है, सोचकर मैंने फिर एक बार उस तरफ देखा।

दिनेश वहाँ नहीं था।

और तब उसकी भांजी याने उसकी बहन की लड़की के सनसनीखेज पलायन के किस्से से अपना ध्यान हटाने के लिए, मैंने फिर घड़ी देखी, कि इस बीच इतना वक्त तो हो ही गया होगा कि रूपराम नाऊ की पार्टी के लिए बल्बों से वेलकम करते फाटक के रस्ते अन्दर घुस जाया जा सके।

मेरी घड़ी में तब भी साढ़े सात ही बजे थे। घड़ी साढ़े सात से बन्द हो चुकी थी। कौशल के हाथ में घड़ी नहीं थी, कि सही वक्त की जानकारी लूँ। मैंने उससे कुछ पूछा भी नहीं, क्योंकि वैष्णव भोजनालय से बाहर आते ही मैंने देख लिया था, कि

स्वागतम लिखे गेट से लोगों का आना-जाना शुरू हो चुका है। धीमे कदमों मैं चुपचाप आगे बढ़ा। गेट के ऐन सामने रात नौ के आसपास एक गो माता, एक साँड और एक भावी गोमाता या बैल या साँड आराम फरमा रहे थे। आने-जाने वाले, उनसे बचते हुए गेट में प्रवेश कर रहे थे। शहर की गली-गली में, सड़क-सड़क पर इत्मीनान से सोतीं, आराम फरमातीं और गोबर करतीं, गोमाताओं और उनका साथ निभाते गोपिताओं या पुत्रों की स्मृति की रोजमर्रा छवियों को सोचकर, उन्हें देखते हुए मैं मुस्कराया। और मुझे याद आया अपना छोटा भाई, और ईश्वर के चमत्कार जैसी बात यह हुई, कि सामने की दिशा से वह भी उसी समय झूमता आता गौर से मेरी ओर देख रहा था, या शायद इत्मीनान से आधे से ज्यादा रस्ता घेरे गोमाताओं के छोटे सुखी परिवार को। मैं गेट के ऐन सामने था। मेरे पास आकर वह मुस्कराया। बोला, ''तुम वाजपेयी की याद कर रहे हो न?''

''हाँ,'' मैंने भी उसी मुस्कान के साथ जवाब दिया, ''वो है न?''

''ना, वह तो चला गया, पर उसका बेटा भी उसी के रस्ते पर चल रहा है।''

''अच्छा?'' मैंने कहा। उसके बेटे को देखने की कोशिश में मैंने वाजपेयी की याद की। तो सबसे पहले याद आई उसकी लम्बी घनी मूँछें। उसका हट्टा-कट्टा शरीर। उसकी हमेशा मैली रहनेवाली धोती। और पूरी बाँह का कुर्ता, जो धोती से तालमेल रखता या उससे बढ़कर मैला नजर आता था। गेहुएँ रंग वाले उसके गोल चेहरे पर, बगैर ऐंठनवाली मूँछें फबती थीं। और मूँछों के बावजूद उसकी शान्त मुसकान जैसे दिखती-सी लगती थी। महीने दो महीने में वह मेरे भाई के पास पता नहीं किस-किसके विरुद्ध मुकदमे के कागजात लेकर आया करता था। तब मुझे इस बात पर हैरत होती थी, कि कभी कचहरी नहीं जानेवाले, तथा मुख्य रूप से पत्रकारिता के धन्धे में बेमन से लगे रहनेवाले, मेरे इस भाई को आखिर किस आधार पर उसने अपने मुकदमे लड़ने के लिए चुना था। तो एक दिन फुर्सत की शाम को उसने मुझे विस्तार से बताया था, कि इसका सिविल मुकदमा तो इसके रिहाइशी मकान को लेकर चल रहा है, जहाँ बाड़ी का हिस्सा इसके चाचाओं के लड़कों ने दबा रखा है। पर अभी-अभी इसने एक मजेदार मुकदमा शहर के जिला एवं सत्र न्यायाधीश के खिलाफ ठोंक दिया था। वजह यह थी, कि न्यायालय से लौटते समय, न्यायाधीश की कार से इसकी अपनी गाय टकरा गई थी, हालाँकि वह मुकदमा भी, भाई के पास उस दिन आने का कारण नहीं था। पर भाई ने जब उस शाम मेरे वहाँ पहुँचने पर, किसी अचानक प्रसंगवश इसके कारनामों से बने, इसकी अजीबोगरीब शख्सियत के बारे में बताना शुरू किया था, तो उसने किस्सागो की तरह प्रवचन शुरू करते हुए कहा था, ''तुम शायद नहीं जानते, कि इस महान गोप्रेमी देश के, इस उतने ही भयानक गोप्रेमी शहर में, कुछ नहीं तो हजार से ज्यादा गऊमाताएँ शहर की गलियों में घूमती हुईं, पसरी हुई, या कचरा पगुराती हुईं, रोजाना पाई जा सकती हैं।

शायद इसमें साठ से सत्तर फीसदी तक तो साँड़ ही होते हैं, और जो गायें होती हैं, वे सन्तानजनन क्षमता से प्राय: ही रिक्त हो चुकी होती हैं, पर अगर कुछेक उनमें से गाभिन निकल जाती हैं, तो कांजीहाउस के कर्मचारी तत्काल उसे कैद कर लेते हैं, ताकि असली मालिक से सरकारी और निर्धारित हर्जाने के अतिरिक्त, वाजिब और सर्वमान्य ऊपरी भी वसूल सकें। और उधर वह गाय, कर्मचारी के कब्जे में कांजीहाउस के गेट के भीतर पहुँचे, इसके पहले ही वाजपेयी, वहाँ पहुँचकर गोमाता पर अपना दावा ठोंक देता, और वाजिब घूस से काफी कम रकम पर गाय अपने घर ले आता। असली मालिक के नौजवान लड़के, उस पर दावा करने की जहमत के बदले चुप्पी साध जाते। और इस तरह वह गाय उसकी अपनी हो जाती। वैसी ही एक मजेदार घटना आज हुई है,'' भाई ने कहा था, ''एक गाय ने प्रेस के अहाते में ही बच्चा डाल दिया था, और जिसकी सन्तान को बाहर आने में, प्रेस के पुरातन कर्मचारी घासी ने, जो जात का अहीर था, पूरे तकनीकी ज्ञान से मदद की थी। वाजपेयी तब प्रेस में अपने चचेरे भाई के खिलाफ जमीन के मुकदमे के सिलसिले में आया था, लेकिन गाय के बच्चा जनने की बात सुनते ही बिच्छू काटने सा उछला और बच्चा जन चुकी गाय को देखकर, नाटकीय स्वर में चिल्लाया, 'देख रहे हैं महाराज, कल सारी रात इसे ढूँढ़ने के लिए मैं शहर की गली-गली में भटकता रहा हूँ, और यह यहाँ बैठी है, आपके प्रेस परिसर में।' ''

केवड़ाबाड़ी परिसर के नए गेट में प्रवेश करने के पहले गाय को देखकर मुझे इसी घटना की याद आई थी। और उसी के साथ वाजपेयी की। और फिर अपने भाई की और घासी की, जिसे उस दिन, बच्चा पैदा करने में गाय की मदद करने के एवज में, न्यूनतम मजदूरी भी हासिल नहीं हो पायी थी। और पता नहीं वह किसकी गाय थी, जो प्रभु किरपा से या प्रभु की लीला की तरह वाजपेयी की सम्पत्ति बन गई थी।

ऐसी एक रोचक घटना की स्मृति के साथ हम दोनों भाई केवड़ाबाड़ी के नए गेट से भीतर घुसे।

यह गेट भी तभी बना था, जब मुख्य दरवाजे पर दुर्गादेवी का मन्दिर बना था, और हमारे समय के पिछले दरवाजे से सटकर लड़कियों का होस्टल बन चुका था। बाउंड्री के तीन तरफ मन्दिर के अलावा अब दुकानें बन गई थीं। मुख्य सड़क के सामने लगभग दस फीट का हिस्सा छोड़ दिया गया था, जो अब मुख्य दरवाजे के काम आता था। अलस्सुबह स्कूल ड्रेस पहनी लड़कियाँ और दुपहर बारह के बाद लड़के, इसी दरवाजे से उस पुराने स्कूल में प्रवेश करते थे, जहाँ कभी मैंने भी अपनी पढ़ाई की शुरुआत की थी। सोचते ही मेरे मन में वह बीता समय एक भावुक लहर की तरह उभरा, पर गेट पर हाथ जोड़े खड़े रूपराम नाऊ को नमस्कार करते हुए, मैंने

उसे तत्क्षण परे किया। गेट में दाखिल होकर बाईं तरफ मुड़ा, और उस जगह पर पहुँचा, जो सुदूर बचपन में हमारे खेल का मैदान था, हालाँकि मुख्य मैदान नहीं, बल्कि छोटा ग्राउंड, जहाँ अपने जवान दिनों में हम नियमित रूप से बॉलीबॉल खेलते थे।

लेकिन अभी वह मैदान लड़के-लड़कियों, अधेड़ पुरुषों और स्त्रियों तथा कुछेक मुझ जैसे बूढ़ों की भीड़ से इस कदर गुलजार था, कि जित देखो तित रंगबिरंगा मंजर था। और उस भीड़-भरे चहकते-महकते मैदान में चारों तरफ नजरें घुमाते मैं हतवाक् सा हो गया था। लेकिन मेरा भाई सचेत था। नियमित संध्यावंदन याने दारू सेवन के बाद, जवान भीड़ को ताकती उसकी आँखों की चमक में, कामना से कहीं ज्यादा भूख की लपट थी।

"शुरू करें?" उसने पूछा।

"अभी से?"

"मुझे तो भूख लगी है, फिर मुझे सुबह की मेल से निकलना है।" उसने कहा।

मुझे यह बात पता थी कि कल सुबह उसे किसी काम से राजधानी रायपुर की यात्रा करनी है। पर मैदान के तीन तरफ रखी गई टेबलों के सामने इतनी ठसाठस भीड़ थी, कि वहाँ घुस पाना मुझे काफी दुष्कर लग रहा था।

"ठीक है, तुम शुरू करो," मैंने कहा। वह अपनी झूमती चाल के साथ स्कूल के उस हिस्से की ओर बढ़ा, जहाँ से बरामदे पर चढ़ने के बाद, मैं अपनी कक्षा दूसरी के कमरे को देख सकता था। इस खयाल के साथ भावुकता फिर उभरी। अमूर्त और मूर्त स्मृति चित्रों की उस अप्रत्याशित कल्पना की गति इतनी तेज थी, कि मुझे लगा कि एक बार किसी तरह बरामदे पर चढ़कर, उन सारे कमरों को देखना चाहिए। पर यह असम्भव था। मैदान के बीचोंबीच, आने-जाने वालों के धक्कों से ठिलता-ठिलाता, उसी तरह खड़े-खड़े मैंने खाना भकोसने वालों की भुक्खड़ भीड़ से परे, उन कमरों की ओर देखने की कोशिश की, लेकिन तीन तरफ से छै फुटिया सुन्दर कनातों से घिरे, उन बरामदों के पार कमरों तक जाना ही नहीं, बल्कि उन पर नजर डालकर सन्तुष्ट हो पाना भी, सम्भव नहीं था।

मैं चुपचाप वहीं खड़ा रहा।

खामोशी में खयालों की रफ्तार इतनी तेज हो जाती है कि पता ही नहीं चलता कि किस तरह के खयाल दिमाग में चक्कर लगा रहे हैं।

मुझे भी कुछ पता नहीं चल रहा था कि मैं क्या सोच रहा हूँ, लेकिन दिमाग के किसी कोने में कहीं दबी-सिकुड़ी कामना फुरफुरा रही थी। और जब भी कोई लड़की या महिला पास से गुजरती थी, तो आँख उस पर पल-भर को चिपक जाती थी, और दूसरे पल जैसे मैं बैरागी की आँख से देखने लगता था, उस स्कूल के चारों तरफ। तब इस जबरिया सन्तई का सहारा लेते दिमाग में, फिर वही भावुकता उभरती कि चल कर देखें तो सही कि जश्न के इस चमक-दमक वाले मौसम में, स्कूल के

उन कमरों में क्या हो रहा है, जहाँ मैं पढ़ता था। लेकिन ऐसे खयालों के बावजूद, अगर मैं अपनी जगह से टसका भी नहीं था, तो उसका मूल कारण यह था, कि तीनों तरफ के बरामदों पर ले जानेवाली सीढ़ियाँ, दीवार जैसी कनातों से घेर दी गई थीं। वैसे एक बार मेरे मन में यह खयाल भी आया था, कि प्रवेश मार्ग के बरामदे का जो साढ़े तीन फुटिया हिस्सा खुला था, उस पर हथेलियों का भार रखते हुए, उछलकर, बरामदे पर चढ़ा जा सकता है, पर हर बार इस खयाल के साथ मैं हल्के से मुस्कराता था, और मन ही मन खुद से कहता था, कि उछाल की नहीं, सँभाल की उम्र में पहुँच चुके हो बरखुदार, कम से कम यह तो याद करो कि अभी हाल में ही अपनी उछाल के चलते, तुम्हें तीन महीने तक खाट पकड़नी पड़ी थी।

तो ऐसे अनाप-शनाप खयालों के साथ चुपचाप खड़ा मैं पता नहीं क्या सोच रहा था, कि मैंने पाया कि एक दुबले-पतले गिड्डे ने धड़ाम से गिरने की मुद्रा में मुझे उस भरी भीड़ में दंडवत किया। यह उसी सीमा का पति था, जिसके बारे में आज ही दुपहर के मांस भोज का किस्सा सुनाते हुए, मैंने काफी कुछ बताया है, पर अभी उसके पैर छूने के बाद, ढंग से खड़े होकर मेरी तरफ टुकुर-टुकुर ताकते देखकर, मुझे हैरत हुई थी। इसलिए कि यह पहली बार था, कि मैं उसे बेपिये देख रहा था।

उसका नाम बीरू था। उसे देखते ही पहले तो मुझे सीमा की याद आई, जिसे इस भीड़ में देख पाना नामुमकिन की हद तक मुश्किल था। फिर हमेशा की तरह अपने उस दोस्त की, जो इसका सहनाम था और जो अभी पिछले साल ही, पन्द्रह दिनों की बीमारी में तड़ाक-फड़ाक मर गया था। वह आठवीं कक्षा में मेरा सहपाठी था, और लगभग मरते तक, उससे जब भी मेरी मुलाकात होती थी, वह बारी-बारी से मेरी दोनों हथेलियाँ अपने हाथ में लेकर मेरी उँगलियाँ चटखाता था, और पता नहीं मुझसे कौन-सी बातें किया करता था, पर मुझे उसके साथ बीतनेवाले वे कुछ पल अच्छे लगते थे। अभी जब मैं इस बीरू को देखकर उसके बारे में अचानक सोचने लगा था, तो स्मृति का जो समय मन की आँखों में झलमला रहा था, वह इस स्कूल या इस छोटे मैदान में गुजरा वक्त नहीं था, जहाँ मैं अभी खड़ा था। और तब अचानक मैंने इस बीरू से यह पूछा था, कि चारों तरफ कनात से घिरे स्कूल के उस बरामदे में कैसे पहुँचें, जो खाने के टेबलों के पीछे हैं। उसने सहजता से छत्तीसगढ़ी में रास्ता दिखाने-सा कहा था, ''पीछे की तरफ से चले जाइये।''

उसकी बात सुनकर मुझे मन ही मन अपनी बेवकूफी पर हँसी आई थी, कि कनातों की अभेद्य दीवार के पार बरामदे तक पहुँचने की इस समस्या को, आखिर इतनी बड़ी समस्या की तरह लेते हुए, मेरे मन में यह खयाल पहले क्यों नहीं आया था, कि बरामदे में उस तरफ से, याने आज के देवी मन्दिर और पहले के मुख्य दरवाजे के रस्ते से भी पहुँचा जा सकता है।

कुछ ही पलों में मैं अंग्रेजी एच के आकार में बने स्कूल की आड़ी लकीर जैसे बरामदे के सामने की सीढ़ियों पर चुपचाप बैठा था।

इस चुप्पी के भीतर भीड़ थी। बाहर सामने बेतरतीब झाड़ियों, घासों या चिरैयाँ के मुरझाते पौधों से भरी क्यारियाँ थीं। दुर्गादेवी के मन्दिर के उस तरफ, बस स्टैंड की बची-खुची रौशनी के बावजूद, खड़ी लकीर वाले बरामदों या कि यहाँ सामने के आँगन तक में इतनी रौशनी नहीं थी, कि कोई कुछ साफ-साफ देख सके। यों भी झक रौशनी के बाद अँधेरे में आने से तत्काल कुछ भी दिखाई नहीं पड़ता। सबसे ऊपर की सीढ़ी पर बैठे-बैठे, सामने की तरफ ताकता और अदृश्य की भीड़ को मगन निहारता, मैं सोच रहा था, कि सोच की खिड़की से इस तरह देखते रहो, तो आँखें सिर्फ सामने की नहीं, पीठ पीछे की चीजों को भी इस तरह देखती हैं, जैसे वे सबके सब जीवन्त और गतिमय चलचित्र हों। अभी अचानक पीछे की याद करता हुआ, जिन्हें देख रहा था, वे दूसरी कक्षा के गुरूजी मुरली मास्टर थे। अभी तीन दिन पहले जिनकी शवयात्रा में मैं श्मशान तक गया था। पर अभी जब मैं उन्हें देख रहा था, तो दूसरी क्लास का बच्चा था, जो कक्षा की थोड़ी चिकनी बेंच पर बैठे, जोड़-बाकी पढ़ाते मुरली मास्टर को देख रहा था। और वह देखना था, कि काले गिड्डे, धोती और कमीज पहने, चेचक-भरे चेहरे वाले सीताराम गुरूजी दिखे, फिर तो स्कूल की पूरी भीड़ इस तरह उमड़कर मेरी आँखों के चारों तरफ मँडराने लगी, कि समझ ही नहीं पाया, कि ऐसे सैलाब की तरह आने और बहा ले जानेवाले स्मरणों के वेग में मैं क्या देख रहा हूँ? भागते दिमाग को थिर करने की अपनी आदत के चलते मैंने हमेशा की तरह अपनी सोच को एक झटका दिया और दाहिनी तरफ मुंडी घुमाई।

अरे! मेरे मुँह से बुदबुद की तरह कोई आवाज निकली। मुझे सिहरन हुई देखकर, कि वहाँ दाहिनी तरफ बरामदे के ठीक नीचे, वह बरसों पुराना कनेर का पेड़ अभी भी खड़ा था। क्या कनेर की उम्र इतनी लम्बी होती है? सोचते हुए मुझे लगा, कि हो सकता है कि यह वो पुराना पेड़ नहीं हो, पर पहले के सामनेवाले गेट के बाजू की बाउंड्री वॉल वही थी, हालाँकि उसके बाद अब वहाँ, नए, मगर मेरे लिए कतई पुराने पड़ चुके बस स्टैंड की दीवार थी, जो बाउंड्री से सटी थी। और उसी बाउंड्री से गज-भर की दूरी पर था वह पेड़, जिसे मैं अपने बचपन के पेड़ की तरह देख रहा था। और इस तरह अपने बचपन में छलाँग लगाते हुए मैंने पाया, कि कभी-कभी जब हम, याने मैं और चन्द्रमणि और शरद स्कूल से भागने की सोचते थे, तो इसी पेड़ की छाया से गुजरते, हम पहली कक्षा की पीछेवाली बाउंड्रीवाल पर चढ़ जाते थे, और दीवार फाँद कर घोंघी नरूआ याने नाले के तट पर जाकर दम लेते थे। वहाँ अपनी ही उम्र के तीन-चार बच्चों को पैबन्द लगी हाफपैन्ट और उघरी छाती में, मगन मन बंसी डाले मछरी मारते देखकर हमें बहुत ईर्ष्या होती थी, कि ये

कितने आजाद हैं। लेकिन फिर हम बात की बात में गंगाराम तराई पहुँचकर कोसम के पेड़ पर चढ़ जाते, और गुच्छे-गुच्छे खटमिट्ठे कोसम लेकर स्कूल पहुँचते, तो पता चलता था, कि वह सावनी सोमवार का दिन था और दो बजे के बाद ही छुट्टी हो गई थी।

लेकिन हमारे बस्ते ?

हमारे तो हमें मिल गए थे, जिन्हें पहली कक्षा के श्याम सिंह गुरूजी ने रख लिया था, और थोड़ी मीठी डाँट पिलाने के बाद हमें थमा दिये थे। लेकिन चन्द्रमणि का बस्ता उसके पिताजी घिरीराम मास्टर अपने साथ ले गए थे, और जब चन्द्रमणि घर पहुँचा था, तो बस! हाथ से, लात से, बेंत से, उसकी ऐसी सोंटाई हुई थी, कि चन्द्रमणि ने ही नहीं, हम सभी ने कान पकड़ लिये थे, कि अब कभी स्कूल से नहीं भागेंगे।

पूरी घटना पर सोचते हुए मैं हँसा।

पर तभी पहली कक्षा के दरवाजे के जोर से खुलने की आवाज आई। आवाज के साथ ही मैंने दाहिनी तरफ देखा। लगभग बदहवास हालत में एक लड़की उस नीमअँधेरे में खड़ी बरामदे के दोनों तरफ देख रही थी। वह घाघरे जैसा चुन्नटदार नई डिजाईन का एक लम्बा पीला फ्रॉक पहनी हुई थी। रात के अँधेरे में उसकी फ्रॉक का रंग चमक रहा था। दो मिनट वहाँ खड़ी रहने के बाद, लड़की बरामदे की उस दिशा में भागी, जिधर रूपराम नाऊ के भाई की शादी की दावत चल रही थी। मैं वहीं से यहाँ आया था। फ्रॉक वाली लड़की को कमरे से बाहर निकलकर भागते देखने के बाद, मैं सन्न सा चुपचाप वहाँ बैठा रहा। ऐसे अँधेरे में जहाँ परली तरफ झक्क उजाला ही नहीं, भारी भीड़ भी हो, स्कूल की जर्जर इमारत के सन्नाटों से भरे कमरे से, एक लड़की का बाहर निकलना और सपाटे से भागना, एक सनसनीखेज वारदात थी। और उस रहस्यपूर्ण आकस्मिक कथा के नायक की टोह लेने की अपनी जिज्ञासा में, लड़की को ठीक से न देख पाने के बावजूद, उसके बारे में उत्सुकता से में सोचते हुए, दम साधे बैठा मैं इन्तजार कर रहा था।

कुछ ही पलों में उसी कमरे से नायक भी बाहर आया था। उसने इत्मीनान से, उस अँधेरे आँगन के चारों तरफ नजर घुमाई थी। शायद उसने मुझे देखा हो, हालाँकि मद्धम रौशनी के चलते अपनी युवा दृष्टि की चमक के बावजूद, वह वहाँ से मुझे पहचान नहीं सकता था। कुछ पल इधर-उधर ताकने के बाद, वह बरामदे से वहाँ कूद गया था, जो कनेर के पेड़ के पास वाली जगह थी, और उस छोर से एकदम विपरीत जहाँ से लड़की ने छलाँग लगाई होगी। एक फर्क यह भी था, कि कनेर के पेड़ के पास उजाला कुछ और कम था। आड़ी लकीर वाले बरामदे के बीच से उसका चेहरा देखना असम्भव था। वहाँ से वह इंसान की परछाईं की तरह लग रहा था।

पर जिज्ञासा की खुजली तेज़ होने लगी थी। मन अथिर होने लगा था। बचपन की मासूम स्मृतियों की उस जगह को एक झटके से छोड़कर, मैं वापस आ गया था। यहाँ अभी भी उत्सव अपने जोबन पर था।

जगमगाती रौशनियों और किसी नए ताजे गाने की धुन पर, बेसुध नाचते लड़के और लड़कियों के अलावा पूरे पंडाल में किसम-किसम की खुशबुएँ बिखेरतीं, दुपट्टा लहरातीं, गेसू सँभालतीं, सौ दो सौ लड़कियों की उस भीड़ में, उतने ही मगन मन, अपने साथी की तलाश में चहकते युवकों की कई-कई टोलियों में, आसपास के मुहल्लों के लड़के-लड़कियाँ और थोड़े बुढ़ाते औरत मर्द थे, जो खाली जगहों पर खड़े-खड़े एक हाथ में प्लेट पकड़े, दूसरे से खाने में मगन थे। अलावा इसके दो तरफ के कनात ढके बरामदों के सामने, अभी भी लोग धक्कामुक्की करते खाना निकालने का प्रयास कर रहे थे।

लगता है रूपराम ने पूरे गाँव को न्यौता दे दिया है, सोचता मैं ठिठका था। आजू-बाजू सामने दाएँ-बाएँ मौजूद भीड़ में कुछेक बूढ़े-बूढ़ियों को छोड़कर, कोई भी चेहरा ग्रामीण नहीं लगता था। लड़के-लड़कियों के कपड़ों से ही नहीं, उनकी केशसज्जा और मुखसज्जा देखकर भी ऐसा नहीं लगता था, कि इनमें से अधिकांश हमारी पुरानी बस्ती के लोग हैं।

लड़के भी ड्रेस और हेयर स्टाइल में लड़कियों से किसी कदर कम नहीं लग रहे थे। और तब इस जश्न में उनकी उपस्थिति का यह रूप देखकर, जरा भी ऐसा नहीं लगता था, कि ये दिहाड़ी मजदूर, या सम्पन्न घरों या सेठों की दुकानों में काम करने वाले लोग हैं। बी.पी.एल.कार्डधारी इन शहरियों की भीड़ पर नजर घुमाते घुमाते, अचानक मेरी नजर स्टेज पर गई। वहाँ नव-विवाहित जोड़ा, राजसिंहासन जैसी चमकती दो कुर्सियों के सामने उठ-बैठ कर रहा था। लोग उनके आजू-बाजू थे। फोटोग्राफर शादी की वीडियो बना रहा था। आने-जाने वाले लोग लड़की के हाथ में लिफाफा पकड़ाते, फोटो खिंचवा रहे थे।

तभी अचानक स्टेज पर साजसिंगार में जवानों को मात करती एक बूढ़ी के साथ, जिस लड़की पर नजर पड़ी, उसे देखकर मैं हैरत के झोंके से अकबका गया।

यह यहाँ कैसे ? सोचते हुए, मैं स्टेज़ की ओर बढ़ा। मन में शंका हुई, कि शायद इतनी दूर से या माथे पर उभरती पसीने की बूँदों की वजह से, चश्मे के थोड़े धुँधला गए काँच की वजह से, मैं ठीक-ठाक नहीं देख पाया होऊँगा। पर स्टेज की तरफ धकियाते, कुहनियाते आगे बढ़ते हुए भी, मैं उस सजी-धजी बूढ़ी के साथ, जिस लड़की को देख रहा था, वह वही थी।

वही याने सुबीरा सक्सेना।

लेकिन उसका यहाँ आना, स्टेज पर चढ़कर नव-विवाहित जोड़े के साथ फोटो खिंचवाना!

वह भी एक सजी–धजी बूढ़ी के साथ! सोचकर मैंने बुढ़िया पर थोड़े गौर की नजरें फेंकी, और तब मुझे लगा कि इसे कभी कहीं देखा है। लेकिन कहाँ। उसके चेहरे और बड़ी–बड़ी आँखों को लगभग घूरने–सा ताकने के बाद, जब मैंने थककर अपनी आँखें बाईं तरफ घुमाईं, तो देखा कि मेरा भाई था। ''वो बुढ़िया कौन है?'' मैंने स्टेज की ओर इशारा करते हुए पूछा।

''समीरा पाल।'' सुनते ही, जैसे मुझे चक्कर सा आ गया। कुछ–कुछ वैसा ही अनुभव, जब देर तक चुपचाप बैठे रहने के बाद आप अचानक झटके से खड़े होते हैं, तो आँखों के सामने अँधेरा छा जाता है, और लगता है कि पैर लड़खड़ा रहे हैं, और–अभी पल–भर में आप धड़ाम से गिर पड़ेंगे।

दो पल को उसका नाम सुनकर, सदमे का जो आभास हुआ था, वह कुछ–कुछ वैसा ही था।

तीसरे पल मैं आत्मस्थ था।

''लेकिन यह सुबीरा सक्सेना?'' मैंने लगभग थके स्वर में पूछा था।

''यह उसकी बेटी है,'' भाई ने कहा था, और बहुत ही संक्षिप्त सार में उसका परिचय देते हुए बताया था, कि अभी दो महीने पहले इसके प्रेमी ने फाँसी लगाकर आत्महत्या कर ली है।

इसके बाद बिना कुछ खाए मेरे पैर अपने आप पीछे मुड़ गए थे। घर आकर मैंने उस लड़के का चेहरा खुली आँखों से देखा था, या सपने में, यह बता सकना मेरे लिए असम्भव है। यह पिछले अध्याय का वही लड़का था, जिसके साथ मोटरसायकिल के पिलियन पर बैठी सुबीरा सक्सेना का पीछा करते, कमउम्र वकील दोस्त के साथ, मैं नवागढ़ी की सरिता बरेठ के घर तक पहुँच गया था।

4

मॉर्निंग वाक के लिए सीढ़ियाँ उतरते हुए मुझे लगा था कि बादल हैं और शुरुआती जाड़े की अँधेरी सुबह, आँगन की रौशनी के बावजूद कुछ और काली लग रही थी। मैंने छाता लेने की सोची। लेकिन जब मैं परछी की तरफ बढ़ा तो सामने टँगा छाता वहीं छोड़ता हुआ, बाजू के बरामदे की ओर बढ़ गया, जहाँ टेलिविजन सेट रखा था। इसके पीछे मेरी छड़ी रखी थी, जिसे बिन्ना पुरी से लाई थी। इस छड़ी के बारे में मैंने बिन्ना से खास तौर पर कहा था, और बताया था कि यह जगन्नाथ महाप्रभु के मन्दिर के पासवाले मार्केट के सामने की दुकानों में मिलती है। इसके पहले यही फर्माइश मैंने अपने बेटे से भी की थी, जो अपनी पत्नी और बच्ची के साथ पुरी जा रहा था, तो उसने वह बूढ़ोंवाली वाकिंग स्टिक खरीद ली

थी और जब लाकर मुझे दिया था, तो मैंने उससे हँसते हुए कहा था कि अभी मैं इतना बूढ़ा नहीं हुआ हूँ कि लाठी के सहारे की जरूरत पड़े।

"तो तुम और कौन-सी छड़ी की बात कर रहे थे?" उसने पलटकर पूछा था।

मैंने उसे बताया था कि वह छड़ी मॉर्निंग वाक में जानेवाले सारे साथियों के पास रहती है। दो फुट लम्बी उस छड़ी के दोनों तरफ स्टील की मूठ होती है। देह में सर्पिल घुमाव होते हैं, जिस पर हाथ फिराते रहने से, कहते हैं, कि बी.पी. में फायदा होता है। और यह छड़ी रास्ते के कुत्तों के सम्भावित आक्रमणों के मुकाबले के मकसद से भी लोग अपने साथ रखते हैं। चूँकि इन दिनों मेरा बी.पी. थोड़ा ऊँचा चल रहा है और इसके चलते उसे दिमाग से बाहर निकाल देने की कोशिश करने के बावजूद, वह कहीं न कहीं से मुझे याद दिलाता रहता है, कि वह ऊँचे में चल रहा है, इसलिए सम्भव है कि छाते के बदले मैं उस खास आयुर्वेदिक गुणों से सम्पन्न छड़ी की तरफ बढ़ गया होऊँ, जो कुत्तों को डराने के अतिरिक्त दूसरी जरूरतों में भी मेरी थोड़ी-बहुत मदद कर सकती थी।

"और चलने की क्या मैं तो अभी दौड़ सकता हूँ।"

मेरा बेटा फिर हँस पड़ा था, "वो तो तुम्हारे कमर दर्द की रात्रिकालीन कराहों से मालूम पड़ता है, कि तुम हंड्रेड मीटर की प्रैक्टिस में अभी भी लगे हो।"

यह बहुत पहले की बात थी। अभी छाते की जगह छड़ी की तरफ बढ़ते समय मुझे याद आई थी। कोई साल-भर हुए उसको रायगढ़ छोड़े। उसके साथ नातिन और बहुरिया भी चली गईं। अब जब-तब उनकी याद आती है, और घर का सन्नाटा सिहरता है, मन की खामोशी पिराती है, पर जिन्दगी फिर भी चलती है, चलाती है मार्निंग वाक की सड़क पर।

गेट खोलने के पहले स्नॉटनोज होने के बावजूद मैंने पुराने वाश बेसिन वाले इलाके से दुर्गन्ध की एक लहर आती महसूस की थी। ऐसी तेज, और इतनी सड़ी हुई कि जी मितला गया था। वहीं खड़ी-खड़ी भांजी नाक सिकोड़ रही थी। उसने बताया कि बाजू में कोई चूहा शायद मर के पड़ा है। उसके आजू-बाजू में गैस के खाली सिलेंडर थे। चेंबर पर जालीदार लोहे की ढँकनी थी। आसपास अल्लम-गल्लम बहुत सारी चीजें। उसी तरह नाक-भौं सिकोड़ते और आती उबकाई को रोकने की कोशिश करने जैसा मुँह बनाकर भांजी ने कहा, "शायद गली में नहीं, इसी चेम्बर में मरा पड़ा है।"

सुनकर मैं थोड़ा परेशान हुआ। अभी पिछले दिनों चेम्बर के जाम होने के चलते चारों तरफ की खुदाई करानी पड़ी थी और पाइप बदलवानी पड़ी थी। और तब मिस्त्री ने हिदायत दी थी, कि चेम्बर में रोजाना पानी डालना जरूरी है। गली से आनेवाला पानी, दो घरों की पहली मंजिल से गिरनेवाले कचरे सहित आता था। कचरा बहुधा, बारिश की तेज हवा या गर्मियों की आँधी ही उड़ाकर लाती थी। दो

पुरनिया मकानों के बीच की वह गली ऐसी थी कि उसमें कोई औसत से ज्यादा मोटा, बल्कि औसत से कुछ ही मोटा आदमी, सीधी नाक के रस्ते घुस ही नहीं सकता था, बल्कि सच तो यह है, कि पतले-दुबले आदमी को भी, एक दीवार की तरफ पीठ और दूसरी तरफ मुँह घुमाकर आड़ा ही घुसना पड़ेगा। पर गनीमत यह थी, कि सँकरेपन की यह तकलीफ मात्र चार फीट की थी। उसके बाद गली में कोई नौसिखुआ भी साफ-सफाई का काम कर सकता था।

पर अभी मामला कचरे का नहीं चूहे का था। दो फीट गहरे कीचड़ से भरे चेम्बर से, सवर्ण हाथ मरा चूहा उठाने के लिए तैयार नहीं हो सकते थे। अब इसके लिए लगभग आठ नौ बजे तक का इंतजार करना पड़ेगा, जब कारपोरेशन का ठेला लेकर सफाईकर्मी आएँगे। मुहल्ले के कचरे की सफाई की इस नई व्यवस्था की याद करते हुए मैं मन ही मन मुस्कराया। लेकिन आईने के न होने के बावजूद मुझे लगा, कि साफ-साफ नजर आनेवाली और अन्दर का अर्थ बतानेवाली मेरी मुस्कान, मेरे ओठों पर ही नहीं, बल्कि मेरी आँखों में भी चमकने लगी थीं। पर मरे चूहे की दुर्गन्ध भी इधर बड़ी तेजी से नथुनों के भीतर घुस रही थी।

साढ़े आठ या नौ बजने में अभी साढ़े तीन या चार घंटे की देरी थी, लेकिन जब मैं प्रातः भ्रमण के लिए सड़क पर आया, और हमेशा कचरे के बेतरतीब ढेर से भरी जगह मैंने साफ देखी, तो मुझे बिन्ना और उसके सहयोगियों के मुहल्ला सफाई अभियान की इस त्वरित सफलता पर थोड़ी खुशी हुई। लगा कि देर से ही सही मुहल्लावासियों में सिविक सेंस आ रहा है। तभी मेरी नजर अपने घर के मुख्य प्रवेश द्वार की सीढ़ियों पर गई। वहाँ किसी गाय ने रात को गोबर कर दिया था। सीढ़ी पर नहीं, नीचे की सीढ़ी के ऐन नीचे सड़क पर। मैं हँसा।

ये अभी हाल की बनी सीढ़ियाँ थीं। इसके पहले भी इसी जगह पर सीढ़ियाँ थीं, पर इसके आजू-बाजू से एक ऊँचा चबूतरा था, जो म्युनिसिपल की नाली को ढँके रहता था, जिसकी सतह कोयले की धूल से काली हो गई थी और जिसमें धूल और अन्य कचरों के साथ बहता पानी, हमेशा काला पानी ही नजर आता था, और जो शाम के समय यहाँ की अधेड़ और बूढ़ी औरतों की सभा स्थली के काम आता था।

यहाँ की भाषा में इसे पेंवठा कहते हैं। मेरा सारा सर्जनात्मक सोच-विचार औरतों की महफिल के बर्खास्त होने के बाद, इसी पेंवठे पर शुरू होता था। पर अब वहाँ पर पेंवठा नहीं था। जिस दिन पेंवठा तोड़ा जा रहा था, उस दिन मैं भावुक हो गया था। इस वजह से नहीं, कि अब मैं यहाँ बैठकर मन की मौज में उड़ता, आने-जानेवालों या वालियों को देखता, और बार-बार अपने अजीबोगरीब किस्से में डुबकी लगाता, कहीं से कहीं की उड़ानें भरता, अपना कठिन समय अर्थात बुढ़ापे का बदहवास एकाकी जीवन नहीं काट पाऊँगा। कभी-कभार उल्लास के किसी खास पल में यह कहते, कि अभी न होगा मेरा अन्त। हालाँकि दुख का कारण ही

यही था, कि यह अन्त का समय ही था, और ऐसे समय में, मेरे जनम से भी पहले बने पेंवठे का इस तरह एक झटके में, निर्ममता से तोड़ दिया जाना दुखदायी तो था ही, पर यह मजबूरी भी थी। गाय और कुत्तों की विष्ठा के अलावा, सुबह दोपहर शाम किसी भी समय यहाँ बकरे की हड्डियाँ, मछली के काँटे या डोंगे में भरी बिरयानी की जूठन के अलावा, दारू की बोतलों का पाया जाना यह बताता था, कि गंदगी फैलाने में सिर्फ गोमाताओं या श्वान सन्तानों का ही नहीं, मानव-कर्मों का भी नियमित योगदान रहता था। दिन-भर किसिम-किसिम के धन्धों की लफंगई में उलझे युवा अक्सर ही रात को जुए का आनन्द लेते चौक में पाये ही जाते थे, अपने पेंवठे की लम्बाई-चौड़ाई को मनोनुकूल पाकर, शायद आधी रात के बाद का कार्यक्रम उन्होंने इस पेंवठे पर भी जमाना शुरू कर दिया था।

जिस समय मरे चूहे की दुर्गन्ध के बारे में सोचना शुरू कर, साढ़े आठ या नौ के बीच सपत्नीक आनेवाले सफाई कर्मचारी के बारे में सोचता हुआ, सीढ़ी प्रसंग की स्वाभाविक स्मृति के रस्ते पर चलते, मैं मार्निंग वाक के लिए आगे बढ़ा था, तो नई सीढ़ी के सामने ही गोबर देखकर, मैंने इस पूरे प्रसंग की याद की थी। पेंवठे के टूट जाने को लेकर थोड़ा उदास हुआ था। घड़ी देखी थी। फिर इतनी तेजी से राम मन्दिर की तरफ बढ़ा था, जैसे किसी को पकड़ने या किसी से भागने के चक्कर में दौड़ने-सा चल रहा होऊँ। तभी सामने से कन्हैया दरैंहा की बहू आती हुई दिखी। कन्हैया जात का दरैंहा ठाकुर है। याने ठाकुरों क्षत्रियों से थोड़े निचले दरजे का ठाकुर। हो सकता है कि वह, मूल रूप से क्षत्रिय वर्ण में न आता हो। पर उसकी बहू बाम्हन घर की है। वह भी परदेसी बाम्हन घर की। याने छत्तीसगढ़ की नहीं, यू.पी.या बिहार की। वह भी नियमित प्रातः भ्रमण करती है। पर मुहल्ले की इसी सड़क पर मन्दिर से गाँजा चौक और फिर वहाँ से मन्दिर तक ही। मन्दिर याने हनुमान मन्दिर के पीछे ही उसका घर है। सामने राम मन्दिर है। उसके दरवाजे उस समय तक नहीं खुले रहते, जबकि अमूमन पाँच के आसपास मैं घूमने के लिए निकलता हूँ। अभी भी लगभग वही समय था, जबकि दरैंहा की बहू ने मुझे नमस्ते किया। आज उसने पल्लू सिर पर नहीं लिया हुआ था। आज नमस्ते के बाद सर्र से आगे बढ़ती उसकी चाल थोड़ी तेज थी। आज उसके साथ भीम साव की बहू नहीं थी, जो बड़ी आत्मीय मुस्कराहट के साथ नमस्ते करती है। और तब मुझे याद आता है कि मुहल्ले की कई औरतें ऐसी भी हैं, जो नमस्ते करना तो दूर, करीब से इस तरह गुजरती हैं, मानो वे मुझे जानतीं तक नहीं। मुझे बुरा लगता है। अहंकार पर चोट पड़ती है।

लेकिन अभी जब सुबह-सुबह दरैंहा घर की बहू ने नमस्ते की, और मुझे लगा, कि ऐसा करते समय उसके ओठों पर एक मन्द मुस्कान थी, तो मेरा अहंकार थोड़ा तृप्त हुआ। उस समय मैं नान्हू लाला के बिक चुके मकान के बाजू में रखे कचरे के

रोजाना बढ़ते और फैलते ढेर के करीब के गड्ढे को छलाँग लगा रहा था, जहाँ पिछली बारिश के पानी में मच्छर भनभना रहे थे, जहाँ सुबह की चाल की तेज गति अपने आप धीमी हो जाती थी, और लोगों की नागरिकता और म्युनिसिपल की कामचोरी पर एक साथ ध्यान जाता था। पर एक सुन्दरी स्त्री के प्रातः अभिवादन से तृप्त होकर, आगे बढ़कर मैंने गेरू रंग से पुते चाँदी की चमकती आँखों वाले हनुमान जी को प्रणाम किया। प्रणाम करते समय जूते पहनकर प्रणाम करने की अपवित्रता का खयाल भी एक पल के लिए आया था। तब जब कि विपरीत दिशा में मुंडी घुमाकर मैं राम, लक्ष्मण, सीता की मूर्तियों को प्रणाम करने जा रहा था। शायद इसलिए कि मैंने देखा कि कॉलेज के दिनों का मेरा एक दोस्त अपनी हवाई चप्पल उतारकर प्रणाम कर रहा था। उसकी पीठ मेरी तरफ थी। अक्टूबर के आखिरी दिनों की शुरुआती ठंड में वह ऊपर बनियान के अलावा और कुछ भी नहीं पहने था। मैं उसकी तरफ देखते हुए, कुछ और सोचने लगा था।

क्या मैं देखने की कथा में अपने क्षण-भंगुर सोचने के निरायास उभर आए दृश्यों के वर्णन से अपनी इस कथा को आगे बढ़ाऊँ?

सोचकर मैंने देखा, कि सामने से आती ऊँची पूरी हट्टी-कट्टी, भरे बदनवाली और तीन बच्चे की माँ भजनलाल की घरवाली मेरे सामने से गुजर गई।

हमेशा की तरह इस बार भी मुझे उसने नमस्ते नहीं किया। चूँकि अब मुझे इसकी लगभग आदत हो गई थी, इसलिए मैंने उसकी इस सहज स्वाभाविक उपेक्षा का जरा भी खयाल न करते हुए, अपनी चाल की गति तेज की, तो उसी तेजी के साथ मुझे उसकी दो बेटियों की याद आई, जिन्हें मैं रोज स्कूल जाने के वक्त देखता था। देखते ही मेरा खयाल उनके पिता को मेरी आँखों के सामने ले आता था। मैं सोचने लगता था उसके बारे में। पास के मुहल्ले में ही बने अति-प्राचीन जर्जर मकान में चपरासी की किस्मत और नियमित दारूबाजी की आदत के साथ, वह याने भजनलाल रहता था। अपने भरे-पूरे सुन्दर परिवार के साथ। शायद वह जन्मजात कमजोर दिमाग का था। इसी वजह से वह पढ़-लिख नहीं सका था, जबकि उसका बड़ा भाई ठीकठाक पढ़-लिखकर सरकारी नौकरी में लग गया था। चूँकि उसके पिता भी सरकारी मुलाजिम थे, इसलिए बड़े अफसरों की सिफारिश की वजह से, कक्षा चार पास भजनलाल को भी चपरासी की नौकरी मिल गई थी। फिर इसी नौकरी के चलते कदकाठी से मजबूत और चेहरे से कमनीय, एक लड़की से उसकी शादी भी हो गई थी। कालांतर में और भरे भरे बदन और कामना से छलकती औरत में रूपान्तरित होती, इसी औरत ने दो सुन्दर लड़कियों तथा एक लड़के को जनम दिया था। यही वह औरत थी, जो अभी अलस्सुबह मेरे मॉर्निंग वॉक के दौरान मुझे बगैर नमस्ते किए आगे बढ़ गई थी और मैं उसके पूरे कुनबे की स्मृति के झोंके में सरसराता सोचने लगा था, कि आखिर किस चमत्कार के सहारे यह भजनलाल

भवसागर पार करेगा? और तब बिना किसी बद्दुआ के, मेरे मन में उसकी नियमित दारूखोरी के चलते, इस तरह के बुरे खयाल का बेबुलाए और बेचाहे आ जाना, कोई अस्वाभाविक या बुरी बात भी नहीं थी, कि अगर इसे कहीं कुछ हो हवा गया तो?

इस 'तो' के बाद, मैं इस कुछ हो हवा जाने की सोच में इस तरह बहने लगा था, कि मेरे मन की आँखों के सामने कई बीत चुके दारूखोरों के चेहरे सरसराने लगे। मैंने पाया था कि अकारण मौत की दहशत में हर पल घिरे रहने के अपने डरपोक स्वभाव के चलते, मैं उन दृश्यों से इस कदर घबरा गया था, कि मेरे मन से सुन्दर कद काठीवाली भजन की औरत, तथा उसकी सबसे बड़ी लड़की की लगभग जवानी की सीमा पर पहुँच जाने की कामुकता-भरी छवि भी, मेरे देखते-देखते पता नहीं किस शून्य में बिला गई थी, लेकिन गनीमत है, कि चाँदनी चौक पर पहुँचते ही, किसी ने जोर की आवाज में मुझे पालागी महाराज कहा था।

यह बर्तन पोंछा करनेवाली उसी सीमा का पति था, जिसकी बड़ी ननद की नतनिन या नाती की छठी में दी गई खस्सी बकरे की दावत से, मैंने किस्से के पिछले अध्याय की शुरुआत की थी।

उसकी तरफ देखते ही मैंने यूँ ही व्यवहार निभाने के लिए एक सवाल दागा, हालाँकि तब मेरा ध्यान अपनी घड़ी की ओर था, कि आज चाँदनी चौक तक आते-आते, तेज गति के बावजूद पाँच पैंतीस हो गए थे। अमूमन घर से, अपना प्रातःकालीन नित्यकर्म अक्सर पचास से नब्बे फीसदी विफलता के साथ निपटाने के बाद, मैं लगभग पाँच बाईस या पाँच पच्चीस तक घर से निकल ही जाता था, और कभी-कभार यह देखकर मुझे सन्तोष भी होता था, कि घर के सारे छोटे-बड़े कामों का बोझ अपने कुँआरे कंधों पर उठानेवाली हमारी भांजी ने, अभी बाहर सड़क पर छेरे का पानी नहीं डाला है। और सड़क के बाजू के हिस्से में, यानी उस हिस्से में, जिसे सौ बरस पुराना पेंवठा तोड़ने के बाद बनाया गया था, अभी गली की सतत सन्तानवती खोरही कुतिया के ताजे मूत्र-त्याग की दुर्गन्ध लहरा रही है।

पर मेरा खयाल है, कि आज मैं पाँच-तीस पर घर से निकला था। निकलते समय भजन की सुन्दरी औरत से टकराने के पहले तक, मेरे मन में मरे चूहे को पानीवाले चेम्बर से निकालने की सोच के सिलसिले में, कुछ स्वीपरों की बिम्बात्मक स्मृति सरसरा रही थी। मैं याद कर रहा था, कि पिछली बार बहू के अचानक बीमार पड़ जाने के कारण हमारे पूरे परिवार को रायपुर जाना पड़ा था। इसलिए हमारे घर में हफ्ते-भर तक ताला लटका हुआ था। हफ्ते-भर बाद जब हम आए थे, तो पहुँचते ही मैंने देखा था कि मेरे पर्सनल बाथरूम में एक बिल्ली का बच्चा मर कर पड़ा है और तेज गंध मार रहा है। उस समय उसे उठाकर ले जाने की समस्या पर विचार करने के बाद, मैंने छोटू से, तत्काल किसी स्वीपर को बुलाने के लिए कहा

था। छोटू उसी समय बेटू याने मेरे पुत्र की मोटरसायकिल लेकर भागा था। उसे वापस आता देखकर मैं इत्मीनान की साँस ले सकूँ, इसके पहले ही गली के दरवाजे से वह चिल्लाया था, ''स्वीपर मरी बिल्ली ले जाने के लिए दो सौ रुपया माँग रहा है।''

मैंने झल्लाते हुए पूछा, ''कौन अशोक?''

यह हमारे घर का खासुलखास स्वीपर था। इसकी औरत और इसकी दो बेटियों के तरह-तरह के विशिष्ट स्त्री रोगों के अलावे, सर्दी-जुकाम का इलाज तक बिन्ना करती थी। तभी छोटू का जवाब आया, ''अशोक आज बिजी है। उसके घर में पूजा हो रही है।''

''पूजा?'' मैंने अविश्वास और हैरत के स्वर में पूछा।

''हाँ,'' उसने खुलासा करते हुए कहा, ''सत्यनारायण की कथा।''

और मेरी हैरत यह सोच-सोच कर लम्बी से, और लम्बी होती जा रही थी, कि आखिर किस खुशी में मेहतर के घर में सत्यनारायण की कथा हो रही है? और वह कौन बाम्हन है, जो कथावाचक की भूमिका निभा रहा है, क्योंकि नाऊ, धोबी के यहाँ तो पूजा-पाठ शादी-ब्याह के लिए बाम्हनों की सेवा का रिवाज शुरू हो चुका था, लेकिन घसिया, गाँड़ा, मेहतर के घरों में भी पूजा-पाठ के लिए वे जाने लगे हैं, यह सूचना मेरे लिए अविश्वसनीय और अकल्पनीय थी। हो सकता है कि कोई भुक्खड़ महाबाम्हन हो, जो महज मृतक संस्कार में अनिष्ट टालने के लिए भोजन में बुलाए जाते हैं और भकोसने के बाद उन्हें तुरन्त-फुरत रुखसत कर दिया जाता है।

पर इस सम्बन्ध में उस समय छोटू से आगे कोई सवाल पूछना सम्भव नहीं था। मैंने बाथरूम के सामने खड़े-खड़े नाक दबाते हुए, उसे हिदायत दी थी, कि वह उस नए बिहारी स्वीपर को अपनी मोटरसायकिल पर बिठाकर तत्काल घर ले आए। मुझे उम्मीद तो नहीं थी, कि वह उसे पीछे बिठाकर लाएगा, क्योंकि मैंने कई बार देखा था, कि स्वीपर से थोड़ी भी ऊँची जात के रूप में स्वीकृत लोग तक, किसी अतिरिक्त व्यक्तिगत काम के लिए पैसा देते समय, इस बात की पूरी सावधानी रखते हैं कि उसकी फैली हथेलियों में पैसा या नोट डालते हुए, कहीं उनका अपना हाथ उससे छू न जाए।

पर छोटू उसे मोटरसायकिल की पिलियन पर ही बिठाकर लाया था, और उसने मरी बिल्ली को पोलिथिन के बैग में लपेटने के बाद पूरे बाथरूम की सफाई की थी, डिटॉल और फिनाइल से। इस स्वच्छता अभियान के बावजूद टॉयलेट में मरी बिल्ली की गंध चहुँओर लहरा रही थी। रूम फ्रेशनर के लिए डेढ़ सौ रुपए के आकस्मिक अपव्यय की बात सोचकर मैं थोड़ा पश्चातपद हो रहा था। पर बदबू भयंकर तेज लहर की तरह मेरी नाक में घुस रही थी। मैंने तत्काल छोटू से रूम फ्रेशनर मँगवाया

था जिसकी कीमत डेढ़ सौ से पाँच रुपए कम या ज्यादा थी। उसे पूरे टॉयलेट में स्प्रे करने के बाद थोड़ी राहत तो मिली थी, पर भविष्य की सोचकर, कि अगर कभी ऐसे ही पूरे परिवार को बाहर रहना पड़ा, तो सम्भव है कि यही इतिहास अपने को फिर दुहरा दे, मैंने छोटू से कहा कि आज और-अभी ही टॉयलेट को बाहर से बन्द करने का इन्तजाम करना होगा। छोटू ने थोड़े गर्व से बताया कि ड्राइवरी करने के पहले वह एक बढ़ई के सहायक की हैसियत से काम कर चुका है, इसलिए कुंडी वह खुद ही लगा लेगा। तत्काल जरूरी सामान खरीदने और पास-पड़ोस से औजार जुटाने के बाद, छोटू ने पूरी तन्मयता के साथ कुंडी लगाने का काम किया था और बाजू से खड़ी डॉक्टर बिन्ना उसके सहायक की तरह दो पुराने पल्लों को इधर-उधर करती रही थी।

आज कई बरस बाद सीमा के पति को सुबह पाँच-पैंतीस के वक्त पर, चाँदनी चौक में देखने के बाद, सवाल दागते हुए अपने अस्वाभाविक विलम्ब के बारे में सोचते हुए, मैं एक बदहवास 'चरित्र' की तरह किस्से के इस हिस्से में आ गया, तो दारू के बावजूद पूरे होशोहवास में, मेरे कुछ सेकेंड्स पहले के सवाल के जवाब में सीमा के पति ने बताया, कि भजनलाल ने दारू छोड़ दी है।

सुनते ही मैंने हकबकाए चेहरे और लगभग विस्मय-विस्फारित आँखों से सीमा के पति की ओर देखा।

शायद उसने भाँप लिया कि मैं उसकी इस सूचना के बारे में थोड़े विस्तार से जानना चाहता हूँ। बात सच थी। पर उस पल उसे चेहरे से पैर तक देखते हुए, मैं आदत से मजबूर दिमागी भागमभाग की गिरफ्त में था और कई तरह की बातें मेरे दिमाग में इस तरह मँडरा रही थीं कि मुझे पता नहीं चल रहा था कि मैं क्या सोच या चाह रहा था।

दरअस्ल तेजी से मॉर्निंग वाक के रस्ते पर बढ़ते और पुल के पहले ऐन चौराहे पर, घसियापारा, धोबीपारा, तुर्कापारा, राजापारा के कुछ जवानों, अधेड़ों की भीड़ के बीच खड़े, बीरू बारिक को (यह सीमा के पति का नाम नहीं था, लेकिन बार-बार की कोशिश के बावजूद उसका नाम याद न कर पाने की विफलता पर खीजकर, मैंने इस किस्से में पाँचवीं क्लास के अपने सहयोगी बीरोमणि बारिक के नाम का अचानक इस्तेमाल, इसके पहले के अध्याय में, शायद इस वजह से किया था, कि बीरोमणि भी जात का नाऊ था और यह भी वही है, हालाँकि उसके पुरखे ओड़ीशा से छत्तीसगढ़ आए थे, जबकि इसके शायद यहीं के मूल निवासी थे) देखते हुए मैंने जब उससे पूछा था, कि आज वह अकेला क्यों है, तो यह जैसे बाजू में अचानक थूकने, या नाक सिनकने, या सिर हिलाने, या आँख फेरने जैसा एक बिलकुल ही बेमतलब का सवाल था, जो भजनलाल की याद से जुड़ा तो जरूर था, पर जिसमें ऐसी कोई जरूरी जिज्ञासा नहीं थी, कि अगले से प्रश्न का उत्तर मिल ही जाए। पर

शायद प्रश्न पूछते हुए मैं वहाँ ठिठक गया था। ठिठकने के बाद मैंने उसके चेहरे को गौर से देखा था। उसकी नाक के चपटेपन से गुजरती हुई, उसके मुँह के थूथन की तरह थोड़ा बाहर आने के दृश्य पर दो पल ठहरती, मेरी आँख ने जब तड़ाक-फड़ाक उसकी मरियल कदकाठी का मुआयना-सा किया था, तब मुझे लगा था, कि बेशक यह जात का नाऊ है और इस नाते बाम्हन ठाकुर नाऊ, जात देख गुर्राऊ के रस्ते, उसी मुहल्ले की स्मृति जगाता है। लेकिन उस वक्त उसे देखते हुए, मेरे पढ़े-लिखे दिमाग की घुसपैठ के चलते मुझे उसके चेहरे में, इस इलाके के आदिवासियों की झलक भी दिख रही थी। और इसी के साथ-साथ मैंने सीमा और उसकी बेटियों की याद भी की थी। तब बेटियों की नाक के निचले हिस्से को सोचकर, मैंने कोई नई खोज करने सा यह सोचा था, कि हो न हो इसके पुरखों में किसी न किसी ने यहाँ के बनगैंहा लोगों से सम्बन्ध जरूर बनाया है। लेकिन सचाई यह है, कि सीमा के चेहरे की गढ़न और लुनाई का अनुभव करते हुए मुझे ऐसा कभी नहीं लगा था, कि इसका कोई सम्बन्ध आदिवासियों के रूप-रंग से बिठाया जा सकता है। शायद इसका कारण यह भी हो, कि सीमा को सोचते ही मैं एक अजीब तरह की कामज लहर में घिर जाता था, जिसका अभी तक का हासिलपाई तो शून्य था, पर जिसके साथ और सान्निध्य की कल्पना मेरे अवचेतन में मँडराती ही रहती थी। हो सकता है, यह सामान्य तौर पर हमेशा अन्दर ही अन्दर सक्रिय कामना की लहर की अदृश्य फुहार हो, और किसी व्यक्ति विशेष के साथ इसका कोई प्रत्यक्ष सम्बन्ध न हो, क्योंकि सच तो यह भी है, कि जिस तीव्रता के साथ मैं 'काम' के बारे में सोचता हूँ, लगभग वैसी ही भयकारी तीव्रता के साथ, एक छोटी-सी फुंसी के कैंसर में बदल जाने, और यातना की चीखों से भरे अन्त के दृश्य की अनन्त कल्पनाएँ भी, बैठे-ठाले मेरे दिमाग में मँडराती रहती हैं। भयकारी कल्पना का तो यह हाल है, कि घंटे-भर पहले ट्रेन पकड़ने के लिए प्लेटफार्म पहुँच जाने के बाद भी, मैं कल्पना करता रहता हूँ, कि भीड़ की भगदड़ के चलते मैं रिजर्वेशन के बावजूद कम्पार्टमेंट में नहीं घुस पाया हूँ और विमूढ़ और हतवाक् प्लेटफार्म पर खड़ा खड़ा, ट्रेन को दूर, दूर, दूर भागती हुई देख रहा हूँ। सोच-विचार की ऐसी प्रकृति के बावजूद, अभी मैं बीरू उर्फ सीमा के पति से खबर के खुलासे का इन्तजार कर रहा था। बार-बार अपनी घड़ी पर नजर फेंक रहा था, कि आज मॉर्निंग वाक में काफी देर हो चुकी है। और तय है कि आज जब मैं सर्किट हाऊस के गेट में घुसूँगा, तो लल्ला और जुझार लोगों का दल वापसी के रास्ते पर कदम बढ़ा चुका होगा।

इतना सोचने के बाद अकारण थकान का अनुभव करते हुए, मैंने पुनः प्रश्निल आँखों के साथ बीरू को देखा।

वह मुखातिब होने के इंगित के इंतजार में ही बैठा था। उसने छत्तीसगढ़ी में पूरी नाटकीयता के साथ किस्सा शुरू किया :

यह किस्सा उस सवाल के जवाब में शुरू हुआ था, जो मैंने उसकी ओर यूँ ही औपचारिकतावश फेंक दिया था, जब तेज भागते कदमों पर ब्रेक लगाते हुए मैंने उससे पूछा था, ''आज अकेले ?''

उसके जवाब में उसने यह तो तत्काल सूचित कर दिया था, कि भजनलाल ने दारू छोड़ दी है। अब उसके इस महान त्याग की कथा का कारण बताते हुए उसने कहा, ''मार से कौन नहीं डरता महाराज।'' यह उसका प्रश्न नहीं था। वह और विस्तार से बताना चाहता था, कि मार की पूरी प्रक्रिया क्या थी ? और इसलिए अभी किस्से के इस खास हिस्से में, किसी तरह के विराम की जरूरत नहीं थी। लेकिन मेरा दिमाग अटका। कान भटके। और ध्यान में उसकी अपनी पत्नी सीमा का वह बिम्ब उभरा, जहाँ वह मेरे कमरे में पोंछा करने की शुरुआत करने के पहले, ताँबे के घड़े में नीचे से लाया ताजा पानी भर रही थी।

पानी भरते उसके चेहरे को देखकर मुझे लगा, कि उस दिन उसका कमनीय चेहरा जरूरत से कुछ ज्यादा तना हुआ था।

मेरे जीवन के इतिहास के इन कतई गैरजरूरी दिनों की खासियत यह थी, कि इस बीच वह मुझसे थोड़ा खुलकर बात करने लगी थी। बेशक अपनी बड़ी ननद गायत्री की तरह नहीं, जो हर दिन मुहल्ले की किसी घटना का सविस्तार वर्णन करती हुई, सुबह छै के करीब चाय बनाती मेरी भांजी को ताजा खबर देती है, कि अमुक की बहू अपनी सास को दिन के बारह तक नाश्ता नहीं देती। और वह बेचारी भूख में तड़पती इधर-उधर का चक्कर लगाती, घर की इज्जत बचाने में लगी रहती है। वह तो इसी शहर में उसकी अपनी बहन भी है, जिसे पता चल गया है कि परदेसिन बहूरिया सास को नाश्ता तक नहीं देती, सो वही छोटी बहन अपने घर से कुछ खिला-पिला देती है।

ना। सीमा की बातों में मुहल्ले के दैनिक इतिहास की कोई जगह नहीं होती थी। वह अपने मतवार पति और नवीं में पढ़ती, दिन-भर कान में मोबाइल लगाये रहनेवाली बेटी से ही परेशान रहा करती थी। पति का आलम यह था, कि वह सुबह पाँच के ब्रह्ममुहूर्त में मदिरापान शुरू करता, तो तब तक उसका पीना नहीं थमता था, जब तक उसके पैसे खर्च नहीं हो जाते थे।

लेकिन इसके पास इतने पैसे आ कहाँ से जाते हैं, के जवाब में, एक दफे सीमा ने इठलाते हुए बताया था, कि नाऊ के पेशे में यह बीरू है बड़ा माहिर। शहर के किसी सेलून में माहवारी तनखा पर काम करने की बजाय, वह शहर बनते गाँवों पर ज्यादा भरोसा करता है। और किराए की सायकिल लेकर गाँव-गाँव चक्कर लगाता है। और तरह-तरह की शहरी कटिंग के जरिए गाँव के युवाओं को रिझाता है। मगर अपनी दारू की लत के चलते यह तीन दफे किराए की सायकिल गिरवी रख चुका है, और मयसूद रकम चुकाने में असमर्थ अपने पति की ऐसी हरकतों पर जी-भर

कर उसे गरियाने के बावजूद, सीमा को वह रकम भरनी पड़ी है। उसके तनतनाए मुख को देखकर लगा था, कि हो सकता है, कि इसी तरह की सायकिल गिरवी रखनेवाली, या कि उससे भी ज्यादा कोई भयानक घटना हुई है, जिसके चलते कामिनी किशोरी सी लगती दो किशोरियों की माँ, सीमा का मुख थोड़ा मुरझाया हुआ और थोड़ा गुस्साया हुआ भी लग रहा था।

मैंने सीधे-सीधे उससे पूछा था, ''लगता है आज फिर बीरू से झगड़कर आई हो।''

''झगड़कर नहीं, जी भरके उसकी मरम्मत करके आ रही हूँ।'' उसने फुनफुनाते हुए कहा था।

मैंने मुस्कराते हुए उसे बधाई दी और सोचा कि नारी मुक्ति के लिए उठाया गया उसका यह कदम, विचार के स्तर पर चाहे कितना भी गँवार और अनाधुनिक क्यों न हो, व्यवहार के स्तर पर महज स्वत:स्फूर्त ही नहीं जरूरी भी था। बेशक इस बार उसने सायकिल गिरवी नहीं रखी थी, बल्कि बेच दी थी। यह वह सायकिल थी, जो राज्य के मुख्यमंत्री की ओर से उसकी छोटी लड़की को उपहारस्वरूप दी गई थी, ताकि घर से चार किलोमीटर स्कूल की दूरी को वह थोड़े इत्मीनान से पार कर सके। लेकिन सायकिल बेचने की वारदात भी वह ताजा घटना नहीं थी, जिसके चलते माँग में दिपदिपाता सिन्दूर लगानेवाली पतिव्रता नारी को पति परमेश्वर पर हाथ उठाना पड़ गया था।

''तो फिर और क्या हुआ था?'' मैंने सहज जिज्ञासावश पूछा था।

''आज सुबह से चार घरों में झाड़ू-पोंछा और बर्तन निपटाने के बाद मुझे जोर की भूख लग रही थी। मैंने सोचा घर जाकर चावल और आलू की खिचड़ी बनाकर खा लूँगी। पहुँची, तो देखा घर में सारे डब्बे बिखरे पड़े हैं। जिस डब्बे में पाव डेढ़ पाव चावल बचा था, वह सफाचट और खुला पड़ा है दरवाजे पर।''

''क्या उसने चावल पकाकर खा लिया था?''

''पकाकर नहीं महाराज, कच्चा ही चबा गया था। और जब मैं पहुँची तो आलू चबा रहा था।''

''कच्चा?'' मैंने अविश्वास के साथ पूछा था।

''ये तो ऐसा जानवर है महाराज, कि आदमी को भी कच्चा चबा जाए।'' गुस्से में जलती सीमा ने भुनते-भुनभुनाते कहा था। और-अभी सामने खड़े बीरू की मरियल कदकाठी, चिपटी नाक, पिचके गाल और टलमलाते पैरों को देखकर, सीमा की बात याद करते हुए मैंने सोचा था, कि इसे देखकर कोई सपने में भी यह नहीं सोच पाएगा, कि यह किसी से मारपीट भी कर सकता है। और सच तो यह है कि गुस्से में आकर सीमा ने उसे एकाध धक्का जरूर दे दिया होगा, उसकी मरम्मत करने की बात महज एक सहज आलंकारिक अभिव्यक्ति ही थी। खासकर

इसीलिए कि अभी कुछ ही दिन पहले, उसने इसी पति के लिए, तीजा का उपवास रखा था, और कुछ ही माह पहले की गोपनीय खबर तो यह भी थी, कि पति के प्रगाढ़ और अन्तरंग प्रेम की गैरजरूरी और अवांछनीय निशानी मिटाने के सिलसिले में, इसे सरकारी अस्पताल की डॉक्टरनी को नगद पाँच सौ रुपए ऊपरी देने पड़े थे। यह खबर उसकी बड़ी ननद गायत्री ने सुबह छै बजे बर्तन माँजते हुए भांजी को सुनाई थी और सुबह नौ बजे तक डॉक्टर बिन्ना ने इसकी पुष्टि भी कर दी थी, कि सफाई करवाने के सिलसिले में, उसने बिन्ना से सरकारी अस्पताल की डॉक्टरनी को फोन भी करवाया था। किस्सा मुख्तसर यह कि अपने पति परमेश्वर के बारे में कही गई सीमा की बातों में महज इतनी सचाई थी, कि पीने के बाद की उसकी हरकतों से वह तंग आ चुकी थी और जाने कितनी बार तात्कालिक गुस्से में सार्वजनिक तौर पर बड़बड़ाती यह भी कह चुकी थी, कि इतना पीने के बाद भी मरता नहीं कमबख्त।

क्या यह नियमित धार्मिकता के साथ हर साल तीजा और करवा चौथ के व्रतों का पवित्र परिणाम था, या बीरू की दैवी नियति का नतीजा, सोचता मैं भजनलाल पर पड़ी हालिया मार के नाटकीय प्रसंग को सुनाने के लिए उतावले, बीरू से मुखातिब हुआ।

श्रोता को उत्सुक और उसके निरन्तर भटकते ध्यान को अपने भाषण की तरफ झुकते और एकाग्र होते देखकर, बीरू की आँख चमकी। पाँव थोड़ा टलमलाए। अभी-अभी ओठ के नीचे दबाई गई चुटकी-भर तमाखू की पीक सुबह की सड़क पर पिच से थूकते हुए वह शुरू हुआ, ''वह सोमवार का दिन था।''

''कौन-सा सोमवार?''

''अब यह तो याद नहीं महाराज कि कौन-सा सोमवार था, पर था सोमवार,'' बीरू को किस्से की शुरुआत में ही टोका जाना अच्छा नहीं लगा था, ''उस दिन सुबह साढ़े पाँच बजे से सरसती महादेव मन्दिर जाने के लिए निकल रही थी।'' उसने फिर पॉज लिया। शायद मेरे चेहरे पर अपने किस्से की प्रतिक्रिया देखने के लिए। मन ही मन में माधो केंवटा की नई नवेली दुल्हन की छवि निहारते और हाथ में बँधी कलाई घड़ी के काँटों को देखते मैंने हुँकारू दिया था, ''फिर?''

''मैं और भजन उसी रास्ते से दीनबंधु के मकान से निकले थे।'' उसने कहा।

मेरे दिमाग में चाँदनी चौक में बने मसीहा की दुकान का बिम्ब सरसराया। पर दीनबन्धु के मकान तक जाने के लिए नाले की ढलान से उतरना जरूरी था। फिर दाएँ मुड़ना।

मैं वहीं मसीहा की दुकान को एकटक देखता खड़ा था। शायद इसे ही कहते हैं कल्पना की दुनिया में समय के विचित्र चित्रों की अवास्तविक कथा में रचे इतिहास की गति। मैं इसी गति में शामिल सोच रहा था, समय के साक्षात की आत्मीय कथा, जब पाँच की सुबह बुढ़िया तुर्किन, मसीहा की बन्द दुकान के सामने

बने दो फुटिये पेंवठे में महादेव के होटल से लाई गई पेशल चाय अपनी बेटी को पिला रही थी।

पर अभी नहीं।

अभी तो मैं बीरू और भजनलाल का किस्सा सुनता, किसी जमाने में मसीहा की बन्द दुकान की जगह बन गई नई दुकान की ओर ताक रहा था। ना, मेरा इरादा अपने इस भागते-भागते किस्से के असम्भव श्रोताओं और पाठकों को भगाने का नहीं है, सिर्फ सचाई बताने का है, कि एक मिनट की सोच में, बरसों का बात की बात में गुजर जाना, क्या सच को झूठ बना देने की कल्पना है, या इसमें सच से भी कोई बड़ा सच शामिल है, जो कह रहा है, कि जरा ध्यान से सुनो।

बीरू कह रहा था।

शायद उसने कुछ कहा नहीं था। उसके देखने से आवाज जैसी आ रही थी। वही कह रही थी, कि किस्से के आगाज में ही उखड़ जाओगे, तो क्या खाक सुनोगे।

अन्दर की आँखें कुछ और ही दिखा रही थीं।

साढ़े पाँच के समय मसीहा की बन्द दुकान को, बचपन के श्याम टाकीज के पर्दे-सा देखता, और उसमें अकस्मात् उभरती छवि को भावुक विभोरता के साथ निहारता, मैं जिस औरत को देख रहा था, वह सिर्फ नाम की बुढ़िया थी। जात की तुर्किन। जिसे लोग इन दिनों जात की पठान कहते हैं। पर मैं उम्र के जिस हिस्से में डुबकी लगाकर उसकी तस्वीर देख रहा था, वहाँ वह बाइस की छबीली थी, जो मेरी दादी की गोरी कलाइयों में हरी चूड़ियाँ पहना रही थी। लगभग दस या ग्यारह या बारह की उम्र में देखी गई, उस औरत की याद मुझे इसलिए भी है, कि वह रोजाना दुपहर दो बजे के बाद अपनी और दो साथिनों के साथ ताश खेलने के लिए हमारे घर आया करती थी। और-अभी तो उसकी एक साथिन मटारा का नाम ही नहीं, बल्कि चेहरा भी इस तरह दिख रहा था, जैसे साक्षात देख रहा होऊँ। वह डरावनी लगती थी। काली थी। उसकी दाईं आँख के नीचे एक बड़ा मस्सा था। उसके बाल घुँघराले थे। पर बुढ़िया सुन्दर लगती थी। रंग साफ और बाल चिकने काले। उसका रंग भी साफ था, और चेहरा तो एकदम गोरा-सा लगता था। उसकी तीसरी साथिन ठीकठाक थी। पर तीनों के मुँह पान से रचे लगते थे। खासकर बुढ़िया का पानरचा मुँह देखकर तो उस उम्र में भी मेरे भीतर एक झुरझुरी-सी होती थी। कुछ इस तरह की, जैसे यह उसे छूने या उससे सटकर बैठने की इच्छा की सरसराहट हो और तब खेल में एकाग्र उसकी छवि को एकटक निहारते मैं, माँ याने रिश्ते में दादी से और सटकर बैठ जाता था। ये तीनों चुड़िहारिनें थीं और मेरी दादी से इनकी दोस्ती हो गई थी, जिसके लिए दुपहर का वह वक्त काटना एक कठिन समस्या थी और उसे ताश खेलने का नशा था। सो उसने इन तीनों को अपने खेल का पार्टनर बना लिया था। और इस बुढ़िया के चलते तथा माँ याने दादी से अधन्ना या इकन्नी पा जाने की उम्मीद में मैं वहाँ बैठा रहता था।

लेकिन जब मैंने बुढ़िया याद की, तो वह उस रूप में नहीं थी, बल्कि अभी, सुबह पाँच पचीस या पैंतीस के मॉर्निंग वाक के रस्ते पर, बीरू के किस्से को सुनता और मसीहा की पुरानी दुकान को याद करता, मैं जिस बुढ़िया की याद कर रहा था, वह मुनू महाराज की रखैल बन चुकी थी। पता नहीं पाठकों को याद है या नहीं, पर ये वही मुनू महाराज हैं, जिनका जिक्र मैंने पंचम महाराज की याद के सिलसिले में, पहले अध्याय में किया था। और-अभी जब अधेड़ बुढ़िया के, मुनू महाराज की औरसजात बेटी को चाय पिलाने के दृश्य से, मैंने किस्से के इस हिस्से में अचानक घुस आए भटकाऊ प्रसंग की याद की थी, तो मुझे उस समय के बहुत बाद के समय की याद आई थी, जब कि मंत्र-तंत्र में महारत हासिल कर चुके पुश्तैनी पंडित की यह तुर्किन रखैल, कैंसर की असाध्य बीमारी की यातना से जूझती दम तोड़ चुकी थी। रोचक तथ्य यह है, कि यह बुढ़िया भी मृत्यु से पूर्व अपने रखवाले तथा हिन्दू मंत्र-तंत्र के माहिर की तरह, खुद भी मुसलमान मंत्र-तंत्र में माहिर औरत के रूप में, सिर्फ मुसलमानों के बीच नहीं, बल्कि पूरी पुरानी बस्ती में विख्यात थी, और उसके यहाँ हिन्दू भी अपनी समस्याएँ लेकर जाया करते थे। लेकिन उसके मरने के बाद हिन्दू रिश्तेदार उसे जलाने को तैयार नहीं थे और मुसलमान दफनाने को।

आखिर में क्या हुआ यह तो मुझे नहीं पता, पर अप्रत्याशित स्मृति के इस तरह अचानक इतने लम्बे समय तक दिमाग में मँडराते रहने के कारण, मेरा ध्यान और कान दोनों भटक गए थे। मैंने पूरी दृढ़ता के साथ दोनों को बीरू के किस्से की ओर मोड़ा।

"फिर?" मैंने पूछा।

"और फिर क्या महाराज, अभी तो बताई पूरी कहानी।" बीरू ने कहा।

नशे की रौ में वह जब पूरी नाटकीयता के साथ किस्सा सुना रहा था, तो मैं बुढ़िया तुर्किन की स्मृति में रमा, बचपन से बुढ़ापे तक की अपनी जीवन कथा के कुछ खास प्रसंगों की याद कर रहा था। पर मजे की बात यह है, कि अपने नशे के किस्से में बहते उसने मेरी बेध्यानी की जरा भी परवाह नहीं की थी, और उससे भी रोचक यह, कि अपने ध्यान में सुदूर अतीत में भटकते हुए भी, मैंने वह किस्सा सुना जरूर था। और उसके अचानक चुप हो जाने के बाद, मैंने भी पाया था, कि मेरा सोचना स्विच दबाने-सा थम गया है।

दिमागी भागदौड़ की इस विचित्र, बेतरतीब और बेकाबू गति पर सोचते हुए मैंने उससे विदा ली थी। पल-भर को ओठों तक लगभग उभर आई मुस्कान में, अपने रोजमर्रा के होने के चमत्कारों को सोचता जब मैं आगे बढ़ा था, तब भी कोशिश के बावजूद मैं भजनलाल पर पड़ी मार के ब्यौरों को याद नहीं कर पाया था, लेकिन वापसी में जब मैं इसी चाँदनी चौक से गुजर रहा था, तो मैंने देखा था, कि दोनों काँखों में बैसाखी टिकाकर प्लास्टर बँधा दायाँ पैर उठाए, भजनलाल

मसीहा की दुकान के बाजू की ढलानवाली उसी गली में उतर रहा था, जहाँ से चढ़कर आधे पाव के आधे–अधूरे नशे में बीरू चाँदनी चौक तक आया था। उसने खबर सुनाई थी, कि भजनलाल ने तौबा कर ली है। इसलिए कि महीने–भर पहले सुबह छै के बाद नशे की वापसी के दौरान फूल तोड़ती अपनी बीवी को उसने खिलखिलाते स्वर में हँसते और बोधराम बनिए से बात करते, उस जगह पर देखा था, जहाँ वह उसके बगीचे से बाहर आ गई सदाबहार की डार से सुबह की पूजा के लिए फूल तोड़ रही थी। दीवार के उस पार खड़े बोधराम की गर्दन मटक रही थी। आँखें चमक रही थीं। और प्रतिक्रिया में भजनलाल की बीवी खिलखिला रही थी। पति (परमेश्वर) सुलभ अपनी नशीली प्रतिक्रिया में दूर से ही भजनलाल ने अपनी बीवी के लिए माँ की गाली निकाली थी। फिर वह उसके पास आया था। उसने उसी स्वर में गाली दुहराई थी। उसकी बीवी पलटी थी। और पलटकर उसने जोर का एक धक्का दिया था। भजनलाल धड़ाम से गिर पड़ा था। उसके दाएँ पैर में प्लास्टर चढ़ गया था। और उसने कसम खाई थी, कि अब इस जनम में दारू पीना तो दूर, वह सूँघेगा भी नहीं।

उसी भजनलाल को मसीहा के बाजू की ढलानवाली गली से उतरकर, दीनबन्धु के घर पीने के लिए जाता देखकर, मैं फिर एक बार मुस्कराया था। इसी मुस्कान ने याद दिलाई थी, मुझे वह कथा, जिसे मैंने साँवली छरहरी सीमा से सुना था, कि भूख में व्याकुल एक दिन उसने अपने पति की जमकर पिटाई कर दी थी, कि कमबख्त कच्चा आलू तक चबाकर भकोस जाता है, जब नशे में होता है।

घर आते ही मैंने बरामदे पर रखी टी.वी. ऑन की। उसके शुरू होने के पहले ही बर्तन माँजती हुई गायत्री, चाय बनाती मेरी भांजी को स्थानीय खबर सुना रही थी, कि वह विधवा पंजाबिन जिसने अठारह वर्ष का सुदीर्घ विधवा जीवन बिताने के बाद, गुरुद्वारे के हारमोनियम वादक से न सिर्फ खुद शादी कर ली थी, बल्कि अपनी अठारह वर्ष की कुंआरी कन्या का विवाह भी वहीं के तबलावादक से करा दिया था, लेकिन कुदरत की लीला देखिए, कि वही पंजाबिन अभी तीन–चार दिन पहले फिर विधवा हो गई है।

जब रसोईघर के थोड़ा पास जाकर अपने बहरे कान डेरकर, मैं यह महत्वपूर्ण स्थानीय खबर सुन रहा था, उस समय टी.वी. का कोई बाजारू खबर चैनल बता रहा था, कि देश के पाँच राज्यों में चुनाव की घोषणा शीघ्र होनेवाली है और चुनाव घोषणा के कई दिन पहले से हिन्दू पार्टी के पी.एम. उम्मीदवार अपने नाटकीय भाषण में घोषित कर रहे हैं, कि यह चुनाव सेमीफायनल है और जो इसमें बाजी मारेगा वही दिल्ली की राजगद्दी भी पाएगा।

पता नहीं क्यों, चाय की पहली घूँट के साथ मेरे मन में यह ख्याल आया, कि क्या स्थानीय और राष्ट्रीय खबरों के बीच कोई सम्बन्ध है?

इस सवाल के जवाब में मैं मन ही मन मुस्कराया, और धपाधप सीढ़ियाँ चढ़कर सीधे पलंग पर ढलंग गया, और शवासन की मुद्रा में आँख मूँदकर सोचने को देखने लगा, कि अभी क्या सोच रहा हूँ।

मैं कुछ नहीं सोच रहा था, माने कुछ भी सोच रहा था मतलब सबकुछ सोच रहा था माने...

-

तब नौ के आसपास का वक्त रहा होगा, जब मैंने अचानक देखा कि कमरे के सामने दो जगहों पर कबूतर की बीट सूख कर लगभग गोलाकार रूप में जम गई है। बीट के जमाव की यह रूपाकृति किसी पेंटिंग जैसी लगी। यह भी लगा कि जैसे सीधी सरल रेखा में तीन कदमों की दूरी बरकरार रखते हुए कबूतरों ने बीट की है, उसमें एक सुन्दर संगति है। मुझे दिमाग की इस हरकत पर या कि इस सोच पर मजा आया। पर तभी इसी दिमाग ने सुझाया, कि निरंतर कोशिशों के बावजूद पूरे घर की खुली जगहों पर कबूतर की बीट की गंदगी से हम छुटकारा नहीं पा सके थे, बल्कि हुआ यह था, कि अब उनकी बीट करने और पंख गिराने की जगहें काफी विस्तृत हो गई थीं। कुछ नहीं तो पिछले दस वर्षों से कबूतरों ने हमारे घर में डेरा जमाया हुआ था, और उनकी संख्या बढ़ ही रही थी। बिलकुल सामने के मेरे बचपन के दोस्त गोपी के मकान का भी यही हाल था। मुश्किल यह थी कि कबूतरों के किसी के घर में डेरा जमाने को लोक विश्वास में शुभ सगुन माना जाता है। जब शुरुआती दौर में वे आए थे, तो घर के सभी लोगों को लगा था, कि ये बरक्कत का सन्देश लेकर आए हैं। उन दिनों जाती तौर पर अपने सरकारी पेंशन के चार बरस तक नहीं मिलने के कारण, मैं आर्थिक अभाव के थोड़े परेशान दौर से गुजर रहा था। जब मैंने अपनी माँ याने सम्बोधन में काकी से ही नहीं, बल्कि मुहल्ले के दूसरे अधेड़ों से भी यह सुना, कि कबूतरों के आने और घर में बासा बनाने से निश्चित रूप से घर में लक्ष्मी की किरपा बरसती है, तो मुझे लगा था कि हो सकता है, कि लक्ष्मी मेरे पेंशन के एरियर्स के रूप में मेरे घर में प्रवेश करे। या हो सकता है, कि मेरे बेटे को भी वैसी कोई अच्छी नौकरी मिल जाए, जैसी दूसरों के बेटों को मिली हुई है, और जब-तब मैं अपने घर और मुहल्ले में मुख्य खबर की तरह सुनता रहता हूँ, कि अमुक के बेटे को बारह लाख या अठारह लाख का पैकेज दिया है, विप्रो ने या इन्फोसिस ने। पर लक्ष्मी ने कबूतरों के माध्यम से ऐसी कोई कृपा मुझ पर नहीं की। पेंशन मुझे मिली तो सही, एरियर्स भी मिला लेकिन तब, जब कि घर में माँ के अलावा प्रायः सभी कबूतरों से होनेवाली रोजमर्रा की गन्दगी से परेशान हो चुके थे।

लेकिन मुश्किल यह थी, कि हमारी माँ सुबह-शाम कबूतरों के लिए दानापानी रख देती थी। ऊपर के कमरे में जाने के लिए बनी पुरानी सीढ़ियों के छज्जे पर,

अपनी कम ऊँचाई के चलते वे खुद तो चावल नहीं बिखेर पाती थीं, तो या तो भांजी से कहती थीं, या बिन्ना से, और नियत वक्त पर दाने नहीं बिखेरे गए, तो खुले सँकरे आँगन में खुद बिखेर देती थीं। पता नहीं कबूतरों को कहाँ से पता चल जाता था, कि वे ऊँची और नीची जगहों में मजे में फुदकते दाना चुगते नजर आते थे। शायद वे दूसरे घरों में रहनेवाले अपनी जमात के लोगों को भी बुला लाते होंगे। किस्सा मुख्तसर यह, कि जब उनका यहाँ दाना पानी चल रहा है, और एकाध बार बाँस झाड़ू दिखाकर उन्हें डराने की लगभग औपचारिक कोशिश ही की जा रही है, तो वे थोड़ी देर के लिए फुर्र से उड़कर बाजू के मकान की दूसरी मंजिल पर बने कार्निश में बैठ जाते थे और थोड़ी देर में फिर घर की उन सारी खुली जगहों पर, जहाँ दरवाजे नहीं लगे थे। कबूतरों की बीट से भरी रहनेवाली सीढ़ियों और गली के खुले रस्ते को टीन की चादरोंवाली छत से ढाँक देने के बाद भी, घर के कई हिस्से उनकी बीट से भरे रहते थे, जिन्हें देखकर कभी-कभार बिन्ना परेशान हो जाती थी, और भांजी तो सतत कमर दर्द की व्यथा में कराहती सुबह-सुबह ही आँगन की सफाई के सिलसिले में, बाल्टी-बाल्टी पानी डालती हुई उस दिन को कोसती थी, जब कबूतरों ने बेबुलाए और बगैर किसी अनुमति के, उसी तरह इस घर में प्रवेश किया था, जैसे बरसों पहले छिपकलियों, मच्छरों और चूहों के पुरखों ने किया होगा।

और आज अभी उनकी बीट से बनी पेंटिंग को निहारते जब मैं स्मृति के इस लगभग गायब हो चुके रास्ते पर आगे बढ़ गया, तो उसके पीछे कोई जाहिर या ठोस मकसद नहीं था। कारण जरूर था, कि घूमकर आने के बाद नित्यकर्म निपटाने, पूजापाठ करने में थोड़ा इरादतन विलम्ब करते हुए, याने जाड़े की सुबह के मॉर्निंग वॉक से लौटकर आने के बाद थोड़ा अलसाते हुए, जब मैं कमरे से निकला था, तो सबसे पहले मेरी नजर कमरे के सामने के कबूतर की बीट पर पड़ी थी। आमतौर पर घर और पास-पड़ोस की गंदगी से बेखबर, एक किस्से जैसी जिन्दगी में बेमतलब बहते रहते मेरे दिमाग में थोड़ा चिड़चिड़ापन लहराया था, कि कमबख्त एक दिन कमरे को ही अपना टायलेट बना लेंगे। सचाई तो यह भी है, कि एक बार एक कबूतर ऊपरवाले उस कमरे में आ गया था, जो अभी साल-भर पहले तक बेटे का निजी कमरा था, लेकिन जहाँ उन दिनों राउरकेला से आया हुआ मेरा दोस्त ठहरा हुआ था। आमतौर पर लगभग आधी रात के बाद सोने वाले और सुबह दस को जागनेवाले हरदीप को उस दिन जब मैंने आठ के पहले ही दरवाजा खोलकर बाहर आते देखा था, तो मुझे थोड़ा अजीब-सा लगा था। पर बाहर निकलते ही उसने बताया, कि एक कबूतर कमरे में भीतर ही रह गया है।

"तो उसे भगा दो," मैंने सहज भाव से कहा था।

"वही तो, वह शायद उड़ नहीं पा रहा है। पास जाओ तो कुछ ऊँचा उड़कर

वहीं किसी दूसरी जगह बैठ जाता है, शायद जख्मी है या जान नहीं पा रहा कि जाना कहाँ है।''

मैं जब अन्दर घुसा तो वह कम्प्यूटर टेबल पर बैठा गर्दन हिला रहा था। शायद भागने का रास्ता तलाश रहा हो सोचकर मैं उसके करीब गया। वह फुदक कर सामने की कुर्सी पर बैठ गया।

''तुम उसे पकड़ सकते हो?'' मैंने हरदीप से पूछा था।

उसने कोशिश की थी, पर उसकी कोशिश देखकर लगा कि पकड़ना तो दूर, वह उसे छू भी नहीं पा रहा। मैं तो फड़फड़ानेवाली तितली या गौरय्या तक पकड़ने में अकारण भय में ऐसा सिरसिरा जाता हूँ, कि चिड़िया मेरे हाथ से छूट जाती है। एक बार ऐसा हुआ था, कि मैंने इसी घर में एक शिशु परिंदे को पकड़ने की कोशिश की थी। वह हाथ में आ भी गया था, पर आते ही ऐसा फड़फड़ाया था, कि डर के मारे मैंने उसे छोड़ दिया था, और तब मेरे साले ने इत्मीनान से उसे दोनों हाथों से थामा था और मुझसे बोला था, ''तुम तो कबूतर से भी कमजोर दिलवाले आदमी हो, वह करेगा भी क्या? आखिर हाथ में आने के बाद दो एक बार चोंच की चोट ही तो लगेगी।''

बात सच थी। पर मन में यह भय की सिहरन सोच-समझकर तो मैं नहीं पैदा करता था। जैसे अनचाहे, अनजाने और अकारण मैं पैदा हुआ, वैसे ही अकारण जागती थी यह सिहरन। इसका कारण क्या है, यह बताना तो उसी तरह मुश्किल या कि असम्भव है, जैसे यह, कि सोच की भगदड़ में इतनी देर तक कपोत स्मृति में बहते रहने का आखिर क्या कारण, क्या मतलब और क्या मकसद है।

कुछ नहीं, मैंने खुद से कहा और नहाने के लिए बाथरूम में घुसा।

नहाने और जरूरत से ज्यादा नाश्ता करने के बाद, हमेशा मेरी हालत खटिया पर पड़ जाने की होती थी, या अगर किसी तरह मैंने अपने रोजाना टूटकर बिखर जानेवाले मरियल संकल्प को थोड़ी देर के लिए थाम लिया, तो शाश्वत समस्या की तरह मेरे मन में सवाल उठता था कि वक्त कैसे काटें?

आज भी उठा।

उत्तर की तलाश में इधर-उधर भटकने के बजाय, दिमाग में अनाकार उभर रहे विचार के चलते, मैं धपाधप सीढ़ियाँ उतरने लगा। आधी सीढ़ियों पर मुझे खयाल आया, कि मैं अभी भी बाथरूम में इस्तेमाल की जानेवाली हवाई चप्पलें याने स्लीपर पहने हुए हूँ। ऐसा अक्सर होता था। अचानक उभर आए किसी अमूर्त इरादे के चलते, मैं ऐसे किसी काम में लग जाता था, जिसके बारे में मैंने सोचा भी नहीं होता था। दरअस्ल वक्त काटने की समस्या को लेकर भीतर ही भीतर मैं एक बदहवास भागमभाग में ही शामिल रहता था, और शायद इस तरह की स्थितियों का जिक्र मैं कई बार कर चुका हूँ।

सच तो यह है, कि इस किस्से में इस तरह बहते हुए या कुछ भी कहते हुए, मैं वक्त काटने की कोशिश ही कर रहा हूँ। इसलिए अभी जब मुझे स्लीपर पहनकर ही बाहर निकलने की गलती का एहसास हुआ, तो वापस उन्हीं सीढ़ियों पर चढ़ते हुए मैं मन ही मन मुस्कराया। यह अदृश्य मुस्कान थी और अपनी अदृश्यता में मुझे इस तरह नजर आ रही थी, कि मेरा मन थोड़ा जोर से हँसने को हो रहा था।

सीढ़ियाँ दुबारा उतरते समय मैंने अपने भागते दिमाग को रोकने की कोशिश की थी और जब मैं गली वाले प्रवेशद्वार पर, याने मूलतः मुहल्ले के कुत्तों के अबाध और बेझिझक प्रवेश को रोकने के लिए बनाए गए लोहे के गेट पर, ठिठकने सा रुका तो सोचना अपने आप रुक गया।

वजह गुरूचरण साव के घर के दरवाजे पर खड़ी भीड़ थी। यह भिखारियों की भीड़ थी, जो हर शनिवार को मुहल्ले के कुछ विशेष घरों से धार्मिक नियम की तरह भीख माँगने आती थी। भिखारी सामान्य भिखमंगे नहीं थे, बल्कि कोढ़ के मरीज थे। कोढ़ी, शहर के करीब तीन किलोमीटर दूर बने, एक सरकारी आश्रम में रहते थे, और बिला नागा पुरानी बस्ती के इन चार–पाँच मुहल्लों में भीख बटोरने आते थे। और वह भी शनिवार को।

उस भीड़ को देखते हुए, और खास दिन शनिवार की याद करते हुए, मेरे मन में कुछ दूसरी जिज्ञासाएँ भी उछलकूद मचा रही थीं, कि मेरा ध्यान अनसोचे अपनी तरफ बढ़ी स्टील के कटोरों में चावल डालती गुरूचरण की छोटी बेटी पर गया और थोड़ी देर के लिए वहीं उसकी कमनीय देह पर अटक गया।

वह चूड़ीदार और लाँग टाप में थी। उसका चमकता साँवला चेहरा, उसके घने खुले धुले बालों में अधछिपा सुन्दर लग रहा था। बहनों में वही सबसे सुन्दर थी, और घर के सारे धार्मिक कामों की जिम्मेदारी उसी पर थी। वह भिखारिनों से थोड़ी ऊँचाई पर खड़ी थी। साफ नजर आ रहा था, कि वह कसे सिले चूड़ीदार पर, कसा लांग टॉप पहने है। कुर्ती में ऊपर कंधे से कमर तक सुनहरी पट्टियाँ थीं। बाकी हिस्से में चमकते काले रंग का वस्त्र जो एकदम फिट था। गले में रंगीन धागों की माला थी, और लॉकेट की जगह पर क्रिस्टल का कैंडल था। दिखता नहीं था, पर जब वह झुकती थी, तो उस पर धूप पड़ती थी और तब फाइबर ग्लास पर सोने की सी चमक लहर जाती थी। घुटनों तक जाते टॉप के निचले हिस्से पर, मटियाले रंग की डिजायनों वाली चौड़ी पट्टियाँ थीं, पर बाजू से बने और नीचे तक सर्पिल आकार में जाते गाढ़े काले लहराते पट्टों की वजह से, माटी का यह दबादबा रंग भी सुन्दर लग रहा था।

तभी अचानक एक युवक ने ऐन मेरे करीब अपनी स्कूटी रोकी और गुरूचरण साव के मकान का पता पूछा। मैंने सामने की ओर इशारा किया। दरवाजे पर भिखमंगों की भीड़ देखकर उसने तत्काल हाँक नहीं लगाई। उस समय पाँच–छै

औरतों का एक झुंड अपने गीलट के बर्तन आगे किए, धैर्य के साथ प्रतीक्षारत था, पर सुन्दरी वहीं दान-पुण्य की मुट्ठी अपने बर्तन में डालकर, शायद किसी खयाल में डूब गई थी। गुरूचरण की इस छोटी लड़की ने अभी हाल में ही एक नए और महँगे ब्यूटी पार्लर में काम शुरू किया था। लेकिन महीने-भर की नौकरी के बाद ही उसे छुट्टी लेनी पड़ी थी, क्योंकि उसे मैट्रिक की तैयारी भी करनी थी। इस परिवार के साथ मेरा आत्मीय और मुक्त सम्बन्ध था। खासकर बड़ी लड़की अनन्या के साथ तो अपने बिताए दिनों को सोचकर अपनी भावुकता में मैं कभी-कभी रुआँसा हो जाता था। रिटायरमेंट के बाद के कठिन एकाकी विधुर दिनों में, वह पढ़ने के लिए मेरे कमरे में आती थी। इसी दौरान उससे मेरी अन्तरंगता कुछ ऐसी हो गई थी, कि उसके न होने पर भी उसके होने की गंध सी, उसके सहज लगाव की स्मृतियाँ, जब-तब मन में लहरा सी जाती थीं। और आज उसकी अपनी नौकरी के तीन बरस बीत जाने और कई-कई दिनों तक रूबरू मुलाकात नहीं हो पाने के बावजूद, उससे मिलना जैसे अपने भीतर के ही किसी कोमल करुण हिस्से को साक्षात् देखने जैसा लगता था। और-अभी यह सोचते हुए जब अनायास ही उससे मिलने की इच्छा सुगबुगाई, तो थोड़ा तेज स्वर में खयालों में डूबी छोटी का ध्यान तोड़ती एक भिखारिन औरत की तेज आवाज ने मुझे फिर से वस्तुस्थिति में ला पटका। और फिर मैं भीख लेते और दुहरा माँगते इन कोढ़ियों के संसार में वापस आ गया। और मुझे याद आया कि शनिवार के इस वक्त तो वह स्कूल में होगी।

जिस स्त्री ने तेज आवाज में छोटी से भीख डालने के काम में ध्यान लगाने की याद दिलाई थी, उसे भीख देते हुए छोटी ने आँखें तरेरने जैसा उसकी ओर देखा था। शायद उसमें उसकी असलियत की शिनाख्त करने जैसा कोई इरादा भी रहा हो, क्योंकि वह स्त्री जब लौट रही थी, तो उसका गोल चेहरा, उसकी तन्दुरुस्त काठी, फूल छापे वाले हरे रंग की साड़ी तथा पैरों में थोड़ी ढंग की चप्पलें देखकर मुझे लगा था, कि यह तो कहीं से कोढ़ की बीमारी से ग्रस्त नहीं लगती, बल्कि तीस पैंतीस की अपनी उम्र में भी चिकने चेहरे की वजह से युवती की तरह आकर्षक लगती थी। जब वह बगल से गुजर रही थी, तो इसी हठात् आकर्षण के चलते मैंने नैसर्गिक स्वाभाविक कामना की आँखों से उसे घूरने-सा देखा था। और उसके गुजर जाने के बाद, मितली जगाता यह विचार भी मेरे मन में सरसराया था, कि हद हो गई, सुन्दरी कोढ़िन तक को देखकर भी मन में कैसे-कैसे खयाल आ जाते हैं। सोचने के बाद अपने आप से थोड़ी घिन हुई, अपने स्वभाव की इस खास स्वाभाविकता पर मैंने अपने को थोड़ा कोसा, और जब फिर से छोटी की तरफ नजर फेरी, तो फिर वही बात। वह सुन्दर लग रही थी। उसे भीख बाँटते हुए देखना मधुर लग रहा था। इस दफे उसके सामने एक पाँच-छै साल का बच्चा था। उसके कटोरे में एक मुट्ठी

चावल वह डाल चुकी थी। पर वह वहीं पर खड़ा दुहरा माँग रहा था। पहले तो छोटी ने उसे इशारे से मना किया, फिर डाँटकर कहा। सिर उठाते ही उसकी नजर मुझसे मिली। वह मुस्कराई। उसे लगा कि मैं उसके घर के सामने और कोढ़ियों के पीछे, शायद इसलिए ही खड़ा हूँ कि उनके यहाँ जाना चाहता हूँ।

मैंने सोचा तो नहीं था, पर कोढ़ियों की भीड़ छँटते ही मैं उसके घर में घुस गया। गुरूचरण वहीं सामने के कमरे में बैठा था। लकड़ी की पेटी पर। उसकी औरत ठीक सामने के रसोईघर में चाय बना रही थी। गुरू ने मेरे पहुँचते ही उसे हाँक लगाई, "दादा के लिए भी एक।"

मैंने मना नहीं किया। तभी भीतर के कमरे से प्लास्टिक की कुर्सी लेकर छोटी आई और रखते हुए कहा, "अनु तो स्कूल गई है।"

"पता है," मैंने मुस्कराते हुए जवाब दिया और छेड़ते हुए कहा, "इस ड्रेस में सबेरे सबेरे दान-पुण्य करते तुम सुन्दर लग रही थीं।" वह प्रशंसा के इठलाते स्वीकार की अदा में इस जिम्मेदारी की मजबूरी बताते हुए बोली, "दान पुण्य तो हुआ, अभी पूजा-पाठ भी तो बाकी है।"

उसकी अदा से यह साफ जाहिर था, कि वह खुद कहीं न कहीं संस्कारी आस्तिकता से भी प्रेरित है, वरना इस उम्र में और ऐसे कपड़ों में रहनेवाली लड़कियों के बारे में तो सब जानते हैं, कि जात-पाँत, नियम-धरम से जुड़े रहने के बावजूद, रोज-रोज धरम-करम, पूजा-पाठ निभाना अधिकांश को अच्छा नहीं लगता।

शायद यह असमय स्कूल की पढ़ाई खत्म हो जाने और फैशन के बाजार की नई दुकान में काम नहीं करते रहने के कारण, अचानक मिल गई फुर्सत थी, जिसने इसे शनिवार की सुबह दस बजे कोढ़ियों के कटोरों में चावल डालने का काम करने को मजबूर कर दिया था। सोचते ही फिर मेरे दिमाग में कोढ़ी उभरे। सामने बैठा गुरू किसी हिन्दी अखबार में आँखें गड़ाए, हाथ की पेंसिल को लय से माथे पर मारते, पहेली हल करने में मगन था।

"आख़िर ये कोढ़ी शनिवार के दिन ही भीख माँगने क्यों आते हैं?" मैंने उसका ध्यान तोड़ते हुए पूछा था।

गुरू ने अखबार से आँखें उठाईं। दोनों हाथ ऊपर करते, उँगलियाँ चटखाते, अर्द्ध अँगड़ाई की मुद्रा अपनाई। उसकी घनी मूँछों के नीचे, उसके उभर आए मुँह की विचित्र बनावट को ताकता, मैं एक तरह से उसका मुआयना-सा करने लग गया था। हर बार की तरह इस बार भी, गुरू ने मेरे सवाल में छिपी जिज्ञासा को, एक गम्भीर धार्मिक प्रश्न की तरह लिया था। यद्यपि उम्र और किताबी ज्ञान में मैं उससे बड़ा था, लेकिन रीति-रिवाज, खासकर धार्मिक पर्वों या रूढ़ियों के बारे में वह निश्चिंत था, कि हर अंग्रेजीदाँ की तरह मुझे भी इस बारे में कुछ नहीं पता होगा।

''शनिग्रह के डर से, इस दिन कंजूस आदमी भी थोड़ी उदारता से दान देता है। यह बात शायद कोढ़ी भी जानते हैं।'' गुरू ने थोड़ी समझाइश के स्वर में कहा। लेकिन अपने घर में मैंने सुना था, कि शनि की शांति के लिए ब्राम्हण को काले जूते और काले छाते का दान किया जाता है। शायद भिखमंगों ने महज इसी कारण से, इस दिन का चुनाव नहीं किया होगा, क्योंकि एक तो ये इतनी दूर से पैदल आते थे, कि एक ही दिन में पूरा शहर तो क्या, पूरी पुरानी बस्ती भी घूम पाना इनके लिए मुश्किल है। हो सकता है कि इस इलाके के लिए, इन्होंने शनिवार का दिन चुन रखा हो, या यह भी सम्भव है कि सारे लोगों ने कुछ इलाके चुन लिए हों, याने मुमकिन है कि भिखारियों का कोई चतुर चलाक मैनेजर हो, जिसने इसे एक संगठित व्यवसाय का रूप दे दिया हो, क्योंकि खास शनिवार के दिन एकमात्र शनिदेव की कृपा पर भरोसा करके तो इनकी जरूरतें पूरी नहीं होती होंगी। सोचते-सोचते मुझे यह भी खयाल आया, कि इनमें से एक भी ऐसा नहीं लगता था, कि उसे कोढ़ है। पहले अपने युवा दिनों में जब मैंने इन्हें देखता था, तो अक्सर कोढ़ियों के हुजूम में ऐसे ही लोग नजर आते थे, जो हाथों, पैरों की उँगलियों में पट्टियाँ लपेटे होते थे, और अधिकांश की उम्र भी बुढ़ापे की सरहद छूती लगती थी। उनकी तुलना में ये मुझे खासे स्वस्थ और नॉर्मल लग रहे थे और...

एबनॉर्मल तो मैं हो गया था, जो घर से बाहर निकलते ही अपना काम धन्धा भूलकर, कोढ़ी चिन्तन में लग गया था। मन ही मन अपने पर लानत भेजते हुए मैंने महज खाली जगह भरने के लिए कहा, ''लगता तो नहीं कि ये कोढ़ी हैं?''

''कोढ़ी तो क्या, ये तो...'' वाक्य पूरा करने के पहले ही पान की पीक से भरा उसका मुँह बजबजा गया था। थूकने के लिए वह बरामदे के बाहर आँगन के किनारे बनी नाली तक गया। तभी इधर बरामदे में लगी उसकी कॉलबेल बजी। मुझे तुरन्त याद आया कि हो न हो यह वही स्कूटी वाला है, जो भिखारियों की भीड़ की वजह से कॉलबेल तक नहीं पहुँच सका था। जब वह वापस आकर फिर से उस लकड़ी के सन्दूक पर बैठने के लिए, उसमें बिछी चादर को थोड़ा ठीक-ठाक कर रहा था, तो मैंने उसे बताया कि कोई लड़का है, जो देर से बाहर खड़ा है। लेकिन मैंने देखा कि अभी भी वह अपनी सुनाई जानेवाली कहानी के भीतर ही डूबा हुआ था। सो मैंने दुबारा उसे बुजुर्ग की सी हिदायत देने सा कहा कि ''सुबह-सुबह घर आई लछमी को बाहर ही खड़ी रखना, किसी भी धन्धे के हिसाब से ठीक नहीं है, और वह भी शनिवार के दिन।''

इस पर वह सपाटे से उठा। यों शनिवार के दिन से लछमी का कोई तालमेल नहीं बैठता था। गुरुवार, खासकर अगहन के गुरुवार के दिन, मुहल्ले के सारे घरों में चावल के आटे के झोल की रंगोली बनाई जाती थी, जिसे आमतौर पर घर की बुजुर्ग हो चुकी लक्ष्मियाँ बनाया करती थीं। इसलिए लक्ष्मी के बाहर खड़े रहने के

साथ शनिवार के दिन को जोड़ने वाला मेरा यह वक्तव्य, धार्मिक दृष्टि से कोई ज्यादा मतलब नहीं रखता था। यों मैंने भी यह बात किसी संस्कारी आस्तिकता के भाव से नहीं, बल्कि एक चालू जुमला फेंकने के इरादे से कही थी। लेकिन गुरू के सपाटे से उठने की मुद्रा देखकर मुझे लगा, कि वह भी पल-भर के लिए शनि के अकारण प्रकोप के खतरे से डरकर उठा था। उसके जाते ही मुझे गुरु के कारोबार की याद आई।

बहुत पहले जब उसकी शादी नहीं हुई थी और उसके माता-पिता दोनों जिन्दा थे, तब वह शहर के एक प्रसिद्ध शिव मन्दिर के सामने पान का ठेला लगाता था, लेकिन अतिक्रमण हटाने के आकस्मिक और मनमाने सरकारी कार्यक्रम के चलते, उसका ठेला वहाँ से उठवा दिया गया था। शहर के अपेक्षाकृत सम्पन्न इलाके में लगे उस पान के ठेले से, मेरा थोड़ा भावुक रिश्ता था। यह वह जगह थी, जो मीता के मायके के रास्ते पर पड़ती थी। पान की शौकीन मीता, उसी शहर में मौजूद अपनी ससुराल से रोज बिना नागा अपने मायके जाया करती थी। शायद इसलिए, कि महज दो-तीन दिन की छुट्टियों में, हम दोनों घर आते थे, तो उसके अपने मर्यादाबोध के चलते उसे यह गवारा नहीं होता था, कि पूरे वक्त वह मायके में ही रहे। आमतौर पर जब हम अपने घर से उसके घर की ओर निकलते थे, तो वह पूरी धार्मिकता के साथ गुरू के ठेले पर रुकती थी, जबकि धर्म के भव्य प्रतीक गौरीशंकर मन्दिर की ओर आँख फेरकर भी नहीं देखती थी। ना, वह नास्तिक नहीं थी और अपने घर-परिवार की हालत में सम्भावित सुधार के लिए, सावन के महीने में सोमवार के दिन पूरे दिन-भर का उपवास रखती थी। और सावन के सोमवार का उपवास तो खास शिवजी को समर्पित उपवास ही है। लेकिन तब के गुरू के पान के ठेले के सामने बने गौरीशंकर मन्दिर के शिवजी कैसे उसे बिसर जाते थे, यह तो याद नहीं, यह जरूर है, कि बहुत धीमे स्वर में मुहल्ले की भद्र महिला से बात करते गुरू पानवाले के साथ, वह जरूर कुछ देर बतियाती थी, फिर चाहे वह मेरे साथ पान खाने के लिए वहाँ रुकी हो, या अपने छोटे भाई के साथ। उसके पान खाने के उस दृश्य को सोचता हुआ, मैं अपने अन्दर ही अन्दर बहने लगा था, कि गुरू लौट आया। उसके लौटते ही मैं भी अपने भीतर से बाहर निकल आया, और जिस धीमी बेचैनी में मैं अतीत के उन सुखद पलों से गुजरा था, वे जैसे किस्से में बीतनेवाले समय की तरह ओझल हो गए, जैसे कभी थे ही नहीं। शायद इसकी वजह गुरू की कहानी थी, जिसका नाटकीय पुनरारंभ करते हुए उसने कहा था, "असली कोढ़ी तो वहाँ लोइंग के पास वाले आश्रम में रहते हैं।"

"और ये?"

"इनका मुहल्ला बालसमुद्र के पास है।" सुनकर पल-भर को मुझे स्कूल की उन दुपहरियों की याद आई, जब हम गणित की क्लास से भागकर, पर्वतारोहण

करने के लिए आज के पहाड़ मन्दिर की ऊँचाई नापते थे और फिर उतरकर स्कूल की छुट्टी के वक्त का इंतजार करने के लिए, पहाड़ के पास की उस नन्हीं झील में बंसी डालकर एकाग्र मछली मारते, उन हमउम्र छोकरों को देखा करते थे, जो स्कूल जाने की बोरियत और दहशत से मुक्त, अपने खेल में लगे रहते थे। इतने दिनों बाद बालसमुद्र से कोढ़ियों के रिश्ते की यह बात सुनकर, बचपन की उस स्मृति को थोड़ा धक्का लगा था, उस धक्के से बेखबर गुरू ने अपनी बात आगे बढ़ाते हुए कहा, "दरअसल ये न तो कोढ़ी हैं, न भिखारी।"

"माने?"

"माने यही, कि ये सचमुच के भिखारी नहीं हैं, भीख माँगना इनका पेशा है। और ये कोढ़ी नहीं कोढ़िया लोग हैं, जो जांगर नहीं चलाना चाहते, इसलिए भीख माँगते हैं।" गुरूचरण ने जोर देकर कहा। मुझे पाँच बरस के उस छोकरे की याद आई, जो छोटी से दुहरी भीख देने की जिद कर रहा था, फिर उस औरत की, जो सेहत–सूरत से न तो भिखारिन लगती थी, न कोढ़िन।

"सुबह की भीख के बाद, खाना खाकर ये तीन–चार बजे फिर निकलेंगे और रात को जब अपने मुहल्ले में पहुँचेंगे, तो अगर कमाई ठीकठाक है, तब तो जश्न मनेगा जश्न," गुरू ने पॉज लिया, "आपने उस झुंड में एक चुलबुली औरत को देखा होगा, वो इस गैंग के सरदार की खासुलखास है।"

मेरे ध्यान में फिर से उस औरत की छवि सरसराई। मुझे लगा, कि शायद यह उसी औरत का जिक्र कर रहा है, जिसकी कमनीयता की स्मृति गले में अटक गए मछली के नन्हें काँटे–सी चुभ रही है।

"सारा चावल सरदार के पास जमा होता है। पूरे हफ्ते–भर का चावल इकट्ठा करने और नाप–तौल करने के बाद, सरदार उसी औरत को बुलाता है, और..."

गुरू लकड़ी की उस पेटी पर पालथी मारकर बैठ गया था। वह पूरे दृश्य को थियेटर की तरह सामने लाने के उत्साह से प्रेरित था। इधर मेरा ध्यान उसकी इस नई मुद्रा के कारण उसके अपने पेशे की ओर चला गया था। मैं सोचने लगा था, कि खुद यह गुरू आखिर क्या काम करता है? मैंने उसे रविवार के दिन हाट के एक कोने में चाय बेचते देखा था, जिसमें उसकी दो लड़कियाँ मदद करती थीं। पर उनके जवान हो जाने के बाद से उसने यह धन्धा बन्द कर दिया था। शायद लड़कियों ने ही वहाँ जाकर हाट में चाय बेचने से मना कर दिया हो, या शायद खुद उसी की नैतिकता की नजर में लड़कियों को लेकर हाट में चाय बेचने का धन्धा गलत लगा हो। पर हफ्तावार चाय व्यापार से पूरे परिवार का भरण–पोषण तो यों भी सम्भव नहीं था। इसी तरह शादी ब्याह के मौसम में भी वह ठेके पर डिनर पार्टियों में पान का ठेला भी लगाता था, लेकिन यह भी कोई ऐसा स्थायी पेशा नहीं था, जिससे उसके परिवार की जरूरतें पूरी हो जाएँ। तो फिर आखिर यह कचहरी में करता क्या है? मैंने सोचा।

वह शायद मेरे ध्यान के उसकी तरफ जाने के इन्तजार में ही बैठा था। सो मेरे देखते ही फूटा, ''सावित्री, सेठ की दुकान पर सारा चावल फिर से तुलवाना। मेरा खयाल है कि हाराहारी एक क्विंटल के आसपास होगा। और हाँ आते समय दीनबंधु के यहाँ से एक पौवा।''

''क्या उस मुहल्ले में भी दीनबन्धु की दुकान चलती है?''

''शहर के किस मुहल्ले में नहीं है दीनबंधु की दुकान दादा। गली-गली में उसके बीसियों अवतार हैं,'' उसने उसी तरह की नाटकीयता से रंग संकेत दिया, ''एक तो अपने मुहल्ले में भी है।''

उसकी एक्टिंग देखकर मैं मुस्कराया। उसका इशारा शहर के उस अपंग बूढ़े की ओर था, जिसका जिक्र मैंने पिछले अध्याय में पुराने रईसजादे की सगाई के सिलसिले में किया था। पर अभी यह गुरू भिखारी दादा की भूमिका में जैसा डूबकर अपना डायलॉग बोल रहा था, उससे तो लगता था, कि उस कामिनी भिखमंगी के साथ जैसे खुद इसका कोई अन्तरंग रिश्ता हो। उसके अभिनय की अतिनाटकीयता के बावजूद, या शायद उसी की वजह से मुझे उसकी बात पर जरा भी यकीन नहीं हुआ था। महज इस बात पर नहीं, कि बीसेक के करीब के अधखाये आलसी भिखमंगे दिन-भर की भीख में एक क्विंटल चावल जमा कर लेते होंगे, और फिर उसे सरदार जैसी किसी फिल्मी शख्सियत की मार्फत राशन का चावल बेचनेवाले के यहाँ बेच आते होंगे, बल्कि यह धारणा ही मुझे एकदम झूठी लगी, कि ये भिखारी किसी गैंग की तरह काम करते हैं और सिर्फ भीख नहीं माँगते, बल्कि रात के अँधेरे में चोरी-चकारी भी करते हैं। हालाँकि अभी थोड़ी देर पहले ही भिखारियों के इस झुंड में बच्चों, जवानों, अधेड़ों को शामिल देखकर, मेरे मन में इसी तरह की एक शंका आई थी, पर गुरू ने जब उनके धन्धे को लेकर यह बात कही, तो मुझे लगा कि भिखारी इतने गिरे हुए तो नहीं हो सकते। मैंने अच्छे-अच्छे लोगों को इस तरह की टिप्पणी करते सुना है, कि बीपीएल कार्डधारी लोग दो रुपए किलो का पैंतीस किलो चावल तुरत-फुरत जाकर खुले बाजार में बेच आते हैं और सारा पैसा दारू में बहा देते हैं। मैं खुद भी महसूस करता हूँ, कि ऐसा करने वाले लोग कम नहीं हैं, लेकिन भीख माँगकर गुजारा करनेवाले इन लोगों के बारे में, इस तरह की बात मेरे गले से नहीं उतर रही थी। सो उसके नाटकीय बयान पर टिप्पणी करते हुए मैंने थोड़े गम्भीर स्वर में टोका था, ''इनके पास इतना चावल आएगा कहाँ से कि वे उसे बेचकर दारू पार्टी करें।''

गुरू को बुरा लगा, ''अरे नहीं दादा, आप नहीं जानते कि पैसे जमा करने के मामले में ये कितने शातिर हैं। बच्चों तक को लगा रखा है धन्धे में। फिर अति गरीब का दस किलो चावल तो एकदम मुफ्त मिलता है। फिर गरीबी रेखा के कार्ड का चावल। वो तो नब्बे फीसदी लोग फिर से बाजार में बेच देते हैं।'' गुरू ने जोर देकर कहा।

मैंने इस पर कोई टिप्पणी नहीं की। दो पल की चुप्पी के बाद मुझे लगा कि कोढ़ी भिखारियों पर सोचते-सोचते यहाँ इनके घर चले आना, शायद मेरी गलती थी। अब मेरी समझ में नहीं आ रहा था, कि तत्काल उठने के लिए कौन-सा बहाना बनाऊँ। इधर गुरू ने फिर एक बार अपनी पत्नी को हाँक लगा दी थी—"चाय का क्या हुआ?"

"शुरू करते ही गैस खत्म हो गई थी, दूसरा सिलेंडर लगा रही हूँ," गुरू की पत्नी ने कहा।

इस बात पर इधर गुरू थोड़ा भुनभुनाया, कि गैस खर्चे में किफायत करने पर कोई ध्यान ही नहीं देता। और अपनी अटपटी उपस्थिति और भीतरी खालीपन के साथ, मैं फिर एक बार कल्पना करने लगा, कि अगर सचमुच ये भिखारी इस तरह के धन्धे में लिप्त हैं, तब तो बालसमुद्र के इनके मुहल्ले में जाकर देखना चाहिए, सोचते हुए मैंने गुरू से ही पूछ लिया, "तुम कभी गए हो उस मुहल्ले में?"

मैंने बचपन की स्मृति के आईने में उभरते बहुत पुराने तालाब का आकार बनाते हुए उससे पूछा, तो उसने बताया कि खास उनके रिहाइशी इलाके में तो नहीं, पर उसी रस्ते से तो उसका रोज का आना जाना है। और अपने अनुभव के खजाने से जैसे कोई रत्न निकालते हुए उसने फिर सूचना दी, कि "ये तो बट्टे में चिल्हर का धन्धा भी करते हैं।"

गुरू ने कहा तो मैं कुछ समझ नहीं पाया। दरअस्ल मेरा ध्यान ही डगमगा गया था। मैं गौर से कमरे के उस हिस्से को देखने लगा था, जहाँ वह कोई तीसेक साल पहले बने कमरे से जुड़ता था। किसी कामचोर मिस्त्री ने नए और पुराने का यह जोड़ कामटालू ढंग से लगाया था। नतीजा यह हुआ था, कि बारिश के दिनों में यहाँ से पानी टपकता था। अगर जोरों की बारिश हुई तब तो पूरे कमरे के फर्श पर पानी फैल जाता था, और लोगों को फिर से पुराने कमरे में जाना पड़ता था। यों इस कमरे के पहले सात जनों का उनका यह परिवार, एक कमरे और एक बरामदे वाले मकान में ही रहता था, और तब मुझे इस बात पर हैरानी होती थी, कि इतनी छोटी-सी जगह में, इतने सारे लोग कैसे रह पाते हैं? और जब गुरू ने कमरे के सामने के आँगन के हिस्से को बनाना शुरू किया, तो मेरे दिमाग में यह बात आई थी, कि कुछ नहीं तो दो अढ़ाई सौ फुट का पक्का कमरा बनवाने में, लाख डेढ़ लाख तो लग ही जाएँगे। पर तब तक उसकी बड़ी लड़की अनन्या की नौकरी लग चुकी थी। लेकिन प्रायवेट स्कूल की मास्टरनी को, क्या इतनी तनखा मिलती होगी, कि वह अपने दीगर खर्चों के साथ इतना बचा ले, कि मकान एक्सटेंशन की बात सोचने लगे। मेरा सोचता भागता दिमाग अब यह सोचने लगा था, कि आखिर यह गुरू वास्तव में क्या करता है? लेकिन मेरी सोच से बेखबर गुरू ने वही वाक्य फिर दुहराया था, "जरा सोचो दादा, सरकार इतने चिल्हर सिक्के हर बैंक को देती है, तो आखिर यह सिक्के जाते कहाँ हैं?"

बात सच थी। चिल्हर को बट्टे में खरीदे जाने की बात, याने नब्बे या पच्चासी के चिल्हर के बदले, सौ के हरे नोट की सौगात की सूचना, मैंने पहले भी सुनी थी। सुना तो मैंने यह भी था, कि व्यापारी भरसक चिल्हर को बाजार में नहीं आने देते, लेकिन मेरी समझ में यह बात नहीं आई थी, कि आखिर क्यों? पर गुरू ने यह बताने के बदले, कि चिल्हर जाता कहाँ है, उल्टे वही सवाल मेरे सामने रख दिया था। उसकी इस नाटकीयता से मैं थोड़ा झुँझलाया। चुप होकर सोचने लगा, कि आखिर चिल्हर के गायब होने का सम्बन्ध, कोढ़ियों से या भिखारियों से कैसे है। आखिर कुल चिल्हर का कितना इन्हें भीख में मिलता होगा। मेरे हकबकाये सोच-विचार को मेरे चेहरे से भाँपकर गुरू मुस्कराया, "जो दो-चार लोग इस चिल्हर के धन्धे में लगे हैं, उनमें एक तो आपका खास दोस्त भी है दादा।"

"मेरा दोस्त?" मैंने हैरान होकर पूछा था। हैरानी के उसी पल मैंने यह भी सोचने की कोशिश की थी, कि मेरे परिचित व्यापारियों में आखिर कौन ऐसा है, जो चिल्हर का धन्धा करता है। सरसराते दिमाग के परदे पर दिखती गायब होती, स्मृति की रील ने ऐसी कोई तस्वीर मुझे नहीं दिखाई। मैं लगभग बुरबक की तरह गुरू की ओर देख रहा था।

गुरू मंद-मंद मुस्करा रहा था। उसकी घनी मूँछों के नीचे के मोटे पान रचे ओठों पर थिरकती इस मुस्कान में, एक और रहस्य छिपा हुआ था। बेशक यह आम आदमी के जीवन की गुप्त अलिखित डायरी का ऐसा खुला हिस्सा भी था, जो कोढ़ी भिखारियों के प्रसंग में, चिल्हर के धन्धे के रस्ते चलकर, गुरू के अन्दर तक अकस्मात के झटके से आया था, और अब स्वर संयम के साथ बाहर आने को खदबदा रहा था।

गुरू ने पालथी की मुद्रा बदली। पैर पेटी से नीचे किए। गर्दन घुमाकर खिड़की से बाहर देखा। आँगन के आखिरी छोर पर बने मदार के लाल फूलों के बहार के साये में, पत्तों से छनकर आती धूप में छोटी अपने घने चिकने केशों को दुलार से सँवार रही थी। गुरू की गर्दन फिर मुड़ी। उसने बैठक से सटे नए किचन की ओर देखा। उसकी पत्नी अदृश्य हिस्से में अभी भी चाय बना रही थी। फिर गुरू ने बुदबुदाहट और इशारे के साथ मुझे बुलाया। मैंने कुर्सी उसकी तरफ खिसकाई। लेकिन उसने और करीब आने का इशारा किया। शायद यह कानों में सुनाई जाने वाली कोई ऐसी खबर थी, जिसे गुरू उचार कर इसलिए नहीं कहना चाहता था, कि सामने रसोई में उसकी पत्नी थी, और खिड़की से परे उसकी बेटी। शायद बात ऐसी थी, जो औरतों के सामने नहीं कही जा सकती थी। सोचकर मेरी जिज्ञासा अकुलाई। अकुलाहट में मैंने प्लास्टिक की वह कुर्सी उठा ली, और उसे लिए लिए उसके बाजू में बैठ गया। गुरू मेरे कान के पास आकर फुसफुसाया। पर यह बायाँ कान था, जो नब्बे फीसदी खराब हो चुका था। जब मैंने गुरू को यह बात बता दी, तो वह एकदम

खीज गया। मैंने कुर्सी छोड़ दी। उठकर उस बक्से के बगल से रखे पलंग पर बैठ गया। बाएँ बाजू के इस तख्ते पर, अब मेरा दायाँ कान उसके पास था। वह फुसफुसाया, ''वो सेठ जिसकी रखनी लछमीपुर में रहती हैं।''

मेरी समझ में फिर भी कुछ नहीं आया। मैंने याद करने की कोशिश की, तो रखनी रखनेवाले एक दूसरे व्यक्ति की याद मुझे जरूर आई। वह मुहल्ले का ही लड़का था, हालाँकि अब पचासेक का हो चुका था, और-अभी भी बाकायदे और पूरे ठसके के साथ रखैल को मोटरसायकिल पर घुमाता था, तथा कानूनी तौर पर जायज पत्नी और बच्चों के प्रति भी उसके कर्तव्यबोध में कोई कमी नहीं दिखाई देती थी, क्योंकि दसवीं में पढ़नेवाली उसकी चुलबुली लड़की फर्राटे से स्कूटी पर घूमती नजर आती थी। ट्यूशन और कोचिंग के सिलसिले में स्कूटी पर तेजी से भागती और संध्या की आपाधापी के समय में, कहीं भी गाड़ी रोककर ब्वाय फ्रेंड से बात करतीं, लड़कियों को देखकर आँख सेंकने और मन मसोसते रहनेवाले मुझ जैसे बूढ़ों के लिए, इस शहर के ये दृश्य अब इतने आम हो गए थे, कि इन पर कोई टीका-टिप्पणी नहीं होती थी, लेकिन रखनी रखनेवाले दूसरे व्यक्ति की सरसराती स्मृति में बहते हुए भी, मैं सोचने की कोशिश कर रहा था, कि कोढ़ियों के साथ चिल्हर के धन्धे में शामिल आखिर मेरा वह दोस्त है कौन?

गुरू ने शायद मेरी परेशानी भाँप ली। उस अदृश्य दोस्त की सटीक शिनाख्त के लिए उसने फिर एक वाक्य फेंका, ''लक्ष्मीपुर में सरस्वती स्कूल के पहले, जो गली दाएँ मुड़ती और सीधे नाले तक चली जाती है, वहीं आखिरी मकान में।''

जैसे ही मैंने नाले के कगार पर बने उस मकान को देखने सा सोचा, तो लगा कि हो न हो यह चन्द्रभान की बात कर रहा है, क्योंकि उस मकान में रहनेवाली गुरबारी से चन्द्रभान का रिश्ता था जरूर। यह बात मैं इसलिए जानता था, कि एक बार चन्द्रभान के साथ घरघोड़ा से लौटते हुए, मैं वहाँ गया था। दो बच्चों की माँ और रंग से गोरी, थोड़ी पिचकी नाक और गोल चेहरे वाली गुरबारी मुटल्ली लगती थी और उस दिन उसके साथ वहाँ बैठकर चाय पीने के दौरान, दोनों की बातचीत से मुझे लगा तो था, कि ये औरत चन्द्रभान से लगी है, पर इस लगाव में उसे रखैल बनाकर उसके पूरे परिवार की जिम्मेदारी लेने जैसी बात नहीं दिखती थी। कम से कम उसके व्यवहार से तो सारा मामला कभी-कभार का लगता था। चन्द्रभान मेरी उम्र का और मेरी तरह विधुर था। उसके दोनों लड़के अब अपने-अपने परिवार में व्यस्त हो गए थे। एक गाँव में खेती-बारी देखता था और दूसरे ने सोने चाँदी के जेवरों की दुकान लगा ली थी। पटेल समाज का वह पहला व्यापारी था, जिसने ज्वेलरी की दुकान लगाई थी, पर अब उसे भी उसका छोटा लड़का देखता था। वे खानदानी जमींदार लोग थे। गाँव में उसकी पचासों एकड़ जमीन थी। पुश्तैनी कारिंदे थे। मैं यह सब इसलिए जानता था, कि चन्द्रभान पाँचवीं कक्षा से मेरा सहपाठी था।

मैट्रिक के बाद उसने पढ़ाई छोड़ दी थी। स्कूल के दिनों में एक बार मैं सायकिल से उसके गाँव गया था। वहाँ किसी मन्दिर की प्रतिष्ठा में चन्द्रभान के पिता मुख्य भूमिका निभा रहे थे। मेरे किशोर मन में परिवार से अलग अकेले किसी बाहर गाँव जाने के जोखम का आकर्षण था। पर वहाँ से लौटते-लौटते मेरी जो हालत हुई थी, उसने मुझे अहा ग्राम्य जीवन भी क्या है, की असलियत बता दी थी। इसके बाद मैंने भारत के गाँवों को रेलगाड़ी और कार की रफ्तार में ही देखा था, या फिर कभी-कभार किसी यात्रा दुर्घटना में मजबूरन फँस गए व्यक्ति की तरह। पर चन्द्रभान से मुलाकात होती थी अभी भी। वह भी मेरी तरह अनियमित दारूबाज था। पर मुझे देखते ही उसकी बाँछें खिल जाती थीं। हम उसके सुनसान मकान के ऊपर के कमरे में बैठते थे। और पीते हुए अपनी जवानी के दिनों की याद किया करते थे। लेकिन उसने यह तो कभी नहीं बताया, कि वह चिल्हर का धन्धा करता है।

"तुम चन्द्रभान पटेल की बात कर रहे हो?" मैंने पूछा था।

"नाम तो नहीं मालूम दादा, पर वो बीड़ी बहुत पीता है।" गुरू ने कहा। तभी फिर उसके दरवाजे की घंटी बजी। इस बार अंडरवियर के ऊपर पहने दुहत्थी गमछे को जरा कसकर बाँधता वह थोड़े सपाटे से बाहर निकला। सैंडो बनियान से झाँकते काले बालों से भरी काली पीठ तथा रोएँ-भरी बलिष्ठ टाँगों की ओर देखते हुए, पल-भर को मेरे मन में फिर यह खयाल आया, कि आखिर इसके काम का तौर-तरीका क्या है, पर उस पर चढ़कर एक दूसरा बिलकुल ताजा खयाल भी दिमाग में बुदबुदाहट जैसी हरकत कर रहा था, कि आखिर बिड़ंची चन्द्रभान को इस उम्र में चिल्हर का धन्धा करने की जरूरत क्यों पड़ गई?

हाँ, उसे बचपन से ही बीड़ी की लत लग गई थी। आठवीं कक्षा में हमारे क्लास टीचर और मेरे मितबबा याने मेरी माँ की भोजली, याने सखी के पति चौबे मास्साब, उसे भरी क्लास में बिडंची कहकर पूरी क्लास के सामने एक्सपोज किया करते थे। चन्द्रभान पर इसका कोई असर नहीं पड़ता था। और उस लत के बावजूद वह अभी सत्तर के करीब पहुँचकर भी ठीकठाक ही था। यह जरूर है, कि लम्बी विधुरता के चलते, जब-तब उसे परकीया प्रेम की जरूरत पड़ती रहती और यथाशक्ति सामाजिक मर्यादाओं का निबाह करते हुए, वह अपनी कामना-पूर्ति भी कर ही लिया करता था। गुरू ने लक्ष्मीपुर के नाले के कगारवाले प्रसंग का जिक्र इसी सिलसिले में किया था। पर चिल्हर के धन्धे में, कोढ़ियों तक जाने की जरूरत उसे कैसे पड़ गई, इस सोच ने मेरे दिमाग को उलझा दिया। मुझे यकीन नहीं हो रहा था, कि एक खानदानी रईस, जिसके दो-दो बेटे अपने-अपने धन्धे में सफलतापूर्वक लगे हुए हैं, जिसके जीवन में नाती-नतनिनों की बहार छाई हुई है, वह जिन्दगी के उत्तर कांड में कोढ़ी मुहल्ले तक चिल्हर खरीदने जाता है, वह भी सौ के बदले अस्सी के भाव पर।

मैंने अकारण मुंडी हिलाकर सिर झटका। तभी छोटी चाय लेकर आ गई। शक्कर वाली चाय मुँह से लगाते हुए मैं थोड़ा ठिठका। इसके पहले मैंने चावल का, तेल सना चीला खाया था। पर यहाँ खुद मैंने चाय में चीनी के लिए मना नहीं किया था। दूसरा कप उसने उसी टेबल पर रख दिया।

''ठंडी हो जाएगी।'' मैंने उसकी तरफ देखकर मुस्कराते हुए कहा। चेहरे पर छा गए खुले धुले केशों को परे करते हुए वह मुस्कराई, ''पापा तो एक घूँट लेकर पहेली हल करने में इतना मगन हो जाते हैं, कि चाय बर्फ हो जाती है।''

उसके मधुर मुस्कान से मुखरित होती, उसके उजले साँवले चेहरे पर चमकती आँखों में एक कमनीय आत्ममुग्धता थी। संसार के झमेलों से परे, अपने शरीर और मन के अजब सुरताल में अशब्द गुनगुनाता उसका कैशोर्य, बरबस अपनी ओर खींचता था। लेकिन वह फिर तत्काल अपने पुरनिया कमरे में चली गई। उसके जाते वक्त उसे पीछे से देखकर अचानक मैंने नोटिस किया, कि इस बीच उसने कपड़े बदल लिये हैं। वह कैप्री और स्लीवलेस बनियान में थी। जिसे देखकर मुझे लगा था, कि इस बीच जरूर गुरू की आर्थिक हालत में काफी सुधार आया है। उसने अपने आँगन में नए दो कमरे बनवाए हैं, पूरे आँगन में टाइल्स लगवाई है, फ्रिज खरीदी है, दीगर साजो-सामान के साथ किचन को थोड़ा आधुनिक बनाया है और सिर्फ इतना ही नहीं, बल्कि उसकी लड़कियों और एकमात्र लड़के के खानपान, पहरावे और रहन-सहन में भी काफी सम्पन्नता दिखाई पड़ने लगी है।

गुरू गाहक को निपटा कर खुश-खुश लौट रहा था। मेरी जिज्ञासा भी कुलबुला रही थी, कि उससे उसके धन्धे के बारे में पूछूँ, पर मैं डर रहा था, कि आते ही वह फिर से कोढ़ियों के चावल चिल्हर वाले धन्धे और चन्द्रभान पटेल का किस्सा सुनाने लगेगा। यों चन्द्रभान का नाम सोच में उभरते ही, मेरे दिमाग में यह बात बिलकुल ऐसी कौंध के साथ आई थी, मानो याद्दाश्त के खजाने से कोई मोती निकल रहा हो, लेकिन इस दिमागी दो राहे पर भी मैं इतना संयत तो था ही, कि उसके आते ही उसे पूछूँ, ''कौन था?''

''वही जमानतवाला।'' उसने छूटते ही कहा था। यह मेरे लिए, उसके अपने धन्धे के भीतर घुसने का रास्ता था, क्योंकि इतने बरसों से उसके परिवार के साथ अन्तरंग सम्बन्ध होने के बावजूद मैं यह नहीं समझ पाया था, कि आखिर यह जमानत का धन्धा है क्या?

वैसे खुद मुझे एक बार चार जनों का जमानतदार बनने का अनुभव है। लेकिन यह महज एक कागज पर दस्तखत करने जैसा अनुभव है, और कुछ ऐसा, जिसमें जज की कुर्सी पर बैठे व्यक्ति की ओर देखने-ताकने की जहमत भी मुझे नहीं उठानी पड़ी थी। अपनी पुश्तैनी जमीन की ऋण पुस्तिका, मैंने जज के सामने थोड़ी दूरी पर बैठे, क्लर्क के सामने कर दी थी। मुहल्ले के वे छोकरे मारपीट के केस में, जिनकी

जमानत लेने मैं आया था, क्लर्क के सामने खड़े थे। कागज पर दस्तख़त करने के बाद जमानत हो गई थी।

लेकिन वह मेरा धन्धा नहीं था, मजबूरी थी, पर गुरू की तो यही रोजी-रोटी है। लोगों को जमानत दिलवाने का काम ही इसका पेशा है, और खुद इसके नाम पर जमीन तो क्या वह रिहाइशी मकान भी नहीं है, जहाँ यह अपने पाँचेक बच्चों के साथ रहता है। इसलिए गुरू को देखते ही मैंने यह सवाल किया था।

इस बीच मैं फिर उसके सामने प्लास्टिक की कुर्सी पर था। चाय की पहली सिप के साथ, मैंने गुरू से ठंडी होती चाय की तरफ इशारा किया था। वह उसी सन्दूक पर पालथी मारकर बैठ गया था। फूल-पत्तियों वाला चमकता पर्दा उसके पीछे था। अपने धन्धे के बारे में मुझे ज्ञान देने की बात सुनकर, उसके चेहरे पर एक चमक सी आ गई थी। वक्ता होने की गम्भीर मुस्कराहट के साथ उसने कहा, ''मान लीजिए कि किसी का एक्सिडेंट हो गया है। ट्रक का मालिक बाहर है। और ड्राइवर फरार, ट्रक जब्ती में है। तो ट्रक तो पुलिस के पास जमा हो गई न। अब सुपुर्दनामा किसको हो?''

''भई तुमसे अपने काम के बारे में पूछ रहा हूँ, और तुम कचहरी का किस्सा सुनाने लग गए हो।'' मैंने थोड़ी तेज आवाज में कहा।

मुझे यह समझ में नहीं आ रहा था, कि यह सुपुर्दनामा क्या है, और इसका जमानत से क्या सम्बन्ध है। दरअस्ल किसी सम्भावित केस की प्रक्रिया के ब्यौरों में मेरी दिलचस्पी भी नहीं थी। कोढ़ियों के चावल चिल्हर व्यापार के बारे में सुनकर, मैं सोचने लगा था, कि लोग पेट और परिवार पोसने के लिए कैसे-कैसे धन्धों में भिड़े हैं। उधर दिमाग में दबी एक दूसरी बात भी फड़फड़ा रही थी, कि क्या सचमुच यह चन्द्रभान पटेल कोढ़ियों से चिल्हर का धन्धा करता है, या वहाँ भी यह लक्ष्मीपुरवाले प्रसंग की पुनरावृत्ति में लगा है? सोचते ही मुझे फिर से उस गोल चिकने चेहरेवाली कोढ़िन की याद आई, जिसके बारे में गुरू ने बताया था, कि भिखारी सेना का दबंग उसी की मार्फत चावल और चिल्हर का धन्धा करता है। सोचते हुए भी मैं गुरू की ओर उत्सुकता और जिज्ञासा से ताक रहा था और तब उसने बताया, ''देखिए, अभी जो छोकरा आया था, वह सक्ती का है। उसके भाई के साथ मारपीट हो गई है, तिऊर पारे के लड़के से। जिसका काका पहले आया था।''

''माने?'' मैंने फिर पूछा।

''मतलब यही कि न तो पहले के पास जमानत के लिए नगद था, न इसके पास।''

''पर तुम इनकी जमानत कैसे कराते हो?'' मैं फिर खीजने लगा था। सीधी बात कभी गुरू बताता ही नहीं था।

एक बार अनन्या के कहने पर मैंने खुद इसके इसी मकान के कागजात के बारे में पता करने की कोशिश की थी। वह बाबा आदम के जमाने का एक छोटा बैग

उठाकर ले आया था। वहाँ से और छोटा बैग निकालकर, उसने जर्जर कागजों का पुलिन्दा निकाला था। पुलिन्दे से एक पट्टा तथा सेलोटेप से जुड़ा ऐसा कागज, उसने मुझे अपनी जायदाद के दस्तावेजी प्रमाण के रूप में थमाया था, जिसकी स्याही लगभग उड़ चुकी लगती थी। यह कागज वास्तव में सन् 47–48 का एक बयनामा था। जब मैंने शुरू के अजीबोगरीब वाक्य में रेखराम साव का नाम पढ़ा था और इससे पूछा, तो इसने उसके कुनबे का इतिहास बखानना शुरू कर दिया था, पर घंटे-भर तक कागजात पर नजर फिराने और कुछ मतलब निकालने की कोशिश के बावजूद, मैं यह नहीं समझ पाया था, कि मकान के वर्तमान रहवासियों, याने कब्जेधारियों के किन पुरखों के नाम से यह मकान रिकॉर्ड में दर्ज है।

मसलन अभी दो गुटों की मारपीट के सिलसिले में जमानत लेने की प्रक्रिया का विवरण देते हुए, उसने जब एक के भाई और दूसरे के चाचा के आने की बात बताई, तो सिलसिले को आगे बढ़ाते हुए, शहर के एक ऐसे सेठ के बारे में बताना शुरू कर दिया था, जो पूरे साल गाँव-गाँव जाकर धार्मिक अनुष्ठानों के लिए चन्दा जमा करता है, और यही उसका पेशा है। बेशक अलावा इसके अपने बेटे के नए काम में मदद करने के लिए यह दलाली का काम भी किया करता है। इस सेठ से मेरा पूर्व परिचय, जिला सिविल जज की अदालत के सामने, उस समय मेरे कजिन ने कराया था, जब यह सेल्स टैक्स के दफ्तर से फाइलों की चोरी के सिलसिले में पकड़ा गया था। और जमानत पर छूटने के बाद, किसी दूसरे मामले में पेशी के लिए आया हुआ था। इसके कई बरस बाद जब मैं अपनी पुश्तैनी जमीन बेचने के सिलसिले में, देसी पठान दलाल अशरफ से मिला था, तो उसने भी चेतावनी दी थी, कि इसके चक्कर में मत पड़ियेगा महाराज, फँस जाएँगे। सो अभी जब इसने जमानत खोजी के परिचय के सिलसिले को बढ़ाने और अपने बयान को फिर उसी तरह उलझाने वाले विवरण से लम्बा करना शुरू किया ही था, कि मैंने टोक दिया।

''यार, तुम यह तो बताओ, कि तुम इनकी जमानत कैसे लेते हो ?'' मेरे स्वर की दबी खीज ने तुरन्त असर किया और उसने छूटते ही कहा, ''मैं कहाँ लेता हूँ जमानत।''

''माने ?'' मैंने हकबकाते हुए पूछा।

''माने यही कि मैं जमानत करवाता हूँ।''

''वही तो मैं जानना चाहता हूँ कि कैसे करवाते हो ?''

''जमीन के पट्टे से।'' गुरू ने सहजता से कहा। मुझे यह तो पता था, कि गुरू के पास थोड़ी पुश्तैनी जमीन है, पर यह उसके बाप के नाम पर है। नामांतरण की कोई कोशिश उसने अभी शुरू नहीं क़ी है, और मकान की मिल्कियत के कागजात के बारे में तो मैं बता ही चुका हूँ, कि ये तीन पीढ़ी पुराने कागजात हैं, जिनसे कहीं भी यह

जाहिर होता नहीं लगता, कि यह मकान उसी के नाम पर है। इसलिए उसने जब जमीन के पट्टे के आधार पर बात की तो मैंने पुनः प्रश्नवाचक आँखों से उसकी ओर देखा।

जवाब में गुरू ने ताजे ग्राहकों का हवाला देते हुए बताया, कि इनकी जमानत के लिए कम से कम पचास हजार रुपए की सरकारी कीमतवाली जमीन का पट्टा चाहिए होगा। तो पहलेवाले के लिए तो यह रहा पट्टा, कहते हुए उसने पैंट की जेब से एक ऋण पुस्तिका निकाली। उसमें उसतराम के नाम से दो एकड़ जमीन की मिल्कियत दर्ज थी।

''तो जमानत उसतराम लेगा?''

''जी हाँ,'' गुरू ने मुस्कराते हुए कहा, ''और दूसरे की लेगा भरत राम निषाद, उसके पट्टे के लिए मैं अभी जाऊँगा कोटमार गाँव।''

इसका अर्थ यह, कि एक दूजे से मारपीट करने के मामले के दोनों आरोपियों को, गुरू की कृपा से जमानत मिलेगी। सोचकर मैंने अपनी जिज्ञासा को लगाम दी, पर भारतीय न्याय व्यवस्था के इस प्रावधान पर अन्दरूनी आश्चर्य की परेशानी में घुमड़ता मैं सोच रहा था, कि जिस अभियोगी को जमानतदार जानता तक नहीं, वह न्याय के इस मन्दिर में न्यायाधीश के ऐन सामने, उसकी जमानत कैसे ले लेता है, और विद्वान न्यायाधीश जमानत दे कैसे देता है? शायद अपनी बेयकीनी के चलते मैंने गुरू से थोड़ा ऊबते हुए पूछा था, ''लेकिन जज जमानत दे कैसे देता है?'' मैंने अपनी परेशानी से भरी यह जिज्ञासा थोड़े धीमे स्वर में गुरू के सामने रखी थी, क्योंकि आज तक तो मैं यही सोचता रहा था, कि किसी व्यक्ति की जमानत वही लेता होगा, जो गिरफ्तार व्यक्ति का रिश्तेदार है, और उसकी औकात भी ऐसी है कि वह किसी की जमानत ले सके। मेरी इस शंका पर गुरू ने कहा, ''अव्वल तो अधिकांश जजों को इस बात से कोई मतलब ही नहीं रहता, कि कौन किसकी जमानत ले रहा है।''

''माने?'' मैंने बीच में ही टोका। यह बात मेरी कल्पना के बाहर थी, कि कोई निहायत अजनबी किसी गाँव से आकर किसी की जमानत ले सकता है, और जज बिना कुछ पूछे उसे जमानत दे देता है। लेकिन यह रोजमर्रा की सच्चाई थी और ऐसे मौके अगर आ भी गए, कि जज ने जमानतदार से कुछ पूछ लिया, तो गुरू ने बताया, कि वकील ने उसे पहले से सारा कुछ समझा दिया होता है, कि उसके पूछने पर वह बता दे, कि वह अभियुक्त को जानता है, वह उसका भांजा या भतीजा है, या किसी भी तरह से उसके साथ उसकी पुख्ता रिश्तेदारी है।

लेकिन गुरू के इस बयान पर भी मुझे यकीन नहीं हुआ था। उसी बेयकीनी की मुद्रा में मैंने उससे आखिरी सवाल करने सा पूछा था, ''और तुम? तुम्हारी कमाई कैसे होती है?'' गुरू ने मेरी बेवकूफी पर तरस खाने सा दो टूक जवाब दिया था, ''मुवक्किल जो देता है, उसे हम तीनों आपस में बाँट लेते हैं।''

तीनों याने वकील, दलाल और जमानतदार। और आखिरी शख्स की खोज में ज्यादा समय न खर्च हो, इसके लिए हफ्ते में कम से कम तीन दिन, वह उसी तरह आसपास के गाँवों की यात्रा किया करता था, जैसे हर सोमवार को शाम छै बजे पूरी धार्मिकता और अगाध श्रद्धा के साथ, वह शहर के एक अल्पख्यात मुसलमान बाबा के घर मत्था टेकने जाता है, हालाँकि उसकी इस धार्मिकता के चलते, उसके बारे में सिर्फ मुहल्ले में नहीं, बल्कि उसके घर में भी आलोचना और तकरार होती ही रहती है। लेकिन इस गृहस्थ साधु पर उसका विश्वास, अंधविश्वास क़ी हदों को छूनेवाला है, क्योंकि अन्तरंग वार्तालाप के पलों में, उसने कई बार मुझे बुदबुदाते हुए बताया है, कि बाबा की इनायत से ही, उसे इस नए धन्धे में थोड़ा इत्मीनान से काम करने और भले लोगों के बीच अपनी इज्जत बनाने का यह सौभाग्य प्राप्त हुआ है, वरना, आज भी वह इतवार की हाट में चाय का ठेला लगाए नजर आता और उसकी चार-चार लड़कियाँ भी घर में बैठी अनपढ़ की अनपढ़ रह जातीं। बहरहाल। अब चाहे यह मुसलमान साधु की कृपा हो, या किसी हिन्दू देवता की, वह हाड़तोड़ परिश्रम के साथ गाँव-गाँव जाकर, एकड़ दो एकड़ परती के मालिक किसानों की खोज करता था और उसी जायदाद के सहारे, कभी अवैध कोयला ढोनेवाले किसी सेठ के ड्राइवर की, तो कभी, हरियाणा के हिसार से आए और एक्सिडेंट करने के कारण धर लिए गए ड्राइवर की, या आपसी झगड़े के कारण हवालात में पूरी रात गुजारने वाले आधुनिक युवा पीढ़ी के नवीनतम प्रतिनिधियों की जमानतें करवाता था।

हिसार के ड्राइवर को कोटमार के किसान का वास्तविक रिश्तेदार मानकर, ज़मीन के पट्टे पर जमानत दे देनेवाली इस अद्‌भुत न्याय व्यवस्था को, नए सरदर्द की तरह महसूस करता जब मैं गुरू के घर से बाहर निकला, तो मैंने देखा कि मेरे घर के सामने जय शनिदेव चिल्लाती कोई औरत खड़ी है।

यह अप्रत्याशित घटना थी। इसके पहले मैंने कभी किसी औरत को शनिदेव के लिए दान लेते नहीं देखा था। पर मुझे कोई ताज्जुब नहीं हुआ था। जिस तेजी से औरतें तरह-तरह के पेशों में आगे बढ़ रही हैं, उसे देखते हुए परंपरागत भीख या दान के पेशों में भी, इनकी सक्रियता, सभ्यता और संस्कृति की स्वाभाविक जरूरत की तरह लगती है, पर सचाई यह भी है कि परंपरा और संस्कृति के लिए नहीं, बल्कि उदर निमित्तं बहुकृत वेशः जैसी जरूरत के चलते ही, यह तेल भरे लोटे में लोहे के थोड़े मोटे चपटे पत्तर से बनाये गए, आँख नाक कान मुँह विहीन, शनिदेव को डुबोकर, उसी तरह दान बटोरने के लिए शनिवार के दिन आई हुई थी, जैसे थोड़ी देर पहले कोढ़ी भिखारी भिखारिनों की भीड़ आई थी।

वह गलीवाले प्रवेश द्वार के लोहे के छोटे गेट के सामने खड़ी थी। पेंवठा तोड़कर बनाई गई नई सीढ़ियों से होते हुए ऊपर चढ़कर जब मैंने गेट खोला, तो

उसने घूरने सा मुझे देखा। शायद उसकी आँखों में मेरे इस निर्भीक नास्तिकपने को लेकर, हिकारत-भरे अभिशाप का भाव था, जबकि मैं न निर्भीक था, न नास्तिक। और शनि के मामले में तो मैं थर-थर काँपने की हद तक का डरपोक कहा जा सकता हूँ। आस्तिकता के मामले में थोड़ा ढुलमुल मैं हूँ जरूर, पर खुलेआम किसी तरह का नास्तिक व्यवहार कर सकने की हिम्मत मुझमें नहीं है। शनि सेवक की हाँक के समय, अगर मैं घर में हूँ, तो खुद लगभग दौड़ते हुए आकर, लोटे के तेल में एक या दो का सिक्का नहीं, बल्कि दस का नोट शनि सेवक के हाथ में थमाता हूँ। आज भी औरत को हाँक लगाते पीछे से देखकर मैं आया था, और गौर से उस औरत के चेहरे को देखने लगा था। चालीस के आसपास की वह औरत काली थी। ऊपर से शायद उसने चेहरे और हाथों को भी काला कर लिया था। आँखें बाहर निकलती सी लगती थीं। रूप डरावना था। मैंने इसके पहले देखे शनि सेवक की याद की। काला तो वह भी था, पर दुहरी कच्छियों के साथ पहनी गई सफेद मैली धोती और उतने ही मैले मार्किन के कुर्ते में वह डरावना नहीं, निरीह लगता था। मुझे देखते ही उसकी बाँछें खिल जाती थीं। वह मुझसे बड़ी विनम्रता से पूछता था, कि क्या मैं पिछले शनिवार को शहर में नहीं था। नोट हाथ में लेकर कुर्ते की जेब में डालता, वह शायद पल दो पल के लिए अथाह कृतज्ञता की आँखों से मुझे ताकता था, जबकि मेरा दिमाग उसकी उस कृतज्ञता से परे, इस सोच में बह रहा होता था, कि आखिर लोहे के शनि को तेल के लोटे में डुबोकर भीख या दान माँगनेवाले लोग, शूद्र वर्ण के ही क्यों होते हैं। बेशक उनकी जाति वर्ण की कोई प्रामाणिक जानकारी मुझे नहीं होती थी, पर शनि सेवकों की सूरत से ही मुझे लगता था, कि ये बाम्हन, ठाकुर, बनिया तो नहीं हैं।

आज भी जब मैंने इस एकदम नई औरत को देखा तो मुझे लगा, कि जात के मामले में तो ये भी वही लगती है, लेकिन चेहरे की गढ़न से वह मुझे पहले तो दातुनवाली जैसी लगी और फिर आँखों के सामने, फिर उस कोढ़िन का चेहरा झिलमिलाया, जिसके बारे में अभी थोड़ी देर पहले गुरू ने बताया था, कि वह कोढ़ी भिखारियों के गैंग के सरदार की खासुलखास है। और सोच के इस बिन्दु पर, अन्दरूनी लगाम कसे जाने के एहसास के साथ ही, मैंने अपने आपको डाँटा, कि मेरा मन अपने आप, चोरी छिपे वाममार्गी काम-मार्ग पर बढ़ रहा था। कसी लगाम और धीमी चाल के साथ मैं गाँजा चौक की तरफ बढ़ा।

कुछ दिनों बाद मैं उसी गाँजा चौक में सुरेश की पान दुकान के सामने प्लास्टिक की एक कुर्सी पर बैठा था। घर का पेंवठा टूट जाने की वजह से, पिछले दो-तीन महीनों से शाम का अड्डा यही बन गया था। यहाँ किसम-किसम के लोग

आते-जाते रहते थे। इस पान दुकान की खासियत यह थी, कि यह शाम को ही खुलती थी। शायद इस वजह से कि उस समय मुख्य सड़क, याने शहर की जामा मस्जिद के सामने पर लगे, समोसे, कचौरी के ठेले और मुरली की दुकान से बरे, आलू बोंडे खानेवाले ग्राहक पान खाने की अन्दरूनी जरूरत महसूस करते थे। मगर यहाँ पान की एक नहीं, तीन-चार दुकानें थीं। सुरेश ने मुझे बताया था कि उसके अधिकांश ग्राहक तो इसी मुहल्ले के लोग थे। उनमें भी अधिकांश ऐसे थे, जो खाते तो उधारी थे, पर पैसा चुकाने में इतनी देरी करते थे, कि सुरेश को याद ही नहीं रहता था, कि पिछले दिनों किस ग्राहक ने कितने पान खाए हैं। इसके बावजूद सुरेश दुकान खोलता था। जाहिर है कि दुकान महज दान-दपान के लिए नहीं खुलती थी। एक पैर से एकदम ही अपंग, सुरेश एक चिर कुँआरा व्यक्ति था, और उस बंटू का चाचा था, जिसका सरसराता जिक्र मैंने पिछले अध्याय में किया था। उस प्रसंग में जबकि मैंने मनोरोगी दिनेश को, बस स्टैंड में एक बस्साती नाली के बाजू से बने कलवर्ट पर गुम्म बैठे देखा था, और वह भी शाम के छै के बाद, जबकि उसके घर से बाहर निकलने की कल्पना भी, एक डरावने रहस्य जैसी घटना की तरह ही देखी जा सकती थी। बाद में मुझे वैष्णव भोजनालय के कौशल ने बताया था, कि दिनेश की बहन की लड़की कहीं भाग गई थी।

उस घटना के बहुत दिन बाद जब मैं इसी तरह शाम को कुर्सी पर अकेले बैठकर, आते-जाते लोगों को देखते और कुछ बेहतर दृश्यों से आँखें सेंकते, पता नहीं क्या सोच रहा था, तभी मेरे बिलकुल करीब से दिनेश की बहन अपनी उसी लड़की के साथ गुजरी, जिसके बारे में मैंने अभी-अभी बताया था, कि वह किसी के साथ भाग गई थी। उसे देखकर मैंने तत्काल बंटू के चाचा से पूछा था, ''यह तो किसी के साथ भाग गई थी न ?''

''तीसरे दिन लौट आई।'' बंटू के मझले चाचा ने कहा। सूचना देते हुए वह सीढ़ियों से उठकर खड़ा हो गया था। उसकी सूचना से मुझे कोई ताज्जुब नहीं हुआ था। ऐसी दो-तीन घटनाएँ अभी हाल-हाल में घट चुकी थीं। एक तो अभी साल-भर पहले मेरे बचपन के एक सहपाठी की पोती का किस्सा है, जो अपने जवानी के प्रथम चरण में स्कूटर भगाती, सारे शहर में घूमती पाई जाती थी, लेकिन जिस बरस वह मैट्रिक में फेल हुई, उस साल वह एक पुलिस इंस्पेक्टर के छोकरे पर ऐसी फिदा हुई थी कि माँ-बाप और बहन की अनुपस्थिति में, जब इस नए प्रेमी ने उसे घर बुलाया था, तो वह वहाँ जाकर तब तक के लिए ऐसी स्थापित हो गई थी, जब तक कि छोकरे के माँ-बाप लौट नहीं आए थे। लौटने पर जब छोकरे ने दबंगई से बाप को यह सूचना देने की कोशिश की थी, कि उसने इस लड़की से शादी कर ली है, तो बाप ने पुलिसिया जबान की सहज नंगई की गालियों का उपयोग करते हुए, अपने जवान बेटे पर थर्ड डिग्री की शुरुआत कर दी थी। माँ ने बीच-बचाव किया था। फिर

वह लड़की के बाप याने मेरे दोस्त के बेटे के घर जाकर धमका आया, कि अगर मामला आगे बढ़ाने की कोशिश की तो खैर नहीं। तब से बिचारी मैट्रिक फेल लड़की शादी के हर मौसम में यही सपना देखती है, कि इस बार तो कोई न कोई राजकुमार जरूर आएगा।

पर यह सूचना देने के बाद भी बंटू का मझला चाचा वहीं खड़ा था। जाहिर है, कि उसे एक पौवे की जरूरत थी। मैंने उसे सौ का नोट दिया था, जिसका चिल्हर कराने के बाद, तीस उसने वापस कर दिए थे। और जाते-जाते नैतिक प्रवचन का अन्त करने के अन्दाज में उसने कहा था, "मुहल्ले का सत्यानाश हो रहा है।"

यह भी कोई साल छै-महीने पहले की घटना ही थी।

लेकिन अभी?

अभी अपनी बदहवास बेचैन और उछलती कूदती सोच के प्रवाह में, मार्च की शाम के छै बजे की उमस भरी गर्मी में, थोड़ा जल्दी चौक तक आकर, पान मुँह में दबाए किस्से के कुएँ में बेवजह कूद पड़ने और मन ही मन दौड़ लगाने के अपने इस स्वभाव का मैं क्या करूँ?

मैंने थोड़ा सचेतन होने की कोशिश की। आँख से देखने और कान से सुनने की कोशिश भी। साँस को वाच करने और मन की गति को सन्तुलित रखने की कोशिश भी।

यह भी रोजमर्रे के भागते दिमाग की, दिन में बीसियों बार दुहर चुकीं भोथरी कोशिशें थीं।

अपने आप से हारकर मैंने राधे की दुकान की ओर देखा।

वह उजड़ चुकी थी। एक पुराने रईस के पुराने मकान के सामने बने पेंवठे, याने चबूतरे पर ऊपर बाँसों के सहारे टीन टट्टे का छप्पर लगाकर बनाई गई यह दुकान, चौराहे की कई जगहों से उजड़कर इस जगह आई थी। पुराने रईस ने अपनी इस लगभग बेकार और किरायेदार विहीन मकान की यह जगह, जब राधे को दी थी, तो मुझे ही नहीं, मुहल्ले के पान प्रेमी सारे बुजुर्गों या बुढ्ढों को खुशी हुई थी, कि आलूबंडे और बड़ों की दुकान के बाजू से पान की दूकान के, एक सरस स्वाभाविक मेल-मिलाप की तरह की यह स्वादिष्ट जगह उन्हें अब मिल गई थी। मुरली की दुकान तक आकर बड़े, समोसे, आलूबंडे खानेवाले मेरी उम्र के लोग ही नहीं, बल्कि मुहल्ले के ढेर सारे अविवाहित और जवान युवकों के लिए भी, यह जगह आकर्षण का केन्द्र थी, क्योंकि इससे थोड़ी ही दूरी पर, एक पुरानी दुमंजिली इमारत में, पास के मुहल्ले की एक स्त्री कोचिंग और ट्यूशन की क्लास चलाती थी, और वहाँ पढ़ने के लिए शहर के कोने-कोने से कामिनियाँ किशोरियाँ आया करती थीं। खुली तबीयत की इन नई किशोरियों के लिए भी यह जगह चटखोरी और इठलाती कामना की मिली-जुली जरूरतों को पूरी करनेवाली एक अन्तरंग जगह थी।

लेकिन अभी आज की तारीख में राधे की दूकान उजड़ गई थी। इससे युवाओं को तो कोई फर्क नहीं पड़ा था, क्योंकि ट्यूशन में आनेवाली नित नई नवेली किशोरियों से आँख लड़ाने का उनका यह समय थोड़ा और आजाद समय हो गया था, पर सुबह शाम पूरी धार्मिकता से राधे की दुकान के सामने पान पगुराते और पीक थूकते, मजे-मजे में राधे के तेज-तर्रार और आक्रामक जुमलों का मजा लेते, बुजुर्गों के लिए तो दूकान का उजाड़, थोड़े भावनात्मक रूप से भी कष्टदायी था।

कम से कम मेरे लिए तो था ही।

राधे मेरे बचपन के एक मित्र का छोटा भाई है और मुझे भी बड़े भाई का सम्मान देता है। आज वह यहाँ नहीं है। मजबूरी का देसनिकाला भोग रहा है। रूठकर मायके चली जाने वाली जिस पत्नी को, घर वापस लाने तक के लिए, वह कभी ससुराल नहीं जाता था, और पत्नी की अनुपस्थिति में उसे हफ्तों लगभग उपवास में दिन काटना पड़ता था, क्योंकि उसके सगे बड़े भाई उसे दो मुट्ठी भात तक के लिए नहीं पूछते थे, वही आज तीन महीने से ससुराल में पड़ा हुआ था। लेकिन किस्से का रोचक अंश यह है, कि इन्हीं भाइयों की कारगुजारियों के चलते आज उसकी यह दूकान उजड़ी हुई थी। बेशक उसके टेंपरेरी टपरे को तोड़ने का काम तो शहर के नगर निगम ने किया था, क्योंकि जिस गंधाती नाली के ऊपर उसने यह टपरा बनाया था, वह नाली इस प्रयोजन से कांक्रीट के चद्दरों से ढँकी जा रही थी, कि मच्छरों की निरंतर बढ़ती संख्या पर रोक लगे, तथा सड़क थोड़ी और चौड़ी हो सके, जिस पर मच्छरों से कुछ ही कम रफ्तार में बढ़ने वाली, शहर की तमाम गलियों में तीन सवारियों के साथ दौड़ लगानेवाली, मोटरसायकिलों के रुकने पर उन्हें पार्किंग की थोड़ी जगह और मिल जाए। इसी के चलते ट्यूशन और कोचिंग करनेवाली, मास्टरनी के मकान के सामने का प्रशस्त पेंवठा भी तोड़ दिया गया था, हालाँकि वह मकान मास्टरनी ने यहाँ के एक पुराने बाशिन्दे से किराए पर लिया था। इस मकान के सामने खड़ी स्कूटियों से टिकी युवतियों को, राधे के पान की दूकान से तिरछी नजर से देखनेवाले और मन ही मन कितना कुछ सोचकर पान की पीक सड़क पर थूकनेवाले, कई बुजुर्गों की सरसराती स्मृति के साथ, दूकान के उजाड़ को देखकर ही, मुझे राधे की जिन्दगी को ही उजाड़ देनेवाली उस घटना की याद आई थी, जिसमें निस्सन्तान राधे अनजाने और अनचाहे फँस गया था, और पुलिस के डर से शहर से ऐसा भागा था, कि आज देश की लोकसभा के अत्यन्त महत्वपूर्ण चुनाव की घोषणा के कई दिनों बाद भी घर लौटकर नहीं आया था।

अपनी सोच की रफ्तार में बेतहाशा दौड़ते, मैंने थोड़ी तल्खी के साथ याद किया था, कि भाइयों ने परिवार की शामिलाती जायदाद को अवैध तरीके से बेच दिया था और बिक्री के कागजात पर राधे ने बगैर कुछ सोचे-समझे दस्तखत कर दिए थे। जब इसका पता उसके चचेरे भाइयों को चला, तो उन्होंने इन तमाम सगे भाइयों पर

मामला ठोंक दिया। मामले में एक धारा, धोखाधड़ी और ठगी की भी थी, जिसके चलते इन सभी भाइयों के नाम गिरफ्तारी का वारंट निकल गया, और ये तीनों भाई महफूज ठिकानों के लिए फरार हो गए। सो अभी तक फरारी ही रहे आए थे, क्योंकि इन्हें इस सर्वथा पारिवारिक झगड़े के मामले में भी हाईकोर्ट तक से जमानत नहीं मिली थी। ये सारी बातें मुझे राधे के मित्र और हमप्याला विष्णु ने बताई थीं, जो राधे का सबसे अन्तरंग था। उसी ने कहा था, कि जायदाद की बिक्री से मिली नगदी में राधे को एक छदाम भी नहीं मिला था। विष्णु ने तो यह भी कहा था, कि उसके चचेरे भाई राधे से राजीनामा करने को तैयार थे, पर राधे पर भ्रातृप्रेम का भूत सवार था। वह चचेरे भाई की तुलना में, सगे भाई के सम्बन्ध को अधिक पवित्र और आध्यात्मिक माननेवाले उन तमाम हिन्दुस्तानियों की तरह था, जो सगे और चचेरे के झगड़ों को सुलटाते, वकीलों और टाइपिस्टों पर अपनी आधी से ज्यादा कमाई खरचते, पूरी उम्र गुजार देते हैं और खाली हाथ कूच कर जाते हैं। राधे तो अभी बासठ की उम्र में, यदा कदा की बीमारियों के बावजूद, अपनी बेफिक्री और मस्ती के चलते काफी सक्रिय और जिन्दादिल लगता है, पर अपनी ससुराल में अपना फरारी वक्त गुजारते हुए वह हर पल यही महसूस कर रहा है कि जेल के डर से भाग कर भी वह जेल में ही है।

यह बात भी मुझे विष्णु ने ही बताई थी।

पर अभी लोकसभा इलेक्शन के मौसम में शाम से थोड़े पहले की गर्मी में, सुरेश की पान दूकान के सामने प्लास्टिक की कुर्सी पर बैठे, जब मैं उजड़ी दूकान के मलबे से अपने किस्से के कई चरित्रों को उभरते-बिखरते देख रहा था, तो अचानक ही मुझे राधे की दूकान की वह दुर्घटना याद आई थी, जिसमें मैं बुरी तरह से जख्मी होते-होते, ईश्वर की कृपा से पूरा का पूरा साबित बच गया था, और तब मुझे वह बात छोटे-मोटे चमत्कार जैसी लगी थी। इस तरह के नन्हें चमत्कार मेरे जीवन में कई बार हुए हैं, और हर बार मैंने यह सोचने की कोशिश की है, कि मरते-मरते आखिर किसकी कृपा से मैं बच गया। पर इस बार जब मुझे अभी हाल की इस खास घटना की याद यहाँ अचानक आ गई, तो चमत्कार की वजह से नहीं, बल्कि उस बंटू की वजह से आई, जो पिछले कई दिनों से मेरे दिमाग में एक अजीबोगरीब शख्सियत की तरह दफन है, और कई बार मेरी सोच के कान में फुसफुसाने जैसी हरकत करता हुआ दिखता है।

पर इस दफे की होती-होती बच गई दुर्घटना थोड़ी अलग थी।

यह भी कोई छै-सात महीने पहले की बात है।

सुबह के कोई दसेक का वक्त था। नाश्ते के बाद मैं जब घर से बाहर निकल कर बिना कुछ सोचे यहाँ गाँजा चौक तक आया था, तो आते-आते ही मुझे इस तरह बाहर निकलने और चौक की ओर पाँव बढ़ा देने के अपने स्वचालित निर्णय पर,

थोड़ा अजीब-सा लगा था, क्योंकि अमूमन मैं नाश्ते के बाद पान खाने या गपशप करने के लिए घर से बाहर नहीं निकलता। ऊपर अपने कमरे में जाकर इस या उस किस्से में अपना मन रमाने की कोशिश करता रहता हूँ, क्योंकि दस साढ़े दस का यह समय, चौक का सबसे सुनसान समय होता है। शाम के गुलजार वक्त में ग्राहकों की भीड़ से, अपनी किस्मत की कीमत को मन ही मन आँकते और भगवान का लाख-लाख शुक्रिया अदा करते, मुरली के बरों और समोसों की दूकान भी सुबह के वक्त बन्द रहती थी। बाजू की दूकान के पेंवठे में बैठकर, मास्टरनी के घर के सामने खड़ी ट्यूशन छात्राओं की नजरों से नजरें मिलाते छोकरे भी, वहाँ से गायब ही रहते थे। और फिर पान की ऐसी कोई तलब भी मुझे महसूस नहीं होती थी, क्योंकि पूजा-पाठ और नाश्ते के बाद मूलत: अपना आलस तोड़ने और नींद भगाने के चक्कर में, जब मैं किस्से की पुरानी नदी में कूद पड़ता था, तो किस्सा मुझे ऐसा बहाता था, कि मुझे सुध ही नहीं रहती थी कि मैं कहाँ हूँ और क्यों हूँ?

इसलिए उस दिन जब अपनी अन्यमनस्कता में मैं चौक तक आ गया, तो इसे ही मैंने सोच-विचार से दूर के एक नन्हें चमत्कार की तरह लिया, हालाँकि तब मुझे बिलकुल पता नहीं था, भगवान की साक्षात कृपा की तरह घटने वाला, असली चमत्कार तो थोड़ी देर बाद होने वाला है।

उस दिन जब मैं अपनी सदाबहार अन्यमस्कता में चौक तक आया, तो उसी अन्यमनस्कता में चौक की सबसे पुरानी पान दूकान की दीवार के पास आकर खड़ा हो गया। चारों तरफ देखते हुए कुछ भी न देखने और अनाप-शनाप सोचने में ऐसा डूबा था मैं, कि बाहर के दृश्य मेरी आँखों से ओझल ही हो गए थे, जबकि अन्दर मदन साव का चेहरा उभर रहा था, जिनकी दूकान के दाएँ बाजू की दीवार से खड़ा, मैं अपनी सोच में उनके अचानक और तड़ाक-फड़ाक चले जाने की याद करता हुआ, उनके बेटों के बारे में सोच रहा था, कि सुबह दस तक भी ये अपनी दूकान नहीं खोलते। उसी समय, दो खम्भों के बीच रस्सी बाँधकर बनाई गई अरगनी पर, गीले कपड़े सुखाती औरत पर मेरी नजर गई। यह बंटू की माँ थी। नजर मिलते ही पूरी श्रद्धा से कपड़े हाथ में लिये और रस्सी पर टाँगते-टाँगते ही उसने मुझे सहज पारंपरिक श्रद्धा से पालागी किया। तब मेरे दिमाग में अचानक यह बात आई कि उनके पुश्तैनी पुरनिया मकान के संयुक्त परिवार के बिखरने और घर की सदस्य संख्या बढ़ने के बाद, आज ऐसी स्थिति बन गई है, कि उनके आँगन में चार परिवारों के कपड़े सुखाने के लायक जगह नहीं रह गई है। इस सोच के साथ ही मैं बंटू के पुराने मकान को देखते हुए, पुराने दिनों की सरसराती स्मृति से गुजरा, तो कबके गुजर चुके, उसके सगे और चचेरे दादाओं की याद आई। मुझे इस बात पर फिर थोड़ी सुखद हैरत हुई, कि कितने पहले के लोगों को, हम अपनी स्मृति में इतना साफ-साफ देख लेते हैं, जैसे ऐन इस पल वे हमारे बाजू में खड़े हों। अभी मैं उसके

चचेरे दादा को याद कर रहा था। उन्हीं की पान दूकान से मेरे तमाखू सेवन की शुरुआत हुई थी। तब पान दूकान में देर तक बैठने और शतरंज खेलने का भी एक नशा सा हो गया था, हालाँकि मैं एक डरपोक नशेड़ी था, और कमजोर खिलाड़ी भी। इसलिए नशे की उस तन्मयता तक मैं नहीं पहुँच सका था, जैसे वहाँ नियमित धार्मिकता के साथ, आधी-आधी रात तक मोहरे हाथ में लिए खेलनेवाले मुस्तफा, द्वारका या प्रहलाद साव पहुँचे थे। इनमें से कोई भी अब इस संसार में नहीं था, पर उनके होने को अभी और यहाँ के सच की तरह महसूस करते हुए, मैं एक हल्की पुलक में सिहरने सा लगा था।

तभी वहाँ नरेन कोल्ता आ पहुँचा। वह गंजी और लुंगी पहनकर ही आ गया था। पाठकों को याद दिलाने के लिए बता दूँ, कि यह वही नरेन कोल्ता है, जिसकी, पिछले किसी अध्याय में हेमचन्द कुरमी की खूबसूरत और जवान लड़की के खून के मामले पर, दामोदर के साथ थोड़ी तनातनी हो गई थी, लेकिन अपने उग्र स्वभाव के बावजूद, अपनी बढ़ती उम्र की परेशानियों के चलते दामोदर ने नरेन की बात का खुलकर विरोध नहीं किया था। सो यह वही नरेन था, जो उस समय आकर मेरे करीब खड़ा हो गया था, जब मैं बंटू की माँ को सड़क की अरगनी पर कपड़े सुखाते देखने के बाद, नजर थोड़ी बाईं घुमाकर, सामने की सड़क पर बने राधे की दुकान की ओर ताकने लगा था।

राधे भी हमारी तरफ ही देख रहा था, पर उसकी आँखों को देखकर लगा, कि वह सोच में डूबा हमारे पीछे की दूकान की सौ साला दीवार की ओर ही ताक रहा था।

वहाँ 'पंजे' के निशान के साथ हमारे लोकप्रिय वार्ड मेम्बर की खासियतों के बारे में, अशुद्ध हिन्दी में तीन-चार वाक्य लिखे हुए थे और मेम्बर को दुबारा विजयी बनाने का निवेदन किया गया था।

यह चार बरस पहले का विज्ञापन था, और उसकी ओर एकटक और अनमन ताकते राधे के दिमाग में कौन-सी बातें थीं, यह बताना तो असम्भव है, लेकिन यह घोषणा तो राधे बहुत खुलकर किया करता था, कि वह पंजे का नहीं, कमल का समर्थक है। अभी हाल सम्पन्न हुए विधानसभा चुनाव में पंजे की खुली मुखालफत करते हुए, उसने एकाधिक बार यहाँ के उन जवान छोकरों को थोड़ा नाराज भी कर दिया था, जो अपने लोकप्रिय वार्ड मेम्बर की पार्टी को जिताने के लिए प्राणपण से लगे थे, लेकिन उनकी कोशिशों के बावजूद पंजा बुरी तरह पराजित हो गया था।

और अब यह अबकी बार मोदी सरकार का शुरुआती दौर था, जब मैं बड़े से पंजे के चित्र वाली दीवार की तरफ पीठ किए, बाजू से बंटू की माँ को कपड़े सुखाते और राधे महाराज को न देखने-सा सामने देखते, देख रहा था। तभी नरेन आया।

दो पल खड़े रहने के बाद ही उसने कहा, "चल पान खाते हैं।"

और फिर वहाँ पहुँच कर बिलकुल बेमालूम सी छाँह वाली छानी के नीचे हम खड़े हो गए। राधे, तब नीचे झुककर याने थोड़ी आड़ लेकर, अपने विशिष्ट गंगाजल में सादा पानी मिला रहा था। उसने एक लम्बी घूँट ली और गिलास खाली कर दिया। फिर बड़ी-बड़ी बटेरती लाल आँखों से नरेन की तरफ देखकर पूछा "क्या चाहिए कोल्ता?"

"एक सिगरेट दो महाराज और दादा के लिए पान।"

राधे डिबिया से सिगरेट निकालने को झुका, तभी हुई धड़धड़ाम की आकस्मिक आवाज। हम दोनों हकबका गए। लेकिन देखा, कि एक छोटे ट्रक ने टीन टट्टे के छप्पर को बाँस सहित उखाड़ दिया है। धड़धड़ाती, झनझनाती आवाज उसी छप्पर के सड़क पर गिर जाने की थी। छोटे खुले ट्रक में गैस के सिलेंडर भरे हुए थे। नरेन ने चिल्लाकर ट्रक वाले को रोका था। उसने गाड़ी रोक दी थी। सामने पड़े टीन के टुकड़े को देखकर मैं सोच रहा था, कि अगर तेज धक्के से, यह ऐसे फिंक नहीं गया होता, तो सीधे हमारे सरों पर गिरता। दाएँ बाजू से बंटू की माँ अबक ताक रही थी। और बाएँ से मुरली बाहर निकल आया था।

"थाने ले जाओ साले को। दारू पिये होगा।" मुरली ने कड़क आवाज में कहा था।

अभी-अभी लिये पहले पैग की सनसनाती सुरसुरी में राधे शायद सोच रहा था, कि अब अगली छानी कब बनेगी और कौन बनाएगा? नरेन ने आगे बढ़कर ड्राइवर का कॉलर पकड़कर, उसे नीचे उतार दिया। मध्य मार्च की तेज धूप वाले उस प्री दुपहर के समय से भी पहले के समय में, मुहल्ले के जवान छोकरे निकले नहीं थे, वरना अभी तक तो ड्राइवर धराशायी हो चुका होता। मैं भी धीरे-धीरे चलकर नरेन के बाजू से खड़ा हो गया था, हालाँकि अभी भी मेरे दिल-दिमाग में भगवान की कृपा पर धन्यवाद के सैकड़ों अमूर्त वाक्य बन रहे थे, कि टीन का टुकड़ा सीधे सर पर नहीं गिरा। अगर गिरा होता तो, की सोच अभी आगे नहीं बढ़ रही थी। मैं उन्हीं हकबकाई आँखों से, सिलेंडरों से भरे उस खुले ट्रक की ओर देख रहा था। यह गाड़ी अधिकृत गैस विक्रेता की खुली टैंपो नहीं, बल्कि उससे कुछ बड़ी थी, इसमें कम से कम साठ-सत्तर भरे सिलेंडर थे। गैस की किल्लत का वह जमाना, विधानसभा चुनावों के पहले का समय था। नरेन समझ चुका था, कि यह ब्लैक की गैस है और किसी छोटे विक्रेता या किसी बड़े होटल को अवैध रूप से सप्लाई की जा रही है। नरेन अभी ड्राइवर की कलाई कसकर पकड़े हुए था और उससे तफतीश की मुद्रा में कुछ पूछ रहा था। तभी बंटू की मोटरसायकिल धड़धड़ाती, ठीक उसी जगह पर रुकी, जहाँ दो मिनट पहले टीन का छप्पर छिटक कर गिरा था। वह आवेश की तेज आवाज में मोटरसायकिल पर बैठे-बैठे ही चिल्लाया था, "मेरा माल है उसे छोड़ दो।" और तब आनन-फानन ड्राइवर, सिलेंडर भरे उस ट्रक समेत सरसराती रफ्तार

से भागा था। बेशक बंटू ने अपने वायदे के मुताबिक दो ही दिन में राधे की उजड़ी दुकान चकाचक बनवा दी थी।

यह छै-सात महीने पहले की घटना है।

पर अभी जब शुरू गर्मियों की शाम के छै के वक्त, सुरेश की दुकान पर बैठा, मैं राधे की ताजा उजड़ी दुकान की ओर देख रहा था, और बिलकुल नैसर्गिक ढंग से बंटू के बारे में सोच रहा था, तो मुझे ऐसा लग रहा था, जैसे कई विचित्र इत्तफाकों की तरह यह भी मेरे इस किस्से में अचानक आ गया है।

पर अपनी सोच के थमते ही मैंने देखा कि वह मेरे सामने ही खड़ा था और पूछ रहा था, ''आखिर आपने वह गाड़ी दूसरे को ही दे दी चाचा।''

वह बहन की कार की बात कर रहा था।

कल ही उसे छोटू ने बेच दिया था, और हम लोगों ने नई कार खरीद ली थी।

छोटू पिछले सात सालों से हमारा ड्राइवर है। आज तो वह घर का एक सदस्य जैसा ही हो गया है। एक तरह से हम दोनों भाई-बहनों के बुढ़ापे का असली और फंक्शनल सहारा तो यह छोटू ही है, क्योंकि मेरा बेटा तो हजार किलोमीटर दूर मुम्बई की मायानगरी में रहता है। लेकिन इस कार के जिक्र के साथ छोटू की याद आते ही, अभी मुझे अपने मुहल्ले की उस नकचढ़ी सुन्दरी की याद आई, जो मुझे देखते ही इस तरह का मुँह बनाती है, जैसे किसी निहायत घिनौने आदमी से आँखें लड़ गई हों, पर अपनी नखरैल आँखों के इस तरह फेरने के बाद, वह कुछ और नखरे से मेरी मन की आँखों के सम्मुख उभरती रहती है। इसका कारण शायद यह है, कि दो साल पहले जब अपने मुहल्ले की दूसरी चुलबुली लड़की ने हाथ मिलाकर मुझे दीपावली की बधाई दी थी, तो उसी समय, इसने भी बिना किसी जान-पहचान के बेझिझक मुझसे हाथ मिलाया था। कुंआरी किशोरी का वह स्पर्श मुझे थोड़ा मानीखेज लगा था। इसके ठीक बाद, एक बार मैंने इस लड़की को बिलकुल उन्हीं कपड़ों में देखा था, जैसे कपड़े अभी कुछ महीने पहले वह लड़की पहनी हुई थी, जिसे मैंने केवड़ाबाड़ी के अँधेरे बरामदे पर देखा था। और तब से अचानक कभी-कभार इसकी सूरत मेरी आँखों के सामने इस तरह झिलमिलाने लगती थी, जैसे मैं उसी स्कूल के अँधेरे बरामदे में, उसी स्कूल की लड़की को देख रहा होऊँ और तब मुझे उस लड़के की परछाई की याद भी आती थी, जिसने बरामदे के छोर के कनेर के पेड़ के पास छलाँग लगाई थी। हालाँकि यह स्मृति महज परछाइयों की स्मृति थी, लेकिन मुझे लगता है, कि शायद इस झिलमिलाती स्मृति में कोई उम्मीद भरा सपना भी हो, जो उम्र की परवाह किए बगैर मैं अक्सर देखा करता था।

लड़की, ट्यूशन मास्टरनी के विद्याभवन के सामने वाली सड़क के आखिरी छोर पर बने, एक सौ वर्ष पुराने जर्जर मकान के, एक कमरे में अपनी बीमार बदहाल माँ के साथ रहती है। इस मकान के ठीक सामने केवड़ाबाड़ी के पुराने मैदान पर

लड़कियों का एक हॉस्टल है। इस हॉस्टल के बारे में भी काफी रोचक और कामोत्तेजक किवंदतियाँ शहर में फैली हैं। और हो सकता है कि यहीं के रहवासियों से उस लड़की को प्रेम व्यापार के व्यावसायिक पक्ष की जानकारी और प्रेरणा मिली हो, क्योंकि उसकी इसी तरह की ख्याति के कारण भी मैं उसकी तरफ आकर्षित हुआ था। नाक-नक्श और कपड़ों की तड़क-भड़क से ऐसा नहीं लगता था, कि घरेलू पूजा के लिए बाती बनाकर और एकाध घर में रसोई का काम करके, इसकी माँ इतना कमा लेती होगी कि हफ्ते में सात दिन यह लड़की अपने नित नए कपड़ों के साथ एक्टिवा स्कूटी पर चक्कर लगा सके।

माली हालत की वास्तविकता से एकदम विपरीत उसे चहकती-महकती देखकर भी मेरा दिमाग अपने नैसर्गिक कामज आकर्षण के चलते ही, उसकी तरफ झुका था। मैंने छोटू से उसकी बाबत कई बार पूछा था, लेकिन वह टाल जाता था। शुरू में तो मुझे शक हुआ था, कि कहीं छोटू के साथ ही इसका कुछ न चल रहा हो। मुझे हैरत होती थी कि चारों तरफ से बन्द एक कमरे के रुँधे हुए घर में पलने बढ़नेवाली और उसी मकान में रहने वाली दूसरे उसी तरह के परिवारों की तुलना में आमदनी का कोई साधन नहीं रखनेवाली माँ की यह लड़की, आखिर इतनी तड़क-भड़क के साथ कैसे रहती है?

और तब एक दिन हल्के पैंग पर सवार छोटू ने रहस्य का खुलासा करते हुए पहले यह बताया था, कि इस लड़की की बड़ी बहन ही वह पहली लड़की थी, जिसने गाँव से आए मैट्रिक फेल ड्राइवर लड़के से प्रेम का सम्बन्ध बनाया था, लेकिन अभी आज की तारीख में वह किसी और की पत्नी और दो बच्चों की माँ बन चुकी थी। उसके जाने के बाद आठवीं पढ़ने वाले अपने छोटे भाई के साथ, यह लड़की उस जर्जर दुमंजिले मकान के एक कमरे में रहती थी। यह कमरा उस पूरे कुनबे के बँटवारे के बाद उसके बाप के हिस्से में आया था। और इसी कमरे में कुछ महीने पहले बाप की आकस्मिक मृत्यु हो गई थी, जबकि मुहल्ले के लोग इसकी बीमार बदहाल माँ की मृत्यु की प्रतीक्षा कर रहे थे। बाप के अचानक मर जाने के बाद ही, एक बिगड़ैल रईस छोकरे से उसकी दोस्ती हुई थी, जो कुछ नहीं तो पाँच से दस हजार हर महीने उसके ऊपर निछावर करता था।

अभी जब बंटू ने बहन की कार के बारे में पूछा, तो छोटू द्वारा स्वनिर्णय के आधार पर, उसके आनन-फानन बेचे जाने की घटना की स्मृति के रास्ते पर मगन बढ़ता हुआ, मैं इस लड़की के बारे में सोचने लगा था, कि चमक-दमक की नई संस्कृति के कैसे-कैसे लक्षण हमारे मुहल्ले में दिखने लगे हैं। पर इस सामाजिक विषय से अलग होकर मैंने अपनी सोच को लगाम दिया और बंटू को बताया, कि कार एक लाख नब्बे हजार में कल ही बिकी और आज ही नई कार लेकर, सब्जी लेने के बाद जब हम आए, तो कल की खरीदी नई कार पुलिस ने लॉक कर दी थी।

कार गलत जगह पर पार्क की गई थी। ट्रैफिक ड्यूटी वाले सिपाही ने बताया, कि खुद डी.एस.पी. ने कार लॉक की है, सो अब बिना रसीदी जुरमाने के कार का यहाँ से टसकना भी मुश्किल है। मार्च की उमस-भरी गर्म सुबह, सब्जी के दो बड़े थैलों के साथ, घर तक वापस जाने के बदले, मैं छोटू के कहने पर कार में ही घुस गया था। छोटू ने ए.सी. चालू कर दी थी। लगभग चालीस मिनट तक ड्राइवर के बाजू की सीट पर इन्तजार करने के बाद छोटू आया और उसके साथ ताला खोलनेवाला आदमी भी, जो वास्तव में क्राइम ब्रांच में क्लर्क था, और जिसकी बीवी, बहन की पेशेंट थी। छोटू ने थोड़े गर्व से यह बात बताई, कि उसी की वजह से पाँच सौ रुपए बच गए, क्योंकि लॉक किए जाने के बाद हजार से कम में रसीदी रिहाई नहीं होती। अभी जब मुझसे बंटू ने कार के बारे में पूछा, तो उससे मैंने आनन-फानन नई कार खरीदने की हड़बड़ी की सूचना देते हुए, यह भी बताया कि नई कार के चलते आज पाँच सौ का फाइन देना पड़ा।

''आप मुझे एक फोन तो कर देते, या छोटू को भेज देते, देखते कि पुलिसवाला जुरमाना तो क्या करता, उल्टे चाय-पान कराके भेजता।'' बंटू ने आत्मविश्वास से कहा।

''खुद डी.एस.पी. ने लॉक किया था बंटू।''

''अरे चाचा, डी.एस.पी. हो या कलेक्टर, 'हीरो' का नाम सुनते ही सबके होश उड़ जाते हैं। देखा नहीं उस दिन।''

वह उसी दिन का जिक्र कर रहा था, जिस दिन के बारे में मैंने अभी थोड़ी देर पहले चर्चा की थी, कि गैस सिलेंडरों से भरे उसके ट्रक से राधे की दुकान का छप्पर उलट गया था। मैं और नरेन कोल्ता जख्मी होते-होते बचे थे। फिर बंटू के आ जाने पर उसका ड्राइवर सनसनाती रफ्तार के साथ आगे बढ़ गया था। फिर पाँच मिनट बाद ढिमरापुर चौक में धर लिया गया था। बंटू ने तब हमारे सामने ऐलान करते हुए इसी 'हीरो' को फोन लगाया था।

तब तो मैंने उससे यह नहीं पूछा था, कि यह 'हीरो' है कौन, जिसका नाम बंटू की जबान पर भगवान के नाम की तरह चढ़ा है, और जो बकौल बंटू, एस.पी.और कलेक्टर तक से रे बे के सम्बोधन से बात करता है, पर आज जब उसने फिर उसी नाम का स्मरण किया, तो मैं अपनी उत्सुकता नहीं दबा सका था।

''आखिर यह 'हीरो' है कौन ?''

मेरा सवाल सुनकर बंटू ने तरस खाने जैसी नजरों से मेरी ओर देखा। उसकी आँखों में कुछ-कुछ ताज्जुब का भाव भी था, कि शहर में ऐसे लोग भी हैं, जो 'हीरो' को नहीं जानते। इसलिए सीधे-सीधे मुझे हीरो के बारे में कुछ बताने के बदले, वह कुछ पल मुझे घूरने सा देखता रहा, कि हद है, आप इतने पढ़े-लिखे हैं, देश की राजनीति की बात करते रहते हैं, और अपने इस शहर के हीरो को नहीं जानते। लेकिन इधर

मेरा दिमाग था, कि अपनी जिज्ञासा से उखड़कर या उड़कर बंटू के चेहरे की बनावट और उसके कपड़ों पर चला गया था। खासकर उसके मेरून रंग के टी शर्ट पर। उसके गले में सोने की भारी चेन थी। याने देखने से ही लगता था, कि पाँच तोले से कम की नहीं है। इसके अलावा इस बीच मैंने, उसे कई बार हजार के नोटों के बंडल जेब से निकालते और अपने चाचा सुरेश की ओर बढ़ाते भी देखा था। असल में, उसके रहन–सहन से एकदम झक्क से दिखाई पड़ने वाले बदलाव, अपने नन्हें बच्चों को शुरुआती शिक्षा के दौर में ही महँगे स्कूलों में भेजने की जिद, जात समाज को दिये जाने वाले चन्दे की रकम, जैसी बातें यही बतातीं थीं, कि बंटू के पास तेजी से 'माल' आ रहा है। वह मालदार लोगों की पंगत में बैठ चुका है। यद्यपि शहर के जिन रईसों के यहाँ मेरा उठना–बैठना था, वहाँ लोग गाँजा चौक के इस बंटू से परिचित नहीं थे, जबकि बंटू थोड़े बड़बोलेपन के साथ, मेरे सामने ही कई बार यह बता चुका था, कि पाँचदस पेटी का जुगाड़ करना तो उसके लिए बाएँ हाथ का खेल है। और तब उसी से मुझे पहली बार पता चला था, कि एक पेटी का मतलब एक लाख होता है, और एक खोखे का मतलब एक करोड़। उसकी माली हालत में इस तरह के क्रांतिकारी बदलाव के बारे में जानने के बाद, इस विचित्र चरित्र में मेरी रुचि इसलिए भी बढ़ गई थी, कि इसके पिता मेरे बहुत पुराने मित्रों में थे, और दादा भी इस शहर के पुराने लोगों में, कुछ इस लिहाज से बिलकुल अलग शख्सियत वाले कहे जा सकते थे, कि अपने लड़कों से, अपने परिवार से, या अपने भाई के परिवार से भी, उनका सम्बन्ध गैरसंसारी साधु के सम्बन्ध जैसा था। हालाँकि कई लोगों ने मुझे यह भी बताया था, कि संसार के प्रति उनकी यह उदासीनता डिप्रेशन के चलते थी। वास्तव में बंटू को, मैं अपने बचपन के सीधे सरल मित्र नन्दू के प्रथम पुत्र के रूप में, जानता रहा था। उसे गोद में खिलाने की बात तो मुझे याद नहीं, पर जब वह दस–बारह का था, तो एक दिन अपने चाचा सुरेश की दुकान में उसे पान लगाते देख, मैंने उससे उसकी पढ़ाई–लिखाई के बारे में पूछा था। उसने बड़े विनम्र, लेकिन स्पष्ट शब्दों में मुझे बताया था, कि स्कूल की पढ़ाई में उसकी कोई दिलचस्पी नहीं है। उसने दसवीं के बाद से ही स्कूल जाना बन्द कर दिया था। पान का बीड़ा बढ़ाते, उसने फिर जोर देकर कहा था, कि पढ़ भी लो तो मैट्रिक या कॉलेज के बाद, हद से हद हजार दो हज़ार की कोई नौकरी लगेगी, वह भी किसी सेठ की फर्म या दुकान में। फिर उसने थोड़ा लहराते स्वर में कहा था, "मैं तो बिजनेस करूँगा चाचा और कोई पान दुकान फुकान नहीं, ऐसा बिजनेस जिसमें साल दो साल में वारा न्यारा हो जाए।"

मुझे अभी भी बंटू के मैरून रंग के टी शर्ट के ऊपर गले में सोने की चेन और कान में आधुनिक कुंडल देखकर उसके लगभग बचपन में दिए गए भाषण का समापन वाक्य याद आ रहा था, "बिना पैसे के कहीं कोई इज्जत नहीं चाचा, पैसा है तो सब कुछ है।"

बंटू की इस बात पर मुझे अनायास और बेसाख्ता अपनी सातवीं कक्षा की एक घटना की याद आई।

उस समय धन और धर्म के विषय पर बोलते हुए मैंने धन का पक्ष लिया था। और भूखे भजन न होई गुपाला और जिसके पास नहीं है पैसा, उसका जग में जीवन कैसा, जैसी कविताएँ सुनाकर, मैंने जजों को मुग्ध कर दिया था। मुझे उस डिबेट में प्रथम स्थान मिला था। लेकिन पैसे के महत्व को धर्म से बड़ा मानने के उस मासूम वक्त में, मैंने कभी खुद पैसे की किल्लत या किसी चीज का अभाव नहीं जाना था, क्योंकि मेरे पालक पिता एक रईस डॉक्टर थे, और वहाँ मैं और बिन्ना, हमारे जनक और उनके भाइयों के संयुक्त परिवार वाले भाई-बहनों की तुलना में, काफी सम्पन्न कहे जा सकते थे। जब स्कूल जाने से पहले उस पुराने घर के हमारे भाई-बहन मोटे चावल का भात सिर्फ नमक, मिर्च या भुने टमाटर के साथ खाते हुए नजर आते थे, या जब उन्हें हमारी दादी चार आने की चीनी मँगाने के लिए मँगता ठेठवार की दुकान भेजती थी, और वे शर्म और ग्लानि से नजरें झुकाकर एक चवन्नी दुकानदार के गल्ले के बक्से पर रख देती थीं, तो उन्हें देखकर, यहाँ आराम से गुजरने वाले हमारे बचपन के उस सोचहीन वक्त में भी, हम एक बेशिनाख्त तकलीफ का अनुभव करते थे। बंटू से पैसे की जरूरत और अहमियत के बारे में सुनकर भी, मैंने उससे कुछ नहीं कहा, जबकि आज की तारीख में पैसों से खरीदी जा सकने वाली तमाम सुविधाओं के बावजूद, मैं अपना आखिरी वक्त जिस बदहवासी और बेचैनी में काट रहा हूँ, उसे या तो मैं जानता हूँ या मेरा भगवान, हालाँकि बाजवक्त मुझे यह भी लगता रहता है, कि पता नहीं वह कहीं है भी या नहीं, पर मैं ? मैं भी शायद नहीं होने के रस्ते पर, न होने जैसा ही हूँ।

उसके इस वाक्य पर इतनी लम्बी अन्तर्यात्रा करने के बाद, मैंने फिर एक बार उसकी तरफ देखा। तब वह सेलफोन कान में लगाकर किसी से लगभग फुसफुस करता हुआ धन्धे की किसी गम्भीर बातचीत में लगा था, क्योंकि स्वर के धीमेपन और बुढ़ापे के बहरेपन के बावजूद, मैंने बातचीत के दौरान नौ हजार, की बात लगभग सुनी थी। और उसके बाद इतने सपाटे से बाजू में रखी मोटरसायकिल स्टार्ट करके वह लाल टंकी की ओर निकला था, कि दूसरी तरफ से सेलफोन कान में लगाकर, स्कूटी से आती एक लड़की, बंटू की गाड़ी की रफ्तार से लड़खड़ाती हुई बाजू की खाली जगह पर रुक गई थी। बंटू को इस कदर तेज रफ्तार में भागते देखकर मुझे यह तो लगा था, कि मामला सीरियस है, पर अभी उसकी भागती पीठ को ताकते अनायास मेरी आँख उस लड़की से लड़ गई, जिसने रफ्तार की घबराहट में गाड़ी रोक दी थी,और दुबारा स्टार्ट कर रही थी। उसकी ओर देखते ही मुझे लगा था, कि पहले भी इसी इलाके में इसे एकाधिक बार देखा है, लेकिन उसे और गौर से देखकर मैं उसे कायदे से पहचानने की कोशिश करूँ, इसके

पहले ही, वह उसी तरह की तेज रफ्तार में ताहर अली के मकान की सड़क पर बढ़ गई।

प्लास्टिक की कुर्सी पर अप्रैल की शाम के छै बजकर सत्रह मिनट पर, अब मैं फिर गाँजा चौक में अकेला था, और कुछ नहीं सोचने-सा कितना कुछ सोच रहा था।

लेकिन कुछ नहीं सोचने की इस स्वाभाविक सोच में बंटू अभी भी मौजूद था, और उसके खतरनाक दो नम्बरी धन्धे के बारे में सोचता हुआ, मैं फिर सोचने लगा था, कि अपने परिवार की गरीबी और उसके चलते ही होने वाले सामाजिक अपमान की पीड़ा को बंटू बहुत बचपन से जानता था। तभी से शायद उसने ठान लिया था, कि वह हर सम्भव तरीके से पैसा कमाने की कोशिश करेगा, बिना यह सोचे कि पैसा एक नम्बर के रस्ते से आता है, या दो नम्बर के। जवानी पर कदम रखने के पहले ही, उसे इन रस्तों के खतरों की पूरी जानकारी हो गई थी, लेकिन वह इरादे का पक्का था, कि दो रोशनीविहीन कमरों की गिरती छत और जर्जर दीवारों के बीच, जिन्दगी गुजारने से बेहतर तो जेल की कोठरी है।

दरअस्ल नन्दू के इस बड़े बेटे के मन में अपनी गरीबी से कहीं ज्यादा, अपमान की वे रोजमर्रा की घटनाएँ कुंडली मारकर बैठी हुई थीं, जिन्हें इसके पिता ने सहज स्वाभाविक भाव से समाजसेवा की तरह लिया हुआ था। समाज से मेरा मतलब उनकी जात के समाज से है, जिसकी आकस्मिक बैठकों में नन्दू द्वारा सेवा कार्य किए जानेवाले कई दृश्य मैंने ऐसे देखे थे, जिसमें समाज के मालदार मुखिया, उस पर चाय पान जैसे कामों के लिए हुकुम चलाते हुए नजर आते थे। जैसे वह समाज का कोई बुजुर्ग सदस्य न होकर, उनका अपना निजी कारिन्दा हो। वास्तव में हर जात के समाज में, नीची आर्थिक हैसियत वाले सदस्य की हालत कमोबेश यही रहती थी। और कई बार तो साधारण निम्न व मध्यवर्गीय सदस्यों को, खासकर समाज के युवकों को यह नागवार लगता था, लेकिन अपने संस्कार के चलते वे बुजुर्गों की ऐसी हरकतों का विरोध नहीं कर पाते थे। दूसरे उन्हें यह भी मालूम था कि शादी-ब्याह और मृतक संस्कारों के खास वक्तों पर, जात का ही सहारा रहता है। यों जात-पाँत तोड़ने के इक्के-दुक्के उदाहरण बंटू के अपने वैश्य समाज में भी देखने को मिल सकते हैं, लेकिन जात समाज के बंधन की जकड़न तो हर कहीं मौजूद है। खुद बंटू जात-पाँत तोड़ने और भंगी-बाम्हन को एक कर देने के सिद्धान्त को फिजूल और हवाई सिद्धांत मानता था। अपनी जात की बैठकों में अगर कहीं वह मौजूद रहा, तो अपने पिता के इस तरह के सेवा-भाव पर उसे चिढ़ ही नहीं, आन्तरिक तकलीफ-सी होती थी। शायद इसी वजह से अपनी बरक्कत के बाद, समाज की पहली बैठक में वार्षिक चन्दे की बात चलने पर, उसने उपस्थित सदस्यों से पूछा था, कि सबसे ज्यादा चन्दा किसने दिया है? और जब किसी ने समाज के उस बड़े सेठ का नाम

लिया था, जिसने अपनी नई गाड़ी के नए मनोवांछित धार्मिक नम्बर के लिए, एक मोटी रकम घूस में दी थी, तो तत्काल बंटू ने उस रकम से बीस हजार ज्यादा की घोषणा की थी, और कहा था कि शर्त यही है, कि उसके पिता को समाज का अध्यक्ष बना दिया जाए।

जाहिर है कि बंटू के पास इतना पैसा हो गया था, कि महज अपने पिता को अध्यक्ष बनाने के लिए, वह अपने जात समाज को इक्यावन हजार रुपए देने को तैयार हो गया था। समाज की बैठक की इस घटना की बात भी उसने तभी मुझे बताई थी। मेरा खयाल है कि यह लोकसभा चुनावों की घोषणा के कुछ ही दिन बाद का समय है। शायद होली के ठीक बाद का। इसी समय उसने हमारी पुरानी कार खरीदने का प्रस्ताव भी रखा था। मुझे आश्चर्य हुआ था कि बंटू एक लाख साठ हजार में पुरानी कार खरीदने की हैसियत का आदमी बन चुका है। तब तक मुझे यह तो मालूम हो चुका था, कि उसने ब्लैक में रसोई गैस और किरोसिन के अलावे सट्टे का काम भी शुरू कर दिया है। सट्टे से होने वाली आमदनी के बारे में मेरी जानकारी शून्य थी। यह मैंने जरूर सुना था, कि सट्टे में आदमी बात की बात में लाखों कमा लेता है। आई.पी.एल. क्रिकेट में लगे सट्टों की वजह से अभी साल-भर पहले कई मशहूर खिलाड़ी और उद्योगपति गिरफ्तार भी कर लिए गए थे। क्या, महाजनो येन गतः स पंथाः के रास्ते पर एकाग्र बढ़ता हुआ बंटू, दयाल सेठ का वास्तविक वारिस बन चुका है। शायद नहीं, सोचते हुए मैंने जमुना की याद की, जो सट्टे का नम्बर लिखने वाले, पान ठेले के पास, मेरे पड़ोसी के घर से दिन में कम से कम चार दफे आती जाती थी। उसके घर के घरेलू काम से जो कुछ उसे मिलता था, उसका कुछ नहीं तो एक चौथाई वह इसी सट्टे में दाँव पर लगाती थी, लेकिन क्या वह ओपन क्लोज के नम्बरों के उस हिसाब को भी समझती थी, जिससे सट्टे में फायदा या नुकसान होता है ? मन ही मन पूछते हुए मैंने अपने बारे में सोचा, कि बीसियों बार अपने कई दोस्तों से सट्टों के नम्बर के खुलने और बन्द होने तथा फायदे या नुकसान के बारे में मैंने अपनी जिज्ञासा रखी है, और उन्होंने प्रायमंरी स्कूल के मास्टर की तरह मुझे समझाने सिखाने की कोशिश की है, लेकिन आज तक मैं ठीक-ठीक नहीं समझ पाया हूँ, कि आखिर यह कैसा खेल है, जिसके पीछे शहर के नामी-गिरामी सेठों से लेकर, बंटू ही नहीं, बल्कि जमुना जैसी बर्तन पोंछा करने वाली रौताइन तक पागल हैं।

आज भी बंटू को सुनसान चौक में अपने करीब बिलकुल अकेला और फुर्सत में पाकर, मेरे मन में यह जिज्ञासा कुलबुलाई थी, कि उससे पूछूँ तो सही, कि सट्टे के उस धन्धे में, जिसमें जमुना ने कुछ नहीं, तो पिछले साल-भर में पाँच हजार रुपए गँवा दिए हैं, उसने खुद कैसे इतना कमा लिया, कि उमस भरी गरमी में ए.सी. चलाकर पूरी दुपहर हिन्दी फिल्में देखते और मोबाइल कान में लगाकर बात

करते रहने के बाद, इत्मीनान से गरमी की शाम का आखिरी हिस्सा मेरे साथ गुजारता रहा है।

लेकिन मेरी जिज्ञासा का समाधान करने के पहले उसने मेरी कार की बिक्री के बारे में पूछा, और फिर ट्रैफिक पुलिस को दिए गए जुरमाने की बात सुनकर, 'हीरो' के बारे में मेरा अज्ञान जानने के बाद, इतनी रफ्तार से भागा कि जैसे कहीं कोई भयानक दुर्घटना हो गई हो।

उसके भागने के बाद भी, उसके बारे में सोचते-सोचते, उससे जुड़े अनजुड़े प्रसंगों की अनचाहे-अनजाने याद करते, मैं सुरेश की दुकान की उसी कुर्सी पर बैठा बैठा, आने-जाने वालों को न देखने सा देख रहा था, तभी एकाएक नशे के टूट जाने जैसे अनुभव की तरह की थकान महसूस करते हुए, मैंने बंटू के छोटे चाचा सुरेश से कहा, "एक पान और लगा दो सुरेश, सुपारी तमाखू कम।"

सुरेश ने थोड़ी प्रश्नवाचक, थोड़ी आश्चर्यसूचक आँखों से मेरी ओर देखा। शायद उसने मेरी बात सुनी नहीं थी। "पान।" मैंने दुबारा कहा।

"अभी ?" उसने पलटकर पूछा। इस बार उसके स्वर में ऐसा संकेत था, जिससे वह कुछ याद दिलाना चाह रहा था। और वह बात मुझे याद आ भी गई थी। बात मेरे दाँत से जुड़ी थी। और सुरेश के पान से। शाम के इसी समय, इसी तरह, इसी कुर्सी पर बैठकर, वक्त काटने की अपनी कोशिश के दौरान, मैं मूलतः दाएँ गर्दन मोड़कर उधर की सड़क को, या एकदम सामने की अपनी गली की ओर ताकता रहता हूँ। बेवजह नहीं, बल्कि इसलिए कि बाईं तरफ वाली चौड़ी कर दी गई सड़क पर बंटू के पुरातन जर्जर संयुक्त परिवार वाले पुश्तैनी मकान के बाद ही, ट्यूशन मास्टरनी का विद्याभवन है, जहाँ शाम छै से आठ तक शहर के कोने-कोने से किशोरियाँ गणित और विज्ञान पढ़कर इंजीनियर और डॉक्टर बनने के बहुप्रचलित सपने के अलावा, ऐसे मीठे सपने देखने के लिए आती हैं, जिन्हें घर में देखने की इजाजत नहीं होती। वाट्सएप के नेट का इस्तेमाल करतीं, इन किशोरियों की आवाज, कई बार तो इतनी तेज हो जाती, कि यहाँ लगभग बीस गज की दूरी पर बैठे मेरे बहरे कान भी उसे सुन लेते हैं। न भी सुनो तो, सूचना के लिए अपना छोटू तो है ही। और फिर पूरी जिन्दगी किस्सों में बहते हुए गुजार देने वाले मुझ जैसे आदमी के लिए तो, किसी को न देख कर देखना तथा न सुनकर सुनना, एक सहज स्वाभाविक बात हो गई है।

लेकिन बात मैं सुरेश के विस्मय विस्फारित नेत्रों की कर रहा था। जिस संकेत के साथ उसने थोड़े आश्चर्य से पान के ऑर्डर पर प्रश्नवाचक 'अभी' जोड़ा था, उसका मतलब यह था कि अभी कल मैंने उससे कहा था कि एक पान के बाद दूसरा, वह मुझे आधे घंटे के बाद ही दे। इसके पहले वह हर पाँच-दस मिनट में मेरी ओर एक पान बढ़ा देता था, और मैं अपनी अन्यमनस्कता में उसे दो मिनट में चबा जाता था।

पान को इस तरह तेजी से चबाने के चक्कर में, सुपारी का टुकड़ा लगभग रोज मेरे दाँतों के बीच पोले की ऐसी जगह पर फँस जाता था, कि उसे उसी वक्त निकालने की कोशिश की विफलता में, मैं बुरी तरह खीजने लगता था। सुपारी या प्याज के रेशे के फँसते ही, उसे निकालने की इस आदत के पीछे, अपने दाँतों की सुरक्षा का मकसद ही प्रमुख था। पर इस मकसद के नीचे दबा मकसद शायद यह भी हो, कि उम्र के अंतिम चरण पर पहुँच कर भी, मेरे दाँत अभी तक साबित थे। इन दाँतों की वजह से, शायद बुढ़ापे की अन्य छोटी-बड़ी बीमारियों से लगभग बचे रहने के कारण भी, मेरे भीतर किशोरियों के सान्निध्य की कामना मँडराती रहती थी, बल्कि कहना चाहिए कि दीगर सामाजिक व्यवहार निभाते रहने तक तो, इस तरह की इच्छाएँ दबी रहती थीं, पर जब मेरी नजर इस या उस किशोरी पर पड़ती थी, तो कामना तेजी से उसी तरह उछलती थी, जैसे शैम्पेन की बोतल खोलने से झाग उछलती है। गनीमत है कि झाग की ऐसी उछाल ज्यादा देर तक नहीं टिकती थी, क्योंकि जैसा कि मैंने पहले भी कई दफे बताया है, कि कोई भी बात मेरे दिल दिमाग में ज्यादा देर तक नहीं टिकती, क्योंकि एक बात, दूसरी बात से मेरे अनजाने जुड़ जाती है, और फिर वही किसी तीसरी से जुड़ती है, तो इतनी बदल जाती है कि वह, जिसे सहारे की लाठी-सा थामे, मैं आगे बढ़ रहा था, कहीं गायब हो जाती है, पर बढ़ने के लिए फिर एक दूसरा सहारा मेरे पास आ गया होता है। मसलन अभी, जब सुरेश के विस्मय के बारे में सोचकर, पान और दाँत के सम्बन्ध पर पहुँचता, मैं किशोरियों की कामना के मुकाम पर पहुँचा, तो उसी तरह अनजाने मैंने याद किया, कि कल जब मैंने सुरेश को पान के लिए मना किया था, तो वहाँ उसके पान तखत पर जाकर, मैंने उसे सौ रुपए का एक नोट दिया था। यह इसलिए कि इस बीच पान के दाम, तीन से पाँच हो गए थे, और उस समय सुरेश ने, मेरे अलावा लछमन मास्साब, अरुण तथा कमउम्र वकील दोस्त के लिए भी पान बनाये थे। मतलब यह कि दस-दस, पंद्रह-पंद्रह मिनट में, वह सिर्फ मेरे लिए ही नहीं, बल्कि उन सभी दोस्तों के लिए पान बनाता था, जो वहाँ मुझे बैठे देखकर रुक जाते थे, और गपशप में शामिल हो जाते थे। जाहिर है कि उन सभी लोगों के पान के पैसे भी, मेरे खाते में जाते थे, हालाँकि खुद सुरेश खाते में, मेरा नाम नहीं लिखता था। शायद सुरेश के पास उधारी खाता ही नहीं था, क्योंकि उसे कभी मैंने कुछ लिखते हुए नहीं देखा था। पूरे दिन में सिर्फ एक बार खुलने वाली पान दुकान के कई ग्राहक तो बकाया चुकाते ही नहीं थे। इसलिए उसके नुकसान की बात सोचकर ही, मैंने भलमनसाहत में उसे सौ का एक नोट दिया था और छुट्टे वापस नहीं लिए थे। लेकिन धड़ाधड़ पान देने की उसकी आदत पर रोक लगाते हुए, जब मैंने उसे कम से कम आधे घंटे के गैप की बात कही थी और थोड़ी तेज आवाज में कही थी, तो शायद उसके पीछे सुरेश के फायदे-नुकसान का उद्‌देश्य ही नहीं, खुद अपनी फिजूलखर्ची पर रोक लगाने की एक कोशिश भी रही होगी।

सुरेश को वह हिदायत याद थी। इसलिए दस मिनट पहले पान खाने के बाद, जब मैंने उससे दुबारा पान लगाने को कहा, तो उसने मुझे कल की बात याद दिलाने सा पूछा "अभी?"

और इस छोटी-सी बात का इतना बड़ा बतंगड़ बनाते हुए, जब तक मैं अपनी सोच की दुनिया की अजीबोगरीब गलियों में घूम रहा था, तब तक मुझ तक मेरा पान पहुँचा नहीं था। इस बीच तमाखू की तलब तीव्र से तीव्रतर हो चुकी थी। मैं पलटा। मैंने देखा कि सुरेश हाथ में पान लिये मेरी ओर देख रहा था। वह शायद दो बार मुझे पुकार भी चुका था। पर अपने आधे बहरे कान और मन की मौज के चलते मैं उसकी आवाज सुन नहीं पाया था। उसको पान हाथ में लिये देखकर मैं उठा। मैंने गिलौरी मुँह में दबाई। वापस फिर अपनी कुर्सी पर बैठ गया।

बैठते ही दो मिनट के भीतर तमाखूमय पान मुँह में घुलने लगा। मुँह पीक से लबालब भर गई। बोलने जैसा सोचने वाले, मुझ जैसे आदमी के लिए पीक से भरे मुँह के साथ चुपचाप बैठे रहना कष्टकर था। वह असहनीय न हो जाए और पीक गले से नीचे न उतर जाए, और बात की बात में मैं हिचकियाँ न लेने लगूँ, जैसी एक सोच के इशारे पर पीक थूकने के लिए, मैंने दाईं ओर मुंडी घुमाई। उस वक्त पता नहीं किसकी प्रेरणा से, मेरे मन में यह खयाल आया, कि मैं पिचकारी की तरह पीक जरा जोर से सड़क पर फेंकूँ। मैंने पूरे एहतियात से मुकम्मिल सावधानी के साथ, थोड़ा सिर ऊँचा किए-किए ही पीक सड़क पर डाली और फिर उसके छींटों के लाल को देखने के लिए अपनी दृष्टि को थोड़ा सतर्क किया, तो हठात् मेरी नजर प्रदीप गोस्वामी पर पड़ी, जो पीक गिरने की जगह के ऐन पहले ही, ठिठकने सा रुक गया था। वह सफेद धोती और कलफ किए चुन्नटदार बाँहों वाले और सफेद चमकते कुर्ते में था। इस खामखयाली के साथ पीक थूकने की अपनी हरकत पर, मैंने थोड़ा अपने को ही कोसते गरियाते, दस कदम दूर से, अपनी ही तरफ बढ़ते प्रदीप से बैठे-बैठे ही सॉरी कहकर क्षमा माँगी। वह मुस्कराता हुआ मेरी तरफ बढ़ा।

उसे करीब आते हुए मैंने उसके माथे के तिलक को गौर से देखा। वह तिरंगा तिलक था। यानी चन्दन और सिन्दूर के अलावे उसमें कोई और पवित्र चूर्ण भी शामिल था। अलावे इसके वह बहुत कायदे से बनाया गया, थोड़ा चमकदार तिलक भी था। उसके साँवले चेहरे पर, सुनहरी फ्रेम के चश्मे के साथ, वह तिलक काफी आकर्षक लग रहा था। लगभग गर्दन तक आती लम्बी चुटिया, पीछे की तरफ कोरे गए सघन बाल और उतनी ही सघंन दाढ़ी के बीच, उसका थोड़ा साँवला चेहरा, सफेद पोशाक और गर्दन के रुद्राक्ष के साथ, धार्मिकता की एक लहर-सी बहा रहे थे। उसकी धोती की दुहरी कच्छियाँ शायद उसकी चाल को अधिक संयत, मगर मुक्त बनाने के लिए थी। मिनट-भर में जब वह मेरे करीब आकर चुपचाप खड़ा हो गया, तो मुझे थोड़ा अजीब-सा लगा। मैं सोच नहीं पाया कि उससे क्या बात करूँ?

इस पर भी वह दो पल चुप ही रहा। उसका इस तरह करीब होकर गुम्म खड़े रहना, मुझे अटपटा और अजीब लगने लगा। मैंने बाएँ मुड़कर दुबारा पीक थूकी और फिर उसकी तरफ देखा। उसके चेहरे पर न तो कोई पशोपेश था, न कोई जिज्ञासा। वह भावहीन मुख, उसके भीतर की किसी भी हलचल से परे, कुछ इस तरह का संकेत दे रहा था, मानो दो निहायत अजनबी एक दूसरे को ताक रहे हों।

मगर हम अजनबी नहीं थे। बेशक दुआ सलाम के अलावा हममें कोई बातचीत नहीं होती थी। दुआ-सलाम का मौका भी छठे-छमाहे मिलता था। अभिवादन की शुरुआत वही करता था, लेकिन आज से दो-तीन बरस पहले, जब वह हमारे एकदम पड़ोस में एक छोटे से मकान में रहता था, तब तो हर रोज हम मिलते थे। उन दिनों उसके माथे पर, इस तरह का भव्य तिलक नहीं होता था। दरअस्ल तब मैं उसे मकान बनाने वाले एक ठेकेदार की तरह ही जानता था। जब हम अपने सौ वर्षीय पुराने मकान में थोड़ा सुधार विस्तार कराने के निर्णय के बाद, अपनी बुआ के मकान में शिफ्ट हुए थे, तो उसके सामंने की खाली जगह पर बनने वाले मकान का ठेका इसी ने लिया था। बुआ के जिस मकान में हम अस्थायी रूप से रह रहे थे, वहाँ उस समय पानी की किल्लत बिलकुल नहीं थी, बल्कि कहना चाहिए कि पानी सरप्लस था और इसे मकान के लिए पानी की जरूरत, जब-तब पड़ा करती थी, क्योंकि सार्वजनिक पानी नियत समय पर ही सप्लाई होता था। सो इस जलदान के माध्यम से ही मेरा इससे थोड़ा नजदीकी परिचय हुआ था। इतना नहीं कि मैं उसके जीवन और चरित्र के बारे में कोई बात प्रामाणिक रूप से बता सकूँ। यह कोई सात बरस पहले की बात है।

आज सात बरस बाद तो वह किवंदतियों और गाथाओं से भरा, मुहल्ले का ही नहीं, शहर का एक मशहूर चरित्र बन चुका था। उसकी मशहूरी की थोड़ी-बहुत जानकारी के बाद भी, अभी इस वक्त मैं उसे उस तरह का सम्मान नहीं दे पा रहा था, जैसा कि अमूमन मैं इस मुहल्ले के साधारण लोगों को दिया करता हूँ, हालाँकि ऐसा मैं जान-बूझकर नहीं कर रहा था। मैं बिलकुल नहीं समझ पा रहा था, कि आखिर यह यहाँ आकर इस कदर गुम्म क्यों हो गया था। तभी उसने बहुत ही धीमे और शालीन स्वर में मुझसे कहा, "दादा! आपसे एक जरूरी बात करनी थी।"

"करो।" मैंने राहत की साँस लेते हुए सपाटे से कहा।

"सुना है, आप अपनी अतरमुड़ा वाली जमीन निकालने की सोच रहे हैं।"

"हाँ, मगर पूरी नहीं, सड़क के उस पार वाली छै सौ वर्गफुट।"

"क्या भाव लगा रहे हैं?"

"देखो भैया, जमीन जायदाद के बारे में जो भी पूछना हो, बिन्ना से पूछो।" मैंने निर्णयात्मक स्वर में कहा।

"ठीक है," उसने एक पतली मुस्कान से कहा, "नानी को जरा वाईफ को भी दिखाना है, क्या अभी वे क्लिनिक में होंगी?"

"ना, वह सुबह साढ़े नौ से डेढ़ तक बैठती है, शाम को जाती ही नहीं। तुम छोटू से बात कर लो। छोटू को तो जानते हो न?"

"हाँ, छोटू और कालिया ही बिलासपुर से मेरी नई कार लेकर आए थे।" उसने बड़े सेठ की दुकान पर रखी सिल्वर कलर वाली नई स्विफ्ट की ओर नजर का इशारा करते हुए कहा। शायद बिन्ना को मुहल्ले के सभी लोगों द्वारा किए जाने वाले सम्बोधन 'नानी' से सम्बोधित करके, छोटू और कालिया से अपने सम्बन्ध की अन्तरंगता जाहिर करके तथा नई स्विफ्ट के माध्यम से अपनी बढ़ी-चढ़ी औकात बताकर, उसने यह जाहिर करने की कोशिश की थी, कि वह भी इसी मुहल्ले का अपना आदमी है, और उसकी औकात भी स्विफ्ट कार रखनेवालों जैसी ही है। मैंने उस कार को देखा, तो सामने के नम्बर प्लेट के नम्बर को देखकर मुझे लगा कि इसने भी इस बड़े सेठ के छोटे भाई की तरह, इस खास नम्बर के लिए जबर्दस्त घूस दी होगी। सोचते हुए मैं फिर उसकी तरफ पलटा, तब तक उसने हाथ जोड़ लिये थे, और थोड़ी नाटकीय धीमी चाल से अपनी कार की ओर बढ़ रहा था।

उसके जाते ही नरेन कोल्ता धमाक से कुछ इस तरह आया, जैसे वह, इस गोस्वामी के खिसकने का इन्तजार कर रहा था। उतने ही सपाटे से बंटू के मझले चाचा परेश ने, नरेन के लिए दूसरी कुर्सी लाकर रख दी। नरेन के इस तरह आने और परेश के उस तरह कुर्सी लाकर रखने की बात ने, अचानक ही मेरे दिमाग में हल्कर सा विचलन पैदा कर दिया। पहले तो मैंने सोचा कि नरेन का जिक्र सुनते ही उसकी अनुपस्थिति में उसकी बेईमानी और मक्कारी के बारे में तरह-तरह की टिप्पणियाँ करने वाले बंटू के इस निठल्ले और बेकार चाचा ने, इतनी शालीनता और शिष्टता और तत्परता के साथ कुर्सी क्यों रखी? दूसरी यह, कि जब गोस्वामी इतनी देर तक यहाँ मेरे सामने खड़ा था, तब उसने यह कुर्सी लाकर उसके लिए क्यों नहीं रखी?

मैंने अपनी यह दूसरी जिज्ञासा सीधे सरल शब्दों में उसके सामने रख दी।

"तुमने गोस्वामी के लिए कुर्सी क्यों नहीं रखी, उसने शायद फील किया होगा।"

"फील किया होगा तो करे," परेश ने अक्खड़ता से कहा। आम तौर पर मेरे सामने वह ऊँची आवाज में नहीं बोलता। शायद इसका कारण यह हो, कि महीने पंद्रह दिन में मैं उसे सौ पचास देता रहता हूँ। इसके अलावा वह मेरे छोटे भाई का सहपाठी भी रहा है। शुरू-शुरू में भाई ने जब वकालत करने की कोशिश की थी, तो यह उसकी मुंशीगिरी करता था। अब तो वकीलों की कमाई इतनी घट चुकी है और उनकी संख्या इतनी बढ़ गई है, कि मुंशी तो क्या, वकील की भी बाजार दर इतनी गिर चुकी है कि कचहरी में वकील मछली मारने की तरह, मुवक्किल की तलाश या घात में लगे रहते हैं। और यह परेश तो कब का सारा कामधाम छोड़ चुका है, पर स्वभाव की इसकी हेकड़ी जस की तस है। हेकड़ी और हिकारत की इस

आवाज के चलते ही, प्रदीप गोस्वामी के बारे में थोड़ा और जानने की मेरी जिज्ञासा बढ़ गई। थोड़ा और इसलिए, कि कुछ तो सूचनाएँ मुझे इस बीच मिल चुकी थीं, कि सात साल के अपने रायगढ़ प्रवास में इसने कुछ नहीं तो तीन करोड़ की जायदाद खड़ी कर ली है। और इस बीच उसने स्थानीय धर्मक्षेत्र में भी अच्छी साख बना ली है। और भी बहुत-सी रोचक बातें धर्म के धुरंधर इस व्यक्ति के बारे में इधर-उधर से सुनने को मिलती रहती हैं, उसी तरह का कुछ नया और ताजा सुनने की उत्सुकता से मैंने परेश को फिर छेड़ा, ''लेकिन तुम्हारा क्या बिगाड़ा है उसने, कि इतने नाराज हो उस पर?'' मैंने कहा, और उसकी तरफ नहीं, सामने की कुर्सी पर बैठे नरेन कोल्ता की ओर देखकर मुस्कराया।

नरेन खुद भी धीरे-धीरे मुस्कराते परेश के इस अकस्मात् क्रोध का आनन्द ले रहा था, लेकिन उसकी नजर सेठ की दुकान के सामने, अपनी कार के करीब खड़े गोस्वामी पर जमी हुई थी।

''मेरा क्या बिगाड़ सकता है वो पाखंडी।'' परेश ने उसी तरह की तेज आवाज में कहा, और सपाटे से उठकर उसी तरफ बढ़ा, जहाँ गोस्वामी खड़ा था।

मुझे लगा कि नशे की झोंक में कहीं उसके सामने ही जाकर यह झगड़ा न करने लगे। लेकिन वह गोस्वामी की ओर नजर भर फेंक कर आगे बढ़ गया। शायद आज उसकी जेब थोड़ी ज्यादा भारी थी, क्योंकि वह मस्ती में झूमते उसी सड़क पर बढ़ रहा था, जो मसीहा की दुकान तक जाकर, ढलान पर उतरती, पहले दीनबंधु की दुकान तक, फिर चढ़ान पर चढ़ती वृन्दावन के घर तक चली जाती थी, और जिसका थोड़ा लम्बा जिक्र मैंने इसी अध्याय में, सीमा के पति बीरू और उसके दोस्त भजनलाल के चरित्र चित्रण के सिलसिले में किया है।

लेकिन अभी सामने डाली गई सम्मान की कुर्सी पर नरेन था। बंटू के चाचा की बात पर टिप्पणी करते हुए उसने तत्काल थोड़ी फुसफुसाहट जैसी आवाज में कहा, ''परेश ठीक कह रहा था, यह साला गोस्वामी फ्राड है, और इसे यहाँ मुहल्ले में बसाने के लिए जिम्मेदार है छोटा सेठ।''

नरेन उसी सेठ के बारे में कह रहा था, जिसकी गद्दी के सामने गोस्वामी की स्विफ्ट रखी थी। अचानक किसी के भी पास, अगर दिखने-दिखाने लायक माल आ जाए, तो वह गैरकानूनी रस्ते से ही आता है। अगर पुश्तैनी माल है तो भी, वह पिछले समयों की लूट ही है, मैंने सोचा। इस बीच नरेन ने फिर एक बार उस मुख्य सड़क पर खड़े गोस्वामी पर नजर डाली थी। वह, वहाँ अपनी कार के पास चुपचाप खड़ा था। शायद किसी का इन्तजार कर रहा था। अभी जब मैंने उसकी तरफ नजर डाली तो भरे-भरे बदनवाली बंगालिन वहाँ से गुजरी। शायद उसने इस गोस्वामी को हाथ जोड़ कर प्रणाम किया। उसे देखकर मुझे याद आया, कि यह बंगालिन भी अपने निखट्टू दारूबाज पति और दवा की दुकान में काम करने वाले इकलौते पुत्र

के साथ, उसी गली में रहती है, जहाँ यह गोस्वामी रहता है। पल-भर को मेरे दिमाग में बिस्सू नाई की फुसफुसाती सूचना का वह बिम्ब उभरा, जब मेरी दाढ़ी ट्रिम करते हुए उसने बताया था, कि यह गजब की औरत है, हालाँकि उससे बीसियों बार आमना-सामना होने के बाद भी, मुझे उसमें गजब या अजब जैसी कोई बात नजर नहीं आई थी, लेकिन अभी उसके गोस्वामी की गली में रहने की बात याद करके, पल-भर के लिए मेरा दिमाग उसी तरफ दौड़ा था, जिधर की दौड़ की स्मृति में, बिस्सू ने महीनों पहले मेरे कान में फुसफुसाते हुए कहा था, ये बंगाल का काला जादू है।

लेकिन नरेन कोल्ता ने फिर मुझे गोस्वामी के निजी इतिहास की जानकारी देने सा कहा, ''जानते हो, यह जात का गोस्वामी नहीं है।''

''जानता हूँ,'' मैंने कहा, ''धोबी है, लेकिन जात-पाँत से क्या होता है? कोई किसी भी जात का हो, अगर काबिलियत है तो जरूर बढ़ेगा।''

''ये धोबी भी नहीं है, शिड्यूल कास्ट का है।''

''तो क्या हुआ?'' मैंने फिर कहा। मैं गोस्वामी को डिफेंड नहीं कर रहा था। मैं यह भी जानता था, कि यह नम्बरी ठग है और गजब का एक्टर। मैं नरेन और बंटू के चाचा दोनों की बातों से सहमत था। मुझे यह भी पता था, कि शुरू में जब यह आया था, तो इसे उसी मकान में शरण मिली थी, जिसके सामने उसकी चमचमाती स्विफ्ट रखी है। कहते हैं कि मुहल्ले के पुराने सेठों ने इसे अपने यहाँ इसलिए रखा था, कि इसकी मदद से वे अपनी उस जमीन का मामला सुलटाना चाहते थे, जिसके वे संदिग्ध मालिक थे, और जिसके एक काफी कीमती हिस्से पर कोई दमदार दबंग काबिज था। उन दिनों जब यह आया था, तो बहुत ही शान्त मितभाषी और शिष्ट लगता था, जबकि अफवाहों के इतिहास में यह ओड़ीशा के झारसुगड़ा का नामी दादा था, और तब वहाँ के पुश्तैनी रईसों और कुन्दन स्टील के मालिकों के बीच की खरीद-बिक्री के कई मामले इसने सुलटाए थे। इसके भी पहले यह बिलासपुर के पास के किसी कस्बे में हत्या के मामले में आरोपी था और मेरे अपने भाई ने उस जमाने में इसकी जमानत के लिए अरजी लगाई थी। यहाँ आने के बाद, इसने जब सेठ का मकान छोड़ा और हमारे मुहल्ले में किराए से रहने लगा, तब इसने मकान बनाने का ठेका लेने का काम ले लिया था। शुरू-शुरू में इसने इस मुहल्ले के लोकप्रिय ठेकेदार हाराधन कोल्ता के साथ साझे में काम किया था और तब कहते हैं, कि इसने कोल्ता के साथ बड़ी धोखाधड़ी की थी। अब तो इसने ठेकेदारी भी छोड़ दी है, लेकिन पिछले चार-पाँच बरसों में शहर के महँगे इलाकों में दो-तीन प्लाट भी खरीद लिये हैं।

और अब करने को यह बाबा जटाशंकर धाम की चीफ मैनेजरी करता है। उसकी इस नई गाड़ी में भी इस नए बाबा धाम का नाम लिखा है।

"यह तुम्हारे कलेक्टर दोस्त का जात सगा है।" नरेन ने कहा, तो मैं चौंका। गोस्वामी की जात के बारे में यह मेरे लिए उसी तरह की नई सूचना थी, जिस तरह का आँखों देखा गुदगुदाने वाला अनुभव, अभी थोड़ी देर पहले मुझे हुआ था, जब मैंने बंगालिन मनीषा दत्त से उसे बातचीत करते देखा था। खासकर इसलिए, कि गोस्वामी की बदली औकात और पड़ोस में उस कामिनी अधेड़न की मौजूदगी के बारे में पल-भर की सोच ने ही, मुझे धरम के धन्धे में लगे ऐसे ढोंगी धार्मिकों के परम सौभाग्य के प्रति ईर्ष्या से भर दिया था। लेकिन जात की इस नई सूचना से मुझे धक्का नहीं लगा था। गोस्वामी की जात के सन्दर्भ के साथ नरेन ने जिस कलेक्टर की स्मृति कुरेदने की कोशिश की थी, उसका मेरे साथ कभी कोई गहरा सम्बन्ध नहीं था।

इस कलेक्टर का नाम था बिसाहू राम। यह जात का हरिजन था। और यह मेरा दोस्त नहीं बल्कि विद्यार्थी था। जब यह बी.ए.फर्स्ट इयर में पढ़ता था, तो मैं इसे एक अद्‌भुत स्मृति-सम्पन्न रट्टू विद्यार्थी के रूप में जानता था। अपनी रटन्त विद्या के बल पर ही इसने पहली कोशिश में, म.प्र. की डिप्टी कलेक्टरी की परीक्षा में जगह बना ली थी। और डिप्टी कलेक्टर बनते ही शपथ पत्र देकर इसने अपना नाम विवेक भारद्वाज कर लिया था। अनुसूचित जाति के लिए संरक्षित, इसके अपने विधानसभा क्षेत्र के कांग्रेसी सदस्य भी इसी सरनाम से जाने जाते हैं, और अपने अंचल की चुनिन्दा जगहों में इसकी नियुक्ति बनाए रखने में उन्हीं की भूमिका प्रमुख रही थी। यह मुझे इसलिए याद है कि एक बार जब इसे अपने अंचल से बहुत दूर, सीधी के पास के किसी सब डिवीजन में पोस्ट कर दिया गया था, तो यह मेरे पास भुवनेश्वर आया था। प्रयोजन यह था, कि वह दिल्ली में रहने वाले मेरे एक राजनेता मित्र की मदद से, अपने अंचल के किसी उर्वर क्षेत्र में पोस्टिंग चाहता था। तब यह इन्हीं भारद्वाज महोदय की चिट्‌ठी लेकर आया था, जिन्होंने सरकारी अशोक चक्रवाले लैटरपैड में हाथ से चिट्‌ठी लिखते हुए, पहले यह बताया था, कि मेरे जनक से उनके कितने अन्तरंग रिश्ते रहे हैं, और उसके बाद बहुत ही संक्षेप में इसकी मदद करने की बात भी लिखी थी। मैंने उसे यह कहकर टालने की कोशिश भी की थी, कि राजनेता दोस्त से मेरे सम्बन्ध अब उतने दोस्ताना नहीं रह गए हैं, पर किसी ने इसके दिमाग में यह बात बिठा दी थी, कि मैं उनका दोस्त ही नहीं हमप्याला भी हूँ, तो इसके रट्टू दिमाग में यह बात बैठ गई थी, कि अगर नेता किसी के साथ दारू पी रहा है, तो इसका मतलब साफ है, कि उसके साथ या तो लेन-देन का खुला रिश्ता है, या फिर ऐसी दोस्ती है, जिसमें वह अपनी नितान्त निजी डायरी के गोपनीय प्रसंग तक शेयर कर सकता है।

यह बिसाहू राम उर्फ विवेक भारद्वाज शायद मुझमें दोनों तरह की दोस्ती की छवियाँ देख रहा था, क्योंकि वह बार-बार खुले शब्दों में घोषणा कर रहा था, कि वह इस काम के लिए एक लाख तक खर्च करने को तैयार है, और उसके लिए पूरी

नगदी तैयारी के साथ वहाँ आया था। दबी-छिपी झीनी अश्लीलता से भरी भाषा में उसने समीरा पाल के नाम का उल्लेख भी किया था, जो उन दिनों स्थानीय नेताओं की विशेष प्रतिनिधि का दर्जा पा चुकी थी।

लेकिन उसकी भरपूर कोशिश के बाद भी हवाई टिकट से दिल्ली जाकर उसका काम कराने की बात मैंने नहीं मानी थी। पर कुछ ही दिनों के बाद उसका काम हो गया था, और वह रायगढ़ के बाजू के जिले के कलेक्टर के रूप में पदोन्नत होकर पदस्थ हो गया था। इसी जगह उसके व्यक्तित्व में काली कमाई के अलावा उसकी बेतहाशा अय्याशी के किस्से भी जुड़ने लगे थे, जिसकी भनक रायगढ़वासियों तक भी आने लगी थी। पर उसकी जीवन-कथा का क्लाइमैक्स और करुण दुखान्त यह था, कि उसके रिटायरमेंट के बाद, जब एक तरफ उसे रिजर्व कोटे में महापौर का टिकट दिए जाने की बात चल रही थी, तब दूसरे जिले के सेशन कोर्ट ने उसे अविवाहित मातहत से रेप करने के संगीन अपराध में सात साल के कारावास की सजा दे दी थी। और जहाँ साल-भर बाद उसकी इहलीला समाप्त हो गई थी।

और जब मैं उसकी जीवन कथा के अन्त के इस हिस्से पर ठिठकने-सा रुका था, तो मैंने मार्क किया कि नरेन ने इस बीच दो-तीन बार मेरी जाँघ पर थपकी मारकर, मेरा ध्यान तोड़ने की कोशिश की थी। और वह जब टूटा, तो उसने टूटते ही कहा, ''उधर देखो।''

मैंने देखा।

एक नई हल्के नीले रंग की इनोवा मुख्य सड़क के बीचोंबीच खड़ी थी। शाम सात के आसपास इस सड़क पर बीसियों मोटरसायकिलें दौड़ती रहती हैं। कभी-कभार कोई कार भी गुजरती है। और भले आदमी ने अपनी यह लम्बी-चौड़ी कार ऐसी जगह खड़ी कर दी है, सोचकर, मैंने भले आदमी की तरफ देखा।

वह गोस्वामी के सामने खड़ा था।

उसे देखते ही मेरा माथा ठनका। छै फुटिया मजबूत काठी का वह नवयुवक सा अधेड़, अपनी कंजी भूरी आँखों की अजीब-सी मिचमिचाहट के साथ, गोस्वामी से बात कर रहा था। कार उसी की थी। मुझे लगा कि मैंने कार वाले और कार दोनों को इसके पहले भी कहीं देखा है। पर मुझे याद नहीं आ रहा था कि कहाँ? मैंने माथे पर हल्का-सा जोर देकर सोचने की कोशिश की, पर याद नहीं कर सका। ऐसा तब भी होता है, जब मैं किसी का नाम या कोई खास शब्द भूल गया होता हूँ और दिमाग पर लाख जोर लगाने के बाद भी मुझे याद नहीं आता। इसे देखकर, पहले कहीं देखने की बात भी, उसी तरह की एक परेशानी थी, लेकिन यह उसे हाल ही में पहले कहीं देखने-भर का मामला था, इसलिए वह परेशानी टिकाऊ नहीं थी। फिर मैंने नरेन से पूछा, ''यह है कौन?''

"गोस्वामी का दोस्त है।"

"सो तो दिख ही रहा है, पर है कौन?"

"डिप्टी कलेक्टर है।" सुनते ही मैंने उसकी इनोवा गाड़ी की ओर आँखें घुमाई। फिर उसकी ओर। गोरे लम्बोतरे चेहरे पर कंजी आँखें देखकर ही लगता था, कि आदमी शातिर है। यह भी, कि इस तरह का कोई चेहरा कहीं देखा जरूर है।

"अभी तीन साल से छुट्टी पर है।" नरेन ने थोड़ी दबी ईर्ष्या और चिढ़ के साथ कहा। उसके मन में सरकारी कर्मचारियों के प्रति एक स्थायी गुस्सा बना रहता था। वह उन्हें मुफ्तखोर कहता था। चूँकि वह जमीन के लेन-देन का छोटा व्यापारी था और इस काम के ही सिलसिले में उसे रेवेन्यू विभाग के पटवारी से लेकर कलेक्टर तक को एक मोटी रकम घूस के रूप में देनी पड़ती थी, इसलिए वह यह कभी मानने को तैयार नहीं होता था, कि अफसर ईमानदार भी हो सकता है। और पेंशन के बारे में तो उसकी दो टूक राय थी, कि इसे तत्काल बन्द कर देना चाहिए। वह इसे शुद्ध हरामखोरी मानता था। हरामखोरी, माने बिना कुछ किए बैठे-बैठे मोटी रकम डकारना। मैं पेंशनर था, और अपने मुहल्ले का जानकर, इसने कभी मेरे सामने मुझे ऐसी गाली नहीं दी थी, पर मेरे बारे में उसकी अन्दरूनी राय यही थी। लेकिन व्यवहार तो मजे में निभ रहा था। जैसे अभी। वह पिछले आधे घंटे से मेरे साथ था। इस बीच उसने मुझसे समोसा खाने का प्रस्ताव भी किया था। पान तो खिलाया ही था। और गोस्वामी प्रसंग से आगे बढ़कर इस अजनबी के बारे में सूचनाएँ दे रहा था। उसकी ताजा सूचना पर मैंने जिज्ञासु की तरह सवाल किया। उसने थोड़े विस्तार में बताया, "ये भी साला फ्राड है। जनम से भले गोस्वामी का जात सगा न हो, करम से तो इसी का बड़ा भाई लगता है। सरकारी नौकरी में दस साल में कुछ नहीं तो दस करोड़ बना चुका है।"

"पर अभी छुट्टी पर क्यों है?" मैंने आतुर जिज्ञासा में तुरन्ती प्रश्न दागा।

"यह स्कूल चला रहा है," इसने थोड़ी तल्खी से कहा, और बताया, "इसके स्कूल में पहली क्लास की एडमिशन फीस तीस हजार है। मैं अपने पोते को लेकर गया था, कि शायद जान-पहचान और मुहल्ले के करीब का जानकर थोड़ा-बहुत कम कर दे,लेकिन साला है बिलकुल बनिया। बात ऐसे कर रहा था, जैसे पहली बार मुलाकात हो रही हो।"

"यह रहता कहाँ है?" मैंने पूछा। फिर मुड़कर देखा कि वह वहीं गोस्वामी के साथ खड़ा बात कर रहा है, जबकि पीछे से कोई कार वाला हॉर्न पर हॉर्न दिए जा रहा है। और तब इसने गोस्वामी की तरफ हाथ हिलाया। कार का दरवाजा खोलकर दाखिल हुआ। और सर्र से निकल गया।

पर मेरे दिमाग में सिर्फ पुराने सवाल की तरह नहीं, बल्कि नए खयाल की तरह, यह प्रश्न सलसला रहा था, कि स्कूल के धन्धे से धर्म के धन्धे के इस सम्बन्ध का,

उर्फ गोस्वामी और कंजी आँखों वाले, अपने ही मुहल्ले के अजनबी रहवासी का रिश्ता क्या है?

''इसने धोबी पारा के एक बेबस धोबी का मकान औने-पौने दाम में खरीद लिया था। वहीं पर अब इसने एक तिमंजिला मकान बना लिया है।'' नरेन ने कहा, और बताया कि यह गोस्वामी भी जटाशंकर धाम के पीछे की लगभग दो एकड़ जमीन हथियाए हुए है। और अब तो उस आश्रम के बाबा की महतारी ही नहीं, आसपास के सारे लोग इसे बाबा का दूत समझते हैं और इसे देवदूत की तरह मानते हैं। बाबा तो अब अपने खुले मन्दिर में अधलेटे से ऊँघते रहते हैं। आधी बेहोशी और आधी नींद की उनकी सांकेतिक देववाणी का प्रामाणिक व्याख्याता, यह गोस्वामी ही माना जाता है। आश्रम की उस पीछे की जमीन पर प्रदेश के एक प्रमुख मंत्री की नजर है, जो शहर के चारों तरफ नजर डाले हुए हैं, और हर तरफ की कई एक एकड़ जमीन अपने बेटे के नाम कर भी चुके हैं, जिनमें से एक जगह पर तो जनहित याचिका भी दाखिल हो चुकी है। तो यह कंजी आँखों वाला काइयाँ, उसी जमीन के लिए मंत्री की दलाली करने को इससे दोस्ती बढ़ा रहा है।

नरेन का लम्बा भाषण सुनने के बाद, बिना किसी कोशिश के मुझे अनायास याद आ गया, कि पहली बार मैंने इसे बाबा जटाशंकर धाम में इसी गाड़ी की ड्रायविंग सीट पर देखा था। इसके बाजू में बैठा था, अपना लोकप्रिय नेता बाबूलाल, जिसने विधानसभा चुनाव में कांग्रेसी उम्मीदवार को करारी शिकस्त दी थी। पीछे बैठा था मंत्री पुत्र और उसके बाजू में थी लड़की।

याददाश्त के झक्क साफ आईने में इनकी छवियाँ देखकर एक कामज जिज्ञासा में लहराता, मैं अपने घर की ओर बढ़ा, कि मंत्री पुत्र के बाजू में बैठी वो लड़की थी कौन?

5

वह वही थी। पीछे के पीछे वाली लड़की। फ्रॉक जैसी नीली पोशाक। घुटनों के ऊपर तक। स्लीवलेस। बाल खुले। आँखों में उत्कट पुकार सी कोई चमक। बरगद की सघन छाँव के नीचे मैं। पत्तों की खड़-खड़। कीड़ों की सरसर। उसकी और करीब आती देह। तीन काठ की पट्टियों के जोड़ से बना देवस्थान। बरगद से झूलती जड़ें। चाँदनी में चमकती रेत। थोड़ी दूर पर पानी। पत्थरों से टकराते जल की आवाज। और मैं। और वह।

फिर मेरा कमरा। फिर गिलास मुँह से लगाती वह। करुवाहट में ऊबकाई से विकृत होता उसका मुख। मेरी तरफ नर्म कामना से ताकती उसकी आँखें। चेहरे पर

छा जाते केश। मेरे सीने में अवश झुक आती वह। उसके सुपुष्ट स्तनों को सहलाता मेरा बायाँ हाथ। उसकी तेज-तेज चलती साँस। मेरा तन्नाता शरीर। उसकी मुँदी हुई आँखें। मेरा काँपता मन। उसका सिहरता शरीर। और फिर सीने से ऊपर उठता उसका मुख।

और फिर चमत्कार की तरह नागपुर का वह घर, जो मेरे दोस्त और बाद में मेरी पत्नी का घर था। उसके किशोर चेहरे की एक कमनीय झलक। इधर शरीर में एक अजब चमत्कार-सी सिहरन। कामना से परे किसी चाहत की मासूमियत से भरी, बहुत पहले की मीता। और फिर हड़बड़ा कर बिस्तर से छिटकने-सा उठकर, सुनसान सड़क पर भागती, वही। और तभी खट-खट। सपने के बिस्तर पर, सच की दस्तक सी।

नींद खुलते ही मैं मुस्कराया था। इस तरह का मीठा सपना मैंने मुद्दत बाद देखा था। ज्यादातर सपने डरावने और मृत्यु या दुर्घटना से जुड़े होते थे। दुर्घटना के कगार पर, सपने में अपनी आँखें मूँदता, जब मैं उससे बचने की आखिरी कोशिश कर रहा होता था, तब नींद टूट जाती थी। नींद टूटते ही, इतनी राहत तो मिल जाती थी, कि जो कुछ हो रहा था, वह सपने में हो रहा था, पर जागने के बाद भी लगता रहता था, कि जैसे मैं अभी उसी डरावने सपने में हूँ। कुछ सपने तो ऐसे भी होते थे, जो बीत जाने के बाद भी महीनों, बल्कि बरसों दिमाग में दबे रहते थे। और अचानक सोचकर जब मैं उन्हें याद करता था, तो उनकी स्मृति से मैं डरता तो नहीं था, पर अपने स्वाभाविक निगेटिव सोच में ऐसे रस्ते पर बढ़ जाता था, जहाँ मुझे लगता था, कि जागने वाला इस तरह का यह सपना भी, नींद के सपने से कम डरावना नहीं है। पर नींद के सपने में तो, ऐसे लोग और ऐसी जगहें दिखती थीं, कि बाद में सोचने पर भी मैं बिलकुल याद नहीं कर पाता था, कि अवचेतन में दबे वे कौन से लोग थे, जो मुझे घेर कर मारना चाहते थे, या तिमंजिले मकान की छत पर मुझे छुरा दिखाकर धमकाने वाला, वह चिट काला मुछर्रा कौन था, जिसके डर में मैंने बेमुंडेर छत से छलाँग लगा दी थी। और कभी-कभी तो ऐसा भी होता था, कि सपने में किसी और की मौत देखकर, उसकी लाश के करीब खड़े खूँखार लोगों के साथ, लाश की ओर ताकते हुए, मैं पाता था, कि मैं अपनी ही लाश की ओर देख रहा हूँ। अपने को मृत देखते हुए भी, सपने की तर्कहीन स्वप्नता से दहशत में काँपता, मैं अपने को यह सोचता हुआ पाता था, कि ये लोग मेरे मरने के बाद क्या करेंगे। तभी मुझे लगता था, कि उनकी हिंस्र हँसी की आवाज से मैं घबरा गया हूँ, और एक सुनसान सड़क पर दौड़ रहा हूँ। मेरे कानों में मेरा पीछा किए जाने की आवाजें आ रही हैं। प्यास से मेरा गला सूख रहा है, और मैं पास के घड़े से पानी भी नहीं निकाल पा रहा हूँ। खाट में करवट बदलने की शक्ति नहीं रह गई है। दिमाग में अपने को किसी तरह बचाने की कोशिश जारी है, पर हाथ-पैर अचल होकर पथरा गए हैं।

मैं किसी अजनबी जगह के अजनबी बिस्तर पर अकेला मर रहा हूँ। दर्द से चीख रहा हूँ। आवाज नहीं निकल रही है। आसमान से झपट्टा मारता गिद्ध सीधे मेरी आँखों पर आता है, और पसीने से तरबतर मेरी नींद खुल जाती है।

अभी के मीठे सपने के बाद नींद खुलने पर, सपनों की इस डरावनी याद से, अब की बार मैं नहीं डरा। शायद इसलिए कि सपने में नहीं, सच में मैं ऐसे किसी सपने की गोद में चला गया था, जहाँ अपने भयभीत वजूद को देखता हुआ भी, मैं स्थिर होकर सोच सकूँ, कि सपने और सच में वैसी दूरी नहीं होती, जैसा लोग सोचते हैं। यह वास्तविक जीवन भी न सिर्फ सपने जैसा लगता है, बल्कि सपना है ही, सोचता हुआ मैं खाट से उठा।

तो, फिर मुझे वह दिखी। वह माने, पीछे के पीछे वाली लड़की नहीं, जिससे इतनी अन्तरंगता हो चुकी थी, कि अपने किशोर जीवन की वे सारी घटनाएँ वह मेरे सामने बयान कर चुकी थी, जिन्हें किसी दूसरे से तो क्या, खुद से कहने में भी लड़कियाँ शर्म और संकोच से ही नहीं, भय से भी भर जाती हैं।

लेकिन अभी मैं मीठे सपने के उस छोर पर खड़ी ऐसी लड़की के साथ था, जो मेरी मीता थी, जिसके साथ मैंने अपने ही घर में, अपनी जिन्दगी के बीस बरस गुजारे थे, और जिसे जब-तब जहाँ कहीं अकस्मात् देखकर मुझे लगता था, कि इतनी दूर चले जाने के बाद भी, वह यहीं है, मेरे घर में, मेरी उँगली पकड़कर मुझे बगीचे में ले जाती और अमरूद के पेड़ की ओर इशारा कर अमरूद तोड़ लाने को कहती, मेरे बिस्तर पर चढ़कर मेरी तोंद पर चित्र बनाती मोटू दादू का, जैसे वह यहीं है, रसोई से पसीना-पसीना होकर निकलने के बाद, इस कमरे के पंखे के नीचे। और सपने से निकलकर सोच में आते ही, मैं स्मृतियों की अंग रची कहानी की गलियों से जैसे भागते हुए गुजरने लगा था। मुझे दिमाग के इस सन्तुलन या पागलपन पर बेआवाज और अदृश्य हँसी-सी आती थी, कि इधर मैं ब्रश कर रहा हूँ और पाँच बजे सुबह की साफ रौशनी में, कार्निश पर अधसोए कबूतरों को ताक रहा हूँ, और मेरी निगाह बगल की छत के परे आम के गुमसुम पत्तों पर पड़ रही है, और बिलकुल उसी पल मैं राउरकेला में मीता के साथ रिक्शे पर बैठा हूँ। सेक्टर जाने की पहली चढ़ाई पर रिक्शे से उतरकर, हम दोनों सड़क पर चल रहे हैं और रेल लाइन के ठीक ऊपर वाली जगह से नीचे बिछी पटरियों को देख रहे हैं, और फिर मैं टॉयलेट से निकलकर तौलिए से हाथ पोंछ रहा हूँ, और ऐन उसी पल सोलन होटल के बिस्तर पर वह मेरे सीने पर सिमट आई है।

और जैसे ही मैंने, सोलन हॉटल में मीता के साथ पहली मुलाकात की बात याद की, तो मैं ठिठक गया। छोटे पर्दे पर तेजी से गुजरते तरह-तरह के शेंपुओं और दवाइयों और सेल फोन और साबुनों के विज्ञापनों को एक के बाद एक देखने, तथा कुढ़ने और चिढ़ने जैसा था, मेरा देखना। सोचते ही मुझे लगा, कि यह थोड़ी ज्यादा

गरिष्ठ आत्मभर्त्सना है। शायद मैं सपने में आई मासूम मीता की छवि देखने के बाद, प्रात:कालीन नित्यकर्म की शुद्ध सांसारिकता में गाफिल रहने के बावजूद, उसके मिलने और उसके साथ रहने की बेतरतीब स्मृति में थोड़ी सच्ची भावुकता के साथ ही बह रहा था। लेकिन रुकते ही अगर मुझे ऐसा लगा, तो शायद इस कारण, कि उस समय जब मैंने इकतीस अक्टूबर के दिन सोलन हॉटल में, उसके, मेरे सीने पर सिमट आने की घटना की सजीव याद की थी, तो वास्तव में मैं अपने घर के बरामदे पर बैठा टी.वी. के किसी चैनल में तेजी से आते-जाते विज्ञापनों को न देखने सा देख रहा था। तभी बत्ती गुल हो गई थी। एक अजीब से झटके के साथ स्मृति चित्रों की वह कतार भी टूट गई थी। कोशिश करके याद करने पर मुझे याद आया था, कि जिस इकतीस अक्टूबर को राउरकेला के सोलन हॉटल में मैं मीता को अपनी बाँहों के घेरे में अनायास आ गई देख रहा था, वह तारीख ओड़ीशा के इतिहास में ट्रेजेडी की एक भयानक तारीख थी। उस दिन ओड़ीशा में भयंकर तूफान आया था। उसमें सैकड़ों लोगों की मौत की खबर आ रही थी। उन दिनों टी.वी. का चलन हमारे उस इलाके में नहीं था, लेकिन अखबारों में खबरें छप रही थीं, कि समुद्र किनारे के गाँवों के लाखों लोग बेघरबार हो गए हैं। जीवित तस्वीरों में इन्हें न देख पाने के बावजूद, लाशें पाई जाने की खबरें और घरों के मलबों की तस्वीरों को ही देखकर महसूस होता था, कि तबाही के ये दृश्य दिल दहला देने वाले दृश्य थे। तूफान का यह तांडव, लगभग अढ़ाई तीन दिन बाद थोड़ा थमा था। पर वास्तविक घटना की उस दहशतनाक तारीख में तो हम, संसार से परे स्वप्न-कामना की एक बिलकुल ही बन्द दुनिया में मगन जी रहे थे। तूफान के थमने के बाद जब सचाई का सामना हमने किया था, तब भी शायद वह नियति के बेबस स्वीकार की तरह का एक दूर से देखने का अनुभव ही था। एक ऐसा दुख, जिसे हम भले नागरिक की तरह ही जानते थे।

अभी जब सुबह-सुबह के मीठे सपने में, मैंने पहले पीछे के पीछे वाली लड़की को, और बाद में फूलछापे की फ्रॉक में, बहुत पहले की मीता को, नागपुर के घर में, सामने की लॉन के एकदम किनारे के लम्बे यूकिलिप्टस के वृक्ष के नीचे देखा, तो स्वप्नाविष्ट दशा में दीगर जैविक काम निपटाते रहने के दौरान, मुझे अपने साथ के दिनों की याद, उसी तरह की भावुकता के साथ आई थी, जैसे उसे, उसकी मृत्यु के तुरन्त बाद के दिनों में आँखों के सामने जीवित खड़ी हो जाती देखने की याद आती थी। और अपनी असहाय बदहवासी में फिर मैं उसी के बारे में सोचता रहता था, पर अभी, मैं थोड़ी वयस्क और बूढ़ी आत्मसजगता के साथ उन दिनों की याद कर रहा था। इसी सिलसिले में मुझे सोलन होटल की याद आई थी। और फिर तूफान और तबाही की। और तब मैंने थोड़ी आत्मग्लानि के साथ, उस पहली मुलाकात की रोमानी और कामुकता-भरी छवियों को याद किया था। सोचते हुए,

कि व्यक्तिगत और सार्वजनिक के बीच इतनी दूरी भी हो जाती है, कि अपनी सारी भयावहता के बावजूद, सार्वजनिक हादसा, व्यक्तिगत विभोरता को लगभग छूकर ही गुजर जाता है।

लेकिन आत्मविश्लेषण की कवायद, मेरी स्वभावगत विशेषता थी और है। इसी आदत के चलते मैंने फिर अपने भीतर गुजर गए और फिर भी बचे रह गए समय को खँगालना शुरू किया। घर से मॉर्निंग वाक के लिए निकलते समय मैं काफी दूर तक, स्मृतियों के भागते चलचित्र देखता, तेज-तेज चल रहा था। और तो और चाँदनी चौक पहुँचने पर, जब मुझे परमानन्द धोबी मिला था, तो भी मैं स्मृति को दिवास्वप्न की तरह देखता, यानी उसकी बातें सुनकर भी न सुनता, एक मीठी सोच में बहता हुआ आगे बढ़ रहा था। इसका मतलब यह नहीं, कि मैं परमानन्द धोबी की बात इतनी भी नहीं सुन पा रहा था, कि हुँकारा भी न दे सकूँ, या अपनी ओर से कोई एकाध वाक्य भी न बोल सकूँ। मतलब यह, कि सुनने को तो सुन रहा था और भरसक अपनी ओर से भलमनसाहत का परिचय देते हुए कुछ कह भी रहा था, पर इसके बावजूद मेरे ध्यान का नब्बे फीसद हिस्सा, मीता के साथ बिताए गए वक्त पर ही केन्द्रित था। इसीलिए जगन्नाथ मन्दिर से आगे बढ़कर जब हम पील लाल कोठी याने रियासत के दिनों की कुमार साहब की कोठी तक पहुँचे थे, तो बातचीत व्यवहार निभाने के लिए एक पेड़ की ओर इशारा करते हुए मैंने कहा था, ''यह कोरिया का गाछ है, पुरी के मन्दिर में रथयात्रा के दिन इसी वृक्ष के फूलों से महाप्रभु की पूजा की जाती है।''

''कुमार साहब के बगीचे में एक बेशकीमती पेड़ और है।''

''कौन-सा ?'' मैंने थोड़े बेमन से कहा था। मैं नहीं चाहता था, कि मैं किसी भी दूसरे की दुनिया में इतना ज्यादा शामिल हो जाऊँ, कि मीता के साथ बिताए गए दिनों से दूर, व्यवहार के संसार के घमासान में जा गिरूँ। सुबह-सुबह के सपने के बाद, मधुर कल्पनाओं की लय की जो शुरुआत हुई थी, मैं उसे हर कीमत पर बचाए रखना चाहता था।

उधर परमानन्द ने जवाब में किसी एक पेड़ का कोई अजीब-सा नाम बताया, जो मुझे याद नहीं आ रहा, पर यह याद है, कि उसने कहा था, कि इस पेड़ का पत्ता दिल की बीमारी का मुफीद इलाज है। यह जरूरी है, कि पत्तों को पहले चऊरहन के पानी, याने उस पानी में जिसमें चावल धोया गया है, भिगो लिया जाए और उसके बाद उसे पीस कर खाया जाए। फिर उसने गर्व से जोड़ा था, कि इन्हीं पत्तों की वजह से उसकी अपनी बीमारी भी बिलकुल जड़ से खत्म हो गई है, जबकि अभी तीन बरस पहले हालत यह थी, कि डॉक्टरों ने साफ जवाब दे दिया था, कि ऑपरेशन के सिवाय इसका कोई इलाज ही नहीं है। मुझे यह भी याद है, कि ऐसा कहकर उसने अपनी कमर को सीधी करते हुए सीने को तानकर, थोड़ा सपाटे से चलने की

कोशिश करते हुए कहा था, कि आज तिरासी की उम्र में भी, वह पाँच से सात किलोमीटर रोज चलता है।

तब मैंने उसकी ओर देखा था। तभी मुझे उसके लगभग जवान दिनों की काठी भी याद आई थी। सपाटे से सरसराता कई बार उन दिनों देखा गया एक बिम्ब भी मेरी आँखों से गुजरा था, जिसमें वह मेरे छोटे काका के साथ रिक्शे पर बैठा घूम रहा था। मेरी इच्छा हुई थी, कि मैं उससे छोटे काका के बारे में पूछूँ। लेकिन तब कुमार साहब के बगीचे के आखिरी छोर के वृक्ष की तरफ इशारा करते हुए उसने बताया था, कि यही वो पेड़ है, जिसके पत्तों में भगवान ने ऐसी शक्ति भर दी है।

उसकी बात सुनते हुए तात्कालिक तौर पर तो मेरे दिमाग में फिर एक बार कुमार साहब की छवि उभरी थी, लेकिन दूसरे ही पल, मैं राउरकेला के अपने क्वार्टर वाले बगीचे की याद करने लगा था। छोटे से लॉन में बैठकर देसी दारू पीते हुए, रात की चाँदनी में बगीचे के हरे को ताकते हुए, अक्सर मैं सामने के लम्बे तड़ंगे अशोक के पाँच वृक्षों को एकटक देखा करता था। खासकर मीता के आखिरी दिनों में, जब लगभग यह एकदम ही स्पष्ट हो चुका था, कि वह अब ज्यादा दिन बचने वाली नहीं है। और तब इन वृक्षों को स्मृति में एकटक देखते हुए मुझे याद आता था, कि बरसों पहले जब हम सेक्टर दो से, सेक्टर छै के इस मकान में आए थे, तभी उसने अशोक के पाँच नन्हें पौधे, लोहे के फाटक के आजू-बाजू में लगाए थे। और फिर इन्हें बच्चों की तरह पाल-पोस कर बड़ा किया था। उसके स्वस्थ दिनों में जब कभी भी हम वहाँ अकेले लॉन पर बैठा करते थे, तो उन्हें देखकर वह अक्सर कहा करती थी, कि ये पेड़ उसके सुख में सुखी और दुख में दुखी हो जाते हैं। उसके आखिरी दिनों की याद में लगभग छलक आती आँखों से, उन्हें एकटक ताकते हुए मेरा मन इतना भावुक हो जाता था, कि मैं जबरन वहाँ से भागने की कोशिश करता था, लेकिन पलायन के हर रास्ते पर फिर कोई स्मृति उसके शान्त सहज स्वीकार का बिम्ब उभार देती थी।

अभी भी यही हो रहा था। उसके जाने के बरसों बाद, उससे पहली मुलाकात की स्मृति, इसी सिलसिले की एक कड़ी थी, जिसने मुझे ठिठका दिया था।

उस समय हम बाघ तालाब के बाजू में बने शिव मन्दिर के पास थे। हम याने मैं और परमानन्द धोबी। लकड़ी की पट्टियों को जमीन में चौकोर गाड़ कर बनाए गए मुर्गापाट के देवता के बाजू की सड़क की ढलान में उतरने के लिए, वह विदा माँगते हुए हाथ जोड़ रहा था। मैं नदी से थोड़ी दूर के लगभग पत्रहीन बरगद की लम्बी जड़ों की ओर ताक रहा था। सोचता हुआ, कि सच का बरगद और सच की नदी, सपने से कितनी अलग और कितनी शुष्क हैं। और तभी मैंने सुना था, ''फेंक, फेंक दे उसे।''

मैं पलटा था।

शिव मन्दिर के दाएँ बाजू वाले हिस्से पर, कचरे के ढेर से प्लास्टिक, पोलिथिन और काँच की साबित बोतलें चुन-चुन कर, बोरे में भरती दो लड़कियाँ थीं। शायद यह उनका रोज का काम था। दोनों की उम्र दस-बारह के करीब होगी। दोनों के चेहरों की शिशुता पर रोजी-रोटी कमाने की धूल और पसीने की मिली-जुली परत थी। बाल पोनीटेल में बाँधे जाने के बावजूद बिखरे थे। जटा गए से लगते थे। रंग साँवला था। आँखों में उम्र की चमक की मासूमियत मंद पड़ने लगी थी। दोनों चूड़ीदार और चालू फैशन के सस्ते कपड़ों में थीं। उनकी हड़ियल दुबली देह पर कपड़े ढीले-ढाले लगते थे। शायद वे खैरात में मिले कपड़े थे, जिन्हें अपनी देह के अनुसार चुस्त-दरुस्त बनवाने के लिए, न तो उनके पास वक्त था, न ही पैसे। उनकी ओर गौर से देखते हुए, मैं अचानक अपनी खयाली दुनिया से बाहर निकल आया था। सोचने लगा था कि इस शहर के सैकड़ों बच्चे इसी तरह के रोजगार में लगे हैं। दुकानों, होटलों, घरों, छोटे-मोटे कारखानों में काम करते इन बच्चों को कभी-कभार देखकर, थोड़ी देर एक सतही सहानुभूति में भीगना भी, शायद मेरे अपने स्वभाव का हिस्सा है। शायद इन्हीं की तरफ देखता हुआ, अपने खयालों को परे करते हुए, मैंने मीता से पहली मुंलाकात के सिलसिले को जबरन तोड़ने की कोशिश की थी। और अकारण उन दोनों की ओर घूरने-सा देखने लगा था। शायद, मेरे इस तरह खड़े-खड़े ताकते रहने के कारण वे दोनों के दोनों सहम गए थे। शायद, उन्होंने मेरे चेहरे की झूठी सहानुभूति की नकली चमक के भीतर, मेरे अन्दर की वहशत और हिकारत को अपनी निरक्षर आँखों से पढ़ लिया था। पता नहीं, उन दोनों ने, मुझे वहाँ अचानक ठिठक गया देखकर क्या सोचा था, पर तब फिर मैंने देखा कि छोटी के हाथ में डबल रोटी का एक पैकेट था। वह उसे थोड़ी दूर पर झुककर खड़ी, दूसरे ढेर से काम की चीज तलाशती, बड़ी को दिखाती हुई, उसे ललचा रही थी। बड़ी ने फिर तेज आवाज में कहा, ''फेंक दे उसे, फेंक।'' दूसरी ने उसी तरह के तीखे स्वर में जवाब दिया, ''क्यों? क्यों फेंक दूँ?''

''वो खराब हो गया है।'' बड़ी वाली ने कहा और अपनी ऊँचाई के बराबर के बोरे को पीठ पर लाद कर उसकी तरफ बढ़ी। छोटी ने तब गौर से डबल रोटी के पैकेट को उलट-पलट कर देखा। नाक के पास ले जाकर उसे सूँघती रही। वह इतनी बासी नहीं हो गई थी, कि फेंक दी जाए। शायद किसी ने गलती से उसे वहाँ फेंक दिया था।

इस बीच वह बड़ी वाली, छोटी के पास आ गई थी। उसने उस पैकेट को उसी तरह उलट-पलट कर देखा था, जैसे पहली ने किया था। फिर उसी तरह सूँघा भी था। इस बीच पता नहीं मैं कैसे उनके और करीब आ गया था। मेरी इच्छा उनसे बात करने की हो रही थी, लेकिन मैं जानता था, कि मेरे कुछ पूछते ही हाँ, ना में कोई टका-सा जवाब देकर, वे वहाँ से आगे बढ़ जाएँगी। ऐसा पहले भी हुआ था। जब

भी मैंने इस पेशे में लगे छोकरों या छोकरियों से बात करने की कोशिश की थी, वे भय और अविश्वास से मुझे ताकतीं आगे बढ़ जाती थीं। मकानों में रेजा, कुली का काम करने वाले लोग हों, चाहे सिर पर जलाऊ लकड़ी या सराई पत्तों का बोझ लादे औरतें हों, या सर्किट हाऊस के पीछे पहाड़ में गिट्टी तोड़ते मर्द हों, कोई भी कभी मुझसे बात करने के लिए नहीं रुकते थे। मेरा चेहरा और मेरी पोशाक शायद सबसे बड़ी दीवार थी। साफ-सुथरे कपड़े पहने चिकने-चुपड़े लोगों के इस तरह ताकने को भी, वे ज्यादा देर बर्दाश्त नहीं करती थीं, जबकि उन्हीं की तरह, नंग-धड़ंग छोकरों के साथ वे पूरी आजादी से इठलाती हुई बात करतीं देखी जा सकती थीं। बरसों के अपने अनुभव से मैं जानता था, कि उनके और मेरे बीच एक अलंघ्य दूरी है। यही सोचकर मैं वहीं खड़ा-खड़ा दो पल उन्हें देखता रहा, तो पास से गुजरते किसी ने मुझे पालागी की।

मैं पलटा। प्रातः भ्रमण में ये रोज के मुलाकाती साहू साहब थे। हमारे मुहल्ले के पास तंबोलियों के मुहल्ले में इनकी ससुराल थी। इनकी पत्नी अपने माता-पिता की इकलौती सन्तान थी। यहीं सरकारी प्रायमरी स्कूल में वह टीचर थी। शादी के दौरान खुद इनकी पोस्टिंग कश्मीर से लेकर कन्याकुमारी तक की कई जगहों में हुई थी, लेकिन इनकी पत्नी ने यहाँ पक्की सरकारी नौकरी छोड़कर जाना मुनासिब नहीं समझा था। और अब दोनों रिटायर थे। गाँव के घर में जाकर रहना भी इनकी पत्नी को रास नहीं आया था। सो वे यहीं बस गए थे। और आज बहत्तर की उम्र में बेटे-बहुओं के साथ शांति की जिन्दगी बिताते हुए, रोज सुबह चार बजे, लाठी टेकते हुए प्रातः भ्रमण में निकल जाते थे। मैंने हाथ जोड़कर उनका अभिवादन स्वीकारा। फिर हाथ से इशारा करते हुए कहा, ''बाल श्रमिक कानून वाले देश के ही बच्चे हैं ये।''

शायद मेरी आवाज से फूटती विडम्बना और व्यंग्य में भद्दी गाली जैसी कोई बात थी। लेकिन साहू साहब उससे बिलकुल ही अप्रभावित थे। उन्होंने लगभग भावहीन स्वर में जैसे मेरे व्यंग्य का जवाब देते हुए कहा, ''सरकार इनके लिए कितना कुछ करती है, ये खुद कुछ करने को तैयार नहीं।''

साहू साहब मिलिटरी के रिटायर्ड रंगरूट थे। उन्होंने बासठ, पैंसठ और इकहत्तर की लड़ाइयों में शिरकत की थी। उन्हें देश की सैन्यशक्ति पर गर्व था। ताजा राजनैतिक घटनाओं की अखबारी जानकारी के बूते पर, वे सरकार द्वारा रक्षा के क्षेत्र में किए जाने वाले अधुनातन विकास के कट्टर समर्थक थे। अगर इस तरह का विषय छिड़ जाए, तो अपनी शान्त आवाज में आर्मी के बारे में सविस्तार बोलने लग जाते थे। इसलिए जब उन्होंने इस तरह के बच्चों के बारे में थोड़ी प्रतिकूल टिप्पणी की, तो मैंने उस पर कुछ नहीं कहा।

वे हाथ जोड़कर आगे बढ़ गए। मैंने बाएँ मुड़कर देखा कि इस बीच वे लड़कियाँ भी, कचरे के अगले ढेर के लिए राजमहल के रस्ते पर आगे बढ़ रही थीं। तब मैंने

बचे कचरे के ढेर के करीब जाकर देखा था, कि क्या डबल रोटी का वह पैकेट, बच्चों ने वहाँ फेंक दिया था।

पैकेट वहाँ नहीं था।

और लड़कियाँ, वहाँ से थोड़ी दूर रथयात्रा के दिन जगन्नाथ को चढ़ाये जाने वाले कोरिया फूलों के गाछ के पास के ढेर से, अपने काम की चीज चुनने के लिए कचरे पर झुकी हुई थीं।

मैं सर्किट हाउस के रस्ते पर आगे बढ़ गया था।

अपने अन्दर से बाहर निकलते ही, आसपास की सारी चीजों के प्रति मेरी निगाह थोड़ी ज्यादा चौकन्नी हो जाती है। यों भी मैं थोड़ा एक्स्ट्रा एलर्ट स्वभाव का आदमी हूँ। इसलिए शिवमन्दिर के बाद, जब मैंने हल्के से बाएँ घूमने वाली उस सड़क पर पाँव बढ़ाए, जिसके एक तरफ नदी और दूसरी तरफ बाघ तालाब है, तो मैं काफी सतर्क था। इतना, कि यह भी जानता था, कि ज्यादा देर तक नहीं रहूँगा। दाईं तरफ की नदी वाले किनारे में अब ढेर सारे पक्के मकान बन चुके थे।

इनमें से अधिकांश सरकारी जमीन पर गैरकानूनी ढंग से बनाए गए मकान थे। रोचक बात यह थी, कि आज की तारीख में हर मकान को सरकारी पट्टा मिल चुका था। मुझे यह बात इसलिए याद नहीं आई थी, कि मैं इनके बारे में नैतिक या राजनैतिक ढंग से सोच रहा था। सड़क पर बढ़ते हुए, दाईं तरफ के इन मकानों के बारे में, उभरने वाले खयाल के पीछे मेरे अपने बचपन की याद थी। लगभग सत्रह साल की उम्र तक मैं इस नदी के साथ इस तरह जुड़ा हुआ था, कि तीन घंटे तक नहाने के बाद, घर आकर मैं अगले दिन के स्नान पर्व के सपने देखने लगता था। पँचधारी और खर्राघाट से लेकर, कोष्टाघाट और चीरघर वाले घाट तक की नदी के बारे में, तब मुझे अच्छे से पता था, कि किस घाट की किस जगह, ऊँची चट्टानों जैसे पत्थर हैं, और कहाँ नदी ज्यादा गहरी है, जहाँ से सुरक्षित तैरकर उस पार तक जाया जा सकता है। यह मैं बारिश के दिनों की नदी की याद में कह रहा हूँ, जबकि नदी का पानी घाट की पाँच-छह सीढ़ियों तक चढ़ जाता था, और वह उछलती-कूदती बहने लगती थी। तब नदी में तैर कर उस पार जाने का मतलब होता था, कि गोसाईं घाट में कपड़े उतारकर तेज बहती नदी में कूदो, तो बहाव में थोड़ी सतर्कता से तिरछे बहते हुए उस पार, कपड़ा फींचते धोबियों के पास पहुँचो, और वहाँ से फिर उसी कायदे से और उतनी ही सतर्कता के साथ, तिरछे ढंग से सँतार काटते हुए, पुल के नीचे चीरघर वाले घाट पर पहुँचो, और गीले कपड़ों में ही गोसाईं घाट तक वापस जाकर सूखे कपड़ों और पेट में खलबली मचाती भूख के साथ घर पहुँचो, तो वहाँ पहले खाने को मिलेंगी दादी की गालियाँ और बाद में भात।

लेकिन अभी जब मैंने बारिश और बाढ़ के दिनों की नदी में तैरते अपनी शुरू जवानी के दिनों को याद किया, और उसी सिलसिले में चीरघर की, तब बिलकुल

अकस्मात के झटके से मुझे एक अजनबी व्यक्ति के शव की याद आई, जिसे कुछ मिनट पहले ही म्युनिसिपल के नाके के बरामदे में रखा गया था। शव के सिरहाने मेरे जनक बैठे थे और रघुपति राघव राजा राम भजन गा रहे थे। यह ओड़िशा के किसी कांग्रेसी नेता का शव था, जिनकी, किसी ने डाकगाड़ी के डब्बे में हत्या कर दी थी। रायगढ़ स्टेशन पर उसे उतारकर शव का पोस्टमार्टम किया गया और वहीं चीरघर के पास स्थानीय कांग्रेसी उन्हें श्रद्धांजलि दे रहे थे।

दिमाग की इस अजब कम्प्यूटरी हरकत पर सिहरते हुए मैंने सोचा, कि कितनी पुरानी और मेरे लिए बिलकुल ही बेमानी घटना को भी मेरा दिमाग, कहाँ कितनी परतों के नीचे सँजोकर रखे था, कि बिना किसी कमांड के उसने मुझे सम्भवत: जीवन में पहली बार, किसी की चीरी गई लाश की तस्वीर दिखा दी।

इस पुरानी बेमानी बात की ऐसी अचानक याद से मुझे डर तो नहीं लगा, पर मेरा मन थोड़ा उखड़ गया। मैंने बाईं तरफ के बाघ तालाब की ओर देखा। तलमाटी सूख कर पपड़ा गई थी। मार्च के अखीर में पानी का कहीं नामोनिशान तक न था। करीब आधे हिस्से पर तो लोगों ने अपने रिहाइशी मकान बना लिये थे। आधे हिस्से में गरमियों में ही नहीं, शायद हर मौसम में कई स्त्रियाँ छोटी बाल्टी में पानी लेकर निबटने जाया करती थीं। बहुत बारिश में भी तालाब इतना नहीं भरता था, कि जरूरी नित्य कर्म के लिए जगह ही न बचे। लगातार मूसलाधार के समय तो, इस सड़क का किनारा तक, मुँहअँधेरे ताजे गू से गंधाने लगता था। नदी के किनारे का उपयोग भी इसी महान भारतीय काम के लिए करने वालों की संख्या भी कम नहीं। हमारे शहर के सैकड़ों लोग दिशा मैदान के मुहावरे में ही जीने वाले लोग थे, भले उनके हाथ में वाटसएप वाले मोबाइल हों और वे जीन्स के साथ टी शर्ट पहने इस क्रिया में लगे हुए हों।

नित्यकर्म निपटा कर लौटने वालों की इस फिजूल सोच में अपने को भटकाता, मैं सन्तोषी माता के मन्दिर पर पहुँचा।

सन्तोषी माता का यह मन्दिर हाल ही में ही बना था। खर्राघाट के नाम से प्रसिद्ध यह जगह भी, पीछे के मुर्गापाट की तरह, स्थानीय देवता का अधिष्ठान थी। शायद इन दोनों ही जगहों का सम्बन्ध क्वाँर के महीने में निकलने वाले बैल से था, जिसका जिक्र मैंने पहले ही अध्याय में समलाई मन्दिर के जिक्र के साथ किया था। इधर बीस-पचीस वर्षों से लोक-विश्वास में प्रतिष्ठित देवी चढ़े इस बैगा भक्त से जुड़ा वह त्यौहार खत्म हो चुका था, पर बूढ़ों को, कम से कम मुझे, इस जगह के पास से गुजरते हुए कभी-कभार उसकी याद आ जाती थी। कुछ तो लोग अभी भी ऐसे हैं, जो बढ़ा-चढ़ा कर उन दिनों के बैगा भक्त के कोप या कृपा की कहानियाँ सुनाते रहते हैं।

इस रस्ते पर इसी जगह देव पालागन का यह मेरा आखिरी कार्यक्रम होता था, जिसे कई बार मैं भूल जाता था, और उसके बाद सर्किट हाऊस पहुँचने तक मन ही

मन आशंकित रहता था, कि कहीं आज इस भूल के चलते मैं दैवी कोप का शिकार न हो जाऊँ। आज जब मैं यहाँ रुका, तो मुझे सड़क के किनारे गड़ा लोहे के एंगल का वह बोर्ड दिखा, जिसमें सन्तोषी माता और चिन्ताहरण हनुमान मन्दिर लिखा हुआ था, हालाँकि मेरी भयभीत आस्तिकता और श्रद्धा का कारण न तो हनुमान जी थे और न ही सन्तोषी माता। बचपन से ही बैल के यहाँ से निकलने और देवी चढ़े होने की कहानियाँ सुनते रहने के कारण, अपनी डरपोक आस्तिकता में, मैं यहाँ पर दाएँ देख की मुद्रा में प्रणाम करते हुए आगे बढ़ जाता था। सन्तोषी माता का मन्दिर तो बिलकुल हाल का था। अपने बचपन में तो हममें से किसी ने, इस देवी का नाम भी नहीं सुना था। हमारा एक दोस्त तो सन्तोषी माता का जिक्र आने पर बड़ा मजेदार किस्सा गढ़ कर बताता था, कि इसकी पूजा की शुरुआत बनारस के किसी बनिए ने की थी। मगर इसी के साथ-साथ मैंने यह भी याद किया था, कि मेरा बेटा जब यहीं था, तो मेरी पोती हर शुक्रवार को मुहल्ले-मुहल्ले में घूमने वाले सन्तोषी माता के रिक्शे पर बिला नागा रुपया चढ़ाती थी, और हालाँकि तब उसे एक और पाँच रुपए का फर्क नहीं मालूम था, मगर वह रिक्शे में पाँच का सिक्का ही डालने की जिद करती थी।

उन्हीं दिनों मुझे यह सूचना भी मिली थी, कि सन्तोषी माता का यह रिक्शा वाला भी कोढ़ियों के मुहल्ले में ही रहता था। यह बात मुझे क़मउम्र वकील दोस्त ने अभी हाल में ही बताई थी, कि कोढ़ीपारा बड़ी गुलजार जगह है। वहाँ शराब, कबाब और शबाब तीनों बड़ी आसानी से उपलब्ध हो जाते हैं। और यह भी सच है, कि वहाँ सिर्फ कोढ़ी ही नहीं सामान्य लोग भी रहते हैं। यह बात अपने मुहल्ले के लखन रिक्शे वाले के सन्दर्भ में उसने बताई थी, जो रिक्शा तो दूर के मुहल्ले में चलाता था, पर दारू पीने के लिए कोढ़ीपारा तक जाता था।

"सुबह पाँच से शाम पाँच तक कम से कम चार बार वह अम्बेडकर नगर से कोढ़ीपारा तक जाता है। जब जाता है, तब एक दूसरे रिक्शेवाले को रिक्शे में बिठाकर ले जाता है। आते समय रिक्शे की सीट पर राजा की तरह, कुछ इस मुद्रा में अधलेटा-सा बैठा रहता है, जैसे वह राजसिंहासन पर बैठा हो।" वकील दोस्त ने समापन करते हुए कहा था।

यह कोई दसेक दिन पहले की बात होगी। दिन शुक्रवार का था। हम सब याने मैं और वकील दोस्त और अरुण जनता जनार्दन के दफ्तर में ओठों से गिलास लगाते और अखबार से मिक्सचर या बड़ा खाते, लोकसभा के सम्भावित परिणामों के बारे में बातें कर रहे थे। हममें से किसी को इस विषय में कोई दिलचस्पी नहीं थी। सामने टी.वी. में बी.जे.पी. के प्रधानमंत्री उम्मीदवार पूरी नाटकीयता के साथ, देश का सत्यानाश कर देने वाले माँ-बेटे की काली-करतूतों का कच्चा चिट्ठा, जनता के सामने रखने के बाद, देश की जनता से करुण स्वर में अपील कर रहे थे, कि आपने उन्हें साठ साल दिए, मुझे साठ महीने दीजिए।

सुनकर वकील दोस्त ने रिमोट से टी.वी. बन्द कर दिया। उसने डिस्पोजेबल ग्लास मुँह से लगाया और शहर के जय कारगिल शहीद चौक से लाये गए बड़े को थोड़े इत्मीनान से कुतरता बोला, ''बड़े तो कोढ़ीपारा में छनते हैं। चखने के लिए ऐसे बड़े शहर में शायद कहीं नहीं मिलेंगे।''

''कोढ़ीपारा में ?'' मुझे अचानक झटका-सा लगा था। पिछले पाँच-छह महीनों से बल्कि दो-ढाई साल से, किसी न किसी बहाने, कोई न कोई, कोढ़ीपारा का जिक्र कर ही देता था। अभी हाल बबलू आया था। कमउम्र वकील दोस्त का सहपाठी। उसे बिन्ना को अपनी बेटी की बीमारी के कागजात दिखाने थे। बेटी ने दिल्ली से मेल करके रिपोर्ट भिजवाई थी। कहा था, कि बिन्ना को दिखाने के बाद ही, वह आगे इलाज के लिए बढ़ेगी। उसे दिल्ली के मशहूर विशेषज्ञ से ज्यादा भरोसा बिन्ना पर था। यह थोड़ी अजीब-सी बात थी। इन दिनों जब लोग छोटी-सी बीमारी के लिए दिल्ली, बम्बई, हैदराबाद, चेन्नई जा रहे हैं, उसकी बेटी रायगढ़ के डॉक्टर से मशविरा लेना चाहती है। खैर। काम निपटाने के बाद उसने चिल्हर की कमी की बात, कैसे और क्यों शुरू की थी, यह मुझे याद नहीं, पर इस बात से मुझे तत्काल गुरू की बात के साथ चन्द्रभान पटेल और चिल्हर और कोढ़ीपारा की याद एक साथ आई थी। बात आगे बढ़ाते हुए उसने जब बताया, कि व्यापारी बट्टे में चिल्हर खरीद कर, पहले उसे गलाते हैं, फिर उसे ब्लेड कम्पनी को बेच देते हैं, तो यह सुनते ही अरुण का माथा ठनका था। उस समय भी मैं, वकील दोस्त और अरुण तीनों के तीनों जनता जनार्दन जाने की हड़बड़ी में थे। देर मेरे कारण हुई थी, क्योंकि बबलू ने वहीं पुराने दिनों की बात शुरू कर दी थी। तब बिन्ना के अलावा बड़ी दीदी, और एक छोटी बहन भी वहाँ बैठी हुई थी। वे सब की सब उसकी बात में शामिल हो गई थीं। इस बीच अरुण याने मेरी इसी छोटी बहन का पति, दो बार फोन कर चुका था। मिस कॉल देखकर ही मैं ताड़ गया था। मैंने बबलू को कोंचा था। फिर सीधे-सीधे कहा था, कि अरुण और सचिन वहाँ इन्तजार कर रहे हैं। पान दुकान पर पहुँचते ही हमेशा गुम्म और खामोश रहने वाले बबलू ने, फिर वही चिल्हर कथा छेड़ दी थी।

''इस मेटल से ब्लेड बन ही नहीं सकती।'' अरुण ने निर्णायक स्वर में कहा था। बबलू सहमने सा चुप हो गया था। लेकिन मुझे चिल्हर के जिक्र से ही, कोढ़ीपारा की याद आई थी, जैसे तब भी आई, जब वकील दोस्त ने चखने के सन्दर्भ में कोढ़ीपारा के बड़े का, दारू का, और कमनीया बार का जिक्र करते हुए, कबाब, शराब और शबाब की बात की, वहाँ से शुरू करके सन्तोषी माता के रिक्शे के विवरण पर रुका।

चिन्ताहरण हनुमान को प्रणाम करने के इस पवित्र समय में, इस तरह की बातों के दिमाग में आ जाने की बात को, भावी अपशकुन की सूचना की तरह लेते हुए

मैं पलटा था। पलटते ही मेरे सामने सूखे बाघ तालाब के बाजू वाला वटवृक्ष था। इस पेड़ की लम्बी मोटी शाखा, तने से समकोण बनाती बाघ तालाब पर झुकी थी। यह बहुत पुराना वटवृक्ष था, जिस पर वट सावित्री के दिन मुहल्ले की स्त्रियाँ धागा लपेटती थीं। यह वह जगह थी, जहाँ पुरानी बस्ती से लाई जाने वाली अर्थियों को कुछ देर के लिए नीचे जमीन पर रखा जाता था। पता नहीं हर जात के लोग ऐसा करते थे या नहीं, क्योंकि मेरी अब तक की गई शवयात्राएँ ब्राह्मण शवों से ही जुड़ी थीं, जहाँ शवधारकों या वाहकों को, जानकार शिव मन्दिर के बाद से ही टोकने लगते थे, कि अगले से अगले से अगले पीपल के बाद, वट वृक्ष के नीचे अरथी जमीन पर रखी जानी है, और उसकी पोजीशन पूरी पलट देनी है। कई तो ऐसे कर्मकांडी होते थे, जिनके साथ का पुरोहित पहले पूजा-पाठ करता और फिर अरथी पलटवाता। अभी खामोश गुम्म पेड़ के सामने, एक पत्ता तक न हिलने वाले उमस भरे मौसम में, शव के रखे जाने की इस स्मृति को, मैंने फिर किसी अपशकुन की आशंका के साथ याद किया। थोड़ी दूर बाद श्मशान था, जो अभी सुनसान था। आम तौर पर इस जगह से गुजरते हुए, मैं इसके बारे में सोचता तक नहीं था, और कभी उधर मुँह करके मैंने इस जगह को प्रणाम भी नहीं किया था, क्योंकि वहाँ कोई मन्दिर नहीं था, लेकिन मैंने यह जरूर मार्क किया था, कि सुबह इस रास्ते पर आने-जाने वाले कई लोग यहाँ प्रणाम किया करते थे। प्रणाम की यह प्रक्रिया मुंडी घुमाकर हाथ जोड़ कर, सर्र से आगे बढ़ जाने तक सीमित नहीं रहती थी, कुछ तो ऐसे लोग होते थे, जो श्मशान देवता की मौन प्रणति में दरवाजे की मिट्टी को छूकर उसे माथे से लगाते थे और कुछ ऐसे भी होते थे, जिनकी प्रणति की प्रक्रिया थोड़ी देर तक चलती रहती थी। उन्हें देखते हुए, वहाँ से गुजरते समय पहले भी मेरे मन में कई बार यह खयाल आया था, कि मॉर्निंग वॉक में आते समय, पूजा की पूरी गम्भीरता से, ये आखिर कौन-सी प्रार्थनाएँ करते हैं? तभी मुझे अपनी गलती भी याद आ जाती थी, कि बिना ब्रश किए, बिना नहाए और जूते पहने-पहने, मैं खुद समलाई और जगन्नाथ से लेकर, मुर्गापाट और खर्राघाट के देवी-देवताओं को तुरन्ती प्रणाम करते हुए, सालों से इस रास्ते पर आता-जाता रहा हूँ। लेकिन श्मशान प्रणाम और पूजा के पीछे की आस्था मेरी समझ में नहीं आ पाई थी। चूँकि आज शव से जुड़ी बात, अभी ताजा अपशकुन की तरह दिमाग के किसी कोने में खदबदा सी रही थी, इसलिए वहाँ तक पहुँचने के पहले ही, हमेशा ही मौत के डर में काँपते भागते रहने वाले दिमाग में, श्मशान को देख कर हल्की सी बेचैनी शुरू हो गई थी। रुक कर प्रणाम करने या न करने का एक सद्यजात तनाव भी मन में था। तभी अचानक कमल आकर ठीक मेरे बगल में खड़ा हो गया। उसने मुझे प्रणाम किया। फिर श्मशान की तरफ मुड़कर हाथ जोड़े। फिर आगे बढ़ते हुए कहा, ''यह अंतिम धाम है, इसीलिए इसे प्रणाम करता हूँ।''

फिर तेजी से आगे बढ़ गया। तब मैंने देखा, कि उसकी देखादेखी और अपने अनजाने मेरे हाथ भी जुड़े हुए थे।

चौबीस में से कुछ नहीं तो बारह घंटे, अब तो उठा ले भगवान, की प्रार्थना करते रहने वाला मुझ जैसा आदमी, पता नहीं श्मशान के देवता से कौन-सा वरदान माँग रहा था?

लेकिन मुड़ते ही जो मिला वह कोई वरदान नहीं, एक विचित्र इंसान था।

इसका नाम था सादिक हुसैन।

सादिक माने सच्चा। था भी यह एक सच्चा आदमी। इसको देखते ही मुझे बहुत पुराने समय की याद आई थी। मैं श्मशान चिन्ता या चिन्तन से छिटक कर, जहाँ से इसे देख रहा था, वहाँ एक दुबली-साँवली लड़की थी, जिसे यह कम्प्यूटर कंपोजिंग सिखा रहा था। मैनुअल कंपोजिंग की जगह, इस नए यंत्र के इस्तेमाल का यह समय, मेरे रिटायरमेंट के पहले चरण का समय भी था। मुझे खुशी हुई थी, कि बड़े शहरों या कि महानगरों में पाँचेक साल पहले शुरू हो चुके, कम्प्यूटर टाइपिंग की शुरुआत भाई के प्रेस में हो चुकी थी। उन दिनों रिटायरमेंट के बाद भी काम पर लगे रहने के उत्साह में, मैंने अनुवाद का एक लम्बा काम लिया हुआ था और इसी सिलसिले में टाइपिस्ट की तलाश में भाई के पास आया हुआ था। भाई प्रेस में नहीं था। उसके सामने की केबिन के पारदर्शी शीशे से झाँक कर मैंने देखा था, कि एक साँवली लड़की कम्प्यूटर में टाइप करती, पास खड़े एक दुबले पतले साँवले दढ़ियल युवक से बात कर रही थी। दरअसल बात तो लड़का कर रहा था, लड़की उसकी तरफ देखती, उसे सुनती, हल्के से मुस्करा भी रही थी। मुझे दोनों के चेहरे की साइड फोटो भर नजर आ रही थी। कतई अपरिचित उन चेहरों का ध्यान अपनी तरफ मोड़ने के लिए, मैंने उन्हें आवाज दी, पर वे शीशे के दरवाजे की परली तरफ किसी जरूरी और अन्तरंग बातचीत में मगन थे। मैं दरवाजे पर हल्की खट खट करने के लिए आगे बढ़ा, तो युवक ने उसके कंधों पर हल्की थपकी दी। दरवाजा खोलने के लिए मुड़ा। लड़की उसे विदा देने आई। पहचानने की कोशिश में मुझे लगभग घूरते हुए युवक प्रेस से बाहर निकल गया।

वह युवक यही सादिक था।

उसके जाते ही लड़की ने मुझे गौर से देखते हुए कहा था, "आपका चेहरा एकदम काका जैसा है, आप उनके भाई हैं?"

"हाँ, लेकिन बड़ा भाई, माने दादा।"

यह पहली मुलाकात थी। बाद में तो उससे काफी अन्तरंगता हो गई थी, और उस दौरान मैंने उसके बारे में बहुत कुछ जाना था। वे पाँच बहनें थीं। पाँच में से एक की शादी हो चुकी थी, बाकी चारों शहर के किसी न किसी प्रेस में यही काम करती थीं। उनका एक भाई था, लेकिन बाप की दारूखोरी की लत से तंग आकर उसने

आत्महत्या कर ली थी। उसके बाद से चारों बहनों और माँ ने, बाप को घर में घुसने नहीं दिया था। वह विवाहिता बहन के घर रहता था। रहता क्या था, वहाँ सोता भर था। अपनी अथक मेहनत से इन चारों बहनों ने घर को सँभाल लिया था।

जिस लड़की ने मुझे यह सब बातें बताई थीं, उसका नाम सुजाता है। और यह सादिक उसका उस्ताद है। उसी से उसने सीखी थी कम्प्यूटर टाइपिंग। लेकिन इस घटना के बहुत बाद, एक दफे उसे थोड़ा छेड़ते हुए, मैंने जब उससे सादिक के बारे में पूछा था, तो सुजाता ने थोड़े अजीब ढंग से कहा था, ''विचित्र आदमी है यह सादिक।''

उसके स्वर में दुख था या नफरत या कोरी उदासीनता, यह मैं नहीं समझ पाया था। यह मुझे जरूर लगा था, कि सचमुच अजीब इंसान है यह सादिक और शायद यह सुजाता भी। इस बीच पिछले सात साल से उसने हमारे प्रेस का काम छोड़ दिया है। घर में ही कम्प्यूटर रखकर किसी स्थानीय दैनिक के लिए दिन-रात कंपोजिंग का काम करती है। दो-एक बार मैं उसके घर गया था, अपने किसी तुरन्ती काम के सिलसिले में, पर उसने दो टूक जवाब देते हुए कहा था, कि उसे दम मारने की भी फुर्सत नहीं है, लेकिन जब मैं उसके घर गया, अखबार के मालिक और सम्पादक को मैंने वहीं पाया था। मुझे शक हुआ था, कि मामला कहीं मालिक नौकर से थोड़ा आगे तो नहीं बढ़ गया है। लेकिन आज की तारीख में तो यह स्पष्ट हो चुका था, कि मामला वैसा कुछ नहीं था। अभी हाल में ही एक स्वजातीय लड़के से सुजाता की शादी हो चुकी थी। शायद सोच के इस अनायास प्रवाह के दौरान इसीलिए मैंने सादिक की चुप्पी तोड़ते हुए पूछा था, ''और सुजाता के क्या हाल हैं?''

''ठीक ही होगी,'' सादिक ने थोड़े अनमने ढंग से कहा था, ''उसकी तो शादी हो गई है।''

''मुझे पता है, क्या इस बीच उससे मिले थे तुम?'' मैंने पूछा।

उसने सिर हिला दिया। मुझे लगा कि इस विषय में वह बात नहीं करना चाहता।

''और तुम कहाँ रहते हो।'' मैंने फिर पूछा था।

''वहीं। राजमहल में।''

सुनते ही मैं मुस्कराया था। उसके साथ चलते हुए मुड़-मुड़ कर उससे बात करते वक्त, कभी-कभार देसी दारू का झोंका मेरी बन्द नाक के अन्दर घुस जाता था। सुबह पाँच के वक्त इस सीधे-सादे आदमी की दारूखोरी की बात को, प्रत्यक्ष अनुभव की तरह महसूस करते हुए मुझे थोड़ी तकलीफ हुई थी, पर मैंने उससे कुछ नहीं कहा। राजमहल सुनते ही मैंने उस जर्जर होती इमारत को देखने-सा याद किया था। सबसे पहले यही बात याद आई थी, कि दारूखोरी के चलते ही महल की ऐसी बर्बादी हुई। निकम्मी सामंती जीवनशैली भी एक वजह थी। महल के सामने के सारे कमरे किराए पर दे दिए गए थे। और वे भी ऐसे लोगों को, जिनके खुद के पास

अपना पेट पालने के लिए स्थायी साधन नहीं थे। एक तो यह सादिक ही था। कम्प्यूटर क्रांति के इस नए समय में, इसका अपना धन्धा भी थोड़ा मंदा पड़ चला था। यह दो-तीन अखबारों के लिए काम करता था, और बगल में राज-परिवार के ही एक टुटहे पुराने मकान में इसकी एक परित्यक्ता बहन और छोटे भाई का परिवार रहता था। कपड़ों पर काँथा का काम करने वाले इस छोटे भाई के परिवार के भरण-पोषण के लिए, इसे मैं पिछले पन्द्रह बरसों से अथक परिश्रम करते हुए देख रहा हूँ। लेकिन रहता यह राजा की तरह ही है, हवा के मंद झोंके से देसी की तेज गंध को अन्दर महसूस करते मैंने सोचा और पूछा, "अब की बार राजा कौन बना?"

"वीरेन्द्र प्रताप।" उसने कहा।

मेरा प्रश्न जितना नाटकीय व्यंग्य से भरा हुआ था, उसका जवाब उतनी ही सहज स्थानिकता से। शहर के इस हिस्से में रहने वाले दाउओं, बनगैहों, सिदारों के लिए वीरेन्द्र प्रताप का राजा बनाया जाना एक घटना थी। आज से छह महीने पहले जब नरेन्द्र प्रताप सिंह, सिंघनपुर की गुफा में पिकनिक के दौरान मधुमक्खियों के आक्रमण में मौत का शिकार हो गया था, तो उसके शव को दफनाने के पहले वीरेन्द्र प्रताप का राजतिलक किया गया था, जैसे आम घरों में किसी बुजुर्ग की मृत्यु के बाद, चन्दन पान के दिन, उसके उत्तराधिकारी के सिर पर पगड़ी बाँधी जाती है, वैसी ही एक प्रथा है यह भी। लेकिन एक फर्क है। नरेन्द्र प्रताप के शव के दफनाए जाने के पहले ही, वीरेन्द्र की ताजपोशी होनी थी। रस्म के लिए रकम की तलाश में, राज परिवार का ही एक खादिम, मोहन, भागवत के साथ सुबह छह बजे से चाय की दुकान पर बैठा, एक तरह से चन्दा उगाहने का उपक्रम शुरू कर रहा था। यही नहीं ताजपोशी और शवयात्रा के पहले, वीरेन्द्र के पौवे का इन्तजाम भी, उसी की राजभक्ति से हुआ था। चाय की चुस्की लेते हुए भागवत ने उसे पचास का एक नोट थमाया था, सोचते हुए कि व्यवहार, तेरही के पहले, बल्कि शवयात्रा के पहले दे देने में क्या हर्ज है? वह वीरेन्द्र का दोस्त था। कई बार मैंने उसे बौने की दुकान पर दारू पीते देखा था। यह बात मुझे भागवत ने बताई थी, घटना के कई दिन बाद, जब हम अचानक उसी तरह केवड़ा बाड़ी में बौने की दुकान पर मिल गए थे, जैसे पिछले किसी अध्याय में दयाल सेठ के दया-धरम के किस्सों में मिले थे। असम्भव, अचानकों से भरे अपने शहर की दुनिया को सोचते हुए मैंने उसी तरह खामोश चलते सादिक की ओर देखा, तो उसके चेहरे में मुझे राजमहल की घड़ी दिखी।

घड़ी नहीं, गुम्बद के पूरबी हिस्से के बदरंग गोल के भीतर का काला काँटा। चारों तरफ की घड़ियाँ हम जैसों के लिए तो सन सैंतालीस के दस बरस बाद के दूसरे आम चुनाव के बाद से बन्द हो चुकी थीं, लेकिन राजमहल में फेमिली डॉक्टर की भूमिका निभानेवाले मेरे पालक पिता ही नहीं, बल्कि मेरी माँ भी, पूरे राजपरिवार के प्रति श्रद्धा और सम्मान का भाव रखती थीं। शायद आज अठासी की उम्र में भी,

वे राजपरिवार के साथ बिताए गए अपने विवाह के आरंभिक दिनों को, भावुकता से याद करती हैं, हालाँकि सादिक के चेहरे में राजमहल की सांप्रतिक और प्राचीन छवियाँ देखते हुए, मैं भावुक होकर अपनी माँ की याद नहीं कर रहा था, पर यह जरूर सोच रहा था, कि पूरे हिन्दुस्तान में शायद यही एक ऐसा राजपरिवार है, जो रंक की स्थिति से भी नीचे पहुँच चुका है, लेकिन जिसके उत्तराधिकारियों की अकड़ वैसी ही बनी हुई है।

मेरे चेहरे को देखकर शायद सादिक ने यह भाँप लिया था, कि मैं उसके साथ होकर भी कहीं और हूँ, इसलिए उसने मुझे झिंझोड़ने जैसा निवेदन किया, ''सर, मैं आपसे कुछ जरूरी बात करना चाहता हूँ।''

''करो।'' मैंने कहा था।

और अपने को चौकन्ना करते हुए मैंने सोचा, कि सोच भी अजीब चीज है। सोचते हुए आदमी को हूबहू मिनट दर मिनट की सोच में देख पाना यों तो असम्भव है, पर फिर भी जितना हाथ लगता है, वह विस्मित कर देने, कभी-कभार हतवाक् और भी कभी-कभार एक बेचैन कर देने वाला एक अनुभव है। सुनने और सोचने के बीच, एक दूसरे को देखते रहने जैसा एक पारदर्शी परदा टँगा रहता है, जिसे सोचने वाले के अतिरिक्त दूसरा कोई नहीं जानता, नहीं जान सकता। जैसे अभी यह सादिक नहीं जान पा रहा, कि सोचते हुए मैं उसे सुन भी रहा हूँ। यों सुबह के हल्के नशे में वह महज अपनी कहास में डूबा था, ''यह एकदम सच्ची कहानी है सर। एक जवान लड़के और लड़की की। दोनों एक दूसरे को बहुत बहुत चाहते थे। पर दोनों के सिर पर जिम्मेदारियों का बोझ था। दोनों ने खुद तय किया था, कि वे जीवन भर कुँआरे रहेंगे, और एक दूसरे से प्यार करते रहेंगे ....''

इतनी-सी बात उसने भावुकता के साथ, थोड़ी नमक-मिर्च लगाकर बताई थी। पर उसकी बातें मुझे बोर लग रही थीं। मैं सोच रहा था, कि जिस तरह जरूरी बात करने की भूमिका बनाते हुए उसने शुरुआत की थी, वैसा कोई जरूरी या कि भावुक दृश्य उसकी बातों से नजर नहीं आ रहा था। मैं शुरुआत में ही कहानी के आखिर के बारे में जानने और प्रसंग को जल्द से जल्द निपटाने की कोशिश में, बीच में टोकने की सोच रहा था। समझ नहीं पा रहा था, कि इतनी घिस चुकी प्रेम कहानी को ध्यान से कैसे सुना जाए। कोशिश करके, पूरा दिमाग तानकर, वास्तविक ध्यान करने के दौरान तो ऐसे-ऐसे विचित्र खयाल मन में मँडराने लगते थे, कि खुद अपने ऊपर शर्म आने लगती थी, कि भगवान के ध्यान के समय भी मन क्या-क्या सोचता रहता है। तो फिर यह सादिक इंसान था। बेशक एक सच्चा और ईमानदार आदमी। लेकिन चाहे जितना भी भला आदमी हो पास में, पूरी एकाग्रता से उसकी बात सुनना तो असम्भव है। और फिर यह तो ऐसी कहानी थी, जिसमें किसी तरह की कोई सनसनीखेज घटना की सम्भावना ही नहीं दिखती थी। इधर सादिक थोड़ा गैरजरूरी

विराम ले-लेकर अपनी बात जारी रखे था। उसकी तरफ बार-बार गर्दन घुमाकर देखने की तकलीफ के साथ-साथ, सिर और चेहरे पर मँडराती मक्खियों की वजह से भी, मैं उसकी बात में रस नहीं ले पा रहा था। अपनी अधीर परेशानी के ऐसे क्षणों में पता नहीं कहाँ से मेरे दिमाग में सवाल-सा एक खयाल आया और मैंने पूछ लिया, ''पर तुम यहाँ श्मशान में क्या कर रहे थे।''

''जलती लाश देख रहा था,'' उसने छूटते ही कहा, ''अब मैं चलता हूँ।''

उसके जाने का यह प्रस्ताव चौंकाने वाला था। अभी दो मिनट पहले एक तरह की करुण प्रार्थना के स्वर में उसने जरूरी बात करने की बात कही थी। क्या उसने भाँप लिया, कि मेरा मन उसके किस्से में नहीं लग रहा। फिर भी मैने सहजता से पूछा, ''क्यों?''

''दानी मर गया है।'' उसने संक्षिप्त सूचना दी।

''कौन? ''मैंने अपने सुने को कनफर्म करने के लिए थोड़े जोर से पूछा।

''समलाई मन्दिर का पुजारी।''

मैं चौंका। इस आदमी से अभी चार-पाँच महीने तक मेरी लगभग रोज इसी सड़क पर मुलाकात होती थी। वह म्युनिसिपल ऑफिस में किरानी था। अभी दो-तीन बरस पहले रिटायर हुआ था। वह रोज सुबह शाम एक पालतू पामेलियन को जंजीर से बाँध कर, राजमहल से शिव मन्दिर तक टहलाया करता था। हो सकता है कि, यह कुतिया के दिशा मैदान का वक्त हो। पर उसे इस तरह विदेशिनी कुतिया के साथ घूमते देखकर, मेरे मन में दूर-दूर तक यह खयाल नहीं आया था, कि यह समलाई का पुजारी है। एक दिन ऐसे ही शाम को घूमते समय, मेरे बचपन के दोस्त गोपी ने, यहीं शिव मन्दिर के पास रुककर उससे बातें की थीं। गोपी स्वयं नगरपालिका का कर्मचारी था, और किसी जमाने में वहाँ की यूनियन के तेज-तर्रार नेता के रूप में भी विख्यात था। उसने इस दानी को देखते ही, इससे उसी महीने बढ़ाये गए महँगाई भत्ते के बारे में बात की थी। कहा था, कि हफ्ते दो हफ्ते तक मिल जाना चाहिए। अगर नहीं मिला, तब तो फिर एक ही रास्ता है, धरना। यह दानी तब उसके सामने हुँकारू देता, सिर हिलाता रहा था। थोड़ी देर बाद जब हम उसी रास्ते पर आगे बढ़े थे, जिस पर चलता हुआ, और सादिक और दानी के बारे में सोचता हुआ, मैं आगे बढ़ रहा हूँ, तो गोपी ने बताया था, कि यह समलाई का पुजारी है। आम तौर पर दूसरे सारे मन्दिरों के पुजारी तो बाम्हन ही होते हैं। समलाई के पुजारी के बारे में मेरा खयाल था, कि यह बैगा होता होगा। दानी और चाहे किसी जात का हो, बैगा तो नहीं होगा, मेरा यह खयाल मेरे सहज अनुमान पर ही आधारित था। शायद इसलिए, कि यह जिस मुहल्ले में रहता था, वहाँ दाऊ लोग ही ज्यादा थे। उस मुहल्ले के कई परिवारों को मैं अपने छुटपन से जानता हूँ। मेरे पालक पिता भी पेशे से डॉक्टर थे। और सेठों के धनवान मुहल्ले में उनकी एक डिस्पेंसरी थी। वहाँ दो

कंपाउडर थे। वे दवाओं का मिक्सचर बना कर शीशियों में खुराक की माप चिपका कर, मरीजों के लिए दवा तैयार करते थे। उनमें से एक का नाम बीर सिंह दाऊ था। उसका घर इसी मुहल्ले में था, जहाँ मैं आता था बचपन में कभी-कभार। और तब की एक ही बात मुझे याद है, कि यहाँ आते समय, मैं सतखंडे के पास से गुजरते हुए बहुत डरता था। सतखंडा जगन्नाथ मन्दिर के सामने, मझले कुमार के महल के बाजू से, और इस सादिक के टूटते-धसकते राजाघरिया मकान के ठीक पहले है, जहाँ के गुम्बद को दूर से ही देखकर मैं बीर सिंह दाऊ की उँगली कस कर पकड़ लेता था।

तब मैं इस दानी को जानता ही नहीं था, लेकिन अभी जब सादिक ने एक झटके से मेरा साथ छोड़ते हुए और अपनी जरूरी बात रोकते हुए, समलाई के पुजारी के देहान्त की बात कही, तो एक तेज भागती एक-मिनटिया फिल्म की तरह बचपन मेरी आँखों के सामने से गुजर गया, लेकिन बुढ़ापा वहीं खड़ा था।

यद्यपि मैं धीरे-धीरे सर्किट हाऊस की ओर कितना कुछ सोचते हुए बढ़ रहा था, पर दिमाग में सादिक की सूचना थी। यह अजीब-सी जिज्ञासा भी, कि आज समलाई की पूजा कौन करेगा? और शायद इसी सोच के साथ मैंने पीछे मुड़कर देखा, तो सादिक खर्राघाट के उसी स्थान पर बाएँ मुड़कर हाथ जोड़ रहा था, जहाँ सन्तोषी माता और चिन्ताहरण हनुमान जी के नए मन्दिर बने थे।

मुझे ताज्जुब हुआ। इसलिए कि सादिक मुसलमान था। आमतौर पर हिन्दू देवी-देवताओं को कई मुसलमान सिर नहीं झुकाते। वे उनकी इज्जत करते हैं, उनसे जुड़ी किवंदतियों के चलते, थोड़ा भय भी, निचले तबके के अनपढ़ मजदूर मुसलमानों में देखा जा सकता है, पर इस तरह बाकायदे हाथ जोड़कर प्रणाम करने वाले मुसलमान शायद कम ही हैं। मेरे अपने दोस्त तो ऐसे हैं, जो नमाज के लिए मस्जिद तक नहीं जाते और जिन्हें एक तरह से फेथलेस या कि पूरे नास्तिक की श्रेणी में रखा जा सकता है।

पर यह सादिक? मुझे उसकी बात से अभी थोड़ी देर पहले यह भी लगा था, कि यह थोड़ा सनक गया है। खासकर जब उसने बताया था, कि अभी सुबह पाँच पन्द्रह के समय में वह श्मशान में बिलकुल अकेला बैठा था और जलती लाश की ओर देख रहा था। उस समय तक शवदाह में आए हुए लोगों में से कोई वहाँ नहीं बचा था। लाश की कपाल-क्रिया की जा चुकी थी और लोग वापस जा चुके थे। लेकिन सादिक मुझे वहीं मिला था, हालाँकि श्मशान के भीतर नहीं, बल्कि ऊपर सड़क पर।

यह किसकी लाश थी, जिसे सादिक इतनी देर तक बैठा ताक रहा था, सोचने पर मुझे अकस्मात के झटके से सादिक की वह प्रेम कहानी याद आई थी, जिसे सुनाने के लिए वह मेरे साथ हो लिया था।

कहीं यह वही लड़की तो नहीं है, जिसने सादिक के साथ जीवन-भर कुँआरी रहने की प्रतिज्ञा की थी, और जिसकी पूरी कहानी सुनाए बगैर ही, दानी की शवयात्रा में शामिल होने के लिए वह चला गया था।

इतना सब सोचकर, थोड़ी थकान-सी अनुभव करते हुए मैंने सोचा था, कि जरूर इसे कोई गहरी अन्दरूनी चोट लगी है, जिसकी वजह से यह थोड़ा सनक गया है। सोचकर मैंने उसे दिमाग से बाहर निकालने की कोशिश की। शायद इसलिए भी, मैं थोड़ा स्वयंचालित ढंग से सतर्क हो गया होऊँगा, कि तब मैं सर्किट हाऊस के गेट में घुस रहा था। गेट के मुख्यद्वार पर लोहे के पाइप लगे थे। यहाँ पहुँचते ही मेरे मन में यह डर झुरझुराता था, कि दो पाइप के बीच की पोली जगह में मेरा पाँव न फँस जाए और कहीं मैं धड़ाम से गिर न पड़ूँ। गिरने की कल्पना से, चोट की पीड़ा से ज्यादा चिन्ता यह सोचकर, गिरने के पहले ही सालने लगती थी, कि गिरते हुए अगर किसी ने देख लिया, तो यह कितना शर्मनाक दृश्य होगा। यह बात खासतौर पर मेरे मन में इसलिए आती थी, कि गरमियों की सुबह सर्किट हाउस की चौहद्दी के भीतर भीड़ बढ़ जाती थी। ढेर सारी स्त्रियाँ और लड़कियाँ आती थीं। कुछ तो एक्सरसाइज भी करती थीं और वह भी चनवारी ग्राउंड में खुलने वाले गेट के पास। इनमें से तीन तो मुझे देखते ही नमस्ते अंकल कहकर विश भी करती थीं। मुख्य गेट से इन लोगों के आने की सम्भावना नहीं थी। वे ग्राउंड की ओर खुलने वाले लोहे के गेट की टूटी छड़ वाली चौकोर खुली जगह से, बुलक कर आती थीं। एक बार जब मैंने कमला गहिरे और नीतू सिंह को इस तरह टूटी खुली जगह से बन्द फाटक के अन्दर घुसते देख लिया था, तो वे मुझे देख कर शरमा गई थीं। कमला ने कहा था, कि जल्दी में इसे शॉर्ट कट बना लेते हैं। मैंने कुछ नहीं कहा था। लेकिन गरमियों के चलते, लड़कियों की संख्या, इधर पिछले कुछ दिनों से काफी बढ़ गई थी। उनके पीछे-पीछे जीन्स पहने, गेट में मोटरसायकिल घुसाते मनचले लड़के चले आते थे। इनके प्रातः भ्रमण की सबसे रोचक विशेषता यह थी, कि प्रायः नब्बे फीसदी लड़कियाँ मोबाइल कान से लगाए होती थीं। सुबह पाँच बजे से, वे किससे क्या बात कर रही हैं, यह मेरी समझ में नहीं आता था। कुछ इस रमणीय जगह को अभिसार स्थल की तरह बरतने के लिए, दाईं ओर जंगल की तरह लगते बेतरतीब बगीचे के आखिरी छोर, यानी बाउंड्री तक जाती हुई भी पाई जा सकती थीं। शायद वहाँ उनसे भी पहले पहुँच कर, इन्तजार करता रहता होगा उनका ब्वायफ्रेंड। लेकिन ऐसी भीड़ से नुकसान हम लोगों का ही होता था। अधेड़ों और बूढ़ों का। इनकी धींगामुश्ती के चलते गेट खोलने वाले चौकीदार की मुश्किल बढ़ जाती थी, क्योंकि इनमें से कई मुख्य भवन से सटे अफसरों के विशेष लॉन में घुस जाते थे। अभी हाल ऐसे ही एक दादा से लगते छोकरे ने, लॉन में अपनी कुतिया को फारिग करवा दिया था।

चौकीदार ने उसे पकड़ा, तो हुज्जत करने लगा था। दूसरे दिन चौकीदार ने गेट बन्द कर दिया था। तब बड़ी मान-मनौवल करने पर हफ्ते-भर बाद उसने गेट खोला था।

अभी जब मैंने गेट पर जम गए पाइप पर पैर रखे ही थे, कि पुष्पा और उसकी बेटी ने नमस्ते किया। यह जात की छिपनिन थी। पर रहती फोकटपारा में थी। मायका जांजगीर में था। यहाँ उसकी शादी हुई थी। इसका पति निखट्टू था। और इसकी लड़कियाँ आज से कई बरस पहले से मुहल्ले में ही नहीं शहर में मशहूर थीं। पहले यह हमारे मुहल्ले में चाँदनी चौक के पास ही रहती थीं। वह इसके पति के हिस्से का पुश्तैनी मकान था। उसे बेचकर इन लोगों ने फोकटपारा में नजूल की जमीन पर कब्जा कर लिया था। अभी इसके साथ इसकी बड़ी लड़की थी। एक बच्चे की माँ, पर अभी अपने को कुछ इस तरह दिखाती थी, जैसे अभी भी षोड़शी हो। वे दोनों प्रणाम करने के बाद वहीं पर खड़ी हो गईं। मेरे दोनों पाँव तब भी पाइप पर थे। मैं पूरी तरह से चौकन्ना था, कि पैर इधर-उधर न हो जाएँ। उनके नमस्कार का उत्तर देने के बाद, मैंने यूँ ही औपचारिकतावश लड़की की माँ से पूछ लिया था, कि बहुत दिनों बाद दिख रही हैं। उत्तर में वह दस दिनों की अपनी तीर्थयात्रा का पूरा विवरण सुनाने लगी थी, कि कामाख्या से लेकर पशुपतिनाथ तक की यात्रा के बाद, उसे कितना आत्मसन्तोष हो रहा है। कभी उसको, कभी नीचे पाइप पर योगध्यान की तरह जमे, अपने पाँवों की ओर देखता, मैं उसे सुन रहा था। मैंने कनखियों से यह भी देखा था, कि लड़की अपनी माँ की बातों से बोर हो रही थी। पर यात्रा-विवरण समाप्त करने और आगे कदम बढ़ाने के साथ-साथ, जब उसने यह बताया, कि जगन तेली का भाई, जो अपनी बहन की मृत्यु का क्रियाकर्म करके प्रयाग से लौट रहा था, वह रास्ते में ही मर गया, पिछली रात ही उसकी लाश यहाँ लाई गई थी और-अभी जो श्मशान में जल रही थी, वह उसी की लाश थी, तो सुनकर मुझे धक्का लगा। मैं मरने वाले के दादा को जानता जरूर था, पर उस परिवार से मेरी वैसी कोई आत्मीयता नहीं थी। इसलिए पहले तो मुझे इस बात पर थोड़ी हैरत हुई, कि आखिर उसने सुबह-सुबह ऐसी अपशकुन जैसी सूचना क्यों दी ? शायद इसलिए, कि मरने वाला इसी के मुहल्ले का था, या शायद इसे यह पता हो, कि मृतक का दादा मेरा परिचित था। लेकिन उस लाश की ऐसी शिनाख्ती जानकारी मिलने के बाद, एक पल को फिर मेरे दिमाग में अपशकुन का भय सरसराया, दूसरे पल मैंने जलती लाश को याद किया, तो फिर मुझे सादिक की याद आई और उसी के साथ-साथ समलाई मन्दिर के उस पुजारी की। इस तरह निरंतरता के साथ दिमाग में उभरते शव संस्मरणों ने मुझे थोड़ा बेचैन-सा कर दिया। सुबह के इतने मीठे सपने के बाद, प्रातः भ्रमण के आधे घंटे के भीतर ही मेरा दिमाग इतना डिप्रेश हो गया, कि सर्किट हाउस के भीतरी रास्तों का दो पूरा चक्कर लगाने के अपने नियमित धार्मिक कार्यक्रम को तोड़कर, मैं तुरत वापसी के रास्ते पर बढ़ गया,

लेकिन कठचम्पे के फूले वृक्ष के पास से गुजरते हुए, मैंने देखा कि नितम्बों तक लहराती वेणी वाली साँवली गिड्डी लड़की, अपनी दो सहेलियों के साथ गेट के पाइप पर धीरे-धीरे पाँव रखती आगे बढ़ रही थी। इसे देखते ही मुझे मीता की याद आती थी। अभी भी आई। और मैं एक पुलक से सिहर गया।

याद नहीं कि यह वही दिन था, या उसी के पास-पड़ोस का दूसरा कोई दिन, पर सुबह नौ के पहले की धूप ही इतनी तेज थी, कि बाहर निकलने की कल्पना से ही तकलीफ-सी होने लगती थी। यह मार्च का आखिरी हफ्ता था। थोड़े ही दिनों में लोकसभा चुनाव शुरू होने वाले थे, हालाँकि हमारे अपने क्षेत्र के चुनाव के लिए तो लगभग महीने-भर की देर थी। दिमाग में चुनाव से जुड़ा कोई खयाल नहीं था। दिमाग तना हुआ-सा लग रहा था। तना हुआ तो जागरण के हर पल रहता है, और सोच की ऐसी बेतरतीब भागमभाग जारी रहती है, कि एक जगह से उठकर दूसरी जगह फिजिकली भागने की कोशिश के बावजूद, भटकाने वाले और गड़हों, टीलों, गिट्‌टी, पत्थरों की नोकों से भरे, मानसिक रास्तों पर जारी एक अनन्त दौड़ खत्म होती ही नहीं दिखती। पूजा-पाठ-ध्यान के दौरान भी भागमभाग नहीं रुकती और कभी-कभार तो ऐसी-ऐसी बातें उस दौरान दिमाग में उछल-कूद मचाती रहती हैं, कि सामने के चाँदी के वंशीधर को तो जरूर पता चल जाता होगा, कि 'श्रीकृष्ण गोविंद हरे मुरारे, हे नाथ नारायण वासुदेवा' का जाप करते समय, बरखुदार कितनी तल्लीनता के साथ, निजी गोपी-प्रसंगों की याद के सिलसिले में, अलभ्य कल्पित मानसी की स्मृति की विशेष पगडंडी से गुजर रहे थे, तो हमेशा गम्भीर बने रहने वाले खटोले के साईं बाबा, थोड़ा मुस्कराते हुए से लगे थे। प्रार्थना और ध्यान के अंतिम चरण तक पहुँचते-पहुँचते, कमर में रह-रह कर होने वाली चिलकन, बाईं बाँह की फड़कन और दाहिनी हथेली की उँगलियों की झिमझिमाहट पर सोचते, जब मैं बाहर निकला, याने पूजाघर से बाहर निकला, तो दिमागी दौड़ की दिशा एकदम से बदल गई थी।

कमर के हल्के दर्द के भावी कष्ट की कल्पना में पल-भर को सिहरते, मैंने पूजाघर से इस अँधेरे कमरे में आने के लिए, एहतियात से सीढ़ियों के बाजू में बनी लकड़ी की रेलिंग को थाम लिया, तो विस्मय के झोंके की तरह मुझे यह बात याद आई थी, कि यह रेलिंग, सिर्फ माँ की सुरक्षा के लिए बनाई गई थी। माँ याने दादी माँ। पर बचपन से हम दादी को माँ और माँ को काकी कहते थे। काकी ने मुझे और बिन्ना को गोद में लिया था। दादी माँ उनकी सास थीं। यह मेरे और बिन्ना के जनक के काका का घर था। जनक के कजिन निस्सन्तान थे। और हमारे वहाँ संयुक्त परिवार के सारे भाई-बहन, इस घर की हमारी आज की नवासी वर्षीया माँ को,

काकी कहकर सम्बोधित करते थे। शायद उनकी देखादेखी हम दोनों भी उन्हें काकी कहने लगे होंगे। लेकिन रिश्ते की दादी को हमने, माँ क्यों कहा होगा, इसके बारे में हम सचमुच कुछ नहीं जानते थे। बहुत बाद में एक दिन इसी तरह अनाप-शनाप सोच के दौरान, माँ की याद करते समय मुझे लगभग विस्मय की तरह यह बात याद आई थी, कि पूरे परिवार में माँ को माँ सम्बोधन से पुकारने वाले हम दोनों भाई-बहन ही थे। हम दोनों के पालक पिता, जिनकी कि वे सचमुच माँ थीं, भी उन्हें मौसी कहते थे, शायद इसलिए कि वे सौतेली माँ थीं। पर हम दोनों उन्हें सिर्फ माँ कहते भर नहीं थे, बल्कि वे वास्तव में हमारी माँ ही थीं। इसका प्रमाण यह था, कि बारह की उम्र तक पहुँचने के बाद भी, मैं बिन्ना के साथ झगड़ता था, कि मैं माँ के साथ सोऊँगा, इस पर बिन्ना रोने लगती थी। वह मुझसे छह साल छोटी थी। उम्र के हिसाब से माँ के साथ सोने का हक उसी का बनता था। आखिर में माँ हम दोनों को लेकर एक थोड़े अधिक चौड़े लकड़ी के तखत पर सोती थी। अभी स्मृति के इस अँधेरे पुराने कमरे में उतरने के बाद, मुझे यह भी याद आया था, कि पहले तो यही पूजाघर था। और-अभी के पूजाघर में तो, पहले सहिजन और अमरूद के गाछ थे, जिसमें सर्विस लैट्रिन थी। भगवान की इस बदली हुई जगह के मूल रूप पर सोचते हुए, मैं थोड़ा मुस्कराया, और पुराने पूजाघर वाले अँधेरे कमरे में, थोड़ा ठिठकता हुआ सा स्विचबोर्ड की ओर बढ़ा।

तभी कोई चीज मेरे पाँव के ऊपर से अपनी सरसराहट-भरे स्पर्श की झुरझुरी छोड़ती हुई गुजर गई। मैंने तत्क्षण बत्ती जलाई और देखा, कि एक मोटा तगड़ा चूहा, लोहे के गेट के नीचे से परछी की ओर जा रहा था।

ऐसे तन्दुरुस्त चूहे को घर में उपस्थित देखकर, मैं डरा कि कहीं बिल खोदने की अपनी आदत के चलते, यह फिर घर में मिट्टी के ढेर न लगाना शुरू कर दे। पिछली बार, जब हमने सामने की रसोई को बरामदे में, और उसके पीछे के पुराने गाय कोठे को रसोई में बदलने के अलावा, ऊपर में दो नए कमरे बनवाने का निर्णय लिया था, तो उसका आधार कारण ऐसा ही एक चूहा था।

उस समय का वह रसोईघर, चूहे का प्रमुख निवास स्थान था। वैसे तो वह दिन के झक्क उजाले में भी, परछी में, या बारी में बने भगवानघर तक, दौड़ता-कूदता पाया जा सकता था, लेकिन रसोईघर में उसने तब के देसी चूल्हे वाली पास की जगह को खोद-खोद कर कुएँ जैसा बना दिया था। चूहे को मारने या चूहेदानी में पकड़ने के सारे जतन व्यर्थ हो चुके थे। इसलिए मजबूरी में हमने यह निर्णय लिया था, कि इस रसोईघर को तोड़कर नया बना ही लें, हालाँकि उन दिनों हमारे पास सीमित मात्रा में नगदी थी और उसी के बूते पर घर बनवाने का काम हाथ में नहीं लिया जा सकता था, लेकिन बिन्ना ने पूरी आस्तिकता से कहा, कि भगवान कहीं न कहीं से मदद कर ही देते हैं। नास्तिक मैं नहीं था, लेकिन मेरी आस्था इतनी दृढ़ भी नहीं थी, कि

कैश के मामले में भगवान पर पूरा भरोसा कर लूँ। अपनी इस आधी–अधूरी आस्तिकता और आशंका के बारे में मैंने बिन्ना से कहा भी था। उसने तत्काल उदाहरण सहित देवकृपा का हवाला देते हुए मुझे याद दिलाया था, कि मेरे बेटे की शादी के दौरान भी हमारे पास पैसों की वैसी ही किल्लत थी और हम अपनी पुश्तैनी जमीन को औने–पौने भाव में बेचना भी नहीं चाहते थे, और करेले पर नीम चढ़े जैसी हालत यह थी, कि शादी को सिर्फ पन्द्रह दिन बचे रहे गए थे, और इस बीच हमें कम से कम तीन लाख रुपयों का जुगाड़ करना था, कि एक दिन, सचमुच आसमान से रुपया बरसाने के मुहावरे में हमारे यहाँ एक सज्जन पूरे तीन लाख नगद लेकर पहुँच गए थे। हमने जब उन्हें प्लॉट देख लेने की बात कही थी, तो उन्होंने कहा था, कि देखने के बाद ही वे हमारे पास आए थे। उन्होंने यह भी जोड़ा था, कि जमीन की रजिस्ट्री की उन्हें कोई जल्दी नहीं है। तब मुझे हैरत हुई थी, कि बगैर किसी लिखा–पढ़ी के, यह एक निहायत अजनबी आदमी के पास सौ दो सौ, हजार दो हजार नहीं, पूरे तीन लाख नगद छोड़कर जा रहा है। मैंने मुस्कराते हुए उससे अपने मन की यह बात भी कह दी थी। उसने बड़े शालीन स्वर में कहा था, ''मुझे पूरा भरोसा है कि मेरा पैसा आपके यहाँ किसी भी बैंक से ज्यादा सुरक्षित रहेगा।''

यह बात उसने मेरी बहन के लिए कही थी। यों वह बहन को भी सीधे नहीं जानता था, लेकिन यह जरूर जानता था कि सरकारी अस्पताल में भी एक ऐसी डॉक्टर है, जो भूल से भी कभी किसी से पैसा नहीं लेती। पर उसे यह बात पता नहीं थी, कि जमीन बिक्री की रजिस्ट्री में दस्तखत, बहन का नहीं, मेरा होना था। उसके जाने के बाद सहज आस्तिकता की सर्व स्वीकारी भाषा में बहन ने मेरी ओर देखते हुए कहा था, ''देखा।''

तब मैंने प्रशंसा और कृतज्ञता की लगभग भर आई आँखों से, बहन के सदा प्रफुल्लित रहने वाले चेहरे को देखा था। और–अभी लाइट की दूधिया रौशनी में, कमरे में रखे ड्राइंग टेबल के बड़े आईने में, अपने चेहरे की एक झलक देखते ही मुझे लगा, कि मेरा चेहरा चिड़चिड़ाहट की लकीरों से विकृत हो गया है। चेहरे की ओर देखने और धीरज रखने, और संयम बरतने की कोशिश का कारण यह था, कि खुले गेट का फायदा उठाकर पेपे, मेरा चश्मा उठाकर ले गई थी।

पेपे, हमारी पालतू कुतिया का नाम है। यह नाम मेरे बेटे ने किसी फुटबॉल टीम के फारवर्ड खिलाड़ी के नाम पर रखा था, या किसी दक्षिण अमेरिकी देश के किसी बहुप्रचलित नाम के चलते रखा, यह तो मुझे पता नहीं, लेकिन आज से दो साल, दो महीने पहले, हमारी बुआ को गाड़ी में लेकर, जब वह बिलासपुर से लौटा था, तब उसके साथ लेब्राडोर नस्ल की यह कुतिया थी, जिसे देखते ही मेरी पहली प्रतिक्रिया झल्लाहट की हुई थी। शायद उसमें कुछ गुस्सा भी था। पर बेटा खुद बाप बन चुका था, और वह अपनी बेटी के खिलौने के तौर पर इसे नौ हजार रुपए में

खरीद कर लाया था। इसीलिए झल्लाहट और गुस्से को मन में दफनाकर मैं कसमसा कर चुप रह गया था। इसके बड़े होकर, थोड़े चालाक हो जाने के वक्त तक, बेटा सपरिवार मुम्बई प्रस्थान कर चुका था, हालाँकि जब वह था, तब भी तेजी से लम्बे-चौड़े होते, इस जीवित खिलौने ने तरह-तरह के खेल दिखाने शुरू कर दिये थे, जिसमें एक खेल तो यह था, कि यह घर की किसी भी जगह को टॉयलेट की तरह इस्तेमाल करती थी, और उस पर तुर्रा यह कि उसे दिन में कम से कम पाँच बार प्रेशर आता था, और हर बार वह पहुँच की किसी भी जगह पर अपना काम निपटा देती थी। इस किसी भी जगह में, हमारी माँ का वह पवित्र पूजाघर भी शामिल था, जहाँ सुदूर अतीत में हमारी अपनी खुड्डी लैट्रिन भी थी, बेशक सहिजन के झाड़ के नीचे। यहाँ जब एक दिन, उसने गन्दगी फैलाई थी, तो लाड़ में उसे देह के हर हिस्से में चढ़ने और खेलने की छूट देने वाली हमारी भांजी ने, उसे बेतहाशा पीटा था, और तब पूजाघर की अपवित्रता से तुरन्ती ब्लडप्रेशर के चढ़ाव से बदहवास हो गई काकी माँ को भी कहना पड़ा था, कि अब बस भी करो। सो यही भांजी, जो अरसे से कमर और घुटनों के दर्द से परेशान दर्द की गोलियाँ खा-खाकर, रसोई का काम सँभाल रही थी, मन मार कर बाल्टी-बाल्टी पानी आँगन की टंकी से निकाल कर, सफाई करती थी, और मन ही मन उस क्षण को कोसती थी, जब इस विदेशिनी ने, ठेठ देसी मुहल्ले के, इस घर में प्रवेश किया था, जहाँ अभी एक आँगन था, हालाँकि पक्के का, और जिसे आज की तारीख में, पेपे नियमपूर्वक टॉयलेट की तरह इस्तेमाल करना सीख गई थी। सम्भवतः इसलिए कि बाकी दूसरी महत्वपूर्ण इंसानी जगहों में लोहे या लकड़ी का गेट लगाकर, इसके अबाध प्रवेश पर रोक लगा दी गई थी।

लेकिन उसकी मुक्त आवाजाही को रोकने की ये सारी कोशिशें बेकार साबित हो रही थीं। घर के सभी दरवाजों को हर समय बन्द रखना सम्भव नहीं था। सौ साल से भी अधिक की उम्र वाले, हमारे घर की बनावट कुछ ऐसी थी, कि निचले तल्ले के सारे कमरे एक तरह के रेंगान उर्फ पैसेज जैसे ही लगते थे। बेशक वह कमरा जिसमें खड़ा-खड़ा, अभी मैं बुदबुदाने-सा भुनभुना रहा था, और जो किसी समय के टॉयलेट और बारी के थोड़ा नीचे बना था, जहाँ खिड़की के बावजूद धूप का प्रवेश असम्भव था, लोहे के छोटे फाटक के लग जाने के बाद, पेपे के लिए थोड़ी मुश्किल पहुँच वाला कमरा बन गया था। पर हमारी मुश्किल यह थी, कि घर के सभी वयस्क सदस्य पूरी एहतियात के बावजूद, गेट बन्द करना भूल जाते थे और मौका पाते ही पेपे, सिर्फ इसी कमरे में नहीं, बल्कि ऊपर सीढ़ियाँ चढ़कर भगवान के कमरे में, याने पूजाघर में भी घुस जाती थी। यों तो उसने पश्चिम की दीवार से सटकर बनाए गए देवी-देवताओं के मन्दिर के आकार के खटोले को अभी तक डिस्टर्ब नहीं किया था, लेकिन घर की किसी चीज को कहीं से भी उठाकर, डाइनिंग

टेबल के नीचे चली जाती थी। यह उसके लिए सुरक्षित जगह थी। यहाँ कहीं से कोई चीज उठाकर अगर वह बैठी हुई होती थी, तो उस चीज को अपने पंजे से दबाए रहती थी। ऐसे समय में अगर हिंसा का इस्तेमाल करने की कोशिश करो या डराओ, धमकाओ, तो शेरनी की तरह गुर्राती थी। उसकी गुर्राहट सुनकर डर लगता था, कि कहीं उसे ज्यादा छेड़ा गया तो झपट कर काट न खाए, हालाँकि तब इंसानी दिमाग के चलते शायद हर कोई मेरी तरह यह सोचता होगा, कि खाने की कुर्सियों से घिरे जिस टेबल के नीचे वह है, वहाँ से उसके झपटने की सम्भावना कतई नहीं है। पर उसकी गुर्राहट सुनकर डर तो लगता था, और बावजूद इसके, कि उसे हार्मलेस पालतू बनाने के लिए वैज्ञानिक दवाओं का सहारा लिया गया है, यह भी डर लगता था, कि कुर्सी को जोर से ठेलकर, बाहर निकल कर अगर वह काट खाए तो कितनी मुसीबत होगी। मजे की बात यह है, कि अपने खिलौने की रक्षा में शेरनी की तरह गुर्राने वाली यह कुतिया, बाहर से घर में प्रवेश करने वाले किसी निहायत अजनबी को भी नहीं भौंकती थी। अगर कोई आता तो उसके लाड़-दुलार के लिए वह उससे लिपटने-चिपटने की कोशिश जरूर करती थी, और इतनी तन्दुरुस्त काठी वाली कुतिया के इस तरह लड़ियाने की इस विशिष्ट क्रिया से भी कई लोग डर जाते थे, जो बड़े मजे में कुर्सी पर बैठकर उसे सहलाते रहते थे। पूरे घर में वह जिसकी बात मानती थी, और जिससे लिपटती-चिपटती थी, वह भांजी ही थी। किसी की चीज लेकर डाइनिंग टेबल के नीचे चले जाने के बाद तो, वह थोड़ी देर के लिए भांजी की बात भी नहीं मानती थी। तब भांजी उसे खाने की किसी चीज का लालच देकर टेबल से बाहर बुलाती थी और उसके बाद ही वाकिंग स्टिक के सहारे टेबल के नीचे पड़ी उस चीज को बाहर लाया जा सकता था। कागज की बनी चीजों को तो वह तुरत फाड़फूड़ कर बेकार कर देती थी, लेकिन थोड़ी सख्तजान चीजों से थोड़ी देर खेलने के बाद, पूरी पहरेदारी के साथ, अपने पास ही रखे रहती थी। खेल की उसकी पसन्दीदा चीजों में तकिए, कपड़े, चादर, शाल, पत्रिकाएँ, पुस्तक, प्लास्टिक की चीजें शामिल थीं, लेकिन जो चीज सबसे ज्यादा पसन्द थी, वह थी चप्पल। इस मामले में वह किसी की भी चप्पल को नहीं बख्शती थी। चूँकि बिन्ना डॉक्टर ही नहीं, बल्कि समाज की एक सक्रिय कार्यकर्ता भी थी, इसलिए हमारे यहाँ बहुत सारे विजिटर्स रोजाना आते थे। इनमें से हर किसी की एक चप्पल वह निश्चय ही उठाकर ले जाती थी। उसके इस सिंगल चप्पल प्रेम को देखकर, हमने याने मैंने और बिन्ना ने, एक बार तो यह भी सोचा था, कि प्रवेश गली के बाद की दीवार पर यह हिदायती बोर्ड बनाकर टँगवा दें, कि आगन्तुक गृह प्रवेश करने के बाद चप्पलें कहीं भी न उतारें, लेकिन आज की तारीख तक ऐसा कोई बोर्ड हम टँगवा नहीं पाए थे। आए दिन ऐसी घटनाएँ घटती रहती थीं, जब किसी अभ्यागत की एक चप्पल उठाकर, पेपे अपनी सुरक्षित जगह में चली जाती थी, और बेचारे घर आए मेहमान को तब

तक इंतजार करना पड़ता था, जब तक भांजी के लालच के चंगुल में फँसकर पेपे बाहर न निकल जाए।

लेकिन अभी मेरी भुनभुनाहट का कारण मेरा चश्मा था। आज से महज चार महीने पहले इसने एक चश्मा, इसी कमरे के सामने बरामदे की दीवाल में चार फीट की ऊँचाई पर बने, उस आले से निकाल लिया था, जहाँ गणेश भगवान की मूर्ति रखी थी। चश्मा वहाँ पर रखने के पहले, मैंने अपनी चप्पलें सामने के कमरे में रख दी थीं, और साँकल चढ़ाकर कमरे का दरवाजा बन्द कर दिया था। दरअस्ल चप्पलों को रखने की यह सावधानी, अब मेरी आदत बन चुकी थी, और मैं ऐसी जगह में ही चप्पलें रखता था, जहाँ पेपे न पहुँच सके। सुबह बर्तन माँजने वाली महरिन और थोड़े बाद में आकर झाड़ू-पोंछा करनेवाली सीमा भी, अपनी चप्पलें ऊपर जानेवाली सीढ़ियों पर रखती थीं। भूल से भी सीढ़ियों का गेट बन्द करना भूलती नहीं थीं। लेकिन उस दिन गणेश भगवान की मूर्ति को देखते हुए, और अपनी देसी जन्मतिथि के साथ-साथ अन्त के थोड़ा और नजदीक आ जाने की कल्पना करते हुए, हमेशा के बदहवास मेरे दिमाग ने चश्मा आले में रख दिया था। पूजा-पाठ के बाद बाहर निकलते ही नाश्ते के पहले मैंने देखा था, कि चश्मा पेपे के कब्जे में है, और वह उसका एक हाथ और फ्रेम तोड़कर उसे बेकाम कर चुकी है।

ड्रेसिंग टेबल पर चश्मे को न पाकर ही मैं समझ गया था, कि इस बीच किसी ने कमरे के लोहे के फाटक को खुला छोड़ दिया था, और पेपे चश्मे को टेबल से उठा कर चुपचाप चली ग़ई थी, उसी तरह जैसे चार महीने पहले, चार फीट ऊँचे आले से उसने चश्मा उठाया था। गुस्से में भुनभुनाते हुए बाहर निकलकर मैं भड़भड़ाया था, कि इस पेपे को तो जहर देकर मार देना चाहिए। भांजी ने तब मेरा नाश्ता रखते हुए, टेबल के नीचे झाँककर देखा था और आश्वस्त स्वर में बोली थी, कि चश्मा साबित है। सुनकर मैंने भी राहत की साँस ली थी, क्योंकि बगैर चश्मे के मेरे लिए दो पल काटना भी मुश्किल हो जाता है। इस बार वैसी कोई मुश्किल नहीं हुई थी। नाश्ते के तत्काल बाद मुझे अपना चश्मा मिल गया था। भांजी ने केले का लालच देकर, पेपे को बाहर बुलाया था। पेपे भी बिना कुछ हील-हवाल किए बाहर आ गई थी। भांजी ने उसके सामने ही टेबल के नीचे थोड़ा घुसकर हाथ से ही चश्मा उठाया था। मैंने देखा था कि अन्य दिनों की तरह, इस बार पेपे ने कोई त्वरित आपत्ति नहीं की थी। शायद मेरे गुस्से से वह सहम गई थी। मैंने उसकी आँखों को देखा, तो मुझे मासूमियत ही दिखी और निश्चय ही थोड़ा सहमा हुआ भाव भी। पर इस दूसरे चश्मे के टूट जाने के अंदेशे से, मैं क्रोध में अंधा और हिंसक सा हो गया था। और शायद मुझसे जहर देकर मारने की बात सुनकर, बिन्ना और भांजी भी दुखी-और उदास हो गई थीं। नाश्ता करते हुए, मैं क्रोध की अपनी इस हिंसा पर सोचकर स्वयं भी इतना दुखी हो गया था, जैसे अपने गुस्से के अंधेपन में, मैंने अपने मासूम बच्चे को

बेतहाशा पीट दिया हो। दूसरे पल मैं पछतावे से घिर गया था, और सोचने लगा था, कि आदमी के अन्दर से हिंसा को पूरी तरह से जड़ समेत उखाड़ फेंकना शायद असम्भव है। लेकिन मेरा यह पश्चाताप और ग्लानि भी चित्त की अजीबोगरीब चंचलता का हिस्सा थी, और इस मायने में थोड़ा पेपे के करीब भी थी, कि एक पल की सोच का सच, दूसरे पल कहाँ दफ्न हो जाता था, यह पता ही नहीं चलता था। ऐसा ही अभी हुआ।

भांजी जब चाय के साथ मेरे खास कहने पर, मैदे की सलोनी भी प्लेट में रखकर गई, तो शायद उसकी गंध से ही पेपे, जो डर के मारे टेबल के नीचे दुबकी थी, तत्काल बाहर आ गई। मुझे उसकी इस हरकत पर थोड़ी हैरत हुई, क्योंकि इस तरह का कुछ फाँकने जैसा नाश्ता अमूमन मैं शाम की चाय के साथ लेता हूँ। तब पेपे जहाँ भी होती थी, बरामदे में मेरे पास आ जाती थी। मैं चाय की हर सिप के साथ उसके लिए सलोनी डालता था, जिसे तत्काल चबा-चबाकर खाने के बाद, वह अधीरता से मेरी ओर ताकती रहती थी। अभी सुबह के नाश्ते में भी, वह उसी तरह मेरी कुर्सी के बाजू में आकर बैठ गई, तो मैंने राहत की साँस लेते हुए, इस तरह उसकी तरफ देखा, मानो उसकी इस त्वरित माफी के लिए मैं उसे धन्यवाद दे रहा होऊँ, क्योंकि चाय के पहले तक, अपने गुस्से में कही और सोची गई बातों में अन्तर्निहित हिंसा पर, मैं अपने को माफ नहीं कर पा रहा था। मेरा यह पाप मेरी आत्मा में किसी काँटे की तरह चुभ रहा था। अभी पेपे की आँखों को देखकर मुझे बहुत हल्का लगा। नाश्ते के बाद जब मैं ऊपर अपने कमरे पर पहुँचा, तो खाट पर लेटते ही आलस की जकड़ अपनी देह में महसूस करने लगा। पर आँख मूँदकर सोने की कोशिश करते ही, मेरे दिमाग ने दौड़ लगाना शुरू कर दिया।

मुश्किल यह थी, कि दिमाग भाग तो कई दिशाओं में रहा था, और पता नहीं चलता था, कि वह किधर जा रहा है, या किधर से आ रहा है, लेकिन पल दो पल बाद वह आकर दाँत के पोले में टिक जाता था। वहाँ नाश्ते की सब्जी के प्याज का कोई छिलका, ऐसी जगह पर अटक गया था, जिसको उँगलियों से खींचकर निकाल सकना लगभग नामुमकिन था। अभी कुछ दिन पहले ही सुरेश के पान की सुपारी के प्रसंग में, मैं दाँत के बारे में विस्तार से बता चुका हूँ, कि वहाँ किसी चीज के फँसने से उसे निकालने की कोशिश में मैं एकदम परेशान हो जाता हूँ, और बौखलाहट और बदहवासी में तब मुझे कुछ सूझता ही नहीं। दाँत में फँसे रेशे को निकालना ही मेरे लिए जीवन का लक्ष्य हो जाता है। अभी भी यही हो रहा था।

मैं फुर्ती से उठा। मैंने डिबिया से दँतखुटनी निकाली। दाहिने हाथ से उसे, उस बाईं दाढ़ के पास के दाँतों की संधि तक ले जाने की कोशिश की। लेकिन रेशा ऐसी जगह पर फँसा था, जहाँ खुटनी पहुँच नहीं पा रही थी। पर जीभ फेरने से उसकी जो छुअन महसूस होती थी, उससे तो यही लगता था, कि रेशे का सिरा स्पर्श या कि

पकड़ की सीमा में है। मैंने दँतखुटनी टेबल पर रख दी। फिर अँगूठे और तर्जनी के सहारे उसे पकड़ने की कोशिश करने लगा। कोशिश नाकाम हो रही थी। पर मैं हिम्मत नहीं हार रहा था। पहले के अनुभव, मुझे अपने प्रयत्न पर कायम रखे थे। मैंने बाएँ हाथ से पोले के उसी भाग को, अपने थोड़े बढ़े नाखून से खुरचने की कोशिश की। फिर जीभ के स्पर्श से मुझे लगा कि अब रेशे का सिरा थोड़ा बाहर निकल आया है, और हाथ की पकड़ में आ सकता है। मैंने फिर पुराने तरीके से दाहिने हाथ से पकड़कर खींचने की कोशिश की, और उसकी सरसराहट की अनुभूति से मुझे लगा, कि रेशा बाहर आ रहा है, और पलांश में वह सचमुच बाहर आ गया था।

आधे घंटे के भीतर हल्केपन का यह दूसरा एहसास था। क्या यह भी होने का हल्कापन नहीं है?

लेकिन जब मैं मुँह धोने के लिए बेसिन में गया, तो नॉब घुमाते ही मैंने देखा, सूँसूँ की आवाज के साथ नल ने पीक पुरकने सा पानी गिराया और बन्द हो गया। इसके साथ ही मैं फिर परेशान हो गया। यह रेशा निकालने से बड़ी समस्या थी। अभी नहाते समय मैंने देखा था, कि नल में पानी आ रहा था। लेकिन यहाँ वह सुँसुआकर बन्द हो गया। सुबह-सुबह पानी के इतनी जल्दी खत्म हो जाने की बात सोचकर मेरा दिमाग ठनका। महज ठनक कर इत्मीनान के साथ वहीं रुक नहीं गया, जहाँ था। आदत या स्वभाव से मजबूर वह दौड़ लगाने लगा। दौड़ की सोच में, यह शायद पहली बार हुआ, कि सकारात्मक दिशा में आगे बढ़ते हुए मैंने सोचा, कि हो सकता है, कि ऊपर के इस वाले बेसिन में ही पानी न आ रहा हो। कई बार ऐसा हो चुका था। इस तरफ आने के लिए टंकी के पानी को पाइप के मोड़ से गुजरना पड़ता था, और इधर पानी तभी आ सकता था, जब पानी का दबाव ज्यादा हो। और उसे हर तरफ जाने के लिए दबाव ने मजबूर कर दिया हो। ऐसा तभी होता था, जब टंकी में भरपूर पानी हो। तब मैं डरा, कि कहीं किसी ने शायद कोई नल खुला न छोड़ दिया हो, या कहीं से पानी लीक न कर रहा हो और उस रस्ते टंकी का सारा पानी बह न गया हो। अगर ऐसा हुआ होगा, तो खुले या टपकती हुई जगह को खोजना भी एक मुश्किल काम होगा। लेकिन तब दिमाग ने तुरन्त सुझाया, कि नल के खुलने या टपकने का मामला यह इसलिए नहीं हो सकता, कि उस रस्ते इतनी जल्दी पानी इतना कम नहीं हो सकता था। अब पानी की यह सोच बेचैनी जैसी हो गई थी, क्योंकि इसका मतलब था, कि प्लम्बर को बुलाना होगा। नल मिस्त्रियों का इस शहर में ऐसा अभाव था, कि आज बुलाओ और दिन-भर खुशामद करते रहो, तो भी आप श्योर नहीं हो सकते, कि नल मैकेनिक आ ही जाएगा। सोचकर बेचैनी थोड़ी और बढ़ गई कि अगर प्लम्बर नहीं मिला, तो पूरा दिन बगैर पानी के गुजारना पड़ेगा। निराशा के इस खयाल ने पता नहीं, कैसे मुझे धकेला, कि मैं धड़धड़ाते हुए पूरी इक्कीस सीढ़ियाँ उतरकर नीचे पहुँचा। वहाँ मैंने आँगन के बेसिन की टोंटी घुमाई।

पानी वहाँ भी नदारद था। आपातकाल के लिए स्टोर किए जाने वाले पानी की टंकी को लबालब भरा देखकर, मैंने राहत की साँस ली, क्योंकि बेचैनी मुझे यह सोच-सोच कर हो रही थी, कि अगर अचानक जोर का प्रेशर आ गया, तो कैसे क्या करेंगे, हालाँकि उस तरह के डर का अब कोई जायज कारण नहीं रह गया था, क्योंकि पिछले तीन साल से मैं कड़े कोठे का मरीज बन चुका था। सो अकारण भय के इस झोंके के गुजर जाने के बाद, मैं सीढ़ियों के नीचे बने टंकी की ओर बढ़ा। मग से पानी निकालकर कुल्ली करते हुए, रेशा प्रसंग के बाद, जल प्रसंग पर सोचकर हँसा।

रसोईघर के दरवाजे पर खड़े होकर मैंने भांजी से पूछा, ''टंकी में पानी नहीं है?''

''हाँ,'' उसने इत्मीनान से कहा, ''सुबह जान-बूझकर कम पानी भरा था, ऊपर पाइप कहीं से खराब है, लीक हो रहा है। मौसी ने प्लम्बर को फोन कर दिया है। वह आता ही होगा।''

बिन्ना की इस चौकस गृहव्यवस्था पर धन्यवाद देने के लिए मैं पूजाघर जाना चाहता था, लेकिन तत्काल मैंने याद किया कि वह ध्यान कर रही होगी। तभी बाहर के दरवाजे की घंटी बजी।

''प्लम्बर होगा,'' भांजी ने कहा।

प्लम्बर ही था। उसके साथ छोटू भी। देखकर मुझे लगा कि बिन्ना ने शायद प्लम्बर को बुलाने के लिए, सिर्फ फोन-भर नहीं किया था, बल्कि छोटू को उसके घर भेज दिया था। और अब छोटू के साथ प्लम्बर को ऊपर की सीढ़ियाँ चढ़ते हुए देखकर मुझे एकदम से यह खयाल आया, कि बिन्ना नाश्ते के बाद तैयार होकर अभी तक नहीं निकली है, और छोटू ने गैराज से गाड़ी भी नहीं निकाली है। मुझे लगा कि बिन्ना शायद क्लीनिक नहीं जाने वाली है। मैंने भांजी से पूछा। उसने बताया, कि बिन्ना को कल रात फीवर हो गया था, और पूरे शरीर में दर्द, तिस पर तीसरी मुसीबत यह, कि कल रात रह-रह कर तीन दफे बत्ती गोल हुई थी, और बिन्ना को बिलकुल नींद नहीं आई थी। काकी माँ पूजा निपटा चुकी थी, और टी.वी. देखने के लिए इसी तरफ आ रही थीं। यह भी उनका नियमित धार्मिक कार्यक्रम था। नवासी बरस की मेरी माँ, सुबह जितनी धार्मिकता से पूरे तीन घंटे तक पूजा करती थीं, उतनी ही तन्मयता से सुबह साढ़े नौ के बाद कोई पारिवारिक सीरियल देखती थीं। उनकी इस रूटीन में व्यवधान तभी होता था, जब उनकी तबीयत खराब हो जाती थी।

इन दिनों उनकी तबीयत जरा जल्दी-जल्दी खराब होने लगी थी। वह कुछ इस ढंग से खराब होती थी, कि डॉक्टर होने के बावजूद बिन्ना घबरा जाती थी। वैसे भी काकी माँ की अवश मुँद-मुँद जाती आँखों को देखकर न तो वह डॉक्टर रह जाती थी, और न मैं लेखक। हम दोनों, दो ऐसे बच्चों की तरह हो जाते थे, जिन्हें उनकी

माँ भीड़ भरे बाजार में अकेला छोड़कर कहीं चली गई है, और दबी सिसकियों के साथ, फूटती रुलाई को रोके, हम उसके लौटने का इन्तजार कर रहे हैं।

लेकिन हमेशा की इस बदहवास सोच के भीतर का इंतजार खत्म हो चुका था। प्लम्बर आ चुका था। और टंकी खाली हो जाने की बीमारी के इलाज के लिए वह छोटू के साथ, सबसे ऊपर की छत पर जाने के लिए सीढ़ियाँ चढ़ रहा था। मैं भी उनके पीछे-पीछे हो लिया। मुझे नलसाज को काम करते देखने में मजा आता था। सिर्फ नलसाज ही नहीं, बिजली मैकेनिक और राजमिस्त्री को काम करते देखना भी मेरी आदतों में शुमार था। मजे की बात यह है, कि इनमें से किसी के काम के बारे में मैं खुद कुछ भी नहीं जानता था। पर शायद यह इस वजह से हो, कि वे अपना काम इतनी तन्मयता से और इतनी सहजता से, दूसरी बहुत-सी बातें करते हुए कर लेते थे, कि मुझे उनके कौशल और उनकी एकाग्रता पर बच्चों जैसी हैरत होती थी। जैसे अभी हो रही थी, जब पानी लीक होने की जोड़ की जगह के भीतर रह गए, पाइप के उस विशेष भाग को वह निकालने की कोशिश कर रहा था, जिसे बदला जाना था। मार्च की थोड़ी तेज होती धूप में, मैं गौर से उसे काम करते देख रहा था। उसने जोड़ पाइप निकाल तो लिया था, पर उसके चिपक चुके हिस्से को पूरे धैर्य के साथ, चाकू और दूसरे औजारों के अलावा, हाथ से खुरच-पकड़कर निकालने की इस कोशिश को देखते हुए मैंने उससे पूछा था, "इसे कहते क्या हैं?"

अपना काम रोके बिना, उसने सिर उठाकर जवाब दिया था, "एम.टी.ए.।"

"यह नया लगाना होगा?" मैंने दुबारा पूछा था, हालाँकि मुझे लगा था कि मैं उसकी एकाग्रता भंग कर रहा हूँ। "हाँ, मैंने छोटू से कह दिया है, वह आता ही होगा।" उसने कहा था और मैंने देखा था, कि उसने, वह चिपका हिस्सा भी निकाल लिया था, हालाँकि साबित नहीं, बल्कि नन्हें टुकड़ों के रूप में। फिर उसने उसे पानी से साफ किया। मेरे मन में एम.टी.ए. का पूरा फॉर्म जानने की इच्छा हो रही थी, पर मुझे लग रहा था, कि इसे शायद ही पता होगा। उत्सुकतावश मैंने पूछ ही लिया, "इसका पूरा फॉर्म जानते हैं?" "मेल थ्रेडिंग एडॉप्टर।" उसने सहजता से कहा। मुझे ताज्जुब हुआ। मेरा खयाल गलत निकला, कि यह एम.टी.ए. का पूरा रूप नहीं जानता होगा, लेकिन मेरे सोचू दिमाग ने सुझाया, कि इस नाम का मतलब तो इसे नहीं ही मालूम होगा, लेकिन थ्रेडिंग करना तो इनके रोजमर्रे का धन्धा है, सोचता दिमाग, अपने को काटता आगे बढ़ा, तो लगा कि नल के पाइप या बिजली के प्लग तक के नामों को, लिंगभेद याने स्त्री-पुरुष के आधार पर ही समझा जा सकता है, लेकिन ऐसी कोई सोच प्लम्बर के दिमाग में नहीं थी। वह कह रहा था, "इस बार पीतल का महँगा वाला एम.टी.ए. मँगाया है।"

"कितने का?"

"दो ढाई सौ का होगा।"

"और पहले वाला कितने का था?"

"पन्द्रह, बीस का, लेकिन यह बरसों चलेगा, और इस तरह अन्दर ही अन्दर टूटकर चिपकेगा भी नहीं।"

"ठीक है।" मैंने कहा। सीढ़ियाँ उतरकर बरामदे पर आ गया। थोड़ी ही देर में वह भी वहीं था। भांजी ने उसे चाय के लिए रुकने को कहा। वह चुपचाप आकर बरामदे में रखी प्लास्टिक की कुर्सी पर बैठ गया। मैं उसके सामने के दोजनिए सोफे पर अकेले बैठा था। बहन नाश्ता कर रही थी। काकी माँ पूजाघर में थीं। सामने खामोश बैठे नलसाज को बोरियत से बचाने के लिए, मैंने बातचीत की शुरुआत कर दी थी। यह निरी औपचारिक कोशिश नहीं थी। मन में यह खयाल था, कि ऐसे लोगों को थोड़ी खुशामद के साथ पटाकर रखना जरूरी है। क्या पता कब जरूरत पड़ जाए। बातचीत के दौरान उसने अपने बारे में सहज भाव से बहुत कुछ बताया था, जिसमें से मुझे इतना भर याद है, कि उसका घर मिट्टूमुड़ा में है। अभी हाल में उसने यह मकान बनाया है। पन्द्रह बरस से वह नलसाजी के धन्धे में है। पहले दस बरस उसने जम्मू में काम किया था।

"जम्मू में?" मैंने सुनते ही टोका था।

"हाँ, मैंने अपने जीजा से यह काम सीखा था। जीजा अभी भी वहीं हैं।" उसने चाय की सिप लेने के पहले, प्याले पर फूँक मारते हुए कहा।

जम्मू सुनते ही मुझे उस भीड़ की याद आई थी, जो मैंने बिलासपुर स्टेशन पर आज से कुछ बरस पहले देखी थी। यह खेत मजूरों और छोटे किसानों की भीड़ थी, जो फसल कटाई के बाद के दिनों में काम की तलाश में, छत्तीसगढ़ से जम्मू जा रहे थे। उन्हें कोई ठेकेदार ले जा रहा था। बच्चों, औरतों, जवानों, अधेड़ों की वह भीड़ देखकर मुझे लगा था, कि आज शायद रिजर्व ए.सी. डब्बे में घुस पाना भी सम्भव नहीं होगा। वे खड़ी गाड़ी के सामान्य डब्बे की ओर बेतहाशा चीख–पुकार करते बढ़ रहे थे। अपना बैग लिये मैं भी उसी ठेलपेल में घिसटता–सा आगे बढ़ रहा था। और तब मैंने किसी से पूछा था, कि इतने सारे लोग एक साथ कहाँ जा रहे हैं। उत्तर मिला था जम्मू। मैं सोचने लगा था, कि ठेलपेल की शारीरिक कोशिश के बिना मैं आगे नहीं बढ़ पाऊँगा। पर ट्रेन यहीं से शुरू होती थी। घंटे–भर पहले लग गई थी। मैं मन मारे उन्हीं के साथ घिसटता अपने डब्बे तक पहुँच गया था। और डब्बे में घुसकर राहत की साँस लेने, जी–भर कर ठंडा पानी पीने जैसे अनुभव के कुछ ही पलों बाद, मैं यह बिलकुल भूल चुका था, कि इसी ट्रेन में मेरे साथ, मेरी मातृभूमि के हजारों लोग भी चल रहे हैं।

आज इतने बरस बाद, जब प्लम्बर ने बताया कि उसने नलसाजी का काम, जम्मू में सीखा था, तो अचानक ही मुझे उस भीड़ की याद आ गई थी। क्या आज का यह प्लम्बर भी उस दिन उस भीड़ में शामिल रहा होगा?

मैंने प्लम्बर की ओर देखा। वह चाय खत्म कर चुका था। आँगन में रखी अपनी अकेली चप्पल को देखते परेशान हो रहा था। उसकी दूसरी चप्पल उठा कर पेपे इत्मीनान से डायनिंग टेबल के नीचे लेटी-सी बैठी थी।

दरवाजा खोलने की आवाज सुनकर नींद खुली थी। खुलने पर जो बात सबसे पहले महसूस हुई थी, कि यह नींद जैसी नींद थी ही नहीं। शायद मैं ठीक से सोया ही नहीं था, बल्कि सोच-भर रहा था, कि सो रहा हूँ। सपने भी नहीं थे। घड़ी देखने के बाद खाट में बैठे-बैठे ही, जैसे ही मैंने मुड़कर आगंतुक को देखा, तो मुझे ऐसा लगा, जैसे मैं अभी भी सचमुच सपना देख रहा हूँ।

नींद या सोच तोड़ने वाली सीमा थी। उसे देखकर मैंने फिर घड़ी देखी। तब मुझे लगा, कि घड़ी बार-बार देखने की भी आदत, मेरे इन एकाकी ठलहे दिनों की एक नई आदत है। तब मुझे यह भी याद आया, कि घड़ी देखने के साथ-साथ ही बिलकुल बेमालूम तरीके से, पल-भर को मैं अपने छोटे भाई की याद भी करता था, जो अभी साल-भर पहले, बीस-पचीस साल की लम्बी असाध्य और अपंग कर देने वाली बीमारी झेलने के बाद, एक झटके में गुजर गया था। वह अपनी दवा के वक्त के लिए निरंतर घड़ी की ओर ताकता रहता था। उसमें दवा तक अपने आप पीने की ताकत नहीं रह गई थी, लेकिन दवा पीते ही उसे थोड़ी देर के लिए जो राहत-सी मिलती थी, शायद उसी के लिए वह घड़ी की ओर ताकते हुए वक्त के जल्दी सरकने की प्रार्थना किया करता था। शायद भगवान ने देर से सही, उसकी प्रार्थना सुन ली थी। जाते समय उसकी आँखों में समय का कौन-सा बिम्ब पथरा जाने-सा जटक गया था, यह तो वही जानता है, पर अभी दुपहर की इस नींद में अचानक आई सोच को देखकर, भाई की याद करते हुए जब मैंने घड़ी देखी, तो शाम के सवा तीन हो रहे थे। पश्चिम की तरफ से आनेवाली धूप का एक टुकड़ा, कमरे के बाहर खुली छत के बरामदे जैसी जगह पर चमक रहा था। बिलकुल सामने गुम्म खड़ी सीमा के चेहरे की रंगत उड़ी हुई लगती थी। वह कुछ घबराई हुई सी लग रही थी। इस वक्त उसका आना भी एकदम ही अप्रत्याशित था। जाली वाले कपाट को उसने इतनी जोर से खोला था, कि पल्ला अभी भी अन्दर झनझना-सा रहा था। सीमा अपने बेचैन चेहरे के साथ चुपचाप खड़ी थी। वह थोड़ी हाँफ रही थी। तेजी से सीढ़ियाँ चढ़ने के कारण उसकी साँस फूल गई थी। उसके चिकने काले केश भी बिखरे से लगते थे। इस तरह की बदहवास सीमा को अपने घर में देखने का यह पहला मौका था। "क्या बात है?" मैंने छत्तीसगढ़ी में पूछा था। मैं उससे इसी भाषा में बात करता था। कभी-कभार छेड़छाड़ के प्रसंग में हिन्दी बोलता या कुछ पूछता, तो भी वह जवाब अपनी जबान में ही देती थी। "उसे अस्पताल में भर्ती किया है।" उसने लगभग बैठ गई आवाज में बताया।

"किसे?"

"उसे।" उसने थोड़ी बीमार मुस्कान के साथ दुहराया।

अब दुबारा पूछने की जरूरत नहीं थी। वह अपने पति के बारे में बता रही थी। पतिव्रता हिन्दू नारी होने की वजह से, इस जनम में तो पति का नाम अपनी जबान पर लाना उसके लिए सम्भव नहीं था। मैं यह भी समझ चुका था, कि ज्यादा पीने के बाद धूप में भटकते रहने की वजह से डिहाइड्रेशन हो गया होगा। सीमा को उसी तरह चुपचाप खड़ी देखकर मैंने पूछा था, कि क्या बिन्ना को बता दिया, तो उसने जवाब दिया था, कि काकी माँ, बिन्ना और भांजी तीनों सो रही हैं। पाँच घंटे से भी ज्यादा क्लीनिक में उठक-बैठक करने के बाद, दो के करीब घर आई बिन्ना की नींद को तत्काल डिस्टर्ब करना ठीक नहीं होता। अनपढ़ सीमा में यह समझ थी, शायद यह नैतिकता थी, कि डॉक्टर के घर में झाड़ू-पोंछे के काम का इस तरह से नाजायज फायदा लेना ठीक नहीं है। वह महसूस करती थी, कि डॉक्टर भी तो आखिर इंसान है, और फिर लगभग सत्तर की सरहद छूती डॉक्टर को भी तो, लगातार पाँच घंटे तक काम करते रहने के बाद थकान लगती होगी। सीमा की इस संवेदनशील समझ पर सोचते हुए, मैं उसके गुम्म चेहरे को लगातार ताक रहा था, सोचते हुए, कि यह वही औरत है, जो दिन में बीसियों बार अपने शराबी पति की मृत्यु कामना करते हुए, भगवान को गुहारती है।

और-अभी!

"वह होश में तो है?" मैंने पूछा।

"हाँ, दर्द में कराह रहा है..." फिर पूरी जानकारी देते हुए उसने बताया कि धुत्त पीकर आने के बाद, वह दरवाजे पर ही लुढक् गया था। मुँह पर पानी का छींटा मारने के बाद भी नहीं जगा, तो सीमा थोड़ा डरी। बेटी की सहायता से उठाकर, उसे कमरे में लाई और खाट पर लिटाया। उसने कराहते हुए बताया, कि उसके सीने में जोरों का दर्द है। उसके दर्द की मुद्रा का बिम्बात्मक बखान करते हुए सीमा ने बताया, कि वह मुझसे हाथ जोड़कर माफी माँग रहा था, और बुदबुदा रहा था, कि वह इस बार नहीं बचेगा। उसकी आँखों से सचमुच आँसू बह रहे थे।

सुनकर, गम्भीर दुख के इस मौके पर भी मेरे ओठों पर झीनी मुस्कान उभर आई और मैंने पूछा, "फिर?" जैसे मैं किस्से के अगले चरण की उत्सुकता से प्रतीक्षा कर रहा होऊँ।

"फिर क्या। रिक्शे में उसे लेकर अस्पताल गई, तो जाँच करने वाले डॉक्टर ने ही मुझसे दो सौ रुपए झटक लिए। फिर बेड में बोतल चढ़ाने वाली नर्स ने भी सौ रुपए की माँग की। और दवा की परची देते हुए उसी नर्स ने दवा तुरन्त लाने को कहा। दुकान में पूरी दवा और बोतल की कीमत लायक पैसे मेरे पास नहीं थे। आधी लेकर वहाँ रखने के बाद, सीधे यहाँ आ रही हूँ।"

"क्यों?"

"मुझे हजार रुपए चाहिए, पगार से काट लीजिएगा।"

यह शायद पहली बार था, जब सीमा मुझसे पैसे माँग रही थी। उसके साथ चुहलबाजी करते हुए, छठे-छमाहे मैं उसे सौ-पचास रुपए किसी न किसी बहाने दे देता था।

खाट से उठकर मैंने सामने खूँटी पर टँगी पैंट की जेब से अपना पर्स निकाला था। पाँच-पाँच सौ के दो नोट निकाल कर मैंने उसके हाथ में थमा दिए थे। वह उल्टे पैरों से भागी थी। सीढ़ियों पर उसके उतरने की धपधप सुनकर लगा था, कि वह बदहवास तेजी से सीढ़ियाँ उतर रही थी।

उसके पीछे मैं भी उतरा था।

सँकरे आँगन के बाजू के बरामदे में बैठकर मैंने घड़ी देखी। साढ़े तीन हो रहे थे। पूजाघर में सोई बिन्ना, काकी माँ और भांजी में से कोई उठी नहीं थी। माने यहाँ नहीं आई थी। शाम साढ़े चार को या उससे कुछ पहले या बाद में, जब मैं चाय के लिए नीचे उतरता हूँ, तो काकी और भांजी यहीं टी.वी. देखती हुई मिलती हैं। आती ही होंगी, सोचते मैं दो पल रुका, लेकिन तीसरे पल मुझे लगा, कि चाय पीना इतना जरूरी नहीं है। मेरे मन में हड़बड़ाहट सी यह बात घुमड़ रही थी, कि अस्पताल चलकर एक बार बीरू को देख लेना चाहिए। मुझे पता था, कि बीरू ठीक-ठाक ही होगा, लेकिन मैं उस डॉक्टर को भी देखना चाहता था, जिसने भरती करने के लिए, सीमा से दो सौ रुपए झटक लिये थे। ना, वहाँ जाकर खैराती सरकारी अस्पताल की हालत या गरीबीरेखा से नीचे के लोगों के इलाज की बाबत, कायदे-कानून के सवालों पर कोई बहस करने या समाज सुधारने के लिए, मैं वहाँ नहीं जाना चाहता था। बीरू के अस्पताल में होने की बात सुनकर, उसके बेड में पड़े होने की कल्पना ही मुझे खींच रही थी। मैंने उसे या तो दीनबंधु की दारू दुकान की ओर जाते देखा था, या वहाँ से लौटते। इसके अलावा डॉक्टरों की कमाई के बारे में मैंने इतने किस्से सुने थे, कि अभी सीमा से डॉक्टर नर्स द्वारा तीन सौ झटक लिए जाने की बात सुनने के बाद, मैं उस अस्पताल की एक झलक अपने इस बुढ़ापे में देख लेना चाहता था, जहाँ मेरा बेटा और मेरी पोती दोनों पैदा हुए थे, और जहाँ मेरी बहन ने अपनी जिन्दगी के पैंतीस बरस, पूरे सेवा-भाव और कर्मठता के साथ गुजारे थे। पर मूल प्रेरणा या कि तात्कालिक प्रेरणा तो सीमा ही थी। शायद मन में इस प्रेरणा से मिलती-जुलती और कई दूसरी प्रेरणाएँ भी मेरे अनजाने ही अपना काम कर रही हों, पर अभी बगैर चाय पिए ही वहाँ के लिए निकल पड़ने के इस अचानक संकल्प के पीछे मूल कारण विनोद पाणिग्राही था।

यह सुबह नौ की तेज धूप वाला वक्त ही था। घंटी बजते ही भांजी ने जब दरवाजा खोला था, तब वह इस निश्चय के साथ वहाँ गई थी, कि कोई भी होगा, तो वह उसे साफ कह देगी, कि मैडम की तबीयत खराब है और-अभी वो आराम

कर रही है। पर सामने विनोद को पाकर वह उसे लेकर ही पूजाघर में आ गई थी, जहाँ बिन्ना लेटी हुई थी और उसके बाजू में अधलेटा-सा मैं उससे भाषण के अंदाज में अभी हाल किसी किताब में पढ़ी यह बात बता रहा था, कि स्पेन में बास्क नाम का एक ऐसा अंचल है, जिसकी हालत अभी सन् अस्सी से पहले तक हमारे यहाँ के सरकारी अस्पताल जैसी ही थी, लेकिन आज की तारीख तक, वहाँ की सरकार ने, वहाँ के नागरिकों के सक्रिय सहयोग से, उस अंचल को विकसित यूरोप के समकक्ष खड़ा कर दिया था। विनोद के वहाँ पहुँचने पर मेरा भाषण थम गया था।

"यह अचानक आपको क्या हो गया?" विनोद ने सामने रखी कुर्सी पर बैठते हुए पूछा था।

"कुछ नहीं, थोड़ी हरारत है," बिन्ना ने सिरहाने के तकिए पर पीठ टिकाकर, थोड़ा बैठने की मुद्रा में आते हुए कहा।

विनोद पाणिग्राही, बिन्ना के सामाजिक कार्यों का सर्वप्रमुख सहयोगी था। उसकी चर्चा चलते ही बिन्ना उसके पेशे से ज्यादा उसके उन कामों के बारे में बताती थी, जो वह जरूरतमंद लोगों की मदद के लिए किया करता था। इसमें उसके अपने गाँव के किसी गरीब बच्चे की पूरी शिक्षा के खर्च के अलावा, मुहल्ले के किसी दूसरे गरीब की जानलेवा बीमारी पर आए अकल्पनीय खर्च की ऐसी सूचनाएँ शामिल रहती थीं, जिनके बारे में यह सोचा भी नहीं जा सकता था, कि इस तरह की बीमारी में ऐसा खर्च सामान्य सी आय वाला कोई मेडिकल रेप्रेन्जेंटेटिव भी कर सकता है, जबकि उसे अच्छे से पता है, कि मरीज के बचने की उम्मीद एक प्रतिशत भी नहीं है। अलावा इसके अपने पेशे में भी वह अव्वल था, जिसके लिए उसे कम्पनी की ओर से विशेष इनाम और प्रशंसा पत्र मिलते ही रहते थे। बिन्ना के निजी प्रयत्नों से ही गठित किए गए ओड़िया समाज के कार्यों में तो उसकी भागीदारी जगजाहिर थी। उसके कर्मठ और सदा तत्पर व्यक्तित्व के लिए बिन्ना के मन में गहरा सम्मान था। इसलिए अभी घर में चुपचाप अकेले बैठे-बैठे समय काटने के इस कठिन वक्त में, अचानक ही विनोद को अपने सामने पाकर, बिन्ना के थोड़े बीमार से लगते चेहरे पर प्रसन्नता की जो चमक लहराई थी, उसे देखकर मैंने भी मन ही मन विनोद को धन्यवाद दिया था।

और उसे वहीं पूजाघर में छोड़कर जब बाहर निकलने लगा, तो विनोद ने मेरी तरफ मुखातिब होकर कहा था, "आज का केलो प्रवाह देखा था क्या?"

मैं ठिठका। अखबार मैं कभी-कभार पढ़ता था। खासकर तब जब किसी विशेष स्थानीय खबर के विस्तृत ब्यौरे जानने की इच्छा होती थी। नियमित अखबार पढ़ने का मेरा तरीका पूरे अखबार पर नजर फेरने जैसा था। लेकिन अभी विनोद के इस अचानक सवाल की प्रासंगिकता पर मैं कोई जिज्ञासा रखूँ, इसके पहले ही बिन्ना ने पूछ लिया था, "क्यों? क्या कोई खास बात है?"

"अरे बेकार है, किसी ने अस्पताल के भीतर ही दारू और जुए की महफिल के बारे में लिखा है?"

"इन लोगों को तो दूसरों के औगुन देखने के अलावा और कुछ काम ही नहीं है। और खुद क्या करते हैं यहाँ के सारे पत्रकार, सिवा ब्लैकमेलिंग के," बिन्ना ने भुनभुनाते हुए कहा।

मैं विनोद की ओर देखते हुए मुस्कराया। मैं समझ गया था कि विनोद, शराब और जुए के अड्डे के बारे में नहीं, बल्कि उस कथित रेप के बारे में बताना चाहता था, जिसका आरोप किसी महिला कर्मचारी ने एक सीनियर डॉक्टर पर लगाया था। उस खबर के साथ उस डॉक्टर के काइयाँ चेहरे को सोचते, मैं अपने कमरे में आया, तो डॉक्टर-अस्पताल चर्चा से जुड़ी अभी हाल की यात्रा की याद आ गई, जो अभी मैंने और बिन्ना ने, विनोद की गाड़ी में की थी।

हम सभी को मेरी एक मामी की तेरही में शामिल होना था। वैसे तो मूल कार्यक्रम दशकर्म में शामिल होने का था, पर उस दिन अचानक काकी माँ की तबीयत थोड़ी खराब हो गई और हमें वह कार्यक्रम मुल्तवी करना पड़ा था। तेरही का कार्यक्रम निपटाने के बाद, बिन्ना ने अचानक प्रस्ताव कर दिया था, कि सरिया की तरफ से चलते हैं।

सरिया हमारे पुरखों का गाँव है। पुरखों का माटी का मकान उजड़ चुका है। सामने खपरैलों से ढँका मिट्टी की दीवारों पर टिका एक बरामदा-भर है, जहाँ कोई मजदूर परिवार रहता है। सरिया का यह मकान, जिस शख्स के कब्जे में है, उसका वहाँ रहने-बसने का कोई इरादा नहीं है। वह उसे बेचना चाहता है। बिन्ना और मेरे मन में फिजूल भावुकता की तरह यह इच्छा कहीं किसी कोने में दबी हुई है, कि अगर वाजिब दाम में दे, तो हमीं क्यों न खरीद लें वह मकान, लेकिन यह इच्छा भावुकता के झोंके की तरह ही है, और सरिया का जिक्र चलते ही, या किसी यात्रा के दौरान वहाँ से गुजरते ही, एक बार बड़ी तीव्रता से मन में यह बात आती है, कि अगर यह मकान, जहाँ हमारे पिता ही नहीं, हमारे दादा भी पैदा हुए थे, हमें मिल जाए तो... इस तो के बाद के वाक्य की फिजूलियत से हम दोनों ही परिचित थे। अभी और यहाँ के झंझटों-झमेलों में दौड़ती-भागती दुनिया के दूसरे समझदार लोगों की तरह हम यह जानते थे, कि उम्र के जिस हिस्से में हम कदम रख चुके थे, वहाँ से अब भविष्य के किसी स्वप्न का कोई अर्थ नहीं था, मोह जरूर था, कि हमारे बाद हमारा बेटा थोड़े गर्व से बताएगा कि यह मकान, उसके परदादा के जमाने का है। लेकिन क्या उसकी इस गर्वोक्ति की कोई आहट तक हमें वहाँ सुनाई पड़ेगी, जहाँ उस वक्त हम होंगे। उस शून्य नील की इस सोच ने मुझे डराने-सा ठिठका दिया।

तब हम दानसरा में थे, तेजी से शहर में तब्दील होते गाँव के एक दुमंजिला मकान की तरफ इशारा करते हुए, विनोद ने महत्वपूर्ण सूचना देने-सा बताया था,

''यह मकान यहाँ के मशहूर डॉक्टर का है। इसकी रोज की कमाई पाँच हजार से भी ज्यादा है।''

और तब पता नहीं कैसे मेरे मुँह से यह सवाल निकला था कि क्या यह किसी क्वैक का है। शायद सारंगढ़ के पास के इस गाँव से गुजरते हुए मुझे अपने ममेरे भाई और उसके साथ दिवंगत धनीराम की याद आई थी, जिनका जिक्र मैंने किस्से के शुरू-शुरू में ही किया है। एक जमाने में दोनों मिलकर दवाएँ बेचने का काम करते थे और इस दौरान पूरे जिले के गाँव-गाँव की धूल फाँकते दिन काटा करते थे। उनका पूरा धन्धा, गाँवों के पास के बड़े गाँव, या शहर रायगढ़ के सीमावर्ती इलाकों में काम करने वाले नीमहकीमों पर ही आश्रित था। दिन-दिन-भर मोटरसायकिल पर, आज से बीस बरस पहले की धूल-भरी सड़कों पर दौड़ते, जब वे लौटते थे, तब उनके पास इन गाँवों के डॉक्टरों के विचित्र किस्से होते थे। और जब रात सात के बाद अन्य पियक्कड़ों के साथ हम राजा गैरेज में बैठते थे, तो नशे के पहले झोंके में धनीराम अपनी खनखन करती आवाज में डॉक्टरी विद्या का खुलासा करते हुए बताता था, कि दानसरा में तो एक ऐसा डॉक्टर है, जो मरीज के पहुँचते ही नाड़ी देखकर ही बता देता है, कि फेफड़े की या दिल की या पेट की कोई गम्भीर बीमारी है, और इंजेक्शन लगाना जरूरी है। हर मरीज के लिए उसका एक यही इलाज था। और हर किसी को वह वही इंजेक्शन लगाता था। और फी मरीज, वह उसकी औकात देखकर, बीस से पचास रुपया ले लेता था। अभी उसी दानसरा गाँव से तेज रफ्तार कार में गुजरते हुए मैंने विनोद की ताजा सूचना पर इसीलिए पूछा था, कि क्या यह क्वैक है?

''ना, है तो बी.ए.एम.एस., पर डॉक्टर ठीकठाक है। अगर उसे लगता है, कि मामला उसके बस का नहीं है, तो वह तुरन्त रेफर कर देता है। गाँव के लोग तो इसे देवता की तरह मानते हैं। वैसे इस इलाके में नीमहकीमों की कमी नहीं है। रूरल हेल्थ तो उन्हीं लोगों के ऊपर टिका है।'' विनोद ने मुस्कराते हुए कहा था।

याने तीस बरस पहले की मेरी जानकारी में, आज इक्कीसवीं सदी के दूसरे दशक की शुरुआत तक ऐसा फर्क नहीं पड़ा था, जिसे इन नीमहकीमों के कारोबार को रोकने की दिशा में कोई प्रभावी कदम कहा जा सके। और जब क्वैक की चर्चा शुरू हो गई, तो डॉक्टरों, मरीजों और दलालों की भूमिका पर लम्बी बातचीत का एक सिलसिला ही शुरू हो गया।

शुरुआत मैंने की थी। मुझे अचानक याद आया था, कि एक बार पास के गाँव के एक बाबा के आश्रम में आयोजित हेल्थ कैम्प में भाग लेने वाले डॉक्टरों की कार में मैं भी बैठा हुआ था। वे काफी धीमी आवाज में हमपेशा लोगों की आलोचना करते हुए, बातें कर रहे थे, कि एक अधेड़ डॉक्टरनी ने थोड़े तेज स्वर में बताया, कि गाँव-गाँव में अब दलाल घूम रहे हैं, जो किसी भी मरीज को, खासकर महिला

मरीज को लेकर आते हैं, और डॉक्टर से बात करते हैं, कि इसे यह बताना होगा, कि इसके पेट का आपरेशन जरूरी है। फीस का आधा दलाल ले लेता है, और आधा डॉक्टर के हाथ आता है। डॉक्टर बाकायदे ऑपरेशन करता है, और अक्सर एपेंडिक्स निकाल देता है, लेकिन कभी-कभी तो ऐसा भी होता है कि दलालों के चलते, डॉक्टर पूरा यूटिरस निकाल देता है। अभी जब मुझे दलाल डॉक्टर की मिलीभगत वाले इस प्रसंग की अचानक याद आ गई, तो क्वैक प्रसंग को आगे बढ़ाते हुए मैंने थोड़ा हल्के ढंग से पूछा था, ''लगता है कि पुराने क्वैक अब दलाली का धन्धा भी करने लगे हैं।''

''अरे नहीं दादा, उन बेचारों को थोड़ी-बहुत जानकारी होती थी, दलाली के धन्धे में तो ऐसे लोग लगे हैं, जो मेडिकल का 'म' तक नहीं जानते, पर गाँववालों को बीमारी के खतरनाक होने का डर दिखाकर डॉक्टरों के दरवाजे तक ले आते हैं।'' विनोद ने मेरी बात काटते हुए कहा था। इस पर बिन्ना ने यह भी जोड़ा था, कि इस बीच इन दलालों से तंग आकर डॉक्टरों ने मिल-जुलकर खुद अपनी एक जनसम्पर्क टीम बना ली है, जो महीने पंद्रह दिन में आसपास के गाँवों का दौरा करती है, और वहाँ सरपंच, मुखिया प्रायमरी हेल्थ सेंटर के डॉक्टर्स, शिक्षक आदि से सम्पर्क करती है, और बाद में ये सभी मरीज सप्लाई श्रृंखला की जरूरी कड़ी बन जाते हैं। पर रोचक बात यह थी, कि प्रायवेट नर्सिंग होम से जुड़े हुए या छोटी मोटी निजी क्लीनिक के जरिए धन्धा जारी रखने वाले लोग भर, इस तरह के धन्धों में नहीं लगे हैं, बल्कि सरकारी अस्पतालों में काम करने वाले सीनियर डॉक्टर तक इसमें शामिल हैं। वे सरकारी अस्पताल के गरीब मरीजों तक को, छोटी-मोटी जाँच और इलाज के लिए प्रायवेट अस्पताल का रास्ता दिखा देते हैं। और तब मजेदार खुलासा करते हुए बिन्ना ने बताया, कि मुख्य चिकित्सा अधिकारी के स्तर के एक सर्जन, जो पिछले बीस सालों से सरकारी नौकरी में बने हुए हैं, शहर के मशहूर प्रायवेट नर्सिंग होम में सर्जरी ही नहीं करते, बल्कि प्रोफेशनल शपथ को ताक पर रखकर मरीजों के साथ धोखाधड़ी जैसा बर्ताव करते हुए लगते हैं। अभी-हाल हमारे घर में बर्तन-पोंछा करने वाली गायत्री के बेटे की सोनोग्राफी, इसी नर्सिंग होम में करवाने के बाद, इन्हीं चिकित्सा अधिकारी ने उसे बताया था, कि गाल ब्लैडर में पथरी है, और ऑपरेशन जरूरी है। कुल पचीस-तीस हजार का खर्च है। वह तो गायत्री ने अचानक ही इस बारे में बिन्ना से बात कर ली, तो उसने तुरन्त हमारे एक रिश्तेदार डॉक्टर से मरीज की दुबारा सोनोग्राफी कराई, तो मालूम पड़ा कि पथरी-वथरी कुछ नहीं है। पर बिन्ना ने इसके साथ-साथ अपने स्वभाव के विपरीत थोड़े तीखे दुख के स्वर में यह भी कहा था, कि ऐसी हालत के लिए नागरिक, खासकर पत्रकार नागरिक, भी बराबर के जिम्मेदार हैं। उसने राजधानी के एक आई कैम्प में हुई एक घटना का विवरण देते हुए बताया था, कि उस कैम्प में एक नब्बे बरस की बुढ़िया

का ऑपरेशन भी हुआ था। ऑपरेशन पूरी तरह सफल था। तभी वहाँ एक पत्रकार पहुँचा था। उसने उसका इंटरव्यू लिया था और क्रूरता की हद तक जाकर बुढ़िया से कहा था, कि तुम नब्बे की तो हो ही चुकी हो, अब तुम्हें देखना ही क्या है, अगर तुम अपनी आँखों को हाथों से मींज-मल दो, तो तुम्हें मुआवजे के रूप में एक लाख रुपए मिल जाएँगे। एक लाख।'' पत्रकार ने बी.पी.एल. कार्डधारी बुढ़िया को लोभ दिखाया था, पर हम सबको इसमें पत्रकार का लोभ ही नजर आ रहा था। लालच की ऐसी क्रूर कथा सुनकर हम सब पल-भर को सन्न रह गए थे।

उस दिन डॉक्टरों और अस्पताल के तरह-तरह के चरित्रों के बारे में इतनी देर तक बातें होती रही थीं, कि बातचीत में मगन किसी को यह याद ही नहीं रहा था, कि सरिया में रुककर मैं और बिन्ना अपना पुरखौती मकान देखना चाहते थे। महानदी के नए पुल तक पहुँचने के बाद, जब हमें यह बात याद आई थी, तब तक हमारे मन में पुरखों का घर देखने के बजाय, जल्दी से जल्दी खुद अपने घर पहुँच जाने की उतावली शोर मचाने लगी थी। इसलिए बिन्ना ने जब दबी जबान से सरिया लौट चलने की बात कही थी, तो बाकी सारे सहयात्रियों के चेहरे उतर गए थे। तब मैंने निर्णायक स्वर में कहा था, कि अब घर चलते हैं। हम घर आ गए थे।

अभी तीन दिन बाद तिपहर साढ़े तीन के समय में मैं उसी घर के बरामदे में बैठा चाय का इंतजार कर रहा था। और सुबह नौ के समय बिन्ना की मिजाजपुर्सी के लिए आए, विनोद के रास्ते तीन दिन पहले की यात्रा के सिलसिले में हुई बातचीत की याद कर रहा था, क्योंकि दिमाग के किसी कोने में अस्पताल और डॉक्टर से जुड़ी बीरू की बीमारी थी। और सहमी-सी सीमा का कुम्हलाया मुख। इस पल उसकी उस दुबारा याद से मैं बिन चाय पिये उठ गया और बाहर सड़क पर आ गया।

बाहर निकलते ही मुझे अपनी भूल का एहसास हुआ। बाहर की यह धूप जी जला रही थी। धूप की तीव्रता के बावजूद, थोड़ी उमस भी थी। उस गर्मी की दुपहर में बाहर सड़क पर भी होने वाली उमस के इस अनुभव के साथ ही, मैंने आसमान की ओर देखा। बादल नहीं थे। तो फिर यह उमस? मौसम के बदलाव के बारे में सोचते हुए मुझे जलवायु में ही परिवर्तन की बात भी याद आई, जो पिछले कई बरसों से बौद्धिक बहस का विषय बन गया है, हालाँकि मैं खुद अपने अज्ञान के चलते इस तरह की बहस से बहुत दूर था। चूँकि अभी मुझे लगभग डेढ़ किलोमीटर तक की पैदल यात्रा करनी थी और बाहर निकलते ही गरमी के ताजे अनुभव से मैं घबरा-सा गया था, सो अपने भय की भावना में बहते हुए मैं अभी न निकलकर, कुछ देर बाद निकलने के पक्ष में अपने आप से बहस कर रहा था। शायद इसी चक्कर में मेरी नजर गली वाले प्रवेशद्वार के खुले रस्ते पर गई। मैंने न तो लोहे का वह फाटक बन्द किया था, जो गली के कुत्तों के अबाध प्रवेश को रोकने के लिए बनाया गया था, और न लकड़ी के उस दरवाजे को उढ़काया था, जो इस मकान की तरह

सौ बरस से ज्यादा पुराना था। वापस नई सीढ़ियों से चढ़कर दरवाजा बन्द करते हुए एक बार मेरे मन में चोर का खयाल भी आया। काकी माँ, बिन्ना और भांजी तीनों, जिस नए पूजाघर में दुपहर की नींद ले रही थीं, वहाँ उन्हें किसी के घुसने की भनक भी नहीं लग सकती थी। सुनसान गर्म तिपहर का यह वक्त, हमारे घर में चोरी के लिए काफी फायदेमंद हो सकता है, सोचते हुए मैं ठिठका।

एक बार ऐसी चोरी हमारे घर में हो भी चुकी थी। तब मई की आग बरसाने वाली धूप का समय था। हम आँगन से सटे परछी में बैठे थे। हम याने मैं, काकी माँ और भांजी। बिन्ना अपने क्लीनिक में थी। परछी पर चिक डली हुई थी। सँकरा आँगन वहाँ से दिखता नहीं था। दोपहर के एक बजे थे। हम सभी बिन्ना के लौटने का इंतजार कर रहे थे। अचानक आँगन में पानी जोर से गिरने की आवाज आई। भांजी बाहर निकली और चिल्लाई कि कोई चोर, आँगन के दो नल और–अभी बने बाथरूम का तीसरा निकाल कर ले गया है। खुली पाइप से तीनों नल तीव्रता से पानी फेंक रहे हैं। मैंने लगभग हाँफते हुए चालीस सीढ़ियाँ चढ़ी थीं। ऊपर खुली छत पर जाकर मुख्य पाइप की नॉब को बन्द किया था। इस छोटी–सी स्मृति ने मेरे पैर वापस घर की ओर मोड़ दिए और बरामदे में पहुँचते ही मैंने देखा, कि भांजी वहीं थी। तखत पर बैठी टी.वी. देख रही थी। मुझे नन्हीं सी हैरत हुई, कि मेरे बाहर निकलते ही वह उठ कैसे गई। मुझे बाहर निकलने के कपड़ों में देखकर उसने तुरन्त चाय बनाई।

और–अभी पौने चार तक मैं अस्पताल के नए मुख्य फाटक के भीतर घुस रहा था।

धूप वैसी ही तेज थी, लेकिन यहाँ तक आने के लिए मुझे मुहल्ले के एक छोकरे से लिफ्ट मिल गई थी।

नए गेट में घुसते ही सबसे पहले मुझे अपनी पोती की याद आई। वह गेट के ठीक सामने बनी नए गाइनिक वार्ड में, सीजेरियन के बाद संसार में आई थी।

उस पल पोती होने की खुशी में चमकते बिन्ना के चेहरे का बिम्ब आँखों के सामने इस तरह उभरा, जैसे अभी देख रहा होऊँ। वह बिन्ना के रिटायर होने के दो बरस पहले पैदा हुई थी, सोचते हुए उसकी उम्र का हिसाब लगाने की कोशिश मैंने की, तो यह भी याद आया, कि मेरा बेटा भी इसी खास तारीख को पैदा हुआ था, और यही वह तारीख थी, जब राउरकेला में मेरी सरकारी नौकरी लगी थी।

तीन–तीन इत्तफाकी स्मृतियों की पुलक में उमगते हुए जब मैं अस्पताल के मेडिकल वार्ड में पहुँचा, तो चमत्कार की तरह मैंने देखा कि बीरू के आजू–बाजू के दोनों चेहरे भी मेरे जाने–पहचाने थे। याने तीन बेड के तीनों मरीजों से मेरा कुछ न कुछ रिश्ता था। बाएँ बाजू के बेड पर, हमारा पुराना स्वीपर गाढ़ी नींद में गाफिल था। दाएँ बाजू में दूधवाला था, जो जात का बिहारी बाम्हन था, और यहाँ के एक पुराने रईस पुरोहित के गोशाले की देख–रेख में, गोशाला और गाय सफाई से लेकर,

घर-घर दूध पहुँचाने तक का काम किया करता था। लेकिन था वह तन्दुरुस्त। मेरे पहुँचने की आहट पाते ही खाट पर बैठ गया था। मुझे नमस्ते किया था। पूछने पर बताया, कि परसों रात को उसे तेज बुखार और उल्टी-दस्त हो गया था। महाराज ने खुद लाकर अस्पताल में भरती करा दिया था। आज छुट्टी हो जाने की बात थी। अपनी बीमारी के बारे में वह विस्तार से बता रहा था, तो उसकी आँखें इस तरह चमक रही थीं, मानो किसी को कुश्ती में पछाड़ने का वाकया सुना रहा हो। लगता भी वह पहलवान जैसा था, हालाँकि एक दफा भांजी ने उसके दुखी जीवन के बारे में बताते हुए कहा था, कि बाम्हन महाराज ने इसे बंधुआ मजदूर की तरह गोशाले के काम में लगा रखा है, पर इस तरह की कोई पीड़ा उसके चेहरे से नजर नहीं आती थी। उस वक्त बीरू को ग्लूकोज दिया जा रहा था। बोतल से टप-टप गिरती बूँद को देखते ही अस्पताल में अपने होने की बात, थोड़ी डराने लगती थी। सीमा वहीं थी। बीरू के पैताने बैठी थी। मुझे देखते ही खड़ी हो गई। बीरू ने बैठने की कोशिश की थी, मैंने उसे डाँटने-सा मना किया था। शायद मेरी आवाज थोड़ी तेज थी, क्योंकि बाएँ बाजू के स्वीपर हरी ने पलट कर आँखे खोलते हुए विश किया था। वह बूढ़ा और कमजोर लग रहा था। अभी दो बरस पहले तक, याने अपनी सेवा निवृत्ति के सात बरस बाद तक, वह हमारे यहाँ टॉयलेट सफाई का अतिरिक्त काम किया करता था, जिसके लिए उसे दो बरस पहले तक मात्र पचास रुपए माहवार दिए जाते थे। मुझे यह बात गलत लगती थी। मेरा मानना था, कि उसे कम से कम दो सौ रुपए दिये जाने चाहिए। पर मैं गृह प्रशासन में कोई दखल नहीं डालता था, इसलिए करता यह था, कि कभी-कभार अपने ऊपर के टॉयलेट की सफाई के बहाने उसे अलग से सौ की पत्ती थमा दिया करता था। अभी बीरू से ढाई फुट की दूरी के बेड पर, उसे लेटे देखकर मुझे थोड़ा आश्चर्य हुआ था, क्योंकि बुढ़ापे और कमजोरी के बावजूद, वह चेहरे से बीमार या थका हुआ नहीं लग रहा था। मैंने उससे वहीं बीरू के बेड के पास खड़े-खड़े ही पूछा था, तो उसने बताया था, कि बोतल चढ़वाने के लिए वह भरती हो गया है। उसको यकीन था, कि एक-दो बोतल ग्लूकोज से कमजोरी काफी कम हो जाती है। तीन-चार महीने में एक बार बोतल चढ़वाने के लिए अस्पताल में वह जरूर भरती होता था। लेकिन इस तरह ग्लूकोज लेने के लिए किसी तरह की डॉक्टरी सलाह या अस्पताल में औपचारिक दाखिला लेने की कोई जहमत उसे नहीं उठानी पड़ती थी। कोई न कोई डॉक्टर उसे ऐसा मिल जाता था, जो ग्लूकोज के खर्चे के अलावा, उससे सौ दो सौ लेकर यह काम करवा देता होगा, मैंने सोचा था। ना, मेरा सोचना गलत था। उसने खाट पर लेटे-लेटे ही बताया, कि अस्पताल के बहुत-से डॉक्टरों के टॉयलेट में वह हफ्तावार प्रायवेट काम करता है, सो वे ही उसे भरती कराते हैं, और कभी-कभी तो बोतल भी सरकारी खर्च पर चढ़ जाती है।

और इधर यहाँ बीरू है, जिसकी पत्नी ने महज एक खाट पाने और तरह-तरह की जाँच के चक्कर में, अस्पताल पहुँचते ही, पाँच सौ रुपए खर्च कर दिए हैं। क्या सचमुच सरकारी अस्पताल में एक खटिया पाने और जाँच कराने के लिए बी.पी.एल. कार्डधारी से भी आनन-फानन, पाँच सौ रुपए वसूल लेना, कानूनी तौर पर जायज है?

यह सवाल दिमाग में गर्म हवा के झोंके सा आया था। घड़घड़ाती आवाज में चलते कूलर और खड़खड़ा कर ताल देते पंखे की ओर ताकते, मैं उस खिड़की की ओर बढ़ा, जो बीरू के पैताने की तरफ चार-पाँच फुट की दूरी पर थी, और लम्बे-चौड़े आँगन जैसी जगह की ओर खुलती थी।

मेरे पहुँचने के बाद सीमा वहीं खड़ी हो गई थी। उसे देखकर यह लगता था, कि वह अन्दर से बहुत बेचैन है। उसका सूखा मुँह देखकर मैंने पूछा था, "खाना खा लिया है न।"

"कहाँ से खाती? एक बजे के करीब, छै जगहों का काम निपटाकर घर पहुँची, तो यह घर में छटपटा रहा था। इसने वहीं ऐन दरवाजे पर उल्टी कर दी थी। रिक्शा लेकर मैं तुरन्त अस्पताल भागी थी। फिर जब इसे खाट पर लिटा कर, बोतल चढ़ाई गई, तो आपके पास गई थी, खाना कब खाती?" सीमा ने कैफियत देते हुए भरे गले से कहा। मैं चुप रहा। खिड़की के पास, उसके थोड़ा और करीब जाते हुए मैंने उसे ढांढस देने सा कहा, "घबराने की कोई बात नहीं है। दो बोतल ग्लूकोज के बाद यह बिलकुल ठीक हो जाएगा।"

यह बात मैंने अभी-अभी देखे बीरू के चेहरे को याद करते हुए कही थी। उसमें सचमुच जीवन की चमक आ गई थी। मामला दारू की वजह से अकस्मात हो गए डिहाइड्रेशन का ही था। और लगता था, कि दो बोतल ग्लूकोज के बाद, तो यह ठिगना-दुबला आदिवासी-सी चपटी नाक वाला, पति परमेश्वर किसी को कुछ कहे बगैर, उसी राह पर चल पड़ेगा, जिस पर आज तक चलता रहा है। सीमा ने कहा, "यह तो कह रहा था, कि दूसरी बोतल के बाद घर चलेंगे।"

"क्यों?" मैंने पूछा था। उसने तीन फीट की दूरी पर डले हरी के बेड की तरफ इशारा किया था। और एक कौंध की तरह मेरे दिमाग में यह सचाई आई थी, कि अपने ही मुहल्ले की नालियों की सफाई करने वाले के ऐन बाजू वाले पलंग पर, वह नहीं रहना चाहता था। बीरू को शायद यह पता नहीं था, कि उसके दूसरे बाजू से एक बीमार बाम्हन भी लेटा है।

मैं मुस्कराया। सीमा से हाथ-भर की दूरी पर खिड़की से सटी दीवार पर लगभग टिककर, मैंने फिर उसकी ओर देखा। उसके चेहरे पर भूख और थकान की छाया थी, भय नहीं था कहीं भी। वह एकटक सामने की ओर ताक रही थी। मैंने बन्द खिड़की के काँच से बाहर की ओर देखा। पहले काँच के धुँधले के उस पार

पीपल की छाँव के नीचे एक लघुकाय मन्दिर में हनुमान जी दिखे। काँच से वे लाल की जगह थोड़े धुँधले भूरे दिख रहे थे। थोड़ी दूर पर नारियल का वह वृक्ष था, जिसे बिन्ना ने तब लगाया था, जब वह यहाँ नौकरी पर थी। तब वह पूरा इलाका हरी दूबों और दो-तीन बड़े वृक्षों और नन्हे पौधों से भरा था, लेकिन बिन्ना के रिटायरमेंट के बाद, यह एकदम बेतरतीब और उजाड़ हो गया है। उस पार के प्रायवेट वार्ड के सामने लगी फूलों की क्यारियाँ तो पता नहीं कहाँ गायब हो गई हैं। गलियारे की चार फुटिया दीवार पर मरीजों के रिश्तेदारों के कपड़े सूख रहे हैं।

मैं फिर वार्ड की ओर पलटा। सीमा उसी तरह सामने की ओर एकटक ताक रही थी।

मैंने उससे पूछा, कि वह किसे देख रही है? उसने दरवाजे के ऐन बाजू में डले बेड की तरफ उँगली से इशारा किया।

उतनी दूर से मुझे बेड में पड़े व्यक्ति का चेहरा नजर नहीं आ रहा था। उतनी दूर से उसके दूसरे अंग भी किताब में पढ़े शब्दों जैसे लग रहे थे। उतनी दूर से उसके अस्पताल में इस तरह पड़े रहने की वजह पर सोचना भी मुमकिन नहीं था। उतनी दूर से मुझे सिर्फ उसका पेट ही इस तरह नजर आ रहा था, जिसे मैं पहले उसकी तरफ एकटक देखती सीमा के साथ, फिर अपने साथ ही शेयर कर सकता था।

मैं उसके पेट को उठते-गिरते देख रहा था।

सीमा ने भरे गले की उसी आवाज में कहा था, जिसमें उसने अपनी पति की हालत का, पहले मेरे कमरे में और-अभी यहाँ अस्पताल में बखान किया था।

मैं ठिठका। एक लेखक की तरह ठिठका। वह बखान नहीं कर रही थी, महज सूचना दे रही थी।

क्या उस सांकेतिक सूचना में उसका दुख था?

उसकी साँस धौंकनी की तरह चल रही थी। गति धीमी थी। वह 'गैस्प' कर रहा था। उसे साँस लेने में तकलीफ हो रही थी। वह हवा को, अपनी अतल गहराई से, आसमान की असीम ऊँचाई से अपने फेफड़े तक लाने की कोशिश में लगा था।

या क्या पता कि वह कुछ और कर रहा हो!

या क्या पता कि वह कुछ भी न कर रहा हो!

या क्या पता कि खिड़की से आती हवा कर रही हो, उसका आखिरी इलाज!

या क्या पता कि नर्स का कहा, कुछ पल बाद सच होने जा रहा हो!

मैं रुका। मेरी आँख उस पर लगी हुई थी। पर मैं सिर्फ उसे देख नहीं रहा था। मेरे मन में कुछ करने के विचार आ रहे थे। शायद ये विचार सिर्फ खयाल थे। इन खयालों के साथ मैं अस्पताल के मेल मेडिकल वार्ड की खिड़की के पास, एक कामिनी स्त्री सीमा के बाजू से, और उसी की प्रेरणा पर, एक मरते हुए व्यक्ति को देख रहा था।

उस समय चार बजकर तेरह मिनट बाइस सेकेंड हुए थे।

यह घड़ी का वक्त था।

मेरे वक्त में, दरवाजे के पास के बेड पर लेटा वह मरीज था, जिसका पेट धौंकनी की तरह ऊपर नीचे हो रहा था, जिसे साँस लेते हुए हिचकी-सी आ रही थी, जिसे किसी सांसारिक सम्बन्ध के बारे में कुछ भी पता नहीं था, जो जनरल वार्ड के चीकट चादर वाले लोहे की पलंग पर लेटा अपनी आखिरी साँस ले रहा था, जिसके आसपास दो से तीन फीट तक की परिधि में एक भी इंसान या कि उसका हमजात मौजूद नहीं था। और जब मैंने ग्राफिक यथार्थ के वर्णन की तरह की यह बात कही, तो मैंने देखा था, कि एक चूहा था, जो उसके बेड के सिरहाने से सरसराता हुआ गुजर गया था। तभी सीमा ने गहरी साँस लेते हुए कहा, ''एक घंटे से यह इसी तरह, एक-एक साँस के लिए लड़ रहा है।''

सीमा ने ठीक-ठीक इन्हीं शब्दों में यह बात नहीं कही थी। उसने उसकी तरफ एकटक देखते रहने के लम्बे समय का हवाला-भर दिया था। वह जब से आई थी, उसे इसी हालत में देख रही थी, जबकि मृत्यु का इंतजार करने वाला, या उससे संघर्ष करने वाला, उसके सामने तकरीबन बीस फीट की दूरी पर, दरवाजे के पास वाले बेड में था। उसके बगल की खाट खाली थी।

मैं सपाटे से उसकी तरफ बढ़ा। और तब बेबुलाए, बेसोचे, बेसमझे मेरे दिमाग में काका की छवि लहराई।

आज से कई बरस पहले उनकी साँस भी इसी अस्पताल के, इसी वार्ड के, इसी दरवाजे के पास, किसी खाट में टूटी थी।

और जब काका की याद इस तरह से आई, तो मैं गौर से उसके चेहरे को देखता हुआ भी कुछ नहीं देख पा रहा था। मैं शायद, अपनी इसी तरह की अकेली और असहाय मौत की कल्पना में काँपने-सा लगा था।

यह अदृश्य कँपकँपी थी।

यह डरपोक दिमाग और उससे भी ज्यादा डरपोक दिल की असहाय कल्पना थी। मैं सोच रहा था, कि जब मैं मरूँगा और मेरा एक भी परिचित मेरे आसपास नहीं होगा, तो क्या तकलीफ ज्यादा होगी? मेरे पास दूसरों की पीड़ा को मापने का कोई यंत्र नहीं था। शायद अपनी आखिरी पीड़ा की कोई पूर्व सूचना या कल्पना भी मेरे पास नहीं थी। मुझे एक किताबी बात याद आ रही थी, कि हर आदमी दूसरे के लिए अदृश्य होता है।

मैं इस अदृश्य शून्य की गिरफ्त से छूटने की कोशिश में तेजी से वार्ड के उस छोर की ओर भागना चाहता था। लेकिन तभी किसी ने मेरे सरनेम के साथ 'जी' लगाकर मेरा अभिवादन किया।

यह पवन था।

एक विचित्र इंसान, जो अस्पताल का कर्मचारी नहीं था, पर जो दिन के चौबीस घंटों में चौदह घंटे अस्पताल में ही मिलता था। जान-पहचान का ही नहीं, कोई अनजान भी अगर अस्पताल पहुँच जाता, तो उसके लिए डॉक्टर के पास जाने, उसकी मुकम्मिल जाँच करवाने, और सम्भव हो तो उसकी दवा का इंतजाम करने तक के काम, वह इतनी तत्परता से करता नजर आता था, मानों मरीज उसके परिवार का ही कोई सदस्य हो। था भी वह एक सीधा सरल इंसान। डॉक्टरों से तो उसके सम्बन्ध एकदम यारी दोस्ती के थे। कभी-कभी तो ऐसा भी लगता था, कि अस्पताल, बीमारी और मरीजों की सेवा के उसके भाव के पीछे, शायद कोई और बात भी है, पर उसके व्यवहार से तो यही लगता था, कि जैसे अस्पताल ही उसका परिवार है।

वह मेरी तरफ पूछने जैसी आँखों से देख रहा था। मैंने उसे सामने के बेड के मरीज की ओर इशारा किया।

"मैं ही तो लाया हूँ इसे।" उसने बताया।

"है कौन?" मैंने पूछा।

"पता नहीं, मैं जयसिंह तालाब के शिव मन्दिर गया था, तो वहीं पास के पीपल की छाँव में बेहोश पड़ा था, मैं रिक्शे में बिठा कर यहाँ ले आया।"

उसकी सूचना से स्पष्ट हो गया, कि सचमुच यह यतीम है। लेकिन तब उसने आगे जोड़ा, "घंटे का, दो घंटे का मेहमान है।"

"क्या?" मैंने घबराहट के स्वर में पूछा। इस डर में मरने वाले के प्रति कोई करुणा नहीं थी, वही, एक दिन खुद के ऐसे ही मरने की कल्पना का डर था, जो दिमाग में किसी कोने में हर पल दबा रहता था, बिलकुल वैसे ही जैसे काम-भाव दबा रहता है। दोनों जब-तब सिर उठाते रहते हैं और फिर उसी दिमाग के कोने में दुबक भी जाते हैं।

अभी भी शायद यही स्थिति थी। मैं इसी मन:स्थिति में फुंसियों से भरे चेहरे और अजीब-सी उभरी आँखों वाले गिड्डे पवन की ओर बुरबक की तरह ताक रहा था।

तभी उसने बताया, "वृन्दावन तिवारी जी भी पेइंग वार्ड में हैं, उनकी भी हालत ऐसी ही है, अभी उनको देखने के लिए जिले के प्रभारी मंत्री आ रहे हैं।"

ये सत्ताधारी दल के एक पुराने नेता हैं। पचासी-सतासी के होंगे, और हिचकियों के साथ साँसें गिनता यह आदमी, शायद मुझसे भी छोटा होगा, सोचते हुए, मैं चुपचाप मेल मेडिकल वार्ड से बाहर निकल गया।

वार्ड से बाहर निकलकर कुछ पल लगभग विमूढ़ होकर मैं चारों तरफ देखता रहा। मेरी समझ में नहीं आ रहा था, कि मैं क्या करूँ। अभी-अभी देखे दृश्य की दहशत उसकी वजह थी, पर मुझे यह अजीब-सा लग रहा था, कि सोच में मुझे उस आदमी का चेहरा नहीं दिख रहा था, जिसे अभी कुछ पल पहले मैंने देखा था।

बार-बार उसके साँस लेने की पीड़ा और उसका उठता-गिरता पेट ही नजर आता था। उससे भी अजीब-सी बात यह थी, कि मन में पवन की बताई सूचना के चलते, यह सोच भी आ रही थी कि चलकर एक बार तिवारी जी को देख लेना चाहिए, हालाँकि उनके या उनके परिवार के साथ मेरी कोई घनिष्ठता नहीं थी। इसी उधेड़बुन में फँसा मैं जनरल वार्ड से प्रायवेट वार्ड को जोड़ने वाले गलियारे पर आया। सामने के ए.सी. रूम के बाहर खड़ी भीड़ पर मेरी नजर गई। कतार के तीन कमरों में से बीच का कमरा था यह, जिसके सामने भीड़ थी। वहाँ दो-तीन एक्स्ट्रा बेंच लगाई गई थीं, कुर्सियाँ भी थीं, और अंतिम दर्शन के लिए आए लोगों की भीड़ थी। अधिकांश स्वयंसेवक थे, जिनकी सक्रियता की वजह से ही, पिछले विधानसभा चुनावों में, बाबूलाल ने कांग्रेसी उम्मीदवार को प्रचंड बहुमत से हराया था। यह वह बाबूलाल था, जिसके बारे में डिस्क और सेलफोन का धन्धा करने वाले पहले बाबूलाल के बारे में इसी किस्से में कहीं बताते हुए, मैंने कहा था, कभी न कभी इस दूसरे बाबूलाल का किस्सा भी आएगा ही। पर अभी मैं किस्से के बारे में नहीं, काम के बारे में सोच रहा था। दरअसल इस दूसरे बाबूलाल की याद आते ही मुझे अपने काम की याद आ गई थी, और मैंने तय कर लिया था, कि जब इधर आ ही गए हैं, तो थोड़ी देर और यहाँ रुक जाने में कोई हर्ज नहीं है।

उसी गलियारे में आगे बढ़ते ही, तिवारी जी के कमरे में जाकर उनके अंतिम दर्शन करने का इरादा, मैंने तत्काल इसलिए छोड़ दिया, कि वहाँ सामने की भीड़ में बेंच पर बैठे लोगों में से एक बुढ़ाते साँवले चेहरे वाले व्यक्ति ने, गलियारे की चार फुटिया दीवार की तरफ मुड़कर, पान की पीक थूकी। यह आदमी मेरा परिचित था। फिलहाल यह विचाराधीन कैदी था। हफ्ते-भर जेल की कोठरी में आराम से समय काटने के बाद, इसने सिविल सर्जन की मदद से अपने को दिल की गम्भीर बीमारी का मरीज घोषित करवा लिया था। और-अभी यहाँ ए.सी. रूम नम्बर एक में आराम कर रहा था। इस पर बलात्कार का आरोप था, और अथक परिश्रम के बाद भी इसे जमानत नहीं मिली थी। पीक थूकते हुए इसका चेहरा देखते ही, मैंने तिवारी जी के अंतिम दर्शन का इरादा इसी की वजह से छोड़ दिया था। मैं वहाँ जाता, तो यह मेरे साथ ऐसे चिपक जाता, कि जान छुड़ानी मुश्किल हो जाती। इसीलिए मैंने दाईं तरफ के नॉन ए.सी. कमरों की तरफ नजर घुमाई थी। और तब मुझे अजीबोगरीब इत्तेफाक का थोड़ा मजेदार धक्का लगा था।

ड्यूटी नर्स के कमरे के बाजू से, पेइंग वार्ड वाले इस गलियारे में दो लड़कियाँ और एक अधेड़ मर्द खड़े थे। मुझसे करीब बीस फुट की दूरी पर खड़े इन लोगों को देखकर ही, एक सिहरन-सी सनसनी मेरे तनबदन में रेंगने लगी थी। दो लड़कियों के साथ जो अधेड़ था, वह वही काइयाँ कंजी आँखों वाला डिप्टी कलेक्टर था, जिसे मैंने अभी हाल, अपने चौक में गोस्वामी से बात करते देखा था, और जिसके बारे

में नरेन कोल्ता ने तब विस्तार से बताया था, कि इसने कैसे दस बरस की सरकारी नौकरी में दस करोड़ बना लिये हैं। उसके साथ की एक लड़की सुबीरा सक्सेना थी, जिसकी सूरत मैं कई महीनों बाद देख रहा था, और अपनी युवा बेवकूफी के दिनों की याद करता हुआ, उसकी उपस्थिति की सनसनी पर लहरा सा रहा था, तो मुझे कौंध की तरह यह बात याद आई थी, कि उस दिन बाबा जटाशंकर धाम के आश्रम में कार की पिछली सीट पर, मंत्री–पुत्र के साथ जो लड़की बैठी हुई थी, वह यही सुबीरा सक्सेना थी, जो अपनी माँ के नक्शे–कदम पर चलती, आज पूरे शहर की एक जानी–मानी हस्ती हो चुकी थी। कंजी आँखों के इस तीन साल से छुट्टी पर रहनेवाले डिप्टी कलेक्टर के साथ, उसे अस्पताल में दुबारा देखकर मुझे विस्मय का धक्का नहीं लगा था। धक्का देने वाली तो वह तीसरी थी। वही हमारे अपने मुहल्ले के करीब रहनेवाली नकचढ़ी सुन्दरी, जिसके कपड़ों और साज सिंगार की तड़क–भड़क और नित्य कर्म की तरह शाम की तेज रफ्तार हवाखोरी देखकर मेरे मन में काम की फुरफुरी–सी होने लगती थी। पर उसे यहाँ, अस्पताल में देखना, और वह भी सुबीरा सक्सेना और उस अधेड़ काइयाँ कंजी आँखों वाले, शिक्षा के नए धन्धे में लगे, डिप्टी कलेक्टर के साथ, हैरत से कहीं ज्यादा, दहशतनाक था।

वह बड़ी प्रसन्न लग रही थी। सुबीरा भी उससे बात करती हुई बीच–बीच में मुस्कराती थी। उसकी आवाज मुझे नहीं सुनाई पड़ रही थी, पर सुबीरा थोड़ा नाटक करती हुई, याने हाथ हिलाती आँख घुमाती बात कर रही थी, जिससे यह आभास होता था, कि दोनों के बीच का रिश्ता काफी अनौपचारिक था। शायद अन्तरंग। मैं महज यह सोच रहा था, कि यह यहाँ अस्पताल में कैसे है? यह माने वही हमारे मुहल्ले की नखरैल साँवली लड़की, जो पीले रंग का थोड़ा ढीला–ढाला टॉप पहने, उन दोनों के साथ खड़ी थी। उतनी दूर से भी उसका चेहरा अपने साज–सिंगार में बीमार नहीं, बल्कि अभिसार को आतुर चेहरा लगता था। इसकी माँ के बारे में मैंने सुना था, कि वह किसी गम्भीर, शायद खतरनाक बीमारी से ग्रस्त है। लेकिन वह कमरे के गेट के दो तरफ की चौखट पर, दोनों हाथ फैलाकर टिकाए, जिस तरह की सीना उभार मुद्रा में खड़ी थी, उससे यह बिलकुल नहीं लगता था, कि अन्दर कमरे में इसकी माँ भी होगी। तो फिर? मेरे दिमाग में यही प्रश्न कुलबुला रहा था।

जवाब में कई–कई कल्पनाएँ उमड़ रही थीं। हो सकता है, कि उसके उस प्रेमी ने हॉस्पिटल को, हॉटल की तरह इस्तेमाल करने का प्लान बनाया हो, जो इसके पीछे पाँच से दस हजार हर महीने खर्च करता है, और जिसके चलते हफ्ते में पूरे सात दिन तक, नए से नए फैशन में अपनी उस सहेली के साथ यह हवाखोरी के लिए निकलती है, जो खुद संगीत सीखने के बहाने अपने से दस वर्ष बड़े अपने ब्वाय फ्रेंड से मिलने जाती है। लेकिन अस्पताल में डॉक्टर को पटाकर लड़की की बीमारी के बहाने

कमरा लेने जैसा दुस्साहसी कदम, शायद वह लड़का नहीं उठायेगा, क्योंकि इसी लड़की के चलते, छू-छुआइल से थोड़ा आगे जाकर अपने प्यार की असली गहराई को जानने के लिए, आज से साल-भर पहले उस लड़के ने ऐसा ही एक खतरा मोल लिया था। हाउसिंग बोर्ड से लिया गया उसके नाम का एक फ्लैट उन दिनों खाली था। वह इलाका मुख्य शहर से, याने इन दोनों के घर से, कुछ नहीं तो कोई पाँच किलोमीटर दूर था। लड़के ने इस लड़की को राजी कर लिया था, कि वह ऑटो से उस कॉलोनी तक पहुँच जाएगी। लड़की ने पहले तो, पूरे नखरे के साथ साफ मना कर दिया था, और कहा था, कि अभी जहाँ मिलते हैं, वहीं तक वह आ सकती है, हालाँकि अभिसार और प्यार की यह जगह, दो बड़े मकानों के बीच की गली थी। एक तरफ ट्यूशन मास्टरनी का किराए का मकान और दूसरी तरफ एक पुराने रईस की दमतोड़ती दुमंजिली इमारत। यह जगह ऐसी थी, जहाँ शाम छह के बाद ट्यूशन के लिए आने वाले लड़के-लड़कियों की भीड़ लग जाती थी, और आधी सड़क उनके दुपहिया वाहनों से घिर जाती थी। एक चौड़ी नाली थी, जिसे गिड्डी साँवरी लगभग छलाँग लगाकर पार करती, वह भी आजू-बाजू देखती हुई। लड़का घंटे-भर पहले से वहाँ इन्तजार करता रहता था। वहाँ पहुँच कर प्यार की शुरुआत करने के पहले, दोनों इतना डरे हुए होते थे, कि कीड़े की सरसर भी उन्हें किसी के सामने खड़े हो जाने की आहट जैसी लगती थी। तंग आकर लड़के ने दूर के फ्लैट वाला यह प्रस्ताव रखा था। दोनों चुपचाप ग्राउंड फ्लोर के उस इकलौते फ्लैट में घुस गए थे। बाहर से उसके दोस्त ने ताला बन्द कर दिया था। पड़ोस की एक औरत ने, मुहल्ले की इज्जत बचाने या अपनी खुद की काम-कुंठा दबाने के इरादे से,उस ताले पर, एक और ताला जड़ दिया था। घंटे-भर बाद जब चाबी वाला लड़का आया, तो दूसरा ताला देख कर उसकी सिट्टी-पिट्टी गुम हो गई। उसने फोन से अन्दर प्रेमरत जोड़े को खबर पहुँचाई। लड़का हिम्मती था और शायद खतरे के वक्त सही निर्णय लेने में होशियार था। उसने तत्काल शहर के मशहूर कबाड़ी और जाने-माने दादा को खबर दी। पन्द्रह मिनट में कबाड़ी दादा अपने लाव-लश्कर सहित वहाँ पहुँच गया। उन सबको देखकर दूसरा ताला जड़ने वाली औरत ने, इतनी जल्दी हथियार डाल दिए, कि किसी को कुछ समझ में नहीं आया। मुहल्ले के दूसरे घरों तक को पता नहीं चला, कि अभी दो घंटे पहले यहाँ एक लड़का और लड़की भयकातर अवस्था में प्रेम कर रहे थे।

लेकिन इसके साथ सुबीरा सक्सेना की मौजूदगी जिज्ञासा को बिलकुल ही दूसरे रास्ते पर धकेल देती थी। कहीं सुबीरा के चक्कर में फँसकर इसने भी तो वही सब नहीं शुरू कर दिया, जो वह खुद करती रही है? इस तरह के खयाली सवाल के पीछे जाहिर-बेजाहिर तौर पर मेरी अपनी कामना की लहराती अन्दरूनी पुकार ही थी, लेकिन जो अभी इस पूरे प्रसंग को किसी जासूसी कहानी की तरह समझने

की कोशिश कर रही थी। इस बेसिलसिला सोच-विचार के अचानक सिलसिले में भी मेरी उम्र की अपनी रफ्तार थी और अपनी सीमा। वह नहीं, जिसे मैं मेल मेडिकल वार्ड में उसके पति परमेश्वर के पास छोड़ आया था, बल्कि वह जो मेरी खामखयाली के भीतर किसी नन्हें कीड़े के आखिरी पलों की तरह मेरी कामना की शक्ल में बिलावजह सलसला रही थी।

इस खुजली-भरी सलसलाहट का अन्त हुआ मंत्री के आगमन के पहले पॉयलट कार के लम्बे हॉर्न से। मैं पलटा था। कार पेईंग वार्ड के दाएँ किनारे पर खड़ी हुई थी, कि मंत्री की कार आ पहुँची थी। बिलकुल गेट की सीढ़ियों के पास। पीछे तीन-चार कारें और थीं। गेट पर खड़ी हो गई कार से मंत्री के साथ अपना लोकप्रिय विधायक बाबूलाल भी उतरा था। दोनों सपाटे से मुस्तैद अंगरक्षकों के साथ, इसी गलियारे से वृन्दावन तिवारी के कमरे की ओर बढ़े थे। उनके पीछे-पीछे चमचों की भीड़ थी, जिनमें पार्टी के कुछेक बुजुर्ग नेताओं के अलावा, वाट्सएपधारी जीन्स वाले युवाओं की संख्या ही ज्यादा थी। मैं गलियारे के मोड़ पर चारफुटिया दीवार से दुबका-सा सटा हुआ था। मंत्री के साथ मेरे बिलकुल करीब से गुजरने वाले बाबूलाल ने, मुझे आँखों ही आँखों से विश जैसा किया था। शायद मुझे ऐसा लगा था। मेरा अहंकार थोड़ा तृप्त हुआ था, और तब मेरी नजर अचानक ही नेता-द्वय के ठीक पीछे आ गए, डिप्टी कलेक्टर और सुबीरा सक्सेना पर पड़ी थी। बात की बात में मंत्री, तिवारी के दर्शन के लिए कमरे में घुस गए थे।

और वहाँ की भीड़ देखकर मैंने आनन-फानन घर वापस चले जाने का निर्णय लिया था। इमारत से बाहर आते ही सीमा दिखी थी। वह रिक्शे पर चढ़ने में बीरू की मदद कर रही थी। मुझे ठिठकता देख उसने धीमे स्वर में बताया था, कि मेल मेडिकल में, आखिरी साँस लेता वह यतीम मरीज मर चुका था।

रात दस के करीब अपने कमरे के एकान्त में इस पूरे दिन के अजीबोगरीब लेकिन मन को दुखी करने वाले सोच-विचार पर चुपचाप लेटा सोच रहा था, तो मुझे अचानक लगा, कि यह शायद वही दिन है, या उसी दिन की सुनसान रात है, जिस दिन सुबह मॉर्निंग वॉक के दौरान मैंने श्मशान में जलती चिता देखी थी। और उसके बाद सादिक ने अचानक समलाई के पुजारी दानी के गुजर जाने की बात सुनाई थी। तब मृत्यु-प्रसंग को अपशकुन की तरह सोचता मैं प्रातः भ्रमण के बाद थोड़ा भारी मन लिये घर लौटा था।

हो सकता है कि यह वही दिन न हो और महज आज हुई मृत्यु की घटनाओं के चलते, मेरे दिमाग ने उस दिन को इस दिन से इस तरह मिला दिया हो, कि यह वही दिन लग रहा हो।

सच तो यह है कि आज कहकर जिसे मैं रात के इस एकान्त में याद कर रहा हूँ, वह भी उस दिन वाला दिन नहीं था, जब सीमा के पति की बीमारी के सिलसिले में मैं अस्पताल गया था, जहाँ मैंने सत्ताधारी भीड़ के बीच एक मरणासन्न व्यक्ति की कहानी याद की थी, और शिवमन्दिर के पीपल के नीचे अचानक लड़खड़ा कर गिर जाने के बाद, एक व्यक्ति को असहाय और अकेले मरते देखा था अस्पताल के बेड पर।

अभी मेरी सोच में ये सारे दिन अगर मिलकर बिलकुल एकमेक हो गए थे, तो इसकी वजह क्या थी, कह सकना मुश्किल है, लेकिन मैं सिर्फ यही नहीं, बल्कि इससे भी मुश्किल बातों को एकबारगी कह डालने की कोशिश में लगा था।

मेरी कोशिश एक इंच भी आगे नहीं सरक रही थी। बहुत-सी बातें मेरे दिमाग में खदबदा रही थीं, और मैं आँखें मूँदे, अपनी सोच को किसी तेज भागते बेतरतीब सपने की तरह देख रहा था। सपने का हर दृश्य, जागते हुए देखने, याने सोचने को देखने की वजह से, शायद देखने के दूसरे पल ही अँधेरे में बिला जाता था। इसके बाद शुरू हो जाती थी, मेरी एलर्ट रहने की कोशिश। यह काम मैं नींद की भूमिका लिखने की तरह करता था। कभी-कभी चौकन्ना होने के इस ध्यान के दौरान, मैं आँखें खोले रहने की कोशिश भी करता था। तब मैं पाता था, कि आँखें बहुत देर तक खोलने में तकलीफ-सी हो रही है। इस दौरान पंखे की घर-घर भी मुझे सुनाई पड़ती रहती थी। पलकों को खुली न रख पाने या कि उन्हें बार-बार झपकाने का शुरुआती दौर, कुछेक मिनट तक चित लेटकर जारी रहता था। तब मैं महसूस करता था, कि पलकें सचमुच अपने आप भारी हो रही हैं। लेकिन चित मुद्रा में सोने की शुरुआती कोशिश में, मेरी लगभग हमेशा बन्द रहने वाली नाक, तकलीफ देती थी। तब साँस फुस्स की आवाज के साथ, ओठों के बाएँ हिस्से को थोड़ा धकेलती हुई-सी निकलती थी, और ऐसा होते ही पलकों पर उतरकर लगभग पूरे शरीर में छा जाती-सी नींद, टूट जाती थी। इसलिए नींद को बुलाने के लिए मैं चित्त मुद्रा से तुरन्त बाईं करवट में आ जाता था।

अभी भी मैंने वैसा ही किया था। तभी मोबाइल ने किसी के मेसेज का संकेत दिया। मैं बिस्तर से उठा। सेल फोन पर नम्बर और नाम देख कर ही मैं एक कामज सिहरन में उमगने-सा लगा था। यह पुष्कला का फोन था। सूचना थी, कि वह अगले दिन दुपहर के किसी भी वक्त मेरे घर आ सकती है।

पुष्कला याने पीछे के पीछे की वह लड़की जो किसी जमाने में मुझे देखते ही, बिदकने जैसा मुँह बनाती थी, लेकिन आज जब वह सुघड़ युवती बन चुकी थी, तो यहाँ आने के बाद वह मेरे घर जरूर आती थी। घर नहीं, बल्कि मेरे निजी कमरे में, जहाँ के एकान्त में हम घंटों बातें किया करते थे। उससे शुरुआती परिचय में निश्चय ही उसके पिता प्रशान्त पटनायक की भूमिका ही अहम थी। उनसे मेरा औपचारिक

परिचय, भुवनेश्वर से लौटते समय ट्रेन में हुआ था। तब मैंने जाना था, कि वे पीछे के पीछे वाली लड़की के पिता हैं। उन दिनों वे यहीं जिन्दल में काम करते थे। वे पचपन के आसपास के एक सुदर्शन व्यक्ति थे। माथा चौड़ा, सिर के बाल पीछे की तरफ घने, गर्दन को छूते थे। खिचड़ी दाढ़ी। आँखों पर मोटा चश्मा। वाणी में एक अजब-सा खुलापन। उन्हें देखते ही लगा था, जैसे पहले भी कहीं देखा है। वे जीन्स और टी शर्ट में थे, जब हम ट्रेन के डब्बे में मिले थे। मैंने जब ऊपर की अपनी बर्थ को उनकी नीचे वाली से बदलने का निवेदन किया था, तो तत्काल उन्होंने मान लिया था। यह जरूर था, कि उन्होंने मुझसे पूछा था कि क्या मैं तुरंत सो जाना चाहता हूँ, तो मैंने हँसकर कहा था, कि मेरा बस चले तो मैं ट्रेन में सोऊँ ही नहीं। उस रात लगभग एक दो-बजे रात तक हम एक दूसरे से तरह-तरह की बातें करते रहे थे। और जब हम सुबह बारह बजे के करीब रायगढ़ पहुँचे थे, तो उन्होंने विदा माँगते हुए कहा था, "सचमुच पुष्कला ने आपके बारे में जो बताया था, आप उससे भी कहीं ज्यादा दिलचस्प इंसान हैं।"

"कौन पुष्कला?" मैंने हैरान होते हुए पूछा था। नाम सुनकर मैं चौंका जरूर था, क्योंकि इस तरह का नाम इस इलाके में बड़ा अनकॉमन था। लेकिन जब उन्होंने उसकी कुछ सहेलियों का परिचय देते हुए, मेरे ही मुहल्ले की कुछ लड़कियों के नाम गिनाए, तो मेरी हैरानी बढ़ गई थी, क्योंकि तब भी मैं नहीं समझ पा रहा था, कि इतने परिचित नामों के बीच अपरिचित नाम वाली यह लड़की कौन हो सकती है, जिसने मेरे बारे में अपने पिता को बताया है। कठिन पहेली हल करने की जहमत से बचने के लिए ही मैंने उनसे पूछ लिया था, "आप रहते कहाँ हैं?"

"इस गली के पीछे के पीछे वाली गली में।" उन्होंने मुस्कराते हुए कहा था। तब तक शायद एक या दो-तीन बार यह लड़की मेरे घर, मुहल्ले की एक दूसरी लड़की के साथ आ चुकी थी। मुझे थोड़ा आश्चर्य भी हुआ था, कि कैसे आ गई। इसलिए जब उन्होंने अपनी बेटी का नाम लेते हुए यह कहा, कि वह मेरी प्रशंसा कर रही थी, तो मुझे फिर हैरानी हुई थी, क्योंकि उन दिनों तो मुझसे आँख लड़ते ही वह नजरें फेर लेती थी। पर उस दिन जब पहली बार उसके पिता से उसका नाम सुना, तब आँखों के सामने उस कामिनी किशोरी का उस दिन वाला चिकना साँवला चेहरा, उसके सघन धुले खुले केशों के साथ उभरा था, जब वह गली के थोड़े अँधेरे हिस्से में चुपचाप खड़ी टेकचन्द कुरमी के पोते से बात कर रही थी। मैं उसे पहली बार मार्क करने सा देख रहा था। उस समय वह आठवीं में थी। उसके बाद गली के लड़के-लड़कियों के साथ पिट्ठूल खेलते समय भी, उसके गोल चिकने चेहरे के लावण्य और उसके शुरुआती उभारों को मैं अपने अनजाने ही ताकता रहता था, जबकि वह खुद खेल में अपनी टीम की जिम्मेदारी भूलकर, बड़ी हसरत से और बड़ी एकाग्रता से, टेकचन्द के उस मासूम से लगते, लेकिन असल में शरारती छोकरे

की ओर ताकती रहती थी। लेकिन वह था, कि कभी-कभार इसकी ओर देख कर मुस्करा भर देता था। बालपने के प्रेम खेल का यह दृश्य देखना मुझे अच्छा लगता था, और यह जानने की मेरी इच्छा तीव्र होने लगती थी, कि क्या बारह-तेरह की उम्र में भी प्रेम की वैसी ही सनसनाहट ये महसूस करते हैं, जैसी युवा प्रेमी करते हैं। यह कम से कम पाँच बरस पहले का दृश्य था।

पर उस दिन जब पहली बार उसके नाम का पता चला था, तब वह बारहवीं में पढ़ रही थी। बातचीत के दौरान मुझे लगा था, कि उसके पिता काफी उदार विचार के व्यक्ति हैं। खासकर लड़कियों की आजादी के मामले में तो वे बहुत ही मुक्त विचारों वाले व्यक्ति लगे थे। उसी दिन उन्होंने जब पुष्कला को अंग्रेजी पढ़ाने के लिए कहा था, तो मैं अन्दर से थोड़ा पुलक गया था, लेकिन मैंने थोड़े संकोच के साथ उनसे कहा था कि यह काम तो मुझसे बेहतर आप कर सकते हैं।

उन्होंने बड़ी ईमानदारी से कहा था, ''किसी भाषा को फर्राटे से बोलना या उसमें लिखना एक बात है और पढ़ाना एक बिलकुल ही दूसरी बात। और फिर मैंने तो अनगुल में जिन्दल स्टील ज्वाइन कर लिया है।''

उसके पिता से इस पहली मुलाकात के दूसरे या तीसरे दिन ही पुष्कला अकेली धड़धड़ाती सीढ़ियाँ चढ़ती मेरे कमरे में आ गई थी।

पहले ही दिन मुझे लग गया था, कि यह मुहल्ले की दूसरी लड़कियों से बिलकुल अलग है, क्योंकि पहुँचते ही उसने कहा था, कि जब पिछली बार वह यहाँ अर्चना के साथ आई थी, तब मैं 'लव इन द टाइम ऑफ कॉलरा' पढ़ रहा था। मुझे हैरानी हुई थी, क्योंकि मैं कल्पना भी नहीं कर सकता था, कि उस उम्र की कोई लड़की कुछ मिनटों की मुलाकात को याद रख सकती है, वह भी इस तरह, कि उसे उस किताब का नाम तक याद रहे, जो मैं पढ़ रहा था।

उसके बाद, भुवनेश्वर के किसी कॉलेज ऑफ एक्सिलेंस में, दाखिले के पहले मैंने उसे कुछ समय तक अंग्रेजी व्याकरण समझाने की कोशिश की थी, पर यह पढ़ने-पढ़ाने से कहीं ज्यादा उसके खुले-खिले मन को, कुछ हद तक उसकी ऐन्द्रिक इच्छाओं को, उसके माता-पिता के उदार स्वभाव को, और एक अलग और आजाद स्त्री बनने की उसकी महत्वाकांक्षा को, जानने का एक दुर्लभ अवसर था। दुर्लभ इस अर्थ में, कि जिस उम्र में लड़कियाँ हिन्दी फिल्मों के नायक-नायिकाओं की बातों से, अपने अन्दर की सुगबुगी को शान्त करने की दिशा तलाशती पाई जाती थीं, या जिस उम्र में अंग्रेजी स्कूलों में पढ़ाई गई आधुनिकता के मुहावरे में, वे अपने ब्वाय फ्रेंड्स को, शायरी के सन्देश भेजतीं, अपनी चाहत के रंग बिखेरती, अन्दर ही अन्दर काम-सुख के लिए तड़पती रहती थीं, उस उम्र में यह एक ऐसी लड़की थी, जिसके मन में चाहत की इस किशोर छटपटाहट के अलावा, अपनी दुनिया को और

अपने को जानने की जिज्ञासाएँ भी थीं। शायद यह उसके परिवार की वजह से था। उसकी माँ को बांग्ला और उसके पिता को अंग्रेजी के आधुनिक क्लॉसिक्स पढ़ने का शौक था। इसीलिए हिन्दी माध्यम के स्कूल में पढ़ने के बावजूद, उसने नवीं कक्षा तक आते आते, महज कोर्स की कहानियाँ ही नहीं, बल्कि बहुत-से लोकप्रिय उपन्यास भी पढ़ लिये थे। दो-चार दिनों की बातचीत में ही मुझे पता चल गया था, कि बारहवीं तक उसके पिता ने उसकी रुचि में नए संस्कार डालने के लिए टॉमस हार्डी, चार्ल्स डिकेंस की किताबों से लेकर, आज के मशहूर जापानी अंग्रेजी लेखक काजुओ इशीगिरो तक के किस्सों का परिचय उसे करा दिया था। यह सच है, कि इस कच्ची उम्र में वयस्क साहित्य की कोई गहरी समझ उसमें विकसित नहीं हो पाई थी।

उन दिनों अपनी तरफ से मैंने उसे भाषा का व्याकरण सिखाने की कोशिश की थी, लेकिन मैं जल्दी ही जान गया था, कि उसकी दिलचस्पी महज परीक्षा में अच्छे नम्बर पाने में नहीं है। उसके साथ के दौरान मैं खुद यह महसूस करने लगा था, कि मैं स्वयं महज अपनी अतृप्त कामज इच्छाओं की दुनिया में नहीं रह रहा हूँ, हालाँकि यह बात भी सच थी, कि उसी दौरान उसने अपने छोटे-से जीवन की ऐसी निजी और गोपनीय स्मृतियों का साझा भी मुझसे किया था, जिन्हें शायद वह अपने आजादखयाल पिता को नहीं बता पाई थी। इसीलिए कॉलेज के फर्स्ट इयर में दाखिला लेने के बाद, आज अभी तक, मेरी अन्तरंगता उसके साथ कुछ इस हद तक हो चुकी है, कि लम्बे समय तक उसके इस शहर से बाहर रहने के बावजूद, मैं जब भी उसके बारे में सोचता हूँ, तो मुझे लगता है, कि वह मेरे सीने पर सिमट आई है। अभी खामोश मुँह छिपाये है वहीं, और मैं उसके सुचिक्कन केश सहला रहा हूँ, और-अभी अचानक अपने भीतर ही बहती हुई सिसकने लगी है, और मैं कहीं गहरे में अनुभव कर रहा हूँ, उसके अचानक ही सामने आ गए दुख का, जिसकी याद में वह अपनी रुलाई नहीं रोक पा रही है। मेरी आँखों के सामने आठवीं में पढ़नेवाली, पिट्‌ठूल खेलती नामहीन किशोरी की इच्छाओं और स्वप्नों से भरी वे आँखें हैं, जिनसे वह एकटक निहार रही है, टेकचन्द के पोते के मुस्कराते गोरे चेहरे की ओर। इस लड़के का नाम था आदित्य।

यही वह लड़का था, जिसके साथ के दौरान उसने अपने शरीर की सुगबुगी से लिपटी, अपनी पहली चाहत की झीनी, जाहिर-बेजाहिर बेचैनी के अजीब से नशे को, पहली बार जाना था। हालाँकि अब सोचने पर लगता है, कि यह नशे से अधिक खेल जैसा एक अनुभव था। खासकर उसने, जिस खिलन्दड़ी शैली में अपने प्रेम की कथा सुनाई थी, उसमें अपनी देह मन में होने वाली अजीब आहटों को मगन सुनते रहने की इच्छा तो शामिल थी, पर उसके साथ, छूटते बचपन के साधारण से लगते इनकार, इकरार, तकरार, प्यार की वह क्रीड़ा भी थी, जिसके चलते गोरे चेहरे और

मासूम मुस्कान वाले, इस रईस लड़के के साथ, इसकी दोस्ती की शुरुआत हुई थी। ऐसे कई प्रसंग उसने बड़े जीवन्त ब्यौरों के साथ मुझे सुनाये थे, जिनमें से एक तो यह है, कि दसवीं के दौरान जब उसे पता चला था, कि दिन में दस बार उसके घर के सामने की सड़क से चक्कर लगाने वाला यह आदित्य, उन्हीं दिनों किसी और लड़की को लाइन मार रहा था, तो इसने भी अपने सौ साला मकान के पिछवाड़े के बगीचे के पीछे खुलने वाली, गली के नए मालदार के दो नम्बर के छोकरे को पटाने की कोशिश शुरू कर दी थी। उधर वह मासूम मुस्कान वाला गोरा चेहरा, जब दो नहीं दस रास्ते पर एक साथ चलने की डींग हाँकता, अपने दोस्तों याने अपने चमचों को, इस या उस लड़की के कॉल को लाउडस्पीकर से सुनवाता, अपनी मर्दानगी का ढिंढोरा पीट रहा होता था, तो इधर यहाँ यह मई की आग लगाती गर्मी की ऋतु में, बगीचे वाले गेट को खोलकर इस नए प्रेमी के आने का इंतजार करती रहती थी। यह नया प्रेमी पहले बाबूलाल का दूसरे नम्बर का लड़का था, लेकिन दूसरे को जलाने के इरादे से ही खेले गए इस खेल में, वह खुद ऐसी फँस गई थी, कि दो महीने बाद ही वहाँ से बाहर निकलने को छटपटाने लगी थी। जब उधर से समझौते का पहला सन्देश आया था, और आदित्य ने तरह-तरह की कसमों और वादों के साथ, उससे कहा था, कि वह उससे सच्चा प्यार करता है, तब इसने दो टूक शब्दों में, दूसरे बाबूलाल के लड़के से साफ-साफ कह दिया था, कि वह, उससे मिलने या उसे रिंग करने की कोशिश न करे।

मुझे याद है, कि जब वह अपनी प्रेम कहानी को सिलसिलेवार सुनाने की कोशिश कर रही थी, तब भी कई बार वह अनजाने ही सिलसिला तोड़कर, अपनी किसी सहेली की ऐसी प्रेमकथा सुनाने लग जाती थी, जिसमें उसकी भूमिका सहायक नायिका के बदले खलनायिका की सी हो गई होती थी। याने कुछ ऐसी परिस्थिति पैदा हो जाती थी, कि नायक सहेली को छोड़कर उसी के प्रेम में फँसता नजर आता था। मुस्कराते हुए यह ऐतिहासिक सूचना भी उसने दी थी, कि उसकी सहेलियों में कई ऐसी मिल जाएँगी, कि शुरुआत में जिस लड़के से वह सहेली के ब्वायफ्रेंड की तरह बात करती थी, वही कुछ दिनों, महीनों बाद, खुद उसका प्रेमी बन जाता था। कस्बे की किशोर प्रेमकथाओं में नायक-नायिकाओं की भूमिकाओं में बदलाव, प्यार की स्वाभाविक प्रक्रिया थी, और इसके कारण महज कुछेक दिनों या महीनों के लिए थोड़ा मनमुटाव जारी रहता था, पर स्कूल से निकलने के दो-तीन वर्षों बाद यह, पुरानी और मुटाती सहेलियों के बीच हँसी-मजाक का एक मामला भर रह जाता था। मुझे यह भी याद है कि पुष्कला ने काफी गहरे आत्मविश्वास के साथ यह भी कहा था, कि खुद उसका लगाव किसी एक पर पूरी तरह से ध्यानस्थ और केन्द्रित नहीं रहा है, लेकिन आज भी, याने बारहवीं से एम.ए. फाइनल में पहुँच जाने के बाद भी, वह अपने पहले प्रेम की स्मृति के साथ इतनी भावुकता से जुड़ी

है, कि उसका प्रसंग छिड़ते ही वह अपनी रुलाई नहीं रोक पाती, खासकर मेरे सामने। शायद इसलिए, कि मेरे साथ ही उसने अपने पहले प्यार को खुलेपन से शेयर किया था। लेकिन उसकी भावुकता का एक दुखद कारण और भी है।

वह भुवनेश्वर में ही थी। उसके पिता ने नौकरी बदल ली थी। वे नए इस्पात कारखाने की नौकरी छोड़कर ज्ञान की फैक्ट्री उर्फ किसी कम्पनी द्वारा प्रस्तावित विश्वविद्यालय में उच्चतम पद पर कार्य करने लगे थे। पर इसके बावजूद पुष्कला के चलते, उन लोगों के साथ मेरा सम्पर्क बना हुआ था। पुष्कला तब भी दो-चार दिनों के लिए रायगढ़ आया करती थी। यहाँ आने पर वह मुझसे मिलने के लिए जरूर आती थी। पर अपने किशोर दिनों के उस गोरे चेहरे वाले मासूम से लगते कुर्मी छोकरे के साथ, शायद ही कभी उसकी मुलाकात हो पाती थी। लेकिन बातचीत के दौरान उसका जिक्र चलने पर, थोड़ी उदास मुस्कान के साथ वह कहती थी, कि दौलत के नशे ने उसे दीवाना कर दिया है। उसके स्वर की उदासी से लगता था, कि अब भी उस लड़के के लिए उसके मन में थोड़ी कोमल-करुण जगह है। शायद अब भी अपने एकांत की झिलमिल में वह उसकी छवि निहारती होगी, लेकिन तब यह भी लगता था, कि यह लड़की भावुकता की जंजीर में नहीं बँध सकती। वह अपने सोच-विचार में इतनी आजाद और इस कदर रेशनल लगती थी, कि किसी से भी कोई स्थायी रोमानी लगाव, उस जैसी लड़की के लिए सम्भव नहीं था। उधर भुवनेश्वर में, एक सीनियर लड़के से उसका अफेयर भी चल रहा था। उसमें भी वह महज खिलंदड़िन की तरह शामिल थी। यह भी लगता था, कि यौनेच्छा के मामले में भी वह थोड़ी ज्यादा ही आजाद हो गई है। उसके व्यवहार के खुलेपन में यह स्पष्ट दिखाई देता था, कि इस खेल को वह अंग-रचे अनुभव की तरह जान चुकी है।

तभी वह दुर्घटना हो गई थी।

दोपहर दो के आसपास मुहल्ले के किसी आदमी ने मुझे बताया था, कि अचानक हार्टअटैक से उस लड़के की मौत हो गई है। हमारी गली से आने-जाने वाली कारों, मोटरसायकिलों को इतनी तेजी से उसके घर के रस्ते पर भागते देखकर मैंने खुद उससे पूछा था, कि क्या हो गया है? इसके बाद एक लड़की, बहुत तेजी से हमारे घर के सामने की सड़क से आदित्य के घर की तरफ बढ़ रही थी। यह वही साँवली गिड्डी लड़की थी, जिसके बारे में मैंने अस्पताल प्रसंग में बताया था, लेकिन उन दिनों मैं उससे बिलकुल भी परिचित नहीं था। उसने भी रुआँसे स्वर में कहा था, कि आदित्य भैया नहीं रहे। इस अविश्वसनीय और अकल्पनीय घटना को सुनने के समय मैं जिन्दल कारखाने के एक अफसर से मिलने के लिए निकलने ही वाला था, और पूरी तरह तैयार होकर बिन्ना का इंतजार कर रहा था। छोटू शिरडी गया हुआ था। हमने अलग से दिन-भर के लिए एक ड्राइवर किया था। वह गैराज से गाड़ी निकालने के लिए जा चुका था। इस आदित्य वर्मा का घर हमारे गैरेज से

कोई आधे फर्लांग की दूरी पर था। खबर सुनकर ही मेरी घबराहट बढ़ चुकी थी, पर इस घबराहट के साथ-साथ मैं एक व्यावहारिक असमंजस में भी पड़ा था। बिन्ना ने बड़ी मुश्किल से अफसर से मुलाकात का वक्त लिया था, और इधर मुहल्ले में ही एक बड़े व्यापारी का जवान लड़का मर गया था, जिसका दाह-संस्कार सूरज डूबने के पहले हो जाना था। काम भी जरूरी था। यह मेरे बेटे की नौकरी से जुड़ा काम था, जिसने अभी डेढ़ साल पहले ही जिन्दल की नौकरी छोड़ दी थी, और मुम्बई चला गया था। वहाँ से वापस वह उसी कम्पनी में क्यों आना चाहता था, यह तो मुझे पता नहीं, पर मैं खुद यह चाहता था, कि वह यहाँ आ जाए, क्योंकि अपनी सारी कामज इच्छाओं के साथ, मैं बराबर यह भी सोचता रहता था, कि मेरा अपना अन्त करीब आ चुका है। शायद यही वजह है, कि ड्राइवर के कार निकाल कर सामने खड़ी कर देने के पहले तक, मुझे पुष्कला की याद ही नहीं आई थी, जबकि सबसे पहले उसी की याद आनी थी। जैसे ही मैंने उसे फोन लगाया और खबर सुनाई, तो उधर से जोर से आवाज आई—क्या! मैंने शान्त स्वर में खबर दुबारा दुहराई थी और तब उधर से मुझे बेसाख्ता फूटती रुलाई का स्वर सुनने को मिला था। मैंने उसे समझाने की कोशिश की थी, पर उधर से रोने की आवाज कुछ इस तरह से तेज होने लगी थी, कि मुझे लग रहा था, जैसे वह मेरे सीने में सिर छुपाकर सिसक रही हो। मैं कुछ भी नहीं सोच पा रहा था, कि क्या कहूँ, और इधर ड्राइवर गाड़ी का हार्न बजा रहा था, क्योंकि बिन्ना बैठ चुकी थी। मैंने कुछ कहे बगैर फोन बन्द कर दिया था और गाड़ी में बैठ गया था। रस्ते में फिर उसका फोन आया था, और पैंट की जेब में रखे फोन का रिंग सुनकर, ड्राइवर ने मुझसे कहा भी था, कि मेरा फोन बज रहा है, लेकिन मुझे पता था, कि फोन पुष्कला का ही होगा और इस वक्त उससे बात करने का कोई मतलब नहीं था। यह जरूर है, कि उसके जोर-जोर से रोने की आवाज मेरे कानों में गूँज रही थी, लेकिन मुझे यह समझ में नहीं आ रहा था, कि जिस लड़के के बारे में उसे पता चल चुका है, कि दोस्ती का मतलब उसके लिए अय्याशी और अपनी दौलत के प्रदर्शन के अलावा और कुछ नहीं है, उसके लिए यह पढ़ी-लिखी समझदार और कुछ करने की इच्छाओं से भरी लड़की, इतनी बेचैन क्यों हो रही है? रोचक स्थिति यह थी, कि उन दिनों भुवनेश्वर में ही किसी एक लड़के के साथ, उसके सम्बन्ध काफी अन्तरंग हो गए थे। यह लड़का भी व्यापारी था। और एक बार कामना की उत्तेजना में उसने इस नए साथी के बारे में थोड़े उत्तेजक ब्यौरों के साथ, अपने आधे-अधूरे प्रेम की एक घटना भी सुनाई थी। तब मुझे लगा था, कि शायद अपने स्वभाव और किसी भी दोस्त के साथ के आनन्द की तरंग में बह जाने जैसी अतृप्त इच्छा के चलते ही, इसके सम्बन्ध इतने मुक्त और खुले हो गए हैं। शायद यह, उसके नहीं मेरे अपने स्वभाव की गड़बड़ी है, सोचते हुए, मैंने उसके बारे में इस तरह के खयाल पर थोड़ी सख्ती से बन्दिश लगाई थी।

पर दौलत के नशे में डूबे उस छोकरे की मौत की खबर से, उसकी भावुक प्रतिक्रिया को जानकर, मेरी समझ में यह नहीं आ रहा था, कि क्या सचमुच बालपने का प्यार इतनी गहरी भावना से भरा होता है? मेरे अपने अनुभव में तो यह शामिल था, कि उस उम्र में एक तरह की दीवानगी होती है, पर इस तरह न थमने वाली रुलाई के रूप में उसकी अभिव्यक्ति?

बेवकूफी है। मैंने लगभग बड़बड़ाते हुए अपने को रोका। रुकते ही दीवाल घड़ी पर मेरी नजर गई। दो बजाने वाली घड़ी को देखते ही मुझे लगा, कि मैं खुद इतनी दीवानगी के साथ उसकी स्मृतियों में बह रहा था, कि दिन-भर की थकान के बावजूद मेरी नींद गायब हो गई थी। मैंने बीच-बीच में एलर्ट रहकर, या पंखे की आवाज पर एकाग्र ध्यान केंद्रित कर, या शरीर को ढीला करके नींद के नजदीक जाने की कोशिश की थी, लेकिन फोन पर मेसेज के बाद, पुष्कला के बारे में सोचने का जो सिलसिला शुरू हुआ था, वह थम ही नहीं रहा था। कल दुपहर उसके साथ होने की कल्पना ही मुझे इतनी उत्तेजित कर रही थी, कि इस करवट से उस करवट होते, मैं महज आदित्य के देहान्त पर ही नहीं, बल्कि एक असम्भव कल्पना की तरह, उसकी सुघड़ सुचिक्कन देह के बारे में भी इस तरह सोच रहा था, जैसे वह मेरी खाट पर मेरे बाजू में ही लेटी हो। इस असम्भव काल्पनिक दृश्य में मेरी अजीबोगरीब कामातुरता ही थी। उसकी तरफ से कोई मौन या मुखर संकेत नहीं था। बातचीत के खुलेपन और छुछुआइल के कभी-कभार की दुलार की स्मृतियों के बावजूद, ऐसा कभी नहीं लगा था, कि मुझे लेकर उसके मन में इस तरह का कोई भाव भी है, या हो भी सकता है।

इस बार वह बहुत लम्बे गैप के बाद यहाँ आ रही थी। आदित्य की मृत्यु के बाद यह शायद उसका पहला आगमन था। इन दिनों वह इंगलिश एम.ए. के पाँचवें सेमेस्टर में थी, और इस बीच उससे जब भी बात हुई थी, तो मैंने महसूस किया था कि अपनी पढ़ाई को लेकर वह सचमुच सीरियस है। लेकिन उसके आने की सूचना के बाद से मेरा मन, अपनी काल्पनिक उड़ानों में, अपनी मनचाही दिशाओं में भागने लगा था। बेशक उसी मन की किसी जगह से, यह भी सुनाई पड़ता था, कि हासिल पाई शून्य की बुढ़भस में धँसकर रात की नींद क्यों बरबाद कर रहा हूँ। चैतन्य होते ही मैं शवासन में आकर चुपचाप ढीला पड़े रहने की कोशिश में लग गया। फिर मैंने खुद से कहा, कि किसी भी तरह की कोई कोशिश नहीं करनी चाहिए, क्योंकि नींद के मामले में कोशिश बिलकुल ही फिजूल साबित होती है। दरअसल भागते दिमाग को नींद आ ही नहीं सकती। उसे शान्त करना जरूरी है। अपने ही दिमाग के इस सुझाव के साथ, फिर मैंने साँस की आवाजाही को सचेत रहकर, इस तरह जानने की कोशिश शुरू कर दी, जैसे साँस के आने-जाने को देख रहा होऊँ। साँस को देखने का मतलब शायद उसे ध्यान से सुनते रहना ही है, जैसे यह किसी दूसरे की

हो। शायद यह सच भी है। साँस के चलने न चलने पर खुद का कोई बस नहीं होता। दो मिनट तक आँख मूँदे चित पड़े रहने की इस कसरत के दौरान मुझे पता ही नहीं चला, कि कब मैं बाईं करवट में आ गया हूँ और आँखों तक आने वाली नींद की आहट सुनने के चक्कर में, सौ से एक तक की उल्टी गिनती गिनना शुरू कर चुका हूँ। हर तरह की चैतन्य सतर्कता के बावजूद मैं महसूस कर रहा था, कि मेरा बायाँ पाँव हिलने लगा है। उसे इरादतन रोकने की कोशिश के बाद भी, नींद का कहीं अता-पता नहीं था और तब मैंने सोचा था, कि शायद आज पूरी रात इसी तरह की गुजरने वाली है, लेकिन मुझे अपने कभी-कभार के ऐसे ही अनुभवों से पता था, कि आखिरकार नींद तभी आती है, जब उसे आना होता है। इस मामले में वह थोड़ी-बहुत मौत से मिलती-जुलती लगती है। हालाँकि मौत के बारे में तो ठीक-ठीक अनुभव मरने के बाद ही हो सकता है, सोचकर मैंने फिर करवट बदली और आँखें खोलकर आधी अँधेरी दीवार को देखने लगा। इस बार मुझे लगा कि आँखों को इस तरह खोलकर खुरदुरी दीवार को लगातार ताकने के चलते, शायद मैं नींद के करीब जा रहा हूँ, क्योंकि मैं महसूस कर रहा था, कि आँखें खोले रहने में थोड़ी तकलीफ हो रही है। शायद मेरी इस आखिरी कोशिश में, मैं इस अर्थ में सफल हो गया था, कि सिवा आँखों को जोर लगाकर खोले रहने के अलावा, मैं कोई दूसरी कोशिश नहीं कर रहा था। शायद थोड़ी देर बाद सचमुच मुझे नींद आ गई थी।

लेकिन नींद खुलते ही मुझे लगा कि शायद मैं ठीक से नहीं सो पाया हूँ। अगर सपने का एहसास थोड़ा भी बाकी न होता, तो मुझे यही सच लगता और मैं सबके सामने यही कहता फिरता कि मैं पूरी रात नहीं सोया। पर मैं महसूस कर रहा था, कि कोई सपना मैंने देखा जरूर था। वह बड़ा बेतरतीब और कई जगहों को घेरनेवाला सपना था। जिस बिन्दु पर टूटा था, वहाँ मीता थी। उसका चेहरा गुस्से से लाल हो गया था। उसमें थोड़ी नफरत की लपट भी दिखती थी। मेरी समझ में नहीं आ रहा था, कि यह किस बात पर इतनी चिड़चिड़ा गई है। वह गुस्से में पलटी थी। मुझे उसके धुले खुले बाल दिखे। हैरत हुई, कि अभी तो कीमोथिरेपी के दो महीने बाद, वे दो इंच भी नहीं हुए थे, वे इतनी जल्दी इतने सघन और लम्बे कैसे हो गए। पर उसकी पाँव-पटक चाल देखकर मैं डर रहा था। तभी मेरी नींद खुल गई थी।

सपने का इतना सारा ब्यौरा भी इस कदर धुँधला और तीव्र गति वाला था, कि अभी भी मन का एक हिस्सा कह रहा था, कि शायद मैं बिलकुल ही नहीं सोया था। उधर दीवालघड़ी आठ बजा रही थी। याने बिलकुल न सोने की बात, न सिर्फ सपने की स्मृति से, बल्कि घड़ी से भी झूठ साबित हो रही थी।

मुस्कराता हुआ मैं टॉयलेट में घुसा। बिना किसी कठोर परिश्रम के, अपने को हल्का होते अनुभव करने के उस बिरले सौभाग्य के पलों में, मैंने लगभग सस्वर बुदबुदाहट में ईश्वर और ईसपगोल का शुक्रिया अदा किया और इस उम्मीद में थोड़े इत्मीनान से कमोड पर पीठ टिका कर बैठ गया, कि शायद आज सम्पूर्ण खुलासे का असम्भव समय है।

पर भाग्य कहीं और ले जाने वाला था।

टॉयलेट के दरवाजे पर खटखट हुई। वह सामान्य नॉक नहीं थी, भड़भड़ाकर दरवाजा पीटने की आवाज थी। सुनते ही आशंका-सी हुई थी, कि जरूर किसी दुर्घटना की खबर है। पहला बुरा खयाल मन में आया था, कि कहीं मुम्बई में बेटे के यहाँ गड़बड़ तो नहीं हो गई। माथे पर पसीना आ रहा था। थपथप गिर रहा था। तभी और जोर से दरवाजा पीटते हुए भांजी चिल्लाई, दिल्ली माँ सीरियस है, जल्दी निकलिए।

सुनते ही थोड़ी राहत-सी अनुभूति हुई, कि कोई अघट अशुभ नहीं, सहज नैसर्गिक घटना है। दिल्ली माँ याने मेरी जननी। चूँकि मेरे जनक भारत की संविधान सभा के सदस्य की हैसियत से कुछ दिन दिल्ली में रहे थे, सो यहाँ पूरे संयुक्त परिवार के बच्चों के लिए दिल्ली बा हो गए थे, और मेरी जन्मदात्री माँ दिल्ली माँ हो गई थी।

मैं तत्काल बाहर निकला। भांजी के ऊपर तक चढ़कर आने और खबर देने की बात से ही लग रहां था, कि शायद अंतिम समय है। मेरे अपने रिहाइशी घर से, उस मकान की दूरी तीन-चार मिनट की ही है। नाऊपारा की गली से तेज चलकर जाओ और चेचक वाली मलनिन बुढ़िया के बाजू की सँकरी गली से होते हुए मुख्य सड़क पर आओ, तो दो कदम पर ही नया घर था। सब उसे नया घर कहते हैं और बहीदार पारा के घर को पुराना घर। उस मकान में अब काका के तीन लड़के, तीन नए मकान बनाकर रहते हैं। मेरे जनक ने यह नया घर आज से कोई पचास साल पहले बनाया था, माँ वहीं रहती है। मेरे सबसे छोटे भाई और उसकी पत्नी के साथ। भाई की बेटी भी थी, पर दो साल हुए, उसकी शादी हो गई।

नाऊपारा की गली में सीमा के मकान के पास पहुँचते ही, पलांश के लिए मैंने पिछले दिन के मरणासन्न व्यक्ति की धौंकनी की तरह चलती साँस की याद की। डरा, कि पता नहीं इन आखिरी पलों में माँ कैसे जूझ रही होगी, उस अँधेरे दृश्य से। भावुकता के हल्के झोंके में आँख थोड़ी छलछलाई, लेकिन जब तेज चलकर माँ की खाट के पास तक पहुँच गया, तो यह सोचकर अच्छा लगा कि तब वह इसी संसार में थी।

पर सच पूछें, तो पिछले पाँच वर्षों से, वह इस संसार में नहीं रहने जैसा रह रही थी। उसकी स्मृति लगभग गायब हो चुकी थी। उसकी देह जीते जी ठठरी-सी हो गई थी। अपने बल पर वह कोई भी काम नहीं कर सकती थी। और जो लोग उसके

आसपास रहते थे, उन्हें वह जैसे चेहरे-भर से पहचानती थी। वह सांसारिक और सामाजिक रिश्तों से परे, जिस दुनिया में रह रही थी, वहाँ शायद उसे ऐसा कोई दुख नहीं था, जिसे वह किसी दूसरे को बताए। छोटे भाई की पत्नी ने ही आखिर तक उसको सँभालने की जिम्मेदारी उठाई थी। नहलाना, टट्टी-पेशाब कराना, खिलाना और थोड़ी देर के लिए पूरी धार्मिकता के साथ उसे कुर्सी पर बिठाना, यह देखना कि लेटे-लेटे उसे बेड सोर तो नहीं हो गए, सारा काम छोटे भाई की पत्नी करती थी। लेकिन सबसे छोटे भाई और उसकी पत्नी को भी वह, रिश्ते की आत्मीयता में पहचानती थी, ऐसा मुझे नहीं लगता था। हालाँकि छोटी मझली बहू, जो इस घर से थोड़ी दूर रहती थी और-अभी माँ को ताकती गुमसुम खड़ी थी, कहा करती थी, कि बाजवक्त वह इस तरह देखती है, या हँसती हुई बुदबुदाती है, कि लगता है वह अभी भी हम लोगों को पहचानती है। पर मुझे कभी ऐसा नहीं लगा। उसके स्मृतिभ्रंश के लम्बे पाँच बरसों में, जब भी मैं वहाँ गया, मुझे कभी नहीं लगा कि मुझे देखकर उसके मन में कोई स्मृति की लहर लठी हो। और तो और मुझसे ठीक छोटे भाई की दो साल पहले की अचानक मौत की कोई जानकारी उसे आज अभी तक नहीं है, जब कि वह खुद आँख मूँदे अंतिम का दृश्य देखते अँधेरे पाताल तल में जाने के पहले एक-एक साँस के लिए लड़ रही है।

मैंने उसके चेहरे में कुछ खोजने की कोशिश की। वहाँ कोई ऐसी दारुण तकलीफ नजर नहीं आ रही थी, जो अभी मैंने दो साल पहले बड़े जीजा की मौत के आखिरी दो घंटों में देखी थी और देखकर घबराहट की जो तकलीफ मुझे हुई थी, वही मुझे असहनीय लग रही थी, जबकि उन्हें आक्सीजन भी लगाया गया था। और बहुत पहले दादा तो, आखिर के इन्तजार में तीन-चार दिन तक जमीन पर ही पड़े रहे थे।

''पल्स एकदम फीबल है, साँस भी रुक-रुक कर आ रही है।'' बिन्ना ने कहा। घंटे-भर पहले छोटे भाई की पत्नी ने उसे फोन पर बताया था, कि माँ को तेज बुखार है, तो उसने पैरासिटॉमॉल देने को कह दिया था। थोड़ी देर बाद फिर उसने घबराहट के स्वर में सीरियस होने की खबर दी थी। बिन्ना बगैर नाश्ता किए भागी थी। तभी ऊपर आकर भांजी ने टॉयलेट का दरवाजा पीट कर मुझे खबर दी थी।

मुझसे और बिन्ना से भी पहले वहाँ दीदी पहुँची थी। सबसे बड़ी दीदी नहीं, वह जो मेरे ठीक पहले की है। उसने कहा कि सिर कितना गरम था, पर हाथ पाँव-ठंडे थे, बर्फ की मानिन्द। उसी के कहने पर छोटे भाई की पत्नी ने दुबारा फोन किया था। तभी छोटी बहन बहनोई के साथ पहुँची। छोटी मँझली बहू, भाई के साथ पहले ही वहाँ आ गई थी। चाचा, मामा फूफा के परिवारों में अभी खबर पहुँची नहीं थी। दीदी भागवत पुराण पढ़ रही थी। डॉक्टर बिन्ना की बात सुनकर उसने कहा, कि अब जमीन पर उतार देना ठीक रहेगा।

वहाँ मौजूद माँ की सन्तानों में वही सबसे बड़ी थी। इन दिनों उसका व्यवहार भी थोड़ा पुरखिनों की तरह का हो गया है। माँ को बिस्तर समेत जमीन पर उतार दिया गया। सब लोगों ने चम्मच से गंगाजल मुँह में डाला। सबकी आँखें डबडबाई हुई थीं। रुलाई फूट पड़ना चाहती थी। लेकिन अभी माँ यहीं थी। इसी पृथ्वी पर। एकटक उसे देखते, मुझे फिर एक बार दादा की याद आई थी। और तभी एक नामालूम सी हिचकी के साथ, उसकी साँस रुक गई। आँखें मुँदीं। चेहरा शान्त। लगा कि यहाँ से जाते वक्त वह इत्मीनान से गई है। पर बहनें जमीन पर पड़े उसके शव से लिपट कर थोड़े तेज स्वर में रोने लगी थीं। बहुएँ भी रो रही थीं। दीदी, बिन्ना, छोटी बहन, नन्हे, मझली बहू सब माँ को घेर कर बैठे थे। भाई उसके पीछे खड़े, डबडबाई आँखों से जन्मदात्री माँ को ताक रहे थे। मैं भी उन्हीं के साथ था, और मेरी आँखें भी छलकने-सी हो रही थीं, लेकिन मुझे माँ का जाना मुक्ति की तरह भी लग रहा था। बहुत कोशिश करके, चित्र बनाते, मैं माँ के और इस परिवार के साथ गुजरे, उन कुछ दिनों की याद कर रहा था, पर वे किसी अमूर्त भाव की फुरफुरी की तरह उभर कर बिखर जाते से लगते थे। सचाई यह है कि माँ के स्नेहिल साथ की कोई ऐसी अमिट स्मृति मेरे मन में नहीं थी, हालाँकि संयुक्त परिवार के साथ बीते अपने दिनों की ढेर सारी यादें थीं। इसी स्मृति ने याद दिलाई कि काका के परिवार के लोगों और ताऊ की लड़की उर्मिला को खबर नहीं दी गई है। तब मैंने बुदबुदाते हुए बगल में खड़े भाई की ओर देखा था। यह छोटा मँझला भाई एकदम विमूढ़-सा होकर, थोड़ा झुका हुआ-सा, माँ की ओर एकटक देख रहा था, जबकि छोटी बहन, माँ के चेहरे पर झुकी अनवरत सिसकियाँ ले रही थी। भाई से पूछने के पहले ही, उसके बाजू से थोड़ी दूर पर मुझे भोलू नजर आया। यह काका का बड़ा मँझला लड़का था, और पूरे कुनबे में कहीं भी किसी दुख की खबर पाते ही, तुरत पहुँच जाता था। उसकी पत्नी भी थी। वहीं बहनों और बहुओं के पीछे, नीचे जमीन पर, जहाँ माँ की निष्चेष्ट देह पड़ी थी। शायद मेरी भाभी को भी कुछ पहले ही खबर हो गई थी। वे भी पहुँच गई थीं। बहनों, बहुओं ने उनको जगह दी थी। आते ही वे फूट पड़ी थीं। उन्होंने सस्वर और सशब्द पारंपरिक रुलाई की जो शुरुआत की थी, वह महज औपचारिकता नहीं थी। अपनी मामी सास के साथ अन्तरंग सम्बन्ध की अनेक स्मृतियाँ उनके मन में रची-बसी थीं। थोड़ी कृतज्ञता का भाव भी था, कि इन्हीं मामी के पति ने उनके अपने पति की पढ़ाई में भरपूर मदद की थी। वे मुझसे बड़े फुफेरे भाई पंडित दादा की पत्नी हैं, इस किस्से के शुरू-शुरू में ही दादी की बीमारी के सन्दर्भ में उनके अचानक देहान्त का जिक्र मैंने किया है। इस तरफ की ओड़िया याने सम्बलपुरी में भौजाई को बहू कहते हैं, सोचते हुए मुझे एक बिलकुल ही अप्रसांगिक बात याद आई, कि मैं अपनी जननी से छत्तीसगढ़ी में बात करता था। शायद बाकी सारे भाई-बहन उससे सम्बलपुरी में बोलते थे। मैं एक-एक भाई-बहन को याद

करते हुए सोचने लगा। यह उन लोगों को माँ से बात करते हुए देखने जैसा था। और तब ऐसा सोचते हुए मुझे लगा था, कि शायद मुझसे ठीक छोटा भाई भी, इस माँ से छत्तीसगढ़ी में बात करता था। वह, जिसकी मृत्यु दो साल पहले हो गई थी, और जिसका पता माँ को मरते तक नहीं चला था। वह भी उसी परिवार में दत्तक पुत्र होकर गया था, जहाँ मैं था। फर्क यह था, कि अपने इस नए सम्बन्ध में, वह रिश्ते में मेरा काका हो जाता था। मैं अपने पिता के चचेरे भाई की गोद में पला था, जबकि वह पिता के छोटे चाचा की गोद में गया था। इस याद ने मुझे अपने कुनबे के रिश्तों की भूलभुलैया में भटकाने की शुरुआत ही की थी, कि इस बीच मेरे पीछे आकर खड़े हो गए मेरे जीजा, उर्फ मेरे ताऊ की छोटी लड़की उर्मिला के पति ने, इशारे से मुझे बताया, कि कमरे में आने के लिए बहुत सारी औरतें इन्तजार कर रही हैं। हम बाहर आ गए। और उसके साथ ही, काका, मामा के घर की बहुओं, बेटियों के अलावा मुहल्ले की कुछ औरतें भी भीतर घुसीं।

मैं बाहर हॉल जैसे बरामदे के थोड़ा ऊपर प्रवेशद्वार के पास बने बरामदे पर आ गया और अपनी छोटी बहन के पति याने अपने बहनोई की बगल में बैठ गया। वहाँ मैंने देखा कि सिर्फ हमारे परिवार के लोग और रिश्तेदार ही नहीं, बल्कि मुहल्ले के भी बहुत सारे लोग वहाँ पहुँच चुके थे। सबसे मुस्तैदी से पहुँचा था हमारा वार्ड मेम्बर जयन्त ठेठवार। हमारा भांजा सुधांशु भी वहीं था। वह ताऊ की बड़ी लड़की उर्फ प्रमिला दीदी का लड़का था। उन्हीं जीजाजी का, जिनके अंतिम क्षणों की पीड़ा के बारे में यहाँ आकर माँ को देखते ही मैंने सोचा था। पूरे परिवार के सारे मर्द और उनकी सन्तानें भी यहीं थीं, हालाँकि अधिकांश भाइयों के लड़के तो बाहर ही रहते थे। लम्बे-चौड़े हॉल जैसे बरामदे में कुर्सियाँ डाल दी गई थीं। मैं जहाँ बैठा था, वहाँ सोफे डले थे। तभी मेरी नजर काकी माँ पर पड़ी। भांजी और छोटू दोनों तरफ से बाँहें पकड़कर उन्हें ला रहे थे। उन्हें देखते ही मेरी रुलाई फूट पड़ी। मैं दौड़कर उनसे चिपट गया। वे अपने हड़ियल हाथों से मेरा सिर सहलाती रहीं। फिर वे उस कमरे में गईं, तो उनके पहुँचते ही दहाड़ मार कर रोने की समवेत आवाज आई। माँ के जाने के बाद पूरे कुनबे की वे सबसे बुजुर्ग महिला थीं, शायद सभी को अपने आँचल में छिपा लेने जैसी ममता से भरी छलकती उनकी आँखें देखकर, बहनें अपने को सँभाल नहीं सकी थीं।

लेकिन फिर कुछ ही देर बाद शुरू हो गई थी दुनियादारी। सबसे पहला काम था, बाहर के अपने नाते-रिश्तेदारों को खबर करने का। बहनोई के बाजू में बैठकर सबसे पहले मैंने सोचा था, कि बेटे को फोन कर दूँ।

और तब सेलफोन उठाते ही मुझे पुष्कला के मेसेज की याद आई थी, जिसमें उसने दोपहर के किसी भी समय मेरे घर आने की बात लिखी थी। यही सूचना पढ़ने के बाद, दूसरे दिन के इंतजार में बेचैन होते हुए, मैंने पूरी रात बेनींद गुजारी थी।

यह दूसरे दिन की दुपहर नहीं, सुबह थी। मैं अपने उस घर में नहीं, यहाँ था, अपने छोटे भाई के घर में। सेलफोन लेकर सोचता, कि माँ की मृत्यु की खबर सबसे पहले किसे दूँ। पर फोन उठाते ही मुझे याद आ रही थी, उस लड़की की, जिसे पूरी दुपहर मेरे साथ मेरे कमरे में बितानी थी।

हॉल में इकट्ठा हो गई औरतों की भीड़ के बीच मैं बिन्ना को खोजने लगा। वह शायद अभी माँ के कमरे में ही थी। इस बीच मेरे भांजे सुधांशु ने लोगों के बैठने के लिए टेंट हाऊस से कुर्सियाँ मँगा ली थीं। पूरे हॉल में कुर्सियाँ बिछा दी गई थीं। तभी जयन्त ने आवाज देकर पूछा कि कब ले जाएँगे। शवयात्रा में जाने वाले लोग, घर से निकलने का ठीक-ठीक वक्त जानना चाहते थे। तब सुबह के नौ बजे थे। समय के बारे में सोचते ही मुझे अनायास ही काका की याद आ गई। वे होते, तो जरूर माँ के इहलोक छोड़ने का एकदम ठीक-ठीक वक्त नोट करने को कहते। सिर्फ यही नहीं, दाह संस्कार की पूरी लिस्ट जबानी सुनाकर नोट करा देते। लिस्ट की याद आते ही, मैंने सुधांशु याने अपने भांजे को आवाज दी। उसने बहुत धीमे स्वर में कुछ कहा, जिसे अपने आधे बहरे कान की वजह से मैं सुन नहीं पाया।

"क्या ?" मैंने कुछ जोर की आवाज में पूछा।

वह मुस्कराया। उसकी घनी मूँछों में खिलती उसकी मुस्कान, मेरे बहरेपन पर एक त्वरित टिप्पणी थी। फिर उसने बताया कि श्मशान यात्रा की पूरी लिस्ट उसके पास है, पर वहाँ दुकानदार को नगद देना होगा। घर का वित्त-विभाग छोटी मंझली बहू के हाथ में था। मुझे लगा कि माँ के कमरे से मंझली बहू को बुलवा लेना होगा, यह प्रेस वाले भाई की पत्नी है। तभी मैंने देखा कि बिन्ना कमरे से बाहर निकल रही थी। मैंने उसी से नगदी के बारे में कहा, उसने तुरंत हजार रुपए निकाल कर दे दिये।

फिर मैंने बिन्ना से बाहर के रिश्तेदारों को खबर दिये जाने की बाबत पूछा। सबसे बड़ी दीदी अभी दो दिन पहले ही अपने छोटे मंझले बेटे के पास मुम्बई गई थी। उतनी दूर से उसका आना न तो मुमकिन था, न व्यावहारिक। लेकिन छोटे भाई के बड़े लड़के को खबर हो गई थी और वह अपनी माँ के साथ निकल पड़ा था। सबसे छोटी बहन भी बलांगिर से निकल पड़ी थी।

इन दो के अलावा बाहर से किसी और का इंतजार करना नहीं था। इनके पहुँचने में कम से कम चार घंटे लगेंगे, सोचते हुए, मैंने शवयात्रा के वक्त का हिसाब लगाना शुरू कर दिया, क्योंकि इस बीच यहाँ मुहल्ले के लोगों को यह बताना जरूरी था कि शवयात्रा कब निकलेगी। तीन से पहले तो शायद ही निकल सके, सोचकर मैंने मोबाइल देखा। दस सात हुए थे। किसी का मिस्ड कॉल था। किसी का नहीं, उसी का। उसे फोन करने की सोचते, मैंने उसका नम्बर डायल किया। तभी उधर से वार्ड मेम्बर ने फिर मुझे आवाज दी। मैंने फोन बन्द कर दिया। मुझे लगा, कि अभी तो फुर्सत से बात हो ही नहीं सकती। शायद उसे पता लग गया हो, क्योंकि आसपास

के मुहल्लों में तो पता लग ही गया था। पर उन लोगों ने जाने कब से छोड़ दिया था यह मुहल्ला और अब तो वे शहर में भी नहीं रहते। सोचते-सोचते बाहर आँगन में डली कुर्सियों पर बैठे लोगों को बरामदे से देखते, मैंने मार्क किया, कि आगंतुकों में विजय वर्मा भी था। उसे देखते ही मुझे उस नखरैल साँवरी की याद आई, जो कल सुबह अस्पताल में मिली थी। यह आदमी पत्रकार था, हालाँकि मैंने हमेशा इसे भाई के प्रेस में मतवार की तरह ही देखा था। यह उसी नखरैल का थोड़ी दूर का रिश्तेदार था। पता नहीं चाचा था या भाई। उसके साथ यादव परिवार का एक अखबार वाला भी बैठा था। इसी समय वार्ड मेम्बर ने मुझे दुबारा आवाज दी।

वह मकान के प्रवेशद्वार पर खड़ा था। उसने बताया कि विधायक का फोन आया था, और वह पूछ रहा था कि कब ले जाएँगे?

''तीन तक, उससे पहले नहीं, यहाँ आँगन में शामियाना तुमने लगवाया?''

''हाँ,'' उसने कहा, ''धूप बहुत है। मैंने पानी के पाउच और दो पेडस्टल फेन के लिए भी कह दिया है।''

जयंत की बात सुनकर याद आया कि हमारे परिवार में, किसी ने कुछ खाया नहीं होगा। कम से कम मैं, काकी माँ, बिन्ना आदि तो बिना कुछ खाये ही आए थे। और आज तो पूरे दिन हम अपना चूल्हा जला भी नहीं सकते। सोचकर मैं भीतर की ओर गया। बिन्ना काकी के साथ ही बैठी थी। काकी माँ ने अत्यन्त धीमी आवाज में, सुधांशु के पापा के मरने के समय की तकलीफ का वर्णन करना शुरू कर दिया। शायद यहाँ गोल बनाकर कुर्सियों पर बैठी औरतों के बीच मृत्यु-प्रसंग पर ही बातचीत हो रही थी। सन्दर्भ माँ के तड़ाक-फड़ाक चले जाने का था। लेकिन सुधांशु के पापा, याने मेरे जीजाजी, याने मेरे ताऊ की लड़की के पति के इस मृत्यु-प्रसंग को सुनती, अधेड़ औरतों में बिन्ना को चुपचाप बैठे देखकर, मेरे मन से यह बात बिसर गई थी, कि किस काम से मैं बाहर से यहाँ तक आया था। दिमाग में एक दूसरी मजेदार बात मँडराने लगी थी! इस नए खयाल के इस तरह इस बिल्कुल ही बेवक्त दिमाग में सरसराने का कारण यह था, कि सुधांशु जिसे अभी इतनी देर से मैं भांजे के रूप में याद करता रहा हूँ, काकी माँ के सगे मंझले मामा का पुत्र है। इस नाते वह मेरा भांजा नहीं, बल्कि मेरा मामा हुआ, क्योंकि मैं अपने द्विज संस्कार के बाद से काकी माँ का पुत्र हो चुका हूँ। सोच के इस सिलसिले ने, मुझे सुधांशु की माँ, याने बिट्टो दीदी की याद दिला दी थी, कि इसी किस्से के पहले अध्याय में कहीं पर उनके भी अचानक अन्त का जिक्र मैंने किया है। शायद मैं फिर अपने इस परिवार के अजीबोगरीब रिश्तों की भूलभुलैया में फँसने के लिए कदम बढ़ा रहा था, क्योंकि मुझे तब यह बात याद आ गई थी, कि मेरी जननी, जिसने कुछ देर पहले ही यह संसार छोड़ा है, बहुत पहले संसार छोड़ चुके मेरे पालक पिता की बहन थी। इस रिश्ते से, कि जननी और पालक पिता की माताएँ सगी बहनें थीं, लेकिन चूँकि

जननी का ब्याह भी जनक के परिवार में हो गया था, तो जनक के कजिन, जो कि जननी के मौसेरे भाई थे, जननी के देवर बन गए थे। सोचते हुए मैं मन ही मन मुस्कराया और मैंने काकी माँ की ओर देखा। मुझे उनका चेहरा थोड़ा पीला रक्तहीन-सा लगा। कमजोर तो वह पिछले साल-भर से लग रही थीं।

मैं रसोईघर की ओर बढ़ा। मुझे याद आ गई थी, वह बात जो मैं बिन्ना से कहने आया था। कहने नहीं पूछने। पर रसोईघर में छोटी मँझली बहू और छोटी बहू के साथ काका के परिवार से आई बहुएँ ही थीं। मैंने मझली से पुरोहित के बारे में पूछा। उसने कहा कि बरजो महाराज को फोन कर दिया गया है। वे दो बजे तक यहाँ पहुँच जाएँगे। मैं यह पहले से ही जानता था, कि मझली बरजो महाराज को ही बुलाएगी। अभी उसके दोनों बेटों की शादी में वे ही पुरोहित थे। वे शातिर धन्धेबाज थे। गाहक की औकात जानकर ही बिराजने वाले असली बाम्हन। साँवले चेहरे, लम्बी नाक, कंजी आँखें, थुलथुल पेट वाले इस पुरोहित के चलते ही दादी माँ के क्रियाकर्म के दौरान, हमारी भाभी ने बिन्ना को रुला दिया था। मैं रसोईघर से बाहर निकला। उस कमरे में गया, जहाँ माँ थी। माँ की निर्जीव देह जैसे सिकुड़ कर इत्ती सी हो गई थी। बिन्ना वहीं थी। मैंने उससे काकी माँ के बारे में बताया। बिन्ना ने कहा कि छोटू से कह दिया है, कि वह भांजी और काकी माँ को घर ले जाए।

काकी नवासी की हो चुकी थीं। माँ उनसे पाँच साल बड़ी थी। दादी माँ जिसे मैं माँ कहता था, और सिर्फ कहता नहीं था, बल्कि माँ सोचते ही सबसे पहले उसी का चेहरा मेरी आँखों के सामने उभरता था, चौरानबे में गई थी। उनका चेहरा अभी भी उभर रहा था, जब मैं जमीन पर अचल पड़ी एकदम बच्ची-सी लगती अपनी जन्मदात्री मृत माँ को ऐन सामने और नवासी की काकी माँ को स्मृति में देख रहा था। मुझे चिन्ता हो रही थी, कि कहीं उन्हें अभी कुछ हो हवा न जाए। दरअसल मैं डर रहा था। पिछले साल-भर से वह लगातार बीमार-सी चल रही है। अचानक उनका सोडियम कम हो जाता है और पोटेशियम बढ़ जाता है। अपने आप उनकी आँखें मुँदने लगती हैं, और देह शक्तिहीन हो जाती है। मैं इसी वजह से चिंतित था और यही कहने के लिए बिन्ना के पास आया था। वहाँ रिश्तेदार औरतों की भीड़ थी। माँ के सिरहाने एक दिया रखा हुआ था। तुलसी की एक सूखी डार भी थी। कमरे में चारों तरफ नजरें घुमाते हुए अचानक मेरी नजर अपने एक हमउम्र मामा पर पड़ी। वे मामा से ज्यादा दोस्त थे। वे बहुत दूर के बचपन के साथी थे। एकदम शुरू-शुरू में, याने अपनी इस अनन्त बदहवासी के पहले चरण में, जब मैंने स्मृतियों की इस पहाड़ी नदी में छलाँग लगाई थी, तब मुझे उनकी याद आई थी, और बुआ के लड़के की। क्या बुआ के लड़के को खबर हुई, जैसी सवाली सोच के बाद, कमरे से बाहर निकलकर मैंने देखा, कि काकी माँ तो वहीं, इस कमरे के पीछे वाले कमरे में, पलंग पर अधलेटी-सी बैठी थीं। भांजी वहाँ नहीं थी, पर बाजू के रसोईघर से

उसकी आवाज आ रही थी। मतलब साफ था, कि छोटू उन्हें घर छोड़ने अभी तक गया नहीं था। उसे खोजने के लिए मैं बाहर जाने को निकला। हाल के उस ऊँचे हिस्से तक आया, जहाँ सारे मर्द बैठे थे। कुछ कुर्सियों पर, कुछ बाहर आँगन में शामियाने के नीचे लगी कुर्सियों में। ये मोहल्ले के ही लोग थे। ममेरा कजिन किसी स्थानीय पत्रकार के साथ बैठा था। वही जिसके बारे में भी मैंने शुरू में ही बताया था, और जिससे मैं अनाथालय के देवी मन्दिर में अपनी बुढ़भस के शुरुआती दौर में मिला था। अभी कुछ दिनों पहले वह अचानक बीमार हो गया था। वजह वही सोडियम की अचानक कमी थी। तब लगा, कि इन दिनों सोडियम की कमी वाली यह बीमारी कुछ ज्यादा ही रंग दिखा रही है। कजिन की बीमारी के सिलसिले में यह बात उसकी पत्नी ने बड़े, याने मेरे फुफेरे भाई के डॉक्टर लड़के के सामने कही थी, तो उसने मुस्कराते हुए कहा था, कि काकी, रंग तो यह पहले भी दिखाती थी, लेकिन तब हम सब कलर ब्लाइंड थे। उसकी पत्नी मुस्कराई थी। काकी की बीमारी को सोचते हुए, अभी जब मैं साल-भर पहले के प्रसंग को याद कर रहा था, तब शायद वैसी ही रंगहीन मुस्कान मेरे ओठों पर खिली होगी, लेकिन मैं तब भी, छोटू के बारे में सोच रहा था, और मेरी नजर आँगन में प्रवेश करने वाले मुख्य फाटक पर थी। वह भरभंग खुला था। सबसे छोटा भाई, उसके बाजू से बने टिन शेड के नीचे, मेरे ठीक बाद के कजिन के बड़े लड़के के लड़के के साथ खड़ा था। यह लड़का बहुत ही गुणी, सरल और संवेदनशील था, लेकिन नशे की लत ने उसे लगभग बेकाम कर दिया था। इसे छोटा नन्टू कहते थे। बड़ा नन्टू उस भाई का लड़का था, जिसकी मृत्यु दो साल पहले हो गई थी, और माँ को मरते तक यह पता नहीं चला था, कि उसका एक लड़का उससे पहले जा चुका है। यह बात मुझे बार-बार याद आ रही थी। मुझे देखते ही छोटा नन्टू मेरी तरफ लपका। वह मेरी बहुत इज्जत करता था, जबकि मैं उसे बेवजह डाँटता रहता था। दुबला, पतला, लम्बा, गोरा यह लड़का बहुत अच्छा तबला बजाता है। पढ़ाई-लिखाई में औसत है। दिल का एकदम साफ। अभी उसे करीब आते देखकर पता नहीं क्यों मेरा मन रोने को हो रहा था। आते ही उसने पूछा था, ''कोई काम ?''

छोटा बालू दूर से मेरी ओर देखकर मुस्करा रहा था। शायद सोच रहा था, कि अभी इसे डाँट पड़ेगी, पर इधर मेरा मन उससे लिपट कर रोने को हो रहा था। मैं जानता था, कि नशे के मामले में वह प्वाइंट ऑफ नो रिटर्न तक पहुँच चुका है, लेकिन मैं यह भी जानता था; कि इस बुरी लत के बावजूद वह बुरा इंसान नहीं है।

अचानक जेब से सौ का नोट निकालकर उसे थमाते हुए मैंने कहा था, कि जाकर बब्बन के ठेले से बड़े और आलू बोंडे ले आए, और कुछ पेपर प्लेट।

उसे देखकर मुझे वह मूल बात याद आ गई थी, जिसके लिए मैं बिन्ना के पास गया था। वास्तव में उस समय दिमाग में इतनी सारी बातें मँडरा रही थीं, कि पता

ही नहीं चल रहा था, कि कौन-सी बात पहले करनी है, और किससे। पर अभी सौ रुपए उसे देते हुए लगा, कि इतने से क्या होगा। कुनबे के ही कम से कम पचीस लोग तो ऐसे होंगे, जिन्होंने कुछ नहीं खाया होगा और उनमें भी कई ऐसे होंगे, जो अभी दाह-संस्कार के पहले कुछ भी नहीं खायेंगे। नन्टू मुस्तैदी की मुद्रा में मुड़ ही रहा था, कि मैंने उसे रोका।

"पाँच सौ ले जाओ," मैंने पर्स से नोट निकालकर उसे देते हुए कहा, "और परिवार के लोगों के हिसाब से जो उचित लगे, उतने का नाश्ता ले आओ।"

वह खुश हुआ कि उसे कोई जिम्मेदारी सौंपी जा रही है। छोटा भाई मेरे पास आया। उसने सबसे छोटी बहन का नाम लेते हुए पूछा, "डेडे, किस रस्ते से आ रही है।"

"क्यों, बरगढ़ के रस्ते आएगी।" मैंने थोड़ी अधीरता से कहा।

"हाँ, लेकिन बरगढ़ के बाद अगर वह सोहेला के रस्ते आई, तो उसे देर लगेगी, जबकि अब तो वह सरिया के रस्ते से भी आ सकती है, वहाँ नया पुल बन गया है।"

मैं चौंका। अभी कुछ ही दिन पहले मैं इस पुल से गुजरा था, हालाँकि पुरखों का वह घर नहीं देख पाया था, जिसके लिए हमने सारंगढ़ से रायगढ़ आने के लिए बरमकेला का रास्ता पकड़ा था। मैंने तत्काल अपनी सबसे छोटी बहन डेडे को फोन लगाया। वह बरगढ़ पार कर चुकी थी, और सरिया के रस्ते से ही आ रही थी, हालाँकि उसके ड्राइवर को नए पुल का रास्ता मालूम नहीं था।

किसी से भी पूछ लेना, मैंने कहा था और फोन बन्द करते हुए सोचने लगा था, कि इस नए पुल ने भी दूसरे बाबूलाल को विधायक बनाने में मदद की थी। चुनाव आचार संहिता लागू होने के ऐन पहले, मुख्यमंत्री ने इसका उद्‌घाटन किया था और अब तो महज आधे घंटे में सरिया पहुँचा जा सकता है, मैंने सोचा और तब मेरे दिमाग में पुरखों के उजड़े मकान की अमूर्त छवि थी और माँ के दाह-संस्कार की तैयारी की बदहवासी। मैं आँगन के गेट के पार, आखिरी मार्च की दस साढ़े दस की धूप को निहारता चुपचाप खड़ा था, और सोच रहा था, कि वह कौन-सा काम था, जिसके लिए मैं छोटू को मन ही मन खोज रहा था। तभी माँ के एक दूसरे कजिन चिन्तामणि मामू अपनी पत्नी के साथ गेट खोलते हुए दिखे। शायद इस बीच गेट किसी ने बन्द कर दिया था। उनकी बेटी भी उनके साथ थी। उसे देखते ही मुझे फिर पीछे के पीछे की लड़की की याद आई, जिसके साथ मुझे आज की पूरी दुपहर बितानी थी। बेनींद रात की करवटों के बीच खुली आँखों से देखे असम्भव सपनों की झिलमिल करती छवियों में, अपनी बूढ़ी कामना के तरह-तरह के बिम्ब देखते हुए, मैंने मामा की ओर देखा। वे चुपचाप आगे बढ़ गए। उनकी लड़की और पत्नी भी सिर नीचा किए आगे बढ़ गईं। मैंने सोचा कि उसे फोन कर दूँ। उसे माने पुष्कला को, जो पीछे के पीछे की कामिनी किशोरी के रूप में ही ज्यादा याद थी, लेकिन

अभी जो सिर्फ देह से ही नहीं, बुद्धि से भी पूर्ण वयस्क हो चुकी थी। मैंने उसके मिस्ड कॉल के सहारे उसका नम्बर देखने की कोशिश की। अपनी इस हरकत पर मैं मन ही मन सकुचा भी रहा था, पर अपने पक्ष में यह तर्क भी दे रहा था, कि उसे सूचित किए बगैर उसे बेवजह भटकाने से बेहतर है, कि उसे बता दो। पर ऐसा करने की सोचते भी मन में यह शंका आ रही थी, कि अगर माँ की मृत्यु की खबर सुनकर वह भागती हुई यहाँ आ जाए, तो इस माहौल में उसका होना महज अटपटा ही नहीं, अतिरिक्त जहमत का कारण भी हो सकता है। मैं एक तरह की किंकर्तव्यविमूढ़ता में अनजाने अनसोचे मोबाइल फोन के स्क्रीन की ओर ताक रहा था, जहाँ मेरी आठ वर्षीया पोती शामुका की तस्वीर थी। उसमें वह अभिनय की मुद्रा में शरारत से मुस्करा रही थी। मैं उसे देखते हुए सोच रहा था, कि इतनी दूर से अभी तो क्या, पूरे बारह दिनों के क्रिया-कर्म में भी बेटे का आना मुश्किल है। और तभी मुझे याद आया था, कि माँ की मृत्यु की सूचना सबसे पहले बेटे को देने की सोचकर, मैं किसी दूसरे काम में फँस गया था।

मैंने तत्काल बेटे को फोन लगाया। उसने बताया कि सुचि नानी ने खबर कर दी थी। सुचि नानी माने बिन्ना। हम सारे भाइयों, बहनों की सन्ताने ही नहीं, बल्कि मुहल्ले और शहर के सारे परिचित उसे नानी ही कहते हैं। इधर की ओड़िया में यह हिन्दी के 'बुआ' का समानार्थी है। मुझे यह बात इसलिए याद आ गई थी, क्योंकि अभी-अभी किसी सम्भ्रान्त-सी लगती गैर-ओड़िया महिला ने मुझसे पूछा था कि नानी कहाँ है?

लेकिन बिलकुल अभी तो फोन की घंटी बज रही थी। फोन छोटू का था। उसकी आवाज सुनते ही मैंने थोड़ी चिड़चिड़ाहट के स्वर में पूछा था, "कहाँ हो तुम?"

दरअसल उसके फोन को सुनते ही मुझे यह बात याद आ गई थी, कि वह काकी माँ को घर छोड़ने क्यों नहीं गया।

"चाँदनी चौक में।"

"वहाँ क्या कर रहे हो?"

"बाजे वाले के पास आया हूँ। वह दो हजार माँग रहा है। मैंने उसे दो बजे आने के लिए कह दिया है।" उसने उसी तरह के शान्त स्वर में कहा था। और तब छोटू के इस स्व-निर्णय पर मन ही मन उसको दाद देते हुए मैंने याद किया था, कि काकी की शवयात्रा के समय, वक्त पर किसी ने बाजे वाले से कहा नहीं था, जबकि उनकी भी उम्र तो छियासी-सतासी की हो ही गई थी। और यह इधर पुरानी बस्ती का एक बहुत पुराना रिवाज है, कि अस्सी पार कर चुके व्यक्ति की शवयात्रा बाजे के साथ ही निकलती है। शायद इधर के लोग इसे पूरी उम्र जीने के पुण्य जैसा मानते हैं, और ऐसों की मृत्यु को फिर महोत्सव की तरह मनाते हैं। आजकल की नई बहुएँ शायद

यह पसन्द नहीं करतीं, वे तो शोक के इस समय में दशकर्म, तेरही आदि को ढोंग और फिजूलखर्ची मानती हैं। पर हमारे कुनबे में ही नहीं, दूसरे परिवारों में भी मृत्युभोज और क्रियाकर्म से सम्बन्धित दूसरे कार्यक्रम चल ही रहे हैं। घाट पर जाकर पिंड बनाने से लेकर, बरही, तेरही के भोज तक, अमूमन बुजुर्गों की मौत को उनकी मुक्ति के उत्सव की तरह ही लेते हैं, और सारे रिश्तेदार बंधु-बांधव इस बात की यथाशक्ति कोशिश करते हैं, कि दसे या बरही में शामिल हो सकें, पर बरही सिर्फ सम्बलपुरी लोगों का ही रिवाज है, बाकी दूसरे सवर्ण तो दशकर्म और तेरही ही करते हैं। उसी दौरान छोटू ने बताया, कि घर जाकर आराम करने के लिए काकी माँ राजी नहीं हुई थीं। शायद वे शव यहाँ से बाहर निकलने के बाद ही घर जाएँगी। शायद उसके भी बाद, जब यहाँ इसी घर में पूरे कुनबे के लोग कड़ुवा खा लेंगे। दाह संस्कार के बाद, दूसरे के घरों का, दूसरे के हाथों से बनाया हुआ चावल और उबली सब्जियाँ, यहाँ हमारे कुनबे के सारे लोग एक साथ खायेंगे। उस खाने में एक दो नीम की पत्तियाँ डालकर उसे कड़ुआ बनाने की रस्म भर पूरी की जाती है। खाना कड़ुआ नहीं लगता। लेकिन तब तो बहुत देर हो चुकी होगी। क्या तब तक काकी माँ भूखी रहेंगी ? मैंने सोचा, क्योंकि यह तो तय था, कि बाहर से लाये गए आलू बोंडो और बरों को तो वे हाथ भी नहीं लगाएँगी। इस बीच छोटा नन्टू नाश्ता लेकर आ चुका था, और भांजी, औरतों के बीच बाँट रही थी। इधर मर्दों की जमात में यही काम खुद छोटा नन्टू कर रहा था। पर काकी माँ का इतनी देर तक भूखे रहना, उनके इन दिनों की सेहत को देखते हुए ठीक नहीं था। और तब मुझे अचानक यह बात याद आई थी, कि पता नहीं आज उन्होंने बी.पी. की दवा खाई है या नहीं। सोचते हुए, मैं फिर भीतर की ओर मुड़ा। मैं डॉक्टर बिन्ना से या खुद काकी माँ से पूछ लेना चाहता था, कि उन्होंने दवा खाई है या नहीं।

डॉक्टर बिन्ना हॉल के ऊपर वाले हिस्से में बहनोई के बाजू से बैठी थीं। फोन पर किसी से बात कर रही थीं। शायद स्थानीय लोगों को खबर दे रही होगी। मैं जब उसके सामने खड़ा हुआ, तो बहनोई ने जगह खाली कर दी। मैं फिर उसी सोफे पर बैठ गया, जहाँ कुछ देर पहले बैठा था। बिन्ना अभी भी बात कर रही थी। मैं उठकर उस कमरे में चला गया, जहाँ काकी माँ लेटी हुई थीं। वहाँ हमारे परिवार की बहुएँ भी थीं। छोटी, मँझली, छोटी बहू से चाय बना लेने के लिए कह रही थी, जिस पर किसी ने टोका था, कि वह चाय नहीं बना सकती, घर के बाहर का कोई दूसरा बनाएगा। सुनकर छोटी मँझली ने मुँह बनाया। वह बाम्हनों के चोचलों पर बहुत चिढ़ती थी। मुक्तमना स्त्री थी। और वही करती थी, जो करने का मन होता था। वह जात की बाम्हन नहीं थी, पर शादी के बाद बाम्हन रिवाजों से पूर्ण रिहाई मुश्किल थी। इसलिए कई बार मरजी के खिलाफ भी उसे बहुत सारे काम करने पड़ जाते थे। उसने फिर छोटे भाई की पत्नी को आँख से इशारा किया, कि वह चाय बना ले। तब

मुझे याद आया, कि मुझे पेपर प्लेट के साथ डिस्पोजेबल ग्लास भी मँगा लेना था। भांजी ने बताया कि ग्लास, प्लेट, कागजी दोने, पत्तल, मिक्सचर, नमकीन सारी चीजें मँगा ली गई थीं। फिर मैं काकी माँ की तरफ मुड़ा। उन्होंने बताया कि बी.पी. की टेबलेट वे सुबह ही खा लेती हैं। मैं आश्वस्त हुआ। फिर उधर पलटा जहाँ मर्दों की जमात थी।

दाईं तरफ के दरवाजे की चौखट से एक हाथ टिकाए, और पैर फैलाए काका का बड़ा लड़का आ रहा था। उसे पाँवों में कोई अजीब-सी असाध्य बीमारी थी, जो ठीक ही नहीं होती थी। पाँवों की ऐसी हालत के बावजूद वह साल में दो-तीन बार हरिद्वार और बद्रीनाथ की यात्राएँ जरूर करता था। यह उस छोटे नन्टू का पिता था, जिसे मैंने नाश्ते के लिए कहा था। सबसे छोटा भाई याने बड़ा बालू पहले ही आ चुका था। वह ताऊ की लड़की याने उर्मिला के पति नन्द जीजा जी के बाजू से बैठा था। कैलाश को देखने के बाद मैंने मन ही मन सारे भाइयों को देखने की कोशिश की। काका के चार और हम तीन, सभी आ चुके थे। काका की बड़ी लड़की और उसके पति भी आ चुके थे। यहीं बैठे थे। काका की सबसे छोटी लड़की नहीं दिख रही थी। वह भी जवानी में विधवा हो गई थी। अभी अपने बेटे के साथ यहाँ से काफी दूर रहती थी। पता नहीं उसे खबर लगी या नहीं, सोचता मैं फिर माँ के कमरे में घुसा। वहाँ मेरी छोटी बहन के साथ वे सभी थीं। याने वह भी आ गई थी, जिसके बारे में सोचता, मैं माँ के कमरे में घुसा था और अब माँ के चेहरे को देखता, देहान्त के रहस्य के बारे में सोच रहा था, कि वह क्या चीज होती है, जिसके न होने से देह मिट्टी हो जाती है? क्या चीज है, वह जिसे प्राणवायु कहते हैं। विज्ञान के ज्ञात उत्तरों से जिज्ञासा शान्त नहीं होती थी, अध्यात्म के कथन भी स्वीकार्य नहीं लगते थे, और मिट्टी हो चुकी देह को सोचते, मिट्टी में फिर किसी जीवन के अँकुराने की कल्पना-सी सांत्वना भी, शान्त नहीं कर पाती थी दिमाग। मरने को एक बार देह के समूचे अनुभव में एकटक देखने जैसा महसूस करने, छूने, जानने के बाद ही कहने का मन होता था, कि यह देखो यह है मृत्यु, मेरे मुँह से निकलते अजीबोगरीब उचारों, स्वरों, कराहों में? मन सोचता रहता था। बेचैन होता रहता था। फिर कोई दूसरी सांसारिक पुकार उसे खींच लाती थी और-अभी भी यही हुआ। बाहर कोई मुझे बुला रहा था। कैलाश था। आकर लाला याने छोटे मँझले भाई के बाजू की कुर्सी पर बैठ गया। आते ही उसने पूछा कि मुखाग्नि कौन देगा? मैंने लाला की ओर इशारा किया। मैं बिलकुल शुरू में ही उससे कह चुका था, कि मुखाग्नि उसे ही देनी है। यह बात कैलाश को जँची नहीं थी। वह चाहता था, कि सबसे बड़ा भाई मुखाग्नि दे। पर मैंने जब कहा कि मैं तो छवि काका के यहाँ गोद में हूँ, तो इस पर उसने कुछ नहीं कहा। मैं चाहता था, कि दूसरे घर में मेरे दत्तक पुत्र होकर जाने की बात को, हर सम्भव तरीके से वैधानिकता मिलती रहे। उस जमाने में कानूनी गोदनामा तो होता

नहीं था, इसलिए सामाजिक विधियों में मौजूद गवाहियों का संरक्षण जरूरी था। मेरे शंकालु दिमाग में यह बात बार-बार उभरती थी, कि मेरे बाद, जायदाद के चक्कर में कहीं कोई मेरे बेटे को परेशान न करे। मेरे कमउम्र वकील दोस्त कहते थे, कि कुछ नहीं होगा। पर मेरा दिमाग कानून की पेचीदगी और उसके रखवारों की बदनीयती से बेवजह घबराया हुआ रहता था। इसी चक्कर में मैंने माँ से शपथ पत्र और वसीयत में इस बात का बाकायदे उल्लेख करवाया था, कि मैं बहुत पहले से काकी माँ की गोद में दे दिया गया हूँ। और तो और, मैंने अपने द्विज संस्कार के दिनों की वह तस्वीर भी बड़ी कराकर अपने कमरे में टाँग रखी थी, जिसमें मेरे पालक पिता डॉ. छविनाथ त्रिपाठी, मेरे नाना, मेरे मामा आदि के साथ मेरे उपनयन संस्कार की वेदी पर बैठे हुए थे। इस तस्वीर में मेरा सिर घुटा हुआ है।

पर अभी कैलाश के सवाल के बाद, मुखाग्नि के चलते इतनी सारी बातें सोचते हुए मुझे थोड़ी ग्लानि भी हो रही थी। यह थी भी शर्मनाक बात, कि माँ की मौत के बाद अरथी के निकलने के पहले ही इस तरह की सोच क्यों आ रही थी। पर सोच पर मेरा बस नहीं था। हल्की ग्लानि की इस नामालूम मार के बावजूद मैं चैतन्य था और यह भी सोच रहा था, कि लोगों को चाय मिली या नहीं। याने यह एक तरह की जरूरी सांसारिकता थी, कि अरथी बनाने, दाह संस्कार की सामग्री इकट्ठी करने, श्मशान में लकड़ियाँ गिरवाने, आखिरी मार्च की गरमी को देखते हुए शवयात्रा में शामिल होने वाले लोगों के लिए पानी का इंतजाम करने, बुजुर्गों की श्मशान यात्रा के चौपहिए के बारे में सोचने की तरह ही, यह मुखाग्नि और गोदनामे वाली बात मेरे दिमाग में बेबुलाए आ गई थी, और मुझे नहीं लगता कि विरासत के अपने हक के सम्भव वैधीकरण के बारे में सतर्क रहना कोई बुरी बात है। इतना स्वार्थी तो शायद हर आदमी होता है, सोचते हुए मैं वहाँ से उठकर फिर बाहर के आँगन में आ गया।

वहाँ लोग अरथी तैयार करने में जुटे थे। मुख्य कार्यकर्ता जयंत था। एक अपरिचित-सा लगता अधेड़ बाँस की दो फाल कर रहा था, क्योंकि बाँस काफी मोटे थे। उसे देखकर मुझे जुआड़ू की याद आई थी। पहले कुल्हाड़ी से दो फाल करने और श्मशान में पंचलकड़ी काटने का काम वही किया करता था। होली के दिन वह मेरे बेटे की मंडली के साथ नगाड़ा बजाता था और ददरिया गाता था। पुरानी बस्ती के अधिकांश दाह संस्कारों में वह पँचलकड़ी का काम ही किया करता था। पिछले बरस दुर्घटना में उसकी मौत हो गई थी। दो मिनट तक अरथी की तैयारी देखने के बाद मैंने घड़ी देखी। एक बज रहे थे। धूप तन-मन दोनों जला रही थी। और तभी दिवंगत छोटे भाई की पत्नी, अपने पुत्र याने मेरे भतीजे के साथ सड़क पर रुकी कार से उतरी। उसके पीछे सबसे छोटी बहन की कार रुकी। मुझे बाहर खड़ा देखकर मेरी बहन वहीं मुझसे लिपट गई और फफक-फफक रोने लगी। कंधे से पकड़कर बिना

कुछ बोले मैं उसे माँ के कमरे तक ले गया। माँ को देखते ही, वह एकदम से उसकी चित देह पर गिर गई। उसके सीने में सिर छिपाकर सिसकने लगी। दूसरी बहनें भी फिर से फफकने लगीं। समवेत रुलाई के उस स्वर से अनजाने ही मेरी रुलाई भी फूट पड़ी। मैं छलकती आँखें लिए कमरे से बाहर आ गया। और चुपचाप उसी बहनोई के बाजू में बैठ गया, जहाँ थोड़ी देर पहले डॉक्टर बिन्ना बैठी थी।

अब किसी का इंतजार नहीं था। मैंने छोटी मंझली बहू से कहा, कि वह बरजो महाराज को खबर कर दे। घर में ही माँ की मृत देह को हल्दी पानी से स्नान कराया गया। पूर्ण स्नान नहीं बल्कि गीले कपड़े से शरीर को पोंछने के बाद, हल्दी चन्दन का लेप लगाना। उसके बाद नए कपड़े से लपेटना। फिर फूलमालाएँ और फूलों की पंखुरियाँ। कोई आधे घंटे के बाद बरजो महाराज आए। उन्होंने वहाँ कमरे में बाजू से बैठकर कुछ मंत्र पढ़े। फिर उन्होंने अरथी अन्दर ले आने को कहा। लाला, छोटा बालू और काका के लड़के भोलू और मैंने मिलकर कंधा देने की प्राथमिक शुरुआत की। बरजो महाराज ने जोर से उचारा, ओम नमो नारायणाय। हम सबों ने दुहराया। मेरे दिमाग में फिर यह बात आई, कि ओड़िया लोग राम नाम सत्य है, की जगह ओम नमो नारायणाय कहते हुए शव को श्मशान तक ले जाते हैं। उसके बाद किन-किन कंधों से अरथी श्मशान तक पहुँची, यह किसी को नहीं पता।

श्मशान में माँ के शव को चिता पर रखने के पहले, छोटे भाई ने गीले कपड़ों में पिंडदान किया। बरजो महाराज मंत्र पढ़ते रहे। मैं वहीं बैठा अपनी सोच में भटकता रहा। बाकी सब लोग अलग-अलग गुटों में वही सब बातें करते रहे, जो हर श्मशान यात्रा में करते हैं। मुझे तो यह भी नहीं पता कि वहाँ हमारे परिवार के अलावा कौन-कौन लोग थे, या शवयात्रा में कितने लोग आए थे। कोई एक ऐसा जरूर रहा होगा, जिसने शवयात्रा में शामिल लोगों की मुकम्मिल लिस्ट बनाई होगी, क्योंकि यह एक जरूरी काम था। शवयात्रा में शामिल हर किसी को, फिर वह किसी भी जात का क्यों न हो, भोज में बुलाना आवश्यक है, पर यह उनकी मरजी है, कि वे आएँ या न आएँ। फिर माँ की देह को अरथी में उठाकर हम सभी भाइयों ने चिता की परिक्रमा की। देह चिता पर रख दी गई। दोनों हाथों को पीछे ले जाकर और एक दूसरे के ऊपर रखकर, लाला के हाथों में पाँच लकड़ियाँ थमा दी गईं। उसने चिता के तीन चक्कर लगाए। फिर माँ के मुँह की तरफ बिना देखे, उसने जलती लकड़ियों का सिरा, माँ के मुँह वाले हिस्से से छुला दिया। वह श्मशान से बाहर निकल गया। सीधे घर। उसके घर पहुँचने के बाद कुनबे की स्त्रियाँ नहाना शुरू करेंगी।

बाकी सब वहीं बैठे रहे। घंटे-भर बाद ही हड्डी के फूटने की आवाजें आने लगी। शवयात्रा में शामिल लोगों ने कटी लकड़ी के पाँच टुकड़े चिता में डालकर, पंचलकरी का व्यवहार निभाया। घाट में हमारे परिवार के कुछ ही लोग रह गए। और आधे घंटे के बाद माँ की मिट्टी हो चुकी देह को, राख होती देखकर, शाम करीब

पौने पाँच के समय, जब हम घर लौटे, तो वहाँ बैठकर गरम चाय पीते हुए सभी लोगों ने एकमत से यह निर्णय लिया, कि अब इस समय कड़ुवा खाने के बजाय, रात को ही खाना ठीक रहेगा। इस निर्णय के बाद, मैं और बिन्ना दोनों अपने घर के लिए निकले। उसी नाऊपारा की गली से, जहाँ से मैं सुबह गुजरा था, जब मुझे माँ के सीरियस होने की खबर मिली थी। लेकिन अब माँ नहीं थी।

घर पहुँचकर, जब मैं ऊपर के अपने कमरे में पहुँचा तो जेब से मोबाइल निकालते ही मैंने देखा कि पुष्कला का मैसेज था। मैंने पढ़ा और जाना, कि किसी जरूरी काम की वजह से उसे दुपहर की पहली ट्रेन से ही घर लौटना पड़ रहा था। मैसेज पढ़ते ही मुझे थोड़ी राहत का अनुभव हुआ, मैं थोड़ा डरा भी, कि कहीं उसके घर में कोई अघट न घट गया हो।

पर यह डर इस जीवन की तरह क्षणभंगुर था।

6

पेशाब जोर से लगी थी। मैं शहर के ऐसे इलाके में था, जो अभी हाल इतना विकसित हो चुका था, कि सड़क के बाजू से खड़े होकर मूतने (पेशाब करने) की कोई गुंजाइश न थी। नई बनी दुकानों, मकानों की ओर नजरें फेंकते मैं याद करने की कोशिश कर रहा था, कि क्या आसपास कहीं कोई सूनी अलक्षित जगह है, जहाँ इत्मीनान से यह जरूरी काम निपटाया जा सके, क्योंकि पाँच किलोमीटर की इस लम्बी सड़क पर मॉल्स तो कई बन गए थे, पर पूरे रस्ते में कहीं भी पब्लिक टॉयलेट या यूरिनल का इंतजाम नहीं था। विकास ने कुछ ऐसा करिश्मा दिखाया था, कि सहज ही नजर में आने वाली खुली जगह भी कहीं दिख नहीं रही थी। पर दूसरी मुसीबत यह थी, कि बारिश हो रही थी। बहुत जोर की नहीं, पर इतनी तेज थी, कि आसपास सूनी जगह की तलाश के लिए निकलना मुश्किल था। एक बार यह खयाल आया था, कि बाजू में बने होटल के रिसेप्शन में जाकर कोशिश की जा सकती है। मैं आगे बढ़ा। दुकानों के छज्जे के नीचे की जगह पर खड़े-खड़े, ओछने से टपकते पानी से मेरी पैंट का निचला हिस्सा भीग चुका था। दुकान के ठीक बाजू से मुख्य गेट था। वहाँ सामने कोई छज्जा न था। बारिश अभी भी इतनी तेज थी, कि दस कदम की खुली जगह पार करने में भी कपड़े भीग ही जाते, पर दूसरा कोई चारा न था। मैं बूँदों की मार के बीच पाँच-सात पलों में वहाँ रिसेप्शन में दाखिल हुआ, और देखा, कि काउंटर खाली था। रिसेप्शन के ठीक पीछे खुले मैदान जैसी जगह थी। पीछे ही टॉयलेट था। लेकिन अभी तो खाली काउंटर को पार कर, वहाँ टॉयलेट में जाना एक तरह से अनाधिकार प्रवेश जैसा था। फिर इस बीच उस मैनेजर की भी मृत्यु हो गई थी,

जो बचपन में मेरा सहपाठी रहा था। और जिसके चलते मैं इस नए बने तिमंजिले होटल और उसके पीछे के ब्याह मंडप का इस्तेमाल इसके पहले भी इसी काम के लिए एकाधिक बार कर चुका था। लेकिन वह तो मर ही चुका था और-अभी यहाँ काउंटर पर कोई था ही नहीं। बिना किसी से पूछे, काउंटर के पीछे बने टॉयलेट या उसके भी पीछे के खाली मैदान जैसे ब्याह मंडप का इस्तेमाल करने की मेरी हिम्मत नहीं हो रही थी। और मैं उसी तरह की बेचैनी में फिर से वापस अपनी जगह पर आ गया था। फर्लांग-भर दूरी पर किराए पर उठाए गए हमारे दो मकान और तीन दुकानें थीं। पर वहाँ तक पहुँचते-पहुँचते, मैं सराबोर हो जाता। एक पल को खयाल आया कि छोटू को बुलाकर कार में कहीं किसी सूनी जगह तक या अपने किराएदार के मकान तक चला जाऊँ, पर छोटू बिन्ना के साथ उस दुकान में ही था, जहाँ वह एक खास किस्म का आटा खरीदने के लिए गई थी। जाहिर है कि वहाँ वह आटे के अलावा दूसरी घरेलू चीजों की खोज में लगी होगी। इधर मेरा ब्लैडर इस तरह लबालब भरा हुआ लग रहा था, कि मुझे पेट के निचले हिस्से में दर्द-सा महसूस हो रहा था। लग रहा था, जैसे अन्दर के पानी के दबाव को रोकना, मेरे बस की बात नहीं रह गई है। मैं चुपचाप, उसी छज्जे के नीचे खड़ा, आने-जाने वाली कारों को देख रहा था, पर इस दृश्य दर्शन से भी मैं पेशाब के त्रासद शारीरिक दबाव को भुला नहीं पा रहा था। और इस बात पर मन ही मन झुँझला रहा था, कि बिन्ना की वह बात मैंने क्यों नहीं मानी, जब इनकम टैक्स के वकील के यहाँ से निकलते हुए, बिन्ना ने मुझसे कहा था, कि वह पहले मुझे घर में ड्राप कर देती है। और फिर वहाँ से वह इस खास आटे के अलावा दो-तीन और कामों के लिए निकल जाएगी।

लेकिन उस खास पल की सचाई यह भी थी, कि इनकम टैक्स वकील के चेम्बर से बाहर निकलते हुए, मैं लगभग बदहवास-सा हो गया था। इस बदहवासी में मैं पेशाब लगने की बात भी भूल चुका था। कारण यह था, कि बैंगलोर के इनकम टैक्स के मुख्य कार्यालय से आए, जिस कागज को मैं अच्छे दिन आ जाने के ठोस प्रतीक की तरह ले रहा था, वह वकील से इस क्षणिक मुलाकात के बाद, अचानक ही बुरे दिनों की कल्पना में बदल गया था। और वकील की सलाह के बाद मैं आने वाले और भी बुरे दिनों से मानसिक मुठभेड़ करने की सोच में इस कदर डूब गया था, कि पेशाब लगने की बात मुझे एकदम से बिसर गई थी।

वकील के यहाँ उस कागज को लेकर, बिन्ना के साथ मैं इसलिए गया हुआ था, कि अभी कुछ दिनों पहले, याने शायद जून के आखीर या जुलाई के शुरू में भी, मैं इसी वकील के पास आया हुआ था। बिन्ना तब भी साथ थी। और यह वकील भी बिन्ना के ही चलते, मेरे आयकर सम्बन्धी काम का यह अतिरिक्त भार लेने के लिए तैयार हुआ था। कागज देखकर उसने छूटते ही कहा, कि इसमें तो आप टैक्स ज्यादा दे चुके हैं, रिकवरी क्लेम बनता है। फिर उसने अपने सहायक से, मेरी जमा

राशि इन्कम टैक्स डिपार्टमेंट के मेरे खाते से देखने को कहा। सहायक ने तुरन्त प्रिंट निकाल कर बताया, कि टैक्स तो उतना ही जमा है, जितना आपने बताया है, पर आपका इनकम वहाँ साढ़े बारह लाख बता रहा है।

''लेकिन एस.बी.आई. के ब्रांच मैनेजर ने अपने असल दस्तखत और सील के साथ प्रमाण पत्र दिया है, कि मेरी 13-14 की वार्षिक आय पाँच लाख इक्यानबे हजार है।''

''उससे कोई फायदा नहीं। वे इस सर्टिफिकेट को मानेंगे ही नहीं। वे तो इतना भर देखते हैं, कि उनके अपने कम्प्यूटर रिकार्ड में, आपके बैंक ने आपकी कितनी आय और कितनी कटौती दर्ज की है। बस इसी आधार पर वे आपके नाम बकाया वसूली की नोटिस जारी कर देंगे।'' वकील ने इत्मीनान से कहा था।

उस समय भी मेरी समझ में कुछ नहीं आ रहा था। उस छपे कागज में अपनी आय साढ़े बारह लाख रुपए देखकर, मैं तो बिलकुल हतप्रभ हो गया था, जबकि बैंक के पासबुक में भी हर महीने मिलने वाली जो रकम दर्ज की गई थी, वह इससे आधी भी नहीं थी। मैंने परेशान होकर वकील से कातरता से पूछा था, ''तो अब मैं करूँ क्या?''

''कुछ नहीं, बैंक जाकर रिकॉर्ड दुरुस्त करवाइये और-अभी रिटर्न मत भरिए।''

बैंक जाने का मतलब राउरकेला जाना था। मेरी पेंशन राउरकेला में ही जमा होती थी। एक बार की यात्रा में कम से कम तीन हजार खर्च हो जाते हैं।

वकील की स्वगतोक्ति जैसी टिप्पणी जारी थी, ''दरअसल, आय और कटौती की पोस्टिंग का काम बैंक वाले खुद नहीं करते, प्रायवेट चार्टर्ड एकाउंटेंट से कराते हैं, और उसे इतना कम पैसा देते हैं, कि वह यह काम बेगारी टालने जैसा ही करता है। सरकारी बैंकों के अधिकारी और कर्मचारी सब के सब कामचोर हैं।''

मैं उसकी बात सुनते हुए भी नहीं सुन रहा था। मुझे यह बात समझ में ही नहीं आ रही थी, कि जिसने अपनी आय के हिसाब से ज्यादा टैक्स भर दिया है, उसे पैसा वापस करने के बजाय, उससे और टैक्स वसूलने का यह काम, किस कानून के आधार पर कैसा न्याय है? और यह बात भी मैं राष्ट्रव्यापी भ्रष्टाचार और कामचोरी की राष्ट्रीय समस्या की तरह सोचते हुए नहीं कह रहा था। इसीलिए आज से तीन महीने पहले बैंक और आयकर विभाग की वजह से पैदा हो गई, इस अत्यन्त निजी समस्या के समाधान के लिए मुझे राउरकेला जाना पड़ा था। वहाँ बैंक ने मेरे सामने अपने चार्टर्ड एकाउंटेंट को फोन किया था, पर मुझसे यह भी कहा था, कि मैं खुद चार्टर्ड एकाउंटेंट के पास जाकर कोशिश करूँ, तो काम जल्दी हो सकता है। मैं उसके पास भी गया था। उसने मुझे आश्वस्त किया था, कि बैंक से रिकार्ड लेने के बाद, वह मेरा काम जल्दी से जल्दी कर देगा। वहाँ से लौटने के बाद मैंने चार्टर्ड एकाउंटेंट को तीन बार फोन किया था। तीसरी बार उसने थोड़ा झुंझलाते हुए कहा

था, कि मैं अपने काम के लिए बैंक से कहूँ, क्योंकि सीधे मेरे प्रति उसकी कोई कानूनी जिम्मेदारी नहीं है। मैं मन मसोस कर रह गया था। यह बात मैंने अपनी नियति और भाग्य के लिखे की तरह स्वीकार कर ली थी, कि जितना टैक्स काटते हैं, काट लें और यह जितना बारह लाख रुपए आय के हिसाब से एक लाख से भी ज्यादा होता था।

पर रोचक बात यह थी, कि अभी मैं इस मामले को सुलट गया समझकर बिन्ना के साथ वकील के पास गया था। जो कागज बैंगलोर के आयकर दफ्तर से आया था, उसे मैंने ठीक से पढ़ा भी नहीं था। शुरुआती पेज में आय के खाते में पाँच लाख से कुछ ऊपर की रकम छपी देखकर, सिर्फ मैंने ही नहीं, बिन्ना ने यह भी सोच लिया था, कि आयकर विभाग ने शायद अपनी भूल सुधार ली है। इसीलिए आज सोमवार के दिन, निकले महादेव की नियमित पूजा निपटाने के बाद, मैं भी बिन्ना के साथ वकील के पास चला गया था, कि शायद राउरकेला से मेरे लौटने के बाद नई सरकार ने मेरे अच्छे दिन लाने में अहम भूमिका निभाई है।

लेकिन वकील ने तीन-चार मिनट तक कागज के तीन पन्नों को उलट-पलट कर देखने के बाद कहा था, ''यह वर्ष बारह-तेरह का आयकर सम्बन्धी ब्यौरा है, जिसका आकलन वर्ष तेरह-चौदह में किया गया है। आकलनकर्ताओं ने पाया है, कि पिछले साल भी, आयकर विभाग के मेरे निजी खाते में एस.बी.आई. राउरकेला ने जो जानकारी दर्ज कराई है, वह गलत है। कटौती का दावा चौबीस हजार का है, जबकि वास्तविक कटौती दस हजार की है। बैंगलोर दफ्तर ने, वास्तविक टैक्स कटौती के आधार पर यह नोटिस भेजी है, कि मैं जल्द से जल्द चार हजार आठ सौ इक्यासी रुपए बतौर उस वर्ष के टैक्स के, तुरत जमा कर दूँ।

यही वह सूचना थी, जिसने लेंड़ी सटकाने के अन्दाज में मेरी पेशाब सटका दी थी। उसके बाद, मैंने आयकर वकील की यह सलाह सुनी जरूर थी, कि राउरकेला के बैंक को थोड़ा डराने और अपना काम थोड़ा जल्दी निपटाने के लिए, मुझे किसी वकील की तरफ से बैंक को नोटिस भिजवा देना चाहिए, लेकिन किसी वकील की सोचने के बजाय, मैं इस चिन्ता में लग गया था, कि चार-पाँच हजार की मेरी रकम गैरकानूनी तरीके से सरकार के खजाने में चली जाती, तो मैं शायद उसे बर्दाश्त कर लेता, लेकिन पिछले साल की इस भूल की तरह, इस साल की भूल के मुताबिक, अगर मुझे टैक्स देने के लिए इसी तरह मजबूर कर दिया जाए, तब तो मुझे एक लाख से ज्यादा रकम इस साल के टैक्स की और देनी पड़ेगी।

मुझे राउरकेला में काम होने की कोई सूरत नजर नहीं आ रही थी। वहाँ के बैंक मैनेजर का चिड़चिड़ाया चेहरा, झुंझलाहट से फूलती मोटी भद्दी पकौड़े जैसी नाक, सिगरेट के कशों से काले पड़े ओठ और पूरी शख्सियत में भरे मुटापे की कर्कश आवाज की कल्पना से ही मेरी बेचैनी बढ़ रही थी। मैं समझ नहीं पा रहा था, कि

जिस बैंक को बरस-भर पहले की गई भूल का पता अभी तक नहीं चल पाया है, और जिसने सारी सूचनाओं और मिन्नतों के बावजूद तीन महीने पहले की गई अपनी भूल को सुधारने के लिए कोई कदम आज तक नहीं उठाया है, वही बैंक वकील की नोटिस के बाद इतना तत्पर हो जाएगा, कि आनन-फानन मेरे सारे रिकार्ड दुरुस्त करवा देगा। इसी तरह की बदहवासी से भरे दिमाग के साथ, हम जब वकील के दफ्तर से नीचे उतरे थे, तो चिंता की रफ्तार इतनी तेज थी, कि ब्लैडर का प्रेशर महसूस नहीं हो रहा था।

वकील के दफ्तर से इधर लक्ष्मीपुर की इस सबकुछ बेचनेवाली आधुनिक दुकान के भीतर बिन्ना के घुसने के बाद, मैं मन ही मन इस हिसाब में लग गया था, कि एक लाख से ऊपर टैक्स की रकम के लिए पैसा मैं कहाँ से जुगाड़ करूँगा!

लेकिन पैसों का इन्तजाम करना इतना मुश्किल नहीं था, मुश्किल यह थी, कि इस पिछले साल वाले गैरकानूनी बकाये की अदायगी के लिए, जिस तरह आयकर विभाग ने, साल-भर बाद मुझे इसका नोटिस भेजा था, और मुमकिन है कि इस वसूली के दौरान इस रकम में उसने साल-भर का ब्याज भी शामिल किया हो, उसी तरह अगर इस साल की उनके यहाँ दर्ज आय के हिसाब से, अगले साल इन्हीं वक्तों में वह मय ब्याज के मुझसे टैक्स वसूलने की ऐसी ही नोटिस भेजेगा, तब जरूर रकम थोड़ी ज्यादा भारी हो जाएगी। लेकिन मेरा दिमाग इस पर ज्यादा भन्ना रहा था कि जिस बैंक ने इस तरह की गलती की है, उसे इस आयकर विभाग से किसी तरह की कोई सूचना तक नहीं दी गई है। लेकिन सरकारी दफ्तरों की रिवायतों और तौर-तरीकों पर किसी तरह के सवालिया निशान लगाने का ज्यादा कोई मतलब नहीं है, वे तो अपने खिलाफ न्यायालय के निर्णय पर भी ऐसी चुप्पी साधे रहते हैं, जैसे उन्हें किसी का कोई खौफ ही नहीं है। और इधर मेरा दिमाग सोच-सोच कर परेशान हुआ जा रहा था।

इसी परेशानी के चलते मैं पेशाब के दबाव को थोड़ी देर के लिए बिलकुल भूल ही गया था, लेकिन जैसे ही टैक्स के इस पूरे मामले को, मैंने भाग्य के अभिशाप के रूप में, और जो होगा देखा जाएगा और आखिर तक केस लड़ने के संकल्प के साथ स्वीकार किया, तो इस सकारात्मक आस्तिकता ने फिर से मेरे ब्लैडर का दबाव तेज कर दिया। और मैंने वह सब करने की कोशिश में इधर-उधर भटकते हुए, माकूल और थोड़ी अलक्षित जगह की खोज की शुरुआत कर दी। लेकिन पास-पड़ोस में बारिश की शाम को भी कोई ऐसी जगह नजर नहीं आ रही थी, जहाँ सहजता से किसी की नजर मुझ पर न पड़ सके। अचानक मुझे लगा कि मैं महज रस्ते की उस दिशा की ओर देख रहा हूँ, जो जिन्दल कारखाने की ओर जाती है। और वह भी, सड़क के डिवाइडर के उस तरफ खड़े होकर देख रहा हूँ, जहाँ से गाड़ियाँ और लोग जिन्दल की विपरीत दिशा में जाते हैं। मैं पलटा। मुझे अचानक

याद आ गया था, कि इस हिस्से में नए आशीर्वाद होटल और सामने की दुकानों से थोड़ी ही दूर पर, दीपक बनर्जी का पुराना मकान है और हो सकता है कि दुकानों और मकान के बीच या मकान के बाद, कहीं पर थोड़ी खाली जगह हो। एक तेज झटके से मकान और मकान में रहने वाले बहुत पुराने स्वर्गीय दोस्त की सरसराती स्मृति के साथ, जब मैं आगे बढ़ा, तो लगा कि प्रेशर के असहनीय हो जाने के कारण थोड़ी पेशाब बाहर थिरकने सी निकल आई है।

मुझे डर लगा कि बुढ़ापे की लगभग मुकम्मिल हो चुकी शुरुआत के इस दौर में, पेशाब पर इस तरह कंट्रोल नहीं रख पाना, कहीं किसी तरह की किडनी या मूत्र तंत्र की किसी बीमारी का संकेत तो नहीं है? दरअस्ल पेशाब से सम्बन्धित किसी भी तकलीफ की कल्पना करते ही, मैं कैथेटर लगाए जाने की कल्पना, किसी असह्य और दारुण यातना की तरह करने लगता था, क्योंकि मैंने सौ में से नब्बे मरणासन्न लोगों को इस तरह की नली और थैली लगाए हुए देखा था, और मेरे मन में एक दृढ़ धारणा-सी जमी हुई थी, कि मरने के समय इस तरह की तकलीफ से गुजरना, सम्भवत: मृत्यु की प्रक्रिया का एक अनिवार्य और अपरिहार्य हिस्सा है। लेकिन अभी इस समय तो दुकानों के छज्जे के नीचे से, बहुत पुराने समय के बॅनर्जी के मकान की तरफ बढ़ते हुए, इस तरह की भयानक कल्पना मेरे मन में ज्यादा देर नहीं टिक पाई, क्योंकि मैं थोड़ी उम्मीद से सोच रहा था, कि इन दुकानों और उस मकान के बीच, निश्चय ही इतनी-सी खाली जगह तो होगी, जहाँ मैं भीतर के पानी को बाहर निकाल कर थोड़ी राहत की साँस ले सकूँ।

पर वहाँ बॅनर्जी मकान के सामने की खाली जगह की दीवार और दुकानों वाली इमारत की बाहरी दीवार, एक दूसरे से बिलकुल चिपकी हुई थीं। मन मारकर मैं फिर उसी रॉंग साइड से वापस हो रहा था, तो दूर से मैंने देखा, कि रिसेप्शन के ठीक सामने के छज्जे पर छोटू किसी लड़की के साथ बातें कर रहा है। बातें कर रहा है, कहना शायद ठीक नहीं, क्योंकि उतनी दूर से मैंने उसकी कद-काठी और कपड़ों के सहारे उसे पीठ की तरफ से ही पहचाना था। उसके सामने खड़ी लड़की की ऊँचाई को भाँपकर उसे चेहरे से याद करने की तात्कालिक प्रतिक्रिया में, मुझे लगा था, कि यह वही लड़की है, जिसे मैंने पहली बार तब देखा था, जब बंटू, बिना कुछ कहे हड़बड़ाते हुए मोटरसायकिल स्टार्ट करते हुए भागा था, और कंधे के सहारे सेलफोन कान पर लगाए इस गिड्डी साँवरी की स्कूटी अकस्मात ब्रेक दबाए जाने के कारण अजीब-सी आवाज करती हुई रुक गई थी।

पाठकों की याददाश्त ताजा करने के लिए बता दूँ, कि यह वह दिन था, जब गैस के सिलेंडरों से भरे एक मिनी ट्रक ने, राधे पान वाले का टीन का छप्पर उखाड़ दिया था। मैं और नरेन कोल्ता बाल-बाल बचे थे। लेकिन ट्रक वाले पर कोई मुनासिब कार्रवाई हो, इसके पहले बंटू चिल्लाया था, कि ट्रक पर उसी का माल है।

उसके दो मिनट बाद, जब बंटू ने अचानक अपनी मोटरसायकिल स्टार्ट की थी, तो उधर से आती इस लड़की की स्कूटी, पीं या सीं या सर्र या भर्र की आवाज करती रुक गई थी। यह सच है, कि उस दिन भी मेरे मन में उसकी पल-भर की झलक देखकर, यह खयाल आया था, कि इसे पहले भी कहीं देखा है। लेकिन अभी इस पल, जबकि मैं छोटू तक पहुँचने की हड़बड़ी में उसे दूर से देख रहा था, तो मेरे मन में पूरा यकीन था, कि यह वही लड़की है, जिसे मैंने बाद में बहीदार पारा के अपने पुराने मकान के थोड़े पहले की घरेलू प्रवेश की गली के सामने, छोटू से बातें करते हुए दूर से देखा था। और, बाद में जिसके बारे में छोटू ने मुझे बताया था, कि ग्यारहवीं में पढ़ने वाली इस लड़की से उसका परिचय इत्तफाकन ही हो गया था, जब उसकी स्कूटी स्टार्ट नहीं हो रही थी, और छोटू की लगातार किक से स्टार्ट हो गई थी। वह मेरे एक मामू के मकान के उपरले तल्ले में अपनी चार सहेलियों के साथ रहती थी, और पास के गाँव से आई हुई थी। कुछ ही दिनों में वह छोटू के इतने करीब आ गई थी, कि रात को ग्यारह-बारह तक छोटू के पास उसके कॉल आते रहते थे। यह बात मुझे तब मालूम हुई थी, जब एक दिन मैं, वकील दोस्त और मेरे बहनोई अरुण, शहर से थोड़ी दूर के एक ढाबे में मुर्गा खाने के लिए गए हुए थे, और मुर्गे की बदमजगी के चलते दुगुने दर की दारू हमने थोड़ी ज्यादा ही पी ली थी। वापसी में जब छोटू कार की स्टियरिंग पर बैठने ही वाला था, कि उसका सेल फोन बजा था। वह लगभग फुसफुसाहट के स्वर में बात कर रहा था। बीच-बीच में उसकी आवाज थोड़ी तेज भी हो जाती थी। तभी वकील दोस्त ने थोड़े मजाकिया लहजे में पूछा था, कि आखिर रात के बारह के वक्त यह कौन अन्तरंग है, जो फोन के लगातार बढ़ते बिल की जरा भी परवाह नहीं कर रहा।

छोटू खुद जवानी के नशे में था। उसने वकील के प्रश्न का लिंग संशोधन करते हुए, फोन पर हथेली रखते हुए कहा, "रहा नहीं, रही है।"

"उल्लू मत बना। इतनी रात को कोई लड़की बात नहीं कर सकती। और फिर तुझसे।"

छोटू को चोट लगी। उसे तैश आ गया। मुझे पता था कि छोटू लड़कियाँ पटाने में उस्ताद है। वकील दोस्त उसे चोट नहीं पहुँचाना चाहता था। वह तो थोड़ी ज्यादा की पैंग पर सवार, उससे सच, इस तरह उगलवाना चाहता था, कि कम से कम लड़की का चेहरा खयालों में तो उभर आए। सच तो यह है, कि इकसठ के बहनोई और इकहत्तर के मेरे दिमाग में तब यही जिज्ञासा मचल रही थी, कि रात ग्यारह-बारह के करीब, फोन करने वाली यह लड़की है कौन?

लेकिन वकील दोस्त के टोकने पर छोटू ने मोबाइल सीधे उसके हाथ में थमा दिया था। फिर वकील दोस्त ने कुछ नहीं तो कम से कम तीन मिनट उसकी आवाज सुनी थी। मैं बुरबक की तरह उसे ताकते सोच रहा था, कि मेरे अपने शहर में भी

ऐसी लड़कियाँ रहती हैं, जो रात बारह के वक्त, पेशे से ड्राइवर, एक जवान छोकरे से इस तरह खुल कर और खिलखिलाते हुए बात कर सकती हैं, जैसे वह उसका ब्वायफ्रेंड ही नहीं, बरसों से परिचित ऐसा अन्तरंग हो, जिससे कभी और किसी भी वक्त और शायद कैसी भी बात की जा सकती है।

लेकिन पहली बार मैंने उसे तब देखा था, याने जाना था, कि यह वही लड़की है, जब हम स्टेशन से मेरे कजिन को छोड़कर आ रहे थे, छोटू ने लाल टंकी के चौराहे पर गाड़ी धीमी करते हुए, सामने की ओर इशारा करते हुए बताया था, कि यही वह लड़की है, जिसने उस दिन–रात के बारह बजे फोन किया था। वह उस समय दूध लेने के लिए, बाईं तरफ की डेयरी की सड़क पर मुड़ने ही वाली थी, पर एक तरफ से कार और दूसरी तरफ से स्कूटर आ जाने की वजह से ठिठक कर खड़ी हो गई थी। उसके बाद दुबारा मैंने उसे छोटू के साथ बात करते हुए कोई छह महीने बाद देखा था।

और, अभी उसके भी साल–भर बाद सितम्बर के तीसरे हफ्ते में अचानक जोर की बारिश के इस समय, दूर से उसे देखता हुआ सोच रहा था, कि शायद यह वही है, लेकिन इसके साथ–साथ दिमाग में किसी भी वक्त थिरक कर बाहर निकल सकने वाले पेशाब का दबाव भी बदस्तूर जारी था। जब छोटू से मेरी दूरी महज पाँच कदमों की रह गई थी, तब वस्तुस्थिति का दूसरा धक्का मुझे यह लगा था, कि मैंने फिर पूरे यकीन के साथ उसकी असलियत की शिनाख्त अकस्मात ही कर ली थी, जब किसी कारण से उसने छोटू के चेहरे से अपनी नजरें हटाकर, यूँ ही अकारण सामने की ओर देखा था, और इत्तफाकन उससे मेरी आँखें मिल गई थीं। मिलते ही वह पलटी थी, और झटके से आशीर्वाद होटल के रिसेप्शन में घुस गई थी।

यह वह नहीं थी, जिसने छोटू के साथ रात के बारह के बाद, ढाबे के बाहर की सड़क पर फोन से बात की थी। बल्कि वह थी, जिससे इस किस्से में मैं कई बार मिल चुका था। यह वही साँवली गिड्डी और नखरैल लड़की थी, जिसके पिता की मृत्यु हो चुकी थी, माँ कैंसर की मरीज थी, और भाई आठवीं में पढ़ रहा था और जिसे मैंने अंतिम बार सरकारी अस्पताल के प्रायवेट वार्ड में सुबीरा सक्सेना और कंजी आँखों वाले डिप्टी कलेक्टर के साथ देखा था।

लेकिन वह यहाँ ? उसका इस तरह होटल में घुस जाना ? तेज पेशाब के बावजूद इस तरह के सवालों ने मुझे दबोच लिया। मैंने छोटू से इस बाबत पूछा भी, पर उसने संक्षिप्त सा उत्तर देते हुए इतना–भर बताया, कि इस बीच लड़की ने इस होटल में नौकरी कर ली है। तब मुझे लगा, कि उसके होटल में घुसने को लेकर, उसके बारे में सुनी किंवदतियों की वजह से, मेरे मन में जमी जो धारणा है, वह शायद गलत है। शायद इस तरह की थोड़ी मुक्तमना लड़कियों के बारे में ऐसी अफवाहें फैलाने, और उन अफवाहों में ही अपना सुख खोजने वाले खास मर्दाना दिमाग के चलते ही,

मैं इसे यहाँ देखकर इस तरह की बातें सोचने लगा था। इस आत्मभर्त्सना के बावजूद मेरे मन में कामज कल्पना अभी भी सुगबुगा रही थी, लेकिन ब्लैडर का दबाव कुछ ज्यादा ही था, और बारिश की रफ्तार अचानक ही तेज हो गई थी। इसलिए छोटू से मैंने अपनी असली समस्या बताई।

छोटू धारासार बारिश में भीगते और भागते हुए हमारी कार तक गया। उसने कार से छाता निकाला। तुरन्त ही लौटकर छाता थमाते हुए उसने मुझे बताया, कि परली तरफ पंडा बाबू के मकान की खुली गली से बेहतर, पेशाब के लिए कोई दूसरी जगह नहीं। नए जमाने का यह छाता मुझसे खुला नहीं। इस मौके के अपने विशेष अज्ञान पर मैं अपने ही ऊपर भुनभुनाया। छोटू ने छाता खोल दिया। मैं डिवाइडर की उस खुली जगह में से अपने किराये की दुकानों और शर्मा जी की दुकान के बीच की गली की ओर बढ़ा। बारिश ही नहीं, हवा भी तेज थी। चारों तरफ से बौछारें पड़ रही थीं। छाते के बावजूद पानी की मार बदन पर पड़ रही थी। लेकिन सिर बचा हुआ था। मैं सिर के भीगने के चक्कर में ही बारिश से बचने की कोशिश में लगा था, क्योंकि सिर में अगर पानी पड़ा, तो पुराने साइनोसाइटिस की वजह से छींकें शुरू हो जाती थीं, नाक बहने लगती थी, सिर दुखने लगता था और दिमाग इतना भारी हो जाता था, कि कुछ सूझता नहीं था, सिवा इसके कि शरीर का दुख ही असल दुख है, फिर चाहे वह दाँत का दर्द हो, या हृदय की पीड़ा। लेकिन डिवाइडर पार करने के बाद मैं मिनट-भर के भीतर ही, उस गली के शुरू छोर पर पहुँच गया था, जिसके बाजू से हमारी जमीन खरीद कर मकान बनाने वालों के रिहाइशी घर थे, और उसके थोड़ा पहले बिन्ना के क्लीनिक से सटा हमारा छोटा-सा बगीचा, और दूसरे बाजू पर शर्मा जी का लम्बा-चौड़ा मकान। मुझमें इतना धैर्य नहीं था, कि इस असम्भव तेज दबाव को दबाकर, मैं बिलकुल ही आखिरी सिरे के घुप्प अँधेरे में जाकर पेशाब करूँ। गली के सड़क से जुड़ने वाले हिस्से में थोड़ी रोशनी थी। मैं बड़ी सड़क के ऐन बाद खड़े-खड़े पेशाब करने लगा। सुनसान गली हवा की सायँ-सायँ से भरी लगती थी। उसकी तुलना में मुख्य सड़क पर आती जाती कारों की आवाज बिलकुल बेशिनाख्त-सी रह जाती थी। हवा और बारिश ने शाम के साढ़े छह के वक्त में ही, सड़क की चहल-पहल पर रोक लगा दी थी, लेकिन दबाव कम होने के बाद, राहत के दिव्य झोंके से, पेशाब करते-करते भी, मैं जिस स्मृति में अचानक ही बहने लगा था, उसकी कल्पना कोई दूसरा तो क्या, मैं खुद भी नहीं कर सकता था, कि इस तरह के थोड़े असाभ्यतिक और थोड़े घिनौने मौके पर, मैं रोमानी स्मृति के आसमान में किसी एकाकी परिन्दे की तरह उड़ने लगूँगा। लेकिन एक हाथ से छाता थामे, अपनी बेध्यानी में ब्लैडर खाली करते स्मृति का जो झोंका मन में सरसराया था, उसने मुझे अनायास ही गली के आखिरी छोर तक धकेल दिया था।

सामने बिन्ना की क्लीनिक का नन्हा बगीचा था। धारासार बारिश थी। इतनी तेज हवा कि छाता सँभाले नहीं सम्हल रहा था। मैंने छाता बाएँ से दाएँ में बदल लिया। मूठ से थोड़ा ऊपर मुट्ठी कसकर छाते को जोर से पकड़ लिया। और सामने मगन नहाते, और हवा में पागलों की तरह झूमते पेड़-पौधों को एकटक देखने लगा। और तब मेरे देखते-देखते न जाने कब और कैसे मैं उस दिन को देखने लगा, जब मैं अपने दादा के साथ यहाँ पहली बार आया था।

तब मेरी उम्र बारह-तेरह की रही होगी। तब तक खेतों को मैंने दूर के हरे सुन्दर विस्तार की तरह ही जाना था, पर उनसे मेरा ऐसा कोई सम्बन्ध नहीं बन पाया था, कि उन्हें अपना कह सकूँ। वे दूर से देखे दृश्य ही नहीं, बल्कि दूसरों की जायदाद के लुभावने आकर्षण की तरह ही लगते थे। लेकिन खेत शब्द सुनते ही एक तरह की कमतरी का बोध मुझमें कसकने लगता था। जाहिर वजह यही थी, कि मेरे सारे दोस्त ऐसे थे, जिनकी पुश्तैनी जमीनें थीं और जो बात-बात में अपने गाँव, खेत और अमराइयों की बात किया करते थे। जब वे बताते, कि उनके खेत की मेड़ में गुड़भेली आम का एक दरख्त है, या कोसम या जामुन का पेड़ है, तो एक अनपहचानी-सी ईर्ष्या मेरे भीतर लहरा जाती थी, हालाँकि कपड़े लत्ते, खानपान, रहन-सहन में वे सबके सब मुझे उन दिनों भी अपने से काफी हीन लगा करते थे, और पढ़ाई-लिखाई के मामले में तो उनमें से कोई मेरा मुकाबला करने की सोच भी नहीं सकता था, लेकिन गाँव और खेत की बात सुनते ही मुझे हीनता का ऐसा बोध होने लगता था, कि उनके सामने मेरी बोलती बन्द हो जाती थी। और बचपन के उन वाचाल दिनों में चार लोगों की बातचीत में कुछ भी न बोल पाना मेरे लिए बड़ी सजा होती थी। लेकिन एक दिन शायद ऐसे ही क्वाँर के महीने में मेरे दादा ने मुझसे कहा, ''चल तुझे अपने खेत घुमा लाता हूँ।''

''कहाँ! गाँव में?'' मैंने छूटते ही पूछा था। खेत के साथ गाँव शब्द भी मेरे दिमाग में एक अविभाज्य युग्म की तरह गड़ा हुआ था।

''हाँ,'' दादा ने कहा था।

''कौन-सा गाँव?''

''लक्ष्मीपुर।'' दादा ने मेरे सवालों पर थोड़ा कुढ़ते हुए कहा था। दादी ने भीतर रसोईघर से उन्हें मना किया था, कि खेत में देखने को क्या होता है? और वहाँ जाकर अकेले घाम में सीझने के अलावा यह करेगा भी क्या? तुम तो मजदूरों के साथ हिसाब-किताब में लगे रहोगे, और यह अकेले चुपचाप बैठे-बैठे पाँच मिनट बाद ही घर आने के लिए जिद करने लगेगा। और कहीं गुस्से में तुमने दो-चार झापड़ जड़ दिए तो बेचारा रो-रोकर वहाँ हलकान हो जाएगा।

मैंने दादी की बात सुन ली थी। फिर भी जिद पकड़ ली थी, कि मैं जाऊँगा और बिलकुल नहीं रोऊँगा। शायद उस समय भी मेरे मन में अपने गाँव और अपने खेत

जैसा कोई भाव रहा होगा, जैसा मेरे दोस्तों के मन में होता है, जब वे गाँव की बातें करते हैं। जब मैंने कपड़े बदल लेने की बात की और दादा ने कहा कि कपड़े बदलने की क्या जरूरत है, यहीं पास में ही तो है। तब मेरा माथा ठनका था। गाँव के बारे में मैं इतना तो जानता था, कि वह पास की कोई जगह नहीं होती, क्योंकि मैं अपने उस भाई के गाँव तो छुट्टियों में जाता ही था, जो मेरे पालक पिता के चाचा के यहाँ पल रहा था और मुझे मालूम था कि खड़खड़ाती और उचकती, रुकती लारी में कोई दो घंटे बैठने के बाद हम गाँव पहुँचते थे। वहाँ छोटे दादा की दुकान थी और पास-पड़ोस के ऐसे मकान, जो हमारे इस शहर के मकान की तरह ही लगते थे। उनका कोई खेत नहीं था, एक बगीचा था, जहाँ हमें वे उन दिनों कभी नहीं ले जाते थे। गाँव जाने की इस इकलौती स्मृति के कारण मेरा मन थोड़ा डगमगाया था, कि कहीं दादा मुझे ठग तो नहीं रहे, पर मैं उनकी सायकिल के सामने के लोहे के डंडे पर बैठ गया था। दादा ने डंडे पर एक चादर तह करके डाल दी थी। वे मुझे घोड़े की सवारी-सा बैठने को कह रहे थे, पर मैं इकतरफा दोनों पैर फैलाकर बैठा था, क्योंकि तब तक सायकिल चलाना तो सीख ही चुका था, किसी एक को सामने बिठाकर भी आराम से चला लेता था। बेशक, दादा की सायकिल में सीट पर बैठकर चलाना मेरे लिए मुश्किल होता था, क्योंकि मेरी ऊँचाई कम थी और अगर मैं पैडल के पास पंजा रखकर उछल कर सीट पर बैठ भी जाता था, तो पूरा पैडल घुमाने के लिए ऊँचाई की वजह से मेरे पाँव साथ नहीं देते थे। इसीलिए अक्सर मैं या तो चमरू राम ठेठवार के यहाँ से कम ऊँची सायकिल किराए पर लेता था, या माधो काका के घर से शरद के साथ, हम उनके यहाँ से छोटी सायकिल निकाल लेते थे। और तब उसे बारी-बारी से चलाते हुए, हम मुहल्ले के आसपास की सड़कों में घूमा करते थे। सायकिल से इस अन्तरंग परिचय के कारण ही मुझे उसके डंडे पर इकतरफा बैठने पर न तो कोई तकलीफ हुई थी, और न ही पूरे रास्ते में कहीं मेरा सन्तुलन बिगड़ा था। बेशक ज्यादा ऊबड़-खाबड़ रास्ते पर मैं सामने की हैंडल जरा जोर से पकड़ लेता था और तब दादा टोंकते थे, कि हैंडल जरा धीरे पकड़।

दादा की हरक्यूलिस सायकिल, जब हमारे स्कूल से और आगे बढ़ी, तो पहले नाले की पहली उतार के बाद दोनों तरफ के बेतरतीब पेड़ों को देखकर, मुझे लगा कि शहर के बिलकुल पास ही जंगल और गाँव हो सकते हैं। वहाँ दोनों तरफ धान के खेत भी नजर आ रहे थे, जिन्हें इसके पहले मैंने शायद रेलगाड़ी या बस की खिड़की से ही देखा था। अपना खेत देखने की उत्सुकता नशे की तरह दिमाग में सरसरा रही थी। पन्द्रह-बीस मिनट बाद दादा ने मुख्य सड़क के बाजू से सायकिल रोक दी। किसी पेड़ पर सायकिल टिकाने के बाद, उन्होंने मेरी उँगली पकड़ी और दोनों तरफ की अनाम झाड़ियों के बीच की पगडंडी से हम इसी जगह पर पहुँचे थे।

और तब धान के लहराते पौधों को देखकर, और खेत को अपना खेत जानकर भी, मुझे वैसी कोई खुशी नहीं हुई थी। शायद इसका कारण खेत का भूगोल था और खेत के पार की उजाड़ पड़ी परती जमीन। खेत चौरस और चौकोर नहीं, बेढंगा था और नाले के उस पार, बहुत नीचे मँडराते गिद्ध, जब दो-चार के हुजूम में सीधे जमीन पर आ जाते थे, तब तो डरावना भी लगता था।

लेकिन आज लगभग साठ बरस बाद उसी जगह पर उसी स्मृति में लहराता, जब मैं झमाझम बारिश और तेज हवा में करिया गई हरियाली को एकटक ताक रहा था, तब तो जैसे आसमान में उड़ा जा रहा था।

इस बार की इस सुखद और अन्तरंग उड़ान का कारण मेरा छाता था, जिस पर भावुकता के इन क्षणों में मेरी पकड़ थोड़ी ढीली हो गई थी, और जो तेज हवा से हाथों से छूटकर, हवा और बारिश के बेढब सुरताल में नाचते, दस कदम पर बने पंडा बाबू की मेकशिफ्ट दुकान की दीवार पर टिक गया था।

और तब बारिश की बौछार से बेखबर मैं खुली आँखों से आसमान की ओर ताकने लगा था। फिर धीर कदमों से छाते की ओर बढ़ा था। छाता उठाकर ओढ़ते ही, बिजली की चमक के साथ हवा के तेज झोंके से, छाता फिर हाथ से छूटने को ही था, कि मैंने अपने आपको, अभी से बहुत दूर के समय में, भुवनेश्वर में एक खुले मैदान में, इसी तरह तेज बौछार में भीगते हुए पाया था।

तब मीता भी साथ थी। वक्त दुपहर का था। दो पल पहले मैं हिन्दी प्रशिक्षण केन्द्र के प्रमुख की हैसियत से ढेर सारी फाइलों में दस्तखत करने के तनाव से भरा, अपनी नौकरी पर भुनभुना रहा था और मन मारे बिना कुछ सोचे-समझे दस्तखत करने में लगा था। तब मुझे आभास ही नहीं हुआ था, कि पहली बारिश की बौछारों में केन्द्र के सामने का खुला हरा इलाका मगन भीग रहा है। और अचानक ही मीता दफ्तर में घुस गई थी। उसने मेरे हेड क्लर्क के सामने ही, बिना कुछ कहे मेरा हाथ पकड़ा था और मुझे खींचते हुए बाहर निकाल लाई थी। झमाझम बारिश की बौछार की मार और मीता के हाथ के स्पर्श से उमगती सिहरन में एक साथ सिहरता, पल-भर में ही मैं अपने ओहदे की जकड़ से मुक्त हो गया था। मुझे खयाल ही नहीं रहा था, कि मैं प्रशिक्षण केन्द्र का प्रमुख हूँ। उधर मेरा मातहत, पीछे-पीछे छाता लेकर दौड़ा था और तेज कदमों से आगे बढ़ते हम दोनों के करीब आकर, एक खुले छाते के भीतर अपने को बचाते हुए, उसने हम दोनों के लिए दूसरा छाता खोलने की कोशिश की थी, कि उसका अपना छाता तेज झोंके से उड़कर दस कदम दूर जा गिरा था। तब हम खिलखिला कर हँसे थे। मैंने उसे थोड़ी तेज आवाज में कहा था, कि हम बारिश से बचकर कहीं जाने के लिए नहीं, बल्कि भीगने के लिए बाहर निकले हैं। काला गिड्डा, पान रचे एकदम काले दाँतों वाला चपरासी बुरबक की तरह, हमें बाहर सड़क पर भीगते हुए चिन्तामनेश्वर

मन्दिर के, तब के सुनसान रस्ते पर, एक दूसरे से बिलकुल सटकर आगे बढ़ते देखता रहा था।

अभी लगभग पैंतीस-चालीस बरस बाद, तेज हवा में अपने छाते को छिटक कर दूर जा पड़े देखने के बाद, मुझे उसी दिन की याद आई थी। और फिर ऐसी कई बारिशों की, जिसमें हम साथ-साथ भीगे थे। पहली बारिश में साथ-साथ भीगना तो हमें किसी धार्मिक नियम की तरह याद रहता था, लेकिन बाद में भी चुपचाप बारिश को देखते हुए, किसी छत या छानी के नीचे बैठे रहना, हमको कभी गवारा ही नहीं होता था। और कई बातों में भले हम लगभग एक दूसरे के विपरीत ध्रुव जैसे रहे हों, पर बारिश में भीगने और सम्भव हो तो, नाचते, गाते, भीगने के मामले में हम हमेशा एक दूसरे के साथ थे। शायद उसकी वजह था वह मकान, जहाँ हमने अपने बच्चे के जनम के बाद लगभग पाँच बरस गुजारे थे।

वह मकान, राउरकेला इस्पात शहर के नगर प्रशासन दफ्तर के पीछे एक कतार में बने पाँच कमरों में से शुरू के दो कमरों से बना था। दोनों कमरों के बीच एक टॉयलेट और एक बाथरूम। निहायत छोटे, जहाँ दो बाल्टियों के अलावे एक इंसान की समाई बड़ी मुश्किल से हो पाती थी। इन्हें नगर प्रशासन ने मीता के महाविद्यालय के लिए एलॉट किया था। मीता के प्रिंसिपल ने इन्हीं में से दो मीता के नाम इसलिए एलॉट कर दिए थे, कि सारी कोशिशों के बावजूद, इस्पात शहर के इलाके में किराए का मकान हम नहीं ढूँढ़ पाये थे। वहाँ लोग नाजायज और अवैधानिक तौर पर ही अपने परिवार के नाम एक से अधिक एलॉट हो चुके क्वार्टरों की सबलेटिंग करते थे। जाहिर था, कि क्वार्टर ऐसे ही लोगों को दिये जाते थे, जो क्वार्टर मालिक के भरोसे के आदमी हों। चूँकि कॉलेज के चपरासी भी, एक कमरे और साझे के टॉयलेट में रहने के लिए राजी नहीं हुए थे, इसीलिए कतार के शुरू वाले दो कमरे मीता को एलॉट कर दिए गए थे और तब यह हमारा घर हो गया था, जिसमें हमारे रहने, बसने के निर्णय की वजह से, कुछ उच्च-भ्रू प्रोफेसरों ने दबी जबान से टिप्पणी भी की थी, कि हम अपनी कंजूसी के चलते नौकरों के साथ क्वार्टर शेयर कर रहे हैं।

लेकिन वे हमारे लिए बेखबरी और मदहोशी के दिन थे और यह मकान कुछ ऐसा था, जो छोटे से जंगल के बीच बनी किसी कुटिया की याद दिलाता था। अपने हाथों से गोबर और चिकनी मिट्टी से लीप कर मीता ने कमरे के सामने की जगह को, चौरस आँगन जैसा बना दिया था। इस्पात शहर के प्रशासन दफ्तर के ठीक पीछे जाने के लिए कोई आम रास्ता तक नहीं था। जरूरतमन्दों के द्वारा बना ली गई पगडंडियों के रस्ते ही लोग हम तक पहुँच सकते थे। मीता के कॉलेज तक जाने के लिए जो पगडंडी थी, वह दोनों तरफ से सघन झाड़ियों और वृक्षों से घिरी थी। बाहर जाने के लिए मकान की दाहिनी तरफ की बाउंड्री को एक जगह से पुराने रहवासियों

ने ही तोड़ दिया था, जिसमें वक्त-जरूरत, डिसोजा स्कूल की चढ़ान वाली मुख्य सड़क से रिक्शे को ऐन हमारे आँगन तक लाया जा सकता था। घरेलू जरूरतों का हमारा सामान या तो इसी रास्ते से हम लाते थे, या प्रशासन दफ्तर की इमारत के बाएँ बाजू से बनी पगडंडी के रास्ते से। दोनों तरफ से आते हुए, दस कदम दूरी पर झाड़-झंखाड़ से भरी और टुटही चारदीवारी से घिरी, जिस जगह से होकर हमें गुजरना पड़ता था, वह शायद किसी जमाने में कोई कब्रगाह थी। शायद इसी वजह से नगर प्रशासन के अदना कर्मचारी तक, इन कमरों में रहने के लिए तैयार नहीं हुए थे, और उदारता दिखाते हुए इस्पात प्रशासन ने इसे कॉलेज को दे दिया था।

यह बहुत खूबसूरत जगह थी। कमरों में बिजली-पानी के अलावा कोई दूसरी सुविधा नहीं थी, लेकिन कमरे के बाहर दो-तीन एकड़ में बेतरतीब फैला इलाका, एक हरे-भरे खूबसूरत जंगल की तरह लगता था। और, यहीं हमने पहली बारिश में साथ-साथ भीगने के खेल की शुरुआत की थी। उस समय हमारा बेटा ढाई-तीन साल का रहा होगा, जब भादों की किसी दुपहर ऐसी ही तेज बारिश हुई थी, जैसी अभी हो रही थी, जब मैं तेज बारिश में छाता ओढ़े, बेखबर नहाने के उस दिन की याद कर रहा था। झूमते आम और बेल और महुआ की तेज-तेज हिलती डगालों, टहनियों और पत्तियों के सामने अपने चौरस छोटे आँगन में भीगते, हम लोगों को तब कमरे में अकेले बैठे बच्चे तक की सुध बिसर गई थी, लेकिन अढ़ाई साल का बेटा पेट दर्द से परेशान ऐंठते चेहरे के साथ कमरे के दरवाजे पर खड़ा टुकुर-टुकुर ताक रहा था। तभी मीता की नजर उस पर पड़ी थी। शायद इस तरह मगन भीगते हुए भी, उसे घर के भीतर ही रह गए अकेले बच्चे की याद थी। बारिश की बौछारों में डबरी बने आँगन में ही, पूरी बेशर्मी और वैसी ही कामुकता के साथ उसे अँकोरने के लिए जब मैं आगे बढ़ा, तो वह मेरे छूने से पहले ही छिटकने-सा दरवाजे की तरफ दौड़ी। बेटे को देखते ही समझ गई, कि उसे प्रेशर की ऐंठन हो रही थी। भरपूर ताकत लगाने के बाद भी जब मल की गाँठ बाहर नहीं निकल रही थी, तो बेटे ने अपनी खास छत्तीसगढ़ी में कहा था, ''कना टट्टी ए मन्नी।'' वह 'कड़ा' का उच्चारण 'कना' करता था, और मम्मी को मन्नी कहता था।

अभी जब मैंने बचपन से शुरू, कब्जियत की उसकी इस बीमारी को, बारिश के उस अचानक जश्न के साथ याद किया, तो मेरी आँखें भर आईं। आज भी मेरा बेटा इसी बीमारी का शिकार है। अभी पाँच छह महीने पहले ही उसकी बवासीर का ऑपरेशन हुआ था। और उसके बाद उसे दो महीनों तक बगैर तनख्वाह वाली छुट्टी पर रहना पड़ा था। मुम्बई की नौकरी में उसके हाथ में कुल जमा पचास हजार रुपए मिलते थे, जिसमें उसका खर्च नहीं चल पाता था। चलना सम्भव भी नहीं था। बिजली, पानी के साथ मकान का किराया ही बीस हजार से ऊपर हो जाता था। हर दो-तीन महीने में हमें कुछ न कुछ भेजना पड़ता था। हमसे पैसे लेते हुए उसे तकलीफ होती

थी, लेकिन वहाँ दूर परदेस में किसी से उधार करने से बेहतर तो यही था, कि हमीं भेज दें। फिर यह तो हर महीने की अनिवार्य जरूरत थी। उतनी तनखा और वैसी महँगाई में एक छोटे मध्यवर्गीय परिवार का खर्च, एक बड़े शहर में चल पाना नामुमकिन था। पोती की पढ़ाई का खर्च ही दस से बारह हजार महीने पड़ जाता था। और जब मैं उसकी आर्थिक तंगी के बारे में सोचता था, तो मुझे इस बात पर गुस्सा आता था, कि आखिर उसने यहाँ जिन्दल कारखाने की नौकरी छोड़ी ही क्यों थी? जब उसने जिन्दल याने रायगढ़ की नौकरी छोड़ने का निर्णय लिया था, तो मैंने उसे तरह-तरह से समझाने की कोशिश की थी। वह नहीं माना था। तब मुझे लगा था, कि शायद उसकी पत्नी यहाँ रायगढ़ में रहना नहीं चाहती। शायद कोई भी बहू अपने सास-ससुर के साथ रहना नहीं चाहती। मजबूरी में रहना पड़े तो बात अलग है। मैंने बहुत सीधे उससे यह पूछा भी था, और उसे यह सलाह भी दी थी, कि अगर वह अकेले ही रहना चाहता है, तो हमारे उस फ्लैट में जाकर रह सकता है, जो हमने किराए पर दिया हुआ था। लेकिन उसने जोर देकर कहा था, कि अलग रहने जैसी कोई बात उसके दिमाग में नहीं थी। उसकी पत्नी के मन में भी ऐसा कोई खयाल नहीं था। उसे विश्वास था, कि छह महीनों के भीतर ही वह दुबारा रायगढ़ आ जाएगा, तब मैं समझ नहीं पाया था, कि तब वह रायगढ़ छोड़ ही क्यों रहा था। बाद में मुझे पता चला, कि इसी जिन्दल का एक दूसरा भाई भी यहीं पास के गाँव में इस्पात और बिजली का एक बड़ा कारखाना लगा रहा था। उसने जमीन खरीदने, सरकारी अधिग्रहण की कार्रवाई शुरू करने के अलावा, एक छोटा दफ्तर भी यहाँ रायगढ़ में खोल दिया था। उसी दफ्तर के एक बड़े अधिकारी ने उसे आश्वस्त किया था, कि अगर बेटा, यहाँ से छोड़कर कहीं और ज्वायन करने के बाद, उनके यहाँ आना चाहे, तो यह काम बहुत आसानी से हो सकता है। और उसने जिन्दल कारखाने की नौकरी छोड़ दी थी। लगभग दो बरस बीतने को आए, पर दूसरे जिन्दल के काम की शुरुआत नहीं हुई थी। होने की सम्भावना भी नहीं थी। कोल ब्लॉक घोटाले ने जिले में बिजली कारखाना लगाने वालों की हालत पतली कर दी थी। यह और बात है, कि अवैध कोयला उत्खनन का काम बदस्तूर जारी था। बेटा, वहाँ दूर मुम्बई में आर्थिक तंगी के दिन गुजार रहा था, और मैं उसका बाप, यहाँ आराम की जिन्दगी गुजार रहा हूँ।

सोचते-सोचते मेरा माथा भन्नाने लगा था। बार-बार मन में यह खयाल आता था, कि जब तक मैं हूँ, तब तक तो उसे पैसों की ऐसी कोई दिक्कत न होगी, लेकिन अगर मैं अचानक मर गया तो? अपनी आकस्मिक मृत्यु के बाद, अपने बेटे के भविष्य की कल्पना पल-भर के लिए मुझे एकदम से हिला देती थी। फिर दूसरे पल मैं मुस्कराता था। इस वजह से, कि अपने मरने के बाद मुझे यहा कहाँ से पता चलेगा, कि बेटे के साथ क्या गुजर रही है? लेकिन इस निर्णयात्मक सोच के बाद भी, दिमाग से बेटा हटता नहीं था। लगता था, कि उसकी इस तरह की आर्थिक हालत

के लिए, या कि इस तरह की साधारण नौकरी के लिए, असल जिम्मेदार मैं ही हूँ। मैंने ही उसे बचपन से आधुनिक शिक्षा की व्यर्थता के बारे में, लम्बे-लम्बे भाषण सुनाए थे। मैंने ही उससे कहा था, कि डोनेशन देकर इंजीनियरिंग कॉलेज में भरती होने की बजाय, तो वह सामान्य विद्यार्थी की तरह किसी सामान्य कॉलेज में दाखिला ले ले, जबकि उन दिनों बहुत कम डोनेशन में उसे दाखिला मिल सकता था। आखिर उसकी एक चचेरी बहन को मिला ही था, उससे सात साल बाद। सोचकर मुझे यह भी लगा कि शायद उसने इसी वजह से यहाँ जिन्दल की नौकरी छोड़ दी हो, कि वह कुछ करके दिखाना चाहता था। शायद वह सोचता था, कि बड़ी कम्पनी के बाद उसे भी, कहीं किसी दूसरी जगह बड़ी नौकरी मिल सकती है। शायद उसके मन में यह हीन भावना हो, कि उसके चचेरे भाई अपनी कमाई से अपना खुद का मकान बना चुके हैं, और वह अपना घरेलू खर्च ही नहीं जुटा पा रहा है। शायद जल्दी और ज्यादा पैसा कमाने की हवस ने उसे बम्बई जाकर किस्मत आजमाने के लिए धकेला हो। पता नहीं, आखिर घर छोड़कर वह वहाँ गया क्यों, लेकिन उसके वहाँ रहने-जीने की परेशानियों को यहाँ सोचते और परेशान होते, मेरे इसी दिमाग की अजब करतूत यह भी थी, कि लगभग पूरी गारंटी के साथ उसके सुरक्षित भविष्य के बारे में आश्वस्त करता, यही मुझे सुझाता था, कि आखिर उसे पैसा जोड़ने या ज्यादा कमाने की जरूरत ही क्या है? उसके लिए, उसका नहीं, मेरा बाप ही इतना जोड़ और छोड़ गया है, कि उसे ही नहीं, उसकी इकलौती सन्तान तक को भविष्य की चिन्ता करने की जरूरत न होगी, लेकिन तभी, जब उसे याद रहे, कि बैठे-बैठे खाने और खरचने से तो कुबेर का खजाना भी खाली हो जाता है, सोचते हुए मैं ठिठका।

मैं फिर उसी जमीन की स्मृति में वापिस आ चुका था, हालाँकि महज दिमागी हिसाब के तौर पर। यह भी मेरे स्वभाव का एक विचित्र हिस्सा था, कि भविष्य के किसी कल्पित संकट की सोचते हुए, मैं अक्सर अपनी पुरखौती जायदाद की वर्तमान कीमत का हिसाब इतने मनोयोग से करने लगता था, जैसे कुछ घंटों बाद ही अपनी सारी जायदाद मुझे बेच देनी है। और-अभी भी मैं यही कर रहा था। अभी-अभी जिस जमीन और मकान के रस्ते मैं स्मृति के एक सुखद लम्बे सफर से लौटा था, बाजार दर पर उसी जमीन की कीमत आँकते अभी सोच रहा था, कि छह हजार रुपए वर्गफुट के हिसाब से, छह हजार फुट की कीमत, याने तीन करोड़ साठ लाख। तभी जोर के हॉर्न की आवाज आई थी। मैं चौंकने-सा जहाँ का तहाँ खड़ा हो गया था। पल-भर में पानी के छींटे छिटकाती एक कार गुजर गई थी। दूसरे पल थोड़ा थम कर, मैंने देखा था, कि छाते के बावजूद मेरे कपड़े लथपथ थे। मैं डिवाइडर की परली तरफ बढ़ा। छोटू के पास पहुँच कर मैंने देखा, कि उसके सामने जमीन खरीद बिक्री की दलाली करने वाला वही दढ़ियल पठान मौजूद है, जिसने अभी हाल मेरे दिवंगत छोटे भाई के गाँव की जमीन बिकवाई थी।

यह छोटू के साथ क्यों खड़ा है, जैसे एक अनपूछे सवाल के साथ मैं उनके क़रीब पहुँचा। वे दुकानों के छज्जे के नीचे थे। बाहर सड़क पर बारिश और भी तेज हो गई थी, और बिन्ना तब तक उस दुकान से नहीं निकली थी, जहाँ वह एक खास किस्म का आटा खरीदने के लिए गई थी।

जहाँ हम खड़े थे, वह जगह दुकान के ठीक सामने थी, और छोटू के साथ खड़ा दलाल सिर से पैर तक लथपथ था। वह हमेशा सलवार और उसके ऊपर घुटनों तक जाती लम्बी कमीज पहने होता था। अपनी दाढ़ी और कपड़ों से वह देखने से ही मुसलमान लगता था, जबकि तुर्कारी पारा या बीड़ पारा के मुसलमानों को, खास कर मर्दों को देखकर कहना मुश्किल था, कि वे कौन-सी जात या धरम के हैं। शायद हज कर आया, हाजी होगा, क्योंकि उसकी पोशाक से ही नहीं, उसके पूरे व्यक्तित्व से धार्मिकता की एक लहर-सी बिखरती महसूस होती थी। यह पठान दलाल चेहरे से ढुस्स काला था और जबान से बहुत नर्म। बात यह छत्तीसगढ़ी में ही करता था। पिछले तीन-चार साल से इससे हमारी मुलाकातें कुछ ज्यादा होने लगी थीं, और घर ही नहीं, यह अपनी औरत को लेकर, बिन्ना की क्लीनिक भी जाने लगा था। अभी पिछले ही साल इसने उस भाई की घरघोड़ा वाली जमीन बिकवाई थी, जो अभी दो साल पहले लम्बी और असाध्य बीमारी के बाद एक सुबह आनन-फानन चल बसा था। जमीन के उस सौदे में दलाल को डेढ़ लाख से भी ज्यादा की दलाली मिली थी। उसके तुरत बाद यह हमारे पास, हाउसिंग सोसाइटी के एक कमरे वाले मकान के लिए आया था। नदी के ऐन किनारे और कतार के छोर पर बने, उस मकान को ले लेने का लालच तो मेरे और बिन्ना दोनों के मन में जागा था, पर सोसाइटी के मकान की बनावट इतनी कमजोर होती थी, कि उस पर दो-तीन लाख और खर्च करना पड़ता। वैसे वह साढ़े छह लाख की जो खरीद कीमत बता रहा था, वह बाजार दर से कुछ नहीं तो कम से कम डेढ़ लाख रुपए कम थी। लेकिन अब जायदाद बढ़ाने का मामला भी हम दोनों भाई-बहनों को भारी लगने लगा था। जो है उसी की देखभाल में तकलीफ हो रही थी और अपने लालच को संयम से लगाम देने के आखिरी तर्क की तरह हमने सोचा था, कि अगर मकान ही बनाना है, तो अपनी जमीन पर क्यों न बनाएँ, क्योंकि लक्ष्मीपुर की इस जमीन के अलावा भी शहर में दो जगहों में हमारी जमीनें और थीं।

दलाल को देखते हुए और इतना सब सोचते हुए मुझे लगा, कि आखिर इस कदर लथपथ हो जाने के बाद, यह इसी जगह पर क्यों रुक गया है?

"और?" मैंने पूछा।

वह मुस्कराया, "मैडम की गाड़ी देखी तो रुक गया। अभी घरघोड़ा से लौट रहा हूँ।"

"कोई खास काम?"

"ना, खास काम तो कुछ नहीं," उसने कहा, "अपना काम तो जमीन से ही जुड़ा है।"

इस पर मैंने कुछ नहीं कहा। अगर मैं जमीन सम्बन्धी कोई बात करता, तो वह अभी ही शुरू हो जाता। पर यह सोचकर मुझे थोड़ी कुढ़न जरूर हो रही थी, कि एक तो बिन्ना, पिछले बीस मिनट से उसी दूकान के अन्दर थी, और अब बाहर यह खड़ा हो गया था, जो उसके निकलते ही उसे दबोच लेगा। पर ऐसा हुआ नहीं। याने पाँचेक मिनट बाद जब बिन्ना उस दुकान से निकली तो उसके साथ एक अधेड़ से कुछ ऊपर की उम्र का खुशहाल जोड़ा भी निकला। मर्द को मैं देखते ही पहचान गया। यह वही डिप्टी कलेक्टर था, जिसे पहले मैंने बाबा जटाशंकर धाम से निकलते हुए, विधायक बाबूलाल, मंत्री पुत्र और सुबीरा सक्सेना के साथ देखा था, हालाँकि तब मैं इसे पहचानता नहीं था, और उस दिन तो मुझे यह भी पता नहीं चला था, कि मंत्री पुत्र के साथ सुबीरा बैठी हुई थी। दूसरी बार मैंने इसे चौक में देखा था, जब यह बाबा धाम के आज के सर्वेसर्वा गोस्वामी से बात करने रुका था। और तीसरी बार अस्पताल में, जब पार्टी का कोई बूढ़ा दम तोड़ रहा था, और मंत्री और विधायक दोनों अस्पताल आने वाले थे। सीमा के पति बीरू को देखने के लिए मैं अस्पताल गया हुआ था। वहीं एक प्रायवेट वार्ड में, ये दोनों उस साँवली गिड्डी नखरैल लड़की के साथ, कमरे के दरवाजे पर खड़े थे। यह वही लड़की थी, जो अभी थोड़ी देर पहले छोटू से बात कर रही थी, और छोटू ने बाद में बताया, कि वह इसी होटल में नौकरी करने लगी थी।

अभी हम सब उस दुकान के सामने, अपने को बारिश से बचाते छोटे पंचभुजी आकार में, एक दूसरे से टकराते खड़े थे। मैं और दलाल बारिश की तरफ पीठ किए खड़े थे। बारिश थोड़ी कम जरूर हो गई थी, पर दस कदम चलने पर ही लथपथ कर देने की रफ्तार ही जता रही थी। सामने खड़े कंजी आँखों वाले के चेहरे में थोड़ी आतुरता थी, कि भाग लें। उसकी ओर देखते मेरे मन में अकारण का गुस्सा था। मुझे बार-बार यह बात याद आ रही थी, कि इसी आदमी के चलते गुरू की बड़ी बेटी अनन्या की नौकरी चली गई थी। उसके किसम-किसम के अवैध धन्धों और उसके नानाविध लालचों के बारे में ही सुन-सुनकर मेरे मन में उसके लिए एक तरह की नफरत भरी हुई थी। इस बीच अनन्या ने जब यह सूचना दी थी, कि उसके स्कूल के मालिक, मैनेजर ने उसे बिना कोई कारण बताए इस्तीफा देने को कह दिया है, और जब यह पता चला था, कि बरसों छुट्टी पर बैठकर महँगा पब्लिक स्कूल चलाने वाला वह मालिक मैनेजर, यही डिप्टी कलेक्टर था, तब से मैं इसके नाम से नफरत करने लगा था, हालाँकि उसका नाम मुझे अभी-अभी मालूम हुआ था, जब बिन्ना ने उसका परिचय देते हुए बताया था, कि ये मुकेश तिवारी हैं, और बाजू की मुटल्ली महिला उनकी धर्मपत्नी। तब दोनों को मैंने नमस्कार किया था और स्त्री की

ओर नजर फेंकते यह भी मार्क कर लिया था, कि वह न सिर्फ मेरी तरफ एकटक देखती हुई खुले ढंग से मुस्करा रही थी, बल्कि इन्तजार-सा कर रही थी, कि मैं उससे मुखातिब होऊँ। मुझे लगा था कि शायद कभी कहीं इसे देखा जरूर है। तब उसने चुप्पी तोड़ते हुए कहा था, ''दीदी, अंकल शायद मुझे नहीं पहचान पा रहे हैं।''

लेकिन तब तक उसके असह्य मुटापे के बावजूद उसकी अतिरिक्त तीखी नाक, और कंधों पर छितरे उसके स्निग्ध रेशमी बालों की ओर गौर से देखने के बाद, मैं उसे पहचान चुका था। यह वही लड़की थी, जिसे आज से सोलह बरस पहले मैंने तब देखा था, जब वह मुक्तकेशी रूप में देसिंग तराई के शिवलिंग पर दूध ढाल रही थी। उसके पीछे-पीछे मैं वहाँ से अनाथालय के दुर्गा देवी के मन्दिर तक गया था, पर वहाँ से वह कहाँ गायब हो गई थी, यह मेरे लिए आज सोलह वर्ष बाद भी, एक रहस्य ही था। उसके पीछे भागमभाग करते, इस किस्से के शुरुआती दौर में मैं एक बदहवास चरित्र की तरह इतना असहाय होकर बह रहा था, कि मुझे पता ही नहीं चलता था, कि मैं कहाँ हूँ और क्या कर रहा हूँ। होने को कमोबेश आज भी मेरी वही हालत है, लेकिन बरसों के अभ्यास के चलते अब मैं शिष्ट और सभ्य बने रहने का नाटक करते रहने में पारंगत हो चुका था। अभी भी मैंने वही किया। मैंने यह बात वहाँ मौजूद किसी पर जाहिर नहीं होने दी, कि मैं इस मुट्ल्ली औरत को इस अर्थ में पहचान चुका था, कि आज से सोलह बरस पहले, कई-कई दिनों के अन्तराल में मैंने इसकी कुछेक झलकियाँ देखी थीं, और उसी का ऐसा असर मेरे दिल-दिमाग पर हो गया था, कि बिना किसी सीधी पहचान या परिचय के उसे देखते ही, मैं उसके बारे में कुछ इस तरह से सोचने लगता था, जैसे वह मेरा पहला प्यार हो। और इसी के चलते मैं अपने कमउम्र वकील दोस्त के शब्दों में, उस असाध्य रोग का शिकार हो गया था, जिसे बुढ़भस की चाहत कहते हैं।

लेकिन बिन्ना से मुखातिब होकर मेरे बारे में उसकी टिप्पणी सुनते ही, उसके पति ने एकदम अचानक विदा माँग ली थी। तब मेरे मन में खटका हुआ था, कि कहीं सुदूर अतीत में, अपनी पत्नी को, मुझ बूढ़े से परिचित जानकर, पति को शायद अच्छा नहीं लगा था। लेकिन उसकी पत्नी की चमकती आँखों तक छा जाती मुस्कराहट देखकर ऐसा नहीं लगता था, कि वह कहीं से भी अपनी इस अचानक स्मृति की मुखर अभिव्यक्ति से जरा भी शंकित हुई थी। यह जरूर है, कि पति के प्रस्ताव के बाद धर्मपत्नी की सी अनुगता की तरह वह भी जाकर कार के सामने की सीट पर बैठ गई थी।

उनके जाते ही पठान दलाल ने बगैर भूमिका बनाए सीधे साफ लफ्जों में कहा था, कि इसने जरूर खैरपुर की जमीन के बारे में बात की होगी। बहन ने पता नहीं कैसे सपाटे से उसे काटते हुए कहा था, कि कल बात करेंगे। मुझे सुखद आश्चर्य हुआ था। आमतौर पर बिन्ना मिलने-जुलने वालों को टरकाना बिलकुल जानती ही

नहीं। कई बार तो ऐसा होता है, कि इधर टेबल पर खाना लग गया होता है, और उधर बहन ऐसे किसी आदमी से एकदम फिजूल की बातचीत में फँस गई होती है, जो महज वक्त काटने के लिए और मुफ्त में इलाज करने वाले शहर के एक प्रसिद्ध डॉक्टर से व्यवहार बनाने के लिए ही घर आया होता है। ऐसे वक्त मजबूरन मुझे वहाँ जाकर उससे कहना पड़ता है, कि खाना लग चुका है। अभी भी जब पठान दलाल ने, कंजी आँखों वाले काइयाँ डिप्टी कलेक्टर के हवाले से, हमारी खैरपुर वाली जमीन की बात की, तो मैं डर रहा था, कि कहीं बिन्ना यहीं पर उससे बातचीत में न उलझ जाए। पर स्वभाव के विपरीत उसे कल बात करने के लिए कहकर, वह दस कदम पर रखी हमारी कार की ओर बढ़ गई। पठान दलाल चुपचाप पीछे–पीछे आया और कार में हमारे बैठने के बाद उसने विनम्रता से हाथ जोड़े।

कार सर्र से आगे बढ़ी। लथपथ कपड़ों में कार के सामने की सीट पर बैठते ही मुझे लगा, कि कपड़ों के पानी से तो सीट ही नहीं, सामने का मैट भी पूरा गीला हो जाएगा। सोचकर मैंने बारिश का अन्दाजा लेने के इरादे से, बाहर देखने की कोशिश की। बारिश अभी भी इतनी तेज थी, कि शीशे से बाहर का सारा कुछ धुँधला लग रहा था। वाइपर के बावजूद सामने शीशे से कुछ भी साफ नजर नहीं आ रहा था। पीछे बैठी बिन्ना ने तभी यह सूचना दी, कि वह डिप्टी कलेक्टर सचमुच खैरपुर वाली हमारी जमीन के बारे में बात कर रहा था। उसी के साथ इतनी देर तक बातचीत करते रहने के कारण बिन्ना को दुकान में देर हो गई थी, जबकि जिस खास आटे के चक्कर में वह उस दुकान में घुसी थी, वह आटा उसे वहाँ भी नहीं मिला था। बिन्ना ने कहा, कि उसने उस डिप्टी कलेक्टर से साफ–साफ कह दिया, कि हमें अभी वो जमीन बेचनी नहीं है। दरअसल डिप्टी कलेक्टर ने तो ज्यादा बात नहीं की थी, उसकी औरत ही कचर–कचर कर रही थी, कि वह साढ़े तीन लाख रुपए एकड़ तक देने को तैयार है। लेकिन बिन्ना के निर्णयात्मक स्वर के बाद, वह आखिरकार चुप हो गई थी। बिन्ना की बातों से यह भी लग रहा था, कि वह इस डिप्टी कलेक्टर और उसकी औरत के बारे में शायद काफी कुछ जानती है, क्योंकि उनसे हुई बातचीत के इस संक्षिप्त जिक्र के बाद, उसने थोड़ी दबी जबान से यह भी कहा था, कि ये लोग भले आदमी नहीं हैं। मेरी इच्छा तो हो रही थी, कि मैं उनके बारे में कुछ और जानकारी प्राप्त करूँ, लेकिन तभी छोटू के पास कहीं से कॉल आ गया।

वह ड्रायविंग सीट पर था। एक हाथ से स्टियरिंग सँभाले वह बात करने लगा। मैं उसे मना करने ही वाला था, पर बात ओडिया में हो रही थी। जाहिर था, कि फोन उसके घर से आया था। दूसरे उसके स्वर में थोड़ी विकल जिज्ञासा या जिज्ञासु विकलता थी, और वह कब, कहाँ, कैसे, क्या जैसे अत्यंत संक्षिप्त प्रश्न कर रहा था। फिर उधर से लगभग मिनट–भर बातचीत के बाद, उसका संक्षिप्त सवाल आता था।

बारिश के चलते सामने के शीशे से भी कुछ दिख नहीं रहा था। वाइपर से छोटू के सामने का हिस्सा जरूर थोड़ा साफ था, पर बातचीत में मगन छोटू शायद अन्दाज और अभ्यास से ही गाड़ी चला रहा था। कोई तीन–चार मिनट के बाद उसने फोन बन्द किया, जब हम देसिंग तराई की सड़क पर थे। मैंने और बिन्ना ने लगभग एक साथ थोड़ी विकलता से पूछा कि क्या बात है?

''बा के मामू मर गए हैं, और यहीं रायगढ़ के अस्पताल में हैं।''

पिता के मामा के मर जाने की बात सुनते ही, मैंने थोड़ी राहत की साँस ली थी। मन ही मन अनुमान लगाने की कोशिश करते हुए मैंने आश्वस्ति से सोचा था, कि मुझसे तो बड़े ही होंगे। छोटू के पिता की उम्र ही साठ–बासठ की हो गई थी। वे पास के गाँव में रहते थे। छोटे किसान थे। उनके मामा! सोचकर मुझे लगा कि पचहत्तर–अस्सी के तो होंगे ही। तभी बिन्ना ने पूछा, ''हुआ क्या था?''

छोटू ने फोन पर सुनी घटना का सविस्तार वर्णन करते हुए बताया, कि अठहत्तर की उम्र में भी वे पूरे तन्दुरुस्त थे। आज छोटू के गाँव जाने वाले थे। छोटू के पिता को बहुत चाहते थे। बचपन में पिता, अपने मामा के घर रहकर पले थे। इस उम्र में भी महीने दो महीनों में पैदल चलकर कोड़ातराई से पुसलदा, अपने भांजे से मिलने चले आते थे। आज सुबह सात के करीब वे गाय चराने निकले। अपनी दोनों देसी गायों को वे अपनी सन्तानों की तरह रखते थे। रोज सुबह, वे पूरी धार्मिकता के साथ गायों को चराने के लिए जरूर ले जाते थे। गाँव के आसपास कोई गोचर जमीन नहीं थी। झाड़–झंखाड़ों से भरी परती का कोई चार–पाँच एकड़ फैला एक टुकड़ा था। उसी के पास नाला। गायें वहीं जो मिलता था खा लेती थीं। पर घर में भी उनके लिए अलग से व्यवस्था थी। वहीं पास के नाले में वे निपटते थे। आज भी उन्होंने वही सब किया था। पर चरागाह में घुसते समय उन्हें लगा था, टखने के पास किसी कीड़े ने काट खाया है। उन्होंने पैर झटक कर उसे परे कर दिया था। उसके बाद इत्मीनान से नित्यकर्म निपटाने के बाद वे घर लौटे थे। घर में नहा–खाकर वे आराम करने लगे। कोई तीनेक बजे उठे, तो उन्होंने कहा, कि उन्हें बेचैनी हो रही है। वे ठीक से खड़े भी नहीं हो पा रहे थे।

उनके बड़े बेटे ने रायगढ़ अस्पताल ले जाने का निर्णय किया। और किसी चौपहिये के लिए गाँव के गौंटिया के लड़के को फोन लगाया। पर अस्सी वर्ष के उस बूढ़े ने जिद पकड़ ली कि कार की कोई जरूरत नहीं, वे मोटरसायकिल पर जाएँगे। मोटरसायकिल में उन्हें बीच में और उनके पीछे एक दोस्त को बिठा कर बड़ा लड़का उनके साथ निकला। रायगढ़ से कुल बीस किलोमीटर की दूरी पर, वहाँ उनके गाँव में बारिश तेज नहीं थी। रायगढ़ की सीमा पर आते आते तो हवा और बौछारों के मारे और शाम से ही शुरू हो जाने वाली बड़ी गाड़ियों के ट्रैफिक के कारण, अस्पताल पहुँचने में ही चालीसेक मिनट लग गए थे। अस्पताल पहुँचने के

बाद, डॉक्टर को जब उसने बताया, कि गाय चराने के दौरान किसी जीव ने इन्हें टखने पर काटा था। इन्होंने उसे कीड़ा–वीड़ा समझकर घर में किसी से कुछ नहीं बताया। जब सोकर उठे तो इनका सिर घूम रहा था। बेचैनी महसूस हो रही थी। वहाँ एक छोकरा किस्म का डॉक्टर ड्यूटी पर था, उसने तत्काल साँप काटने का इलाज शुरू किया। पर इन्होंने दसेक मिनट बाद दम तोड़ दिया।

''अब अस्पताल के लोग, पोस्टमार्टम किए बगैर लाश ले जाने नहीं दे रहे हैं।'' छोटू ने कहा।

बिन्ना ने छूटते ही कहा, ''तू कार लेकर चला जा अस्पताल। मैं किसी को फोन करती हूँ।''

हमें घर छोड़कर छोटू उसी कार से, पहले से भी तेज हो गई बारिश में, अस्पताल के लिए निकला। वह अस्पताल के कर्मचारियों से खासा परिचित था। इसके पहले वह मरीजों को लाने, ले जाने वाले, प्रायवेट एम्बुलेंस में ड्राइवर था और इसी के चलते कुछ डॉक्टर्स और दूसरे कर्मचारी उसके परिचित हो गए थे। पर वहाँ पहुँचते ही छोटू ने आधे घंटे बाद ही यह सूचना दी, कि बारिश के चलते पुलिस वाले थाने से बाहर निकलने को भी तैयार नहीं थे। छोटू ने खुद थाने जाकर उनसे रिक्वेस्ट की थी। सिर्फ रिक्वेस्ट नहीं, लेन–देन की बात भी उसने साफ–साफ की थी। पर थाने वाले तैयार नहीं हुए थे। दरअस्ल थाने में उस वक्त एक हवलदार मुंशी और दो सिपाही के अलावा कोई था ही नहीं। शायद इसकी वजह भी वह मूसलाधार बारिश ही थी, जिसे अपने घर से ही देखते हम डर रहे थे, कि कहीं पिछले साल जैसी हालत न हो जाए। उस साल ऐसी भयंकर बारिश हुई थी, कि क्लीनिक के पीछे थोड़ी ढलान पर, नाले के ठीक किनारे घर बनाकर रहनेवाली उर्मिला दीदी के घर के निचले तल्ले के सारे कमरे पानी से भर गए थे। रात डेढ़ बजे, पानी हहराता घर में घुसा था। सबकुछ जस का तस वहीं छोड़कर, दीदी जीजाजी ने ऊपर के अपने किराएदार के मकान में शरण ली थी। फिर खुली आँखों से अपने घर में पानी का तांडव देखते हुए पूरी रात गुजारी थी। सुबह नौ के बाद जब पानी उतरा था, तो जीजाजी की कितनी सारी बहुमूल्य किताबें और दूसरी कई चीजें पूरी तरह नष्ट हो चुकी थीं। सोने को बिस्तर और पहनने को कपड़े तक नहीं बचे थे। दूसरे दिन, बिन्ना ने जाकर उनको जरूरी चीजें पहुँचाई थीं।

अभी बारिश की इस रफ्तार को देखते हुए मुझे उसी दिन की याद आ रही थी।

पर यह उस जैसा दिन नहीं था।

घंटे–भर बाद जब छोटू घर लौटा, तो बारिश एकदम ही थम चुकी थी, हालाँकि आसमान में रह–रह कर चमकती बिजली को देख कर लगता था, कि रात को शायद फिर एक बार झमाझम हो। छोटू ने बताया, कि लाश मर्चुरी में रख दिया है। पी.एम. सुबह होगा। उसके बाद वे लाश गाँव ले जाएँगे।

मैंने मरने वाले को देखा तक नहीं था, पर बार-बार मेरे मन में उसकी कल्पित कद-काठी उभरती थी और फिर उसका अस्पताल में जाना और फिर साँप काटने की वजह से हुई उसकी मौत। और फिर उसके मृत शरीर की शल्य क्रिया।

क्या उसने कभी सपने में भी सोचा होगा, कि उसकी किस्मत में इस तरह की मौत लिखी है?

वह भी इतिहास के इस खास मोड़ पर?

सुबह से ही मन थोड़ा दबा-दबा सा लग रहा था। पता नहीं चल रहा था, कि इस तरह मन को अकारण उदास कर देने की वजह क्या थी और कहाँ थी। पहले तो मैंने सोचा था, कि आज मार्निंग वॉक में निकलूँ ही नहीं। पर दिमाग के अकारण तनाव के चलते, फिर सोने की कोशिश भी एक फिजूल कोशिश ही होती। इसीलिए मैं अपने पर जबर्दस्ती करते बाहर निकल आया था।

वह कार्तिक पूर्णिमा का दिन था। मैं ठीक सवा पाँच बजे प्रातः भ्रमण के लिए निकला था। चाँदनी चौक के लिए मुख्य सड़क पकड़ते ही मैंने देखा, कि आज तो बड़ी चहल-पहल है। बहुत सारी स्त्रियाँ नहाने के लिए नदी की ओर जा रही थीं। और बहुत-सी लौट भी रही थीं। साड़ियों और जीन्स-टॉप में विविध आयु की स्त्रियों को पीठ पर गीले केश छितराए देखना, एक सुखद दृश्य था। पर घोंघी नरूआ याने नाले के पुल के पास की भीड़ देखकर मैं चकरा गया। पुल के दाहिने बाजू पर पंडित की दूकान के बाद से ही, भिखारियों की एक लम्बी कतार थी, जो राजमहल के पास तक चली गई थी, और घाट की सीढ़ी तक। सारे भिखारी अपनी-अपनी चादर फैलाए बैठे थे। राजमहल के पास पहुँचने के बाद मैंने राहत की साँस ली थी और मन्दिर की ओर मुड़कर देवी प्रणाम करते हुए देखा था, कि कतार में शायद वे भिखारी भी थे, जो शनिवार को गली-गली घूमकर भीख माँगते थे। याने वे, जिन्हें मैंने इस किस्से के किसी हिस्से में कोढ़ी भिखारियों की तरह याद किया था। नदी से लौट रही स्त्रियों और किशोरियों के नाक-नक्श देखकर यह भी लगता था, कि इनमें से अधिकांश धोबी पारा, तेली पारा या तिउर पारा की औरतें थीं और उनके साथ उनकी जवान होती लड़कियाँ। जाहिर था, कि हिन्दू धर्म की धार्मिक रूढ़ियों को निचली जातियाँ तहेदिल से स्वीकार कर चुकी थीं। जब मैं सर्किट हाउस पहुँचा, तो वहाँ आज स्त्री जाति की भीड़ कुछ कम दिखी, जिसकी वजह भी शायद आज के पवित्र धार्मिक स्नान की रूढ़ि ही थी। लेकिन चक्कर लगाते हुए, जब मैं पिछले हिस्से में पहुँचा, तो बड़े ऊँचे लॉन के पेंवठे जैसे हिस्से पर, इत्मीनान से बैठी दो लड़कियों ने मुझे नमस्ते अंकल कहकर विश किया। मैं वहाँ रुक गया। मैंने उनसे पूछा, कि आज वे नदी नहाने नहीं गईं? उन्होंने बताया, कि वे दोनों मुसलमान हैं।

सर्किट हाऊस से लौटते समय उसी उम्र की कई लड़कियों को नहा कर लौटती देख कर, फिर मुझे उन दो लड़कियों की याद आई थी और मैं सोचने लगा था, कि इन लोगों को हिन्दुओं के बारह महीनों के चौबीस त्यौहारों का उत्साह देखकर कैसा लगता होगा? यह दिमाग में उठ आया एक फुरफुराता विचार था, जो घर पहुँचते न पहुँचते उड़ चुका था। नाश्ते के बाद जब मैं अपने कमरे में आया, तब तो भरे पेट के आलस के साथ, दिमाग दुगुना भारी था।

तब मैंने दिमाग को दुरुस्त करने के लिए सोचा, कि आज किताबों को करीने से जमा लेना चाहिए। किताबें सामने के कमरे में तीन आलमारियों में बेतरतीब रखी हुई थीं। ऊपरी मंजिल के सामने के इस कमरे के सामने कोई दीवाल नहीं थी। काँच के पैनल्स लगाए गए थे। वे भी अभी हाल में लगे थे। पहले तो इस कमरे का सामने का हिस्सा एकदम खुला था। तब से यह बेटे और उसके दोस्तों के कब्जे में था। काँच के ये पैनल्स भी बेटे ने ही लगाए थे। पर उसके बम्बई चले जाने के बाद यह पूरी जगह, जिसे कि हम बाल्कनी कहते थे, अल्लम-गल्लम, फिजूल चीजों से भर गई थी। बाजू वाला कमरा छोटू का था। अभी साल-भर पहले इसकी साफ-सफ़ाई कराने के बाद, मैंने किताबों की तीन आलमारियाँ और टीन का एक ट्रंक इसी बालकनी में शिफ्ट कर दिया था।

अभी मन को किसी काम में लगता न पाकर, मैंने सोचा था किताबें ही जमा लूँ।

वहाँ गया तो देखा, कि फर्श पर ही नहीं, बल्कि आलमारी में रखी किताबों पर भी काली धूल की एक मोटी तह जम चुकी थी। दरअस्ल छोटू के कमरे और इस बालकनी को साफ करने की जिम्मेदारी रोजाना झाड़ू-पोंछा करने वालियों को सौंपी ही नहीं जाती थी। अभी तो फर्श पर झाड़ू लगाने, किताबों को कायदे से पोंछने, किताबों को विषयवार जमाने के बाद ही, उन्हें करीने से रखने का काम शुरू किया जा सकता था। पूरे फर्श पर झाड़ू लगाने के काम को सोच कर ही मेरा मन उखड़ गया था, और मुझे सीमा की याद आई थी।

उसने अभी दो महीने पहले हमारे घर में काम करना बन्द कर दिया था। बिन्ना की किसी साधारण-सी बात पर चिढ़ कर उसने काम छोड़ा था। भांजी ने बाद में जाकर उसकी खुशामद भी की। वह आने के लिए राजी नहीं हुई थी। मुझे उसके इस तरह के अहंकार पर गुस्सा आया था। उसे एक पल को भी यह खयाल नहीं आया था, कि खुद मैंने, उसकी नौकरी के दौरान, घर को बिना बताए कितनी ही बार उसकी आर्थिक मदद की थी। लेकिन एकबार जब वह रास्ते पर मिली थी, तो मैंने उसे चिरौरी करने सा ही, उससे फिर से काम पर आ जाने के लिए कहा था। अपने गुस्से के बावजूद, मुझे यह अच्छे से पता था, कि उसे हमारी नहीं, बल्कि हमें उसकी जरूरत ज्यादा है।

लेकिन वहाँ खड़े-खड़े किताबों को उलटते, पलटते, मुझे दूसरी नई नौकरानी की याद आई। यह अभी महीने-भर पहले हमारी धोबिन की सिफारिश पर काम पर लगी थी। यह उसकी जेठानी की बहू थी। देखने में यह भी कमनीय थी, पर काम-काज में थोड़ी नहीं, काफी सुस्त थी। लगता था, कि उसकी रुचि काम-काज से ज्यादा, साज-सिंगार में है। चेहरा उसका काला जरूर था, पर गढ़न सुघड़ थी। उससे इस अतिरिक्त काम के लिए कहा तो जा सकता था, लेकिन फिर उसके लिए दिन-वार देखना पड़ता, क्योंकि यहाँ के बाद, वह किसी सेठ के घर काम पर जाती थी। वहाँ जाने में अगर उसे ज्यादा देर हो जाती, तो उसके आधे दिन की पगार कट जाती। यों इससे अभी मेरी ऐसी अन्तरंगता भी नहीं थी, कि इसे किसी एक्स्ट्रा काम के लिए कहूँ।

इसीलिए मैंने किताबें जमाने का निश्चय, किसी दूसरे दिन पर टाल दिया था और अपने कमरे के सामने की वाश-बेसिन साफ करने लगा था। वह भी इतना गंदा था, कि हरपिक डालकर, उसकी पुरजोर सफाई करने के बाद भी, कुछ जगहों पर लगे उसके दाग पूरी तरह नहीं छूट पाए थे। पानी की निकास के लिए बनी स्टील की छन्नी और बेसिन से जुड़ने वाले नल के हिस्से के मैलेपन को देखकर तो ऐसा लगता था, कि शायद शुद्ध एसिड से भी इसे साफ करना सम्भव नहीं होगा। पर मेहनत का इतना फल तो मुझे तत्काल मिल गया था, कि बेसिन कुल मिलाकर, अब साफ ही लग रहा था। दूर से धूप की चमक में तो झक्क लगता था। तभी मेरी नजर बाजू में बने खुले चौड़े आले जैसी जगह पर गई। इस पर अभी हाल मैंने टाइल्स लगवाए थे, ताकि इस पर धूल ऐसी न जम जाए, जिसकी सफाई ही न हो सके। पर अभी महीने-भर तक खुद मेरा ध्यान उस पर गया ही नहीं था। अभी देखते ही मैंने बाथरूम की टोंटी से पाइप लगा कर उसको धोना शुरू कर दिया। लगभग पन्द्रह मिनट तक पानी डालने और ब्रश घिसने के बाद, वह जगह कम से कम इतनी साफ तो हो ही गई, कि देखने वाले को यह लगे, कि टाइल्स लगी यह जगह ठीक-ठाक है। इन दोनों कामों के सन्तोषप्रद ढंग से सम्पन्न हो जाने के बाद, मैंने पूरे उत्साह से अपने रूमाल और अपनी जुराबें भी धो डालीं। उन्हें सूखने के लिए डालकर मैं कमरे में आया, तो दिमाग का तनाव थोड़ा कम लग रहा था। मैंने कपड़े बदले। फिर गाँजा चौक की ओर निकल गया।

इस बीच एक अच्छी बात यह हो गई थी, कि राधे की पान दुकान फिर से खुल गई थी। दीवाली के ऐन बाद जब मैं चौक गया था, और वहाँ मैंने राधे की नई और पहले से अधिक मजबूत छानी वाली नई दूकान, सीमेंट के पटाव वाले पान तखत के साथ खुली देखी थी, तब मेरे मन में एक अनाम प्रसन्नता लहरा-सी गई थी। अभी उसे पान की दुकान पर अकेले देखकर मैंने उससे उस मामले की बाबत पूछा, तो उसने बताया, कि पहले जब राधे और उसके भाई आपसी निपटारा करना चाहते थे, और

इसके लिए चचेरे भाइयों को दस लाख रुपए तक देने को तैयार थे, तो वे राजी नहीं हुए थे। और अब जब इन्हें जमानत मिल गई, तो वे चाहते हैं कि समझौता हो जाए, पर अब ये लोग अड़ गए हैं। राधे ने यह बात जोर देकर कही, कि अब अगर उसके अपने सगे भाई भी राजी हो जाएँ, तो भी वह किसी कीमत पर समझौता नहीं करेगा।

उसकी आखिरी बात पर मैं मुस्कराया। तब एक पल के लिए मुझे अपने मुहल्ले के सगे भाइयों के बीच के आपसी झगड़ों से जुड़ी किंवदन्तियों और किस्सों की याद आई थी, लेकिन राधे ने जब यूँ ही सूचना देने के अन्दाज में बताया, कि इस बीच जगदत्त की मृत्यु हो गई है, तो मैं चौंक गया।

जगदत्त, राधे लोगों का फुफेरा भाई था। आठवीं से ग्यारहवीं तक की पढ़ाई उसने यहीं की थी। यद्यपि राधे के दूसरे बड़े भाइयों के साथ, वह भी हमारे स्कूल में नहीं, बल्कि म्युनिसिपल स्कूल में पढ़ता था, लेकिन मेरी उससे खूब जमती थी। इस दोस्ती के पीछे एक कामज कथा भी थी। इसी से मैंने पहली बार दसवीं कक्षा में स्त्री–पुरुष के सम्भोग का पूरा ब्यौरा सुना था, जो इसका खुद का अनुभव था, जिसे इसने मुहल्ले की एक मुटल्ली लड़की से पाया था, अपने छोटे से बगीचे के अमरूद के पेड़ के नीचे, मई की दुपहर के तेज घाम में। अभी उसके मरने के बीस दिन बाद, उसकी मौत की अचानक खबर सुनकर, पहले धक्के के बाद, पहली रोचक याद मुझे इसी घटना की आई थी। मैट्रिक के बाद उसने यह शहर छोड़ दिया था, लेकिन जब भी आता था, मुझसे मिलने के लिए हमारे घर जरूर आता था। कोई दो साल पहले मैं उससे आखिरी बार यहीं रायगढ़ में मिला था। उस समय उसे देख कर उसमें किसी तरह की गम्भीर बीमारी की कमजोरी नजर नहीं आई थी। उसके सारे दाँत जरूर टूट गए थे और उसने नकली दाँतों का सैट भी लगवा लिया था, पर बेतहाशा पान तमाखू खाने की आदत उसकी नहीं छूटी थी।

उसकी इस अप्रत्याशित मौत की खबर के बाद सुनसान चौराहे के चारों ओर ताकते, मैं अचानक अपने उन सभी दोस्तों की याद करने लगा था, जो अभी पिछले पाँच सालों के भीतर संसार छोड़कर जा चुके थे। अभी लगभग छह महीने पहले मेरे अन्तरंग मित्र और मेरे साले की मृत्यु के बाद तो, कुछ दिनों के लिए मेरी बोलती ही बन्द हो गई थी। सोते–जागते मुझे उसकी याद आती रहती थी। लेकिन पिछले तीन महीनों से मैं दुनियादारी के कारोबार में फिर से मसरूफ हो गया था।

लेकिन जगदत्त की मौत की खबर सुनने के बाद, बीत चुके लोगों की यादों का सिलसिला कुछ ऐसे शुरू हो गया, कि मुझे पता ही नहीं चला, कि मानसिक भटकाव के उस अचानक ही शुरू हो गए सिलसिले ने मेरे पाँवों को नरसिंग मन्दिर की गली की ओर मोड़ दिया था।

गली में कदम रख देने के बाद भी, मैंने दिशा नहीं बदली। इस बात पर सोचने की कोशिश करने लगा, कि आखिर चौक के सुनसान में मौत की ताजा खबर के

बाद, कार्तिक पूर्णिमा की सुबह के नौ बजे, वह सड़क ही मैंने क्यों पकड़ी थी, जो सोनार पारा से होते हुए उसी चाँदनी चौक से राजमहल की ओर जाती थी, जहाँ से एक बार मैं सुबह-सुबह गुजर चुका था। उससे भी रोचक बात यह थी, कि चौक से सौ मीटर मुख्य रास्ते पर चलने के बाद, मैं बिलकुल अन्यमनस्क-सा इस गली में घुस गया था। अपने इस गली में होने की बात भी मुझे तब याद आई थी, जब मन्दिर के दस कदम पहले, एक बुढ़ाती और अपने बुढ़ापे में भी स्मार्ट लगती औरत ने मुझे स्थानीय शब्दावली में पालागी कहा था। मैंने मुड़कर उसे देखा था। जय हो कहते हुए मुस्कराया था। उस मुस्कराहट में गली में अगला कदम बढ़ाते हुए मैं दिमागी तौर पर उस अतीत में पहुँच गया था, जो मेरा नहीं इस औरत का अतीत था।

यह स्त्री मेरे लिए सुपरिचिता थी। अपने जवान दिनों में मैंने इसे इतने करीब से नहीं देखा था, कि सोचकर ही उसका चेहरा इस तरह मन की आँखों में उभार लूँ, कि जब चाहूँ रूबरू देखने का सुख पा सकूँ। पर रिटायरमेंट के बाद जब मैं यहाँ आया, तब इससे मेरी नियमित मुलाकात होने लगी थी। खासकर पिछले चार-पाँच वर्षों से तो हमारी मुलाकातें रोजाना सुबह-सुबह ही हो जाती थीं, क्योंकि यह भी मेरी तरह नियमित प्रात:भ्रमण में जाने वाली स्त्री थी। पर इसका असली परिचय यह है, कि आज से कोई बीस वर्ष पहले यह मेरे एक दूर के रिश्ते के फूफा की रखैल थी।

फूफा की दो लड़कियाँ थीं, जिनकी शादियाँ वे कर चुके थे। जब वे बावन के थे, तभी उनकी पत्नी का देहान्त हो गया था। उन्होंने दुबारा शादी करने की कोई कोशिश नहीं की थी। तभी मरणासन्न पिता और मृत भाई की दो सन्तानों के साथ, इसी गली में रहनेवाली इस औरत, याने उन दिनों की सुघ्घर और मुहल्ले-भर में चर्चित युवती से उनका सम्बन्ध हो गया था। इस सम्बन्ध के बारे में जवानी के आखिरी चरण में ही मुझे थोड़ी-बहुत जानकारी मिली थी, लेकिन मैंने उस पर ज्यादा ध्यान नहीं दिया था। पर जब मेरी पत्नी का देहान्त हो गया, तो एक दिन इन्होंने अपनी दुकान में (मुख्य बाजार में इनकी कपड़े की दुकान थी) बुलाकर मुझे बहुत आत्मीय समझाइश दी थी और बताया था, कि इस उम्र में विधुर जीवन बिताना कितना कठिन होता है।

उस समय मुझे इस औरत की याद आई थी, जिसके बारे में, मेरी जानकारी अफवाह जैसी ही थी, और-अभी फूफा की मृत्यु के कई बरस बाद, बूढ़ी हो चुकी उनकी रखैल को देख कर, एक पल के लिए मुझे उनकी याद आई थी। तब एक पल के लिए मुझे यह भी लगा था, कि अपनी अन्यमनस्कता में, अपने भीतरी खालीपन की बदहवासी में, समय काटने की अपनी तरह-तरह की कारगुजारियों में, शायद कहीं बहुत भीतर दबी यह बात भी रही होगी, कि इस गली में, यह स्त्री भी रहती है। यह महज खामखयाली थी। एक अदृश्य मुस्कान के साथ उसको टालता हुआ जब मैं आगे बढ़ा, तो गली के दाएँ बाजू से नरसिंह मन्दिर के सामने से उन्हें

प्रणाम किया। इस गली में, अपने रिहाइशी घर के सामने ही एक सार्वजनिक मन्दिर बनाकर उसका निजी इस्तेमाल करने की योजना जिस व्यक्ति ने बनाई थी और जिसने पूरे निर्माण को अंजाम भी दिया था, उनका खुद का नाम भी नरसिंह प्रसाद ही था। शहर के इस एकमात्र नरसिंह मन्दिर की देख-रेख अब उनका एक पोता करता था, जो शास्त्रज्ञ ज्योतिषाचार्य तो था ही, कम्प्यूटर ऑपरेशन में भी उसे दक्षता प्राप्त थी। नरसिंह मन्दिर के सामने खड़े होने के बाद भी, कुछ देर तक वहीं खड़े रहने का कारण यह था, कि अचानक मैं यह सोचने लगा था, कि इस शहर में तो कहीं भी दूसरा कोई नरसिंह मन्दिर और नहीं है, लेकिन दूसरे शहरों में भी दर्शनीय स्थानों की फेहरिस्त में, मैंने कहीं भी किसी नरसिंह मन्दिर का नाम नहीं देखा था, जब कि अपने बचपन में हमने हिरण्यकशिपु को देहरी के ऊपर गोद में बिठाकर, नाखून से पेट चीरकर मारने वाले भगवान के इस अवतार की कथा कई बार सुनी थी। सिंह के सिर और मनुष्य के धड़ वाले इस अवतार के प्रति हमारे मन में भयमिश्रित श्रद्धा थी। इस अचानक स्मृति के साथ मेरी इच्छा हुई, कि मैं मन्दिर के अन्दर जाकर देखूँ तो सही, कि भगवान की मूर्ति कैसी लगती है। मैं सहज भाव से अन्दर घुस गया।

भगवान के कमरे के ठीक सामने एक हॉल जैसी जगह थी। वहाँ खड़े-खड़े मैंने प्रतिमा को ध्यान से देखा। मूर्ति साधारण लग रही थी। सिंह के अयालों का काम, कामचलाऊ ही लग रहा था। आँखें भी आदमियों जैसी ही लग रही थीं। वहाँ नरसिंह भगवान के बाजू से, कुछ दूरी पर परशुराम भी मौजूद थे। उनकी ओर गौर से देखते हुए मैं मन ही मन मुस्कराया था। मुझे याद आया था, कि पिछले चार-पाँच बरसों से यहाँ ब्राम्हण महासभा जोर-शोर से परशुराम जयंती मना रही है। उसके बाद थोड़ा घूम कर मैंने हॉल का मुआयना किया। तब मुझे याद आया कि अभी छह सात बरस पहले, मेरी पेंशन प्राप्ति के उद्यम के रूप में, यहाँ शास्त्री जी ने मेरे लिए सिद्धि विनायक की विशेष पूजा का आयोजन किया था। इस पूजा के पहले, मैं इसी पेंशन के सिलसिले में उनके दफ्तर में, याने उस कमरे में गया था, जहाँ वे कुंडली बनाने, भविष्य बताने, हवन इत्यादि करने के बारे में प्रारंभिक बातचीत करते हैं, और अपने पूरे अनुष्ठान की लमसम फीस बताते हैं। यों विभिन्न अनुष्ठानों, हवनों, पूजा-पाठों, के शुल्क के लिए उन्होंने एक मुद्रित लिस्ट भी बनाई हुई है। उनके कमरे में भी बड़े अक्षरों में एक बोर्ड पर यह लिस्ट टँगी है। अभी जब अपनी बेसिलसिला सोच के दौरान, पेंशन सम्बन्धी कार्य के लिए की गई पूजा की याद आई, तो बेबुलाए मेरे मन में खयाल आया, कि एक बार मुझे अपने बेटे की कुंडली भी उनसे दिखवा लेनी चाहिए। पिछले दो-तीन महीनों से अपने बेटे को लेकर मैं ज्यादा चिंतित रहने लगा था। इसके पहले जब उसने रायगढ़ में नौकरी ज्वाइन की थी, तब उसके इस काम के लिए मैंने या बिन्ना ने कोई कोशिश नहीं की थी। उसके जाने के साल-भर बाद पता नहीं क्यों, मुझे बार-बार लगने लगा था, कि उसे यहीं अगर

कोई छोटा मोटा काम मिल जाता, तो अच्छा था। चूँकि एक भले डॉक्टर और समाजसेवी की हैसियत से बिन्ना का अच्छा-खासा प्रभाव शहर में था, इसलिए उसके जरिए हमने उसी जिन्दल के दो बड़े अफसरों से मुलाकात की थी। पर अभी तक कुछ हुआ नहीं था। यह सच है, कि अब बेटे को मुम्बई के अपने काम में मजा आने लगा था, पर इधर मेरा पुत्र-प्रेम दिनों दिन कुछ ज्यादा ही बढ़ता जा रहा था। शायद मेरे मन में एक डर सी यह बात बैठ गई थी, कि मेरा अन्त समय अब निकट ही है, और अगर कुछ दिनों या महीनों की अपंगता के साथ ऐसा समय आएगा, तो मेरे आसपास कोई न होगा, जो मरते समय याने ऐन प्राण छूटते तक मेरा वास्तविक व्यावहारिक सहारा बन सके, हालाँकि यह भी सच है, कि इस तरह से अपनी मौत की चिन्ता या बेटे के भविष्य की बात को, मैं किसी ऑबशेसन की तरह अपने भागते हाँफते दिमाग में नहीं बिठाए था। सच तो यह है, कि शास्त्री जी के इस मन्दिर में आ जाने के बाद, मेरी पेंशन सम्बन्धी उनकी उन दिनों की भविष्यवाणी, देववाणी की तरह अभी मेरे मन में गूँजने लगी थी और मैं यह सोचने लगा था, कि पेंशन प्राप्ति की तारीख भी उन्होंने जो बताई थी, वह सही निकली थी। शायद इसी सोच ने मुझे यह प्रेरणा दी, कि जब यहाँ आ ही गया हूँ, तो एक बार उनसे मिल लेना चाहिए।

मन्दिर के दाएँ बाजू की गली के रस्ते, जब मैंने ऊपर बने उनके ज्योतिष कार्यालय में जाने के लिए बनी सीढ़ियों पर चढ़ना शुरू किया ही था, कि मुझे लगा जैसे किसी ने मुझसे दो कदम दूर ही दीवाली का कोई बड़ा-सा बम फोड़ दिया है। उसकी रौशनी और आवाज से मैं भौंचक हतवाक् सीढ़ी पर खड़ा हो गया था।

दो सीढ़ी ऊपर खड़ी थी सुबीरा सक्सेना। उसने अपनी सुरीली आवाज में कहा था, ''नमस्ते अंकल।''

शास्त्री जी के कार्यालय में सुबीरा सक्सेना की यह मौजूदगी अनहोनी जैसी लग रही थी। लेकिन वह वही थी। उसने दुबारा पूछा था, ''और मोनिका क्या कर रही है इन दिनों?''

तब मुझे लगा था, कि ना, यह वही है, क्योंकि वह जिस लड़की के बारे में पूछ रही थी, वह गुरूचरण की तीसरे नम्बर की लड़की थी। याने अनन्या की बहन मोनिका। सुबीरा सक्सेना से मेरी पहली आकस्मिक मुलाकात आज से पाँचेक साल पहले रेलवे स्टेशन पर हुई थी। वह मोनिका के साथ थी। वे दोनों स्टेशन के सामने के इलाके में एन.सी.सी. ड्रेस में खड़ी घर जाने के लिए रिक्शेवाले से मोल-भाव कर रही थीं। शायद दोनों पास के शहर से लौटी थीं, जहाँ के एन.सी.सी. कैम्प में गई हुई थीं। उसी ट्रेन के साथ ही विपरीत दिशा से मेरी अपनी ट्रेन पहुँची थी। बाहर निकलते ही मैंने इन्हें देखा था और ड्राइवर छोटू ने मुझे। वह गाड़ी मेरे पास ले आया था। मैंने उन्हें लिफ्ट दी थी। कार में ही मोनिका ने उसका परिचय कराया था, कि

यह सुबीरा है और दसवीं में पढ़ती है। उसका घर कोतवाली के बाजू वाली सड़क पर था। मैंने कार उसके घर के ऐन सामने रुकवाई थी। रकशैक पीठ पर लाद कर सुबीरा उस दिन मुझे थैंक्यू कहते हुए, जिस तरह से मुस्कराई थी, उसे देखकर मैंने ताड़ने जैसा सोचा था, कि लड़की तेज लगती है। इसके बाद छह-सात महीने के भीतर ही वह अचानक एकदम अकेली मेरे कमरे में आ गई थी। उस दिन उससे थोड़ी देर तक बात हुई थी। मुझे याद है कि तब उसने अपने भविष्य की महत्वाकांक्षा बताते हुए यह भी कहा था, कि वह एयर होस्टेस बनना चाहती है। जब मैंने उसके माँ-बाप के बारे में पूछा था, तो उसने थोड़ी तीखी, बेबाकी के साथ बताया था, कि उसकी माँ, पिता से बाकायदे तलाक ले चुकी है और वह खुद माँ के साथ घर के पिछले हिस्से में रहती है। अभी उसे देखते हुए मुझे यकायक इतनी सारी बातें याद आ गई थीं, लेकिन पिछले चार वर्षों में अलग-अलग रंगतों में मैंने क्षण-दर्शन के दौरान, उसके जो रूप देखे थे, वह तो अनिर्वचनीय हैं, और ऐसी किसी शख्सियत का तांत्रिक या ज्योतिषी के पास आना भी कोई अनहोनी बात नहीं थी। उसके सवाल के जवाब में, मोनिका के कॉलेज में पढ़ने की बात कहकर मैंने मुस्कराते हुए पूछा था, ''और?''

''ठीक है।'' कहती हुई, वह सीढ़ियाँ उतरने लगी थी। शायद वह सँकरी सीढ़ियों की वजह से मुझे इत्मीनान से चढ़ने की जगह देने के लिए ही, ऊपर सीढ़ी के कोने में सिकुड़ी-सिमटी सी खड़ी रह गई थी और पहचान के चलते औपचारिकतावश मोनिका के बारे में पूछ लिया था, क्योंकि वह जितनी तेजी से सीढ़ियाँ उतर गई थी, उससे लगा था कि वह जल्दी में है। लगा तो यह भी, कि उसके चेहरे में वैसी चमक भी नहीं है, जो पिछली झलकियों में मैंने देखी थी। मुझे वह कुछ निचुड़ी हुई-सी लगी। थोड़ी परेशान, थोड़ी चिंतित-सी भी। शायद ऐसे ही किसी कारण से उसे यहाँ शास्त्री जी के पास आना पड़ा था।

जब मैं सीढ़ियाँ चढ़कर शास्त्री जी के दफ्तर में पहुँचा, तो उनके नौकर ने बताया, कि नाश्ता करने के लिए अभी-अभी ही गए हैं। लौटने में कम से कम आधा घंटा तो लग ही जाएगा, सोचते हुए मैं फिर से उन्हीं सीढ़ियों की तरफ बढ़ा।

फिर से मेरे लालची दिमाग में जिज्ञासा कुनमुनाई, कि आखिर सुबीरा सक्सेना जैसी मशहूर शख्सियत को, यहाँ इस गली में शास्त्री जी के पास क्यों आना पड़ा? उसके सम्बन्ध तो अब ऐसे लोगों से बन गए थे, कि वह खुद शास्त्री जी को अपने घर बुलवा सकती थी।

इस तरह की खाज-भरी जिज्ञासा के साथ, जब मैं उसी गली से उस तरफ लौटने लगा, जहाँ से आया था, तो फूलो साव के सामने की सँकरी गली से, स्कूटी सरसराती आती सुबीरा को मैंने तेजी से उसी तरफ बढ़ते देखा, जिधर मेरे पाँव बढ़ रहे थे। मेरा माथा थोड़ी और तेजी से ठनका। अभी इस गली से उसके आने का क्या

मतलब था ? इस गली के रहवासियों में शायद ही कोई ऐसा सम्भावित व्यक्ति होगा, जिसके यहाँ, उसके जाने की सम्भावना बने। फिर मुझे याद आया, कि शायद वह उस गली के मशहूर वकील अभयराम मेहर के यहाँ गई हो। हो सकता है कि जिस परेशानी के चलते, वह शास्त्री जी जैसे ज्योतिषी के पास पहुँची थी, उसका कोई सिरा वकील से भी जुड़ा हो। राजनेताओं और अफसरों से खुला सम्बन्ध बनाकर, मशहूर शख्सियत बन जाने वाली मुक्तमना सुन्दरी युवती सुबीरा के बारे में इस तरह की सोच अविश्वसनीय तो नहीं कही जा सकती, पर ऐसी सोच के दौरान यह बात भी मेरे दिमाग में गड़ रही थी, कि सुबह नौ के समय, और वह भी अकेली, वह इन कामों के लिए निकली कैसे थी। इसके पहले मैंने उसे जब देखा था, वह या तो कार में मंत्री पुत्र के साथ थी, या फिर छुट्टी पर बैठ कर महँगा पब्लिक स्कूल चलाने वाले उस डिप्टी कलेक्टर के साथ, अभी हाल में बारिश की किसी शाम, जिससे मेरी सपत्नीक मुलाकात हुई थी।

अभी इस बार उसकी याद आते ही मैंने सोचा, कि क्या उस डिप्टी कलेक्टर की पत्नी को पता है, कि उसके पति का सम्बन्ध सुबीरा से है ? इस सोच ने मेरी जिज्ञासा की दिशा फिर बदल दी। एक पल को मैं अपनी बुढ़भस की चाहत के उस पहले दौर पर सोचकर ठिठका। दूसरे पल, मेरे मन में यह खयाल भी आया, कि अगर मैं उसके घर जाकर उससे बात करूँ तो, कम से कम यह तो पता चल ही जाएगा, कि वह सुबीरा के बारे में जानती है या नहीं। यह खयाल मेरे मन में आ जरूर रहा था, लेकिन मैं जानता था, कि उसके घर जाकर उससे बात करना, और इस जासूसी के उद्देश्य से बात करना, कि उससे सुबीरा के बारे में कुछ पता चल जाए, मेरे जैसे कमजोर कलेजे के आदमी के बस की बात नहीं थी। सच तो यह है, कि बुढ़भस के उस पहले दौर में भी, मैंने उससे कभी सीधे-सीधे बात नहीं की थी, जबकि उसके दर्शन पा जाने के लिए मैंने पूरे शहर की गली-गली के चक्कर लगाए थे। अपनी इस ढुलमुलपने वाली सोच के साथ, जब मैं गाँजा चौक पहुँचा, तो मैंने देखा कि राधे की दुकान के सामने नरेन कोलता और बंटू खड़े थोड़े ज्यादा धीमे, याने फुसफुसाहट के स्वर में, बातें कर रहे थे। मैं दुकान के करीब पहुँचा तो वे थोड़ा और आगे मुरली के बेटे की कम्प्यूटर दुकान की ओर बढ़ गए। वे शायद किसी गोप्तीय प्रसंग पर गुफ्तगू कर रहे थे।

''ये दोनों किस प्रायवेट बात में लगे हैं ?'' मैंने राधे से पूछा। ''पता नहीं,'' राधे ने कहा, ''म्युनिसिपल चुनाव के बारे में तो कुछ कह रहा था कोलता।'' राधे ने थोड़ी तल्खी के स्वर में कहा। वह नरेन को पसन्द नहीं करता था। लेकिन नरेन और बंटू की गोपनीय बातचीत और वह भी चुनाव के बारे में! यही अपने आप में अजीब बात थी। बंटू का चुनाव में दिलचस्पी का कारण तो सदा से एक ही था। वह सट्टे का खाइवाल था, और चाहे क्रिकेट हो या चुनाव, उसकी दिलचस्पी खाने खिलाने

वालों में ही होती थी। दूसरी ओर नरेन इस कदर कंजूस था, कि म्युनिसिपल चुनाव में किसी तरह के सट्टे की बात तो वह सोच भी नहीं सकता था। खुद बंटू को भी म्युनिसिपल चुनाव के सट्टों में ज्यादा दिलचस्पी नहीं थी। फिर अभी तो चुनाव को महीना-भर बाकी था। उम्मीदवारों ने अभी नामांकन तक दाखिल नहीं किया था। हो सकता है, कि ये अपने समाज के किसी को खड़ा करने की सोच रहे हों, हालाँकि इनके जात समाज के वोटरों की संख्या डेढ़-दो सौ से ज्यादा नहीं थी। हो सकता है कि मेरे साले की पत्नी, याने मेरी सरहज के इस वार्ड से खड़े होने की बात सुनकर, वे इसी विषय में कुछ बात कर रहे हों, और मुझे इधर आता देख थोड़ा परे खिसक गए हों। मेरी सरहज को इस वार्ड से खड़ा करने के पार्टी के निर्णय के बारे में, मेरे साले ने यहीं, इसी पान ठेले के सामने, नरेन की मौजूदगी में ही बताया था। मैंने तभी उससे साफ-साफ कहा था, कि यहाँ से उसका जीतना काफी टफ होगा। अभी का पार्षद यहाँ बेहद लोकप्रिय था। मैं खुद उसे बहुत पसन्द करता था। मुहल्ले के लोगों ने मीटिंग बुलाकर उससे कहा था, कि वह अपनी धर्मपत्नी को खड़ा कर दे, क्योंकि यह वार्ड महिलाओं के लिए सुरक्षित हो गया था। और इसी वजह से मेरी सरहज को भी मेरा साला यहाँ से लड़ाना चाहता था, क्योंकि खुद उसका अपना वार्ड जनरल वार्ड बना दिया गया था। इस बाबत मेरे एक मित्र ने भी मेरे साले को समझाने की कोशिश की थी। पर मेरा साला भी थोड़ा अड़ियल था। यों अभी तक किसी ने परचा भरा नहीं था।

सोचते-सोचते मुझे लगा, कि शायद बंटू को हीरो की मार्फत विधायक की तरफ से कोई हिदायत आई हो। हीरो विधायक का खास आदमी था। उसे दूसरे बाबूलाल उर्फ एम.एल.ए. का शेर कहा जाता था। जात का वह बिहारी पठान था, लेकिन भाजपा का अपना विधायक उसे अपना दायाँ हाथ मानता था।

और बंटू के लिए वह सचमुच हीरो था। पता नहीं उसका धन्धा क्या था। वैसे तो मुझे यह भी पता नहीं, कि इस दूसरे बाबूलाल का धन्धा ही क्या है। कई लोगों से इसके बारे में सुना था, कि इसने चाट का ठेला लगाकर अपनी रोजी-रोटी की शुरुआत की थी। इसके बाद कौशल ने यह भी बताया था, कि सन् 80-81 में यह उसी के साथ खुली मेटाडोर चलाता था। माल ढोने वाली मिनी ट्रक में ठसाठस इंसान भर कर, ये तीन-चार दोस्त घरघोड़ा रोड़ और सारंगढ़ रोड की मुख्य सड़कों से निकल कर आसपास के गाँवों तक जानेवाली कच्ची सड़कों में भी, इंसानों से भरे खड़खड़ाते मेटाडोर चलाते थे। एक बार तो दूसरे बाबूलाल की गाड़ी में ड्रायविंग खुद वही कर रहा था। सड़क पर अवैध गाड़ियों की धरपकड़ के लिए एस.पी. खुद घात पर बैठे थे। दूसरे बाबूलाल ने दूर से उनकी गाड़ी देख ली थी, और अपनी मेटाडोर पूरी स्पीड के साथ ताजा कटे खेत की ऊबड़-खाबड़ जमीन पर उतार दी थी। उधर उसको भागते देख एस.पी. साहब मुस्कराए थे—साला बचेगा कब तक?

कुछ तो यह भी बताते हैं, कि इसकी तरक्की की शुरुआत पास के गाँव की दुकान में सरकारी राशन दुकान चलाने के बाद हुई थी। कुछ लोगों का मानना है, कि वह विडियो सिनेमा दिखाए जाने के दिनों में चमका था। इसकी तकदीर के चमकने के पीछे का राज चाहे जो हो, यह एक मेहनती इंसान था और कम से कम व्यक्तिगत स्तर पर मुझसे इसके सम्बन्ध काफी अच्छे थे, और सचाई यह भी है, कि इस सम्बन्ध के कारण ही हमें सरकारी भवन निर्माण के कार्यक्रम में एक छोटा-सा मकान भी मिल गया था।

लेकिन अभी इस वार्ड के चुनाव में उसकी इतनी दिलचस्पी होगी, कि उसके चमचे का चमचा बंटू, वार्ड के सीनियर सिटीजन नरेन कोलता के साथ, कार्तिक पूर्णिमा के दिन सुबह दस बजे, इस बाबत अत्यन्त गोपनीय बातचीत की शुरुआत, खुले चौक में कर देगा, यह एकदम अविश्वसनीय बात थी।

लेकिन राधे ने इलेक्शन के बारे में जो सुना था, वह भी तो गलत नहीं हो सकता था? -

अन्दर के इन फिजूल सवालों के भीतर, अभी कुछ मिनट पहले की मेरी जिज्ञासा थोड़ी दब जरूर गई थी, पर मैं उसे भूला नहीं था। इसलिए कि अभी जब बंटू के रस्ते हीरो और हीरो के रस्ते बाबू की सोच में मैं बह रहा था, तो किसी कोने से स्मृति की यह पुकार भी आई थी, कि एक दफे तो बाबा जटाशंकर धाम में जब मैंने मंत्री पुत्र के साथ पिछली सीट पर सुबीरा सक्सेना को बैठे देखा था, तब अगली सीट पर यही बाबूलाल, उस कंजी आँखों वाले डिप्टी कलेक्टर के साथ बैठा हुआ था।

मतलब?

मतलब साफ था कि यह बाबूलाल सुबीरा सक्सेना को जानता था और शायद उसे यह भी पता हो, कि आज सुबह-सुबह पहले शास्त्री जी के यहाँ, बाद में गली के मशहूर मेहर वकील के यहाँ, वह किस काम से गई थी?

यह बात बाबू से तो नहीं पूछी जा सकती थी। यों उसके खासुलखास हीरो को भी शायद इसकी जानकारी हो, पर उससे तो मेरा परिचय भी नहीं था। जब मैंने फूलो साव के घर के सामने से सुबीरा को स्कूटी में इधर सदर बाजार की दिशा में मुड़ती देखा था, तब गाँजा चौक की ओर बढ़ते हुए मैंने यह भी सोचा था, कि शायद इस नरेन कोलता को इस बारे में कुछ मालूम होगा। इसलिए कि इसकी दिलचस्पी जैसे इस बात में थी, कि किसने, किसकी जमीन, किस कीमत पर कहाँ खरीदी है, वैसे ही यह इस बात की जानकारी में भी उस्ताद था, कि कौन किससे लगा है, या लगी है?

पर जब मैं यहाँ आया, तो मैंने पाया कि वह बंटू से बातें कर रहा था। अभी भी दोनों मुरली के बेटे की कम्प्यूटर दुकान के सामने के पेंवठे पर बैठकर पता नहीं

कौन-सी बातें कर रहे थे। तीन-चार मिनट तक एक तरह की बोझिल चुप्पी में खड़े-खड़े, मुझे अपने आप पर, इस बात पर इस कदर गुस्सा आया, कि मैं भी आखिर एक ऐसी लड़की के बारे में क्यों इतनी शिद्दत से सोच रहा हूँ, जिससे न तो मेरा कोई सम्बन्ध है, और न भविष्य में होने की कोई सम्भावना ही है। पर इस तरह की कई दूसरी बातें भी मेरे दिमाग में कुछ इस तरह से रच-सी जाती थीं, कि उनसे छूट पाना मेरे लिए काफी मुश्किल काम होता था। लेकिन पता नहीं कब और कैसे सोच की दिशा अपने आप बदल जाती थी। बेशक कोई तात्कालिक कारण जरूर होता था। जैसे अभी का तात्कालिक कारण बिन्ना का फोन था।

बिन्ना ने फोन पर बताया कि जय सिंह जी घर आए हुए हैं और आधे घंटे से मेरा इन्तजार कर रहे हैं।

मुझे थोड़ा ताज्जुब हुआ। जय सिंह शेखावत हमारे समधी थे। हमारे माने हमारी एक और छोटी बहन के। शायद किस्से में किसी जगह मैंने बहनोई अरुण का जिक्र भी किया है। पर वे खास मुझसे मिलने के लिए आधे घंटे से रुके हुए थे, यह जानकर मुझे थोड़ा अजीब-सा लगा था। इसलिए, कि वे एक घनघोर धार्मिक आदमी थे, और गजब के बातूनी। जब भी हमारे घर आते, तो अक्सर वे बिन्ना के साथ किसी धार्मिक प्रसंग या ग्रन्थ पर लम्बी बातचीत करते थे, या फिर काकी माँ को कोई धर्मकथा सुनाते थे। मुझसे तो समधी का बेहद औपचारिक दुआ-सलाम या हाल-चाल पूछने का रिश्ता ही बन पाया था। उनकी एक मजेदार विशेषता यह भी थी, कि अगर भूले से कहीं आपने, अपनी किसी शारीरिक तकलीफ का प्रसंग छेड़ दिया, तो वे एक की जगह, तीन ऐसी दवाएँ सुझाते थे, जिनका नियमपूर्वक सेवन करना, जंगल में तपस्या करने से भी कठिन लगता था और इधर मेरा हाल यह था, कि अगर किसी से पाँच मिनट से ज्यादा की बातचीत चल गई तो मैं अपने अनजाने ही किसी छोटी-मोटी बीमारी का जिक्र कर ही देता था और सौ में से नब्बे तो ऐसे होते थे, जो तत्काल कोई देसी नुस्खा बताते थे।

मैं घर पहुँचा और सीधे पूजाघर में घुस गया। बेशक इस एहतियात के साथ, कि पूजाघर के पहले वाले, सौ से भी ज्यादा साल पुराने कमरे में अभी हाल लगाए गए लोहे के छोटे फाटक को कायदे, करीने और पूरी चेतनता के साथ मैंने बन्द किया, क्योंकि निचले तल्ले में आते ही, जो बात मेरे दिमाग को सबसे ज्यादा चौकन्ना बनाए रखती थी, उसमें चप्पल न उतारने को सबसे अहम वरीयता प्राप्त थी। अगर उतारना जरूरी है, तो इस बात का ध्यान रखना भी, कि उन्हें ऐसी जगह रखें, जहाँ पेपे यांने हमारी कुतिया की सहज पहुँच न हो। पूजाघर के पहले वाले कमरे के फाटक को पूरी याद से बन्द करना, इसी सावधानी का एक नमूना था। अभी वहाँ पहुँचते ही उन्होंने मुझे नमस्कार किया। उनके नमस्कार का जवाब देते हुए मैंने उनसे पहला सवाल किया, आपने अपनी चप्पल कहाँ उतारी है?

"क्यों?" उन्होंने थोड़ा अचकचा कर पूछा।

"इसलिए कि अगर बाहर उतारी है, तो फौरन उसे बाजू के कमरे में ले आइए और गेट बन्द कर दीजिए।"

"क्यों?" उन्होंने उसी तरह की हैरत की आँखों से देखते हुए पूछा।

"इसलिए कि पेपे अभी बाहर है। अगर चप्पल पर उसकी नजर पड़ गई, तो जोड़ी में से एक उठाकर टेबल के नीचे छिप जाएगी और फिर उसे वापस लेने के लिए कम से कम आधा घंटा आपको इन्तजार करना पड़ेगा।"

वे मुस्कराए। चुपचाप बाहर निकल गए। पल-भर में वापस आए और मुस्कराते हुए बोले, "यह आप लोगों ने अच्छी आफत पाल रखी है।"

जवाब में मुस्कराने के अलावा और क्या कहा जा सकता था। ऊँची नस्ल की इस विदेशिनी कुतिया से होने वाली परेशानियों के बावजूद अब तो आलम यह था, कि यह परिवार का ऐसा हिस्सा हो गई थी, कि अगर किसी दिन यह किसी वजह से डल रहती, तो पूरा घर उसके स्वास्थ्य की चिन्ता में लग जाता था।

"और?" मैंने समधी से पूछा।

"कल हरीश ने बताया कि आप पूछ रहे थे।"

"हाँ, अरसा हुआ आपसे मुलाकात नहीं हुई थी, सोच रहा था कि आज ही जाऊँगा।"

"मैंने भी सोचा कि काकी माँ से, और दीदी से भी मुलाकात हो जाएगी, और थोड़ा पैदल चलना भी हो जाएगा।"

"आप उतनी दूर से पैदल आए हैं।" मैंने थोड़ा नाटक करते हुए पूछा। वे मुझसे छह-सात बरस छोटे थे। उनका घर हमारे घर से चार किलोमीटर दूर था। मैं कई बार देख चुका था, कि वाहन का उपयोग वे शहर के भीतर कहीं भी जाने के लिए नहीं करते थे। लेकिन कार्तिक पूर्णिमा के बावजूद सुबह ग्यारह की धूप में ऐसी प्रखरता थी, कि उतनी दूर से पैदल आना थोड़ा मुश्किल काम था।

वे फिर बोले, "दरअस्ल अभी पिछले तीन महीने मैं बिलासपुर में था।"

मुझे यह बात मालूम थी। बेटी के घर इतने लम्बे अरसे तक रहने की वजह यह थी, कि उनके पुराने मकान का नवीकरण हो रहा था। शुरू में तो वे यहीं थे। पर राजमिस्त्री और दीगर रेजाओं के काम में इतनी टोकाटोकी करते थे, कि कामगार हफ्ते-भर में ही उनसे उखड़ गए थे। जब उन्हें दुबारा मना कर लाया गया, तब एक बार राजमिस्त्री से किसी मुद्दे पर उनकी अनबन हो गई। उसके व्यवहार से समधी जी इतने गुस्से में आ गए, कि तैश में उसे एक झापड़ मार दिया। बेटे ने जब बाप की कारगुजारी सुनी तब उन्हें समझा-बुझा कर बिलासपुर छोड़ आया था। मकान के नवीकरण के पूरे दौर में वे रायगढ़ से बाहर रहे, इसी वजह से इधर नहीं आ पाये थे।

"और ?" मैंने दुबारा बात शुरू करने की कोशिश में पूछा था, "लेकिन आपके मकान के कागजात का क्या हुआ ?"

मैंने यह सवाल महज खाली जगह भरने के लिए पूछा था। मन के किसी कोने में यह आशंका भी थी, कि वे स्वास्थ्य या धर्म सम्बन्धी किसी ऐसे विषय पर न शुरू हो जाएँ, जहाँ किसी वाक्य के बाद उनका फुल स्टॉप ही न आए। पर इस विषय पर जब वे शुरू हुए, तो उनके आख्यान की शुरुआत से ही लगा, कि वे आदि पर्व से शांति पर्व तक की पूरी कथा सुनाएँगे। बेशक शुरुआत उन्होंने काफी धीमी गति से की और बताया कि दरअसल यह जमीन शुरू में इनके पिता ने इनकी माँ के नाम से खरीदी थी। जमीन कल्याणदास नाम के किसी व्यक्ति से खरीदी गई थी। भू-स्वामिनी आधार बाई नाम की कोई महिला थीं।

जब वे जमीन कचहरी कथा के इस हिस्से पर पहुँचे थे, तभी मेरे माथे में दर्द होने लगा था। दरअस्ल उस दिन मेरी नाक बन्द थी। मुझे छींकें भी ज्यादा आ रही थीं। गले में भी कफ का उतार-चढ़ाव जारी था। शायद उन्होंने यह मार्क कर लिया था, कि मेरा स्वास्थ्य ठीक नहीं है। उन्होंने उसी वक्त अपना मूल किस्सा रोक कर पूछा था, "आपको सर्दी-खाँसी है ?"

"ना, यह एलर्जी की वजह से है। मैं जब बारह साल का था, तब से यह बीमारी है। अब तो काफी कम है।" मैंने रूमाल से नाक पोंछते हुए कहा, "अभी आप आधार बाई के बारे में कुछ बता रहे थे।"

शायद वे समझ गए, कि मैं सर्दी-खाँसी से सम्बन्धित उनकी देसी दवा का नुस्खा सुनने के मूड में नहीं हूँ। इतनी देर वहीं हमारे करीब बैठी बिन्ना के ओठों पर भी, मेरे इस सोदेश्य प्रसंगान्तर पर, एक पतली-सी मुस्कान उभरी। पर उनके मुख की गम्भीरता देखकर हम दोनों को यही लगा, कि जमीन के कागजात सम्बन्धी किस्से में भी उनकी रुचि, धर्म-पुराण या देसी दवा के नुस्खे से कम नहीं है, क्योंकि आधार बाई का नाम सुनते ही उन्होंने, उस गाँव के गौंटिया का नाम लिया और पूछा, "आपने मिश्री लाल का नाम तो सुना होगा ?"

"कौन मिश्री लाल ?" मैंने यूँ ही पूछ दिया। न तो मेरा ध्यान उनके सवाल पर था और न ही उनकी जमीन के आगामी आख्यान पर। मैं गौर से उनके गोरे और दाढ़ी से भरे चेहरे को देख रहा था। वे ठिगने कद के तन्दुरुस्त आदमी थे। आँखें बड़ी-बड़ी थीं। भौहों पर खूब घने बाल थे। बिलकुल बेतरतीब सघनता, पर काले थे। सिर के बाल और दाढ़ी जरूर सफेद हो गए थे। सारे दाँत झक्क सफेद। भुजाएँ गठीली। चेहरा एकदम निश्िंचत और एक अजब आत्मविश्वास से भरा। यह एक सरल सहज आदमी का आत्मविश्वास था। उनको देखने या उनसे बातचीत करते हुए यह हमेशा महसूस होता था, कि उनकी बातों में कहीं कोई बन्तूपन नहीं है। उनके लगाव और उनकी नफरत की जबान में कहीं कोई पेचोखम नजर नहीं आता था।

बेशक वे व्यवहार और शिष्टाचार की फौरी जरूरतों की उपेक्षा नहीं करते थे, पर ऐसे वक्तों पर वे ज्यादातर चुप्पी साधे रहते थे। उनकी तरफ इस तरह देखते हुए मैं सोचने लगा था, कि इनको जीवन में कभी शायद किसी बात पर कोई आत्मशंका नहीं हुई होगी। यों सौ में (मुहल्ले के या शहर के)से नब्बे बूढ़ों को देखकर मुझे यही लगता है। तब मैं आत्मचिन्तन करते हुए अपने को कोसता हूँ, कि अपने यार-दोस्तों और नाते रिश्तेदारों, अपने मुहल्ले के पड़ोसियों की तुलना में, मैं एकदम अलग हूँ। अपनी बात पर ही नहीं, हर किसी की बात पर सन्देह करना जैसे मेरे स्वभाव का ही हिस्सा है। लेकिन जो बात सबसे खतरनाक ढंग से मेरे दिल-दिमाग में किसी काँटे की तरह गड़ती रहती है, वह है मेरी कामना की लहरीली पुकार, जो पता नहीं कितनी शक्लों में, कितनी आवाजों के साथ, भीतर कहीं बहुत गहरे में, हर हमेशा मौजूद ही बनी रहती है। बेशक अकेली नहीं, अन्तिम की दहशतनाक कल्पनाओं के साथ, जब नहीं होने की इस राह की मंजिल एकदम करीब होगी। अपनी इस तरह की सोच के चलते मुझे कभी-कभी लगता है, कि शायद मैं एक सामान्य याने नॉर्मल आदमी नहीं हूँ, लेकिन अपने रोजमर्रा में मैं जिस तरह के कामों में उलझा रहता हूँ, उससे शायद ही किसी को अन्दाज लग पाता होगा, कि मेरी सोच की दुनिया में क्या हो रहा है। खुद मुझे भी उस दौरान कहाँ कुछ पता चलता है। जब मैं मन से या बेमन से, इच्छा से या मजबूरी से, दूसरों के साथ होता हूँ, तो शायद सोच की बेतरतीबी और ध्यान की अनेकाग्रता के बावजूद, एक ऐसी दुनिया में होता हूँ, जहाँ अपने पर अविश्वास करने, अपने को कोसने, अपने से डरने के संसार से, थोड़ा इस तरह बाहर निकला होता हूँ, कि पता ही नहीं चलता, कि अपने साथ हूँ या दूसरों के साथ।

अभी भी जयसिंह जी के चेहरे को गौर से ताकता हुआ मैं अपने बारे में नहीं, मिश्री लाल शर्मा के बारे में सोच रहा था। तभी समधी ने सोच को दिशा देने-सा कहा, ''उसके भतीजे तो अभी भी आपके ही मुहल्ले में रहते हैं।''

''हमारे मुहल्ले में? कहाँ पर?''

''ठीक आपके मुहल्ले में नहीं, तुर्कारी पारा के पास उस सँकरी गली में, श्रीनिवास तिवारी के पड़ोस में।''

मुझे ताज्जुब हुआ। इनके परिचय का दायरा इतना विस्तृत है और इनकी स्मृति इतनी जीवन्त, कि बैकुण्ठपुर से चार किलोमीटर दूर के बहुत पुराने स्थानीय व्यक्तियों के नाम-पते इन्हें इस तरह अभी भी याद हैं, जैसे उस गली और उस मकान को साक्षात देख रहे हों, जहाँ मिश्रीलाल के भतीजे रहते हैं।

उनकी इस सूचना पर मेरे मन में यह स्पष्ट हो चुका था, कि ये किस मिश्री लाल की बात कर रहे थे। पर पहले मैंने उनकी स्मृति की दाद दी और फिर पूछा, ''लेकिन इस मशहूर खूनी मिश्री का, आपकी जमीन से क्या नाता है?''

''मैं वही तो बताना चाहता था। आप तो जानते हैं कि दिन-दहाड़े खून करने के बाद भी यह गुंडा गौंटिया अदालत से बेदाग बरी हो गया था, और पूरे ठसके के साथ, शहर में घूमता हुआ पाया जा सकता था।''

बात सच थी। उनकी सूचना के बाद मिश्री लाल के खूँखार काले चेहरे, घुँघराले बाल, दो कच्छियों में पहनी परमसुख धोती, पान रचे ओठ, काले दाँत, और मदमस्त चाल की याद करके, मैंने मर्डर के उस किस्से के नायक के बारे में सोचा था। वह बरसों पुरानी दीवार पर फ्रेम जड़ी तस्वीर में मस्त और बेफिक्र ही नजर आ रहा था।

''क्या आपकी जमीन उसी की थी?'' मैंने समधी से पूछा था।

''आधार बाई उसी खानदान की थी। पर मैंने मिश्री लाल का नाम इसलिए लिया, कि अदालत ने उसे बरी कर दिया था। और अब मुझे भी तो आखिर उसी कचहरी में काम था। और वहाँ जो मेरी हालत हुई होगी, उसका कुछ तो अनुभव आपको भी होगा।''

मैं मुस्कराया। पर हमारे वार्तालाप के इस बिन्दु पर चुपचाप श्रोता की तरह सुनती, बिन्ना ने मुझे याद दिलाने-सा कहा था, कि कचहरी मुझे भी जाना है। नामान्तरण और नए सरकारी मकान के फ्री होल्ड के लिए।

मुझे यह बात याद थी। तभी से, जब मैंने समधी साहब से उनके मकान के कागजात के बारे में बात शुरू की थी। वे उसकी शुरुआत ही इतने बाँके-तिरछे ढंग से कर रहे थे, कि मुझे लग रहा था, कि सच की कचहरी से, उनके किस्से के ये कागजात कहीं ज्यादा मुश्किल चीज थे। मैंने उनसे साफ-साफ कहा, कि महाराज, यह तो बताइये कि उस कचहरी में कोई काम का आदमी भी है या नहीं?

वे मेरी बात समझ गए। गम्भीर स्वर में बोले, ''थोड़ा धीरज रखिए महाराज।''

मैं धीरज बाँध कर खड़ा रहा।

''दरअस्ल इस जमीन पर मैं मौरूसी कृषक के रूप में काबिज था। बीस साल बाद अपने आप भू-स्वामी हक मुझे मिल जाना चाहिए था। गड़बड़ यह थी, कि जमीन पटवारी रिकार्ड में दर्ज नहीं थी।'' वे रुके। जल्दबाजी में दिए जाने वाले इस बयान की वजह से, उनकी साँस थोड़ी फूल सी रही थी। उन्होंने गला खखारा। शायद उन्हें भी खाँसी थी। तभी भांजी ने उन्हें एक गिलास पानी के साथ, चाय भी दी।

पहली सिप के साथ वे फिर शुरू हुए, ''पटवारी से बी एक किश्तबंदी खतौनी की नकल के लिए दरख्वास्त की गई। पर इसके लिए पहले पटवारी से खास मुलाकात करनी पड़ी। बड़ी मुश्किल से करीब घंटे-भर तक दारू की दुर्गन्ध बर्दाश्त करने पर वह रिकार्ड दिखाने को राजी हुआ। पता चला, कि दूसरे के नाम पर है। उसके बाद अभिलेखागार का चक्कर। वहाँ भी पत्रं पुष्पं। वहाँ यह मालूम पड़ा कि काबिज एक खास नम्बर पर हैं, और रिकॉर्ड किसी दूसरे नम्बर पर है। वास्तव में नम्बर के साथ टेंपरिंग की गई थी। अब इसके बाद अगला कदम था, स्थल जाँच

निरीक्षण के लिए आवेदन लगाना। याने अब पटवारी के अलावा, आर.आई. को भी पटाइये। और पटाइये का मतलब दोनों के हाथ गरम कीजिए। सो वह भी किया। लेकिन वह करने के पहले, उनसे मुलाकात करते हुए ऐसा लग रहा था, जैसे पटवारी से नहीं, प्राइम मिनिस्टर से मुलाकात का वक्त ले रहे हों।'' वे रुके। उन्होंने मेरी तरफ देखा। मुझे लगा, कि वे मेरे धीरज की थाह ले रहे हैं। मैं अधीर नहीं हुआ था। डर ज़रूर रहा था। डर का कारण कचहरी में मेरा अपना काम था। हालाँकि मेरे अपने वकील ने मुझे बताया था, कि नामान्तरण वाले कागजात पर साहब के दस्तखत हो चुके हैं, और फ्री होल्ड का काम तो मुश्किल से घंटे दो घंटे का काम था। लेकिन जिस ढंग से, रिकार्ड के टेंपर किए जाने की बात समधी बता रहे थे, और क्लर्कों के साहबी रवैये का जो अन्दाज उनकी बातों से लग रहा था, वह थोड़ा डरावना और खर्चीला लग रहा था।

''फिर?'' मैंने पूछा।

''फिर क्या? स्थल जाँच करने वालों ने देखा, कि डायवर्सन रेकार्ड में टेंपरिंग है। दुरूस्ती के लिए आवेदन किया गया।''

''फिर?'' अबकी बार मैंने खीजते हुए पूछा।

''स्थल जाँच की रिपोर्ट के आधार पर, भू-राजस्व संहिता के नियम के अधीन तथा उपयुक्त दस्तावेजों के आधार पर रिकॉर्ड दुरुस्तीकरण किया गया। उसके बाद हमें भूमि स्वामी हक वाली ऋण पुस्तिका दी गई।''

जैसी कि मेरी आदत है, मैं उनकी बात को न सुनने सा सुन रहा था, और पता नहीं कब अचानक मैं खड़ा हो गया था, और मेरे अनजाने मेरा बायाँ हाथ कमर पर चला गया था। मन में शायद तुरत वहाँ से भागने की बात थी। पर समझ में यह नहीं आ रहा था, कि जाएँ कहाँ? तभी उन्होंने कैजुअली पूछ लिया, ''अब आपकी कमर का दर्द कैसा है?''

मैं चौंका। मेरा हाथ अपने आप कमर से हट गया। मैं थोड़ा तन कर सीधा खड़ा हो गया। मेरी समझ में यह नहीं आ रहा था, कि दो वर्ष पहले हुए स्लिप डिस्क की मेरी बीमारी उन्हें याद कैसे आ गई। लेकिन सचमुच दारुण यंत्रणा का समय था वह। अभी भी उसका असर पूरी तरह से गया नहीं है, और इस बाबत मैं हमेशा चौकन्ना रहता हूँ, कि झटके से कोई भारी चीज न उठाऊँ, या कार में कोई लम्बा सफर न करूँ या देर तक कुर्सी पर बैठकर कोई काम न करूँ। पर उनके सवाल के जवाब में मैंने दो टूक शब्दों में यही कहा, कि अब बिलकुल ठीक है, और बिना किसी सोच-विचार के पूरे नाटक के साथ यह कहते हुए, उनसे विदा माँग ली, कि मुझे एकदम जरूरी काम है।

बाहर निकलते ही मुझे थोड़ा खराब लगा। शायद उन्हें बुरा लगा होगा। वे मासूम, शरीफ और शिष्ट आदमी हैं। पर अगर मैं रुकता, तो कचहरी के बाद,

आयुर्वेद और देसी दवा के बारे में, वे जो लम्बा भाषण देते, वह सुनने का धैर्य मुझमें नहीं था। पर बाहर आने के बाद भी, वही शाश्वत समस्या थी, कि जाएँ तो जाएँ कहाँ?

यह बाद का कोई दिन था। अगहन की ठंड की धूप थी। ठंड ज्यादा नहीं थी। पर धूप अच्छी लग रही थी।

मैं कचहरी के बारे में सोच रहा था। ना, सोच नहीं रहा था, मुझे कचहरी जाना था। उसी काम के लिए, जिसका जिक्र मैंने अभी थोड़ी देर पहले किया था। वकील दोस्त का फोन आया था, कि मैं साढ़े बारह तक वहाँ जरूर पहुँच जाऊँ। क्लर्क से उसकी बातचीत हो चुकी है। काम जल्दी हो जाएगा। लेकिन दिमाग में कचहरी के बदले वह गन्दगी भरी हुई थी, जिससे सुबह-सुबह मेरी मुठभेड़ हुई थी। सफाई अभियान के इन स्वर्णिम दिनों में, आज सुबह नाश्ते के बाद मुझे उस नए मकान में जाना पड़ा था, जो हमें विधायक बाबू की कृपा से प्राप्त हुआ था और जिसके फ्री होल्ड के कागजात के लिए आज अभी मुझे कचहरी और गृह निर्माण सोसाइटी के दफ्तर में जाना था। कचहरी में नामांतरण सम्बन्धी एक और काम भी था, जिसे मैं पिछले तीन महीनों से टाल रहा था। लेकिन इस नए सरकारी मकान के किराएदार ने मुझे फोन पर बताया था, कि उनका शौचालय चोक हो गया है। मल सिर्फ वहीं बाहर नहीं आ रहा है, बल्कि सामने के सँकरे आँगन में बने एक चैम्बरनुमा जगह में भी, पानी में उपल रहा है। थोड़ी देर में किराएदार मोटरसायकिल लेकर हमारे घर ही आ गया था। वहाँ जाकर मैंने देखा था, कि कतार से बने सारे बाहरी चैंबर जाम हो गए थे और उनसे रिसते पानी की वजह से दोनों तरफ के मकानों के बीच की वह गली छोटे-मोटे नाले जैसी हो गई थी। हर मकान के सामने के चैम्बर का यही हाल था। लोगों ने बताया, कि कई महीनों से इस गली का और घरों के शौचालयों का यही हाल है। मुझे इस बात पर गुस्सा आया, कि इन लोगों ने इसकी शिकायत नगर निगम से क्यों नहीं की। जब मैंने अपने मकान की गन्दगी देखी, तो लगा कि चैम्बर के जाम होने की वजह से यह समस्या पैदा हुई है। सड़क पर देखा। सामने के मकानों के चैम्बर साफ किए जा चुके थे। सफाई कर्मचारी भी वहीं थे। उन्होंने कहा कि दूसरी कतार का काम वे जल्दी शुरू कर देंगे। वे चाय पीने पास की गुमटी में जा रहे थे। लेकिन उन्होंने यह भी कहा, कि उससे टेंपरेरी राहत ही मिलने वाली थी। मल ले जाने वाली पाइप वास्तव में अपना काम ठीक से कर रही है या नहीं, यह किसी को पता नहीं था। वह झाड़-झंखाड़ वाले इलाके में खुलती थी। वास्तविक अर्थ में समस्या की वैज्ञानिक जानकारी के लिए, नगर निगम के इंजीनियर का ही नहीं, गृह निर्माण मंडल के ठेकेदार के इंजीनियर का भी यहाँ आना जरूरी था। सामने

के कतार के मकानों के दो-तीन लोगों से बात करके, तुरन्ती निर्णय यही किया गया, कि अभी सभी लोग मिलकर सफाईकर्मियों से सफाई का काम करा लें।

इस बीच आधे घंटे के भीतर ही दूसरी कतार के मकानों के सामने की कतारों के चैम्बरों की सफाई शुरू हो चुकी थी। यह काम घंटे-भर के भीतर पूरा हो गया। किराएदार की सुघ्घर पत्नी ने शीट पर पानी डाला, तो पानी तत्काल बाहरी चैम्बर में पहुँच गया। हमारा घरेलू राजमिस्त्री भी वहीं था। बिन्ना ने उसे इस खास समस्या के चलते इमरजेंसी कॉल करके बुलाया था। साफ किए गए मलबे की दुर्गन्ध के बीच डाले गए पानी को तेजी से पहुँचते देखकर, यह तो बिलकुल तय हो गया कि मल इसी चेम्बर के रस्ते पाइप में, फिर बाजू के चैम्बरों से गुजरते टैंक तक पहुँचता होगा। पर मेरे मन में तब भी शंका बनी थी, कि क्या समल पानी इस तेजी से चैम्बर में निकलता होगा? क्योंकि अभी बेमल पानी ही चैम्बर में आ रहा था और सौभाग्य से पाइप के रस्ते बाजू के चैम्बर तक तो जा ही रहा था। पर इस क्षणिक राहत की अनुभूति के बाद तय हुआ था, कि नगर निगम और सोसाइटी, दोनों के नाम सामूहिक दस्तखत वाले आवेदन लेकर हम जाएँगे। उन्हें हालत की गम्भीरता के बारे में थोड़े सख्त शब्दों में इस तरह बताएँगे, कि गंदगी का आलम यह है, कि कुछ नहीं तो चालीस परिवार उस जगह में डेंगू, मलेरिया और हैजा के साये के नीचे रह रहे हैं।

अभी इस चौक पर कचहरी जाने के लिए किसी वाहनधारी परिचित की सुराग में खड़े-खड़े, मैं थोड़ा नर्वस होकर सोच रहा था, कि नगर निगम और सोसाइटी के दफ्तर वालों ने, अगर वही रवैया अपनाया, जो वे हमेशा से अपनाने के आदी हैं, तब वे लोग क्या करेंगे, जो यहाँ रहते हैं? सड़क की गन्दगी और बदबू की स्मृति मुझे और हताश किए दे रही थी। प्रतीकात्मक सफाई के कामों में लगे नेताओं में से किसी से कुछ कहना भी बहुत उम्मीद जगाने वाला विचार नहीं था। कम से कम मेरा निजी अनुभव तो यही था।

इस विषय पर सोचते मैं थोड़ी हल्की बेचैनी महसूस कर रहा था। धूप थोड़ी तीखी लगने लगी थी। चौक सूना था। तभी लकी ने मुझे विश किया।

अभी इलेक्शन के दौरान इससे मेरी अन्तरंगता बढ़ी थी। पिछले पचीस-तीस वर्षों से यह हमारे मुहल्ले का ही बाशिन्दा था। जान-पहचान तो काफी पहले से थी, पर लोकसभा चुनावों के दौरान, चुनाव परिणामों के बारे में अनुमान लगाने और उस विषय में बात करने के दौरान, मैंने पाया था, कि व्यापारी वर्ग का होने के बावजूद, राजनैतिक सोच-विचार के मामले में यह थोड़ा उदारतावादी ही नहीं, बल्कि थोड़ा तेज भी लगता था। दो महीने से भी लम्बी उस अवधि के दौरान, हम एक दूसरे के काफी नजदीक आ गए थे। इतने, कि कभी-कभार साथ में ड्रिंक्स भी ले लेते थे। मुहल्ले के कुछ लोग इसे ज्यादा पसन्द नहीं करते थे। इनमें से एक तो वह बंटू का चाचा ही था, जिसने मुझे इशारे में बताया था, कि यह काफी तिकड़मी

आदमी है। मैंने उसकी बात पर ज्यादा ध्यान नहीं दिया था। शायद इसलिए कि पहले जिस वकील की मुंशीगिरी वह करता था, उसके साथ उसने इसे कई बार बातें करते देखा था और खुद वह उस वकील को जरा भी पसन्द नहीं करता था। पर मेरे साथ लकी की जब भी बात हुई थी, मैंने पाया था कि वह अधिकांशतः राजनैतिक दलों के स्थानीय नेताओं के बारे में ही बोलता था। वहाँ भी वह काफी गम्भीर विश्लेषण और सतर्कता के साथ लोगों की आलोचना करता। इसी कारण उसका, कभी-कभार का साथ मुझे अच्छा लगता था। फिर अभी तो मुझे किसी वाहनधारी की सख्त जरूरत थी।

मैंने उसके पास जाकर उससे पूछा। उसने बताया कि वह भी कचहरी के काम के लिए ही घर से निकला था। मैं पिलियन में बैठ गया। जब उसने गाड़ी आगे बढ़ाई, तो मैंने उसे समलाई मन्दिर के रास्ते से चलने की हिदायत दी। कचहरी जाने के पहले मैं समलाई को कम से कम दूर से प्रणाम कर लेना चाहता था। पर वहाँ पहुँचकर प्रणाम करने के बाद, मुझे अचानक ही दामोदर की याद आई। थोड़ा अजीब सा लगा, कि अढ़ाई-तीन साल पहले की उस मुलाकात के बाद, मेरी आज तक उससे मुलाकात नहीं हुई थी। लेकिन अभी जब समलाई के सामने रहने वाले दामोदर की याद आई, तो उस दिन का पूरा वाकया आँखों के सामने इस तरह गुजरने लगा, कि जैसे अभी देख रहा होऊँ। इसी सिलसिले में मैंने दसनहान की कतार में नदी से लौटती उस अधेड़ सुन्दरी की याद की, तब जैसे कौंध की तरह यह बाद भी याद आई, कि किसी वकील ने, सुन्दरी की बेटी का खून कर दिया था। किस्से के पिछले किसी हिस्से में, दामोदर और इस परिवार के मधुर सम्बन्धों के बारे में भी मैंने बताया था। शायद इसीलिए मुझे दामोदर के बारे में सोचते ही, छह-सात साल पहले हुए, उस खून की याद आ गई थी। वैसे न तो मैंने कातिल को कभी देखा था, न ही मकतूल को। दामोदर और नरेन कोलता की ढाई साल पहले हुई बहस के ब्यौरों की याद तो मुझे अभी नहीं थी, पर यह जरूर था, कि यह खून उन दिनों तो पूरे शहर में चर्चा का विषय तो था ही, आज तक लोग इसके बारे में बातें करते हैं। अभी हाल ही में एक बार पैरोल पर खूनी वकील रायगढ़ आया था, तब कुछ वकीलों ने इस बात पर हैरत जाहिर की थी, कि जब हाईकोर्ट ने उसके पेरोल पर जाने की अर्जी नामंजूर कर दी थी, तो कलेक्टर ने कैसे उसे मंजूरी दे दी। इन दिनों वह रायपुर की जेल में था और यों तो सामान्य खूनी की तरह सजा काट रहा था, पर वहाँ उसे जेल में भी काफी सम्मान प्राप्त था। सो समलाई को प्रणाम करने के बाद, दामोदर प्रसंग से इस प्रसंग पर आते हुए, जब मैं कचहरी के रास्ते पर आगे बढ़ रहा था, तब जिज्ञासा की खुजली भी बढ़ने लगी थी, कि शायद इस लकी को इस खून के बारे में कुछ ज्यादा पता हो, सोचकर मैंने पूछा, "क्या आप, हमारे मुहल्ले के हेमचन्द कुरमी को जानते हैं?"

"हाँ," उसने पीछे पलटते हुए कहा, "आप उसकी पोती के कत्ल के बारे में जानना चाहते हैं?"

"आपको कैसे पता?" मैंने सचमुच के विस्मय के स्वर में पूछा। सच तो यह है कि उस एक पल में मुझे यह भी लगा था, कि यह शायद कोई तंत्र-मंत्र भी जानता है। बिना चेहरा देखे, सिर्फ एक छोटे से सवाल पर, मेरे मन के भीतर का हालचाल जान लेने वाले आदमी की स्कूटर की पिलियन पर बैठे-बैठे मुझे थोड़ा डर लगा।

"आपने पहले भी एक बार इस हत्यारे तिवारी वकील के बारे में पूछा था।" उसने कहा, "चलिए कोर्ट में कैंटीन में बैठकर इत्मीनान से बात करते हैं।"

मुझे लगा कि उसका स्वर सामान्य से ज्यादा तीखा था। उसने वकील की जात के पहले हत्यारे पर खास जोर देते हुए कहा था। शायद इस लकी की वकील से कोई निजी खुन्नस रही हो। मैंने उस समय कुछ पूछा नहीं।

पाँच मिनट बाद ही हम कोर्ट के अहाते में थे। लकी स्कूटर को स्टैंड में रखने चला गया। इमारत के रूप में हमारे सामने यह न्याय का मन्दिर था। इसे देखते ही मुझे फूलचन्द लाला के गीत की याद आई थी :

एहर नोहे कछेरी, हाकिम मन बैठे-बैठे खेलथें गरी।

मतलब यह, कि यह कचहरी नहीं है, अफसर यहाँ बैठकर मछली मार रहे हैं।

यह जरूर है, कि मेरा खुद का काम यहाँ नहीं था। काम कलेक्टोरेट में था। वह बाजू में था। काम की सोचते ही मुझे वकील दोस्त की याद आई। और उसके साथ कचहरी के उन किस्सों की, जिन्हें वह ऐसे जीवन्त अभिनय के साथ सुनाता था, कि लगता था, कि हम फिल्म देख रहे हैं।

अभी पहले किस्से में वह सड़क पर खड़ा था। उसे कचहरी जाना था। वह उन दिनों अपने नाना के मकान में याने हमारे मुहल्ले के बाजू के मुहल्ले की एक गली में रहता था और रिक्शे की तलाश में चौक तक आ गया था, क्योंकि ऐन वक्त पर उसके छियासी के मॉडल के स्कूटर ने उससे दगा कर दिया था। लगातार पन्द्रह मिनट तक किक़ मारने के बाद भी जब वह अपने प्रयत्न में असफल रहा था, तो पहले चाँदनी चौक तक जाकर उसने रिक्शा खोजने की कोशिश की थी। वहाँ एक भी रिक्शा नहीं था। अपनी किस्मत पर खीजते वह पुत्री शाला उर्फ लड़कियों के स्कूल की सड़क वाले चौराहे तक आ गया था। यों तो वकील दोस्त नियमित कचहरी जाने वाले वकीलों में से नहीं था, पर वह दिन उसके लिए एक खास दिन था। उसके एक मुकदमे का फैसला होना था, और उसे पूरी उम्मीद थी, कि वह मुकदमा जीत रहा था। उसने याने उसके मुवक्किल ने जीत की वे तैयारियाँ भी मुकम्मिल तौर पर पूरी कर ली थीं, जो अपने पक्ष में फैसले के लिए परदे के पीछे की जाती हैं। तभी सामने कीका भाई के मकान की ढलान से रिक्शे में सीनियर वकील मिश्रा जी आते दिखे। इस मुकदमे में वे वकील दोस्त के

विरोधी थे, पर चूँकि वे मेरे मामा थे और पुरानी बस्ती के सम्मानित बुजुर्ग, इसलिए वकील उनकी इज्जत करता था। उसे देखते ही मामा ने रिक्शा रुकवाया। वकील दोस्त रिक्शे में उनके बाजू से बैठ गया। बातचीत शुरू करने के लिए कहा, ''आज तो फैसला है।''

''ना, फैसला नहीं होगा आज।'' मामा ने इत्मीनान से कहा। उनका चेहरा गम्भीर था। वकील दोस्त सकपकाया कि आखिर क्या बात हो गई, क्योंकि उसकी पार्टी की सीधे जज से ही बात हो चुकी थी। उसने उतावली में पूछा।

तब मामा ने कहा, ''आप लोगों ने चार हजार कहा, तो हमने पाँच, आप लोग छह पर चढ़ गए, तो हम सात पर, फिर जब आपने आठ कहा, तो हमने टी.पी. लगा दी।''

टी.पी. याने ट्रांसफर पीटिशन। केस अब दूसरे जज के यहाँ चलेगा। वकील दोस्त मुस्करा कर रह गया। जीत की उम्मीद के इस तरह टूटने के ऐसे दुखों से उसका अन्तरंग परिचय था।

दूसरे किस्से में वह अदालत के भीतर था। पुकार लगी थी, भोजराम वल्द दयाराम हाजिर है। दुहत्थी मैली धोती पहने एक देहाती अधेड़ आकर कठघरे में खड़ा हो गया था। जज ने एक बार आँखें मिचमिचाकर उसकी तरफ ताका था। जज के आग्नेय नेत्रों की लपट से ही, अधेड़ भोजराम की अँतड़ियाँ कुलबुलाने लगी थीं। कठघरे में खड़े होने के पहले ही वह लघुशंका के दबाव में था। जज ने केस की फाइल पलट कर देखी भी नहीं। उसने मुँह से भी कोई आवाज नहीं निकाली। बाजू में खड़े सिपाही को सिर हिलाकर आँख के इशारे से ही कहा, कि डाल दो हथकड़ी। सिपाही को अपनी तरफ बढ़ते देख अधेड़ को कँपकँपी होने लगी। पसीना छूटने लगा। उसे लगा कि दिल की धड़कनें तेज हो गई हैं। ब्लैडर का प्रेशर बाहर निकलने के लिए उतावला होने लगा। सिपाही ने आगे बढ़कर जब हथकड़ी डाल ही दी, तो कठघरे के भीतर ही निरीह अधेड़ की पेशाब की धार दरदरा गई। उसने डूबती आँखों से उस क्लर्क की ओर देखा, जो उसके लिए अदालत का भगवान था। वही उसे पेशी की तारीख बताता था। उसी को वह मैली धोती के छोर में बँधे नोटों से उसका जायज देयक निकालकर, उसके हाथ में थमाता था। संयोग से हथकड़ी लगते ही क्लर्क की नजर उससे लड़ गई थी। भोजराम को पहचान कर वह दौड़ा था। उसने जज के कान में फुसफुसा कर कहा था, ''यह क्या कर रहे हैं, यह भोजराम तो सिविल केस में आया है।''

जज चिल्लाया, ''अरे खोल दो हथकड़ी खोलो।'' आवाज सुनकर भोजराम कठघरे से बाहर निकलकर सीधे जज के पैरों में गिर गया और भरी अदालत के सामने उसने थोड़े ऊँचे सुर में घोषणा की, ''अब जमीन रहे या जाए, इस जनम में तो इस कचहरी में दुबारा नहीं आऊँगा।''

तीसरी कथा में चार लड़के कठघरे में खड़े थे। उनको देखकर ही लगता था, कि मारपीट का मामला है। पर हाजिर वे इसलिए हुए थे, कि समझौते की बातचीत हो चुकी थी। तगड़े और सत्ताईस-अट्ठाईस की उम्र वाले एक दादा किस्म के छोकरे के अलावा बाकी तीनों के चेहरे से लगता था, कि पहली बार कठघरे में खड़े हो रहे हैं। सबसे छोटी उम्र के निरीह चेहरे वाला छोकरा तो सहमा हुआ सा लग रहा था। छोकरों की ओर एक भरपूर नजर डालने के बाद जज, अपनी आदत के विपरीत कड़क आवाज में बोला, "कम से कम एक दिन तो जेल की कोठरी में डालूँगा जरूर। डाल दो हथकड़ी।"

बच्चे-सा लग रहा वह युवक घबराया। उसने नीचे खड़े वकील से कहा, "मैं तो सर वो हूँ ही नहीं, जिसके नाम से आया हूँ।"

सुनते ही वकील के चेहरे की रंगत बदल गई। वह खुद भी आश्वस्त होकर आया था, कि केस रफा-दफा हो चुका है। वह चुपचाप अदालत से बाहर निकल गया। दबंग दादा कठघरे से निकलकर बढ़ा। क्लर्क तेजी से उसकी तरफ आया। वह जज के बाजू में खड़ा हो गया। जज इन सबको जेल में डालने का आर्डर लिख रहा था। वकील ने थोड़ी तीखी आवाज में कहा, "यह क्या कर रहे हैं सर। आप पहले ही उनके समझौते और रिहाई के कागजात पर दस्तखत कर चुके हैं।" जज का हाथ रुक गया। उसने दोनों हाथों से वह कागज फाड़ा। फिर उनकी तरफ देखते हुए बोला, "इस बार तो बच गए। लेकिन अगली बार..."

अगली बार हमें वकील दोस्त ऐसा ही कोई किस्सा सुनाता था, और कचहरी का जिक्र चलते ही मैं उसकी याद करता था। अभी भी वही कर रहा था, कि देखा, लकी स्टैंड के अहाते से बाहर आ रहा था। उसने आते ही कहा, "चलिए कैंटीन में बैठते हैं, अभी तो साढ़े दस भी नहीं हुए।"

मैं उसके साथ-साथ बढ़ा। सिविल कोर्ट के बाएँ हिस्से के पिछवाड़े के टिन शेड में वह कैंटीन थी। टिन शेड अहाते के करीब था। नागरिकों ने सीमेंट की चारदीवारी के कुछ हिस्से को करीने से काटकर, पंचायत ऑफिस वाली सड़क से जोड़ कर, उधर के लिए एक शार्टकट रास्ता भी बना लिया था। ठीक निकास के पास एक कैंटीन और थी। पर हम अहाते के भीतर वाली कैंटीन की बेंच पर बैठे। सामने एक अधेड़ औरत प्याज के पकौड़े छान रही थी। भगोने में भी गरम पकौड़ों का एक ढेर था। देखकर ही मुँह में लालच की लार भरने लगी थी। लकी ने ताड़ने-सा दो प्लेट पकौड़े का आर्डर किया। और ताजा चाय बनाने के लिए भी कहा, "कत्ल के किस्से का मजा, पकौड़ों से कहीं ज्यादा आएगा, अगर आप थोड़ा धैर्य से पहले उन चरित्रों के बारे में जान जाएँ, जो इस वकील के खास सहयोगी थे।" उसने मेरी तरफ देखा। मैंने अनजाने ही अपनी घड़ी की ओर। लकी ने समझा कि शायद मैं जल्दी में हूँ। मैंने स्पष्ट किया कि मेरा वकील तो साढ़े बारह के बाद ही यहाँ पहुँचेगा। वकील बोला, "तब तो अभी काफी समय है।"

इस बीच अधेड़ औरत पकौड़ों की प्लेट और लाल मिर्च की चटनी टेबल पर रख गई थी। लकी ने भजिया मुँह में डालकर किस्सा शुरू किया, "दरअस्ल इस घटना का नायक भले वकील हो, उसका असली सहयोगी था नत्थू अगरवाल। और यह ऐसा आदमी है, जिसके बारे में आप उसके मुहल्ले महार पारा के किसी बच्चे से भी पूछें, तो वह बता देगा कि यह कितना कमीना है। उन दिनों यह विरोधी दल की तरफ से मुहल्ले का वार्ड मेम्बर भी था। बाद में उसने कांग्रेस ज्वाएन कर लिया था। छत्तीसगढ़ राज के बनने के पहले कांग्रेसी सरकार के समय की घटना है यह। कोई छह महीने या साल-भर पहले नत्थू के पिता की मृत्यु हो गई थी। मुहल्ले में उनका बनाया मकान अभी इसकी माँ के नाम पर था। इसके दिमाग को कीड़ा काट रहा था, कि मकान किसी तरह इसके नाम हो जाए। इसका एक छोटा भाई और था, यह उसका हिस्सा भी हड़पना चाहता था। इसी सिलसिले में यह पहली बार तिवारी से मिला था। मेम्बर होने के नाते उन दिनों इसकी राजनैतिक साख भी काफी अच्छी बन गई थी। वकील तिवारी भी उन दिनों क्रिमिनल मुकदमों में हेराफेरी के रस्ते चलकर नाम कमा चुका था। दोनों के राशि नक्षत्रों में गजब की समानता थी। दोनों को जैसे भगवान ने ही एक दूसरे से मिला दिया था। पर इन दोनों के अलावा एक आदमी और था। वह अपने को मंत्र-तंत्र का विद्वान बताता था। उसकी तंत्र विद्या के कारण लोग इससे डरते थे। उन दिनों जब नत्थू, माँ की जायदाद हड़पने के इरादे से इस वकील से राय मशविरा करने गया था, तब शुरू में यह तांत्रिक को जानता तक नहीं था। पर बाद में जब वकील ने, नत्थू को जायदाद पाने की गारंटी देते हुए अपनी योजना बताई, उस दिन षड्यंत्र के उन क्षणों में यह तांत्रिक भी मौजूद था। योजना यह बनी थी, कि यह अपनी माँ को मृत घोषित कर देगा और भाई के झूठे सहमति पत्र का जिम्मा तांत्रिक को दिया गया था।" लकी रुका।

वह जिस भाव-प्रवणता के साथ इस किस्से के माध्यम से अपनी नफरत के साथ-साथ अपने दुख को व्यक्त कर रहा था, उससे उसकी आवाज भर्राने लगी थी।

"थोड़े इत्मीनान से," मैंने उसे थोड़ा विश्राम लेने को कहा था। उसने चाय ओठों से लगा कर एक सिप ली। चश्मा निकालकर चश्मे के काँच पोंछे और मेरी तरफ देखते हुए बोला, "सोचिए सर, आपकी कल्पना में भी कोई ऐसा हो सकता है, जो जायदाद के लिए जिन्दा माँ को मरी हुई बता दे। और भाई का हक हड़पने के लिए किसी से भी, उसकी तरफ से सहमति पत्र पेश कर दे और एस.डी.एम. की अदालत बिना किसी बहस-मुबाहसे के मान ले, कि पेश किए गए कागजात असली और प्रामाणिक हैं।"

"लेकिन मृत्यु प्रमाण पत्र?" मैंने थोड़े शंकालु स्वर में कहा था। पूरी घटना मुझे विश्वसनीय नहीं लग रही थी। यह तो बिलकुल ही समझ में नहीं आ रहा था, कि हेमचन्द कुर्मी की पोती की हत्या से इसका क्या सम्बन्ध है। वकील तिवारी

सलाहकार की भूमिका में यहाँ था जरूर, पर इसे इसके बरसों बाद की सनसनीखेज हत्या से कैसे जोड़ा जा सकता है। मेरी शंका को सम्मान देते हुए लकी फिर मुस्कराया। उसने फिर ताड़ लिया था, कि उसकी बात मेरे गले नहीं उतर रही है। फिर बोला, "अगर इस आदमी ने सीधे मुझ पर वार नहीं किया होता, तो मैं भी यही समझता कि यह सब नामुमकिन है। मुझे तो तब पता चला, जब मैंने देखा कि इसने मुझे बेघर कर देने का षड्यंत्र रचा है, तब मैंने जाना, कि यह किस कैंडे का हैवान है।"

"पर आपका इससे क्या रिश्ता है?" मैंने अचकचाहट और बोरियत में पूछा। "कुछ भी नहीं," लकी ने कहा, "सिवा इसके कि यह मेरी अपनी जात-जमात का आदमी है और नगरपालिका का वार्ड मेम्बर है।"

"फिर इसने आपकी जायदाद हड़पने की सोच कैसे ली?"

"इसी तिवारी और तांत्रिक के साथ मिलकर हमारी प्रापर्टी भी एक तरह से इसने हड़प ली थी। वह तो भाग्य से कुछ ऐसा हुआ कि मुझे अचानक पता चला, कि हमारे पुरखौती मकान की एक इंच जमीन भी अब मेरे या मेरे परिवार के किसी सदस्य की नहीं रह गई है?"

"कैसे?"

"आपने तो देखा है न मेरा पुरखौती मकान?"

"हाँ, वही जो कृष्णा के बाजू में है?"

"हाँ हाँ, वही। उस मकान के मूल हिस्सेदार हमारे दो दादा थे। एक, हमारे अपने दादा। दूसरे उनके भाई। दूसरे दादा की कोई औलाद नहीं थी। हमारे पिता के एक बड़े भाई दादा की गोद में गए थे। हमारे ताऊ के तीन लड़के जीवित थे। मकान का एक हिस्सा कानूनन ताऊ और लड़कों का था। दूसरे हिस्से पर दूसरे ताऊ चाचा और पिता का अधिकार था। यों बढ़ते हुए परिवार के कारण, हम लोग अलग-अलग जगहों पर रहने लगे थे। बड़े ताऊ, जो एक पूरे हिस्से के मालिक थे, शहर छोड़ चुके थे। उनसे मौखिक बात करके, उनका हिस्सा भी मैंने उस समय खरीद लिया था। फिर एकाध साल बाद उनकी मृत्यु हो गई। उनके लड़के शहर से बाहर थे, उनसे बात करके मैंने उनके हिस्से के फौती नामान्तरण के लिए अर्जी लगाई और तब मुझे मालूम पड़ा कि वह पूरी जायदाद ही, चाचा की लड़की के नाम पर रजिस्टर हो चुकी है। चाचा की लड़की ही वह मोहरा थी, जिसे तांत्रिक ने अपने मायाजाल में फँसाया था।

"कैसे?"

"उस समय तो यही सवाल मेरे लिए भी दुनिया का सबसे पेचीदा सवाल था। इसी की तह में जाने के लिए मुझे पूरे दस बरस तक पापड़ बेलने पड़े। पाँच बरस का जीवन तो मेरा केवल कचहरी और दूसरे सारे दफ्तरों के अहाते में ही कटा है। और तब मैंने जाना कि इस वाकये का अता-पता जानने के लिए, नत्थू अगरवाल

का पूरा बायोडाटा जानना जरूरी है। नत्थू अगरवाल, तिवारी वकील और तांत्रिक शुभेन्दु सान्याल की तिकड़ी ने ही यह सारी साजिश रची थी। शुरू में मैंने नत्थू की माँ को मृत बताने वाले झूठे मृत्यु प्रमाण पत्र की तफतीश शुरू की। म्युनिसिपल ऑफिस से मुझे पता चला, कि इसने माँ का झूठा मृत्यु प्रमाण पत्र प्राप्त किया है। याने यह तो मुझे तत्काल मालूम पड़ गया, कि इस कमीने की माँ न सिर्फ जिन्दा थी, बल्कि बेचारी को यह तक पता नहीं था, कि उसके बेटे ने उसके जीते जी उसे मरा बता कर, न्याय के इसी मन्दिर से इस जायदाद की एकछत्र मिल्कियत हासिल कर ली है। भाई को भी यह पता नहीं था, कि उसका झूठा सहमति पत्र पेश किया गया है। फिर स्वयं नत्थू की माँ और भाई ने इस पर केस किया, वह स्वयं कलेक्टर के यहाँ उपस्थित हुई। उसे अदालत में साक्षात देखने के बाद भी, इस कमीने ने अपनी माँ के बारे में यह कहा, कि यह मेरे बाप की धर्मपत्नी नहीं, बल्कि रखैल थी। इसकी माँ वाले केस के खुलासे के बाद मैंने इस पर दूसरा केस लगाया। इस पर आज भी वारंट है, पर आज भी यह छुट्टा घूम रहा है। लेकिन कलेक्टर के सामने जब यह पूरी सचाई उजागर हुई, तब भी उसने इसके खिलाफ कोई कार्रवाई नहीं की। इतना भर किया, कि जायदाद पर इसके कब्जे को अवैधानिक बताते हुए इसका दावा खारिज कर दिया। पर जिस तरह की चार सौ बीसी इसने की थी, उसके लिए इसे कोई सजा ही नहीं मिली। न सम्बन्धित अधिकारियों को कोई दंड दिया गया।''

लकी की बातों को मैं ध्यान से सुन जरूर रहा था, पर अपने मन में घटनाक्रम का कोई सिलसिला नहीं जमा पा रहा था। सुनने के दौरान हेमचन्द की पोती वाली घटना से मैं इतनी दूर आ गया था, कि उसके साथ नत्थू का कोई तालमेल ही नहीं बिठा पा रहा था और किसी भी किस्से में अगर आगे-पीछे का तालमेल ठीक से न बैठ रहा हो, तो सिर्फ हुँकारू भरते रहने और किस्सा खत्म हो जाने का इन्तजार करते रहने की ऊब ही बचती है। सुनने वाले की दशा कई बार इसके चलते इतनी चिन्तनीय हो जाती है कि वह कुछ का कुछ समझने लगता है।

मेरी अपनी हालत इतनी चिन्तनीय तो नहीं थी, पर मेरा धीरज कुछ डगमगाने लगा था। मेरे सामने यह तो साफ हो गया था, कि नत्थू पैसे के लिए किसी भी हद तक जा सकता था। यह भी कि जो अपनी माँ की सम्पत्ति को हथियाने के लिए इतनी नीचतापूर्ण साजिश रच सकता है, वह किसी दूसरे की सम्पत्ति के लिए तो हत्या भी कर सकता है।

और इसके बाद जब ब्यौरा आगे बढ़ाते हुए, लकी ने बताया, कि चाचा की लड़की को तांत्रिक शुभेन्दु द्वारा पटाने के बाद, इसने लकी के पूरे कुनबे के बारे में झूठे प्रमाण पत्र और एफिडेविट जुटाने शुरू कर दिए। सबसे पहले तो उसने इसके उस ताऊ को बेऔलाद बताया था, जिनसे लकी ने उनके जीवित रहते, महज आपसी बातचीत से जायदाद खरीदी थी, और जिन्हें पता ही नहीं था, कि उस दौरान उनकी

वह पूरी जायदाद किसी दूसरे की हो रही थी। याने लकी की चचेरी बहन की तरफ से पूरी जायदाद पर जो दावा पेश किया गया था, उसी में इसने आधे हिस्सेवाले ताऊ को बेऔलाद बताया था। यानी उनकी जायदाद का कोई वारिस ही नहीं था। लड़की के सगे और चचेरे भाइयों का झूठा सहमति पत्र पेश किया था। और तो और खुद लकी के पिता का झूठा सहमति पत्र उस लड़की ने पेश कराया था। रोचक बात यह भी थी, कि इतने सारे लोगों की इस सहमति पर, कि जायदाद सारे भाई, चाचा, ताऊ सबके सब, इस एक कुँआरी लड़की के नाम कर रहे हैं, एस.डी.एम. महोदय को किसी भी तरह की शंका नहीं हुई थी, यहाँ तक कि मृत्यु प्रमाण पत्र देखे बिना एस.डी.एम. ने मान लिया था, कि अमुक दावेदार मर चुका है। जब पूरे ब्यौरों, प्रमाण पत्रों के साथ लकी ने, चाचा की लड़की, नत्थू इत्यादि पर केस दायर किया, तो इनकी हालत बिगड़नी शुरू हो गई।

कथा के अन्त तक पहुँचते हुए लकी ने बताया, कि पूरी तरह से झूठ की बुनियाद पर खड़ी की गई जायदाद की यह इमारत, जब धसकने-धसकने को हो रही थी, तब चाचा की लड़की ने तरह-तरह की मिन्नतें कीं। यह नत्थू, शायद उस समय, कुरमी लड़की की हत्या के अपराध में, वकील तिवारी के साथ ही जेल में था। इसने भी वहाँ से मिन्नत की थी, कि चचेरी बहन का दोष नहीं, दोष उसका है। लकी ने कहा, कि वह जानता था, कि बहन दुहरे लालच में फँसी थी। एक तो जायदाद का, और दूसरे तांत्रिक के सान्निध्य का। उसने उसे किस तरह ऐसे वश में कर लिया था, कि वह अपने पूरे परिवार के खिलाफ खड़ी हो गई थी, इस विषय में लकी ने ज्यादा कुछ नहीं बताया। शायद वह घर की इज्जत बाहर नहीं उघारना चाहता था। पर मेरे मन में यह जिज्ञासा कुलबुला रही थी, कि आखिर यह तांत्रिक कौन है। इस बीच लकी ने सिर्फ इतना ही बताया था, कि यह तांत्रिक तो इस केस के दौरान या उसके थोड़े दिनों बाद ही खतम हो गया था, क्योंकि लकी ने उसकी असलियत की पोल खोलते हुए, इस बात पर उसके खिलाफ केस दायर कर दिया था, कि उसने शिक्षा विभाग से नकली प्रमाण पत्र पेश किया था। उसी आधार पर उसने कार खरीदने के लिए शिक्षित बेरोजगार की हैसियत से बैंक लोन भी लिया था, जिसके चलते उसे पुलिस रिमांड में भी रहना पड़ा था। बाहर आने के बाद कुछेक महीनों में ही दिल के भयानक दौरे से वह मर गया था।

''लेकिन हेमचन्द कुरमी की पोती की हत्या में.... ? मैं अपना वाक्य पूरा नहीं कर पाया। लकी को कोई अर्जेंट कॉल आ गया था। वह बेंच से उठने लगा था। उसके भजिए के प्लेट में तीन-चार भजिए अभी भी नवंबर की शुरुआती ठंड में अकड़ रहे थे। फिर भी मेरे सवाल का संक्षिप्त उत्तर देते हुए उसने बताया, कि यह नत्थू लाल अगरवाल, लड़की के बाप शंकर कुरमी का जिगरी दोस्त है। यही पहली बार उस लड़की को तिवारी वकील के पास लेकर गया था।''

''क्यों?''

''इसके बाद का किस्सा आपको सविस्तार आपके दोस्त बताएँगे,'' उसने मुस्कराते हुए और सामने की तरफ इशारा करते हुए कहा।

सामने से मेरा कमउम्र वकील दोस्त कैंटीन की तरफ आ रहा था।

उसकी गंज धूप में चमक रही थी।

पता नहीं कितने महीनों, बरसों बाद उसे काले कोट में, कचहरी के अहाते में, अपनी तरफ कदम बढ़ाते देख रहा था। और पल-भर में तिवारी वकील, और कुरमी की छोकरी के मामले से छलाँग लगाकर मैं वहाँ पहुँच गया था, जहाँ पूरे अभिनय के साथ, वकील दोस्त जिला कचहरी के अपने यदा-कदा के अनुभवों के किस्से सुना रहा था और हम बौने की दुकान पर डिस्पोजेबल गिलासों में पीते हुए खिलखिला रहे थे।

इन्हीं किस्सों का जिक्र अभी थोड़ी देर पहले मैंने किया था, पर अभी जब वकील दोस्त आकर बाजू में बैठ गया, तब उसके गुमसुम चेहरे को देखकर मुझे अजीब-सा लगा। आम तौर पर वह दूर से ही मुझे देखकर हिन्दी में जोर से नमस्ते सर कहकर चिल्लाता है और आते ही कोई ऐसा जुमला फेंकता है, कि ओठों पर अनायास ही हँसी खिल जाती है। आज उसके विपरीत उसने छत्तीसगढ़ी में ही बात की शुरुआत की थी और पूछा था, कि चाय पियूँगा या नहीं। मेरे हाँ या ना के पहले ही उसने दो कप चाय के लिए कह दिया था। और फिर चुप हो गया था। मुझे लगा कि शायद किसी बात के चलते उसका मूड आज ठीक नहीं है। वह अपनी निजी और पारिवारिक जिन्दगी के बारे में बहुत कम बातें करता था। दोस्तों की महफिल में तो, जैसे हर पल वह एक ऐसे नाटक में लगा रहता था, जैसे दूसरों को हँसाना या चिढ़ाना ही उसका प्रयोजन हो। ऐसे मौकों पर वह कभी-कभार खामोशी और गम्भीरता का नाटक भी करता था, लेकिन तब यह एक नाटक की तरह ही लगता था। आज उसका चेहरा देख कर ही लग रहा था, कि मामला कुछ ज्यादा गम्भीर है। वह टाइम से पहले ही कोर्ट पहुँचा था, और वह भी काले कोट में। इसका मतलब ही था, कि मेरे काम के अलावा भी, उसे यहाँ कोई और काम था, क्योंकि मेरे साथ तो दो एक दफे यहाँ इस तरह भी आया है, जैसे वह वकील नहीं, बल्कि मुवक्किल हो।

थोड़ी देर में चाय लेकर वही औरत फिर टेबल तक आई। अब की बार स्त्री को मैंने गौर से देखा। वह औसत से ज्यादा कद की एक स्वस्थ अधेड़न थी। चाय देती हुई उसने वकील दोस्त की तरफ एक भरपूर नजर भी फेंकी थी।

उसे देखकर भी दोस्त ने किसी तरह की कोई टिप्पणी नहीं की थी, और मैं श्योर हो गया था, कि अन्दर से वह किसी दूसरी बात में इस कदर डूबा है, कि बिलकुल सामने की इस कमनीय रमणीय उपस्थिति पर भी नजर तक नहीं डाल

रहा। अब मुझसे नहीं रहा गया, "क्या बात है सच्चू? आज तुम्हारा मूड काफी उखड़ा हुआ लग रहा है?"

वकील दोस्त ने फीकी मुस्कान के साथ मेरी ओर देखा। फिर बोला, "बात तो कुछ नहीं भाई साब, पर इस अ-न्याय के मन्दिर में घुसते ही मेरा दिमाग एकदम बौखला जाता है।"

"लेकिन आज तुम्हें देखकर यह नहीं लगता, कि तुम यहाँ के न्याय-अन्याय को लेकर परेशान हो। तुम जरूर कुछ छिपा रहे हो।"

"छिपाने को मेरे पास है ही क्या और वह भी आपसे?" उसने उदास स्वर में ही कहा था।

"कुछ तो है," मैंने कहा, "तुम बताना नहीं चाहते, तो बात और है।"

"वैसे तो वही पुरानी बात है, जो आप जानते हैं, एनी डे, एनी टाइम, आज फिर थोड़ी गड़बड़ लग रही थी।"

"ओह।" मैंने कहा और तत्काल मुझे इसकी ताजा घरेलू समस्या की याद आ गई। इसके छोटे भाई की पत्नी को दिल की कोई ऐसी बीमारी थी, जिसका इलाज सिर्फ ईश्वर के पास था और हमारी बुआ याने इसकी माँ भी पिछले तीन-चार बरसों से बीमार चली आ रही थी। यह किसी सुशिक्षित नर्स की तरह और किसी बेटी की तरह, दिन-रात उसकी सेवा में लगा रहता था। दरअस्ल माता-पिता के बुढ़ापे की सेवा के कारण ही इसने प्रैक्टिकली अपनी वकालत छोड़ दी थी। वह कभी-कभार का लाचार वकील बन कर रह गया था। और इस तरह की वकालत में भी उसका अनुभव यही था, कि न्याय-व्यवस्था, पूरी शासन-व्यवस्था से अलग और कोई पाक-साफ व्यवस्था नहीं है। यहाँ भी लूट, धोखाधड़ी, बेईमानी का ही राज है। इस तरह का यह परिवेश भी वकालत से उसकी उदासीनता और नफरत का कारण था, जबकि मामलों की समझ और विश्लेषण की इसकी प्रतिभा ऐसी थी, कि थोड़े से समझौते के बाद, इसे भी वह सब हासिल हो सकता था, जो इस शहर के तथाकथित बड़े और विद्वान वकीलों को हासिल है। लेकिन इसकी मानसिक हालत शायद यह भी थी, कि अपने इस नैतिक वरण के बारे में भी इसके मन में सन्देह था। शायद थोड़ी पीड़ा भी थी। कभी-कभार इसके मन में भी उठती थी कचोट, कि वकालत न करके या अपनी शर्तों पर करके भी उसने कौन-सा तीर मार लिया। प्रगट रूप से यह अपनी असफलता या कुंठा को न स्वीकार करता था, न जाहिर, पर बाजवक्त इसके इसी तरह के मूड्स को देखकर, मैं यह सोचता था, कि इसके अन्दर कहीं एक गहरा विषाद है, जिसे यह कभी किसी से शेयर नहीं करता और जिसे भूलने के लिए ही यह हर समय एक मजाकिया चेहरा बनाए रहता है। फिर मुझे लगा, कि अन्दर कुछ और बाहर कुछ तो शायद हर आदमी के जीवन का ही हिस्सा है, और वह भी अब इतना स्वाभाविक हो चुका है, कि स्वभाव का ही हिस्सा बन गया है। सोचते-

सोचते मुझे लगा कि वकील दोस्त कुछ कह रहा है। मैंने मुड़कर उसकी ओर देखा, "कुछ कह रहे थे?"

"पूछ रहा था कि अब आप कहाँ खो गए?"

"तुम्हारे बारे में ही सोच रहा था," मैंने कहा।

"ज्यादा सोचना, अपने बाल नोचने की तरह ही है।" वकील दोस्त ने कहा।

"आज क्या बहुरिया की तबीयत ज्यादा खराब है?"

"है तो वैसी ही, पर दिमाग में तो तनाव बना ही रहता है। लेकिन अभी यहाँ आने के बाद मैं घर के बारे में नहीं, इसी कचहरी के बारे में सोच रहा था।"

"क्यों?" मैंने पूछा।

वकील दोस्त ने सारसंक्षेप करते हुए बताया, कि आज गाँव के एक मुवक्किल की भी पेशी थी। वह बारह किलोमीटर पैदल चलकर कोर्ट आया था। उसका मुकदमा डेढ़ साल से चल रहा है। उसकी जमीन का एक छोटा-सा हिस्सा, जिसकी कीमत तीन लाख से ज्यादा नहीं होगी, हमारे जन-प्रतिनिधि महोदय के भाई ने दबा लिया है और यह, जो दूसरों का खेत अधिया में लेकर, अपना परिवार पाल रहा है, उससे मुकदमा लड़ रहा है। डेढ़ बरस में दस बार इस कचहरी में आ चुका है। हर बार अगली तारीख की पेशी लग जाती है। हर बार यह आता है और उसका चेहरा देखकर मुझे लगता है, कि शायद इसने सबेरे से कुछ खाया ही नहीं है। आज भी लगा। हर बार की तरह मैंने उसे पाँच रुपए दिये। यह सोचते हुए, कि इन पाँच रुपए में यह सुन्दरी औरत उसे चार बरे भी नहीं देगी। लेकिन इससे अधिक दान करने और पुण्य कमाने की औकात मेरी खुद की नहीं है। बिलकुल शुरू के दिन की तरह समझाया, कि बरसों लग जाएँगे तेरे केस के निपटारा होने में। पर वह तो इस न्याय के मन्दिर को, भगवान के मन्दिर की तरह मानता है। हर पेशी में साढ़े दस बजे से ही हाजिर हो जाता है। आज मैंने उससे साफ-साफ कह दिया, कि वह दूसरा वकील देख ले। वकील दोस्त ने एक जरूरी विराम लिया। फिर चेहरा बदलकर, आँखें बड़ी-बड़ी करते और तरेरते हुए बोला, "लेकिन आप यहाँ उस बनिए के साथ किस गुफ्तगू में लगे थे। वह बनिया यह क्यों कह रहा था, कि आगे का किस्सा वकील साहब सुनाएँगे। वह मेरे बारे तो कुछ नहीं कह रहा था?" वकील दोस्त प्रसंग बदलते हुए सहज होने की कोशिश कर रहा था।

उसकी आखिरी बात से मुझे यही लगा था। एक पल को मुझे फिर से कुरमी छोकरी और तिवारी वकील का किस्सा याद आया, जिन दोनों की शक्ल तक मैंने नहीं देखी थी। लेकिन अभी पल-भर पहले के उसके मूड की याद कर, मैंने अपनी जिज्ञासा थोड़ी देर के लिए दबा दी। हम उस खुले टपरे वाली चाय की दुकान से बाहर निकले। आगे बढ़ते हुए, वकील दोस्त ने सूचना दी, डनसेना तो साढ़े दस बजे की हाजिरी देने के बाद, अभी चाय के लिए निकल गया है। पहले मैं वहीं गया था, कि तुम्हारा काम निपट जाए। पर लगता है, कि घंटे-भर के पहले तो सीट पर नहीं लौटेगा।"

"चाय पीने में इतनी देर लग जाएगी?" मैंने थोड़ी अधीरता से पूछा।

"अरे भाई साब, यह धन्धे की चाय है, वो नहीं, जो तुमने और मैंने अभी पी है।" वकील दोस्त ने अपनी एकदम पुरानी आवाज में 'धन्धे की चाय' का इस्तेमाल किया था। यह ऐसा जुमला था, जो किसी जमाने में हमारे मुहल्ले के बुजुर्ग और सचमुच के स्वतंत्रता संग्राम सेनानी, अफसरों, नेताओं और व्यापारियों के आपसी रिश्तों के बखान में इस्तेमाल करते थे, लेकिन बासठ–चौंसठ के वक्त तक, न्यायपालिका पर उनकी आस्था थोड़ी भावुक दृढ़ता के साथ कायम रही आई थी। वे भी तिवारी जी ही थे। शायद उनकी स्मृति के साथ ही वकील दोस्त को इस तिवारी वकील की याद आ गई थी और उसने थोड़ी संजीदगी से फिर पूछा था, कि वह बनिया क्या बता रहा था उस मर्डर के बारे में।

मैंने सपाटे से उसकी बातों का सारांश करते हुए बताया कि वह नत्थूलाल और उसकी माँ के मामले के बाद, अपनी जायदाद के मामले के बारे में ही बता पाया था, कि उसका कोई कॉल आ गया।

"हूँ," वकील दोस्त ने थोड़ी नाटकीयता के साथ स्वर को लम्बा करते हुए हुँकारने जैसा किया और बोला, "बनिया लगता तो है बुद्धिमान, क्योंकि लड़की से वकील का परिचय तो इसी नत्थू ने कराया था। असल में है तो यह भी कमीना, पर बुद्धि के मामले में यह वकील ही असली कर्ताधर्ता है।"

"पर कुरमी की नतनिन इसके चंगुल में कैसे फँस गई?"

"वही, आग और घी वाली सनातन परिस्थिति। पर यह उस परिस्थिति के दूसरे दृश्य से नाटक में आता है।"

"मतलब?"

तब हम बाहर वाली सड़क की कैंटीन के बाजू से बनी पान की दुकान के सामने थे। कैंटीन के सामने की खुली जगह पर बैठे कुछ नवोदित वकील बातें कर रहे थे। उन्होंने सीनियर को देखते ही नमस्ते की थी। वकील दोस्त ने पूरी गम्भीरता और खामोशी के साथ उनके अभिवादन का प्रत्युत्तर देते हुए पूछा था, "और? क्या चल रहा है?"

"कुछ नहीं सर, वो तिवारी वकील सर, पॅरोल पर आए हैं, तो उन्हीं के केस के बारे में बातें हो रही थीं।" एक ने कहा।

"सर! क्या साल में दो बार कोई पॅरोल पर आ सकता है?" दूसरे जिज्ञासु ने संवाल किया।

वकील दोस्त ने सहज भाव से कहा, "क्यों नहीं आ सकता?" फिर मुँह में पान दबाते हुए उसने कहा, "अरे वकील साहब तो जेल से ही अपनी वकालत भी चला रहे हैं।"

इस टिप्पणी पर एक हल्की हँसी की लहर छूटी। वकील दोस्त ने मेरी तरफ

मुखातिब होते हुए कहा, ''ये भी तिवारी और संध्या कुरमी के मामले पर ही बात कर रहे हैं।''

उसके बाद थोड़ी धीमी आवाज में उसने किस्सा शुरू किया, ''संध्या अपूर्व सुन्दरी थी। उसकी जवानी चढ़ने के साथ-साथ ही उसके बाप का रोजगार बढ़ गया था। पुलिस मुखबिरी की कमाई से ही उसने ट्रांसपोर्टिंग का धन्धा शुरू कर दिया था। इन्हीं दिनों ताजा बी.ए. पास संध्या की खूबसूरती के चर्चे भी शहर में शुरू हो गए थे। इसलिए कि एक अभी-अभी बड़े अफसर बने अखिल गुप्ता इसके आशिक हो गए थे। यह परिवार इस शहर का एक पुराना रईस परिवार है। जब परिवार वालों को अफसर सपूत की आशिकी की खबर लगी, तब उन लोगों ने यथाशक्ति इस पर दबाव डालने की कोशिश की। लेकिन अफसर पर तो सच्चे प्रेम का भूत चढ़ा हुआ था। मजबूरन परिवार वालों ने संध्या कुर्मी के साथ इसकी सगाई कर दी। सगाई के कुछ ही दिनों बाद शहर से बाहर इसने अपनी नई नौकरी ज्वाएन की। उस नौकरी के तीन महीने बाद, इसने सगाई तोड़ दी।''

''मतलब?'' मैंने अधीर उतावली के साथ पूछा था। मेरी समझ में नहीं आ रहा था, कि अचानक ऐसा क्या हो गया कि लड़के ने आनन-फानन सगाई तोड़ दी।

''मतलब तो मुझे भी नहीं मालूम भाई साहब,'' वकील दोस्त ने थोड़ी झुँझलाहट के साथ कहा, ''हो सकता है, कि नए शहर में उसे कोई नई मिल गई हो। यह भी हो सकता है,कि उसने यहाँ इस लड़की के बारे में कोई ऐसी बात सुन ली हो, जिससे वह बौखला गया हो।''

''क्या उस लड़की का सम्बन्ध तिवारी वकील से, उसी समय हो गया था?''

मेरा प्रश्न सुनकर वकील दोस्त ने तरस खाने जैसी नजरों से मुझे देखा और बोला, ''आप भी बुरबक जैसा पूछ रहे हैं भाई साब, तिवारी वकील की एन्ट्री तो नाटक के दूसरे अंक में होती है। सगाई टूटने के बाद इसका बाप नत्थू से सलाह-मशविरा करता है। नत्थू उसे वकील के पास ले जाता है। वकील अफसर पर मुकदमा करने की बात सुझाता है। संध्या को फ्रीक्वेंटली वकील से मिलने की जरूरत होती है। वे मिलते हैं। आग और घी की निकटता से, फिर एक नया मामला पैदा हो जाता है, कि संध्या गर्भवती हो जाती है। उसके बाप का दोस्त नत्थू उसे गर्भपात की सलाह देता है। वह नहीं मानती। फिर नत्थू और उसके किसी दूसरे मित्र के सक्रिय सहयोग से, कार में शहर से बाहर ले जाकर, वे उसकी हत्या कर देते हैं। फिर मूसलाधार बारिश की उसी रात वे उसकी लाश को गाँव के खेत में आनन-फानन दफना देते हैं। जैसा कि हर खून में होता है, कि वे कुछ ऐसे साक्ष्य छोड़ जाते हैं, जिनके आधार पर जिला एवं सत्र न्यायालय से वकील को आजन्म कारावास तथा अन्य दो को, पाँच-सात वर्ष की सजा होती है। और आज की तारीख में वह पॅरोल पर आया है, पर है वह रायपुर के केन्द्रीय कारागार का एक कैदी।''

वकील दोस्त ने इतने सपाटे से, इतने लम्बे समय तक चलने वाली जटिल कहानी का सारांश सुनाया, कि एकदम से यह साफ हो गया, कि कुरमी छोकरी की हत्या के मामले में उसकी कोई दिलचस्पी नहीं है। यों मैं खुद भी उस घटना को बिलकुल ही भूल चुका था, लेकिन समलाई मन्दिर के सामने दामोदर के घर के पास उस घटना की स्वत:स्मृति के चलते, मेरे मन में लड़की की माँ की जो छवि लहराई थी, उस वजह से मैंने लकी से इस केस की बाबत पूछा था। लकी का अन्दाज थोड़ा शायराना था। किस्से की भूमिका में नत्थू अग्रवाल के जिक्र के पहले, उसने संक्षेप में ही सही, इस कुरमी लड़की की मशहूरी का जिक्र भी किया था। इस सिलसिले में उसने यह तक संकेत किया था, कि चढ़ती जवानी के दिनों में इसके अपने नजदीकी रिश्तेदार छोकरे तक इससे आकर्षित थे। अफवाह तो यहाँ तक थी, कि अपने बाप के बाप के भाई के पोते, यानी थोड़ी ही दूर के रिश्ते में अपने कजिन से भी इसके सम्बन्ध थे। दरअस्ल भूमिका के इसी बिन्दु के उल्लेख की वजह से ही, मैं इस घटना के प्रति थोड़ा ज्यादा आकर्षित हो गया था, क्योंकि इस अफवाह के रस्ते, किस्से का एक सिरा टेकचन्द कुरमी के पोते आदित्य तक पहुँच जाता था, फिर वहाँ आदित्य के रस्ते, यह थोड़ी टेढ़ी-मेढ़ी गलियों से होता हुआ पहले पुष्कला और फिर सुबीरा सक्सेना को भी सामने ले आता था, क्योंकि पुष्कला के किशोर दिनों के उस रईसजादे छोकरे प्रेमी की नजर, सुबीरा सक्सेना पर उन दिनों से ही लगी हुई थी, जब वह श्याम सुन्दर के पोते की मोटरसायकिल के पिलियन पर बैठ कर नवागढ़ी के सुनीता बरेठ के घर पहुँच जाने के जोखम भरे पलों की दीवानगी में गिरफ्तार थी। किस्से में मेरी दिलचस्पी इसलिए भी थी, कि जो पुष्कला किसी समय टेकचन्द कुर्मी के पोते की दीवानी थी, वह इन दिनों मेरी अन्तरंग थी।

इसलिए लकी ने जब संध्या कुरमी की भूमिका के सहारे मुझे इन सारे विचित्र चरित्रों की याद दिलाई थी, तो सारे के सारे चेहरे मेरे मन की आँखों के सामने दिखने वाले चेहरों की तरह उभर रहे थे, और मुझे उनके प्रेम सम्बन्धों की बिम्बात्मक कल्पना करते हुए, थोड़ा ज्यादा मजा आ रहा था।

लेकिन दुर्भाग्य से लकी आपबीती की घटनाओं में ही उलझ कर रह गया था। और वकील को शायद कचहरी में कोई जरूरी काम था, जिसके चलते उसने पूरी घटना का तुरन्ती सारांश करके सुना दिया था। और अब उसकी हड़बड़ी देखकर मैं उससे यह भी नहीं पूछ पा रहा था, कि आखिर वकील की नजदीकी की वजह से, अपनी बेबसी में अपने जीवन के अन्त तक पहुँच जाने वाली, उस लड़की का मामला, इस हत्यारे वकील ने दर्ज किया था या नहीं ? और उस बिलकुल ही अलग मामले के, सगाई तोड़ने वाले नायक और आज के आला अफसर को, इसके चलते कुछ तकलीफ पहुँची थी या नहीं ? और लड़की के मर जाने के बाद, घटना से काफी दूर चले गए उस अफसर की मानसिक हालत क्या थी ?

लेकिन जब वकील दोस्त बड़े सपाटे से लम्बे डग भरता, कचहरी के सामने के हिस्से की ओर, याने प्रवेशद्वार की ओर बढ़ने लगा, तो मैं चुपचाप उसके पीछे-पीछे चलने लगा और सामने के हिस्से की दाएँ तरफ वाले गलियारे की भीड़ देखकर और शोर सुनकर मेरा सारा सोचना, पता नहीं, किस रास्ते में दौड़ने लगा कि मुझे याद ही नहीं रहा, कि मैं क्या सोच रहा हूँ।

सोच का आकार भी भीड़ के निराकार-सा हो गया था। यों भीड़ में कई परिचित नजर जरूर आ रहे थे और कुछ तो ऐसे भी दिख जाते थे, जो नमस्ते भी करते थे, पर उन्हें देखकर उनसे जुड़ी कोई बात याद नहीं आती थी। और न-कुछ की सोच के रेले में थोड़े तनाव से भरा, मैं गलियारे में चुपचाप आगे बढ़ रहा था। गेट में घुसते ही वकील दोस्त सीढ़ियों के बाद के बार रूम में 'अभी आया' कहता घुस गया था। उसने मुझसे भी कहा था, कि मैं चाहूँ तो वहाँ आराम से बैठा रह सकता हूँ। पर बार रूम के दरवाजे से ही, मैंने हाल में बैठे, अधलेटे, सोये और कहीं भी जगह तलाश कर मुवक्किलों से बात करते, वकीलों की तादाद का अनुमान लगाने की कोशिश की थी। मुझे लगा था, कि भीतर की भीड़ भी बाहर के गलियारे से कम नहीं थी। वकील दोस्त ने आश्वस्त करने की कोशिश की थी, कि हॉल के बाद वरिष्ठ वकीलों के लिए एक कमरा है, और उससे जुड़ा महिला वकीलों का कक्ष है, तब मैं हँसा था। वकील दोस्त मेरे मन में अदृश्य जारी रहने वाली कामज भावना को उकसा कर, कचहरी में समय बिताने के मेरे तनाव को हल्का करना चाहता था। पर सचाई यह है, कि इस गलियारे में चुपचाप घूमते रहने और वक्त-बेवक्त ठिठक कर खड़े होकर, विशिष्ट दृश्यावलोकन करते रहने में, तनाव के हल्के होने की गुंजाइश कहीं ज्यादा थी। इसलिए मैंने वकील दोस्त का प्रस्ताव स्वीकार नहीं किया था और थोड़ी हल्की भीड़ वाले इलाके में, बार रूम की बाहरी दीवार की ओर खड़ा-खड़ा, मोटे फ्रेम का नजर चश्मा पहने, थोड़े वरिष्ठ से लगते वकील को, एक युवती से बातें करता देख रहा था।

युवती काली थी। और उसकी देह गठीली लगती थी। उसकी आँखों में भी थोड़ा खुलापन था। वकील से बातें करते हुए वह जिस तरह आँखें नचा रही थी, उससे यह बिलकुल नहीं लगता था, कि वह वकील से किसी मुकदमे के बारे में बात कर रही थी। पर उनकी बातचीत की आवाज इतनी धीमी थी, कि आधे से ज्यादा बहरे कानों से और इस तीन कदम की दूरी से सुन पाना मुश्किल था। खास कर मेरे लिए। यह बात सोचते हुए, अपने पूरे बहरे भविष्य की कल्पना करते ही मैं ठिठक गया। यह स्थिति आई नहीं थी। पर आ गई तो कितनी फजीहत होगी, सोचते हुए मैंने तय किया कि, एक बार फिर ई.एन.टी. के किसी अच्छे विशेषज्ञ को दिखा लेना ठीक होगा।

मैं गलियारे के मोड़ पर पहुँचकर, हाल ही में गुजर गए अपने बचपन के एक अर्जीनवीस मित्र की याद के मुकाम पर, पल-भर को रुका ही था, कि किसी ने मुझे

जोर की आवाज में पुकारा। मैं मुड़ा। वह उसी वकील और युवती के पास से गुजर कर इधर को ही आ रहा था। करीब आने पर भी मैं उसे पहचान नहीं सका। तब उसने बताया, कि वकील दोस्त की जरूरी पेशी की पुकार हो चुकी है, और घंटे-भर बाद ही फ्री हो पायेंगे। वह उनका सहायक है और उन्होंने ही कहा है, कि वह थोड़ी देर मेरे साथ रहे। इस भूमिका के तुरन्त बाद उसने कहा, ''चलिए आपको मैं एक ऐसे खूनी के दर्शन करवाता हूँ, जो पिछले पन्द्रह-बीस दिनों से, पूरी कचहरी की बहस का प्रमुख विषय बना हुआ है।''

मैं मुस्कराया। उसने जिस मासूमियत के साथ खूनी का दर्शन करवाने की बात कही थी, उससे लगा था, कि जैसे वह किसी देवता के दर्शन की बात कर रहा हो। पर मेरी जिज्ञासा भी कुलबुलाई। वकील दोस्त के घंटे-भर बाद आने की बात जान कर थोड़ी शंका भी हुई, कि कहीं उसे और देरी न हो जाए, और नामान्तरण वाला काम फिर न टल जाए। लेकिन यह छोकरा-सा लगता वकील, जिसने अपना नाम विकास पुरोहित बताया था, उत्साह में बोल रहा था, ''गजब का केस है सर। शायद जिला कोर्ट के इतिहास में ऐसा केस कभी आया ही न होगा।''

तब तक हम ऊपरी तल्ले में आ गए थे। जिला एवं सत्र न्यायाधीश की कचहरी के दरवाजे से मैंने झाँक कर देखा था। दोनों तरफ के कठघरे में दो निरीह से लगते तीस-बत्तीस के दो युवक खड़े थे। उधर बाहर आँगन की ओर मुँडेर के पास रखी लकड़ी की बेंच पर एक युवती बैठी थी। मुँडेर के ऊपरी हिस्से में छत को छूती छड़ें लगी थीं। याने मुंडेर का रस्ता पूरी तरह से बन्द था। महिला सिपाही उसके बाजू से थी। पुरोहित उस बेंच से थोड़ा आगे जज के चैम्बर की ओर बढ़ कर खड़ा हो गया था। उसने फुसफुसाकर कहा, ''वह देखिए सर, वो जो बेंच में बैठी औरत है, वही है खूनी।''

उसकी तरफ देखते ही, या शायद सुनकर ही, मैं सकते में आ गया। मुझे अपने कानों पर यकीन नहीं हुआ। अपनी बौखलाहट में मैंने थोड़ी तेज आवाज में पूछा, ''क्या?''

''धीरे बोलिए सर, बाजू में कोर्ट चालू है,'' मैं चुपचाप भकुआया-सा उसकी ओर ताकने लगा।

''इसने अपने दो बच्चों का खून किया है,'' सुनकर मैं ऐसे सहम गया, कि अनायास ही मेरी आँखें अपने आप मुँद गईं। पर यह क्षणिक प्रतिक्रिया थी। दो सेकेंड के बाद ही मैं दो-तीन कदम आगे बढ़ा। वहाँ से वह पाँच-सात कदम की दूरी पर थी। उसका चेहरा जज की अदालत के दरवाजे की तरफ था। मैं उसे, उसकी बाईं तरफ से ताक रहा था। फिर मैंने उस छोकरे वकील की तरफ ताका। वह किस्सा आगे सुनाने की उतावली में था। और मैं इस भयानक सोच में, कि आखिर वह कौन-सी मजबूरी हो सकती है, कि माँ अपनी ही सन्तानों की हत्या पर आमादा हो

जाए। मैंने फिर एक बार बाईं तरफ से दिखते उसके आधे चेहरे की ओर देखा। वह तीस–बत्तीस के आसपास की होगी। वह गोरी नहीं थी, पर रंग साफ था। उतनी दूर से उसका आधा चेहरा देखकर, उसे पास से और सामने से देखने की इच्छा हो रही थी। वह तन्दुरुस्त थी और शायद आकर्षक भी। पर अभी उसको देखकर एक अनाम दहशत–सी महसूस हो रही थी। मैंने फिर छोकरे वकील की ओर देखा।

''औरत यहीं पास के गाँव की रहनेवाली है। कोई छह बरस पहले इसने बाहर से आए एक मुसलमान से शादी कर ली थी। उसका नाम था युनूस। वह स्वभाव से ही अपराधी प्रवृत्ति का था। शादी के छह बरस बाद किसी बड़ी डकैती में गैंग के साथ पकड़ा गया था। उसके जेल में रहने के दौरान यह एक दूसरे आदमी से लग गई थी। उसी के साथ रहते हुए उसने अपने पाँच साल के लड़के और तीन साल की लड़की की हत्या कर दी थी। उनके शवों को पास के जंगल में गाड़ दिया था। पर इस घटना के बाद उसका दूसरा रखवाला फरार हो गया था। उसे घर में निपट अकेली देखकर पड़ोसियों को शक हुआ था। उन्होंने पुलिस से शिकायत की थी और तब एक महीने बाद पुलिस के दबाव पर इसने स्वीकार किया था, कि इसने अपने बच्चों की हत्या कर दी है। पुलिस ने दफनाई गई जगह से उनके सड़–गल चुके शवों के अवशेष बरामद किए थे। और–अभी दस दिन से यह पुलिस रिमांड में थी। आज इस पर चार्ज फ्रेम होने थे।''

पूरी घटना का ब्यौरा इतने संयमित सार–संक्षेप में सुनने के बाद, मेरी घबराहट और बढ़ गई थी। मुझे यकीन नहीं हो रहा था, कि कोई माँ या कि कोई स्त्री अपने ही कोख जायों को इस तरह की अमानुषिक क्रूरता के साथ मार सकती है। मैं अपनी घबराहट में भी लगातार उसके चेहरे को ताक रहा था। इस बीच मैं उसके और करीब आ गया था और एकटक उसकी तरफ घूरते हुए देख रहा था। पर देखते ही देखते वह अचानक मेरी नज़रों से ओझल हो जाती। मैं अपनी सोच के दहशत भरे प्रवाह में बहने लगता और जब फिर होश में आता, तो उसके निर्विकार मुख और भावहीन आँखों को देख कर, मैं सोच भी नहीं पाता था, कि इसने ही यह क्रूर काम किया होगा। थोड़ी बेयकीनी में मेरी आँखें छोकरे वकील की ओर उठी थीं। उसने चमकती आँखों से मुझे बताया था, कि वकील के अलावा वह एक पत्रकार भी था, और उसने इस घटना की पूरी रिपोर्टिंग किसी राष्ट्रीय अखबार में की थी।

थोड़ी देर की इस भावुक और दहशत–भरी प्रतिक्रिया के बाद, मेरी सोच की दिशा बदलने लगी और मुझे लगा कि इसके पीछे निश्चय ही उस दूसरे मर्द की भूमिका ही अहम रही होगी, जिसके प्रति यह कामान्ध हो गई थी। सम्भव यह भी है, कि काम से कहीं ज्यादा इसके लिए भूख की समस्या रही हो और उसी के चलते वह उस दूसरे मर्द के आश्रय में गई हो। और यह सोचते ही मैंने फिर एक बार उसकी तरफ ताका था। वह तीसेक बरस की सुगठित स्त्री थी। बिना ओधनवाली लकड़ी

की बेंच पर सीधी तन कर बैठी थी। बाजू की महिला सिपाही की तुलना में ज्यादा स्वस्थ ही नहीं, सुन्दर भी लगती थी। पर उस सहज सुन्दरता में किसी तरह की कामज पुकार की कोई झलक नहीं दिखती थी। तब मुझे यह भी लगा कि हो सकता है, कि उस दूसरे मर्द के भाग जाने की वजह से ही, इसने अपनी असहायता के चलते ऐसे क्रूर काम को अंजाम दिया हो। पर छोकरे वकील ने यह बहुत स्पष्ट शब्दों में बताया था, कि हत्या की तारीख तक वह दूसरा मर्द इसके साथ ही था और शवों को निकाले जाने के दौरान, जो कपड़े मिले थे, वे खाते-पीते घरों के बच्चों के कपड़े ही लगते थे। वकील ने जोर देकर यह भी कहा था, कि यह औरत अपनी कामुकता के चलते ही मर्द के दबाव में आ गई थी। और तब अपने अन्दर जाते हुए मैंने महसूस किया था, कि मैं खुद भी तो हर हमेशा एक कामज लहर में घिरा रहता हूँ। अपनी कामुकता के बारे में सोचते हुए मैं डरा था, कि क्या कामान्धता ऐसे कृत्य भी करवा सकती है, जिनकी कल्पना तक आदमी सामान्य स्थितियों में नहीं कर रहा होता है। मुझे काम के क्रोध में बदलने की पौराणिक सूक्ति याद आई थी। और मैंने मन ही मन किसी प्रतिज्ञा की तरह यह बात दुहराई थी, कि मन को संयमित करना ही, सबसे जरूरी काम है। अपने चित्त की चंचलता के प्रति थोड़ा चौकन्ना रहने की इस कोशिश में ही मैं वहाँ से आगे बढ़ गया था। और तब वकील ने कहा था, कि अभी सेशन कोर्ट में जो मामला चल रहा है, वह भी मजेदार है।

''क्या?'' मैंने मुस्कराते हुए पूछा था। यह जबरन लादी गई शिष्ट मुस्कान थी, जिसे मैं उस प्रसंग से भागने के रस्ते की तरह इस्तेमाल कर रहा था। मुझे लगा था, कि अगर किसी दूसरे मामले में मैं अपने मन को लगा लूँ, तो वह अपने आप उसी राह पर चलने लगेगा, जहाँ से एक नहीं, कई राहें निकलती हैं, और पता नहीं चलता कि किस राह पर चल रहा हूँ, हालाँकि कोशिश न भी की, तो पाँच-दस मिनट देर से ही सही, रास्ते बदल ही जाते हैं।

''चाहें तो अन्दर चल कर देख सकते हैं?'' छोकरे वकील ने जज की कचहरी वाले कमरे के दरवाजे के पास इरादतन अटकते हुए कहा। मुझे लगा, कि शायद वही इस मामले की जानकारी लेने को उत्सुक था। मुझे याद आया, कि वह पत्रकार भी है।

सम्मानपूर्वक जज का अभिवादन करते हुए हम भीतर घुसे। जज ने सामने रखी बेंच पर बैठ जाने का संकेत किया। हम बैठ गए। हमारे सामने की बेंच पर शहर के दो मशहूर वकील बैठे थे। दोनों उम्र में मुझसे छोटे थे और परिचित भी। हमारे आने की आहट पर पीछे मुड़कर दोनों ने मुझे नमस्कार किया। दर्शक दीर्घा याने अदालत के सामने रखी ओधनयुक्त बेंचों पर हम चार ही थे। कठघरे में हमारे बाईं ओर अभियुक्त खड़ा था। दाहिनी ओर गवाह का बयान हो रहा था। वह इतना फुसफुसाकर बोल रहा था, कि वकील की जगह मैं होता, तो शायद उसका एक भी शब्द ठीक

से न समझ पाता। दोनों परस्पर विरोधी वकील पास-पास खड़े थे। स्टेनो गवाह का बयान कम्प्यूटर में टाइप कर रहा था। आरोपी खड़ा था। उसे देखते ही लगता था, कि यह अधपढ़ देहाती है। शायद तैश में आकर इसने किसी का खून कर दिया होगा। उसके चेहरे से तो खूँखारी की कोई झलक नजर नहीं आती थी। इधर दूसरे कठघरे में चश्मदीद गवाह भी उसका हमशक्ल ही था। याने वैसा ही निरीह, कमपढ़ और देहाती व्यक्तित्व था। पहरावा दोनों का शहराती था, पर पूरे व्यक्तित्व की ग्रामीणता उजागर थी।

तभी छोकरा वकील मेरे कान के पास फुसफुसाया। गनीमत थी, कि वह दायाँ कान था। वह पूछ रहा था, कि और बैठेंगे क्या?

मैंने सिर हिलाकर इन्कार किया।

हम बाहर आ गए। निकलते ही फिर मेरी नजर उस स्त्री पर पड़ी। मैंने अपनी नजरें फेर लीं। पुरोहित वकील ने किस्से के आरंभ में ही जब खूनी का नाम समारू बताया, तो पल-भर के लिए मैं खून के किस्से से बाहर निकल कर, उस औरत को देखने लगा, जिसे हम समारू की दाई के नाम से जानते थे। एक पल के लिए आँखों के सामने उसका झुर्री-भरा काला चेहरा लहर-सा गया। वह हमारे बचपन के दिनों में हमारे घर की नौकरानी थी। और मेरी पैदाइश के पहले ही, वह हमारे इसी घर में रहती थी। अभी जब मैंने उसे सोचकर देखा, तब सबसे पहले रस्सी की बिनाई वाली उसकी बहुत छोटी खटिया की याद आई और उसके ठिगने कद की। हमारे घर में उसका मिजाज और तेवर और व्यवहार मालकिन जैसे थे। काकी माँ तो दूर, वह दादी तक को कभी-कभार डाँट दिया करती थी। खासकर जब दादी, बुढ़िया और मटारा और उनकी एक और सहेली के साथ ताश खेलने के लिए परछी में बैठती थी, और बीच-बीच में वहीं रखे पनडब्बे से पान बनाकर अपनी साथिनों को खिलाती थी। बाजवक्त वह पनडब्बे को छिपा भी देती थी, और खेल खत्म होने के बाद ही उसे नियत जगह पर रखती थी। दादी इस पर चिढ़ कर, उसे डाँटने जैसा कुछ कहती, तो वह दुगुनी तेज आवाज में कहती थी, कि महाराज याने हमारे दादा, दिन-भर खरी धूप में पसीना बहाकर पैसा इसलिए नहीं कमा कर लाते, कि तुम इन्हें उन जुआरिनों के पान तमाखू पर खर्च करो। उसकी भर्राई आवाज और उसकी नाटकीय अदाएँ देखकर और घर के रख-रखाव के प्रति उसकी निष्ठा को समझकर, दादी माँ अक्सर ही चुप हो जाती थी।

किस्से की शुरुआत में ही समारू का नाम सुनकर स्मृति ने जो सहज उड़ान भरी थी, वहाँ से उतारकर कचहरी की पहली मंजिल के गलियारे में लाते हुए, वकील कथावाचक ने मुझे फिर चौकन्ना किया।

''समारू पर अपने ससुर के खून का इल्जाम है। इसने टंगिया से उसकी गर्दन पर वार किया था। गाँव से शहर के अस्पताल तक आते इसका ससुर दम तोड़

चुका था। मजे की बात यह है सर, कि इस समारू का ससुर ही उसके बच्चे को पाल रहा था।''

''और इसने उसी का खून कर दिया। क्यों?'' मैंने थोड़ी हैरत से पूछा।

''क्योंकि इसकी औरत किसी दूसरे मर्द के साथ भाग गई थी।'' वकील ने तत्काल जवाब दिया।

मैं मुस्कराया। इस मुस्कराहट में दिमाग को कतई अकल्पनीय मानव-स्वभाव की असीम विचित्रता की स्वीकृति थी। औरत के भाग जाने पर ससुर की हत्या कर देने के तात्कालिक कारण तो कई खोजे जा सकते हैं, पर वहाँ भी इस पहेली को सहजता से सुलझा पाना कठिन होगा, कि आखिर इस समारू ने अपने ससुर की हत्या किस इरादे से की होगी?

गवाह के कठघरे में खड़े व्यक्ति का नाम दुकालू था। वकील ने बताया, कि वह अभी किसी दूसरे मामले में उसी जेल की हवा खा रहा है, जहाँ यह समारू है। दोनों एक ही गाँव के हैं। समारू द्वारा की गई हत्या की एफ.आई.आर. इसी दुकालू ने कराई थी। लेकिन अभी कोर्ट में यह अपनी बात से पूरी तरह मुकर गया है। याने होस्टाइल हो गया है।

गवाह के मुकर जाने के इस बिन्दु पर वकील का सेलफोन बजा था। मिनट भर बाद ही उसने बताया, कि सीनियर साहब जरूरी काम से घर चले गए हैं। डनसेना से कागज वह खुद दिलवा देगा।

कुछ ही पलों बाद हम कलेक्टोरेट के नजूल विभाग में थे। इस विभाग के लोगों से मेरा थोड़ा-बहुत परिचय था। पर जमीन रजिस्ट्री वाले विभाग की तरह, मैं यहाँ कई बार नहीं आया था। शायद एक ही बार, मुझे और बिन्ना को नजूल अफसर की अदालत जैसे लगते कमरे में तब आना पड़ा था, जब हम दादी के नाम की जमीन का वारिसाना हक लेने के लिए आए थे। यही नामान्तरण का आखिरी पड़ाव था। अब डनसेना के हाथों से उसी दस्तावेज को लेकर जाना था। हम सीधे क्लर्क के कमरे में पहुँचे थे। पुरोहित ने उसे खुलेआम दो सौ रुपए दिए थे, जो क्लर्क के कमरे में घुसने से पहले मैंने उसे दिए थे। उसके बाद क्लर्क ने एक मोटे रजिस्टर में मेरा दस्तखत लिया था और मैं नामान्तरण का दस्तावेज लेकर बाहर आ गया था। छोकरे वकील ने हाथ जोड़कर विदा माँगी, तो मैंने उसे भी कुछ देने की कोशिश की थी, पर दृढ़ता से मना करते हुए, वह तुरत सिविल कचहरी की उसी इमारत की ओर बढ़ गया था, जहाँ से हम इस तरफ आए थे।

अपना काम पूरा हो जाने की खुशी में मैं थोड़ा हल्का जरूर महसूस कर रहा था, पर कचहरी के ताजादम किस्सों की स्मृति सरसरा रही थी। मैं सोच रहा था, कि सचमुच यह पूरी जिन्दगी ढेर सारे अनाप-शनाप किस्सों से ही भरी हुई है। लेकिन सोच में आता हर किस्सा कुछ ही पलों में दिमाग से ऐसे गायब हो जाता है, जैसे कभी कुछ हुआ ही न हो।

जैसे अभी। कागज पा जाने के बाद मेरा सारा ध्यान घर लौटने के लिए किसी परिचित वाहनधारी की खोज में लग गया था। यही सोचते हुए मैंने अपनी घड़ी भी देखी थी। अढ़ाई बज चुके थे। बिन्ना क्लीनिक से लौटकर खाना भी खा चुकी होगी, सोचते हुए, मैंने सोचने-सा महसूस किया, कि भूख नहीं लग रही मुझे। पेट भारी लग रहा था। पर अनजाने में मेरे पाँव कलेक्टोरेट के पिछले हिस्से की ओर बढ़ गए थे, जहाँ वापसी के लिए किसी वाहनधारी के मिलने की गुंजाइश कम थी। अन्यमनस्क-सा इधर आ जाने का कारण पता नहीं क्या था, पर वहाँ पहुँचकर मैंने महादेव और भुवनेश्वर के बेटों की याद की थी। अभी कुछ बरस पहले तक यहाँ उनकी अस्थायी छानी वाली चाय, भजिए, समोसों, आलू बोंडों की दुकानें थीं। वे हमारे ही मुहल्ले के देसी और खानदानी हलवाई परिवारों में से हैं, पर अब जिला अधिकारयों ने इस तरफ की एकमात्र पक्की कैंटीन किसी दूसरे के नाम कर दी थी। स्मृति की गलियों में उसी तरह की अन्यमनस्कता से भटकते हुए, अभी मैंने पूरी सचेतनता से वह छोटा रास्ता पकड़ा, जो इस परिसर को सिविल कोर्ट के परिसर से जोड़ता था।

गेट तक पहुँचने के बाद भी मुझे ऐसा कोई परिचित नहीं दिखा, जो कचहरी से घर लौट रहा हो। मैं गेट के सामने के नवनिर्मित थोड़े ऊँचे चौतरे जैसी जगह पर, दोनों पैर नीचे झुलाते बैठ गया। गेट के सामने और पीछे सुन्दरता के लिए लगाए गए घने वृक्ष थे। बहुत छायादार छतनार वृक्ष नहीं थे, पर एक दूसरे से इतने सटे हुए थे, कि सामने और पीछे के पचासेक मीटर की वह जगह, किसी छोटे सुन्दर जंगल का आभास देती थी। रेलवे क्रॉसिंग की तरफ मुँह किए, मैं किसी किराए के वाहन के बारे में सोच रहा था। बाईं सड़क पर एक खाली रिक्शा गुजरता दिखा। ऊँचे चौतरे से कूदने जैसा उतरकर मैं सड़क पर आया। मैंने गाँजा चौक तक का किराया पूछा। उसने पचास कहा। मैंने आगे बढ़ने का इशारा किया। वापस उसी जगह पर फिर बैठ गया। अचानक पीछे से आती थोड़ी खनक भरी आवाज सुनकर मैं चौंका। वह मेरे कानों के लिए अति परिचित आवाज थी। बैठे-बैठे ही मैंने गर्दन मोड़कर देखा। मेरा अनुमान बिलकुल सही था। वह अहमद की ही आवाज थी। पर वह जिन लोगों से बातें कर रहा था और जैसी जगह में खड़े-खड़े वे उससे बातें कर रहे थे, वह चौंकाने वाला दृश्य था। अहमद के अलावा, वहाँ उसके साथ, सुबीरा, वह डिप्टी कलेक्टर और फूलो साव के सामने की गली वाला, वह मशहूर वकील मेहर खड़ा था, जिसके पास अभी कुछ ही दिन पहले, नरसिंह मन्दिर वाले ज्योतिषी से मुलाकात के बाद सुबीरा गई थी।

लेकिन यह अहमद ? इन तीनों के साथ इसका इस तरह की कचहरी के सामने छायादार एकान्त में गुप्त बातचीत करने का मतलब क्या है ? वैसे अहमद खुद इसी तरह के लोगों से ज्यादा सरोकार रखनेवाला, इस शहर का एक मशहूर पत्रकार था।

मैं उसे अपने भाई के विशेष सहायक के रूप में जानता था। दोस्तों के बीच वह आर.टी.आई.एक्टिविस्ट के रूप में प्रसिद्ध था। दोस्त उसे प्यार से आर.टी. कहकर बुलाते थे। उसका मुख्य धन्धा क्या था, कहना मुश्किल है, क्योंकि वह भी भाई की परंपरा का नवोदित सितारा था और तरह-तरह के धन्धों में उसकी दिलचस्पी थी। अभी हाल कलेक्टोरेट में उसने सायकिल, मोटरसायकिल स्टैंड का ठेका भी लिया था, और वह भी उसे इसी आर.टी.आई. के चलते ही मिला था। सामान्यतः पन्द्रह अगस्त, छब्बीस जनवरी, दीवाली, होली जैसे अवसरों पर अपने निहायत ही कभी-कभार निकलने वाले अखबार के लिए, वह इसी आर.टी. आई. के जुमले की बदौलत, साल-भर में तीन-चार लाख तक के विज्ञापन जुटा लेता था। पर अभी अनाम वृक्षों की सघन छाँह में, एक मशहूर सुन्दरी युवती और दो उतने ही मशहूर पेशेवर अधेड़ों के साथ यह क्या कर रहा है?

इस सवाल का जवाब सिर्फ अहमद से मिल सकता था। मैंने पलट कर फिर पीछे देखा। वे महज पाँच-सात कदम की दूरी पर खड़े थे। अहमद से आँखें लड़ते ही, उसने इशारा किया कि थोड़ी देर बाद। तत्काल उसका इशारा मेरी समझ में नहीं आया था। आशय के विपरीत, मैंने एकदम ही उल्टा मतलब निकाला था। पर तभी सेलफोन ने मेसेज की घंटी बजाई। मैंने खोलकर देखा। मैसेज अहमद का था। लिखा था किनारा बार।

मैं तुरत समझ गया। मुख्य रास्ते पर आया। उधर से रिक्शे आ रहे थे। एक ने किनारा बार याने आधे से कुछ ज्यादे किलोमीटर की दूरी के लिए तीस रुपए बताए। मोलभाव किए बगैर मैं रिक्शे पर बैठ गया। बैठते ही मुझे याद आया, कि अभी थोड़ी देर पहले एक दूसरे रिक्शे वाले को इससे चौगुनी दूरी के लिए पचास रुपए माँगने पर, मैंने इस तरह उसे आगे बढ़ने का इशारा किया था, जैसे वह मेरी जेब काट रहा हो। और खुद को इस तरह पकड़ते देख कर, मुझे तत्काल यह बात भी याद आई थी, कि नामान्तरण के लिए बाबू को नाजायज दो-सौ रुपए देते हुए भी मुझे कोई तकलीफ नहीं हुई थी। रिक्शे वाले के लिए पूरी सड़क ढलान वाली थी। किनारा बार तक पहुँचाने के लिए उसे एक पैडल तक नहीं मारना पड़ा था।

अहमद वहाँ दस-पन्द्रह मिनट बाद ही पहुँच गया। तब तक मैं आर.सी. का एक पैग ले चुका था और थोड़ी झूम में था। अहमद ने रम का एक पैग मँगवाया। चियर्स के साथ ही उसने किस्सा शुरू किया।

''यह सब भैया की बुद्धि का कमाल है,'' उसने कहा, ''उन्होंने ही मुझे यहाँ भेजा था।''

''क्यों?'' मैंने न समझते हुए पूछा। हमारे सारे भाइयों से उसकी आत्मीयता थी। ईद, बकरीद में वह हम सभी को अपने घर भी बुलाता था। पर इतने अचानक भैया याने कजिन का ज़िक्र सुनकर मैं कुछ नहीं समझ पाया था।

उसने खुलासा करते हुए कहा, "वही कोटमार वाला केस। कोटवार के नाम की जमीन, उसकी मौत के बाद, आज की तारीख में मंत्री के बेटे और उसके रिश्तेदारों के नाम चली गई है। कानूनन कोटवार और उसकी पत्नी की मृत्यु के बाद यह जमीन सरकार की हो जानी चाहिए थी। लेकिन इन दोनों के मर जाने के बाद, चार लोग इनके फरजी वारिस बन गए। जगर सिंह, मगर सिंह, सगर सिंह तथा शांति बाई नामधारी, चार आदिवासियों ने; अपने को मृत कोटवार का पोता-पोती बताते हुए दावा पेश कर दिया। कजिन ने सारे रिकार्ड्स छान कर प्रमाण जुटाए, कि दरअस्ल इनमें से कोई उसका पोता-पोती नहीं है, पर तब तक इस जमीन की दावेदारी किसी और की नहीं आई थी। सरकार को इस दावे की नोटिस भी दो बार भेजी गई थी। पर कलेक्टर या उसका कोई प्रतिनिधि पेशी में कभी नहीं आया। नतीजा यह हुआ, कि कोर्ट ने एक्सपार्टी निर्णय करते हुए यह पूरी जमीन इन चार लोगों के नाम कर दी। लेकिन मामले का क्लाइमैक्स यह नहीं है। यह है, कि इन चारों लोगों ने कुछ ही दिनों यह पूरी जमीन, अट्ठावन लाख रुपए में किन्हीं दूसरे पाँच लोगों को बेच दी। इन पाँच में एक वह मंत्री पुत्र भी है, जिसने इस इलाके में कुछ नहीं तो सौ एकड़ जमीन खरीद ली है। आज इस कुल जमीन की बाजार कीमत कुछ नहीं तो, आठ करोड़ रुपए से कम नहीं है।"

कजिन ने इस पूरी घटना के बारे में न सिर्फ मुझे सुनाया था, बल्कि अपनी तरफ से पेश किए दावे की प्रति भी मुझे दिखाई थी।

उनका जवाबदावा अभी तक पेश नहीं हुआ था।

लेकिन फिर भी मेरी समझ में यह नहीं आ रहा था, कि सुबीरा सक्सेना और इस डिप्टी कलेक्टर की दिलचस्पी इस मामले में किस वजह से हो गई थी, कि वे अहमद से ऐसी जगह के एकान्त में बात कर रहे थे, जैसी जगह पर वे कभी पैर रखना भी पसन्द नहीं करते।

इसका खुलासा भी अहमद ने किया था, कि वे कजिन के द्वारा पेश किए गए दावे की कॉपी माँग रहे थे।

"क्यों?" मैंने पूछा था, "ये दोनों तो मंत्री पुत्र के खासुलखास थे। उसके विरोध के दावे में इनकी क्या दिलचस्पी है?"

तब मुझे पता चला था, कि सुबीरा सक्सेना और डिप्टी कलेक्टर ने इस बीच पाला बदल लिया था। कारण यह था, कि जमीन हासिल कर लेने के बाद, मंत्री पुत्र ने उन्हें ठेंगा दिखा दिया था। आठ करोड़ की उस जमीन में इनको एक धेला भी नहीं मिला था। जबकि जमीन को पाने के लिए जगर, मगर, सगर और शांति जैसे फर्जी वारिस जुटाने से लेकर, कलेक्टर के यहाँ गई पेशी की नोटिस को दबवाने तथा कलेक्टर तक को पटाने के काम में इन दोनों ने अहम भूमिका निभाई थी। और जब मंत्री पुत्र ने इन्हें ठेंगा दिखा दिया, तो वे तुरत विधायक बाबू की शरण में

चले गए और अब उसके खास वकील के माध्यम से एक नया धमाका करने जा रहे हैं। क्या? मैंने पूछा नहीं था। पिछले तीन घंटों तक जिला कचहरी में चक्कर लगाते मेरी समझ इतनी तेज तो हो ही गई थी, कि कल्पना कर सकूँ, कि सुबीरा सक्सेना जैसी जाँबाज लड़की अपना लक्ष्य हासिल करने के लिए किस हद तक जा सकती है।

मुमकिन है कि कल को वह उसके विरुद्ध यौन शोषण का मामला दायर कर दे।

अहमद मुस्कराते हुए उठ रहा था। उठते हुए उसने धीमे स्वर में कहा, "यह तो यहाँ इस तरह के खेल में जी जान से लगी है, और उधर रायपुर में इसकी माँ कैंसर की बीमारी की भयानक यंत्रणा में तड़पती अपनी आखिरी साँसें गिन रही है।

सुनते ही मैं चौंका था। खबर से नहीं कैंसर शब्द से। इस अकेले शब्द ने पल-भर में ही मुझे पूरे संसार की हर खबर से बेखबर कर दिया था। हल्के नशे की मदहोशी में मुझे मीता याद आई थी। बरसों बाद मैं उसे चलते-फिरते देखने जैसा देख रहा था। इतनी अकस्मात और इतनी जीवन्त थी वह स्मृति, कि मैं जगह और समय दोनों से बाहर वहीं चला गया था, जहाँ हम दोनों थे।

वह मेरे स्कूटर की पिलियन पर बैठी थी। मैं उसे डॉक्टर के पास लेकर जा रहा था। अपने सबसे छोटे भाई की शादी के दौरान अनियमित और विपुल रक्त स्राव की जो तकलीफदेह बीमारी उसे शुरू हुई थी, वह तरह-तरह की दवाओं के बाद भी अभी जारी थी। हम उसके उचित निदान के लिए डॉ. पटनायक के नर्सिंग होम के रस्ते पर थे। मुख्य बाजार के भीड़-भरे शार्टकट के बदले हम रिंग रोड से ही जा रहे थे उदित नगर। रास्ते में एक करंज के वृक्ष के नीचे बने बस स्टॉप को देखकर, मीता ने बरसों पहले की उस बारिश की याद की थी, जिसमें भीगते हुए ओलों जैसी बूँदों की मार से परेशान होकर, हम यहाँ थोड़ी देर के लिए रुक गए थे, और अपनी पहली मुलाकात के समुद्री तूफान की याद करने लगे थे। पटनायक के यहाँ पहुँचने के पहले की इस स्मृति ने, हमारे रोमानी सान्निध्य की कई ऐसी यादों को हमारे भीतर जगा दिया था, कि सिर्फ रस्ते-भर नहीं, बल्कि वहाँ अपनी बारी की प्रतीक्षा करते हुए भी, हम आपस में इसी तरह की बातें कर रहे थे, जिनमें साथ-साथ होने के अमिट किस्से लिखे हुए थे। सिलसिला कुछ ऐसा था, कि थमता ही नहीं था। और तब हम सोच भी नहीं पाए थे, कि ऐसे भी टूट सकता है सिलसिला।

लगभग पन्द्रह मिनट की जाँच-पड़ताल के बाद डॉक्टर अपने चैम्बर में आया था। मैं उसके सामने की कुर्सी पर उसे साक्षात ईश्वर की तरह देख रहा था। उसने बिना किसी भूमिका के कहा था, कि कल सुबह छह बजे ऑपरेशन करना होगा। उस समय राउरकेला के घर में हम दोनों के अलावा हमारा बेटा ही था। वह बी.ए. का छात्र था। मैंने वहाँ से निकलते ही बिन्ना को खबर दी थी। बिन्ना पता नहीं कौन-सी

गाड़ी पकड़कर उसी रात ग्यारह बजे पहुँच गई थी। उन दिनों मीता की दीदी का लड़का भी यहीं था। ऑपरेशन थियेटर से निकलकर डॉक्टर ने जब ट्यूमर दिखाया था, तब बिना किसी प्रामाणिक बायोप्सी रिपोर्ट के मैं जान गया था, कि कैंसर ही है। और वह था कैंसर ही। प्रामाणिक जाँच के लिए एक बार वह फिर बम्बई गई थी। तब मैं उसके साथ नहीं था। वहाँ के डॉक्टर ने पाँच कीमो के लिए कहा था। मीता एक के लिए भी तैयार नहीं थी। अभी साल-भर पहले ही, अपनी सबसे बड़ी दीदी की कीमो के दौरान, उसकी जो हालत मीता ने देखी थी, उसकी स्मृति से ही वह दहशत में आ जाती थी। और इलाज के दौरान होने वाली तकलीफ से कहीं ज्यादा भयानक यह बात थी, कि इस इलाज से सिर के सारे बाल झड़ जाते थे। मीता इसके लिए तैयार नहीं थी, इसलिए तो और भी ज्यादा, कि इस इलाज के बाद भी पाँच-दस बरस और जीने की कोई गारंटी नहीं थी। मीता ने खुद देखा था, महज दो साल उसी तरह की बीमार जिन्दगी को खींचने के बाद उसकी दीदी, उसी बीमारी की चरम यंत्रणा भोगती हुई मरी थी। मीता को इस तरह की अपंग पुरौनी की जिन्दगी नहीं चाहिए थी। अगर उसे पहले से पता होता, कि उसे कैंसर ही है, तो शायद बिना ऑपरेशन के ही वह उस बीमारी की मूल यंत्रणा झेलती हुई गुजर जाती। लेकिन अभी महीने-भर पहले जब इसी डॉक्टर के पास हम, बिन्ना के साथ आए थे, तो बायोप्सी के बिना ही इस लन्दन पलट डॉक्टर ने बड़े आत्मविश्वास के साथ कहा था, कि ट्यूमर है जरूर, लेकिन सादा है। बिन्ना ने थोड़ी शंका की थी, बिना यह बताए कि वह खुद भी गायनोकोलॉजिस्ट है, लेकिन वह डॉक्टर अपनी बात पर अडिग था। तत्काल ऑपरेशन इतना जरूरी नहीं है, उसने कहा था। लेकिन उसी डॉक्टर के पास जब हम महीने-भर बाद गए थे, तो उसने दूसरे दिन ही सुबह ऑपरेशन कर दिया था। इसके बाद चिकित्सा विज्ञान के सारे विशेषज्ञ यही कह रहे थे, कि कीमो जरूरी है। उसने पूरी सख्ती के साथ मना कर दिया था। मैंने उसके बड़े भैया को फोन करके बताया था। वह खुद भी इस इलाज की दारुण यंत्रणा से परिचित था। फिर भी उसने मीता से कहा था, कि वह कम से कम एक कीमो तो करा ले। मीता समझ गई थी, कि यह मेरी वजह से है। फोन रखते ही वह बड़ी जोर से मेरे ऊपर गुस्साई थी। लेकिन कीमो के लिए राजी हो गई थी। जिस दिन उसका पहला कीमो हुआ था, उस दिन की उसकी यंत्रणा को देखकर मैं घबरा गया था। दवा की खुराक के बाद, उसे दस घंटे के अन्दर, कुछ नहीं तो सौ उल्टियाँ हुई थीं। डॉ. बिन्ना उसी के पास थी। उसने पूरी रात जाग कर उसे सँभालने की कोशिश की थी। लेकिन कोई भी किसी दूसरे की पीड़ा खुद अपनी देह में तो नहीं ले सकता न। इसलिए एक कीमो के इस भयानक दर्द को जानने के बाद, मैंने दुबारा उससे कभी किसी दवा के लिए नहीं कहा। डॉ. बिन्ना भी बिलकुल नहीं चाहती थी, कि अब दुबारा कीमो थिरेपी हो।

कीमो थिरेपी के बाद उसके बाल झड़ जरूर गए थे, पर उसे देखकर कहीं से भी नहीं लगता था, कि वह किसी जानलेवा बीमारी की शिकार है। बालों की वजह से उसने सिर पर ईरानी औरतों की तरह स्कार्फ बाँधना शुरू कर दिया था। वह अपने गंजेपन को इतनी एहतियात से छिपाती थी, कि स्कार्फ देखकर लगता ही नहीं था, कि ऊपरी हिस्से के सारे बाल नहीं रहे हैं। कानों के बाजू से और सिर के पिछले हिस्से से झाँकते केशों की झलक और सिर पर एक सुन्दर स्कार्फ की वजह से उसके व्यक्तित्व में एक तरह का अटपटापन जरूर नजर आता था, पर अपनी रोजमर्रा की जिन्दगी में वह वैसी ही मुक्तमना रही आई थी। इसी दौरान देसी इलाज के बहाने से हम दोनों ने एक साथ कई यात्राएँ की थीं। तब भी उसने कम से कम मुझे कभी यह अनुभव होने नहीं दिया, कि उसे कहीं कोई तकलीफ है। मई-जून से देसी इलाज के नाम पर शुरू हुई उसकी यात्राओं का अन्त नवम्बर के महीने में बनारस में हुआ था, जहाँ वह अपनी बहनों और भाइयों के तीन बच्चों को भी अपने साथ ले गई थी। इन बच्चों के साथ गंगा के किनारे बगैर नहाए घूमते हुए वह इनके साथ खेलने में ऐसी मगन हो गई थी, कि लगता ही नहीं था, कि उसे कहीं कुछ हुआ था। घाट की पहली सीढ़ी पर ही पानी छींट कर गंगास्नान करते बच्चों की उस महफिल में, उसने थोड़े उदास स्वर में यह जरूर कहा था, कि अगर उसके बालों की यह दशा न होती, तो वह खुद बच्चों के साथ गंगा में खुलकर नहा रही होती, हालाँकि उसे देखकर तभी लगने लगा था, कि नए बाल तेजी से आ रहे हैं। यों उसके स्वभाव में ही खिलन्दड़ापन और मुखरता कभी नहीं थी, लेकिन बच्चों के साथ तो वह जैसे पूरी दुनिया को ही भूल जाती थी। लेकिन बीमारी के दौरान उसकी मस्ती का सबसे मुक्त और जीवन्त रूप होली के दिन देखने को मिला था। इसके पहले की कई होलियों में वह शिरकत जरूर करती रही थी, पर वहाँ उसकी वयस्कता और शायद बहू होने की मर्यादा ही ज्यादा दिखाई पड़ती थी। इस बार तो होली की रात याने होलिका दहन की रात ही, उसने योजनाबद्ध ढंग से पूरे परिवार के लोगों को घर पर बुलाया था। रात नौ के आसपास, नगाड़ों के साथ छत्तीसगढ़ी फाग गाने की शुरुआत हुई थी। उन दिनों हमारी सड़सठ वर्षीया बुआ भी हमारे घर में ही थी। अपने भाइयों, बहनों, मुहल्ले के छोकरे-छोकरियों की इस महफिल में, बुआ को भी एक मैक्सी पहनाकर खींच लाई थी। सिर्फ बुआ ही नहीं, इस तरह के मस्तीमार उत्सवों से हमेशा दूर रहनेवाली स्पर्श मात्र से सिकुड़-सिमट जाने वाली बिन्ना को भी उस दिन उसका साथ देना पड़ा था। मेरे छोटे भाई और अपनी छोटी बहन के पति को भी उसने नारीवेश में महफिल में पेश किया था। देर रात तक नगाड़े के साथ चलने वाले नाच-गाने की उस रात की सुबह तो और भी अनोखी, और भी अकल्पनीय थी। सुबह के वक्त, रंग, अबीर, गुलाल से लैस बिन्ना अपनी दोनों बहनों के बेटों और उनके कुछ दोस्तों के अलावे खास नगाड़ेबाज जुआडू के बाजे और गाने की लय में

थिरकती, अपने पूरे ग्रुप के साथ ठुमकती, थिरकती हुई, पूरे मुहल्ले में घूमी थी। उसने लिंगभेद की परवा किए बगैर, उम्र की मर्यादाओं को ताक पर रखकर, होली के रंगों से हर किसी को सराबोर कर दिया था। और तो और मेरा बालसखा किशोर मिश्रा, जिसने शायद जीवन में कभी होली नहीं खेली थी, उस दिन उसकी पुकार के बाद अपने को कमरे में बन्द नहीं रख सका था। उसके बाहर निकलते ही मीता ने न सिर्फ गाढ़े बासन्ती रंग से भरी बाल्टी उसके सिर पर उड़ेल दी थी, बल्कि उसका हाथ, हाथ में लेकर, छत्तीसगढ़ी ददरिया के सुर में ताल देती, उसे भी अपने आँगन में ठुमका लगाने को मजबूर कर दिया था। कमर पर एक हाथ रखे, और दूसरा हाथ लय में हिलाते, दोनों को नाचते देखना, वहाँ मौजूद हर किसी के लिए एक असम्भव दृश्य था। यही नहीं, हमारे बड़े जीजा जी, जिनसे बातें करते हुए हम लोग तक डरते थे, उस दिन उसकी मस्ती को नहीं रोक पाए थे, जब पूरे फौज-फाटे के साथ वह उन्हें अपने घरेलू दफ्तर से बाहर खींच लाई थी और चेहरा अबीर से पोतकर नहला दिया था, तब वे चुपचाप मुस्कराते रंगपुते चेहरे की विभोर आँखों से, जैसे होली के उस दिन भी, उसी दृश्य को एकटक देख रहे थे, जब तीनेक महीने पहले उनके इकलौते पुत्र की बारात की रवानगी के समय, बड़ी मामी की औपचारिक जिम्मेदारी पूरी करने के बाद, वह इसी तरह बाजे के साथ ठुमकती, बारात के साथ गाँजा चौक तक चली आई थी और जब दुपहर बारह के करीब रंगपुते चेहरों और लथपथ कपड़ों में, सिर पर सघनता से उग आए नए घुँघराले केशों की रंगबिरंगी छवि में मीता, बिन्ना के साथ घर में घुसी और आँगन में ही पस्त बैठ गई, तब उसकी ओर एकटक देखते मेरी आँखें छलछला गईं। मेरा गला रुँध गया। आँसू बाहर निकलने को बेताब होने लगे। आँखें फिर भी संयम और एकाग्रता से ताकती रहीं, उसकी कृश देह और रंगपुते चेहरे की ओर।

और तभी शायद किसी ने मुझे कंधे से झिंझोड़ कर जगाया।

टेबल से सिर उठा कर मैंने देखा, सामने कमउम्र वकील दोस्त खड़ा था। मैं होश में था।

अपने सोचने को सपनाने ही नहीं, लिखने की तरह देखने के दौरान भी मुझे होश था। बीच-बीच में कुछेक पलों के लिए आँख झपक सी जाती थी। मैं टेबल पर झुक जाता था, जैसे आँख मूँदकर कोशिश कर रहा होऊँ, कि अगले दृश्य को इस तरह देखूँ, कि कोई दूसरा न देख ले। वकील दोस्त को सामने देख कर तो मैं एकदम चौकन्ना हो गया था। तत्क्षण मेरा दायाँ हाथ पैंट की जेब में गया था। वकील दोस्त ने ताड़ लिया, कि मैं बिल देने के लिए अपना पर्स टटोल रहा था।

''पेमेंट हो चुका है।'' उसने कहा। मैंने थोड़ी कृतज्ञ आँखों से उसकी ओर देखा। फिर मैंने टेबल पर नजर डाली। सामने चिली चिकन की अधखाई प्लेट थी। एक अधभरा गिलास। होश के बावजूद मुझे ठीक-ठीक याद नहीं था, कि मैंने कितने

पैग लिए थे। यह जरूर याद था, कि शुरुआत अहमद के साथ हुई थी। मैंने फिर एक बार वकील दोस्त की ओर देखा। अधभरे गिलास की तरफ मेरा दायाँ हाथ बढ़ रहा था। वकील दोस्त ने हाथ झटक दिया, ''आप पहले ही चार पैग ले चुके हैं।'' उसने मुझे सहारा देकर उठाते हुए पूछा, ''वह कागज कहाँ है?'' ''कौन-सा कागज?'' मैं उठते हुए बोला। ''वही नामान्तरण वाला।'' लड़खड़ाहट में मैं गिरने ही वाला था। उसने मुझे अपने कंधे से टिका लिया। मैंने बाईं जेब में हाथ डाला। वहाँ वह दस्तावेज सुरक्षित था, जिसे लेने मैं कचहरी आया था। और फिर सुबीरा सक्सेना के किस्से के चक्कर में, अहमद के साथ यहाँ बार तक।

मुझे सब याद था। बार से निकलते समय मेरे पैर लड़खड़ा रहे थे। मैं डर रहा था, कि बेसमेंट की सीढ़ियाँ चढ़ कर मैं बाहर तक भी जा सकूँगा या नहीं। वकील दोस्त बड़े इत्मीनान से मुझे अपने शरीर से टिकाए, लगभग घसीटते हुए ले जा रहा था। सीढ़ियों के पास उसने मेरा दायाँ हाथ, अपने दाएँ कंधे पर रखा। अपने हाथ से मेरी कमर इस तरह पकड़ी, कि मुझे सहारा देकर सीढ़ियाँ चढ़ा सके। इधर खटास और करुआहट से भरी अनपची शराब जैसे मेरे मुँह से बाहर निकलने की स्थिति में आ गई थी। मैंने पूरे चौकन्नेपन के साथ दम साधकर बाहर आ जाती अपनी उल्टी रोकी। हम बाहर आए।

''मुझे उल्टी आ रही है।''

उसी तरह सहारा देकर घसीटते हुए वह मुझे बार के पिछले हिस्से में ले गया। रेल्वे ब्रिज के पचास कदम पूरब की ओर का यह हिस्सा, अभी नगर सुन्दरीकरण के दौरान एक नई दीवाल पर कुछ नए मूर्तिशिल्पों से सजाया गया था। पेशाब के लिए उससे परे की खाली जगह तक जाना था। वहाँ थोड़े ऊपर तीसरे रेलवे ब्रिज के बाद लाइन बिछाने के लिए, जमीन ऊँची की जा रही थी। उस ऊबड़-खाबड़ जगह तक इस हालत में जाना यों भी सम्भव नहीं था, लेकिन मेरी मितली कुछ इतनी तीव्र थी, कि नदी की ओर उतरने वाली सड़क के किनारे पहुँचते न पहुँचते, खड़े-खड़े मेरी उल्टी तीव्रता के साथ बाहर आ गई थी। फिर वकील दोस्त ने मुझे वहीं बिठा दिया था। और मैं मुँह में उँगली डालकर उल्टी करने लगा था। वकील दोस्त इस दौरान लगातार मेरी पीठ को इस तरह सहलाता रहा था, कि मैं उल्टी के वार को ठीक से झेल सकूँ। दारू और दैनिक कचरे की दुर्गन्ध के बीच, वह मेरे इतने करीब ऐसे बैठा था, जैसे वह भी मेरे शरीर का हिस्सा हो। और इस पल अपनी बदहवास उल्टी की अजीबोगरीब तकलीफ के समय तो, वह सिर्फ शरीर का ही नहीं, वजूद का ही हिस्सा बन गया था। उल्टी रुक-रुक कर आ रही थी। उकड़ूँ बैठे-बैठे मेरे पाँवों में झिमझिमाहट होने लगी थी। वकील दोस्त ने मुझे आराम से बैठने और इत्मीनान से उल्टी करने की हिदायत दी थी और खुद बाजू की दुकान से पानी की दो बोतलें लेकर लौटा था। लगभग पाँचेक मिनट की रुक रुक कर आने

वाली उल्टियों के बाद, पेट कुछ हल्का जरूर लग रहा था, लेकिन ऐसी कमजोरी महसूस हो रही थी, कि सीधे लेट जाने की इच्छा हो रही थी। तभी पेट फिर खदबदाया था। मैंने फिर उल्टी की थी। अबकी बार मुँह-भर खट्टा पानी ही था। मैंने वहीं पर थूका। और थकी आँखों से ऊपर की तरफ देखने लगा। स्टेशन की तरफ से कोई मालगाड़ी धड़धड़ाती आ रही थी। तब पता नहीं कहाँ से और कैसे, मुझे गजानन जीजाजी की याद आई थी। प्रोस्ट्रेट के आपरेशन के तीन बरस बाद, किडनी की तकलीफ के चलते, उस परम सात्विक इंसान की हालत नीमपागल जैसी हो गई थी और एक दिन इसी जगह से थोड़ा आगे उन्होंने धड़धड़ाती ट्रेन के सामने खड़े होकर अपनी जान दे दी थी। ट्रेन को देखकर आने वाली उनकी इस अचानक याद ने, फिर मुझे अपनी बदहवासी के रास्ते पर धकेला था। पर अभी मेरा दिमाग चौकन्ना था। उससे भी ज्यादा सतर्क था मेरा मित्र। उसने मुझे दोनों कंधों से पकड़कर खड़ा किया था। इस बार खड़े होने पर मेरे पैर नहीं लड़खड़ाए थे। होश भी अब पल-पल में झपकी की तरफ ले जाने वाला नशीला मतवाला होश नहीं था। उसने मुझे संसार में वापस लाकर, एक चतुर संसारी बना दिया था। शायद इसीलिए खड़े होते ही मैंने उससे पूछा, ''लेकिन जाएँगे कैसे? स्कूटी पर तो शायद मैं अपने आपको सँभाल नहीं पाऊँगा।''

''आपके लिए कार लेकर हाजिर हुए हैं हुजूर। अहमद ने हमें अच्छे से ब्रीफ कर दिया था, कि आप किनारा में डुम्म हो रहे हैं। हमारे पहुँचते तक आप हो ही चुके थे।''

सुनकर मैं हँसा। डुम्म मैं नहीं हुआ था। बड़ी तरतीब से, बड़े ध्यान से, सोच रहा था। पर यह नहीं जानता था, कि इस बीच पेट और पैरों की ऐसी हालत हो चुकी थी। जैसे अभी। पूरे होश में मेरे पैर, सहारे के मजबूत हाथों के बावजूद, सीधे नहीं पड़ रहे थे। पाँच मिनट तक लगातार उल्टियों के बावजूद, पेट तरह-तरह की आवाजों से बता रहा था, कि भीतर की सफाई अभी भी मुकम्मिल नहीं हो पाई। बीच-बीच में झपकी लेने की तरह पलकों के इस तरह बेअख्तियार झपकने को महसूस करते हुए भी, मुझे लग रहा था, कि शायद घर में जाकर एंटेसिड, उल्टी की दवा और एल्प्रोजोलाम एक साथ लेने होंगे, क्योंकि इस तरह की स्थिति की जो स्मृति मन में संचित थी, उसके चलते मुझे पता था, कि ज्यादा दारू से होने वाली शारीरिक बेचैनी में मुझे जल्दी से नींद नहीं आती।

लेकिन यह शायद एक अजब अनहोनी थी, कि उल्टी और नींद की दवा लेने के बाद बिस्तर पर पड़ते ही मुझे नींद आ गई थी। गाढ़ी और धुत्त और लम्बी नींद के उस अद्‌भुत समय में बरसों बाद, वह मुझे इस तरह दिखी, जैसे वह वही दिन हो। मुझे लगा कि अंग-अंग में रची-बसी उँगलियों से, वह मेरी पीठ सहला रही थी। मैंने पलट कर देखा वही थी। साबित और समूची। उन दिनों उसके शरीर में सीधी

खड़ी होने की ताकत भी नहीं रही थी। तब भी दो जोगवारिनों के बीच की सँकरी जगह से चलती, वह वहाँ आ गई थी, जहाँ मैं धुत्त नींद में बेखबर था। उसकी देह में अभी सिर्फ त्वचा और हड्डियाँ थीं, पर आँखों में राजकमल चौधरी की वह कविता गूँज रही थी, जिसे वह हमारे एकान्त में किसी गीत की तरह गाती थी, कि हम जुड़वाँ बच्चे हैं, एक दूसरे की पीठ पर फूल-पत्ती आँकते हैं। मैंने आहिस्ता से उसे चूम लिया। उसने और भी आहिस्ते से कहा, चलो बाहर चलते हैं। मैं उसे सहारे से बाहर पेंवठे पर ले आया। उसने फिर कहा, कि गुड़ाखू करते हैं। यह तमाखू और गुड़ का मंजन था, जिसे हम साथ-साथ अपने दाँतों में मलते थे। मंजन घिसने और कुल्ली करने के बाद, उसने गली के आकाश की ओर ताका और पूछा, कि क्या आज पूर्णिमा है? शायद, मैंने कहा। ब्रह्ममुहूर्त का उजला गोल चाँद था और निरभ्र आकाश। हम पेंवठे पर थे। हम दोनों के बीच हाथ-भर की दूरी थी। तभी अप्रत्याशित के आक्रामक सुख की तरह, उसने मुझे इतना कस कर आलिंगन में बाँधा, कि मैं सोच ही नहीं पाया, कि कुछ घंटों बाद इसे चल देना है।

''यह मृत्यु है।'' वह बुदबुदाई।

नन्हें बच्चे की तरह उसके सीने में मुँह छिपाकर, मैं हिचक-हिचक कर रोने लगा।

लेकिन यह, इस किस्से का अन्त नहीं है क्योंकि...
शायद कभी नहीं होता है, उस किस्से का अन्त
मन में जारी रहता है जो किस्सा एक अनन्त।

❂❂❂